國家古籍整理出版專項經費資助項目

安徽古籍叢書

黃山書社

宛雅全編

上

〔明〕梅鼎祚等/輯　彭君華/主編

圖書在版編目(CIP)數據

宛雅全編/(明)梅鼎祚等輯;彭君華等校點
—合肥:黄山書社,2017.12
(安徽古籍叢書第二十五輯/安徽古籍叢書編審委員會編纂)
ISBN 978-7-5461-7173-9
Ⅰ.①宛…　Ⅱ.①梅…　②彭…　Ⅲ.①古典詩歌—作品集—中國
Ⅳ.①I222

中國版本圖書館 CIP 數據核字(2017)第 328787 號

國家古籍整理出版專項經費
安徽省古籍整理出版辦公室　**資助項目**

選題策劃　彭君華
責任編輯　李　媛　李霜琴　束　莉　賈東亮
裝幀設計　馬　芳
出版發行　時代出版傳媒股份有限公司(http://www.press—mart.com)
　　　　　黄山書社(http://www.hspress.cn)
地址郵編　安徽省合肥市蜀山區翡翠路 1118 號出版傳媒廣場 7 層 230071
印　　刷　合肥精藝印刷有限公司
版　　次　2018 年 1 月第 1 版
印　　次　2018 年 1 月第 1 次印刷
開　　本　880×1230　1/32
字　　數　741 千
印　　張　41.125
書　　號　ISBN 978-7-5461-7173-9
定　　價　146.00 圓(精裝二册)

服務熱綫　0551-63533706

銷售熱綫　0551-63533761

官方直營書店(http://hsssbook.taobao.com)

安徽古籍叢書編印緣起

我國歷史悠久，典籍豐富。我省地處南北之交，學術尤擅其盛。數千年來，哲學、史學、文學、藝術、語言、科技，作者輩出，著述如林，或自名一家，或蔚然成派，多爲中華民族文化之菁華，有裨於社會主義文化之建設。允宜及時整理，以廣流傳。

粤自明清，以至近世，南北郡邑已有涇川叢書、龍眠叢書、貴池先哲遺書、南陵先哲遺書諸刻。一九三一年，復有安徽叢書之編刊，所收皆皖人著作，分期影印。出至第六期，以抗戰軍興而中止。盛業未竟，論者惜之。

今者，中央倡導整理古籍，我省領導對此尤爲關心。省古籍整理出版規劃委員會幾經商討，決定編纂安徽古籍叢書。編纂宗旨是在歷史唯物主義指導下，批判繼承，古爲今用，弘揚民族優秀傳統文化，爲建設中國特色社會主義服務。最其體例，約有數端：

一、所收皆爲歷代皖人著作，時間一般以辛亥革命之前爲限，内容以文、史、哲爲主，分類成輯。尤其注意稿本、稀見本之搜輯與傳布。

二、整理方式包括輯、校、標點和注釋、今譯。校勘，力求採用善本爲底本，校以他書，或加補輯、編次。標點，採用新式標點。注釋，務求精確，但不作煩瑣考證。整理中，儘量吸收國内外研究的新成果。

三、先秦、兩漢著作及語言、文字之類，皆用繁體字，其餘則酌用簡體字。版皆豎排，以期一律。

四、凡熱心於本叢書編印及捐貲助刊者，得於書内題名。

安徽古籍叢書編審委員會

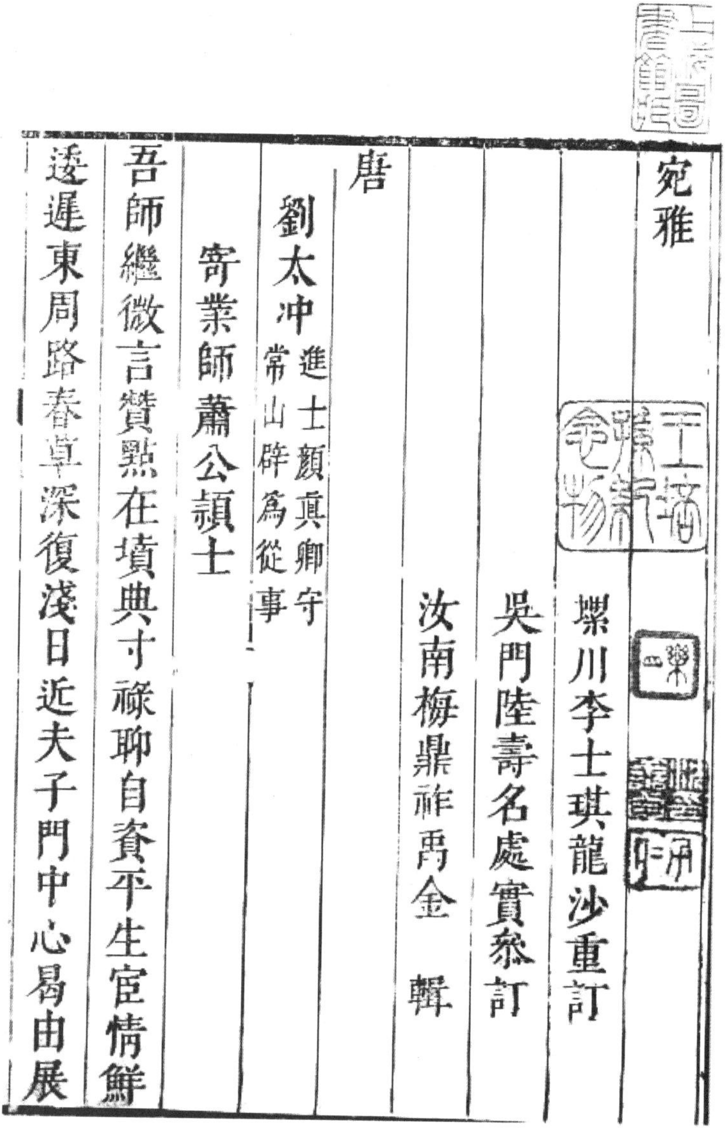
宛雅

檇川李士琪龍沙重訂

吳門陸壽名處實參訂

汝南梅鼎祚禹金輯

唐

劉太冲 進士顏真卿守常山辟爲從事

寄業師蕭公頴士

吾師繼微言贊黙在墳典寸祿聊自資平生宦情鮮

遂遲東周路春草深復淺日近夫子門中心曷由展

順治本《宛雅》

續宛雅

螺川李士琪龍沙　　象山蔡蓁春大美

吳門陸壽名處實　全定　雙溪施閏章尚白　同輯

梅守德 字純甫號宛溪嘉靖辛丑進士初爲吏科給事丰骨嶽立以論嚴嵩出爲郡守嵩敗遷山東學使歷大叅乞休歸里以理學文章倡率後學所著有無文漫稿滄洲摘稿今並逸

泛舟響山

溪流泛容與，艤棹陟崇阿。峭壁懸蒼蘚，寒潭漾綠莎。城高清漏迥，月滿夕光多。千古釣臺蹟，予今來浩歌。

麻姑山

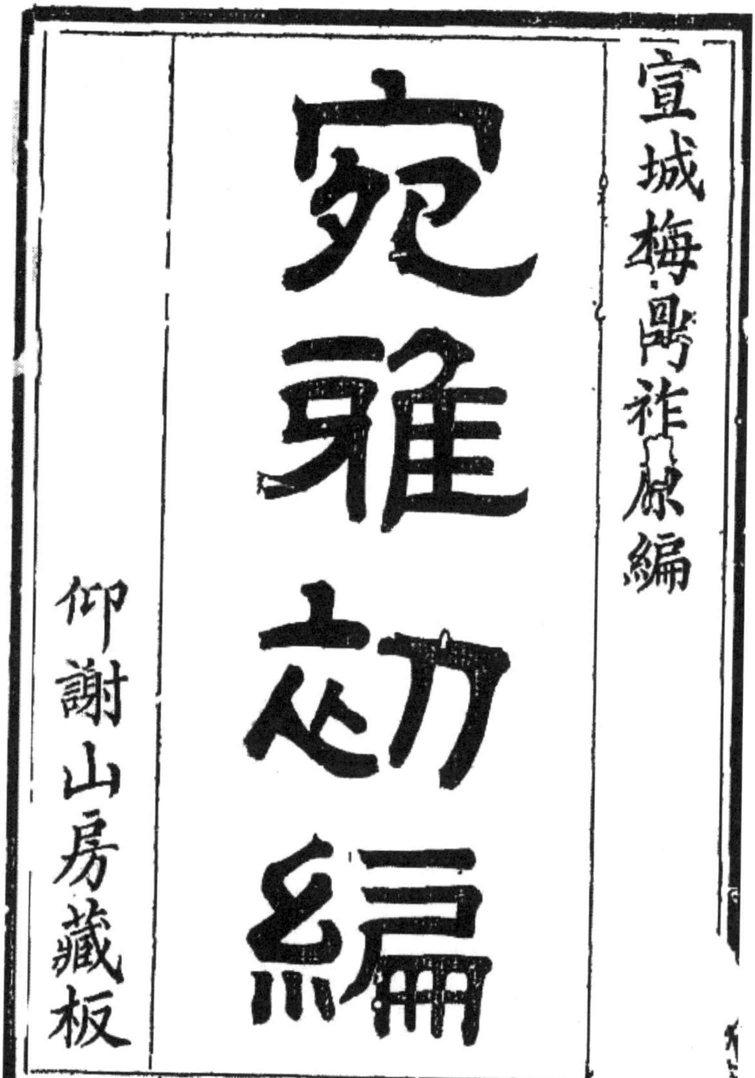

宣城梅鼎祚原編

宛雅初編

仰謝山房藏板

道光本《宛雅初編》

宣城梅鼎祚原編

宛雅初編

宛村劉樹本堂藏板

光緒本《宛雅初編》

總目

整理説明

一

『宣城自古詩人地』。

宣城地處風景秀美的江南，『兩水夾明鏡』，『江城如畫裏』。古代的文人墨客，或游歷或官宦於此，南來北往，徜徉其間，均不覺手舞足蹈，形諸歌詠，謝朓、李白、杜牧之是其中杰出的代表。

地靈人杰，其本土詩人，舉其犖犖大者：若唐代之劉太沖劉太眞兄弟、李咸用、汪遵，體兼文質，達於大雅。宋代，梅堯臣崇尚現實主義，詩風古淡，與尹洙、歐陽修等共領詩文革新運動，文壇盟主歐陽修尊之爲『詩老』，劉克莊譽之爲宋詩的『開山祖師』，陸游更推之爲李、杜而後第一位作家。南宋的吴潛、周紫芝，都是彪炳文學史册的大家。元代，貢氏異軍突起，可爲當地文學家族的突出代表，自貢士濬至貢奎、貢師泰、貢性之（入明），四代計有二十多人以文學相傳承。明代，其佼佼者如沈懋學、梅鼎祚、沈壽民、吴肅公。入清，施閏章主盟東南詩壇數十年，與同邑高詠、梅庚、梅清、梅朗中、梅文鼎、沈泌等更相唱和，含蓄雋永，清眞雅正，自具面目，號『宣城體』。閏章先生更與山東萊陽宋琬并稱爲『南施北宋』，又被列入所謂『燕臺七子』『清初六家』『海内八大家』。作爲清初文壇宗匠，他的影響至爲深遠。而梅氏家族人才輩出，詩歌而外，諸如書畫、科技，都取得了令人刮目甚至嘆爲觀止的巨大成就。『桐城文章宣城詩』，其影響所及，均遠非一鄉一邑所能囿限。

從明代開始，宣城當地學者就開始留意於匯録地方詩人作品，此即宛雅一書編纂之所由起。

二

整理本宛雅全編涵括了三種著作：初編八卷、二編八卷、三編二十四卷，爲宛陵一郡（即今天的宣城市）自唐代至清代乾隆初年的詩歌總集。合計三編四十卷，共甄録宛陵四百四十三人的二千五百三十一首詩歌作品。

初編編纂者爲梅鼎祚（一五四九—一六一五）。作爲創始，其書即名宛雅，只是到有了三編，三種合刻時，爲區别起見，這才稱之爲初編。

鼎祚字禹金，號盛樂道人，明代宣城人。其父守德，嘉靖間進士，官給事中，因忤嚴嵩出知紹興府，累遷至雲南參政，返鄉建書院講學。世稱宛溪先生。鼎祚自幼篤志好學，少年即以詩文名揚江南。不仕，一生以藏書、讀書、著述爲樂，與大文豪王世貞、汪道昆相交甚歡。其詩文集名鹿裘石室集。戲曲玉合記、小説青泥蓮花記頗有影響。

二編編纂者爲施閏章、蔡蓁春。其初衷即自覺地爲了接續宛雅，命之曰續宛雅。二編之名，也是在有了三編，三種合刻時産生的。

施閏章（一六一八—一六八三），字尚白，一字屺雲，號愚山，晚年又號矩齋，宣城雙溪人。順治六年（一六四九）進士，歷官刑部主事、山東學政、江西參議分守湖西道。晚年舉鴻博，修明史。官至翰林院侍讀，卒於任。其人品、官品一如其詩品、文品，生前即享有盛譽。有學餘堂文集、學餘堂詩集等著作傳世。

蔡蓁春，字大美，一字象山，號芹溪。性耽詩書，負才，久困諸生不得申。兄弟三人相友于。與陳子龍等相友善，晚年與施閏章詩歌唱和頗多。年六十五卒。據施閏章所言，則二編根本上係出自蔡蓁春之手。

三編編纂者爲施念曾、張汝霖。

念曾爲閏章曾孫，字得仍，號蘗齋，一號竹窗。雍正七年（一七二九）拔貢生，十二年（一七三四）授廣東興寧令，後調新會。以母老請改近地，補浙江餘姚。升河南禹州，被誣解官，未幾卒。著蘗齋詩文遺稿。曾經續刻其曾祖蠖齋詩話二卷、矩齋雜記二卷，作爲愚山別集。又補刻家風述略一卷，編撰愚山先生年譜四卷。

張汝霖，字芸墅，號柏園。雍正十三年（一七三五）選貢生，發廣東，歷徐聞、英德縣事，惠民有聲。署澄海知縣，兼權南澳同知，調香山，丁母憂。署陽春縣，除首猾，清冤獄。再調香山，兼權澳門同知，後實授，不久告歸。著有詩文集三十卷、槎江政牘、從政牘稿五十卷等。

道光本補輯者張銘東渠，事迹待考。

光緒本主刻者劉慕燃舒文，係張汝霖玄外孫。

三

宛雅創始於梅鼎祚，時爲明隆慶六年壬申（一五七二），萬曆紀元前一年。以下簡稱隆慶本。

施閏章、蔡蓁春編纂續宛雅，并將二種合刻。其刊刻時間，據時任宣城『郡司馬』、捐資人李士琪序言，爲順治十四年丁酉（一六五七）。以下簡稱順治本。

施念曾、張汝霖接續編纂三編，并將三種合刻。張汝霖撰序時間爲乾隆十四年己巳（一七四九）；劉方靄撰序時間爲乾隆八年癸亥（一七四三），早於張序六年；梅毅成撰序時間爲乾隆十七年壬申（一七五二），則晚於張序三年。以下簡稱乾隆本。

張銘補輯刊刻三種本，時間爲道光八年戊子（一八二八）。其序言謂，自乾隆己巳至今將近百年，前賢又有增訂之爲四編者，自己『復爲網羅釐定，授之剞劂，俾與前三編并行於世』。以下簡稱道光本。

劉慕燃刊刻三種本，時間爲光緒元年乙亥（一八七五）。其序言明確指出，四編『未板行』。以下簡稱光緒本。

宛雅自其創編以來，目前可知者共有過以上五種版本。

縱觀宛雅一書的編纂、刊刻，前後跨越兩朝，超過了三個世紀。其部帙不斷壯大，體例日臻完備，資料越加豐富。宣城鄉賢薪火相傳，文化接力，其情可感！

四

梅鼎祚宛雅隆慶本的面貌已杳不可見。施閏章續宛雅序云：『禹金先生取宣之能詩者，無慮縉紳、布衣，始自唐人，迄明正德，匯而存之，命曰宛雅。』全書依時爲序，釐爲十卷，甄録唐代二人，宋代九人，元代五十八人，明代洪武至正德二十二人，總計九十一位作者，六百四十六首詩作。順治本宛雅於各卷卷首署『螺川李士琪龍沙重訂　吳門陸壽名處實參訂　汝南梅鼎祚輯』。

順治本二編專門甄録有明一代宣城詩人詩作，總計六十九位作者，四百五十首詩作，釐爲八卷，名之曰續宛雅。順治本於各卷卷首署『螺川李士琪龍沙吳門陸壽名處實同定　象山蔡蓁春大美雙溪施閏章尚白同輯』。

上海圖書館現藏有順治本。大字半葉九行，行十字。作者小傳小字雙行。白口，單邊，單魚尾。其序言共四篇，依次是：李士琪宛雅合刻序、蔡蓁春續宛雅序、施閏章續宛雅序、梅鼎祚宛雅序。可惜其中有部分缺葉：如梅序，宛雅的目次、卷五、卷八等。

乾隆本三編正編二十卷，計甄録二百七十九位作者一千四百一十八首詩作（含閨閣、方外、伎女、聯句），其中：唐代三人，五代一人，宋代三人，元代五人，明代三十人，清代二百一十五人，閨閣四人，方外十七人，伎女一人，聯句、逸句一卷。又詩話三卷，計一百六十八則。

首都圖書館藏有乾隆本，署西陂草堂刻本。大字半葉十行，行二十一字。小字雙行，行十八字，頂空三字。白口，單邊，單魚尾。

道光本，我們查閲到國家圖書館有藏，署『仰謝山房藏板』，可惜是個殘本。張銘自序之外，另有佚名作者所撰宛雅續修序，亦難睹全璧。

光緒本，安徽省圖書館有藏，完好無損，署『宛村劉樹本堂藏板』。與道光本相對照，兩本板式完全相同：大字半葉十行，行二十一字；小字雙行，行十八字，頂空三字；白口，單邊，單魚尾。進而將兩本内容加以比照，發現光緒本也完全因襲了道光本。可以確認，光緒本是對道光本的翻刻。

五

乾隆本，爲三種合刻之始。爲此，施念曾、張汝霖耗時七年，在編纂體例的斟酌和相關材料的搜集方面用力頗勤，其呈現的面貌也迥異於順治本，基本走向了定型。大要有四：

一是作者傳記資料的完善。如其凡例所云：『前宛雅二編於各姓氏之下，凡爵秩事實，或略紀數語，或缺而待考，今務廣爲搜輯。』諸如史傳、傳記、墓志、郡邑方志、社會輿論，循序而退，均在採集之列；實在荒邈無稽，不能懸斷者才付之闕如。如初編填補了王圭、陳良弼、梅德明、楊貞等人的資料空白；而三編二百七十九位作者中，無任何資料者僅五人。凡保留了順治本小傳資料者，乾隆本均以『原編』二字明示：其中初編二十三人（則），二編二十人（則）。

順治本有傳者，主要出自編者撰寫。如梅堯臣：

字聖俞，蔭襄城令。召試，賜進士。歷國子直講、都官員外郎。工詩文，康曙覽而嘆曰：『二百年無此作矣！』歐陽修與友善，爲志其墓。宛陵集六十卷、注孫子十三篇行世。史稱其詩深遠古淡云。唐載記二十六卷、毛詩小傳二十卷逸。

乾隆本於作者小傳，採取的是述而不作的辦法，直接輯録史傳、傳記等。如梅堯臣，便徑用了宋史本傳；劉太沖，採録了江南通志、萬歷府志；劉太眞，採録了新唐書本傳、舊唐書本傳。

二是名人軼事、序跋評論資料的輯録。如劉太沖，採録了顔眞卿送太沖序；劉太眞，採録了宣城事函、蕭穎士送太眞序、全唐詩傳。經廣爲勾稽，詩作者的生平仕履、道德文章多昭然可考，於知人論世頗稱有益。

三是對前兩編未予收録者加以拾遺補缺，凡唐代三人、五代一人、宋代三人、元代五人、明代三十人，計四十二位作者的二百零一首詩作，編爲三編前四卷。

四是别立『逸句』『詩話』兩門，綴於卷末。

此外，通過比對順治本，我們發現，乾隆本對於前兩編還有如下一些改變：

其一，適當調整了卷次。如初編，由十卷壓縮爲八卷。當然，其前提是全盤接收了原編的作者和詩作。

其二，適當調整了作者及詩作。初編於元代增補了『貢師道』，詩二首；於明代删除『吳豫』，宫詞一首。二編新增了方夢龍、嚴弘志、梅膺祚、李俠四位作者，各一首詩作； 删除了詹沂詩一首、唐公靖詩一首。

其三，適當調整了作者編序。初編，典型者如梅堯臣，原編爲緊接其叔梅詢之後，爲宋代第二人，作品釐爲上、中、下三部分，跨越卷一、卷二、卷三，現抽出予以單列，爲宋代第九人，即最後一人。編者加按語説明：『論世次，應在李含章之前，因原詩較多，故另編二卷，以便繙閲。』作品釐爲上、下兩部分，設卷二、卷三兩卷。其作品總量仍爲一百八十八首，没作增删替换。二編雖然沿襲了順治本八卷的分卷方案，但對其中作者的編序也作了局部調整。

其四，適當調整了詩篇編序。較爲嚴格地採用由古體到近體、由五言到七言、由律詩到絶句的常規分類編纂方法。這方面也于梅堯臣最能見出。

其五，網羅并採用了其它版本，對詩歌作品進行校對。這一點，可從整理本初編、二編正文各卷有關比照順治本的異文校記中具體見出。應該説，兩版各有勝場。

六

道光本，張銘自序謂『將已刻之三編，漫漶者修之，殘缺者補之』，果然不虛，僅據以補足乾隆本完整缺葉者即有四葉之多。

更爲可貴的是，張銘又進一步網羅了作者傳記和序跋評論資料，長足地提高了宛雅的文獻價值。

如『劉太真』，又新輯了大清一統志、顧況信州刺史府君集序略、永樂大典、宣城縣志左纂；『梅堯臣』原輯十五條，新輯十八條；『施閏章』原輯十三條，新輯十四條；『貢師泰』原輯六條，新輯十八條；『梅文鼎』原輯七條，新輯十一條。據統計，乾隆本初編原輯資料一百二十六則，道光本新輯一百二十三則；乾隆本二編原輯資料一百四十五則，道光本新輯七十四則；乾隆本三編原輯資料四百一十八則，道光本新輯一百六十六則。新輯條目均以『增』字明確標示。

在新輯資料的同時，張銘還對乾隆本原有資料作了局部變更，以刪削居多。其中，初編中刪削資料兩則：卷一『李含章』刪削梅鼎祚鹿裘石室集一則，卷八『陳迪』刪削李贄續藏書一則。二編中完整刪削資料五則：卷一『徐元太』刪削邑志名臣傳一則，同卷『梅守箕』刪削錢謙益列朝詩傳一則；卷二『梅蕃祚』刪削列朝詩傳一則；卷六『湯賓尹』刪削湯賓尹睡庵文集一則；卷八『麻三衡』刪削吴肅公明語林一則。三編中刪削資料十則：卷四『唐允甲』刪削錢謙益序略、周亮工序略共二則，同卷『沈壽崇』刪削吴肅公傳略一則；卷五『戚懋』刪削吴肅公序、吴肅公街南文集共二則，同卷『吴坰』刪削吴肅公序一則及上一則『卒後肅公刊其集行世』二句，同卷『梅磊』刪削錢謙益序一則；卷六『施閏章』刪削錢謙益序一則；卷十八『耿世昌』刪削陳以剛國朝詩品一則；卷二十『沈七襄』刪削明詩綜傳一則。卷二十三『詩話』，將『列朝詩傳載梅鼎祚』云云挪至卷末。大致可見，刪削的原因主要應該在於避嫌忌諱。

道光本還從宛陵羣英集等資料中輯補了十五首詩作，其中，初編十三首，三編二首。

道光本調整作者編序三人：初編中『吴竇儒』『吴鏌』原分係卷六和卷五，而二人實係父子，編次失倫，兹予對調；三編『梅士昌』原在卷十六第三，現調至卷十四之末。

道光本還對乾隆本的資料進行了核對，所用有江南通志、大清一統志、宛陵羣英集、萬姓統譜及個人別集等。

七

此前，宛雅有署名宣城市檔案局（方志辦）整理、蘇愛梅點校的簡體字横排本，列入宣城地情叢書，又列入怡文文集，由華藝出版社二〇一〇年出版。據其書後記交待，係以首都圖書館藏乾隆十四年西陂草堂刻本爲底本，進行點校工作，并借助詩歌總集和詩人别集，進行了必要的他校。但没見校語，乾隆本四處闕葉一仍其舊。

我們這次整理，係依據齊魯書社版四庫全書存目叢書影印的乾隆本作爲工作底本，以順治本、光緒本作爲主校本，重要作家的作品參校了他們的别集。

整理本沿襲了乾隆本的結構要件和編序，將道光本、光緒本序言接編於乾隆本所録序言之後。

整理本將乾隆本删除了的順治本中的詩作，在校記中予以補録；不再如乾隆本將所輯資料作大小字之别：小傳大書，逸事、詩評細注，而是統一了字體字號。

整理本將張銘新輯補的作者傳記等資料悉數照録，仍保留『增』字以示區别；凡張銘新輯補的詩歌作品、核校按語，均予補入，并出校説明；仍然保留張銘所删削資料的各完整條目和局部文句，也出校説明。

整理本據光緒本基本補足乾隆本缺葉和嚴重漫漶，少數剜板則盡量核查了相應文獻予以補足，均出校説明。

整理本因爲實際比對採用的是光緒本，故校記措辭没有使用『道光本』一語。

整理本於所有顯誤、疑誤文字，一般不改正文而出校説明。

整理本爲了方便讀者，附編了作者索引和篇目索引。

全書的整理出版分工情況如下： 初編八卷由彭君華校點，二編八卷由李媛校點，三編二十四卷由李霜琴（卷一至卷六）、賈東亮（卷七至卷十五）、東莉（卷十六至卷二十四及後跋附録）校點。 彭君華負責擬定整理、編輯體例，審訂書稿，統籌編校，撰寫整理説明。 編輯工作由校點者各自負責，校對工作由校點者互换交叉進行。

整理本打磨不周之處定然尚多，幸讀者諸君不吝教正。

對於在宛雅全編整理過程中，給我們積極提供便利和幫助的單位和個人，在此謹統致謝忱！

彭君華

二〇一七年十二月

宛雅全編目録

宛雅初編

卷一

唐 二人

宋 九人

卷　七

明　二十一人

卷　八

宛雅二編

明 七十三人

卷一

卷二

卷三

卷七

卷八

宛雅三編

卷一

唐 三人

卷二

五代 一人

卷八

卷九

卷十

卷十一

卷十二

卷十三

卷十四

卷十五

卷十六

卷十七

卷十八

卷十九

卷二十

閨閣 四人

明

國朝

羽士 一人

元

釋子 十六人

唐

宋

明

國朝

伎女 一人

唐

卷二十一

聯句

齊

宋

校記

〔一〕按，吴寶儒與吴鋏係父子關繫，乾隆本原位置互乙，兹據光緒本乙正。正文同。

〔二〕梅士昌　乾隆本編在卷十六「張延世」之後，兹據光緒本調整。正文同。

敘

辛未春，張君芸墅自粵東貽書，致宛雅一部，曰：『宛雅者，公家禹金先生所輯宣城人詩也。施愚山、蔡大美兩先生嘗續之。迄今百年，作者如林，應復裒集。汝霖不揣謭陋，竊附前人表微之意，矢志再續。而愚山先生之曾孫竹窗適有同心，相與廣蒐考訂。始癸亥，訖己巳，越七歲乃得成。書分爲三編，以前刻爲初編，續者爲二編，今續爲三編，俾後之君子繼此續之，以至於無窮也。惜竹窗先□而殂。今殺青已竣，謹呈大雅爲之是正，并祈製序以弁其端。』余重嘉兩君繼美之誼，而此書又肇端於余家，何敢以不文辭？而公事鹿鹿，致淹報命。今春，公車諸君至，芸墅又札致宛雅數十部，俾分送藏書之家以廣其傳，何張君用心之勤也！

余少承家學，壯入承明，於前賢撰述有志編集而未遂。今老矣，無能爲役，此編之續，實獲我心。公餘，挑燈展讀，千餘年間，風會之流移，世俗之忠薄，政教之得失，莫不流露於字裏行間，益歎古人陳詩觀風之典良爲出政宣教之要道也。

然余竊有疑焉：唐人以詩取士，而家都官以詩鳴於宋，則宣人之爲詩者，乘時趨會，感發興起，宜莫盛於唐、宋。乃初二兩編所載僅百四十餘人〔一〕，而三編所載不啻倍之，豈稽遠者難爲功，徵近者易爲力，果如李龍沙之所云耶？意者盛朝雅化聲教隆於千載，以故拈鬚苦唫之輩亦獨多於前代耳。顧如唐之羅立言、李咸用、汪遵，宋之吴淵、李宏，元之吴琳輩，或名著於國史，或事載於邑乘，何初二兩編俱無之？則夫孤臣、旅客、畸士、逸人之所爲，棄擲埋没，不能自見於後世蓋多矣。

憶自壬辰赴召來都，背離鄉井四十餘年。祇今衰遲鈍拙，匏繫南臺，雙羊、兩水時縈夢寐。古歌云：『遠望可以當歸。』三復兹編，如陟昭亭絶巘，晴空曉望，登北樓之上，與鄉邦耆舊接席聯吟，不尤勝於遠望也歟？

時乾隆十七年，歲在元黓涒灘，日纏壽星之次，七十二歲老人循齋梅穀成序。

校記

〔一〕百四十餘人　現統計初二兩編所載，共一百六十四人。

敘

余與施子蘗齋從事宛雅有年，歲已巳，乃克挈而授諸梓。是書也，其所以維繫吾宣，與吾二人所以無忘前事者，諸敘、例言詳哉其言之，余尚何辭？雖然，余與施子始終是書，念之烏能無感也？

當雍正壬子間，距順治丁酉七十餘年，宛雅續本浸已零落散亡，學士大夫舉其名或未睹其籍，用滋悵惋。余二人惧焉，矢再續之約。居亡何，施子捧檄走嶺表，余守諸生。踰三年，乾隆紀元，亦以試吏南來。竊料既同宦，宦同方，其有以償夙志亡疑。顧余且隨牒東西，迄無停趾：察耀雷水之陽，採鑛垚山之首，揚颿鰐渚，走馬鶴峯。而蘗齋入試大廷，出移神電。相避之巧，若參與商，不相見者凡七年。癸亥，余苫塊之中，家居無事。會蘗齋報最入覲，枉道省親。握手忻然，共申曩約。于是，發凡起例，啓而徵之。明年，復聚首西湖，益購諸書，孜訂編緝，麤成卷帙。其始也，蒐之患其不博；其繼也，擇之患其不精。其續而忽散也，若有所甚易；其散而復續也，久而益其難。蓋自湖上之役去今又五六年，是書始觀厥成也。

吾用是幸，乃蘗齋獨不及見是書之成，而溘先朝露也，則固可悲已。嗟乎！寒冰夕日，鄰笛發聲，過者感而作賦；伯牙琴斷知音，流水、高山終身不鼓。余與蘗齋，相知雅託鍾期，感舊不殊向秀，一編具在，其寥亮爲山陽之笛歟？抑欸欽爲海上之琴歟？是皆未可知也。蘗齋躬至性，孝行純篤，穎敏博洽，播其先畬，旁逮書畫、篆刻、天文、律算，靡不通曉。居嘗語余曰：『吾二人徒以親老家貧，仕不擇官。期他日勉赴初志，築室聚書，畢意著述，以蕲至于古。』頑劣如余，方以昔人所云『吾黨但得一人傳，即吾黨俱傳者』屬之蘗齋，庶幾不朽，而今已矣，平生之言邈不可即，然且以區區未竟之編藉手於余，小子也能不悲哉！

乾隆己巳長至日，芸墅張汝霖書於鐵城官舍。

序

大序言：詩者，吟詠性情，達于事變，而懷其舊俗者也。商頌五篇外，周詩三百六篇，於千百國中風止十五。自文、武以迄襄、定，歷十五王而詩亡。文中子謂，下不貢詩，上不采風，非民之不作也。詩出于民之性情，性情豈能無哉？職詩者之罪也。於戲，其信然哉！然則職詩者不可無人。今猶古，一邑猶天下，以一邑之詩而有人焉職之，使下上千百年，能吟詠者之性情所感發，山川草木鳥獸魚蟲與其方言土俗之敷陳，不至如過風往夢之不可蹤迹，而國家累代風教之所陶煦，其興替得失或藉以有考，是亦聖人之所與也。

吾宣城之有宛雅，訂自梅禹金先生。續之者，施愚山先生。由唐洎明千餘年，凡百六十餘人之殘篇斷稿留遺至今者，兩先生前後職詩之功爲何如耶？

或曰：宣，大邑耳。宣有詩，『風』可也，稱『雅』何？余曰：先儒謂『二南』爲周之正風，於商則爲變風。太平非諸侯之力不得有正風，是以先王之世，侯國不得自以其風著。宣城邑江東，于唐藩鎮之變、宋南渡後故代隸王官，漸被文教，所謂國不異政，焉得稱風？而吾鄉士大夫懷文抱質以及好古能言之流接時而生，上焉炳蔚天朝，下焉謳吟土俗。集中所録，以正爲法。『雅』繫『宛』，誌正也；『宛』冠『雅』，誌地也。顧不曰『宣雅』而稱『宛』何？史記正義曰：漢改丹陽郡，徙郡宛城，今宣州地也。故宣得稱宛。然則兩先生所以稱名而訂且續者，其以此也。夫嗣兩先生職詩者，其可以無人乎？施君蘗齋、張君芸墅，博雅士也，今褎然徵詩，再續宛雅，而屬予序。

予與諸君生逢大雅盛昌之世，仰惟陶鑄於國家聲教中者百年于兹矣。吾邑僻在東南，自來肄雅，其沿舊俗而言情紀事，足以鳴百年之雅化，而可歌詠者不知幾輩，何忍聽其散亡磨滅于荒江空谷，不爲之摭羣抉精以表微而備采，且使吾輩廁在扢雅之列，兼得質諸後人，以俟續于無涯？是兩先生之志也。予與諸君前望後顧，緬然遠矣。

乾隆癸亥冬月，蘭谷劉方藹書于京邸。

原序一〔一〕

梅季子輯宛陵諸家詩，告大人訂之，命名宛雅。言『雅』而繫以『宛』者，明非槩論于海内也。昔孔子説夏、商之禮，歎杞、宋不足吾徵。嗟嗟！世遠言湮，人亡澤斬，今古有同感哉！

粤舞馬之年，承雕龍之慶，即不自權量，勤志獻文，聞時有賢者、賢而多文者，輒津津喜，願摳衣稽首庭下，一求覯其人；即遠不得覯，神向往之矣。鄉之先，獨吾都官及貢尚書有遺集，稱能詩云。都官鑄詞沖澹，範意陶、韋。尚書流麗可餐，清新堪挹。當其貫重鷄林，聲洋鳳寢，抑可謂鐵中錚錚、名不虛立者乎！逮覽郡乘諸載記，悉亡當人心；間有之，已裁損過半：每令人讀而於邑呼冤也。兹余方束髮，恕録廣徵，殺青略就，得如干人，凡如干篇。

惟今學士大夫，説詩者屈指可數千家，其標峻討元，謂不下大歷，而亡于建隆；甚則侵漢、魏，三百篇後無詩矣。然者固究極其理，匪通方之譚也。余以詩者言之成韻者爾，貴在緣情赴景，體物章性，令外無捐類，中無乏思，自叶其雅度而已。即以比世道：世道江河，其流日趨日下。又遐規造化：二曜有升湛，四序有孟季，候其盈虛，于斯昭晦。且詩既準三百篇，乃三百篇具在也，上而廟堂、王公、碩士，下之閭巷、單婦、羈人，靡不垂教區宇，而流光竹素。匪材相埒，蓋所操均焉，刪詩者殆有深歎矣。矧兹僻邑，詎當文藪？若論必欲盡，法戒取中，堇堇如鄉所稱述，他駢指持徽、師心舍筏者已亡論，即二先生未盡講景龍、開元之間舍尚，知其弗當也，此其蜚菑墨鄉而贅疣藝圃者邪？顧今則溺利刀錐，浚鏟鉛槧，陰嗚謝和，握笑于號，吾大靳言之爾。夫通蔽殊情，遐邇岐致，故宵人汶汶，可語崇朝；令士顯顯，直闕翌代。語曰：『餓夫懷璧，不如得糜。』其斯之謂矣。余本乏睹聞，謬膺憒恥，竊悲夫斯人之耳目將渺所底止也，且懼其存者之或佚而不足以徵，抑後死者其益有厚責與！爰壽諸梓，以闡往而詔夫來者。

萬歷紀元前一歲壬申長至日，汝南梅鼎祚禹金撰。

校記

〔一〕乾隆本題作『原序』，統下五篇，兹分加序號。

原序二

吾宣以謝玄暉詩著名，而宣之詩人湮漫無考，率多湮滅。禹金先生取宣之能詩者，無慮縉紳、布衣，始自唐人，迄明正德，彙而存之，命曰宛雅。其言以采一方之書，異核諸家之集：核欲其嚴，采欲其備。蓋志恕也。然已洋洋一國之風矣。嘉、隆以還，又將百有餘年，作者雲興，視昔加盛，余又慮其紛而將佚也。蔡子大美廣蒐，屬余嚴拔。余芟者十之三，入者十之一，是爲續宛雅，踵事增華，不忘舊也。既已命梓人，乃不禁廢卷長歎也。

夫晉乘、魯史，人耑典册；鄭歌、衛什，國紀風謡：亦各存其地也。網羅放失，有美必彰，又先土音，豈非士君子之雅懷乎？然竊自悲悼：文人騷客以一生之智慧，畢能竭慮，磨精耗神，焦鬚髮，槁朱顔，憔悴苦吟，以求不朽於天地之間；及其溘焉澌盡，化爲飄風，百不遺一。又或連篇累篋，不如單詞之巋存；紆組飄纓，不若帶索之遺響。至於浮屠、方外、女妓之流，無意於傳，往往見稱。蓋不可以勢禁而力致。其幸而傳者，又充棟盈牀，卒難省覽，如漢魏百家及詩紀所録、文選所收，皆文詞之淵、岳，風雅之僑、肸也。近世士大夫之得舉其名、誦其言者鮮矣，況其爵里、生平乎？又況窮壤僻邑之殘編乎？而吾儕區區，乃欲採一方之言，成一國之書，冀以傳之將來，豈不戛戛難哉！雖然，我兩人之志則苦矣，其曷可不一言，使後之君子或得之山巔水涯之間，又復延頸望古而長嘆也？

雙溪施閏章尚白撰。

原序三

予與施子從事郡乘，省覽藝文志，反覆尋繹，竊嘆宛之詩人在唐者何寥寥云。唐以詩樹鵠，士由此置身日月，流稱今古，其宵晝研弋、按部考班，方人披朝華、家振夕秀，胡二劉外罔聞焉？豈代謝時遼，莫爲之後，雖盛勿傳？抑青雲靡附，谷菊川蘭通億載而蔑津耶？及讀禹金先生宛雅，宋、元之季，又何風雅之有羣與？自唐歷宋，多閱歲紀，遂無離衆掞藻、鼓吹騷壇也者？論衡不值中郎，中土以之覆瓿；册命不宣太傅，誰知文出元茂？雲委綺合，自在人間珍蓄；表章之寡徒，鮮不道塗委矣。因與施子有續宛雅之輯。

予搜也費，施子遴也嚴。嘉靖洎崇禎得卷八，得人五十有奇〔一〕。或出水芙蕖，天才俊朗；或滿眼列繡，言泉沉鬱。孔璋之健而繁富，公幹之逸而未遒，如鹿裘書帶，後先踵武。前之大雅，學優於才；後之神秀，才逾於學。居諸五古名家，近體失其丰韻；郊居清韻自流，短算薄其藴蓄；素雯老將登壇，刁斗森列，議者幾同趙括。他如調律難兼，韻格偏詣，亦有緣聞徵見，未聚羣腋。大概大成閫域，未易輒及；挈瓶昌言，安忍槩捐？夫家有千里，驥勿珍焉；囊無盈尺，寸璞爲貴：此固憐才雅願，亦前賢所謂恕録廣徵，兹昔同轍乎？

或曰，前選時之相去若許，人未盈百；今之集盍濫諸？不知風會隆替時尸之。明初，風雅肇於高、揚，盛於何、李，炳熾鱗集於中原，吾宛蒸蒸之造，亦於斯爲盛。計兹百有餘歲集之，在嘉、萬者佚三之一；過此不繼前武而銓次。則前之經緯黼藻之業，有不淪亡於荒煙杇蠹者幾希。將使後之人按籍而求，亦如余今之徘徊於唐之兩劉而不能已已也。

象山蔡蓁春大美撰。

校記

〔一〕五十有奇　按，宛雅二編接續初編，順治本實收明代六十九人；乾隆本增補四人，共七十三人。李士琪序亦謂續宛雅作者「五十餘人」，施念曾、張汝霖撰凡例亦云「五十餘人」，其義待考。

原序四

曷言乎『宛』？志地也。以『雅』名者何？言之善者也。古者，太史陳詩以觀民風，俗之美惡於是乎考之，志之貞淫於是乎别之，政教之得失於是乎鑑之。政以宣教，教以章志，志以成俗，聖王之能事畢矣。古詩三百五篇，孔子皆絃歌之，以合於韶、武、雅、頌之音。其名風也，其實雅也。宛爲禹貢揚州之域，春秋時爲吴地。説者謂吴無風，何有于宛？宛之盛以爲風始，斷自謝太守玄暉始也。太白鳥畫雲閒之句，與北樓明月爭光。二公之詩，非土音也。土音之盛，斷自梅都官聖俞始也。歐陽子曰：『非詩能窮人，惟窮而後工。』人謂聖俞之詩得歐陽子而名益彰，要聖俞自有所以不朽者，而不在乎歐陽子之揄揚也。然宛詩工於都官，而都官不足以概宛詩。

沿至有明嘉、隆之世，禹金梅先生慨然振興，始有宛雅一書。自唐迄明，千百年間，宛之詩賴以傳者，梅禹金之力也。迄今又百餘年，其間，薦紳先生以及文學隱士之屬，豈無其人可以傳者？而無人焉起而傳之。更數十年，安知不與斷煙荒草同泯滅也者？是故，非眞才不能作詩，非眞愛才不能起而傳詩。此施學憲、蔡文學有續宛雅一選，嗣禹金志也。余在都門，接學憲告予兹輯，甫下車，急向文學索稿披覽，遂授剞劂。前集板佚，因并前、續合梓之，託陸郡博爲之校焉。按宛雅肇自唐之二劉，迄於明正德之季，中更千年，作者不及百人。續宛雅始於嘉、隆，迄於啓、禎之末，百有餘年，作者已五十餘人。集古者難爲功，徵近者易爲力，其勢然也。

抑是書之成，有三義焉：圖新，一也；求舊，二也；審言知志、更化善俗，三也。夫春華以屢變而愈工，雅樂經八音而始備。故有昔人未發之旨，後人發之；未謀之篇，後人謀之者。今兼收博採，所以圖新也。大匠因規矩以運斤，爲山因邱陵而起智。故後人一時之學，必有所尚；一詩之體，必有所法。今按流溯源，所以求舊也。記曰：『奸聲感人而逆氣應之，逆氣成象而淫樂興焉；正聲感人而順氣應之，順氣成象而和樂興焉。』是故先王慎所以感之者。宛之風正矣，比年以來，得毋有君子溺志、小人嗜利，發于心而見于言者與？昔季札觀列國之風，不禁其憂深而慮遠也。若夫音律之工，風雲月露之美，此騷人事，君子弗尚也。則夫謹風俗之樞機，識正變之原本，非吾黨職司政教，暨宛中賢士大夫之任也哉！此審言知志、更化善俗之方，將不得外此而求之矣。操斯志也，豈緊宛雅？雖以觀吾宛者觀天下可也。

順治丁酉春三月上浣日，螺川李士琪龍沙撰。

原序五

敍曰：詩之道，敦濬恬逸，吟詠性情而已。故其言被之管絃，足以供清廟明堂之用；播之歌謡，足以備皇華採風之資。源於三百，流其支者，古宗黄初，近則開元、大歷。作者遡其本根，必由是假道焉，乃升堂域；舍是，終南轅北轍爾。是以詩有二道：援引組織，本乎典則者也；涵游諷喻，本乎比興者也。典則者流，蓋出于經史子集，以及稗乘雜家，其要在淹通廣厚，如大地江河不擇地可出。比興者流，蓋出于朝夕沐浴，漸至於優游自在，其要在於寄念縹緲，如和風披物程形賦音。兹二者，考其音義乖離，大匠操斤遥顧而卻步矣。

予涼植寡韻，復才餒性嵇〔一〕，退就青氈，冀得一二吟詠友唱予和女。乃宛上蔡子大美、施子尚白稱詩最著云。二子以梅禹金先生有前宛雅之輯，兹捃摭嘉、隆後，踵前志成之，有續宛雅。螺川李公莅宛，板而傳之。又念前者板佚，併重訂授梓，屬余校焉。予受讀之，正聲迭奏，律吕宣調，既典麗沉鬱，復比興遥深，穆然清風發在簡素，後先之間璋判圭合，二子之志苦而功偉矣。予顧謂二子曰：『集梓里書，徵言亦以徵人。倘人逾其言，可援人以恕言乎？』二子期期不可，知其深於風雅之情者也。不有二子，無以紹前徽；不有李公，無以張宛軍。公視事未期，興學造士，退食公餘，諷詠勿輟，殆性所近，非可强致也。

吴門陸壽名處實撰。

校記

〔二〕嵇　疑當作『稽』。

道光本序

《宛雅》一書，吾鄉梅禹金先生所輯，今謂之《前編》。康熙時〔一〕，施愚山、蔡象山兩先生增輯之，爲《續編》。乾隆己巳，施竹窗、張芸墅兩先生又增之，爲《三編》。皆梓以行世。其書搜之廣、選之精、考之詳，經諸名家手訂，後生末學莫贊一詞。惟歷年既久，板既漫漶殘缺，印行者亦日亡日少。吾邑張惺齋徵君，與歙縣凌次仲先生談及此書，未嘗不歎息，欲補輯之而未能也。

余因念楚有《楚寶》，滇有《滇繫》，傳其文，傳其人，實傳其地。禹金先生創之於前，施、蔡諸君續之於後。生其鄉者，顧聽其殘廢缺失，而不爲□□訂，無以紹述前人，即無以昭示來者。里居多暇，因將已刻之三編，漫漶者修之，殘缺者補之。自乾隆己巳至今又將百年，作者繼起，前修又有增訂之爲《四編》者。卷帙僅存，恐就湮没，余不揣固陋，復爲網羅釐訂，授之剞劂，俾與前三編並行於世。由是，宛之羣雅，自唐、宋迄今顯顯罔缺。以詩傳人，亦以人傳詩，不特足以備采風者之挹取，他日徵文考獻，庶幾一助云。

道光八年戊子初夏，邑後學張銘東渠謹識。

校記

〔一〕康熙　當作『順治』。

宛雅續修序（道光本）

宣城於漢爲宛陵，隋時始立今縣。地有敬亭、陵陽、華陽諸山，峯巒峻秀，洞壑幽敻。其水則句、宛諸溪，曲折縈抱，結爲奥區。扶輿清淑之氣磅礴蒸鬱，而發爲偉人傑士。道光丙戌，余由翰林改官南陵，常往來其間。庚子量移斯邑，暇稽邑志，因知都人士，以忠節著者，則有王次卿、趙潛叔、陳景道；以孝友著者，則有俞伯高、吴子旦、孫阿麟；以樸學著者，則有孫敬夫、貢元略、施允升。其他瑰奇偉異之士，不可枚舉。隋書地理志稱其川澤沃衍，君子尚禮，庸庶敦龐，風俗澄清，道教隆洽。蓋宣城之衣冠文物盛於江左者且千載於兹，非僅詞章才藻之士循生而迭起也。既，得讀宛雅一書，上自唐代，下逮國朝，其彪炳於百世者不具論，即其蕉萃巖穴中者率多可傳之人，多可傳之詩。又知宣城人士不矜詞章才藻，而其詞章才藻之美且多如是，固已他郡邑莫能及已。

曩余官桐城，桐之人文甲江北，宣城在大江之南，其人文與桐城相埒。康熙時，桐城潘徵君江搜輯鄉先生遺詩，曰龍眠風雅集，施愚山先生曾爲作序。宛雅創始梅禹金，而續編者則愚山與蔡象山，爲三編者則有施竹窗、張芸墅，推波助瀾，可謂盛矣。今張茂才銘復輯四編，表章先哲，一燈相續，抑又盛焉。余聞桐城詩自龍眠風雅後，有王悔生學博樅陽詩選，徐櫄亭明府桐舊集，竊嘆兩邑人文並美交盛，猶惜其不獲前後相接，合爲一書，學者得以考見其源流正變之故。而余備官兩邑，得以流覽其山川、人物，綜觀其詞章、才藻，與一二好古之士揚搉其是非得失，可不謂幸歟！

夫儒者伏處鄉閭，往哲遺風無可宣播則已；苟其有之，則美斯愛，愛斯傳焉，非欲以吾鄉所有誇炫於天下後世也，亦非懼死者之湮泯不傳，而欲爲留身後名也，以爲是區區者即文獻之所存，學術之所寄，人才升降之所在，世運隆替之（下缺）

光緒本序

宛雅初、二、三編，爲吾邑梅禹金、施愚山、蔡象山、施竹窗諸前輩，暨燃外高祖張公芸墅所輯。其詩則陵宋、唐，薄漢、魏，羽翼騷雅。其考文徵獻，則又繁稱博引，足爲一方掌故，俾讀是集者論其世、知其人；其人傳，其詩亦傳。知先輩之用心良厚矣。初，板存外祖張厚田家，後以兵燹失傳。燃於丙寅旋里，路經吴郵，見此板，查之，尚十存六七，遂即購藏，擬補刻。適楊舜俞師訪有印本，燃遂付棃棗，以廣其傳。

嗚呼！人以詩傳乎？詩以人傳乎？設外祖家非有鏤板，則此集不傳；有鏤板而盡燬兵燹，亦不傳；不盡燬於兵燹，而師無印本，燃雖欲酬先外祖之志，無從補輯，又不傳。而今四編雖未板行，初、二、三編猶行於世者，其果伊誰之賜乎！其殆諸詩人默爲呵護歟？抑亦川嶽之靈薈萃於此而不可磨滅歟？是爲序。

光緒紀元歲在乙亥嘉平月，宛溪劉慕燃舒文題。

凡例

一　宛雅一書，後先君子相繼爲之，至今不墜。此其志意，非徒以詩鳴盛也，或備紀述于篇中，或寄情文于言外，大都明倫察物，直與風俗相維。第平時易于散軼，蒐輯之頃，合并復艱。歲壬子，即共矢厥志，荏苒踰紀，乃徵夙訂，遵前賢之舊軌，不敢忘也。

一　是編大旨固期詩藉人傳，抑或人緣詩系，參互考訂，要歸于雅而已。至若人堪不朽，而書與年湮；詩似無奇，而名從實著；更或隱身巖穴，畢志蒿萊，姓氏不挂於人口，而篇章已上薄風騷：是當顯微闡幽，尤不勝三致意焉。

一　兹集僅取緣情之作，未可蓋閤邑之賢也。第頌詩即可論世，徵獻在于採風。前宛雅二編于各姓氏之下，凡爵秩事實，或略紀數語，或缺而待核，今務廣爲蒐輯。先考史傳；史無可考，即徵諸傳記、墓誌；更無可徵，則取郡邑各志登之；若其奄棄未久，行誼共悉者，備採輿言以載；惟荒邈無稽、不能懸斷者始佚。

一　名人軼事，可誦可傳，史傳、墓誌不及詳，而散見他書確有可憑者，亦節次附録。至於頤解而歌匡鼎之來，楓落而賞吴江之句，另編『詩話』『逸句』二門，綴于卷末。要皆取裁舊册，未敢騁筆而鑿空也。

一　序跋評論，作詩者之品格，與論詩者之學識，具見于斯。故即今古殊時，褒貶岐致，亦皆分别節録，以廣見聞、資討論，俱載各家小傳之後。小傳大書，逸事、詩評細註，觀者便可瞭然。

一　前二刻選自有明以前，毋庸再參管見。然如唐之羅立言，五代之梅遠，宋之吳淵等，或炳在國書，或垂諸家集，久而復顯，敢任泯没？餘如此類，尚有數家。今悉次朝代，冠于三編卷首，俾無遺憾。若乃三百具存，類多野女、邦媛之什；六季以降，不乏禪流、鍊客之吟。此則出自創裁，要亦滿夫前志。惜流傳無幾，徵信寥寥，僅若干人，聊存其概。

一　前編自唐至明正德之季，歷有千年，僅得百人。續編始于嘉、隆，迄于天、崇，百餘年間，得五十餘人。兹由明末以迨今時，亦百餘年，而人且浮于前續兩編之數。蓋稽遠者難爲功，徵近者易爲力，李龍沙前序已先我言之矣。然則文人墨士嘔出心肝，而卒消蝕于荒煙斷草者，不知幾誰何也，抑又傷矣。

一　原集分前續兩編，今固再續也。易其原名，莫能統同；仍之，又無以示别。凡託始者一而起，而續之與時無盡。爰分三編：前曰初，續曰二，今續曰三。後之君子踵事同功，固什伯而未有已也。

一　今所續既浮於昔，通計三編，每人事實、評語卷帙滋富。前續編授梓，費出郡司馬龍沙李公。此次殺青，數倍前時，要皆出自俸餘，不敢旁呼將伯也。

一　念、霖生也晚，文獻就湮，見聞有愧于宏通，風雅未窺夫閫奥。然而，志朓則忘其陋，功艱則益其勤，舉手自今，留心實久。惜緘羅未遍，投示殊寥。幸而遊蹤四出，所至購求，往往逢崖石之多情，藉鬼神之默相。如太倉梯米集、玩齋集，舊編俱已註逸，而今竟得完本。且有宣籍缺如，而名篇大册呵護他方，因以稍償渴懷，補次成集。惟逃名肆志、蔽葉空山，此則莫可如何者耳。若夫擇務其精，寧嚴毋濫，前事可師，同心有助，全書具在，知者鑑焉。

施念曾
張汝霖　仝識

（明）梅鼎祚 輯
（清）施念曾 張汝霖 張 銘 補輯

宛雅初編

彭君華 校點

宛雅初編總目

夫采一方之音，異核諸家之集：核務於精，采維其備。且賢多安世，或誼附公孫。故今録鏤實恧練絲，庶幾存羊可需變豹。後有不羣耳食者，尚識予苦心也與。

里人甘木生鼎祚志。

詩八卷

共六百四十六首〔一〕

人九十一人

唐二人

宋九人

元五十九人

明洪武至正德二十一人

校記

〔一〕光緒本輯補十三首，現總計爲六百五十九首。

宛雅初編卷一

唐

劉太沖

江南通志　劉太沖，宣州人，博洽工詩。顔眞卿守平原，辟從事，畫策拒安禄山。尋眞卿掌吏部，署沖高等，嘗爲文送之歸宣城。

萬歷府志　沖與弟太眞齊名，天寶中舉乙科。沖詩亡逸，今惟存寄業師一篇。

全唐詩傳　太沖天寶十二年登進士第。詩一首。

顔眞卿送太沖序　劉太沖，彭城之華望者也。自開府垂明于宋室，澤州考績於國朝，道素相承，世傳儒雅，尚矣。夫其果行修潔，斯文彪蔚，鄂水照乎栘華，龍驥驤乎雲路，則公山、正禮策高足于前，沖與太眞嗣家聲于後有日矣。昔余作郡平原，拒胡羯，而請與從事，長銓吏部，第甲乙，而超升等夷。爾來蹉跎，猶屑卑位，雖才不偶命，而德其無鄰，故沖之西遊斯有望矣。江月弦魄，秦淮頂潮，君行句溪，正及春水，勖哉之子，道在何居。

送蕭穎士赴東府得路字一作寄業師蕭公穎士得淺字〔一〕

蕭夫子赴東府，門人送者十二人，劉太眞爲之序云：先師微言既絶者千有餘載，至夫子而後洵美無度，得夫天和。頃，東倭之人踰海來賓，舉其國俗，願師于夫子，弗敢私；請表聞於天子，夫子辭以疾而不之從也。退然貧居，述作萬卷，去其浮辭，存乎正言。昔左氏失於煩，穀梁失於短，公羊失於俗，而夫子爲其折衷，王公交辟，拒而不應。從官三年，始參謀於洛京，家兄與先鳴者六七人奉壺開筵，執弟子之禮于路左。太眞以文求進，以無聞見舉而不吝爲。夫子羞春雲輕陰，草色鮮碧，皎皎疋馬，出於青門。吾徒喟然瞻望，不及賦詩。仰餞者自相里造、賈邕以下，凡十二人，皆及門之選也。

吾師繼微言，贊述在墳典〔二〕。寸禄聊自資，平生官情鮮。逶遲東州一作周。路，春草深復淺。日遠夫子門，中心曷由展？

劉太眞

新唐書本傳　劉太眞，宣州人。善屬文，師蘭陵蕭穎士，舉高第進士，淮南陳少遊表爲掌書記。嘗以少遊擬桓、文，爲義士所訾。興元初，爲河東宣慰賑給使，累遷刑部侍郎。德宗貞元四年九月，詔羣臣宴曲江，自爲詩，敕宰相擇文人賡和。李泌等請羣臣皆和，帝自第之。以太眞、李紓等爲上。遷禮部，掌貢士，多取大臣貴近子弟，坐貶信州刺史卒。

舊唐書本傳　太眞涉學，善屬文，尤長于詩句，每出一篇，人皆諷誦。

宣城事函　太眞字仲適。

蕭穎士送太眞序略　吾嘗謂，門弟子有尹徵之學，劉太眞之文，首其選焉，今茲連茹甲乙，淑問休闡，爲詩之冠。浹旬，有詔俾徵典校秘書，且驅傳隴首，領元戎書記之事。四牡騑騑，薄言旋歸，聲動日下，浹于寰外。而太眞元昆前已甲科，未始間歲，翩其聯舉，謂予不信，豈其然乎？夏四月，回棹自洛，告歸江表。岵兮屺兮，歡既萃兮。兄矣弟矣，榮斯繼矣。搢紳之徒聞詩習禮者僉曰：『劉氏二子，可謂立乎身，光乎親，蹈極致于人倫者矣。』

唐詩紀事　韋蘇州答太眞詩云：『瓊樹凌霜雪，葱蒨如芳春。英賢雖出守，本自玉階人。宿昔陪郎署，出入迎清塵。孰云俱列郡，比德豈爲鄰？』其見重如此。

全唐詩傳 集三十卷，今存詩三首。

〔增〕

大清一統志 劉太眞，太沖弟。

顧況信州刺史府君集序略 公姓劉氏，名太眞。天寶中，與兄太沖登秀才之科，蘭陵蕭茂挺目以邱門游、夏。官踐御史、左史、尚書、紫微郎、祕書監、工刑部三侍郎。時謂得人，翕然趨義，恐在其後。然春秋暮矣，温温生疾，竟終餘水之上。門深而不得覲，舊邇而不得歸，明主方覺，而君已歿。有文集三十卷。遊名山而窺洞壑者，略舉奇峯、紀勝境。至於鬼怪，不可紀焉。臨終賦詩，竟不忘本。凡古人所詠，山水、遊仙、田家之什，脱罻羅走。思以自適，其可得乎？

永樂大典 劉太眞，字仲適。與兄沖舉進士高第，並有才名。顔眞卿帖云：『沖與太眞，嗣家聲於後。』是也。太眞師蘭陵蕭穎士，素寬簡，嘗謂人曰：『尹徵博聞强識，閻士和鉤深致遠，吾所不逮。柳并不受命而尚黄、老，吾亦何誅？入吾室者，惟劉太眞。斯文不墜，寄是子爾。』

宣城縣志左纂 太眞入貢院，寄前主司蕭廳尚書詩曰：『獨坐貢闈裏，愁心芳草生。

山公昨夜事，應見此時情。』有包誼者，江浙人，下第游漢南。太眞相會，難辭屈，責其不敬。誼擲杯，中其額。後之家，初甚驚歎。及視其名，誼也，默後久之。至出牓，宰相欲有去留，面問太眞，换一名，太眞不能對。忽記誼之姓名，遽言之，誼遂中第。

宣州東峯亭各賦一物得古壁莓〔三〕

苒苒温寒泉，緜緜一作線線。古危壁。光含孤翠動，色與暮雲寂。深淺松月間，幽人自登歷。

顧十二況左遷過韋蘇州房杭州韋睦州三使君皆有郡中燕集詩辭章高麗鄙夫之所仰慕顧生既至留連笑語因亦成篇以繼三君子之風焉〔四〕

寵至乃不驚，罪及非無由〔五〕。奔迸歷畏途，緬邈赴偏陬。牧此彫弊甿，屬當賦斂秋。夙興諒無補，旬暇焉敢休？前日懷友生，獨登城上樓。迢迢西北望，遠思不可收。今日車騎來，曠然銷人憂。晨迎東齋飯，晚度南溪遊。以我碧流水，泊君青翰舟。莫將遷客程，不爲勝境留〔六〕。飛札謝三守，斯篇希見酬。

宋

梅詢

宋史本傳　梅詢，字昌言，宣州宣城人。少好學，有辭辨，進士及第。以秘書省著作佐郎、御史臺推勘官預考進士於崇政殿。眞宗過殿廬，奇其占對詳敏，召試中書，除集賢院。李繼遷攻靈州急，詢請以朔方授潘羅支，使自攻取。帝問誰可使羅支者，詢請行。未至而靈州陷，返，爲三司户部判官。詢自以爲遇主知，屢上書陳論西北事，其言甚壯。帝欲命知制誥，李沆力言其險薄望輕，不可用。後斷田訟失實，降通判杭州。復直集賢院，歷翰林侍讀學士，累遷給事中，出知許州，卒。故事，侍讀學士無出外者。非歷二府而出者，自詢始。詢卞急好進，而侈于奉養，至老不衰。然數爲朝廷言兵。在濠州，夢人告曰：『吕丞相至矣！』既而，吕夷簡通判州事，故待之甚厚。其後，援詢于廢斥中，以至貴顯，夷簡力也。

歐陽修墓誌略　公好學有文，尤善爲詩。爲人嚴毅脩潔，而材辨敏明，少能慷慨見奇。眞宗自初召試，感激言事，自以謂君臣之遇。已而失職，逾二十年始復直于集賢。比登侍從，而門生故吏、曩時所考進士，或至宰相、居大官，故其見時人，常以先生、長者自處。論事尤多發憤。其在許昌，繼遷之孫，復以河西叛，朝廷出師西方，而公已老，不復言兵矣。

宣城事函　梅詢五代時祖遠掾宣城，因家焉。詢好學，有才辨，自以蒙遇主知，雅意經世。初，眞廟嘗欲命知制誥，惟是靈州之役，與宰相李沆異旨，沆力言其不可。著有集二十卷，王安國敘。歐陽修志其墓，邑編修陳天麐爲撰年譜。

萬歷府志　詢子鼎臣舉進士，歷翰林學士，上飛白書『墨莊』二字賜之，曰：『美卿世居文翰之地也。』

〔增〕

大清一統志　詢論曹瑋、馬知節之才可用，凡數十事，其言甚壯。

王安石梅公神道碑略　梅公之墓在宣州宣城縣長安鄉西山里。公有五子：鼎臣、德臣、寶臣、輔臣、清臣，清臣今獨在，爲尚書司門郎中，以公行狀及樂安歐陽公之銘來請文以刻墓碑。時熙寧元年八月四日也。

王安石許昌梅公詩序略〔七〕　翰林侍讀學士給事中許昌梅公，仕於景德、咸平之時，始以文章見用。方海内無事，眞宗皇帝薦功天地，東封泰山，公預從，賡歌太平，君臣之間自爲知己。公又嘗慨然論朝廷之事，逆策西人之變，欲以身蹈不測之虜，而指日以就功名。不能如其志，而播從萬里江湖淮海之上。後雖入侍帷幄，而公已白首，無所施爲。故其褒揚人主盛德之餘，而寫元元懽忻之意，被之絃歌，所以爲一時之樂；而中自放於山崖水濱隱約之觀遊，以去國愛君之思寓之翰墨，所以遺一身之憂者，公之二百九十篇盡矣，宜其聲昭於時，而縉紳之士望之若不及焉，餘尚何足以爲公之重哉！

永樂大典　詢父邈累贈刑部侍郎。詢年二十六登進士第，試校書郎，利豐監判官，將作監丞，知仁和縣，遷著作佐郎。後遷給事中，知審官院，以疾出知許州。康定二年卒。五子：鼎臣、寶臣、得臣、輔臣、清臣，皆列仕籍。清臣至司封郎中。

元一統志　詢，眞宗甚器其才，欲以知制誥，宰相李沆以其躁競不可用，遂流滯幾二十年。卒年七十八。既老，病足，嘗撫其足詈之曰：『是中有鬼，不令我至兩廡者，汝也！』見事略。

吴履齋遺集　梅爲宣城著姓。國史有傳者，給事中詢，席殊寵於咸平；都官員外郎堯臣，扇盛名于嘉祐。

退朝録　至寶元年，梅公詢始以侍讀學士知許州。侍讀帶外任，自梅公始也。其後，翰林出者卒皆换此職。

宋詩紀事　昌言有許州集。

呼猿洞

古澗飛白猿，寂歷不知處。風激石上泉，僧疑月中樹。微茫認松雪，髣髴横樵路。空碧增爾思，蒼蒼奈煙霧？

葛　井

仙翁道未泯，棲神在巖石。酌彼石下泉〔八〕，窮年煉丹液。洞陰春始緑，苔甃秋涵碧。緬邈不可攀，憑欄望皃舄。

曲水亭

崔髮山中人，疏泉斵幽石。如憑青玉案，分遞白雲液。泠泠濺雕俎，瑟瑟穿吟席。醉坐三伏中，煩襟自消釋。

送夏子喬招討西夏

丹墀曾獨繹絲綸，御札親題第一人。鶯喜上遷張筆力，馬諳西討仗威靈。亞夫金鼓從天下，韓信旌旗背水陳。耆定爾功還奏闕，圖形仍許上麒麟。

遊齊山寺 守池州日

鳳刹岧嶢挂斷霓，鳧雲沮洳暗窗扉。江風曉定釣人出，山月夜高禪客歸。牆外蔓藤移過密，院中杉子落來稀。老僧獨坐蒲團穩，自在晴檐補衲衣。

濠州四望亭閒眺

南北舟行互擲梭，長淮混混接天河。石梁景絶虹垂渚，桐柏春深雪作波。四望空明無俗翳，數聲欸乃有漁歌。誰言此地殊幽僻？自我今來風味多。

眞廟挽辭

愁煙暗鼎湖，龍馭入清都。陟降紅雲陛，陪歆赤帝雩。亮陰眞聖嗣，遺詔盡嘉謨。尚見孤臣泣〔九〕，蒙知直殿廬。

陰　陵

龍虎相驅逐，干戈事戰爭。千重漢圍合，一夜楚歌聲。空竭烏騅力，速成白馬盟。淒涼七十戰，漫散八千兵。失道欺田父，窮途遇灌嬰。天亡終不悟，覽古亦傷情。

江樓晚眺

潮落蚌耕洲，霞天雨盡收。月來山寺候，雲駐海門秋。野鶩馴舟繞，江魚逐餌遊。欣然乘此興，呼酒醉高樓。

題竹山寺

亂山幽藹隔招提，祇許相邀入剡迷。山樹風泉爲誰響？春城一夜到鳴鷄。

疊嶂樓

謝公城上謝公樓，百尺闌干挂斗牛。碧瓦萬家煙樹密，蒼崖一檻瀑泉流。波光灎灎前溪滿，刹影亭亭古寺幽。此地近除新太守，緑窗明月爲君留。

爲發運使按部至濠上寄吕相夷簡初余嘗守濠吕以殿中丞出倅

十五年前忝一麾，公餘嘗得預言詩。玉階步武爲霖早〔一〇〕，雲路風波得志遲。浴鳳池深春蕩蕩，觀魚臺古草離離。重來故老休相問，請揭紗籠有舊碑。

李含章

萬姓統譜 含章自少隱居土山，好學，攻文詞，器度凝重。每遇良夕，輒吹鐵笛，吟嘯自若，識者異之。宋太平興國中，擢進士上第。嘗判户部度支，歲計充羨，奏免諸道供輸一年。尋謫外。祥符末，起判三司，乞便郡，出知本州。政崇簡易，訟獄大省。在郡二年罷。含章數以戇直得罪，益高放嗜酒，遨遊山水間，哦詠自遣。仁宗即位，起知江陰軍，數月卒。所著有仙都集五卷。孫孝先以含章蔭累官虞部員外郎，通判池、杭二州。力學好修，所交如李太伯、楊次公輩，皆當世名士。有柯山集十卷。

宣城事函 含章字時用，登太平興國庚辰進士。廷試春雨如膏賦，太宗覽之稱善。含章循公潔己，歷號稱職。

明一統志 含章授屯田都官員外郎，累遷太常少卿，封潘原縣男。

鹿裘石室集 李氏家集，唐六卷，宋一卷，質行才勳，傳在郡乘。蓋足，則吾能徵之矣。〔一一〕

〔增〕

永樂大典 仁宗即位，起知江陰軍，以老疾引年，不許，有旨趣赴任，且命知宣州江嗣宗津發之。至江陰數月，以訃聞。仁宗甚悼惜之，贈中奉大夫、太常少卿。葬於敬亭山之西麓。

嘉定宣城志 駕幸澶淵，含章充提點，自河北至京一路頓遞，省吏以簿書稽滯爲訟，詔決，吏杖，含章坐謫監朗州鹽酒税。祥符末，起知道州。含章以文學遇兩朝，徇公潔己，書在國史。

武陵護戎林亭

脩篁簇逕出林椒，可與遊人避俗囂。曲檻隔花安筆硯，小窗延月伴簞瓢。紅藤引蔓移山豆，緑葉分葩植水蕉。到此每憐清氣别，更堪寒夜雨瀟瀟。

游桃源觀

碧草芊緜十洞春，青蒼寒疊五溪雲。山縈乳竇層嵒秀，路隔桃花幾處分。苔徑竹深迷鶴迹，石壇松古漏星文。通宵回想塵寰事，好結茆茨向水濆。

陳天麟

明一統志　天麟，宣城人。天資豪爽，慷慨重義。紹興中進士，累官至集賢殿脩撰。嘗編易三傳及西漢南北史、左氏綴節等書。

宣城事函　天麟，字季陵。幼警悟，日誦數千言。紹興戊辰擢進士第，調廣德簿。歲饑，乞糴賑民，請代爲郡將書請部使者，得粟數千斛。召對稱旨，除太平州教授。未幾，以國子正召，遷太學博士，累官集賢殿修撰。由饒州改知襄陽，修治樓堞，募忠義軍，浚古晉河，察城中奸細誅之。朝旨嘉奬，改知贛州。時茶商寇贛、吉間，預爲守備，民恃以安。江西憲臣辛棄疾討賊，天麟給餉補軍，棄疾所俘獲送贛獄者，餘黨並從末減。事平，棄疾奏：『今成功，實天麟方略也。』治郡不用威刑，訟亦清簡。未幾罷，復集英殿脩撰，卒。天麟性豪爽，晚益苦學，著有易三傳、類班馬、前後漢、六帖十三卷、南北史、左氏綴節、梅許昌公年譜，詩三千餘篇，號櫻寧居士集。子五人：木、禾、檣、格、植。

萬歷府志 天麟年十八預鄉薦，紹興擢進士，歷官將作監丞，遷太府丞、集賢殿修撰。天麟豪爽重義，尤厚鄉曲，尺牘多親劄，詞旨粲然。

〔增〕

永樂大典 季陵世居宣城之官陂。改淮西，以省員罷。除將作監丞，遷太府丞。被旨劾實左帑儲帛。歲久，數存實亡，天麟故緩之，語吏曰：『此當以實數復於上。今日盱，不暇悉檢，當復來。』吏懼察其奸，一夕潛歸所竊以備閱。比至再，則帛足矣。擢全部員外郎〔一二〕，遷中書門下檢正，權吏部侍郎。上言，詔皆從之。淳熙四年卒。

壽洋川李守昌謌

朱輪畫戟擁高牙，散作棠陰十萬家。漸向瑶階對紅藥，長傾玉斝壽黄花。仙風自是騎鯨客，逸興行飛犯斗槎。誰爲淮南門下客，願隨鷄犬上雲霞。

呂城舟行晚晴

楊柳隄長月一灣，芙蓉花小蓼初斑〔一三〕。孤帆白鳥無邊水，殘日斷雲何處山。遠客自應歸興動，新詩都在晚晴間。功名有底催人去，只合漁樵作往還。

旌德道中

山邑無郵傳，農夫半甲兵。石樓橫斷岸，草徑入荒城。聞道甘泉駕，將臨細柳營。風塵何日静，留眼看昇平。

延壽寺

一溪寒玉佩環聲，兩徑徘徊管送迎。寺學鷲峯侵漢起，山如龍尾撇波行。

周紫芝

明一統志　紫芝，宣城人。嗜學勤苦，歷官至右司員外郎，知興國軍，爲政簡静。有太倉稊米集七十卷行世。

萬姓統譜　紫芝，宣城人，字少隱。居陵陽山南，兩以鄉貢赴禮部，下第。家貧，并日而炊，里人嗤之，不顧，嗜學益苦。年六十一，始以廷對第三人出身，歷右司員外郎，出知興國軍，爲政安静不擾，而事亦治。秩滿，奉祠歸，入廬山終焉。所著有太倉稊米集、竹坡詞、竹坡詩話、楚詞贅説。

陳天麟序略　宣人之爲詩，蓋祖梅聖俞。後百餘年，復得竹坡先生繼其聲。竹坡同時有王次卿，僧彦邦、道常三人，皆能詩。王死于兵，不傳。彦邦學爲詩而未至。道常筆力頗過彦邦，其後亦無聞。惟竹坡之詩聲厭服江左。天麟未第時，從竹坡游，公謂余曰：『作詩先嚴格律，然後及句法。予得此語于張文潛、李端叔，故以告子。』且言：『郭功父徒竊虚稱，在詩家最無法度。』天麟欽佩此語，退而學詩，不敢越尺寸，久而自定，然後知公之善教人。竹坡于書無所不讀，發而爲文章，不讓古作者。其詩清麗典雅，雖梅聖俞當避路，在山谷、後山派中亦爲小宗矣。彼郭功父輩，執鞭請事可也。官晚而名不達，自興國守罷，居九江，貧不能歸宣城，而江山之勝蓋爲晚助云。

梅鼎祚序略　石壁、琴溪、煙霞數篇，頗取法少陵之白沙、石櫃，而文少羸。詩話誠不必超彼代而上之，曲證旁引，譏彈笑粲，間有可憙焉。論者以其詞特斟酌于蘇長公、柳三變，頓欲躋淮海之堂，即其言稍泰，然大較詞著已。

〔增〕

江南通志　紫芝宦知興國軍，終日焚香課詩，而事不廢。

四庫全書簡明目録　太倉稊米集七十卷，凡樂府詩二十七卷，文四十三卷。其詩在南渡之初則特爲秀出。竹坡詩話一卷，論詩考證品評亦多可取。原本一百條，今所存者八十條，蓋已殘闕矣。竹坡詞三卷，其鷓鴣天詞下自註，其詞蓋初學晏幾道，晚乃刊除穠麗，自爲一格。

永樂大典　紫芝父覺以義方教子甚篤，嘗曰：『是子相法當貴，然肩骨對聳，且好吟詩，其終窮矣乎？』聞姑溪李之儀賢，往之遊。又從元勛吕本中究作詩法，自號竹坡。紹興二十五年卒。所作詩文多至數千篇。孫競序稱：其初師張來〔一四〕，後師李之儀者，乃詩文之淵源耳。

嘉定宣城志　少隱子槃、琴皆力學，以國子舉，免省推恩，竟不求仕。

吴履齋遺集　若唐之許棠、張喬、駱用錫，我朝之高中舍、梅都官、張曲肱、周竹坡，善五言者，得玄暉之清麗；善歌行者，得太白之豪放。風流騷雅，至今不絶。

宣城縣志左纂　廖學士道南楚紀贊曰：『上雋分寧，下雉富川。山谷往游，東坡與旋。紫芝何人？逸興翛然。一唱三歎，清廟朱弦。』

張師愚集　由宋以來，有少卿李公、侍讀梅公，洎施景仁、周少隱諸人，彬彬彰甚。

蕭良譽少隱存集敘略 迹先生生平始卒，何日釋詩？乃事業、節操亦自章明灼著。先生之詩，於是乎不可以淺近窺矣。吾想其心事超然，不著一物；神隨境寂，意與感形：安所往而不爲詩也者？特就其言而韻者見稱爲詩，先生不知有詩也，亦不知詩之不爲節操、不爲事業也。合一之理深於中而肆於外，而不必有意爲之，此詩之眞也。

憩高惠連墓下

高公古遺直，三載立螭頭。載筆有公言，高論肅冕旒。少年取巍科〔一五〕，妙學窮九流。晚窺青囊書，穴地生公侯。當時千載人，繼出歐與劉。如何百年後，零落歸山丘？墓門變荒棘，長松泣高秋。佳城定天與，政自非人謀。

出石壁

倚空山嶄巖，平地石齟齬。修途繚危磴，十里無寸土。山高不見日，霧重自成雨。入壁始天明，出壁日過午。青蒼斷崖谷，開豁見天宇。稻田棋局方，農出種禾黍。道傍三兩家，稍稍聞笑語。始知在人寰，邂逅得徒旅。倦僕饑欲啼，遊子歡自許。攜奴老一廛，白髮無處所。何當把春犂，望月耕隴畝。閉門了殘年，危磴不復取。

游武林煙霞洞 有佛手巖、石羅漢。〔一六〕

瀕湖兩峯高，屹立曉相望。蒼涼昇海日，骯髒露千嶂。羸驂絶陂陀，巖谷飽追訪。緬懷洪荒初，藴畜含萬象。渾沌久已死，倏忽眞巧匠。誰令鑿空手，出此奇險狀。中虚納游雲，谷静荅幽唱。暗穴下無底，濤聲相悲壯。十八志聲聞，附石出遺像。誰其架脩椽，置屋雲雨上。青山不知數，繞屋森百丈。忽于兩峯間，萬頃見煙浪。澎湃海潮聲，往往入藜杖。天公愛此山，令我拜嘉貺。眇焉隔仙凡，欲往漫惆悵。便當學枯禪，綺語蠲宿妄。自足伴周遊，長年此遐放。

宿秋霜閣後方丈

秋霜落後題詩處，醉墨淋漓苦未乾。不見窮愁孟東野，亂峯空鎖一溪煙。

菩提小軒晚晴

杭潁雌雄本自殊〔一七〕，淡妝濃抹是吾妹。滿傾漲玉千鍾酒，來有鎔銀百頃湖〔一八〕。白鳥去邊山潑黛，緑蒲疏處雨跳珠。不知好事王摩詰，貌得西山落照無？

石門澗

呼猿洞口水濺濺，忽見奔流下九天。乞得少陵三峽句，爲君題作倒流泉。
萬里西興浦口潮，浪花眞似海門高。誰將一夜山中雨，换作三江八月濤？

魚田

誰穿巨石貯清泉，不見超公舊講筵。龍伴白雲歸寶藏，魚隨流水下春田。
欲尋遺事苦無碑，老宿猶傳古律師。尚恐蜿蜒在中谷，水清不敢唾方池。

李兼

萬姓統譜　兼，宣城人。博學工詩，楊萬里推許之。知台州，居官有守。既卒，吏民爲之巷哭罷市。自號雪巖，所著有詩文及郡志。

陸游李虞部集序略　宣之士多工于文，而五七字爲尤工。唐有李推官，以詩名當代。其家傳遺詩得數百篇，以詩考之，蓋與皮、陸同時歟。自推官後，世世得能詩聲。當元豐間，有虞部公，作詩益工。推官清新警邁，極鍛煉之妙；而虞部則規橅思致，宏放簡遠，自宛陵出。如劉子駿文學，不盡與父同，議者亦不能優劣之也。予得其兩世遺編於虞部之曾孫臨海太守兼，字孟達。孟達固詩人，蓋淵源二祖而能不愧者。

宣城事函　唐咸通末，推官李咸用著有披沙集。家郡西以終，敬亭有推官家。入宋，而太常少卿含章遷族玉山。少卿以下，有虞部孝先，以逮台州公兼，咸玉山産也。陸游序言，李氏自推官，八九世詩人不絶，以時有少卿者振起之。推官屬隴西，爲台州公兼之八代祖，傳其先世之遺集。則台州大有造於隴西，而前後交相重者。

〔增〕

吴潛宣城總集序略　宋宗正丞李公兼，吾先君子正肅公心交也。世有令德，居鄉恂恂，博雅好修，老不厭學。自晉、宋、齊、梁而後，迄今渡江之初，上下一千年，前後三百家，居者、仕者、游者、寄者，苟有片言隻字及于吾宣，往往漁獵而網羅之，凡得詩千餘首，賦、頌、雜文二百篇，分爲二十有三門，合爲二十有八卷，名曰宣城總集。

楊誠齋集　孟達亦能詩，殊有推官公句法云。

汪澤民集　宋太平興國中，少卿李公以文學顯，繼而侍讀梅公以詩名當時。

遊道宫

路去叢祠脩竹林，插天松檜臥龍吟。翬飛朱閣闌干外，人在白雲巖竇深。落花半逐流水逝，黄鶴一去暮煙沉。安得金丹蜕凡骨，下視塵寰空古今。

吴柔勝

宋史本傳 吴柔勝，字勝之，宣州人。幼聽其父講伊洛書，已知有持敬之學，不妄言笑，人皆憚其方嚴。登淳熙八年進士第，調都昌簿。丞相趙汝愚知其賢，差嘉興府學教授。會汝愚去，御史湯碩劾柔勝嘗救荒浙右，擅放田租，爲汝愚收人心，且主朱熹之學，不可爲師儒官。自是，閑居十餘年。嘉定初，遷國子正。柔勝始以朱熹四書與諸生誦習，講義、策問皆以是爲先。於是，士知趍向，伊洛之學晦而復明。累遷司寺丞，出知隨州。時再議和好，尤戒開邊隙，旁塞之民事與北界相涉，不問法輕重，皆殺之。郡民梁皋有馬爲北人所盜，追之急，北人以矢拒皋，皋與其徒亦發二矢。北界以爲言，郡下七人于獄。柔勝至，立破械縱之，具始末報北界而已。改知鄂州，甫至，值歲歉，即乞糴于湖廣，大講荒政，十五州被災之民，全活者不可勝計。除秘閣修撰，依舊宫觀以卒，謚正肅。

程史　宛陵吴勝之，淳熙辛丑得雋于南宫，將赴廷對，去家數十里有地名曰朱唐，舟行之所必經。里之士夜夢有語之者曰：『吴勝之入都，至朱而反矣。』起而告諸人。時吴有親在垂白，意其或尼于行也，私憂之。既而無他。集英賜第，乃在第三甲，上曰朱端常，繼之者曰唐廙，始悟所夢。里士怒曰：『吴勝之登第，何與我事，鬼乃侮我耶！』

宣城事函　柔勝注贛州尉，時仕嶺南者多歿于瘴，北返過贛，妻子率流落，柔勝乃請創廣德惠館，并括閒田所入以待之。由是，人人得返鄉里。嘉定初，歷國子正。當輪對，歷論太室風霆之警，援引前代咎徵以斥時政，言皆剴切。知太平州，州舊有訾清堂，在黄山重巘，公樹碑爲之記。太平固其微時授徒處也。親舊有犯，毫髮弗貸。日率諸子講論六經、四書，箋釋以示伊洛正傳。罷城下税，減萬春墟租，疏市河，尤多惠政。柔勝天性孝友，初筮仕，會母夫人疾亟，時有願輸千緡易闕者，笑曰：『吾以親病而罔利哉！』亟謝遣之。始與彭龜年、楊簡、袁燮諸公爲師友，每以行事至否爲學力淺深之驗。嘗曰：『士以大節爲先，大節苟虧，他美莫贖。』故罹黨禍十餘年，略不少貶，徜徉林壑而薨。

〔增〕

大清一統志　柔勝於生徒中得潘時舉、吕喬年，白于長，擢爲職事，使以文行表率。出知隨州，收土豪孟宗政、扈再興，隸帳下，後皆爲名將。

續通鑑綱目　籍僞學，于是，僞學逆黨得罪著籍者趙汝愚、留正、周必大、王藺四人爲之首。朱熹、彭龜年、陳傅良、劉光祖、吴柔勝、蔡元定等凡五十九人。建炎以來朝野雜記略同。

吴氏原泉集　柔勝，越國公丕承之子，朱文公門人，名籍『僞學』。

吴伯與傳略　公徙知太平州，多惠政。後人於學宫建仰高祠，祀唐李白、牟子才、趙汝愚，洎公與江萬里〔一九〕。又於子城東南獨建一祠，題曰吴正肅公祠，以二子淵、潛配享云。自公知太平引疾丐間之後，二子淵、潛相繼來守是邦，時人榮之。進朝散大夫、工部、祕閣修撰，再乞致政。罷歸里第，復居南城，取大學修身之義，額其堂曰壹是，築樓曰得要，言盡覽敬亭、雙溪之勝。名在『僞學』，詳見三史。有行實十卷。在祕閣，門人徐意一輩皆爲時名卿。

府志儒林傳　勝之長遊郡學，遂徙宣城。父丕嘗贅金陵，柔勝因用溧水貫登淳熙辛丑進士。

柴門春晝

深巷寂無人，鳥聲花塢春。華門長日掩，天地一閒身。

唐人挾彈圖

嚙膝嘶風徑奔騂，花前挾彈回頭看。一鳥不鳴春晝閑，野水清清緑陰暗。

三友圖

髯龍嘶風山石裂，玉人影斷横斜月。一聲翠羽琅玕東，羅浮夢斷微茫中。

林宗放

萬姓統譜　林宗放，字問禮。貌古色壯，居鄉以孝友稱。淳熙丁未舉進士，廷對激切，宰相周益公奇之。授澤州教授，改通州州學。舊刊三諫集，録載章子厚奸狀。郡守，子厚孫也，欲去其板，宗放執不予。調太平州，四方學徒至數百，宗放升堂辨析，皆發揚至理，士多契慰。改知蘭溪縣，摧折豪强，奸吏屏氣。部使章良肱薦於朝，時相驚曰：『此余丁未同登也，尚在常調耶！』欲處以館閣，不果，授廣州通判，遂乞祠歸。

江南通志 宗放授廣州通判，番禺海舶例有私獻，卻不受，乞祠致仕。自號拙軒老人。

萬歷府志 宗放詩文藻贍，如筆諫等賦，後人傳誦之。

和府判給事登疊嶂樓喜雨韻

風流不獨占才名，水鏡冰壺表裏清。千里溪山娱暇日，一天風雨送秋聲。飽聆玉屑霏談麈，燦覩驪珠出管城。臥轍遮留能幾日，捲簾煙景若爲情？

陪郡守游西園

倒影扶闌印碧溪，玻瓈盤上玉東西。落紅那得愁如海，舉白難逃醉似泥。郎宿高明香霧起，客星華耀燭花低。波心夜半魚龍舞，都轉天風入鼓鼙。

吴　潛

宋史本傳 吴潛，字毅夫，宣城人，秘閣修撰柔勝之季子。嘉定十年進士第一，授承事郎，累遷至太府卿。端平元年，詔求直言，潛所陳九事，以直論忤時相罷，奉千秋鴻禧祠。改秘閣修撰，擢太常少卿。奉造斛斗，輸諸郡租，寬恤人户，培植根本，凡十五事。進右文殿脩撰，言和戰成敗大計，貽書執政。權工部侍郎，請養宗子，以係國本，以鎮人心。改權兵部侍郎，又論士大夫私意之敝，請分路取士以收淮、襄之人物。進工部尚書，兼知臨安府。乃論艱屯蹇困之時，非反身脩德，無以求亨通之理。乞遴選近族以係人心，而俟太子之生，帝嘉納。侍讀經筵，改端明殿學士，進封金陵郡侯，以亢旱乞罷免。淳祐十一年，入爲參知政事，拜右丞相，兼樞密使。又四年，授沿海制置大使，判慶元府。至官，條其軍民久遠之計，告于政府，奏皆行之。又積錢百四十七萬三千八百有奇，代民輸帛，前後所蠲五百四十九萬一千七百有奇。以久任，乞歸田里，進封崇國公，判寧國府。還家，以醴泉觀使兼侍讀召，入對，論畏天命、結民心、進賢才、通下情，帝嘉納，拜特進左丞相，進封慶國公，改封許國公。屬將立度宗爲太子，潛密奏云：『臣無彌遠之材，忠王無陛下之福。』帝怒，謫建昌軍，尋徙潮州，責授化州團練使、循州安置。潛預知死日，語人曰：『吾將逝矣！夜必雷風大作。』已而果然，四鼓開霽，撰遺表，作詩頌，端坐而逝，時景定三年五月也，循人悲之。德祐元年，追復元官，仍返執政恩數，贈少師。

續通鑑綱目　故相吴潛暴卒于循州。似道以黄州之事必欲殺潛，乃使武人劉宗申守循以毒潛，潛鑿井臥榻下，自作井銘，毒無從入。一日，宗申開宴，以私忌辭；再開宴，又辭。不數日，移庖，不得辭，遂得疾。潛既殁，似道歸罪宗申，貶之以塞外，議仍許潛歸葬。

西湖志餘　咸淳中，似道遭貶，時人題壁云：『去年秋，今年秋，湖上人家樂復憂，西湖依舊流。吴循州，賈循州，十五年間一轉頭，人生放下休。』及似道爲鄭虎臣殛死，比門下客趙介如守漳，爲文祭之云：『嗚呼！履齋死循，死于宗申；先生死閩，死于虎臣。』

梅鼎祚吴許公年譜序　公發家鼎元，歷階鈞軸，植材鴻朗，畜德淵渟，剴直擬于中壘，通達方之太傅。即寶祐間戹丁陽九，運兆退飛，假令夷吾江左，安必亡還古社之望，洒北轅之恥乎？而事謬不然，投魑魅以爲鄰，放江潭而憔悴，竟蒙腹刃，莫遂首邱。致命之夕，中孚應天，風雷荅響，豈天之所授命者博，顧敓其鑑而謀適不用耶？抑果美好者不祥，而長筭卒詘于短造耶？

〔增〕

大清一統志　毅夫上疏，論保蜀之方、護襄之策、防江之算、備海之宜，論丁大全、沈炎、高鑄之奸，卒以炎論劾落職。

四庫全書簡明目録　履齋遺集四卷，原集久佚，此本爲明梅鼎祚所輯。故宋史本傳所載奏疏皆已無存，僅得詩一卷、詞一卷、雜文二卷。而詩中又誤收他作也。詞則激昂悽動，往往感人。雜文中，與史彌遠諸書亦見鯁直之氣。

江南通志　都城火，潛疏言：『陛下齋戒修省，必使國人孚信，毋徒減膳撤樂。』又言：『與元爲鄰，當以和爲形，以守爲實，以戰爲應，不宜啓兵端。』其後，淮師敗亡，皆如潛言。

郡志名臣傳　毅夫才長于奏對。凡三百餘疏，載八世孫宗周所爲年譜中。

原泉集　毅夫號履齋，柔勝第四子。有詩餘集行世。

吳伯與傳略　潛以父正肅教以踐履爲先，故以額其齋，遂以爲號。癸未六月，衛國夫人平氏薨。公幼嘗侍父正肅公，館於夫人家。平公見而異之，以夫人妻焉。故公感平公之知己，夫人既薨，不復娶，亦不畜婢妾。嘉熙丁酉，鴉塗集成。己亥，詩餘集成。庚子，論語士説成。淳熙辛丑，論語衍究成。甲辰，五書撮要成。己酉，節諸子書成。庚戌正月上聖壽，御筆賜詩。年五十九，里居，于響山潭西種竹築堂，額曰萬竹。西作亭曰覽翠，築臺曰華塔，詠眺自適。庚申，御書賜『衮繡堂』三大字。初，理宗追讎諫阻忠王之立，勸爲濟王立後，有『大蜈公』『小蜈公』之童謡，盡賈似道、沈炎等所爲也。

唐汝迪原泉集序略　上如丞相履齋公謝世數言，下如太守石岡公誓賊一律，則又皆造化爲徒，一絲不挂。謂非身台鉉而不變寒素，席貂珥而猶安菽帛者耶？

柳下舊聞　『菲德承休帝命申，青陽閶動御昌辰。慶貽虹渚嘉祥衍，春滿鼇山景色新。鎬晏頒恩勤側勸，虞韶協奏喜横承。在朝從此薰和氣，要使歡心萬宇均。』右宋理宗淳祐十年書賜參政吴公者也。描金箋上，字兼行楷，末有『賜吴潛』三字。明初，劉三吾、李東陽諸公跋之。吴公，宣人也。其墓去余家三十里而近，子孫聚居郡之南門，簪纓弗替，人稱爲南門宕吴家。

西陂草堂集　宋理宗賜吴許公御詩卷子，璽二：一圓式，如葫蘆，大如拇；一方，徑廣各二寸。方文云『御書之寶』。圓文『庚戌』二字。以時推之，當淳祐十年，實公拜右揆之前一祀也。卷首有公像，袍笏，北面跪，一使者執御書，裹以黄襆，一時拜賜之象，的的如在目中。左方題騖者凡七八人。最先爲茶陵李文正公，辭翰並勝。次則劉學士三吾，黄冢宰宗載，張學士元禎，秦大司馬民悦，馬少宗伯廷用，吴正億甚。一無氏名題識且未竟，類甫屬草而被遽命惡緒所敗者。其裝潢乞題，則公七世孫明臨江守宗周，世所稱石岡先生者也。

即　事

春雲漠漠護輕寒〔二一〇〕，春晝無聊午夢閒。幽鳥不知人意改，銜花飛傍小闌干。

陪陳立道中書泛湖

幽幽池館鎖蒼苔，萬朵芙蓉取次開。卻似昭陽舊宮女，含嬌只待翠華來。

絃管叢中畫舫行，都人一一荷昇平。飛鴻不識人間事，猶作窮邊腸斷聲。

舟中

濃淡煙村碧，淺深霜葉紅。篷窗今夜客，蘆岸晚來風。

校記

〔一〕順治本題作『寄業師蕭穎士』。

〔二〕述　順治本作『點』。

〔三〕宣州東峯亭　順治本作『涇邑東峯亭同袁傪崔何』。

〔四〕順治本題作『顧十二況左遷過上饒出韋蘇州房杭州韋睦州三使君詩太眞繼焉』。

〔五〕及　順治本作『乃』。

〔六〕境　順治本作『景』。

〔七〕王安石　當作『王安國』。

〔八〕石　順治本作『山』。

〔九〕見　順治本作『鑑』。

〔一〇〕步武　順治本作『武步』。

〔一一〕本則光緒本删除。

〔一二〕全部　疑當作『金部』。

〔一三〕斑　順治本作『班』。

〔一四〕來　當作『耒』。

〔一五〕巍　順治本作『危』。

〔一六〕順治本題注下有『以下皆西湖詩』一句，上空一格。

〔一七〕穎　順治本作『禎』。

〔一八〕有　順治本作『看』。

〔一九〕泊　當作『洎』。

〔二〇〕雲　順治本作『陰』。

宛雅初編卷二

宋

梅堯臣上

論世次，應在李含章之前，因原選詩多，故另編二卷，以便繙閲。

宋史本傳　梅堯臣，字聖俞，宣州宣城人，侍讀學士詢從子也。工爲詩，以深遠古淡爲意，間出奇巧。初，未爲人所知，用詢蔭爲河南主簿，錢惟演留守西京，特嗟賞之，爲忘年交，引與酬倡，一府盡傾。歐陽修與爲詩友，自以爲不及。堯臣益刻厲，精思苦學，繇是知名于時。宋興，以詩名家，爲世所傳如堯臣者蓋少也。嘗語人曰：『凡詩，意新語工，得前人所未道者，斯爲善矣。必能狀難寫之景如在目前，含不盡之意見于言外，然後爲至也。』世以爲知言。大臣屢薦宜在館閣，召試，賜進士出身，爲國子監直講，累遷尚書都官員外郎。預修唐書成，未奏而卒。録其子一人。寶元、嘉祐中，仁宗有事郊廟，堯臣預祭，輒獻歌詩。又嘗上書言兵，注孫子十三篇。撰唐載記二十六卷、毛詩小傳二十卷、宛陵集四十卷。堯臣家貧，喜飲酒，賢士大夫多從之游，時載酒過門。善談笑，與物無忤，詼嘲譏刺託于詩，晚益工。

歐陽修宛陵集序略　予聞世謂詩人少達而多窮，夫豈然哉？窮則愈工，非詩能窮人，殆窮者而後工也。予友梅聖俞，少以蔭補爲吏，累舉進士輒抑于有司，困於州縣凡十餘年。年今五十，猶從辟書，爲人之佐，鬱甚〔一〕，所蓄不得奮見于事業。聖俞亦自以其所不得志者樂于詩而發之，故其平生所作，於詩尤多。世既知之，而未有薦于上者。昔王文康公嘗見而嘆曰：『二百年無此作矣！』雖知之深，亦不果薦也。若使其幸得用于朝廷，作爲雅頌，以歌詠大宋之功德，薦之清廟，而追商、周、魯頌之作，豈不偉歟？奈何使其老不得志，而爲窮者之詩，乃徒發于蟲魚物類、羈愁感嘆之言？世徒喜其工，而不知其窮之久而將老也，可不惜哉！

書聖俞詩稿後略　蓋詩者，樂之苗裔與。漢之蘇、李，魏之曹、劉，得其正始。宋、齊而下，得其浮淫流泆。唐之時，子昂、李、杜、沈、宋、王維之徒，或得其淳古淡泊之聲，或得其舒和高暢之節，而孟郊、賈島之徒又得其悲愁鬱堙之氣。由是而下，得者時有，而不純焉。今聖俞亦得之，然其體長于本人情、狀風物，英華雅正，變態百出。哆兮其似春，淒兮其似秋，使讀之可以喜，可以悲，陶暢酣適，不知手足之將鼓舞也。斯固得深者耶！其感人之至，所謂與樂同其苗裔者耶？余嘗問詩于聖俞，其聲律之高下、文語之疵病，可以指而告余也；至其心之得者，不可以言而告也。余亦將以心得意會而未能至之者也。

陸游序略　先生天資卓偉，其於詩非待學而工，然學亦無出其右者。方落筆時，置字如大禹之鑄鼎，鍊句如后夔之作樂，成篇如周公之致太平。使後之能者欲學而不得，欲贊而不能，況可得而譏評去取哉？歐陽公平生常自以爲不能望先生，推爲詩老。王荆公自謂虎圖詩不及先生包鼎畫虎之作，又賦哭先生詩，推仰尤至。晚集古句，獨多取焉。蘇翰林多不可古人，惟次韻和陶淵明及先生二家詩而已。

文天祥序略　公以詩名世，葩韓寋芳，肩蘇挹袂，故醉翁於公之德則曰衣冠儒者也，於公之詩則曰英華而雅者也。翁既與韓而終始，公亦與翁而上下。

楊士奇序略　聖俞當仁宗朝，與韓、范、富、歐諸公游，聖俞詩名特重於時，見知歐公尤深，相與尤密。時蓋有擬歐、梅于韓、孟者，非宣城山川靈秀之所鍾歟！

六一詩話　聖俞、子美齊名于一時，而二家詩體特異。子美筆力豪俊，以超邁横絶爲奇；聖俞覃思精微，以深遠閑淡爲意。各極其長，雖善論者不能優劣也。余嘗于水谷夜行詩略道其一二云：『子美氣尤雄，萬竅號一噫。有時肆顛狂，醉墨洒滂霈。譬如千里馬，一發不可殺。盈前盡珠璣，一一難揀汰。梅翁事清切，石齒漱寒瀨。作詩三十年，視我猶後輩。文辭愈精新，心意雖老大。有如妖韶女，老自有餘態。近詩尤古硬，咀嚼苦難嘬。又如食橄欖，眞味以愈在。蘇豪以氣轢，舉世徒驚駭。梅窮獨我知，古貨今難賣。』語雖非工，謂粗得其髣佛，然不能優劣之也。

鄭谷詩名盛於唐末，號雲臺編，而世俗但稱其官爲鄭都官。梅聖俞晚年官亦至都官。一日，會飲余家，劉原父戲之曰：『聖俞官必止于此。』坐客皆驚。原父曰：『昔有鄭都官，今有梅都官也。』聖俞頗不樂。未幾，聖俞病卒。余爲序其詩爲宛陵集，而今人但謂之梅都官詩。一言之謔，後遂果然，斯可嘆也！

蘇子瞻學士，蜀人也，嘗於淯井監得西南夷人所賣蠻布弓衣，其文織成梅聖俞春雪詩。此詩在聖俞集中未爲絶唱，蓋其名重天下，一篇一詠傳落夷狄，而異域之人貴重之如此耳。

聞見後録　梅聖俞著碧雲騢應昭陵時，名下大臣惟杜祁公、富鄭公、韓魏公、歐陽公無貶，外悉譏詆之無少避。王銍性之不服，以爲魏泰僞託聖俞著此書。性之跋范仲尹墓誌云：『近時，襄陽魏泰者，場屋不得志，喜僞作他人著書，如志怪集、括異志、倦游録，盡假名武人張師正，又不能自抑，出其姓名作東軒筆録，皆用私喜怒誣衊前人。最後作碧雲騢，假名梅聖俞，毁及范文正公，而天下駭然不服矣。且文正公與歐陽公、梅公立朝同心，詎有異論？特聖俞子孫不耀，故挾之借重以欺世。今録楊闢所作范仲尹墓誌，庶幾知泰亂是非之實至此也，則其他泰所厚誣者皆迎刃而解，可盡信哉！」晁以道問予：『梅二詩何如黄九？』予曰：『魯直詩到人愛處，聖俞詩到人不愛處。』以道爲一笑。

老學菴筆記 東坡先生省試刑賞忠厚之至論有云：『臯陶爲士，將殺人，臯陶曰殺之三，堯曰宥之三。』梅聖俞爲小試官，得之，以示歐陽公，公曰：『此出何書？』聖俞曰：『何須出處！』公以爲皆偶忘之，然亦大稱嘆。初欲以爲魁，終以此不果。及揭榜，見東坡姓名，始謂聖俞曰：『此郎必有所據，更恨吾輩不能記耳。』及謁謝，首問之，東坡亦對曰：『何須出處！』乃與聖俞語合，公賞其豪邁，太息不已。

研北雜志 謝景初師厚知制誥，希深之子，詩極高，豫章黄魯直娶其女，自以爲從師厚得句法。而師厚之姑實歸梅聖俞。其淵源所從來遠矣。

續詩話 梅聖俞之卒也，余與宋子才選、韓欽聖宗彦、沈文通遘俱爲三司僚屬，共痛惜之。子才曰：『比見聖俞面光澤特甚，意爲充盛，不知乃爲不祥也。』時欽聖面亦光澤，文通指之曰：『次至欽聖矣。』衆皆尤其暴謔。不數日，欽聖抱疾而卒。余謂文通曰：『君雖不爲咒詛，亦戲殺耳！』

劉後村詩話　本朝詩，惟宛陵爲開山祖師。宛陵出，而後桑濮之哇淫稍息，風雅之氣脉復續，其功不在歐、尹下。

蘇軾上書略　執事名滿天下，而位不過五品。其容色温而不怒，其文章寬厚敦朴而無怨言，此必有所樂乎？斯道也，軾願與聞焉。』

周紫芝稊米集　嘗閱家所藏前輩書尺，得聖俞先生數帖及姑蘇園亭記，愛其楷法甚謹。

張芸叟詩評　梅聖俞詩如深山道人，草衣葛屨，土形木質，雖王公大人，見之不覺屈膝。

〔增〕

書畫譜　海州柳陳甫四賢尺牘一卷：司馬君實、梅聖俞、王介甫、王晉卿，迹並佳。

四庫全書簡明目録　歐陽修始變詩文之格。佐修變文格者，尹洙、蘇舜卿；佐修變詩格者，堯臣也。其詩外稿而内腴，不善學之則枯淡而無味。故蘇、黄崛起之後，傳其派者差稀。

程史〔二〕　歐陽文忠知貢舉。省闈故事：士子有疑，許上請。文忠方以復古道自任，將明告之以崇雅黜浮，期以丕變文格，蓋至日昃猶有喋喋弗去者。過晡，稍闃矣。方與諸公酌酒賦詩，士又有扣簾。梅聖俞怒曰：『瀆則不告！當勿對。』文宗不可，竟出應。是舉也，實得東坡先生。

退朝録　劉仲更始修天文、歷志，後充編修官，將卒業，而梅聖俞入局，修方鎮、百官，嘉祐五年六月成書。仲更崇文院檢討，未謝而卒。聖俞先一月餘卒，詔官其一子。

永樂大典　聖俞舉進士，一上禮部罷之。以叔父昌言恩，補太廟齋郎，調洞城、河南、河陽三縣主簿。其在河南，與歐陽永叔、謝希深、尹師魯定交。王文康公守洛陽，見其文，歎曰：『二百年無此作矣！』詔同歐陽修等編修唐書。省試，充參祥官〔三〕，寘曾鞏、蘇軾高等，自堯臣識拔之。五年夏四月，以疾卒。自丞相以下皆賻且弔，賢士大夫填其門巷。堯臣詩名重當世，凡文武貴戚、兒童皆能道之。

嘉定宣城志　梅讓，字克遜，以子堯臣郊祀恩封太子中舍。諸子侍側，中舍公曰：『勉爾朝夕，以輔吾老；勉爾名譽，以爲吾榮。居者養吾體，仕者養吾志，豈不樂哉！』堯臣朱服象笏，娱侍左右。鄉人不榮其子，而榮其父也。

胡苕溪詩評　聖俞日課一詩，寒暑不易，詩名滿世，蓋身試此説之效耳。

臞翁詩評　聖俞詩如關河放溜，瞬息無聲。

滄浪詩辨　國初，詩尚沿襲唐人。聖俞是學唐人平淡處。

宋子京筆記　余每見舊所作文章，憎之，必欲燒棄。梅堯臣曰：『公文進矣！僕之詩亦然。』

芥隱筆記　荆公在歐公坐，分韻送裴如晦知吴江，以『黯然消魂惟别而已』分韻。時客與公八人：荆公、子美、聖俞、平甫、老蘇、姚子、張焦、伯强也。

明道雜志　余遊洛陽大字院，見歐公、謝希深、尹師魯、聖俞等避暑唱和詩牌。

仇池筆記　玉川子月蝕詩，以蝕月者月中蝦蟆也。梅聖俞作日蝕詩，食日者，三足烏也。此因俚説以寓意。戰國策：『日月澗暉於外，其賊在内。』則俚説亦舊矣。

漫堂説詩　宋初，晏殘〔四〕、錢惟演、楊億號『西崑體』。仁宗時，歐陽修、梅堯臣、蘇舜卿，謂之『歐梅』，亦稱『蘇梅』。

西清詩話　晏元獻守汝陰，梅聖俞往見之。將行，公置酒於潁水河上，因言古人章句中全用平聲，製字穩帖，如『枯桑知天風』是也，恨未見仄字詩耳。聖俞既引舟，遂作五仄詩體寄公。

南濠詩話　劉後村云：『宋詩豈惟不愧于唐，蓋過之矣。』予觀歐、梅、蘇、黄、二陳，至石湖、放翁諸公，其詩視唐未可便謂之過，然真無愧色者也。

宋犖重刻宛陵集序略　讀歐公之文，而先生之詩可知已。歐公雖專稱其詩，然志又云他文章皆可喜。今梓之，共六十卷。

説詩晬語 宋初，臺閣倡和多宗義山，名『西崑體』。梅聖俞、蘇子美起而矯之，盡翻科臼。

古相思

劈竹兩分張，情知無合理。織作雙紋簟，依然淚花紫。淚花雖復合，疑岫幾千里。欲識舜娥悲，無窮似湘水。

禽言四首

子規

不如歸去，春山云暮。萬木兮參雲，蜀天兮何處？人言有翼可歸飛，安用空啼向高樹？

提壺

提壺蘆，沽美酒。風爲賓，樹爲友。山花繚亂目前開，勸爾今朝千萬壽。

山鳥

婆餠焦，兒不食。爾父向何之？爾母山頭化爲石。山頭化石可奈何，遂作微禽啼不息。

竹鷄

泥滑滑，苦竹岡。雨瀟瀟，馬上郎。馬蹄凌競雨又急，此鳥爲君應斷腸。

少林寺

紅旌過翠岑，林際瞻蓮宇。門對幾千巖，花開第一祖。禪庭松色寒，石室苔痕古。寂寂不逢人，空檐燕方乳。

遊水簾巖

春山時獨往，榛穢旋芟斸。飛泉蔌幽巖，杳靄疏朝旭。光垂白龍髯，鳴漱寒潭玉。半壁生晝寒，陰草澗秋緑。穿藤出溪口，流沫縈山足。莫遣吏人來，方歌白雲曲。

朔風寄永叔

朔風嘷枯枝，遠雁不能起。日色寒無光，原野澹千里。所思在南國，遐路闊音旨。潛鱗亦安託？冰結長河水。峨峨既未泮，獵獵終不已。悠然傷我心，歷亂非可擬。

寄題梵才大士台州安隱堂

巢禽託静林，潛魚戀深壑。豈不能自安？翔泳得所樂。達士遠紛華，於兹守沖漠。堂前鳴松風，堂後馥花蕚。好鳥時一呼，澄明望寥廓。詩興猶不忘，禪心詎云著？所以得自然，寧必萬緣縛？未能與之游，懷慕徒有作。

依韻和胡武平懷京下游好

南國易悲秋〔五〕，西風起高樹。枯荷復送雨，度雁寧知數？欲問北來音，繫書復若故。冥飛杳無迹，弋者徒有慕。況在白蘋洲，而懷石渠署？石渠多故人，鵷鵠方騫翥。鏘鳴尚可希，綷翼何由附？主人賴知己，未變疇昔顧。乘桴豈仲尼？好勇非季路。幸依南郡帳，不學邯鄲步。自守終日愚，都忘向時慮。眷戀此江湖，親年當喜懼。既獲庭闈近，又多山水趣。

邇來對明月，千里猶會晤。長橋人絶聲，舉酒逢秋露。迴聞孤舟笛，煙水在何處？俯檻意無涯，跳波魚夜乳。頗得眞隱情，奚須慕巢許？思寄梅枝香，遠隔蘭溪渡。緘之付好風，精爽亦隨去。

早夏陪知府學士登叠嶂樓

高陵自可眺，況復更層樓？峨峨衆山翠，活活寒溪流。新篁未掃籜，緣險已修脩。曲道出林杪，飛雨跨城頭〔六〕。春餘衆芳歇，子結虆蔓抽。庭空野鼠竄，日暝啼禽留。誰知郡府趣，適有林壑幽。主人易吾土，惟襲是瀛洲。伊我去閭井，爾來三十秋。昔望白雲下，今從輕軒浮〔七〕。

雜　興

主人有十客，共食一鼎珍。一客不得食，覆鼎傷衆賓。雖云九客沮〔八〕，未足一客嗔。古有弑君者，羊羹爲不均。莫以天下士，而比首陽人。

送門人歐陽秀才游江西

客心如萌芽，忽與春風動。又隨落花飛，去作西江夢。我家無梧桐，安可久留鳳？鳳巢在桂林，烏哺不得共。無忘桂枝榮，舉酒一以送。

九月十一日下昭亭舟中

平生山野性，坐臥愛流水。適從昭亭來，興自明河起。小舟泛輕槎〔九〕，身入星辰裏。飲牛誰家郎？照鬢誰家子？隔岸心相望，翻然州鵲喜〔一〇〕。灘頭磷磷石，欲贈畏指毁。留取自支機，成都無卜士。

西　施

濺濺溪流散，苒苒石髮開。一朝辭浣紗，去上姑蘇臺。歌舞學未穩，越兵俄已來。門上子胥目，吳人豈不哀？層宮有麋鹿，朱顔爲土灰。水邊同時伴，貧賤猶摘梅。食梅莫厭酸，禍福不我猜。

嶺雲

片雨過青天，山雲歸絶嶺。林際隱微虹，溪中落行影。還看隴首飛，復愛山間静。

垂澗藤

寒松偃澗濱，弱蔓垂纓緑。波縈翠帶長，水濺低花馥。終日採蘋人，攀條映巖曲。

秋日同希深昆仲遊龍門香山晚泛伊川

落日川上好，徘徊弄孤舟。鳴桹進山口，清唱發渡頭。淺瀨不可泝，停橈信中流。山樽對蒼翠，溪鳥自沉浮。濯足破嵐影，采菱臨芳洲。十龕晚煙寂〔一一〕，雙壁紅樹秋。細細石間泉，摇摇波際樓。澄潭若瀉鑑，萬象已盈眸。康樂足清尚，惠連仍此遊。摘景固無遺，揮筆曾未休。醉來同淵明，興盡殊子猷。歸傍漁梁静，行看夜火幽。露華初滴滴，夜風何飀飀。不犯嚴城漏，誰言憐近邱？

同永叔子聰遊嵩山〔一二〕

税駕緑巖前，攀蘿不知倦。人從樹杪來，路向雲端轉。忽覺在煙霓，回看峯嶺變。右登太室中峯

幽石稱擣衣，擣衣人不見。雲纓白飄飖，巖樹長葱蒨。猶應寒夜中，山月來鋪練。右玉女擣衣石

冷冷雲外泉，的的巖光入。静若仙鑑開，寒疑玉龍蟄。時應下鹿羣，迹印青苔濕。右天門泉

河南王尉西齋

官舍古城隅，西齋何寂寂。種竹幽趣深，開屏翠光滴。青山露南牆，落日明東壁。危臺起其傍，平隰坐可覿。歲暮野田空，天高霜隼擊。更憐風月時，幾弄林間笛。

送良玉上人還崐山

來衣茶色袍，歸變椹色服。孤舟洞庭去，落日松江宿。水煙晦琴徽，山月上巖屋。野童遥相迎，風葉鳴橡槲。

和張簿寧國山門

高巖日照雲常起，吹作蘭花透紋綺。橫爲步障看未收，山雨一聲風滿耳。右紫雲巖

洞門雖向扶桑開，洞深不放陽烏入。古來道士今莫逢，石壁乳流苔正濕。右朝陽洞

十月十八日

霜梧葉盡枝影疏，井上青絲轉轆轤。西廂舞娥豔如玉，東楯桂郎才且都。纏頭誰惜萬錢錦，映耳自有明月珠。一爲轆轤情不已，一爲梧桐心不枯。此心此情日相近，卷起飛泉注玉壺。

采石月贈郭功甫

采石月下聞謫仙，夜披錦袍坐釣船。醉中愛月江底懸，以手弄月身翻然。不應暴落饑蛟涎，便當騎魚上青天。青山有冢人漫傳，卻來人間知幾年？在昔熟識汾陽王，納官貰死義難忘。今觀後裔奇俊郎，眉目眞似攻文章。死生往復猶康莊，樹穴探環知姓羊。

月夕登霽景臺與唐英話別

風枝不動月光午，況是高臺過新雨。吳客方思千里歸，不負洛陽塵與土。到時水落鱖鱸肥，春稻初炊鱠紅縷。休言羊酪敵蒓羹，我亦長吟念東楚。平湖馬嘶誰可留？去去相望富春渚。

田　家

草木繞籬盛，田園向郭斜。去鋤南山豆，歸灌東園瓜。白水照茆屋，清風生稻花。前陂日已晚，聒聒競鳴哇〔一三〕。

荒村人自樂，頗足平生心。朝飯露葵熟，夜舂雲谷深。採山持野斧，射鳥入煙林。誰見秋成事？愁蟬復怨碪。

春日游龍門山寺

還邀二三子，共到鑿龍遊。陰壑泉初動，春巖氣欲浮。竹藏深崦寺，人渡晚川舟。始覺山風急，歸鞍不自留。

會善寺

杳藹隨龍節，縈紆歷寶山。瑠璃開浄界，薜荔啓禪關。煮茗石泉上，清吟雲壑間。峯端生片雨，稍促畫輪還。

寄河陽簽判富彦國

籍籍名方遠，人知第一流。翻同貴公子，來事外諸侯。地險長河急，天高畫角秋。仲宣應自樂，寧復賦登樓？

留守相公新創雙桂樓

藻棟起霄間，芳條俯可攀。晚雲談次改，高鳥望中還。日映城邊樹，虹明雨外山。惟應謝池月，來照衮衣間。

遊園晚歸馬上希深命賦

興盡夕陽天，言歸躍杏韉。新陰六街樹，遠月九衢煙。歌咽樓千尺，吟餘月一弦。花間有游妓，醉去隋金鈿。

送弟良臣歸宣城

喬木句溪邊，秋光幾曲連。將歸三畝宅，遠寄下江舡。伴爾惟征雁，悲余有暮蟬。親朋如見問，貧外似當年。

餘姚陳寺丞

試邑來勾越，風煙復上遊。江潮自迎客，山月亦隨舟。海貨通閭市，漁歌入縣樓。絃琴無外事，坐見浦帆收。

張脩赴威勝軍判官

青驪渡河水，俠氣動刀環。入幕沙塵暗，臨風鼓角閒。地形通柏谷，秋色滿榆關。誰復輕儒者，難淹筆硯間。

任適尉烏程

俛作程鄉尉，折腰還自甘。卞峯晴照黛，霅水曉澄藍。葑上春田闢，蘆中走吏參。到時蘋葉長，柳惲蓋江南。

馬殿丞通判密州

晨裝辭北闕，懷紱貳東侯。地本全齊勝，風仍變魯優。危帆淮上去，古木海邊秋。相送江潭客，曾同十載遊。

廖秀才歸衡山縣

千里倦爲客，秋歸鳥羽輕。過林湘橘暗，收潦楚江清。晚泊親鷗鷺，殘芳襲杜蘅。長沙幾日到，天際見高城。

魏屯田知楚州

淮南木葉驚，淮上使君行。天外高帆出，沙邊候吏迎。夜潮通廢埭，秋月滿孤城。正遲文翁化，從來楚俗輕。

山光寺 煬帝故宮

古橋經廢寺，蒼蘚舊離宮。柏殿秋陰冷，蓮堂暮色空。鳥啼山靄裏，僧語竹林中。寂寞蕪城近，蕭蕭牧笛風。

自急流口至長蘆江入金陵

始發碧江口，曠然諧遠心。風清舟在鑑，日落水浮金。瓜步逢潮信，臺城過雁音。故鄉何處是？雲外即喬林。

早渡長蘆江

帶月出寒浦，殘星浸水濆。帆開風色正，舟急浪花分。霧氣横江白，鷄聲隔岸聞。天晴建業近，鍾岫起孤雲。

游響山

久憶門前勝，聊乘逸興遊。寒篙進溪曲，古木暗城頭。鳥過空潭響，船隨碧瀨流。梅花三疊罷，煙火起滄洲。

聞歐陽永叔謫夷陵

共在西都日，居嘗慷慨言。今攖明主怒〔一四〕，直雪諫臣冤。謫向蠻荆去，行當霧雨繁。黄牛三峽近，切莫聽愁猿。

寄饒州范待制

山水番君國，文章漢侍臣。古來中酒地，今見獨醒人。坐嘯安浮俗，談詩接上賓。何由趨盛府，徒爾望清塵。

聞雁寄歐陽夷陵

閑坐獨無寐，雁來更未闌。聲長河漢迥，影落户庭寒。荆楚橘包秀，瀟湘楓葉丹。南飛過三峽，試問故人看。

送馬廷評之餘姚

越鄉知勝楚，君去莫辭遥。曉日魚蝦市，新霜橘柚橋。河流通海道，山井應江潮。近邑逢鷗鳥，先應避畫橈。

送海鹽知縣李寺丞

吳帆千里去，邑屋富魚鹽。霜鶴庭臯唳，風帆海客占。滄涼朝日近，紫翠晚山尖。若過陸機宅，寒蕪應不嫌。

送胡臣秀才

汴水日夜淺，歸船不可留。天高雲就嶺，地冷雁迴洲。江館魚堪食，家林橘已收。平生素業在，莫見里人羞。

送何遯山人歸蜀

春風入樹緑，童稚望柴扉。遠壑杜鵑響，前山蜀客歸。到家遲社燕，下馬澣征衣。終日自臨水，應知已息機。

魯山山行

適與野情愜，千山高復低。好峯隨處改，幽徑獨行迷。霜落熊升樹，林空鹿飲溪。人家在何許？雲外一聲鷄。

許昌晚晴陪從過西湖因詠謝希深蘋風詩愴然有感〔一五〕

疏雲漏斜照，殘雨葉間明。飛蓋城頭去，澄湖水正平。荷盛鮫客淚，蔓濯野人纓。公獨思康樂，臨流誦句清。

西湖閒望

夏景已多趣，湖邊日更佳。園葵雜紅紫，岸柳自欹斜。雨氣收林表，城陰接水涯。愛閑輸白鳥，盡日立汀沙。

赴霅任君有詩相送仍懷舊賞因次其韻

湖山饒邃處，曾省牧之遊。雁落葑田闊，船過菱渚秋。野煙昏古寺，波影動危樓。到日尋題墨，猶應舊壁留。

金山寺

吳客獨來後，楚橈歸夕曛。山形無地接，寺界與波分。巢鶻寧窺物？馴鷗自作羣。老僧忘歲月，石上看江雲。

舟中值雨裴刁二君見過

江上滰淒淒，天形接野低。岸痕生舊水，馬迹踏春泥。風急侵衣重，山昏卷幔迷。誰驚二客論？不愧巨源妻。

甘露寺

曾非遠城郭，寂爾隔囂氛。尚有南朝樹，能留北固雲。川濤觀海若，霜磬入江濆〔一六〕。衛國丹青在，孤堂緑桂薰。

春日舟中對雪寄刁經臣

誰道江南暖？新春見雪飛。鷗來親客艇，花亂上人衣。古郡地偏寂，野窗寒入微。戴家仍不遠，欲去未能歸。

題滕學士九華山書屋 公今爲涇州

處山方畏淺，曾慕結深廬。欲與雲峯近，寧將野客疏？澗苗來入俎，林鳥或窺書。何事輕兹樂，而從出塞車？

依韻和武平九月十五日夜北樓望太湖

東吳臨海若，看月上青冥。河漢微分練，星辰淡布螢。細煙沉遠水，重露裛空庭。孤坐饒清興，惟將影對形。

送劉比部

青山夜來雨，溪水已潺湲。侵曉桂旗動，傷離蘋渚前。百壺臨祖道，兩槳破春煙。舊業西河上，歸心向日邊。

送崔主簿赴睦州清溪

舟輕不畏險，逆上子陵灘。七里峽天翠，千重雲木寒。古祠鳴野鳥，亂石激春湍。正與高懷愜，寧歌行路難？

依韻和劉比部留别

春雲已泊簾，濃淡半晴天。沙草微抽緑，林枝遠帶煙。況兹逢晚景，那更送歸船？苦酒聊爲酌，無勞辨聖賢。

送張叔展北歸

江南春候早，水暖野芹生。此客欲歸日，故人持贈行。莫嫌爲物薄，言采幽蘭并。休惜臨流醉，高帆去棹輕。

僧元復院枕流軒

寺外寒流駛，開軒静者棲。淺深看藻荇，出没愛鳧鷖。一悟此中趣，萬緣皆可齊。誰來驚節物，岸木長春荑。

聞角

一聲催客夢，星斗轉西檐。風卷梅花去，愁從柳塞添。馬鳴霜滿鬣，龍泣凍生髯。高樹朝光動，城頭落海蟾。

擬王維觀獵 晏相公座中探賦

白草南山獵，調弓發指鳴。原邊黄犬去，雲外皂鵰迎。近出長陵道，還看小苑城。聊從向來騎，回望夕陽平。

澄虚閣

箘閣隔囂氛〔一七〕，閑來衣練裙。檻邊生静意，水底見微雲。斜照迴晴景，幽芳襲薄薰。主人多賦詠，不減沈休文。

送王推官宰上洛先歸關中

跨馬獨歸日，春風隨度關。客裘將欲綻，社燕亦同還。洛水源邊邑，秦人隱處山。君家有皛鳥，切莫向雲間。

送錢駕部知邛州

細雨梅初熟，輕寒麥已秋。路危趨劍道，夢穩過刀州。秦栗非吾食，巴粳類越疇。當壚無復舊，試似長卿求。

送邵户曹隨侍之長沙

青袍會稽掾，采服湘江行。水館魚方美，犀舟枕自清。鷓鴣啼欲雨，蝃蝀見還晴。風土雖卑濕，醇醪可養生。

送徐君章秘丞知梁山軍

蒼壁束江流，孤軍水上頭。蛟龍驚鼓角，雲霧裛衣裘。午市巴姑集，危灘楚客愁。使君才筆健，當似白忠州。

送韓文饒寺丞宰蕭山

吳會來探穴，廣陵先看潮。横江百馬怒，卷海萬鼙囂。舟楫凌湍發，魚龍接浪跳。薄言增勇氣，少當舉山瓢。

雪後晚過天漢橋堤上行

堤上殘風雪，橋邊盛酒樓。據鞍衰意盡，倚檻豔歌留。海月開金鑑，河冰卧玉虬。當年洛陽醉，偏憶董糟邱。

送韓玉汝太傅知洋州

渭入秦宮古，褒分蜀道難。泉聲春雨後，月色曉程寒。蠶浴桑芽短，禽啼杏萼丹。從來稱召杜，民俗在君安。

校記

〔一〕甚　歐陽修居士集卷四十二作「其」，二字當屬下。

〔二〕程　當作「桯」。

〔三〕祥　當作「詳」。

〔四〕殘　當作「殊」。

〔五〕秋　順治本作「愁」。

〔六〕雨　順治本作「宇」。

〔七〕浮　順治本作「游」。

〔八〕沮　順治本作「咀」。

〔九〕泛　順治本作「浮」。

〔一〇〕州　順治本作『洲』。

〔一一〕十　順治本作『千』。

〔一二〕順治本題末有『賦』字。

〔一三〕哇　當據順治本，作『蛙』。

〔一四〕攖　順治本作『膺』。

〔一五〕感　順治本作『懷』。

〔一六〕罄　順治本作『磬』。

〔一七〕『篔閣』句　順治本作『篔圃隔囂紛』。

宛雅初編卷三

梅堯臣 下

送番禺杜主簿

行識桄榔樹，初窺翡翠巢。地蒸蠻雨接，山潤海雲交。訟少通華語，蟲多入膳庖。不須思朔雪，梅吐臘前梢。

送張殿丞吉甫知資陽

單騎欲之蜀，綵衣初過秦。王喬舃是舃，陶令酒名巾。灞上愁逢雪，褒中喜見春。兩川風物美，不似走京塵。

太傅王尚書挽詞

周原開隴隧，鹵部葬名臣。北極履聲絶，東朝車迹湮。藏舟移夜壑，棲鵩去承塵。共看劉寬墓，碑陰幾許人？

僕射侍中劉相公挽詞

處外諸侯重，居朝聖主知。祆逢庚子日，夢異武丁時。歸椁關山遠，凝笳道路悲。欲傳千古迹，佐世本無爲。

荅來上人春日即事

南國三衣客，王城一見春。花明馳道遠，雨漲御溝新。茗憶山中物，雲懷嶺上鄰。如何異鄉感，卻出解空人？

李審言歸鄭州

嘗從京索間，躍馬望春山。氣象歸王國，邱陵接漢關。長榆啼鳥亂，細草牧陂閑。老厭行途路，因歌送子還。

與道損仲文子華泛西湖

冰消湖已緑，渺渺鴨頭春。船學吳兒刺，吟希楚老新。對山憐去鳥，隔樹識遊人。誰念滄江上，風柔採白蘋？

泛舟和持國

緣源去未窮，夾岸樹濛濛。弱蔓低侵水，殘芳不隱叢。浣衣思越婦，折笋擬江童。薄暮迴船處，潭魚動鏡中。

未晴

未晴初止雨，蒸潤尚侵衣。缺月如羞出，荒雲不肯歸。杏花朱欲綻，梅萼雪將稀。遠雁來何急，衝風濕翅飛。

泊櫪澗觀渡

隔岸呼舟楫，臨河立馬牛。解鞍沙上憩，沉網渚中收。殘日銜沙尾，孤帆落戍頭。莫愁暄作雨，晚水白雲浮。

寄題開元寺明上人院假山

石是青蒼石，山非沓靄山。諸峯生鏡裏，小嶺傍池間。雨不因雲出，門疑爲客關。何須費蠟屐，暫到此中閒。

山行冒雨至村家

雨急芹泥滑，禽鳴苦竹秋。野香生草木，雲潤上衣裘。入石纔通馬，穿林忽隱牛。山家多淺井，下照碧峯頭。

訪施八評事

施兄今七十，近郭隱茆廬。懶問齊民術，喜看莊叟書。竹間鳴澗水，原際見村墟。識盡窮通理，超然樂有餘。

彩霓亭

高出嶺頭樹，俯窺城下溪。半山飛急雨，舉手弄晴霓。曠望已無極，萬緣都與齊。自嗟來獨晚，征棹苦言西。

雪中懷廣教眞上人

蒼山去不遠，日日起寒雲。堂上看飛雪，水邊思練裙。銅瓶生薄凍，桂火壓殘薰。欲往有餘興，林幽路不分。

下赤山嶺過渡至石子澗別施八評事

三歲守廬次，兩迴來澗邊。臨塘愛魚樂，近竹見人賢。今我西歸日，逢君小隱年。重將車馬去，驚起野鷗眠。

寄岳州孫屯田琳

從來洞庭好，都在岳陽樓。明月一千里，寒光三萬秋。年華有時盡，風物不知休。太守憐予句，應如沈隱侯。

泊昭亭山下得亭字

雲中峯午午，潭上樹亭亭。久作大梁客，貧留小阮醒。灘愁江舸澀，祠信楚巫靈。日暮渡頭立，山歌不可聽。

題姑蘇仰氏園居

積水夫差國，閑居魯叟心。石斜雲氣潤〔一〕，城角竹連陰。燕入池塘晚，花開島嶼深。應當效疏傅，不惜橐中金。

蚕春田行

風雪雙羊路，梅花溪上村。鳥呼知水暖，雲濕覺山昏。婦子來陂下，囊壺置樹根。予非陶靖節，老去愛田園。

春日東齋

剥剥禽敲竹，薰薰日照花。耳中無俗聽，眼底有閑誇。逃筍過幽草，吹香到别家。吾懷方自得，切莫問生涯。

閒　居

讀易忘饑倦，東窗盡日開。庭花昏自斂，野蝶晝還來。謾數東籬笋，遥窺隔葉梅。惟愁車馬入，門外起塵埃。

送吴季野太傅移蜀靈泉先至輦下〔二〕

葦箔蠶齊老，桑林葉更生。楚禽多異響，蜀棧未堪行。客散岸傍席，馬還溪上城。過都當有問，爲語欲嵓耕。

宣州雜詩

昭亭萬仞山，古廟半山間。賽雨使君去，釣潭漁父閒。蕨肥嵓向日，竹暗壟連關。北望高樓上，南飛鳥自還。

三洲灘口急，兩水渡頭來。下過桓彝宅，上通嚴子臺。潺湲瀉寒月，滉漾照春梅。白鷺飛處，魚多見底迴。

一過響山畔，嘗思路中丞。開亭宴貔虎，制賊象水蠅〔三〕。舊刻多磨滅，今人少有稱。茸茸春草長，時有牧童登。

細雨春岡滑，無因駐馬蹄。裘單懷後侶，風急過前溪。近寺聞漁鼓，穿林聽竹鷄。田家春正急，炊飯待鋤犂。

諸葛久精妙，已能聞國都。紫毫搜老兔，蒼鼠拔長鬚。露管何明净，煙丸事染濡。班超投此去，死作玉關夫。

高齋謝公殁，此地即危樓。不改窗中岫，無停川上舟。壁陰緣薜荔，城暝笑鵂鶹。萬井曉煙合，素霓横樹頭。

北客多懷北，庖羊舉玉巵。吾鄉雖處遠，佳味頗相宜。沙水馬蹄鱉，雪天牛尾貍。寄言京國下，能有幾人知？

傳道零陵守，兹亭暫解裝。分羣同雁鶩，幾日到瀟湘？斑竹思虞舜，稹萍憶楚王。殷勤吏部句，今亦誦無忘。

依韻和表臣奎野亭

淮光抱城去，山翠落樽前。魯叟欲浮海，楚人休問天。野雲將拂幔，水鳥不驚船。歷覽誰能賦？今聞太守賢。

依韻和表臣先春亭

雜花紅間白，遠樹短參長。天近春歸疾，城高地易涼。千尋浮遠水，五兩動連檣。置酒未終樂，山煙生暝隍。

永叔内翰見訪

内相能來顧，爲郎樂有餘。兒童爭拂榻，門巷少容車。掩扇知秋意，窺牆省舊書。經年三枉駕，未與故人疏。

送吕寺丞希彦邠州僉判

自有仲宣樂，從軍仍近親。關河歷周鄭，風雪過咸秦。原上方驅馬，鞍傍忽起鶉。世家傳釣玉，重問渭川濱。

送（闕）少卿知宣州 先歸雪上

汴水清明下，宣城太守行。鴨頭吴蕩緑，燕尾楚船輕。族本三陽重，詩從小謝清。州民還最喜，門下舊通名。

送閔郎中知池州

一送池陽守，頗懷當日游。青山臨岸盡，翠水入江流。楚舊茆爲貢，燕來雁報秋。牧之登覽處，故事待君脩。

涂中遇雪寄希深

方爲郡邑吏，日與故人違。極目千山碧，馳心一鳥飛。岸傍村杳杳，波上雪霏霏。欲寄洛陽信，泝流行客稀。

伏日陪二通判妙覺寺避暑

紺雨迎涼日，方牀御絡衣。清談傳玉麈〔四〕，雅曲弄金徽。高樹秋聲早，長廊暑氣微。不須河朔飲，煮茗自忘歸。

與諸友普明寺納涼

岸幘清涼地，翛然樂未窮。竹陰過晚雨，林表見殘虹。花影平波上，經聲小塢東。還思醉吟者，寧與此時同？

張侍郎中隱堂

疇昔人歸老，於茲望白雲。門高知後慶，賓至誦先芬。草樹中園秀，衣冠舊里聞。寧同江令宅，寂寞向淮濆？

無　題

乍覺瓊林瘦，慵開寶鑑妝。臨風恐僊去，倚扇怯歌長。緑桂薰輕服，靈符佩縹囊。西鄰空自賦，不解到君傍。

劉秀才歸河内

君家太行下，應復舊蘇門。河氣知寒早，嵐煙覺暮昏。犬鳴林外火，笛響月中村。久作山陽客，逢人爲寄言。

歐陽寺丞宰桐城

葉落淮南樹，青山徧馬頭。人煙將近郭，松竹不知秋。夜虎林間嘯，溪泉舍下流。門前仲卿廟，遺迹待君求。

明州推官鄭先輩

應幕海邊郡，秋風千里歸。隨潮吳榜駛，轉浦楚山微。野橘霜前熟，江螯露下肥。還家候靈鵲，人想罷鳴機。

僧可眞東歸因謁范蘇州

姑蘇臺畔去，雲壑付清機。野策過寒水，山童護衲衣。松門正投宿，行笠帶餘暉。誰愛杼山句？使君應姓韋。

臘日出獵因遊梅山蘭若

我與二三騎，爭馳孤戍傍。逐麋逢野寺，息馬據胡牀。鷹想支公好，人思灞上狂。歸來何薄暮，煙火照溪光。

和師直晚步五壟川

窮覽川原勝，經行未厭頻。樵深但聞斧，谷暖自留春。臨水何妨坐，看雲忽滯人。誰家煙塢裏，竹樹遠相鄰。

二月五日雪

聞永叔謂子華：『明日聖俞若無詩，修輸酒一杯〔五〕。』

二月狂風雪，寒威曉更加。省闈輕妬粉，苑樹暗添花。有夢皆蝴蜨，縫袍只苧麻。醉吟誰料我？相與賭流霞。

送鮮于秘丞通判黔州

壺頭山下俗，巴婦曲中聽。汲井熬鹽白，燒田種穀青。巖風來虎嘯，江雨過龍腥。事簡能談者，楊雄所草經。

雪　上

共愛雪溪風物美，春來清可鑑鬚眉。蘋生楚客將歸日，花暖吳蠶始浴時。臨水竹樓通市陌，跨橋雲屋接川湄。畫船載酒期君醉，已是無謀助剪夷。

和新晴

雲開日照戟衣寒，浄掃平沙路已乾。吏散庭除少公事，畦挑芽甲足春盤。欲聽林上鳴禽變，試步塘陰緑水寬。誰詠陳根有微緑，烏蟾易失似跳丸。

依韻和秋夜對月

陳王苑裏望空虚，吳客風前憶具區。横閣漸看河影轉，繞枝還見鵲驚無。蟲催織婦機成素，露逼鮫人淚作珠。才比陶潛無用處，紗巾時任酒沾濡。

送樂職方知泗州

長堤凍柳不堪折，窮臘使君單騎行。蘇合輕裘霜莫犯，銅牙大弩吏先迎。山旁楚賈連檣泊，水上禹書寒磬清。試向郡樓東北望，煙波千里月臨城。

送周諫議知襄陽

藹藹荆州幾萬家，竟持牛酒望高牙。里兒尚唱銅鞮曲，耆舊爭隨畫鹿車。雄鴨緑頭看漢水，肥鯿縮項出漁查。鄉人應笑張平子，只有歸田賦可誇。

宫槐

漢家宫殿蔭長槐，嫩色葱葱不染埃。天仗龍旂穿影去，鉤陳豹尾拂枝來。青蟲挂後蜂銜子，素月生時桂並栽。我意方同杜工部，冷淘惟喜葉新開。

和宋中道元夕

春風來解吹殘雪，燈燭迎陽萬户然。競看繁星在平地，何妨明月滿中天？赭袍已向端門御，仙曲初聞法部傳。車馬不閑通曙色，康莊時見拾珠鈿。

和永叔中和夜會不見月酬王舍人

主人待月敞南樓，淮水西來斗變秋。自有嬋娟待賓榻，不須迢遞望刀頭。池魚暗聽歌聲躍，蓮葯明傳酒令優。更愛西垣舊詞客，共將詩興壓曹劉。

依韻和馬都官春日憶西湖

時望前湖倚玉梯，雲山横絶路東西。只知遠目窮芳草，不見高人在曲隄。畫檻尋春應醉去，舊朋懷昔欲魂迷。海邊燕子來無數，願託雙飛寄短題。

依韻和孫都官河上寫望

河上風煙愛此邦，吳艘越舸不相忘。魚腥矗矗橋邊市，花暗深深竹裏窗。蹴踘漸知寒食近，鞦韆將立小鬟雙。年光取次須偷賞，何用功名節與幢？

和張氏朝謁建隆寺用寫望韻〔六〕

荒臺殘壘舊名邦，曾説王師此受降。西漢衣冠拜原廟，五天龍象護經窗。蜀岡井味人猶品，隋帝宫基闕尚雙。自古興亡不須問，風鈴閑聽響幡幢。

和許待制新栽竹

劚破煙霞帶筍移，映軒臨檻特爲宜。龍孫已見多奇節，鳳實新生入翠枝。不向阮家林下集，還思渭北水邊窺。一花一草公休詠，慣作蘭臺侍從詩。

依韻和許待制後園宴賓

春來無處不幽芳，誰復樽前嘆異鄉？繞榻綺羅觀舊豔，傍池桃杏照新妝。柳條拂拂牽絲嫩，蕊粉輕輕落酒香。聞道主公能愛客，翻思終日醉莎場〔七〕。

依韻和許待制偶書

曉雨射船珠瀉盤，平明水上舞英殘。鬬鷄蹠惡輕泥濕，調馬蹄翻軟玉乾。深屋燕巢將欲補，密房蠶蟻尚憂寒。爲言楚客甘蔬蔌，白芷香牙長嫩珊。

寄送許待制知越州

喜公新拜會稽章，五月平湖鏡水光。菡萏花迎金板舫，葡萄酒瀉玉壺漿。雲歸秦望山頭净，雨洗若耶溪上涼。天子不能煩侍從，可將吟詠報時康。

重送周都官

水上朱樓畫角鳴，濛濛雨裏傍舟輕。未逢甫里先生謁，多見吳興太守迎。荷葉半黄蓮子老，霜苞微緑橘林明。十年不到風波改，君去將詩與畫評。

送李載之殿丞赴海州榷務

瓜蔓水生風雨多，吳船發棹唱吳歌。槎從秋漢下應快，人憶故園歸奈何？世事静思同轉轂，物華催老劇飛梭。茶官到有清閑味，海月團團入酒巵。

上元登尚書省東樓

閶闔前臨萬歲山，燭龍銜火夜珠還。高樓迥出星辰裏，曲蓋遥瞻紫翠間。轣轆車聲輾日月〔八〕，參差蓮焰競紅顔。誰教言語如鸚武，便着金籠密鎖關。

出省有日書事和永叔

辭家緑勝人爲日，歸路梨花雨合晴。庭下鞦韆應未拆，籠中鸚武即聞聲。千門走馬將看牓，廣市吹簫尚賣餳。已是瓊林芳卉晚，不須遊處避門生。

寄桂州張諫議和永叔

桂林太守幾時行？泛汴桃花浪已騰。目極雲陰低遠樹，夜寒風急亂春燈。巢鳴翡翠愁無限，水宿鴛央冷不勝。陽朔山前好峯嶺，爲公憐愛萬千層〔九〕。

送張待制知越州

滄海東邊會稽郡，朱輪遠下相臣家。已同雲漢星庭轉〔一〇〕，不與鑑湖風月賒。越箭抽萌供美茹，秦山堆翠照高牙。買臣嚴助前時貴，破盜論功未足誇。

送唐紫微知蘇臺

洞庭五月水生寒，盧橘楊梅已滿盤。泰伯廟前看走馬，闔閭城下見驂鸞。吳娃結束迎新守，府吏趨鏘拜上官。曾過揚州能慣否？劉郎盞底勸須寬。

送余少卿知睦州

青山峽裏桐廬郡，七里灘頭太守船。雲霧未開藏宿鳥，坡原將近見燒田。養茶摘蕊新春後，種橘收包小雪前。民事蕭條官政簡，家書時問雪溪邊。

依韻和永叔久在病告近方赴直道懷見寄

浴堂深殿近皇居，秋夕祠臣直宿初。宮女穿針爭落月，官奴持燭看殘書。萬家乞巧心無盡，斜漢飛光望有餘。枕上江山夢猶熟，五更寒雨過簾疏。

送王景彝學士使虜

持節共知過碣石，銜蘆相背有飛鴻。地寒狐腋着不暖，沙闊馬蹄行未窮。隴上牛羊衝密霰，帳前徒御立酸風。歸時莫問程多少，卻到河湟杏蕚紅。

送吕沖之司諫使北

虜人多竊朝廷禮，譯者交傳應對辭。羊酪調羹尊漢使，氈堂舉酒見閼氏。曚曚白日穿雲出，漭漭黄沙作霧吹。知去燕京幾千里，胡笳亂動月明時。

送王郎中知江陰

持歸漢省青綾被，去看吳都白馬潮。疊鼓渡江寒浪伏，鳴鐃入境野雲飄。魚穿楊柳誇鮮鱠，人采芙蓉學細腰。家有二槐爲太守，弟兄誰似李文饒？

依韻和王景彝學士紫宸仲冬早謁

朝開閶闔九重深，望拜珠旒照玉簪。霜氣稍迴龍陛峻，日光微轉鳳樓陰。庭中細仗穿旗脚，案外薰爐對殿心。我預千官少裨補，欲將歌誦播堯音。

和謝希深會聖宮

三后威靈遠，層巒棟宇興。衣冠漢原廟，歌舞魏西陵。日月融光盛，山河王氣增。叢楹琢文石，連網絡朱繩。碧瓦寒鋪玉，重樓瑩鏤冰〔一一〕。粹儀神霧擁，法衮繡龍升。星斗羅容衛，軒墀侍股肱。宸蹤耀璇牓，瑞氣集觚稜。閟殿深珠箔，雕垣界綺縢。笙從緱嶺咽，雲傍帝鄉凝。龜組恭來詣，貂璫肅奉承。欲知歸厚意，孝德自烝烝。

右丞李相公自洛移鎮河陽

侯服齊三輔，天臺聳百僚。新章刻銅虎，舊德冠金貂。已作歌襦化，方期執玉朝。雙鞬辭洛宅，千騎向河橋。鼓角春城暮，鶯花故苑遥。瓜亭猶接畛，棠茇自敷條。夾道都人擁，迎風四牡驕。莫隨文學乘，空望旆旌飄。

孫屯田召爲御史

薦牘交車府，恩書下建章。輕軒辭瑞翟，危弁學神羊。祖酌方滋桂，行威欲犯霜。鳳毛仍襲慶，鷄舌更含香。氣鬱翔龍闕，風清振鷺行。今朝洛民思，東陌盛壺漿。

季父知并州

捧詔出明光，飛軒陟太行。玉墀分近侍，虎綬給新章。笳吹喧行陌，旌旗卷夜霜。雁歸汾水緑，城壓代雲黄。土屋春風峭，氈裘牧騎狂。關山寧久住？剩宴柳溪傍。

袷享觀禮二十韻

卜維陽月吉，孝享禮方脩。齋幄嚴宫殿，羣臣奉冕旒。北風先集霰，夜雪競侵疇。羽仗天街立，龍笳象魏流。翌朝升寶輅，夾道列華輈。琳宇躬將款，珠塵密未收。撞鐘鈞奏合，奠玉日光浮。捧册叨于左，觀儀得以周。帝來清廟下，月欲大刀頭。既祼還初次，更衣戴遠游。黄麾轉槐路，朱輦駕雲虬。武士羅金甲，中人着錦褠。千官入稱慶，萬國與同休。卻出紫宸閣，俄登宣德樓。鷄星傳巽令，鶴馭作天郵。肆赦通皇澤，深仁被九州。巍巍百世業，坦坦四夷柔。惠及高年叟，恩差五等侯。力田仍給復，有道俾旁求。何以歌堯美？兹同擊壤謳。

夏日晚晴登許昌西湖

新晴萬柳齊，鶯度水東西。城上明殘照，雲間挂斷霓。煙蒲匀若剪，沙岸浄無泥。果壓緐枝重，人乘小駟低。嵐光開翡翠，湖色浸玻璃。只欠朱藤密，如過罨畫谿。

説上人游廬山

夙懷高世趣，固足林壑情。欲遊名山徧，遂爲廬嶽行。又訪遠公迹，東林氣象清。瀑布秋影落，香爐曉煙生。洗蕩萬古慮，薰蒸千載名。我今滯孤宦，空羨瓶錫輕。

依韻和集英殿秋宴

殿幄陳金石，宫梧集鳳凰。侍臣嚴虎帳，法衮被龍章。九穀初登稔，羣黎共樂康。宴盤犀作鎮，舞綴錦成行。玉碗盛冰滑，沙籠奏饌涼。廡深容小語，槐密漏微陽。庭立衛兼霍，坐尊蕭與張。清塵汲瑶井，泛宇藹天香。獸躍緣橦地，旗開踏鞠場。樓傳紅幘唱，簾隱内家粧。鴟攫曾無彈，蜂來悮有芳。門傍銅鑄馬，帝所翠爲觴。萬國趨王會，諸公佩水蒼。螭頭左史筆，陸楯半更郎。雅著明時樂，需言盛德光。添花慕平一，賜菊異元嘗。身已陪多士，心寧愧下鄉？薄才何所補？歌詠播殊疆。

次韻和楊樂道待制詠雪

梁苑孝王迹，灞陵遊客心。牧羊來海上，泛棹向山陰。興賞曾何淺，羈棲亦以深。穆歌猶在竹，郢曲自傳琴。旗凍霑天伏，槍寒拂羽林。且爲豐歲慶，休作苦寒吟。掩帙都忘慮，焚香静擁衾。晴明一登閣，暮色徧高岑。

送代州錢防禦

堂堂雁門行，赫赫符節分。紫塞千里障，紅旗十萬軍。世家王爵貴，祖廟將臣勳。鐘鼓陳牛酒，衣裘論典墳。呼鷹下青漢，牧馬出黄雲。賨憲何爲者？燕然解勒文。

王龍圖知江陵

捧詔出荆州，天心寄遠憂。行車踐殘雪，寒色犯輕裘。祖軷山川闊，歌驪道路愁。吏迎多越乘，兵衛粲吴鉤。地與蠻溪接，江通漢水流〔一二〕。風宜橘林賦，俗尚竹枝謳。樽俎思疇日，煙雲感舊游。終當勞侍從，寧久渚宫留？

送河東轉運劉察院

塞郡屯師久，飛芻始得人。權傾擁旌將，詔輟繡衣臣。舊里過京洛，辭家渡孟津〔一三〕。紫裘蘇合染，驄馬玉環辰。榆莢關頭雨，梨花谷口春。高車方涉險，豐蔀暫違親。山勢北臨岱，地雄西隔秦。行臺知不遠，能使問安頻。

送李端明河中府

才業人終服，聰明帝所聞。來希段干木，去識大馮君。金絡鳴津口，朱旗點雁羣。山河虞舊國，簫鼓漢横汾。古堞臨秋月，高樓等白雲。應同羊叔子，緩帶隔囂氛。

和希深新秋會東堂

何必水周堂，翛然萬木涼。朋簪兹共樂，節物自迎商。巧笑承歡劇，新詞度曲長。驂鸞悲霧扇，泛蟻酳雲漿。並蒂榴房熟，連叢桂蕊香。人初投轄醉，客甚摻檛狂。鬢約寒鴉碧，衣輕舞蝶黄。流波聞任注，錯席豈依行？亹亹談寧倦？厭厭夜未央。良時誠可惜，清燕此無荒。

初見杏花

不待春風徧，煙林獨早開。淺紅欺醉粉，肯信有江梅？

擬玉臺體七首

欲眠

鴛鴦羅薦開，翡翠香幃寂。解帶竟羞明，移燈向東壁。

攜手曲

攜手出中閨，殷勤剋密期。密期雖不遠，迴步意遲遲。

雨中歸

來時雲冉冉，去值雨霏霏。莫怪羅衣濕，荆王夢罷歸。

別後

昨日日暮別，今日日暮愁。猶認縱裙色，依依在石榴。

夜夜曲

情來不自理，明月生南樓。坐感昔時樂，翻成此夜愁。

落日窗中坐

含情獨不語，落日窗中時。妾意與君意，相思只自知。

領邊綉

出門重新製，纖手行自整。願作花工兒，長年承素領。

古　意

故人留雅曲，今與新人彈。新人聽不足，復使後人歡。

依韻和希深游樂園懷主人登封令

竹映紅蕖水榭開，門閒乳雀下青苔。伊人何戀五斗粟，不作淵明歸去來。

惜　春

九十日春無幾日，不堪風雨競吹花。舞英逐水向何處？泛泛斜溪伴晚霞。

依韻和仲源獨夜吟

秋鴻聲澀秋絃苦，塗金博山煙夜吐。寂歷虚堂燈暈生，誰人共聽西窗雨。

來上人歸宣城兼柬太守孫學士

李白不厭昭亭山，看盡飛鳥雲獨閑。我今相送一懷想，想在謝公窗户間。

和資政侍郎雪後登看山亭

湖上晴煙凍未收，湖中佳景可遲留。更臨危榭看羣岫〔一四〕，雪色嵐光向醉浮〔一五〕。

道中謝晏相公寄酒

赬泥墨印幾壺醁，將慰窮途阮步兵。一夜臨流對明月，舉杯愁聽雁來聲。

移竹

遠愛檀欒碧逕開，荷鋤乘雨破秋苔。直須探作阮家趣，更向煙林缺處栽。

和吳季野馬上口占

溪頭三月草霏霏，城畔春遊惜醉稀。莫信杜鵑花上鳥，人歸猶道不如歸。

嘉雪應祈呈權郡通判

蠟盡冬殘雲未合，江南青壟麥休肥。誰將太守隨車雨，一夜隨風作雪飛？

校記

〔一〕氣　順治本作『起』。

〔二〕韡下　順治本作『韡』。

〔三〕水　順治本作『冰』。

〔四〕傳　順治本作『停』。

〔五〕酒一杯　順治本作『一杯酒』。

〔六〕張氏朝　順治本作『張民朝』。

〔七〕莎　當據宛陵集，作『沙』。

〔八〕日　順治本作『明』。

〔九〕愛　順治本作『望』。

〔一〇〕星　順治本作『金』。

〔一一〕樓　順治本作『欄』。

〔一二〕漢　順治本作『溪』。

〔一三〕孟　順治本作『盟』。

〔一四〕榭　順治本作『樹』。

〔一五〕醉　順治本作『酒』。

宛雅初編卷四

元

王翊龍

和李治中韻 城東橋新成

英雄老去覺顏凋，約矢無書可射聊。春莫流光嗟逝水，山深幽夢付回潮。翠林鳥聚雲帷合，晴沼魚吞雪絮消。我欲雙溪釣煙雨，彩虹聞已跨飛橋。

倪應淵

西園

水映朱欄漾陸離，憶曾飛蓋得追隨。庭喧畫鼓開筵早，座擁紅裙獻曲遲。楊柳挽風掀醉帽，荷花瀉月入吟巵。轉頭樂事無尋處，藤絡頽垣草網池。

古揚州

雉堞平來塹擁沙，緑蕪闕處見人家。山河舊影藏秋月，關塞新聲起暮笳。玉蕊已爲庭下草，蒺藜不是眼中花。當年鳳舸經行地，枯柳無枝寄宿鴉。

熊不易

過梅山新居

縹緲天風吹珮環，又從鸞鶴下梅山。新開窗户青紅濕，深在煙雲紫翠間。已約幽林回俗駕，遂令寒士得歡顔。棣華寶樹光相照，十載吟翁兩往還。

水西寺

柏山廟裏神松古，裴相園中僧塔高。行馬不旋陵變谷，蟄龍一起海生濤。樓侵林杪天盈尺，雲接溪頭水半篙。隔岸人煙秋色暝，一簾疏雨正瀟騷。

許希賢 愚按，宛陵羣英集作『晞顔』，縣志及二編原刻作『希顔』。〔一〕

贊監郡公

金章紫綬照南州，身在陵陽最上頭。曉雨桑麻吳地暖，西風穲稏楚鄉秋。朱轓到處行雙鹿〔二〕，緑野何人佩一牛？見説御屏題姓字，崇班早晚侍前旒。

朱得先

次馮介溪閑居韻

竹屋松窗杳靄間，林猿沙鳥共溪山。種花長占青春好，讀易堪消白晝閑。隱處雲泉思共酌，夢中煙樹正相關。他年容我狂吟否？獨立斜陽拄杖班。

劉有慶 愚按，宛陵羣英集作元代人。〔三〕

原編 字元善，平江書院山長。

〔增〕

宛陵羣英集 字元長。後官至翰林待詔，號損齋。

龍虎臺即事

都門北上路縈迴，天近居庸勝境開。山舞鸞凰來大漠，氣騰雲霧護高臺。九重氈殿丹青鄣，十里金輪錦綉堆。側耳祥風仙樂度，萬年聲裏進霞杯。

王儒珪

送李知事

應幕宣城郡，人稱燕趙賢。青冥三釜養，白髮兩親年。臺閣須良佐，衣冠擁别筵。片帆梅雨裏，秋滿下江船。

王儒珍

原編 珪之弟。

讀淮陰侯傳

楚漢爭雄日，乾坤殺氣昏。築壇需上將，決策拜王孫。百戰通侯爵，千金漂母恩。如何天下定，卻憶蒯生言？

王　圭

元百家詩傳　圭字敬仲，宛陵人，弟璋並以詩名。嘗與四明戴表元帥初、吴郡郭麟孫祥卿倡和，尤工五言。

和戴帥初陪廉憲副遊三天洞韻

勝迹三天洞，清遊五字詩。懸泉垂馬乳，暗谷隱龍池。坐久禽聲集，吟殘樹影移。賢侯興不淺，應有後來期。

黄葉荒溪滿，青蓮紺宇開。闌干盤石樹，方丈出氛埃。洞古遊人識，巖高倦翼回。秖應山下叟，常説繡衣來。

送吳止水總管入燕

西風萬里送長鑣，木落天高秋寂寥。季子賢名聞上國，望之雅意在中朝。燕臺此日千金駿，漢署當年七葉貂。聖代憂時須共理，一麾江海莫辭遥。

趙雲仲諸君見訪小酌次韻

長楊旖旎緑陰晴，小閣芳菲接謝城。樂事良辰眞具美，酒徒詩伴舊知名。春陰忽散林光變，曉露未晞花氣清。有興時來共幽賞，暫時風雨莫寒盟。

陳公輔還居

大隱何嘗厭市闠？新遷端爲好樓居。坐來叠嶂雲生麓，住近雙溪客有魚。二頃可供投轄飽〔四〕，五車爭羨載行書。門前怕有西臺使，未許興公賦遂初。

送李廉使之荆南二首

火落金天爽氣浮，澄江練浄引仙舟。霜威此去清三楚，霖雨行看遍九州。銀漢星槎當好夜，渚宫煙樹正高秋。熙朝國任須元老，未許周南此滯留。

儒林分席春生座，射圃旋車月滿溪。暫憩棠陰人愛樹，無言李下自成蹊。恩光新拜宫壺賜，姓字多因御筆題。但得明良千載遇，腐儒何恨老幽棲？

劉有之還京口簡梁中砥知宫

爲謝詩家塵外人，别來消息斷無聞。如何占得三峯住，不寄山中一片雲？

春　草

和煙和雨碧萋萋，歲歲長亭照客衣。春風陌上輪蹄滿，莫問王孫歸不歸。

王　璋

宣城右集　字敬叔，圭之弟。

送高羅谷赴德安教

水驛夜初寒，風帆向德安。青楓三楚路，白首一儒官。夢澤尊前賦，巫山雨外看。未須嫌獨泠，蘭菊正堪餐。

次韻郭祥卿雪霽見懷

雪嶺留初日，高齋照眼明。禽聲交曉樹，馬迹上春城。有客懷幽賞，題詩問友生。青鞵得來往，更待數朝晴。

挽董儒仲

憶昔同遊處，經春在武林。湖光浮鷁浄，山木坐猿深。事往唯詩在，悲來託夢尋。朋知零落盡，投老若爲心？

約文甫不至用韻

俗裹眼能白，懷中印未黄。雙鳧離葉縣，獨鶴下陵陽。晚歲故人少，閒門秋草長。知君非遠我，自爲困壺觴。

小閣呈兄敬仲

小閣纔容六尺牀，苦寒聊與蟄俱藏。少安書卷偏能熟，漫插瓶花已覺香。桑火旋分蒸秫竈，松風時和煮茶湯。閑中有事能談妙，不問維摩借道場。

薛平山諸君見訪分得扶字

荒徑經春滿綠蕪，喜聞佳客載行廚。流鶯度曲時相喚，泛蟻盈樽不用沽。行樂中年憐謝傅，坐曹休日笑張扶。竹林謾詫風流事，未學山王指舊壚。

寄賀盧疏齋拜集賢

洛下秋來傳近作，日邊使至報除書。乍歸北闕多新貴，重直西垣識舊廬。陶謝風流連白社，應劉文字盛黄初。深知有意沉冥者，自是無心賦子虛。

次廣教寺堅師韻

矮窗宜曉取朝陽，高檻憑虛接莽蒼。呪水鉢中蓮是幻，坐禪牀畔竹偏長。不須沽酒供彭澤，耐可吟詩伴石霜。想見六時天下樂，散花吹滿衲衣裳。

送梅叔章入燕

少年心力辦驅馳，名德家聲世所知。到闕可無梅福疏，贈人惟有宛陵詩。行當塞雁初來日，歸約河魚欲上時。堂北青衫稱壽罷，一杯春酒柏山祠。

送傅擴齋廉訪秩滿歸長安

南國皇華使，東維列宿光。選倫應近侍〔五〕，揚歷且殊方。地鎮江陵重，天連蜀道長。班荆非客宦，負弩盛朝章。問俗魚鳧國，傳杯杞梓堂。舞看渝水曲，歌倩竹枝娘。叔子心期遠，文翁政術良。巡巡持漢節，處處即桐鄉。瑶歷更新號，崇臺整舊綱。五驄鳴宛水，軒鶴憩陵陽。落筆霜威重，隨車雨氣涼。澤中集鴻雁，道上屏豺狼。舉錯消羣枉，封培惜衆芳。春回魯宫藻，詩詠召公棠。有客棲南郭，無人薦蜀莊。分庭寬禮數，退食問行藏。古道今安有？深心矢不忘。方欣爲李御，旋報促曹裝。送客聽鷄唱，征帆拂雁行。楚江楓葉赤，陶宅菊花黄。未識長安第，還分漢署香。他年懷舊德，悵望繡衣裳。

汪鑫

曉發雪川

鐘絶棹歌發，霜寒過霅川。雲棲山頂寺，月墮水中天。宿雁驚魚網，啼烏近客船。舟人自相語，滄海半成田。

辭洪損軒憲使行姑蘇道中

潮送輕帆過别沙，重重溝港響衰葭。燕巢未穩元非幕，鱸鱠雖肥不是家。風急棹歌穿荇葉，日斜橋影卧蘋花。垂虹亭下滄滄水，不與愁人洗鬢華。

多景樓

千里江山一覽收，虚憐多景只空樓。金焦對峙曹劉壘，淮陝平分楚漢溝。雁挾邊聲來北固，樹連雲影識中州。向來鐵甕今何在？地下孫郎亦自愁。

泊瓜州

客愁秋意渺無窮，蘆葦蕭蕭故壘空。山脉南來江欲斷，潮頭東去海相通。暮雲歸雁淮天碧，斜日啼鴉楚樹紅。應是瓜洲笑飄泊，十年三度落征篷。

趙知縣艮巖歲晚見訪

龍種當年舊帝家，飛鳧歲晚尚天涯。忽傳詩句心先識，各問流年鬢欲華。村上春風喧爆竹，燈檐夜雨飯胡麻。東游故舊如相問，爲説桃源學種花。

贄徐容齋憲使

桃花深處是吾廬，半世豪華等傳車。夢斷舊蕉曾有鹿，歌殘長鋏信無魚。愁吟獨感庚寅賦，歸去重尋甲子書。聖代喜無封禪事，空山容得病相如。

春　日

小立閒庭酒半中，一欄花露滴香紅。飛花不受風拘束，枉被愁人怨曉風。

戍婦詞四首

兩地魂消萬里愁，君猶荒戍妾空樓。去時勳業無情鏡，留與歸人照白頭。

象尺金刀對玉缸，團花裁破鷓鴣雙。沙場爭信深閨夜，忍淚縫衣月滿窗。

嬋娟霜月照荒垣，妾擁重衾尚怯單。況是玉門關外雪，夜深沙漠鐵衣寒。

塞邊無雁可傳書，門外無山可望夫。獨有柳營千里月，素娥深夜伴人孤。

春日山行〔六〕

清泉白石浄無塵，嵐氣煙光別聚春。流水泠泠花片片，隔溪疑有種花人。

清歌嫋嫋逐樵行，度嶺穿雲一徑深。欲訪仙人知有路，棋聲只在此山陰。

汪　銖

原編　鑫之弟。

虚堂暝坐

萬感入冥搜，虚堂暝坐幽。有生皆是累，何處即無愁？四壁蟲聲夜，千山木葉秋。空名竟難遂，身世兩悠悠。

九華道中

西風吹馬耳，去去奈愁何？一路人家少，亂山秋色多。荒原巢虎穴，壞壁網蛛窠。摇落嗟時晚，悲懷寄九歌。

送巫一上人歸富川

偶隨流水去，興盡即言歸。欲別更攜手，重來未有期。江雲浮別酒，谿雪洒禪衣。遥想松房樹，新生東向枝。

送陶後溪

荒鷄催曙發，驅馬涉河濆。別路憐殘雪，歸心逐白雲。天寒烏返哺，沙冷雁離羣。後夜溪堂宿，松聲偶自聞。

春仲寄鄧處壺

高臺歷歷見關河，悵悵誰憐別後多？霜鬢近從愁裏老，一春半向雨中過。溪陰殘雪黏青樹，江上微風起白波。料得湖天花事好，無由分賞欲如何？

水西山中

五峯聯氣脉，一徑入煙霞。晴井蒸陰雨，草渠流落花。山依東晉廟，溪對古官衙。門嶂延青海，灘流擁白沙。虎羊列蟠踞，翁仲半欹斜。劍履扃幽室，衣冠憶故家。經鐘朝聽擊，齋鼓晝聞撾。竊火猿燒筭，淘泉僧煮茶。暖蕉翻貝葉，朝樹曬袈裟。石竇秋澆薤，巖池夏漚麻。山居元寂静，塵徑自紛華。此意高人解，移居未有涯。

畫　蓮

捲緑新如染，酣紅睡未醒。眞疑貯風露，不似出丹青。

上御史

愚按，此首及雪夜寒光主人别業第二聯，原編入逸句，兹從宛陵羣英集中録全首增。〔七〕

列位南臺肅紀綱，清冰出壑凜寒芒。乘驄秋入青山道，逸句作「暮」。執簡朝凝白紵霜。鷹奮西風初搏擊，鴻安中澤肯飛翔？此邦民瘼如堪畫，異日須將入皁囊。

雪夜寒光主人别業

林風雪夜清，相對有閒僧。坐久然松火，眠遲話葛藤。天寒悲短褐，窗冷翳殘燈。到此忘機慮，欲歸猶未能。

陳良弼

宣城事函　元陳良弼，字公輔，少辟憲史，有聲。爲嘉興路教授，以廉吏稱。修學宫，費鉅萬計，一委有司，部使者稽出納。調上元簿，坐抗直自免。後以旌德尹致仕。前寧國路録事吳師道稱：其才足以集事，辨足以服人，知足以自衛，審時知要，動中機會。衆謂其知言。

三天洞

混沌知誰鑿？虚明夜不關。雨晴松子落，洞濕土花斑。泉洗金沙静，雲封白石關〔八〕。空山千古在，龍去幾時還？

小樓春雨

無奈春來雨未休，杏腮桃瘦柳眉愁〔九〕。東風不管人憔悴，盡日吹寒上小樓。

梅德明

萬歷府志　堯臣後人，元有梅德明，亦能詩。

〔增〕

宛陵羣英集　德明積學工詩，見稱於世。

送傅經歷

三年主畫向南陽，便覺蕭然兩鬢蒼。審象幾時求傅説，爲郎從昔老馮唐。柳枝歌斷山杯盡，梅雨晴來江路長。未得還家問松菊，黄金臺上看翺翔。

柳枝詞

江上春陰半畫橋，扁舟東下夕陽潮。離魂何似垂楊柳，飛雪漫空煖不消。

潘如瑗

移居黄沖

西岡西畔翠藤遮，石逕斑斑帶蘚花。閑客敲門來看竹，小童掃葉爲煎茶。張琴松下風聲細，讀易梅邊月影斜。潘岳愛山曾入畫，聞孫此日又移家。

題劉慶遠樵隱

門外蒼苔一徑雲，柴門不入軟紅塵。且從仙客閒看奕，未必書生竟負薪。松粉飄香輕拂面，嵐光滴翠冷侵人。好留喬木爲梁棟，莫學焦桐爨下陳。

病中懷友

煙霞門巷少人行，吟對清秋鬢雪新。愁裏常中酒賢聖，病來多辨藥君臣。林梢斜日明紅葉，池面微風弄白蘋。惟有山翁最知我，無由縮地漫勞神。

胡　寬

送方永叔往教渝州

詞采年來比賈終，石渠東觀未能容。君今乘驛西南去，我欲爲雲上下從。峽湧春濤飛霹靂，天開晴崿削芙蓉。江山險壯今猶昔，遺恨難平有臥龍。

送麻居静尊師往武林三茆觀

早侍珠庭預祝釐，清光咫尺不相違。露杯數賜金仙掌，霞氅初裁玉女機。紫詔從天龍護去，白雲攜海鶴辭歸。希夷眞契仙喬侶，菲薄無因便拂衣。

潘泰之

詩意

慘淡經營似畫圖，神遊物外有還無？灞橋雪裏情應苦，飯顆山頭人亦癯。敏製鯨魚當碧海，幽隨象網索玄珠。出塵解悟天機妙，一字何勞撚斷鬚？

和録事吳正傳登景德閣

上國久賢吳季子，風流非復舊潘郎。君詩秋色同瀟洒，我興滄洲空渺茫。宦海才名雖異調，騷人胸次豈殊鄉？三生杜牧今何處？眼冷禪林木葉黄。

師晦文

次錢公茂見寄

短褐蕭條稱鶡冠，冥棲長欲寄林間。承家不負駒千里，學道聯窺豹一斑。歸去未成空緑髮，相看不厭只青山。吟邊賴爾能知我，莫惜琴書半日閒。

陶應霌

長門怨

擬摘梅花貼鬢嬌，未曾掠削早無聊。承恩不似金盤雪，得到龍屏煖處消。

蹔問金輿過鳳池，緑雲斜嚲曉妝遲。試陪杏苑尋雙藻，暗卜東皇屬阿誰。

暑中過翼然亭小寐

風度荷花小殿香，淺沙依舊浴鴛鴦。御書翠扇恩猶在，偏憶金輿夜納涼。

潘從大

拂枕松風臥翼然，夢回那信是炎天？泉聲只在桃笙下，一似廬山聽雨眠。

謝張御史見訪

緑滿山人屐齒苔，蓬門長日爲誰開？那知御史秋霜筆，攜得春風滿袖來。

趙孟熺

杏花

三十里花曾躍馬，十餘年事謾憑闌。榮華已逐飄風去，卻向牧童村裏看。

胡晉

和道士汪樂全韻

矯矯餐霞子，凝神志不分。丹書研曉露，仙服剪春雲。山水鳴琴悟，松風煮茗聞。時能吐佳句，黼雪舞繽紛。

題劉氏嘉秀亭 愚按，第三聯原編入逸句，兹從宛陵羣英集中録全首增。〔一〇〕

竹好能醫俗，池清可鑑心。要須娱晚節，直此抱沖襟。茶竈沾晴露，書牀趁午陰。山王雖貴顯，不入五君吟。

汪　珍

元百家詩傳　珍字聘之，隱居黄山，博學工詩，淵渟雅贍，卓有古風。盧憲使摯雅重之。汪文節澤民敬其爲人，至不敢與雁行，每稱『南山先生』。

青青河畔草

青青河畔草，矯矯園中李。娟娟樓上婦，微微啓玉齒。仰嘆浮雲馳，俯首理緑綺。自惜韶華姿，悮身游俠子。

秋　懷〔一一〕

握中有孤竹，奏竹鸞鳳鳴〔一二〕。聘俗俗不喜，持歸故山岑。歌居折楊花，傾耳衆口瘖。乃知楊子雲，空草五千文。黽龍困蝘蜓，嘲笑何紛紜。醬瓿眞可覆，嗟嗟徒爾勤。

明珠雜魚目，琬琰博羊皮。眞有贋奪者，貴以賤易之。大巧不若拙，大黠不若癡。龍光閟華室，臭腐化神奇。

幽蘭生當户，雖香爲人鋤。紫燕巢綺幕，雖美非安居。豊狐竊文柄〔一三〕，蒺藜掩嘉蔬。奈何將蹄涔，納子以尾閭？瀟瀟三日雨，苒苒度殘暑。草木行變衰，豈不感節序？荒園有絡緯，日夕促機杼。念汝戒衣裘，所思恨脩阻。耿耿夜氣清，索索風葉勁。天空河漢清，露下桑柘浄。羈鳥懷高棲，潛魚樂深泳。私憂撫良圖，斂退遂幽屏。輾轉夜達晨，屋山横斗柄。蔡澤困牧豕，甯戚隱飯牛。古來賢達人，未遇多沉浮。任安惜去衛，王粲仍依劉。嗟嗟古人心，乃與今日侔。士衡三間屋，元龍百尺樓。幽期在一壑，壯氣横九州。坐令湖海豪，結束歸林邱。秋風動叢薄，此念良悠悠。

疏齋先生賦湖陰曲書以付予遂賦一首

一虎穴中臥，六龍江上飛。虵矛半折柝聲斷，晝夢驚怪日繞圍。鼓聲逢逢天四黑，五騎爬沙行不及。道傍遺矢冷于冰，天上寶鞭人未識。江風夜捲湖陰水，明日腥氛當一洗。荒亭千古寄興亡，目斷蒼煙混衰葦。

孫逸夫書堂作

青山盤盤雲氣度，岡巒滅没互呑吐。柘林煙潤藹行絲，荷蕩水香魚弄絮。人間化物日夜流，先生閉門雙鬢秋。大隱從來著朝市，幽居況近城南樓？

山丹花歌

方壺圓嶠蓬萊頂，七返九還龍虎鼎。藥成夜半忽飛去，瑶草一枝光炯炯。九嶷但識蕚緑華，未識赤斧山圖家。文選註：山圖、赤斧，二仙名。淮南鷄犬上天去，雌蝶雄蜂空唉花。

僕射山人山中四時詞

春風破寒入幽谷，殘雪消時燒痕緑。林花鬬日媚于頰，野蕨登盤甘勝肉。南漪新渌晴滿湖，春來行樂何處無？一樽我欲就花飲，花下啼禽能勸沽。

草泥聒聒吠螻蟈，棗花落盡桐陰密。舍南舍北掉繅車，山後山前聞打麥。新篁解籜來薰風，脱巾露坐雙鬢鬆。清泉白石足佳處，人世炎炎如甑中。

西風蕭蕭羣木槁，天外秋雲浄如埽。豆葉半枯鴻雁來，粳稻俱登鷄鶩飽。白雲夜下天雨霜，破籬衰草啼寒螿。芋魁如盎茭白老，牀頭酒熟浮蛆香。千林怒號北風惡，階下紛紛堆敗籜。野田日出散牛羊，茆屋天寒喧鳥雀。濕雲簁下豆稭灰，谷口梅花開未開？明朝積玉深一丈，高臥閉門誰復來？

山居夏日

草長荒三徑，桐陰滿四鄰。青春如過客，白日屬閑人。迸笋爭籬出，殘花落地新。幾時尋要術，吾亦學齊民。

迓盧疏齋肅政使

去年幕府雪晴時，誦得齏辛絶妙詞。溪樹迎人寒欲醒，春陽行處本無私。輪埋當道豺狼避，月到空山魍魎移。白髮遺民思舊德，相看繡斧重褰帷。

次程子英金陵懷古

桃葉桃根樂府詞，江南千里舊封畿。黄旗紫蓋關興廢，東府西州有是非。故苑半隨秋草没，征帆猶趁暮潮歸。瑶鞭奪得蛇矛斷，夢破重營繞日暉。

述懷呈殿幹碧梧友雲

門巷蕭蕭葉擁籬，僻居尤自畏人知。讀書未及半袁豹，問士誰當甲蔡尼？萬壑風號天欲雪，一溪梅發夢尋詩。百年將半猶羈旅，可待麻鞵受拾遺？

次荅兑峯殿幹見寄

題得新詩寄所思，從公始恨十年遲。燈殘暗壁蟲催織，月滿空庭鵲繞枝。客路飄零秋易感，老年情味夜偏知。江煙一舸蘆花雪，還憶往年相別時。

春雨留胡振甫

故園青合早鶯棲，堂下溪深水拍堤。十里桑畦蠶脱紙，一簾花雨燕爭泥。年饑畎畝還堪隱，世難功名莫厭低。寂寞淮南門下士，贈君惟有數行啼。

題從兄希深書堂

衡檐睥睨壓疏櫺，平割黄山一半青。落日捲雲隨鶻没，黑風吹雨帶龍腥。人間軒冕駒閑阜，身外乾坤水載萍。我政江湖子林壑，客星未滅少微星。

陵陽歌

陵陽城頭落日黄，陵陽城下水茫茫。樓中少婦吹羌管，時有北人思故鄉。

城南

春陰黯淡蔽人家，野水新生尚露沙。客子未歸寒食近，滿城風雨落梨花。

遊無爲菴

竹埤杉垣記昔遊，洞門落落石牀幽。白雲飛盡四山碧，黄鶴一聲天地秋。

何致中

原編 字鶴齡。

〔增〕

宛陵羣英集 致中，號華陽山人。

招東塘若虎二丈

煙水涵月月欲昏，冷光翠色互吐吞。何人横笛溪上村，吹落蘆花雲釣綸。釣綸卷盡花不見，月淡煙疏水如練。白鷗何處忽飛來，點破蒼茫秋一片。對景有詩囊無錢，賣詩欲倩漁郎船。剪蓴砍鱠招吟仙，扣舷醉泛玻瓈天。

山居春暮

苦楝吹香柳絮飛，杜鵑聲裏夕陽微。惜花誰唱留春曲？山雨滿簾春自歸。

深　秋

愚按，第二、第三聯，原編入逸句，兹從宛陵羣英集中録全首增。〔一四〕

桂染花三色，簾飛水一灣。苦吟生白髮，歸夢繞青山。雨久琴絲潤，風清扇影閒。遠游元未厭，邱壑可躋攀。

校　記

〔一〕按語係光緒本所補。

〔二〕轓　順治本作『幡』。

〔三〕按語係光緒本所補。

〔四〕飽　順治本作『飲』。

〔五〕倫　順治本作『掄』。

〔六〕順治本題下有注『二首』。

〔七〕本詩及下一詩係光緒本輯補。

〔八〕關　順治本作『閑』。

〔九〕桃　順治本作『紅』。

〔一〇〕本詩係光緒本輯補。

〔一一〕順治本題下有注『七首』。

〔一二〕鳴　順治本作『吟』。

〔一三〕柄　順治本作『炳』。

〔一四〕本詩係光緒本輯補。

宛雅初編卷五

元

貢　奎

元百家詩傳　貢奎，字仲章，寧國路宣城人。自少以文學名。檄爲池州路齊山書院山長，秩滿，授太常奉禮郎，擢應奉翰林文字，兼國史編修。延祐初，遷江西等處儒學提舉，入爲翰林待制。至治初，以母年垂九十謁告歸。益治園池，蒔花木，築亭曰愛日，兄弟奉母游宴其間，鄉人榮之。泰定中，母憂服闋，拜集賢直學士。天歷改元，命代祠北岳，濟淮南鎮。其明年春，還自會稽，以疾歸故里之南湖。至秋疾愈，十月朔旦早作，謂猶子師文曰：『吾夜夢作詩，有「竹樹蕭蕭夾泉石」之句，其末云「九轉丹成生羽翼」，是何祥也？』語已，泊然而逝，年六十一。贈翰林直學士，追封廣陵郡侯，謚文靖。仲章爲文閎放儁偉，不狃卑近。其在詞林，與元復初、袁伯長、鄧善之、馬伯庸、王繼學、虞伯生輩相唱和，皆一時豪俊聲名之士。晚年，萃擷諸禮書，欲定爲一家言而未竟。所著詩文有雲林小稿、聽雪齋紀、青山謾吟、倦游集、豫章稿、上元新録、南州紀行，凡百二十卷，悉藏在秘府。明弘治間，曾孫吏部郎元禮編其所存者曰雲林詩集，刊行於世。

宣城事函　奎父士濬，贈廣陵郡侯，力學尚節義，不仕元。嘗作義塾，以待四方學者，鄉人甚尊禮之。奎天性穎慧，風儀嚴整，十歲屬文，長益博綜經史，以古爲師。

江南通志　奎爲齊山書院山長，時方議行郊祀禮，奎討定之，朝廷多採其説。應奉翰林，纂修成宗實録。

萬歷府志　奎詩温麗並至，李長沙嘗語銓部欽學士，于元只可讓一二家云。

〔增〕

萬姓統譜　仲章授江西儒學提舉，敷明理性之學，諸生皆竦聽不懈。

四庫全書簡明目録　雲林集六卷，原本共一百二十卷，今惟此集僅存其詩。在元中葉，亦一巨擘。王士禎居易録謂其境地未能深造，殆專以神韻求之與？

馬祖常神道碑略　公其先大名蒲城人，七世祖祖文以武德大夫扈宋渡江，繇鍾陵徙居宣城之南湖，因家焉。大德六年，中書奏授公太常奉禮郎，兼檢討，上書言：『先王之制禮，雖節文有經，而本誠貴質，惟不蔽于禮之文，而得禮之意，則可以對越而無慊；

不然，煩爲之節，無益也。』朝廷多採其議。延祐元年，除承事郎、江西等處儒學提舉。到官，見庭前械繫數人立，吏持牘詣公署曰：『是學校吏，報事愆期者。』公笑曰：『金穀勾稽、犴狴木索，有司者事爾。吾以天子命提舉儒學，教吾職也，刑奚以爲？』悉命釋繫，以械屬縣官，大書其坐之屏曰：『讀書之中，日有其益；飲水之外，他無所求。』日匡坐堂上，士人見其色和，其容謹，其言繹繹有理趣，退而燕處，聞其和繹之音，若程工督計者，故士屨常滿户外。

又曰：公有智識度量，人不見其涯涘。凡再典鄉試文衡，一爲朝廷對讀卷官。所取士，多知名於時。其所第甲乙，人咸服其平允。其爲天子代祠之使者再，其攝大禮使、侍天子祼大室者一，皆肅恭靈神，虔奉上意，爲使而不疚於貨賄，不煩於有司，攝官而竣，事無違禮。是皆公行之微，而世所不能及也。

李黼行狀略 延祐四年，知江西鄉舉，比放名，或詆有私某士者。及拆封卷，姓名適符人言。衆欲黜之，公獨曰：『吾以文校士，何恤浮議？』已而，其人果以才忌於衆者也，時皆服公之堅正有守焉。

陳嵦雲林詩集序略 名高一代，文照千古。既壽諸梓以取入秘府，未得以廣其傳，可爲深惜。今爾後，人所珍藏者，但有雲林一集，豈非存一二於什百也哉！歐陽子謂聖俞詩窮而能工，余則謂仲章公詩達而後工。然是集，國朝翰林金華景濂宋公已爲之序，余恨失之。

范吉序略 余忝守茲郡，凡故族之文獻皆欲度暴之以風厲後學，矧公之詩超然古作也！評者謂不在虞、揭諸公下，不信然乎！

虞集遊長春宫詩序略 大德八年春，集與豫章周儀之、四明袁伯長、宣城貢仲章、廣信劉自謙、廬陵曾益初，始得登於其宫之閣而觀之。乃以『蓬萊在何處』爲韻，以齒敘而賦之，得古詩六首。别因仲章所賦倡和，又得律詩十有三首。

吴澄序略 仲章江南之英，與吾善之伯長俱掌撰述於朝，各能以文自見，蔚乎其交蔭，炳乎其爭輝，予有望焉！

題董簡卿所藏瀟湘圖

瀟湘在何處？展卷心悠然。是中有雲飛，上與蒼梧連。憶昔弄扁舟，載雪清江天。湘君招不來，明月隨我前。微鐘破征夢，落雁棲寒煙。迴首行萬里，攬衣羨孤騫。可憐楚人辭，憔悴窮歲年。圖畫豈不好？此意誰復傳？已矣三嘆嗟，臨風叩商絃。

次韻感興二首

潦降驪淵深，潛珠聚羣依。鳳棲高岡石，草木承餘輝。豈無百尺松，託此孤雲飛？士貧擇所附，節義乃忍違？所以有曠達，悵然歸采薇。

嗟嗟古來士，傳者今幾存？有生不飲酒，徒令酹其魂。立德猶復爾，況乃功與言？歲月無停機，川流逝清湲。翩翩魏公子，飛蓋遊西園。歌詠豈不美？慷慨非至恩。羡彼榮啓輩，行歌樂忘餐。

秋月歌贈潘生

秋月照我如故人，虚堂夜深眠復起。浮雲東飛河漢傾，太白煌煌斗西指。庭前老樹百尺强，露濕驚蟬鳴未已。此時我獨據胡牀，安得兩臂生翼同翺翔？文章萬古光焰在，黄河下照太華蒼。人生離合豈有常？感此三五之圓光。吾聞蓬萊樓居眞可住，弱水不受人間航。便須折取廣寒桂，玉兔有藥浮天香。仰天大笑月欲墮，驚飆獵獵吹衣裳。

贈張娃

張家女兒八歲餘，手把椽筆誇能書。翠眉玉貌畫不如，一朝獻藝承明廬。風雲會合冠佩集，當面濡毫翻墨汁。弱身窈窕纔過剢，玉腕迴旋萬鈞力。怒鯨橫海枯樹立，震空忽墮顛崖石。功成直與造化俱，欻見聲名起京邑。紫裘蒙茸年少兒，寶刀瓊帶羊角觿。平生一字不到眼，對此悄然顔色赧。君不見，蔡文姬，班婕妤，風流文采絶代無。吁嗟陶家五男子，總令紙筆爲荒蕪。

佳人

佳人日暮倚闌干，風捲羅衣獨奈寒。玉光粉暈酣欲濕，雙眸射遠光的皪。碧雲蟬鬢襪生塵，樓底清波解寫眞。迴頭一笑向誰語？腸斷扁舟别浦人。

無題

空房獨臥風夜號，孤燈垂燼光影摇，舊語已逐香塵消。玉琴瑶珥應自玩，巧計卻愛珠絲嬌。

寄廣東阿魯威元師

憶昔皇都初識面，紫泥新出明光殿。錦袍玉色照壺冰，秋蓮燦爛腰間劍。鳳麟自是瑞世珍，少年功名方逼人。眼前局促亦謾耳，萬里南荒丈夫志。瘴煙毒霧蛟鰐横，清飆颯爽開雲氣。伏波投老爲將軍，勒功銅柱何足云？君才眞足萬人敵，九重側席思賢急。蒼江早晚下樓船〔一〕，持杯遠待江水邊。願君歸朝報明主，四海蒼生渴霖雨。

無　題

馳道塵香逐玉珂，彤樓花暖弄雲和。春風漸緑瀛洲草，細雨微生太液波。月榭管絃鳴曙早，水亭簾幕受寒多。少年易動傷春感，喚取佳人對酒歌。

久留翰院思歸

日日思歸未有期，夢魂幾度繞園池。白雲滿地山深處，紅日當檐雪霽時。竹外板輿春步小，花間銀燭夜筵遲。好將烏鵲頻占喜，便買歸舟泛碧漪。

過湖州

樓臺金碧照嵯峨，故國諸公奈樂何？遼鶴歸來城郭在，海鷗飛處水雲多。春迴廢苑花新發，愁滿空船客自過。回首蒹葭三十里，天風落日斷漁歌。

送謝明遠之平江

碧波千頃照姑蘇，目送危檣數幅蒲。古寺雲遮邱臥虎，荒臺葉落夜啼烏。黑頭青鏡來勳業，緑幕深衣入畫圖。暇日過游新得句，秋風應寄故山廬。

送汪叔志之南安

繞郭清溪帶路長，衝寒極目送危檣。水涯梅柳傳春信，雪後樓臺照夕陽。杜牧吟邊山鳥去，謝公行處石苔蒼。碧雲暮合天無際，回首相思欲斷腸。

賦牡丹得千字

曲檻春如錦，晴開曉日妍。樹摇風影亂，枝摘露光圓。玉佩停湘女，金盤拱漢仙。翠填宫鬟巧，黄染御袍鮮。力費青工造，名隨綺語傳。細翎曾擁鶴〔二〕，弱翅獨迎蟬。倚竹成雙立，留花任衆仙〔三〕。久看心已倦，欲折意還憐。洛譜今存幾？吴園路憶千。可應頻載酒，相與醉華年？

壽閣承旨

寶運傳新紀，弧門届令辰。時方恢聖域，天與壽元臣。瑞靄融金馬，祥飆動玉麟。譽隆超古昔，學富貫天人。屹立中流柱，深懷間世珍。岱宗蟠德器，斗柄挈文鈞。謙德同韋布，嚴模肅縉紳。育材期自樂，化俗使能淳。鯨力開溟漲，鼇程負嶽嶙。高明南極映，清浄太微鄰。席暖居常燕，珂鳴步若循。漢庭生羽翼，唐閣美絲綸。班馬侔今代，韓歐儼後身。音希韶鳳日，詞絢綺霞旻。直筆書青史，端衷繞紫宸〔四〕。貶褒千載重，寵渥一時新。蓮燭分光爛，宫壺賜味醇。博收遺野士，嚴舉宲寮賓。空冀端知駿，餘波可縱鱗。作霖應早晚，四海喜沾均。

出郭

水竹亭池十畝間，當時誰似故園閒？無端久客章江上，卻羡孤雲得往還。

村南布穀聲中雨，溪上桃花別後春。隨處踏歌隨處酒，相思應説異鄉人。

九成宫圖

翠巘摩雲絳闕開，隋皇築罷后嬪來。誰知留與開元樂，回首漁陽不盡哀。

試院和史參政韻

上國衣冠待漏殘，翠蓬雲霧鎖雕闌。紫薇花近東庭柏，暇日鑾坡許共看。
深院梨花似雪殘，春寒向晚怯凭闌。流鶯卻愛清陰好，飛上高枝與客看。

舟中

稻花水落正魚肥，湖上孤雲帶雨歸。林影倒涵波鏡動，白鷗低傍釣船飛。

次袁伯長惠瓊花露酒

瀲瀲深尊到底清，月光花影正分明。道人無限憐春意，夢斷玉簫吹五城。

維揚城裏花名酒，對酒卻思花盛時。一笑東風入仙處，月輪空挂最高枝。

十年風雨揚州路，秖許三生杜牧來。底事扁舟方臥雪，也教魂夢到陽臺？

偶成

瀲瀲横塘柳四圍，雨餘來看緑陰肥。燕翎拂處波如縠，半幅深紅漾落暉。

兄九萬餽魚并贈以詩用韻謝之

一幅飛帆帶雨時，千年張翰故鄉思。縷銀斫鱠松江味，好趁西風理釣絲。

寄報國寺訢笑隱上人

夕陽丹鳳去無還，沙尾潮平古渡閒。萬里蒼梧雲接海，倚闌遥看越中山。

江海無端客路長，扁舟明日棹滄浪。遥知風雨溪窗夜，夢逐潮聲到上方。

題胡古愚京華雜詠卷

心縈碧落蛛絲巧，手鑄黄金象冶精。白日若須生羽翼，丹砂九轉始功成。

貢師道

萬曆府志　貢師道，字道甫，奎之從子。舉茂才，累官翰林待制，兼國史院編修，有文名。時奉旨脩宋、遼、金三史，丞相脱脱總史事，欲以遼、金爲正統，師道奮筆議曰：『昔苻堅已據中原，不忘東晉，凡以成正統也。本朝得上承中國帝王之統，而與唐、虞、三代、漢、唐齊稱，以承宋耳，則正統在宋也明矣。』不果從。師道亦坐此忤時，出補嘉興路治中。部使者交章薦之，尋卒。　萬姓統譜同〔五〕。

黄河道中

寶林溪水碧于藍，石竹庭柯黛色參。落盡梨花寒食過，幾回歸夢繞江南。

曉渡桃源日未西，緑陰村巷轉逶迤。菜花籬落飛黄蝶，恰似南園雨霽時。

張師愚

宣城事函　張師愚，字仲愚，弟師魯，皆學古先生子。好學工詩，撰梅宛陵年譜，多所摭引。並從汪文節澤民游，文節禮下之，嘗稱『平生畏友有二張』云。江南通志同〔六〕。

〔增〕

郡志文苑傳　仲愚、叔輿，皆好學工詩，先後領延祐、天歷鄉薦。

古詩

晨選期門氏，大獵南山陽。白日照旌旗，咫尺臨清光。之子才且武，結髮在戎行。控綦拉羆虎，餘勇殊未央。借問何所思？所思在冀方。彼美冀方氏，安得同翺翔？仙人降瑶席，風露清壇場。朗詠玉書文，遥上緑雲章。閶闔啓中夜，五色垂景光。霓旌導絳節，授以長生方。瓊漿酌天和，玉芝茹春香。手種蟠桃花，坐待三千霜。相從廣成子，鸞鵠參翺翔。

題殷翁内静詩卷

萬化日不息，元工本無爲。至人執其樞，憧憧亦何思？風來幢豈動？舟行岸非移。寄語市中隱〔七〕，此理應自知。

送薛屏山司税秩滿將集選曹

少保唐朝傑，聞孫南山英。征商嗟絆驥，祖道正啼鶯。折筍供慈母，看花到上京。牛刀如可試，莫惜惠宣城。

送趙伯淵

送遠臨岐别緒長，少留吹帽醉重陽。秦淮倚棹秋聽雨，易水驅車曉度霜。吳祐肯成青竹簡，謝玄不佩紫羅囊。孰知二父才名盛，素業成家未易量。

送馬彦卿

相逢一笑即相忘，况是黌宫六月涼。解榻政依松桂影，看書共挹芰荷香。闌干鍾乳生金鼎，磊落驪珠滿錦囊。歸去重來知幾日，貂裘應拂敬亭霜。

庭中紅葉

霜葉紅䏂錦不如，隨風零亂下庭除。丁寧莫遣兒童埽，留與幽人自學書。

黄成父以除目見示坐上賦

黄帽無人説去思，歸期何事尚遲遲？南州六月如炊甑，且向尊前擘荔枝。

送陳公輔之采石院長

愚按，第三聯原編入逸句，兹從宛陵羣英集中録全首增。〔八〕

鶯花迎曉色，書畫載輕舠。肯道儒冠誤？翻嫌幕府勞。蛾眉上碧落，牛渚送春濤。地勝仍多暇，吟詩弔錦袍。

張師魯

原編 一作曾，字叔輿，仲愚季弟。兩領延祐、天歷鄉薦。

送南康先生

眼底讀書猶貫魚，談經不窮照乘珠，有時光彩生海隅。龍駒自是日千里，汗血分槽五花起，欲逢伯樂鳴未已。歸舟行處潃瀡香，明鏡無塵秋薦涼，五老相迎何蒼蒼。

挽劉損齋待制

西蜀雲山遠，南陂水竹奇。紫騮梅令邑，白雪謫仙詩。視草催春直，藏舟惜夜移。惟餘雙鳳羽，五采瑞明時。

麻鍊師住三茆觀

麻姑求道昔燒丹，猶見諸孫學大還。早上星辰驂鶴馭，夕瞻日月近龍顏。海門遥對三珠樹，仙館高臨七寶山。此地歸來仍荷寵，春風吹送珮珊珊。

汪叔達歸鄱陽

攜書宛句識英翘，幾度思親望斗杓。歲晚客懷澆鑿落，雪晴歸路踏瓊瑤。驊騮自是輕千里，鴻鵠終當在九霄。此去明年相見日，筆端定挽浙江潮。

留山中

倚澗惜魚逝，升邱送鴻歸。遥林暮色至，漠漠上人衣。

宿陳氏聽雨齋

漠漠沉沉燈暈生，忽疑風葉作秋聲。野人一夜關心切，無處春田不耦耕。

送吴子彦宰辰溪

愚按，第二聯原編入逸句，兹從宛陵羣英集中録全首增。〔九〕

丞相忠言在，郎官世冑華。地偏須卯酒，心澹養逸句作『食』。辰砂。荒服無論遠，皇風孰有涯？鳴琴何所樂？稼穡與桑麻。

陳萬鈞

原編 陳萬鈞，字公茂。

萬歷府志 萬鈞，一字衡甫。

和韓廷玉夜過采石韻

江煙霏霏江月黑，寒光照耀玻璃色。當年江上錦袍人，騎鯨一去無消息。天生此境絶險難，驚湍九道奔空山。今宵波平浪如砥，舟行恍若圖畫間。欲問燃犀是何處，漁父鳴榔隔煙霧。羨渠鷗鷺獨忘機，占盡滄浪自來去。

王虎臣

元百家詩傳 字子山，璋之子，仕於潛教諭。

蠶婦歎

貧農值年凶，終歲常苦饑。貧女蠶不收，終年廢機絲。無食夫壻事，無衣妾心悲。終朝掇柔桑，日暮心力罷。居然不成繭，何以慰我思？君不見，金谷園中歌舞妾，金縷衣裳自盈篋。一朝禍起墮高樓，翠袖紅衿如電滅。嗟嗟蠶婦莫憂寒，孟光身上衣無完。

繅絲行

輪班輪機旋若風〔一〇〕，吴姬拮据無好容。神蠶遭烹不自悔，以死利世功無窮。當空一縷如抽雪，宛轉縈紆無斷絶。誰知中有長恨端，心事從今爲君説。車聲愈急思愈永〔一一〕，比妾愁腸猶易盡。去年絲成盡入官，敝衣不足常苦寒。今年蠶苗猶在紙，已向豪家借倉米。探湯拾緒手欲爛，辛苦無人慰憔悴。生平自知妾命薄，詎忍將愁訴夫壻？吴綾蜀錦多光輝，明朝已上他人機。

贈汪鶴舟

吾聞列山之儒騎鶴飛，明月爲珮霓爲衣。又聞化鶴丁令威，七十甲子今始歸。先生扁舟載蜚雀，五湖七澤將安之？江湖舊遊波渺渺，牀頭金盡故人少。猶能爲客典春衣，酒邊豪氣天地小。名賢歌頌題滿軸，披圖亦自不碌碌。黄金白璧分與人，惟有便便五經腹。堨來訪我坐氈冷，岸幘扶笻微酩酊。開樽促席意氣傾，剪燭商詩寒夜永。星星斑鬢今如此，清談自是青雲士。試問煙波載犒衣，何如一舸攜西子？

阮受益所藏古硯篆文有羽陽千歲蓋秦穆公宮瓦也

洛波沉鼎周姬衰，秦嬴義勇歌無衣。戎車虎師雄西陲，羽陽宮殿雲崔嵬。孟明骨化蹇叔死，三良殉穆秦民悲。西風一夜飄宮瓦，鴛鴦飛墮秦臺下。千年鳥迹今愈分，故國遺蹤恨難寫。何人磨作古陶泓，遂使名聲齊玉斝。君不見，懸黎結緑人不識，刖足君門卞和泣。古來義士苦不遭，埋骨泥沙同瓦礫。

凌希惠

原編 字季和，宋侍郎策十一世孫。

題畫馬

千金買駿骨，絶足來異域。尺素寫龍媒，元非按圖索。古人觀馬在天機，眼中不見黄與驪。吾觀畫馬亦相類，逸氣横出驪黄外。王君下筆殊可人，紫豔一洗凡馬羣。朝幽暮越汗流血，肯受青絡羈黄塵？撫卷懷若人，此意知誰識？要駕固可奇，在德不在力。

賦郭用和所藏古鏡

漢皇蛇劍穿屋飛，伯禹神鼎淪四涯。鯨翻鼇轉總陵谷，此鑑零落何足疑？團團知是誰家物，偶向耕夫春隴得。苔昏土蝕篆文微，消盡清光質如石。憶昔清光未泯時，玉臺鞶帶生光輝。白髮幾揮豪傑淚，青娥曾照嬋娟啼。汾陽諸孫誠好古，牀上書連只環堵。聞之不惜抱衾裯，豈爲深閨照眉嫵？願君試覓負局生，炯然秋月高堂明。一照莫遣飛埃侵〔一二〕，萬古不滅如此心。

吴寶儒

原編　字叔武，招討琳之子，仕南雄路總管。

〔增〕

伯與傳略　公行景五，號止水。生而豐下，言動執禮。時令民間願獻田於東宫者，計畝賞官。湯彬私以所掌獻之一千三百餘頃，賞授平江路總管。授官之明日，無疾而死。朝廷以其田頃畝租税勒石縣司，以爲設官之數。宣民不勝重斂之苦，湯彬所爲也。至元二十二年，公從兄弟寶義等入朝訟其不平，世祖始知湯彬之詐，欲罪焉，然業已許之，彬已死矣。太子眞金亦重悔，減田一萬畝以給家衆，仍各授官有差。授公嘉議大夫，南雄路總管。在官五年，興學養士，省費惠民。二十七年，江南大旱，繼以洪水，流徙甚衆。時母劉氏夫人在家，公聞旱，即棄官歸養。且罄資餘以給族人，合族長幼賴以不散。建亭於府南城下，扁曰『香遠』，吟嘯以終餘年。

舊宫人

憶昔昭陽擣守宫，幾將瓊臂點嬌紅。晨陪龍馭來雕檻，夕薦鸞幃宿綺櫳〔一三〕。鬟壓寶翹金錯落，髻横瑞燕玉玲瓏。于今棄擲長門裏，回首君恩似夢中。

汪士深

宛陵羣英集　字起潛。

寄題玄妙觀

海上飛來一片雲，此中應有釣鰲人。洞簫吹月蓬萊曉，瑞簡承恩魏闕春。千古煙霞開秀色，半空樓閣絶飛塵。何時重訪仙壇雀，玉樹桃花幾度新。

題景德寺

寺占陵陽第一峯，寶扉珠樹碧玲瓏。雀巢霄漢浮圖頂，僧舍煙霞丈室中。高閣鐘聲聞遠近，上方燈影徹西東。一從杜牧題詩後，翰墨誰能繼古風？

齋居遣興荅施晉卿

百年襟抱着悲歡，晚節從容任考槃。白髮已從公道得，青山長似故人看。經時積雨開新霽，出苑秋花耐曉寒。欲寄新詩無別恨，目隨征雁楚江干。

題雲上人水仙圖

蛾眉淡埽蓬萊月，翠袖寒欺弱水風。移入道人三昧手，幽香髣髴畫圖中。

題劉氏嘉秀園 愚按，第二聯原編入逸句，兹從宛陵羣英集中録全首增。〔一四〕

玉潤冰肥水石間，曾將標格壓崇蘭。香風吹入旃檀夢，好與拈花一笑看。

行過雙橋路，尋春到小園。雨香林下屐，花影席間尊。託興惟泉石，流荒到子孫。非君能客愛，風月更誰論？

汪士明

原編 字公亮，深之弟。

送暢廉副除浙東

蚤歲霜旌出鳳城，陌頭驄馬避行行。舊家勳業傳清白，憲府才名屬老成。江海幾年勞使節，乾坤昨夜起秋聲。咨詢又向金華路，兩地雙谿共月明。

送涇縣祝教諭歸鵝湖

小邑三年一笑歸，鵝湖山下有荊扉。因思張翰蓴羹美，忘卻琴高藥滓肥。久客兒應歌陟岵，到家人想下鳴機。每懷朱陸談經處，牢落空山幾夕暉。

游木瓜園

木瓜名品擅江東，三月花開煙雨中。十里明霞紅步障，數峯春色錦屏風。壓枝絳蠟融成蒂，映地珊瑚矮作叢。秋實勝如丹頰美，更期躍馬訪園翁。

題太平汪公仲雲松樓

黄山歷歷近青霄，地勝應多物外交。花樹願同韋氏會，雲松喜結謫仙巢。峯前宿雨收蒼狗，澗底清風起翠蛟。安得浮邱連袂在，共聽仙樂奏笙匏。

貢東峕

原編 婺州山長。

送劉有之游涇川

七里岡頭謝豹啼，筍輿咿啞趁朝鷄。玉壺駐聽青山近，綵筆行吟緑樹低。茆屋斷煙迷石壁，落花疏雨漲琴溪。錦袍仙子遊蹤在，珍重劉通過水西。

貢九萬

原編 主簿。

采蓮曲

朝采蓮，暮采蓮，長歌白苧木蘭船。船頭鴛鴦雙白首，也應笑儂别郎久。别郎久，天一方，南風暖度蓮花香。蓮房有子不空房，我儂豈可背尊嫜？郎不食蓮子，不識儂心苦。采得蓮歸日落山，獨守孤房淚如雨。

貢仲高

原編 學録。

春日郊游

憶昔東風御柳斜，枯腸一日萬周車。壯心難起泥中絮，老眼羞看霧裏花。巷陌幾家無主燕，池塘一種爲官蛙。江南寒食無煙火，白晝沉沉似月華。

貢仲弼

原編 縣丞。

竹枝歌

蒼梧丹鳳不可招，蒼梧帝子恨迢迢。蒼梧山可作平地，竹上淚痕何日消？

有酒不餘甘獨醒，有言不諒著騷經。五月五日葬魚腹，空教擊鼓似雷霆。

楚王入秦可憐渠，秦關一閉恨何如？西至咸陽歸不得，方知忠直舊三閭。

鴻門玉碎殺秦嬰，白蛇中斷漢龍興。烏江何面江東去？卻向黄泉見范增。

校記

〔一〕蒼　順治本作『滄』。

〔二〕曾　順治本作『層』。

〔三〕仙　順治本作『先』。

〔四〕繞　順治本作『達』。

〔五〕『萬姓』云云　係光緒本所補。

〔六〕『江南』云云　係光緒本所補。

〔七〕語　順治本作『與』。

〔八〕本詩係光緒本輯補。

〔九〕本詩係光緒本輯補。

〔一〇〕輪機　順治本作『輪機』。

〔一一〕思　順治本作『絲』。

〔一二〕照　順治本作『點』。

〔一三〕幃　順治本作『帷』。

〔一四〕本詩係光緒本輯補。

宛雅初編卷六

元

汪澤民

元史本傳　汪澤民，字叔志，徽之婺源州人，按，澤民高祖憕已遷宣城，今仍云婺源人，史悮也。詳見宋濂神道碑。宋端明殿學士藻之七世孫也。少警悟，家貧，力學，既長，遂通諸經。延祐五年，登進士第，授承事郎，知平江州事。以母年八十，上書，願奪所授官一等或二等，得近地以便養，不允。南歸，奉母之官。尋遷信州路總管推官。丁母憂服除，調兖州知州。孔子後衍聖公襲封職三品，澤民建議以謂宜陞其品秩，以示褒崇宣聖之意，廷議從之。至正三年，朝廷脩遼、宋史，召澤民赴闕，除國子司業，與修史書成，遷集賢學士、階大中大夫。未兩月，即移書告老。大學士和尚曰：『集賢翰林，實養老尊賢之地，先生何爲遽去？願少留以副上意。』澤民曰：『以布衣叨榮三品，志願足矣！』遂以嘉議大夫、禮部尚書致仕。既歸田里，與門生故人相往返嬉遊，超然若忘世者。十五年，蘄黄賊陷徽州，時澤民居宣州。已而，賊來犯宣州，江東廉訪使道童雅重澤民，日就之詢守禦計，城得無虞。明年，長槍軍瑣南班等叛，來寇城，或勸澤民去，澤民曰：『我雖無官守，故受國厚恩，臨危愛死，非臣子節。』留不去，凡戰鬬籌畫多澤民參決之，累敗賊兵。既而寇益衆，城陷，澤民爲所執。使之降，大駡不屈，遂遇害，年七十。事聞，贈資善大夫、江浙行中書省左丞，追封譙國郡公，謚文節。

浦江宋濂神道碑略

先生其先新安歙縣人，五季之初，兵馬使都虞侯道安始自歙遷婺源之返珠里。又歷八世至宋，贈光禄少卿震生都官員外郎宗顔。都官生贈少傅穀，又自婺源遷饒州德興之龍溪。少傅生贈端明殿學士藻，藻生知合肥縣贈中散大夫慥，又自德興遷宣州之宣城，子孫遂爲宣城人。中散生脩舉，則先生高祖也。曾祖諱宰臣，贈朝奉郎。祖諱夢雷，父諱鼎新，俱追封新安郡侯。自少卿至先生，奕世科名。先生幼融通經史，亦鋭然思繼承之。軀幹修聳，高準疏髯，風裁峻如也。其爲學本諸六經，眞知實踐，無一不本于道義。立心之正，不爲勢利所誘；擇術之精，不爲不義所屈。忠孝大節所以暴白于天下，揆古無讓，于今無愧，可謂不負于科目者矣。先生爲文不事絺章繪句，而義理自足。詩亦清婉有晉風。尤以善書名家，單削片牘，人咸藏弆爲榮。

又曰：乙未夏六月，長鎗叛帥瑣南班、程述等挾兵渡江，欲犯宣城。城中兵不滿數百，或勸先生去之，民曰：『先生忠孝人也，天必相之，當相與城守。若果去之，吾屬亦隨之耳。』部使者不入。沙周、伯琦二公復申民言以爲請，先生曰：『昔江萬里寓鄱陽，大軍逼城，衆皆走散，猶坐守以爲民望，況宣民離合視吾去留，吾何忍棄父母之邦乎？』時軍費不給，加以嚴刑，弗之集，先生從容一言，獲鈔一萬錠，米三千斛，民心翕然欲爲固守計。屢戰輒屢勝。八月丁丑，江浙行省參政吉尼哥兒遣兵來援，城内恃援至，戍守頗懈，是夜三鼓，長鎗軍攀堞上，城遂陷。戊寅，僞萬户丁堅使前鋒葛義執先生，逼降，不屈，遂遇害。將死，駡猶不絶口。瑣南班等雅敬先生名，爲具冠衾，葬於某山之原。

萬歷府志 元時，郡不乏材人知績學，汪文節首揭旂鼓，而二張互爲羽翼，平章嘉侯，領略元風，即力有至否？迺其雅道未忘，俛仰今昔，慨息彌襟。

元百家詩序 文節所著有春秋纂疏行世，詩有巢深、燕山、宛陵三藁，今已散亡。存者僅見于宛陵羣英集、宛雅二書，造語俱極工穩，惜全藁不傳。

〔增〕

郡志忠節傳 澤民遷南安路推官，鎮守萬户朵兒赤持官府短長，郡吏王甲歐屬縣長，訴郡，同僚畏朵兒赤，不問，澤民捕甲繫獄。朵兒赤賂御史右甲，欲出之。澤民與辯，御史怍，夜去，乃卒罪甲。潮州府判官錢珍，以淫殺推官梁楫，事連廣東廉訪副使劉珍，坐繫者二百餘人。凡六易官弗能白，復檄澤民獄，立具，授平江路推官。僧淨廣爲弟子所疾，一日赴飲有隙僧所，弟子潛往殺之。官誣坐隙僧，待報。澤民取視凶刀，有鐵工名，因窮得實，人驚以爲神。

二樓紀略 城南有元汪文節公祠，其生平詳宋潛溪集汪公神道碑。葬在郡東南嶧山之麓，知府事涂公觀治墳建祠，三原王端毅公恕爲之記。

古詩

美人青雲端，望之不得親。贈我一端綺，珍重同南金。上有連理枝，間以雙飛禽。裁衣以被服，報之緑綺琴。衣以結綢繆，琴以酬知音。文采豈不貴？尚絅思自珍。雖敝不忍棄，感子同一心。

南山何崔嵬，丁丁伐嘉木。伐木將安施？餙此輪與轂。良材莫自致，棄置河水曲。黨人偷且閑，不穫有餘粟。況無獵較功，大庖有餘肉。彼美蓬廬士，薇藿不滿腹。饑渴豈弗懷？徒食乃所恧。

首夏讀康樂詩有感

改序忻幽景，夏緑蔭閑軒。慕謝閱篇翰，清心絶囂煩。中有帆海作，采眞遂孤騫。既感魯連志，亦著任公言。明哲古所尚，用舍道俱存。臨川乃逃逸，惻愴不可論。

秋日同遊敬亭得並字

湘中三年夢鄉井，敬亭重遊心目醒。雙流夾鏡一溪來，千仞齊雲兩峯並。叢祠秋報同奠桂，蘭若晚酣催煮茗。晴嵐熌翠約花時，往覓丹梯登絶頂。

遊黄山汪南山先生惠詩以病爲辭次韻荅謝

軒轅輕舉同浮邱，黄山到今仙境留。攢峯排雲三十六，勢壓地軸雄南州〔一〕。玄鄉倒景接虛曠，太空清氣憑蕭颸。恍疑萬里運鵬翼，政似五月思貂裘。嘗聞丹爐靈藥在，寶光夜静干斗牛。我行雖云愜素尚，黄鶴不返令人愁。憶年弱冠披圖經，白髪荏苒四十秋。遐觀奇絶勿輕去，山靈特爲驅煙霧。吾宗詩翁期不來，天風吹落驚人語。何時同此采眞游，塵緣誓將脱羈囚。人間萬事一杯酒，鼠肝蟲臂徒包羞。

題翠微寺

堂上麻衣座，階前錫杖泉。人依碧霄起〔二〕，寺與翠微連。山擁無塵地，雲開宿雨天。明當凌絶頂，禪榻借高眠。

寄浙西張廉訪

今代皇華使，張綱德業優。弓刀閒上將，旌節按諸侯。强禦成擒虎，高才善解牛。遥憐浙江水，不向宛溪流。

昔獻明經策，因知侍御賢。陳蕃能解榻，文舉乃忘年。花柳春城外，湖山玉節前。觀風應有作，莫惜野人傳。

送陳公輔采石山長

磯伏金牛異，峯攢翠黛雙。同游懷絶景，相望只鄰邦。春鮝宜供酒，靈犀莫照江。此行應最樂，山水在書窗。

雙頭同心芍藥出西城居民家 至元甲午

雙花窈窕照春深，盡日凭闌費苦吟。背面紫雲分寶髻，合歡金縷結同心。歌殘溱洧休相贈，瑞出揚州可重尋。共向東風承雨露，不辭玉砌與山林。

四月九日新霽景氣清淑偕宗英公仲自天都峯側游湯泉道中偶成

天都敻出諸峯上，曙色嵐開逸興催。半壁暗泉吹冷雨，懸崖飛瀑吼晴雷。白雲縹緲仙鄉遠，碧落高寒俗駕迴。自笑生平愛清境，冥搜不厭歷崔嵬。

次楊侍郎輦下書事韻

曾看長安陌上花，萬方人物仰皇家。龍門變化風雷夕，鳳闕瞻依日月華。曉色宮槐連御柳，春聲疊鼓帶凝笳。聞君高詠燕山雪，細誦新章絢綵霞。

挽楊桂嵓

門外空迴長者車，草玄論字總何如？秋賓鴻雁傳書後，歲在龍蛇入夢初。萱室東風留綵服，瓜廬夜雨憶春鋤。山陽地下無窮恨，滿目寒雲淚洒裾。

金陵別友

煙草六朝夢，鶯花三月游。秦淮風雨夜，楚客別離愁。

齋中見杏花殘枝有感

杏花憔悴減胭脂，閉户春深笑不知。芳豔半開爭共賞，何人還惜雨餘枝〔三〕？

次友人春日見寄韻

簇簇霏霏委地紅，闌干不解隔狂風。時人莫道尋芳晚，留得餘春緑樹中。

清景行行一徑苔，蘭樽特爲晚春開。緑陰青紫猶堪賞，昨日游人自不來。

貢仲友

原編 婺源州判官。

春思

金窗解語花，玉砌忘憂草。草香白日長，花落青春老。望君胡不來，投妾赤心棗。

貢自誠

原編 字可久，翰林國史編脩。

即景

臘酒留香梅子小，野棠飄雪杏花開。漁溪白白蘆芽出，楊柳青青燕子來。

貢自達〔四〕

原編 韶州檢校。

郊行

溪樹汀花接眼明，酒逋吟債此時增。野僧煮茗收黄葉，湖客輸租到紫菱。牛背晚風三弄笛，漁梁寒照兩行罾。壯懷尚有元龍氣，高臥空山愧未能。

貢士林

原編　甌寧教諭。

織婦詞

月涼露冷天無河，疏星耿耿秋聲和。深閨織婦踏機響，軸水捲練騰蛟梭。大姑絡緯弄纖玉，小姑剪燭顰雙蛾。壁間草蟲促不已，鴛幃夢少愁顔多。錦成滿箱待裁剪，私券未了官催科。終朝勤苦不自給，無衣卒歲如寒何？公不見，青樓絶豔一曲歌，金堆翠積分綺羅。

貢萬里

原編　嘉興教諭。

次韻贈無心和尚

山鳥來聽未遍經，山猿下飲倒垂藤。機於悟處皆成道，心到無時始是僧。露葉長遮雲外屋，雨花亂洒佛前燈。獨慙老我塵埃境，咫尺瞿曇識未曾。

吴鍈

宛陵羣英集 字子彦，宋丞相潛曾孫。以父總管寶儒廕，仕福建鈔庫提舉，歷來陽知州。

〔增〕

原泉集 子彦，行四十，號拙初，總管寶儒長子，官元知州。

伯與傳略 子彦幼謹厚，不嗜酒，爲人强飲，輒哇而出之。工行、草，好吟詠，有拙初詩集。事父母至孝，每遇祭，未嘗不嗚咽流涕。襲父官，初授吉安路鈔庫提領，再任袁州路分宜縣丞。有惠政，擢辰溪縣尹，甚得民心。屬朝廷於福州路初設船户提舉司，選用本司正提舉，歲餘復罷，轉奉議大夫、來陽州知州。所至以廉勤爲本。後里居七八年，作亭，扁『歲寒』，與嘉賓觴詠爲樂。嘗著語書座右曰：『田五頃，爵五品。昔不足，今自省。榮兔裘，樂天命。』

送麻仲德提點三茆觀

麻姑連峯秀，仙人昔游盤。之子稟清淑，皎然冰雪顔。羈貫慕沖素，從師造天關。朝采碧珠華，夕驂白雲鸞。嘉命被恩寵，飄飄暫南還。七寶得眞境，三茆領仙班。送別相與期，行當一登攀。願乘冷風御，翺翔五雲端。

游道巖題葆眞觀

道巖啓奇秀，混沌竅天工。峻嶒若外屏，虚明乃中通。天池玉泉注，香爐紫煙濛。瑁檐抗浮雲，寶蓋凌層空。秋蓮試砥礪，金液鍊芙蓉。題名刻蒼壁，飛酌臨春風。清境信瞻戀，嚴程惜倥匆。

舟次硤石避雨古廟

漠漠春雲起巖谷，白雨飛空亂如鏃。牧兒狂走過橋西，遠墅微茫數家屋。浪高雪陣風忽顛，移舟小泊古廟前。坐待天回日西照，江流不盡山蒼然。

元夕與劉子清侯敬文貢泰甫會飲龍溪陳善甫宅用剪燈聯句

夜煖拈香繭，春寒落剪刀。勞心連鬱結，綺思出長繅。點綴輕蟬翼，裝粘細鳳毛。風花凝瑣碎，雲葉護周遭。影爍金垂燼，光融玉作膏。舞裀圍落絮，歌扇逐飛桃。帶轉銀幡小，輪囷寶蓋高。蜘蛛團露網，顧兔墮秋毫。鶯擲翻紅雪，魚跳起碧濤。春陽噓蛺蝶，秋冷蜕蚼蟧。翠薄荷分鈿，絲柔柳散條。青童來絳節，玉女翳纖翿。碎訝珠胎迸，尖愁燕尾翶。微茫縈錯落，斜隙漏葡萄。蝕釜空燒蠟，棚山漫結鼇。浮塵籠漠漠，流水眩滔滔。纂綺難爲密，裁綃秖自勞。嬋娟妬清夜，螮蝀落晴臯。製異宮人煖，榮懷學士綯。未曾分寶炬，先許照襴袍。劇賞樽頻倒，窮搜筆屢操。盍簪嘶騕褭，奮袖舞豪曹。酒足華筵散，詩慙白戰鏖。平明無夜禁，䌛弱且歸弢。

舟 中

依稀殘夢水聲中，落月餘輝入短篷。似聽鄰舟催喚起，今朝趁得上江風。

柳枝詞

風前嫋娜傚輕身，一日三眠别是春。多少閨情江路上，直將青眼送行人。

斜溝登車次韻

買得斜溝小犢車，曲轅短策困泥沙。何時乞取江南縣，春雨初晴學種花。

象山書院即事

愚按，第二聯原編入逸句，兹從宛陵羣英集中録全首增。〔五〕

我本閩中客，因人得勝游。泉聲晴亦雨，山氣夏先秋。舊友能青眼，新知豈白頭？開懷盡樽酒，且更爲嵒留。

和鄭仁卿韻

愚按，第三聯原編入逸句，兹從吳氏原泉集中録全首增。

高人厭城市，逸興寄滄州，路轉峯巒迎，林深竹樹幽。塞翁休問馬，海客自盟鷗。千載逢知己，呼兒洗玉舟。

吴元德

原編 字師善，浙江宣諭使。

〔增〕

原泉集 公行一，號陵陽山人。鉉之子。

伯與傳略 元至正四年甲申，寧國路總管吴鐸，以才薦於平章賀惟一，授威州判官。丙戌，遷經筵譯文官、國子司業。庚寅，擢户部侍郎。辛丑，改浙江制置宣尉，行次新城卒。

崔御史緑筠軒

種得湘筠十畝寬，森森蒼玉拂檐端。裁竿未許投江海，結實終看集鳳鸞。錦籜有時飛曲檻，緑陰終日護吟壇。淇園只在軒窗外，怪底霜臺六月寒。

汪用敬

元百家詩傳 用敬，字彦恭，澤民長子。

〔增〕**郡志忠節附傳** 澤民長子用敬，次用和，辟充侍儀司舍人，不赴。兄弟痛憤不食，相繼卒。

送楊好古浙東憲掾

逸思飄飄迴不羈，青年高步際明時。黄堂雅望推三語，烏府先聲重四知。石室嵐煙凝紫翠，蘭谿梅雨漲漣漪。公餘定遂登臨興，好寄新吟慰所思。

張知言

宛陵羣英集 字公允，師愚次子。

〔增〕**郡志文苑附傳** 公允亦以詩名。

上御史

英英清譽冠羣才，鹰角峨冠向此來。丹桂當年分兔窟，繡衣今日照烏臺。霜飛南國炎氛静，霧歛澄江霽景開。豈但乘驄思六察，會看補衮上三台。

和吳閒閒送張元谷羽士

得道長生學賀元，跫然空谷足音傳。六龍朝罷香盈袖，獨鶴歸來月滿天。葉玩山中仙子篆，書裁圯上老人編。玉章繡句吳門贈，好刻琅玕紀歲年。

汪洊雷

原編　字叔震。

次潘季通遷居韻

萬竹蒼蒼今已非，古梅猶有歲寒枝。橋分野色春還好，門對嵐光晚更宜。茶竈正須黄葉煮，琴牀已帶白雲移。題詩莫厭催租吏，鐘鼎山林各有爲。

施　琪

宛陵羣英集　字永叔，饒州路初菴書院山長。

徑山寺

迢迢雙徑躋層峯，層峯高削青芙容。嵐光掩映翠欲滴，夜半見日扶桑紅。梵宫去天不盈尺，樓閣峥嶸炫金碧。天香清徹旃檀林，井泉寒鎖蛟龍宅。煙霞欲曙撞華鐘，數千食指如雲從。塵埃不到清浄界，誰能面壁參眞空。我來游觀春已老，緑陰静晝留芳草。盤桓絶頂俯人間，超然便覺乾坤小。開襟久坐松竹陰，不知山外斜陽沉。西窗夜宿夢魂冷，白雲流水皆知音。山僧杯酒勸留客，白飯香芹薦芳席。明朝興盡下山去，回首青山兩相憶。

次黄資深韻

勸君休彈緑綺琴，世間何人識琴心？不如無弦挂空壁，幽趣暗逐秋雲深。

次丁志道憲使迎詔韻

愚按，第二聯原編入逸句，兹從宛陵羣英集中録全首增。〔六〕

驛使傳宣到謝城，羣公聯轡出郊行。芝泥恩重春風暖，柏府雲開曉日晴。禮樂光華逢聖治，衣冠鼓舞慶文明。從知寰宇多生意，隨地欣欣草木榮。

侯賓宇〔七〕

宛陵羣英集 字廷美，廣東憲使。

送張漢英之金陵

平生不願爲傭書，亦不願作章句儒。酒酣詩成吐素霓，意氣凜凜吞千夫。去年排雲叫閶闔，出門一夜車四角。今年逾嶠席未温，一舸乘潮又催發。大江之西日本東，廬陵人物嘗稱雄。泱科歲占十八九，君當努力揚詞峯〔八〕。才高不用長歎息，四海彌天豈無識？壯年懷居亦何有？着眼帶礪開胸臆。霜臺屹屹凌高寒，豪士傾蓋宜交歡。我知屠龍不屠豨，食馬政欲食馬肝。吳姬壓酒吹香絮，謫仙神遊歌白苧。敬亭惟有孤雲閒，欲雨人間亦飛去。

次題百花洲

樓臺縹緲絶氛埃，瓊樹扶疏帶月栽。夜半空庭松露滴，碧雲天外隺歸來。

梅致和

萬歷府志 梅致和，字彦遠，都官九世孫。從母兄汪文節受春秋，著類編十二卷。已，棄業隱城南，與二張爲吟友，更唱迭和，相得懽然。部使者王士熙、吴鐸雅重之，就咨吏事，每首言重風俗。屢辟幕，不起。卒，寧州宋濂志其墓。耕稿十卷，兵燬。

獨馬圖

西域之西生良馬，丹青何年入圖畫。良工不必問誰何，只此毫鋒便瀟洒。肉騣汗血形如龍，權奇肯與駑駘同？迥然獨立生長風，自信不受金羈籠。老驥猶能志千里，況此昂頭渴烏勢？聖朝捐金市駿骨，宜向天閑驂六轡。

施　坦

宛陵羣英集　字季平，廬山季子。

夜止張叔輿同宿因懷仲淵

連朝阻良覿，暮節慨幽獨。執手一忻然，遂此東齋宿。語闌餘燼暗，意愜清夢熟。覺來疏雨聲，月露滴脩竹。聽禽林景變，見日塵事蹙。仲氏有素期，結廬向蒼麓。

村居冬晚

夢回雨聲歇，披衣自開門。前山白雲多，隱隱高下村。老樹起鸛鶴，平田散鷄豚。鄰翁不識字，捫蝨負朝暄。

孟冬過劉氏園

愚按，此首第二聯，和梅叔章閒居第三聯，原編入逸句，兹俱從宛陵羣英集中録全首增。〔九〕

蠟屐乘閒日，芳園適趣時。亂聲秋樹葉，寒色晚花枝。客裏無遺景，年華輒入詩。優哉聊復爾，何用歎棲遲？

和梅叔章閒居

彭澤歸來後，門前柳五株。心閒四時樂，塵累一毫無。香結幽蘭佩，逸句作「珮」。詩裁明月珠。襟懷任曠達，寧肯類拘儒？

何儒行

宣城右集　何儒行，字仲景，宣城人。至元乙亥領浙江鄉薦。

擬古

夫君天一方，寄我春羅鮮。裁衣以被服，綷縩麗春妍。朝織機中錦，夕調琴上絃。深閨抱幽獨，暗擲桃李年。綠苔生綺閣，芳草積雕欄。思君胡不歸，歲月坐推遷。妾心冰玉潔，君操諒彌堅。

上林翳高樹，百鳥來紛紛。結巢徧其柯，喧啾長兒孫。侵晨啄禾黍，薄暮翻寒雲。豈無鵰與鶚？搏擊難空羣。悠哉丹山鳳，舉翼凌紫芬。

猗猗蘭蕙花，敷榮在巖阿。采采心靡勞，眷此陽春和。夫君在滄海，欲寄道里多。音書久契闊，殷念將如何？紉爲幽居佩，嘉芬襲衣羅。中閨對明月，顧影空婆娑。

丹霞篇寄沖妙觀方友

麻姑諸峯插修翠，麻姑僊人鳴玉佩。中有道人餌丹霞，採朮餐芝鍊元氣。此地昔年我曾遊，蒼崖碧樹煙雲秋。煙雲秋，仙壇石老苔花幽。尋觀怪石獅子踞，石屋落日玄猿愁。玄猿愁，白隺舞，相攜東風凌紫霧。琳宮丹闕摩太清，下視人寰隔風雨。丹秘金爐深，劍藏石亘古。揮手接高真，飄飄已遐舉。道人笑掬山下泉，竹房茶竈摇輕煙。天游之亭據幽勝，玉堂寶翰何清妍。卻登齊雲閣，持觴勸明月。明月滿山風滿林，醉來清夢欲飛越。我無負郭田，我無買山錢。一邱一壑肯乞與，便須寫我丹霞篇。

興嶺汪公仲雲松樓

黄山插天紫翠浮，三十六峯明素秋。奇絶蜿蜒結興嶺〔一〇〕，嵐光晴擁雲松樓。樓中主人愛山色，閒居不爲軒冕求。松林雲去松自緑，雲來松林雲滿谷。主人看松卧雲屋，静聽松風清可掬。君不見，歲寒貞松飽雪霜，材大青雲成棟梁。

送谷仲皋之江浙理問知事

舊聞臺閣慣遊遨，又見中書簡俊髦。秋水芙容賓幕静，春風芍藥省垣高。光分謝朓樓前月，寒捲錢王海上濤。公望直須峨廌角，九霄蒼翠見秋毫〔一一〕。

贈陳玉林鍊師歸鼇峯因致李之寅御史

歸來明月滿湖天，雪霽鼇峯玉樹鮮。曾是飛龍亭上客，卻爲騎雀洞中僊。莊周已悟生虚白，楊子猶能草太玄。欲見隴西驄馬使〔一二〕，爲言蹤迹尚林泉。

春日六言

碧桃花開漢苑，紫簫聲斷秦樓。風暖馬嘶金勒，月明人上簾鉤。

花落鶯翻紅雨，風回鷺點青嵐〔一三〕。人别春前春後，草迷江北江南。

江上潮生潮落，山中花謝花開。生計緑蓑青笠，閒情白石蒼苔。

胡師寅

晚與貢有源陳啓宗陶公美湖上望建平諸山

暮雲放出建平山，盡在湖光蕩漾間。滿目秋寒何所似？水晶宫闕擁螺鬟。

阮謙

原編　字受益，仕浙東帥府照磨。

秋懷

頹日不再旦，逝水無西流。秋氣日已深，羅幃風颼颼。感物生憂傷，託辭通蹇脩。伯牙久不作，欲見已無由。獨坐彈鳴琴，曲成復何求？

我昔遊趙燕〔一四〕，僶俛聽絃歌。王侯鬱冠蓋，歡晏何其多〔一五〕。日月麗中天，立馬懷山河。白雪成寡和，妙舞激陽阿。歸來感楚吟，白圭尚可磨。凌風駕黄鵠，鎩翮將如何？

劉得之

萬歷府志 得之，宣城人。

送憲司張仲端經歷

蒼木連雲合，清溪繞郡流。山川入歸思，煙雨送行舟。贊幕多奇畫，還鄉只敝裘。平生張給事，名作漢庭優。

琴高峯

愚按，第二聯原編入逸句，兹從宛陵羣英集中録全首增。〔一六〕

怪石清溪上，荒臺劫火餘。風帘桑落酒，春網藥楂魚。筍嫩和煙劚，畬新帶雨鋤。玉堂人不見，花竹亦蕭疏。

校　記

〔一〕壓　順治本作『厭』。
〔二〕起　順治本作『近』。
〔三〕惜　順治本作『愛』。
〔四〕自達　順治本作『士達』。
〔五〕本詩及下一詩係光緒本輯補。
〔六〕本詩係光緒本輯補。
〔七〕賓宇　順治本作『賓于』。
〔八〕峯　順治本作『鋒』。
〔九〕本詩及下一詩係光緒本輯補。
〔一〇〕絶　順治本作『秀』。
〔一一〕翠　順治本作『隼』。

〔一二〕欲　順治本作『若』。

〔一三〕風　順治本作『峯』。

〔一四〕趙燕　順治本作『燕趙』。

〔一五〕晏　順治本作『宴』。

〔一六〕本詩係光緒本輯補。

宛雅初編卷七

元

貢師泰

元史本傳　貢師泰，字泰甫，寧國之宣城人。父奎，以文學名家。師泰早肄業國子學，泰定四年釋褐，授從事郎，太和州判官。大臣有以其名聞者，擢應奉翰林文字，預修后妃、功臣列傳。事畢，遷吏部，拜監察御史。自世祖以後，省臺之職南人斥不用，及是始復舊制。於是，南士復得居省臺自師泰始，時論以爲得人。至正十四年，除吏部侍郎。奉命和糴浙右，得糧百萬石，以給京師，遷兵部侍郎。朝廷以京師至上都驛户凋敝，命師泰巡視整飭之。至則歷究其病原，驗其富貧而均其傜役，數十郡之民賴以稍蘇。豪貴以其不利于己，深嫉之，然莫能有所中傷也。會朝廷欲仍和糴浙西，因除師泰都水庸田使，擢禮部尚書，遷爲平江路總管，旋爲秘書卿。得疾而卒。師泰性倜儻，尤喜接引後進，士之賢，不問識不識，即加推轂，以故士譽翕然歸之。有詩文若干卷，行于世。

元百家詩傳　泰甫狀貌偉然，既以文字知名，而于政事尤長，所至績效暴著。詩文甚多，有友迂、玩齋集、虞東軒、閩南諸藁，門人劉中、朱鐩輩類爲一編，總題曰玩齋集。

江南通志　泰甫幼師吴澄。在太學時路拾遺囊，亟追還之。泰定四年擢第。仕紹興路推官，數剖疑獄。歷户部尚書，轉漕閩海，以鹽易米糧，給京師，凡數十萬石。

楊維楨玩齋集序略　本朝古文殊逐前代，而詩則過之。郝、元初變，未拔于宋。范、楊再變，未幾于唐。至延祐、泰定之際，虞、揭、馬、宋諸公者作，然後極其所摯，下顧大歷與元祐，上踰六朝而薄風雅，吁，亦盛矣！繼馬、楊而起者，世惟稱陳、李、二張，而宛陵貢公則又馳騁虞、揭、馬、宋諸公之間，未知孰軒而孰輊也。蓋仲章雍容館閣，翺翔于延祐諸公之間；而泰甫當師旅倥匆，獨擅文名於元統；至元之後，有元之文其季彌盛，于宛陵父子間見之矣。

黄禕玩齋文集序略　公之先公文靖公在元祐中與諸公齊名。公克承家學，又早游上庠，受業諸公間，故其問學培植深厚，見于文章者氣充而能暢，詞嚴而有體，講道學則精而不鑿，陳政理則辨而不夸，誠足以成一家之言，而繼前人之緒矣。

沈性玩齋集序略　先生之父文靖侯在皇慶、延祐間以文學遭際，與虞、揭、袁、馬諸公頡頏上下。先生夙承家學，而又嘗親炙諸公，且及游草廬先生之門，故其學淵源深而培植厚，塗轍正而條理明。見之著述，氣味肖諸賢，言語妙天下。黝黝乎其幽，悠悠乎其長，煜煜乎其光，有虞之宏而雄健不減於馬，有揭之瑩而清俊則類于袁。其理轍尤儼然吴氏之尸祝也。故當時評先生之文者，列之六大家之次；序其詩者，亦謂可與道園學古録並觀。皆非虚語矣。

〔增〕

大清一統志　師泰除户部尚書，俾分部閩中。以閩鹽易糧，由海道轉運給京師，凡爲糧數十萬石，朝廷賴焉。

四庫全書簡明目録　師泰雖以政事著，而承其父奎家學，又受業于吴澄，故文章具有軌度，詩格尤爲高雅，虞、揚、范、揭之後，亦可云晚秀矣。

書畫譜　師泰楷書亦善。

萬姓統譜　師泰性倜儻，貌豐偉，以文學知名。

大學衍學補〔一〕　順帝末年，山東河南之路不通，國用不繼。至正十九年，議遣户部尚書貢師泰往福建，以閩鹽易糧給京師，得數十萬石，京師賴焉。

海寧縣志　公隱居吴淞江，遂易姓，作幽懷賦以自見。至正間，奉詔漕閩廣粟。海土多警，留居海寧，與諸生謝肅、胡奎等講學，卜築於縣東湖塘村，命其里曰小桃源。劉先生伯温過其居，書『小桃源』三字，尚存。卒，葬湖塘村之南。

寧國府志　公過鍾樓街，遇婦人車，遺囊道上。從者得之，皆大珠也，亟追還之。他日，知爲黑廝侍郎之母。侍郎詢其人，不得，公終不言。

楊維楨平糴記略　朝廷又發内帑錢二十餘萬錠，俾公和糴。公抵吴興，諗民有儲粟者，聽自陳糴，凡六百有奇。於時直益其十之二，先付直，後納所直粟。令輸粟者自槩，司庾不得高下其手。父老曰：『公之政，吾前未之聞也。』

王子允讞獄記略　公在官四十三月。去之日，家爲位焚香以拜，追餞數十里，涕泣而别。囚之居囹圄者，聞公去，亦皆慟哭。

劉中歷官事略　公爲平江路總管，是歲十二月視師。張軍逼城，爲掌兵者握權自用，公不得有所更張。明年正月，寇勢日熾，誤軍者先斬關出走，公獨領義士出郭。力不能支，懷印，與推官俞節欲赴水死義。遇漁人救負，乘舟潛載，居海濱者一年。

揭汯神道碑略　公嘗作儺神賦，袁文清公大加賞歎，謂他日必秉文衡。時北人多易南，公毅然自立，人莫敢犯。嘗夜讀書，鄰女數見誘，公盛怒，責之。明日，方知同舍生所嗾也，正聲益著。中書移文，江南三省掾史互相遷調，他省不得取用。公上書言：

『人才之生，無間南北；用材之道，何分遠邇？』書上，不俟報，一夕引去，省遣人追之不及。遂優遊田里以奉其母，置學田以養子弟之來學者，立義莊以贍宗族之無依者。有詩經補話二十卷、友迂集十卷、玩齋三卷、蠙竅集二卷、閩南集三卷。公在京師，揭先天六十四卦圖，圖于壁，皆虛其中。程文名之曰玩齋，故學者皆稱爲玩齋先生云。

趙贄序略　先生之詩雄澤而峻拔，精緻而典則。不屑屑於師古，而動中乎軌度；不矯矯於違俗，而自遠於塵滓。才情周備，聲律諧和。斯蓋所謂自成一家之言者也，胡可掩哉！

錢用壬序略　先生所得者深，所蓄者大。其學該博而閎衍，其識高明而超卓，其才瑰奇雄偉，其氣剛大而振發。故其於詩也，得乎性情之正，止乎禮義之中。

謝肅序略　蓋自風雅以來，能集詩家之大成者，惟唐杜文貞一人而已。繼文貞而興者，亦惟我朝雍虞公一人而已。試以道園所録，合先生是編而並觀之，則未知其孰先而孰後也。

李國鳳序略　人徒知其文之古，而不知其本於理也。人徒善其詞之工，而不知欲以明夫道也。可傳而不泯者，其可誣乎！

余闕友迂集序略　太原賀君爲丞相蒐羅天下人才之有政譽者，而泰甫之治爲浙東西第一。

程文東軒集序略　太史之稱虞卿，韓昌黎之論柳子，東坡海外之文，少陵夔州以後之詩，彼皆有所激而進也。余于東軒亦云。

李默跋略　公居吴淞江上，隱釣臺山長吴景文家，易姓名端木氏，號戾契子、朋朋翁，作幽懷賦以自見。

擬　古

東南有佳人，遠在水一方。綺疏粲飛樓，曲闌圍洞房。意態閒且靚，氣若蘭蕙芳。纖阿裼姣服，雜佩懸明璫。流風迴皓雪，明月舒其光。白面誰家子？錦鞍青絲繮。翩然一見之，下馬立中堂。可望不可即，五采盛文章。

採藥鍊神丹，鍊久丹自成。丹成出寶鼎，旭日紅霞明。服之不終朝，身若一羽輕。騎龍跨八極，翩然凌太清。太清邈金闕，玉女羅雲軿。飄蕭白霓裳，參差紫鸞笙。元氣在呼吸，因之薄蓬瀛。下視寰宇内，人事徒蠅營。

感　興

悲風從西來，海樹何蕭瑟。薄寒中人肌，毛髮爲慘慄。疏林動鵁鶄，壞壁鳴蟋蟀。出門忽四顧，愴恍若有失。仰面對青天，青天行白日。

採菱女

落日照淮甸，中流蕩回光。窈窕誰家女，採菱在横塘。風吹荷葉低，忽見紅粉妝。紅妝背人去，驚起雙鴛鴦。鴛鴦去復來，煙水空茫茫。

題疊嶂參雲亭寄老士安監憲

層城極高爽，傑構峙峥嶸。疊嶂散霞綺，雙溪迴以明。旌節一戾止，登覽羣彦并。明月懸委佩，華屋粲長纓。涼軒四面敞，坐看卿靄生。神功倏舒卷，變態周八紘。終當溥甘澍，從龍游太清。

送劉子還江右

晨飆起庭柯，落葉當階積。流光倏云變，感此遠行客。遠行歸無期，況與親友隔？潛魚無縱鱗，倦鳥思斂翼。物理且如此，人事徒役役。徘徊激中腸，衣上霜露白。

題朱澤民所作段吉父應奉别業圖

遠山何盤桓，近壟亦連屬。潛飆薄陰崖，鮮雲蕩陽谷。飛樓表層巔，石梁跨懸瀑。參差衆樹丹，夭矯雙松緑。誰與契嘉賓〔二〕，雅會諧所欲。臨流引霞觴，拂石羅野簌〔三〕。開圖對華軒，聊以慰貞獨。

天門山爲楊梓人待制賦

天門十六峯，氣勢淩祝融。玉壺晝飛雪，丹穴夏生風。壁轉六龍影，關當九虎雄。還應叫閶闔，白日照精忠。

蘭皋雅集

弭節蘭江渚，散策嘉樹林。良儔亦以集，式慰離索心。列坐引疏酌，暫懽契沖襟〔四〕。風清暑氣薄，落日潭水深。高蔭多鳴蜩，時時曳餘音。豈無繾綣意，淹留畏官箴。煙塵庶可息，吾將遂投簪。

爛柯山分韻得之字

嚴城啓晨鑰，夙駕踐所之。華日動光彩，冠蓋盛威儀。揚鑣度廣野，緩策緣清池。長林帶崇岡，密樹何參差。逶迤石梁起，夭矯崖洞垂。青霞結懸虹，白日生涼吹。仙人杳莫攀，殘棋委臺基。坐看星斗出，歛襟遂忘疲。

分題得蕪湖月送宋顯夫赴山南僉憲

蕪湖月，碧天無風江似雪。與君迢遞行相隨，一似都門别時節。楊州見得賣鹽船〔五〕，夜來泊向蟂磯邊。磯邊潮平人語静，但見一鏡當空懸。君心明白有如此，光照荆州幾千里。郡曹隔岸俟新官，識得繡衣前御史。山前父老來勸酒，前日清光還在手。

分題得姑蘇臺送吴元振赴江浙省左丞

姑蘇城外江水緑，姑蘇臺是吴王築。吴王宴罷越王來〔六〕，館娃夜冷宫門開。落花飛去春無迹，江邊卻起姑蘇驲〔七〕。馬頭旌節何皇皇，候吏傳呼謁道傍。孤山梅白堤柳黄，相君入坐中書堂。

爲紹興虎兒治中題畫魚

大魚跳波長數尺，三十六鱗如列戟。江湖浩蕩起煙雲，宇宙蒼茫變朝夕。子英方騎一角蒼，琴高忽跨雙尾赤。中堂展玩風驟起，猶恐神光化空碧。

題太師贈吴學士墨竹

墨池飛出雙鳳凰，青雲碧雲摇日光。九重阿閣幾千尺，如聽羽節來鏘鏘。集賢學士瀛洲客，朝回拾得連城璧。便思手把釣魚竿，萬里江南秋水碧。

楊白花

楊白花，無定止。昨日空中飛，今朝渡江水。江水茫茫千萬里，緜輕雪薄春旖旎。把臂踏歌歌未已，石頭城邊風亂起。楊白花，無定止。

吴中曲送楊伯幾南游

鯉魚風起波紋緑，枯葭折花啼寒玉。榜聲催曉渡江心，驀聽吴娃舊時曲。楊郎年少輕別離，三尺光芒鍊帶垂〔八〕。虎邱山頭候月出，靈巖洞口看雲飛。梅花雪點身上衣，慈母倚門聽馬嘶。

送左祥卿之香山縣尹

九星排玉雙門開，抱旗石鼓青嵬嵬〔九〕。帝子城頭跨龍去，仙人海上騎羊來。禺南燕北天萬里，五月河邊青雀起。鷓鴣膏暖射晴虹，海月光寒炯明水。宓子琴中化易成，吟得新詩字字清。馬立街前待衙退〔一〇〕，刺桐花裏鷓鴣鳴。

送鄭伴讀歸省山東

緑煙曉發秋光遲，畫橋鳴鵲度低枝。郎君恰恰燕山歸，仙人笑迎兒女隨，手攜拄杖高過眉。雙舟滿注堂上巵，五彩戲看囊中衣。香雪飄飄吐盤螭，風吹雨脚拂朱絲。黄花醉飲秋正宜，況今天子太平時。

輓陳堯

堯，草廬吳先生門人也，有俊才，卒年十八，其妻亦痛哭而絶。

垂舟沃酒漁口熱，小袖萊衣雙鳳結。春歸白玉不禁寒，雪兔西沉半山缺。望夫化去孤石立，死與韓凭誓同穴。鬼狐寒食上新邱，陰風自掃梨花雪。

關山月送殷文學返浙西〔一一〕

白波洶湧風初起，緑煙漸墮冰壺裏。林鳥沙鷗寒不棲，萬頃玻璃浄如水。攬衣推户仰視天，一寸鄉心幾千里。僕夫在門嚴戒程，宵人呼籌催罷更。街頭蕭蕭馬鳴過〔一二〕，城中角角鷄亂鳴。嗟哉我亦天涯客，握手欲别難爲情。遥憐後夜相思處，楓葉滄江一舸輕。

台州寄楊子秀

路轉千峯合，溪通一帶斜。飯炊黄渡雪，酒染赤山霞。未訪仙人宅，先尋博士家。近聞歸隱處，盡種碧桃花。

題程以文竹雨山房

山人愛種竹，竹高上雲端。屋近琅玕潤，林深翡翠寒。好裁鳴鳳管，莫截釣魚竿。白髮相憐處，時時一問安。

天上春雷起，山中夜雨過。林聲遥帶瀑，池影浄生波。對坐此君獨，迎門稚子多。何時深翠裏，擊節共長哦。

送陳子敬赴南昌尉

送君南作尉，黄綬去翩翩。縣倚江邊郡，花迎上水船。自憐官主印，人喜吏如仙。定見雙鸂鶒，飛來御史前。

分題得獲麟堆送李伯眞廉使往山東

正朔周王紀，春秋魯國書。瑞圖齊鳳鳥，麟趾應關雎。絶筆懷西狩，揚鑣過舊墟。泰山青萬古，相對一躊躇。

送蒙古彭教授往高州

萬里高州路，憐君此日行。藤陰頻駐馬，榕落亂啼鶯。人到烏蠻異，官同博士清。定知江海上，殊俗盡諧聲。

游麻姑萬松菴

積雨變秋思，清游愜道心。過橋分履迹，問字逐鐘音〔一三〕。紅墮鳥爭果，緑深魚占陰。何當脱塵鞅，重此契幽尋。

送李盤野

秋水芙容岸，孤帆天上歸。青山四面起，白雁數行飛。里父供新釀，家人澣舊衣。封侯定何事，且理釣魚磯。

題劉子明棲雲亭

野樹偏宜晚，江花欲變秋。幌明霞散綺，簾暗月沉鉤。解補青山闕，還生白髮愁。何時作霖雨，卻共水東流。

送華以愚南歸

禁城秋雨後，奈此薄寒何。江上書來少，吳中客去多。暮帆依橘柚，晨爨就蒲荷。遥想歸榮處，鄉人日醉過。

和馬仲皋立秋韻

酒盡青山暮，書從白雁過。長風斷疏雨，缺月挂明河。故國逢人少，新秋到客多。不知滄海上，何日罷干戈？

題質夫東埜草堂

幽人海昌住，草屋向村墟。擊竹頻呼鶴，分泉謾種魚。梨花春巷冷，榆葉夜窗虛。細語篝燈火，匡牀正讀書。

和石田馬學士殿試後韻

春風馳道入宫牆，青瑣深沉引夕郎。草染緑波生太液，花扶紅日上披香。聲名已重千金璧，恩寵方隆七寶牀。治世斯文今極盛，九天星斗自成章。

送賈有恆赴潞城縣令

上黨人參五葉齊，郎君春日馬行西。滿溪藍水魚初上，繞縣青山鶯亂啼。小吏報籌衙欲退，長官封印手還題。洛陽自古多才思，好賦新詩寫赫蹄。

壽巙巙子山學士

上林春滿樹蒼蒼，別殿新頒外國香。龍虎風雲依日馭，斗牛河漢列天章。瀛洲敕賜黃金榜，學士名高白玉堂。千載太平今有在，文昌高映紫微光。

畫　馬

漢家旌節渡流沙，奪得戎王鐵喙騧。天上白雲秋弄影，月中玄兔夜生花。九圖妙入將軍筆，八駿神空阿母家。獨控奚官更超絶，長楸錦隊謾如霞。

送黎兵胡萬户南還

將軍杖策去安邊，詔下東南萬里天。雲海旌麾趨玉帳，春江鼓角載樓船。黎人滿溜檳榔水，蜑户齊分牡蠣田。遥想軍中無一事，坐驅千騎獵平川。

送壽弘毅應奉赴興國路經歷

院門深鎖落松花，東接蓬萊小海斜。絳蠟夜深催視草，紫泥春早聽宣麻。鳳凰池上人辭直，鴻雁江南客過家。幕府秋來清似水，吟詩應對白鷗沙。

次泗安光上人韻是日聞有供奉之除

水氣朝寒生白煙，寺前楊柳繫吴船。佛燈紅映流蘇座，僧榻青裁海艾氈。書到誤叨金馬召，廚空應愧木魚懸。定知别後相思處，楓葉蘆花宛句邊。

壽吴宗師

帝遣真仙位上卿，五城迢遞接蓬瀛。雲浮紫氣旌幢潤〔一四〕，日射紅光劍佩明。池館晝閑教隺舞，江湖歲晚結鷗盟。軒轅曾訪長生術，應信崆峒有廣成。

送臺典張子誠辟山北憲史

芙蓉幕府清如水，愛子新來意氣多。天近烏臺依執法，風清黄閣聽鳴珂。燕山北望千峯盡，遼海東迴一騎過。刀筆曾爲漢丞相，起家應不愧蕭何。

廣微天師祈雪有應詩以美之

九枝燈照碧壇空，龍虎旗高滿殿風。緑簡夜深朝玉陛，素幢春淺拂珠宫。一天凍色星河合，萬里冰華陸海同。明日内家應錫宴，綵符爭取綴釵蟲。

上都詐馬大燕

紫雲扶日上璇題，萬騎來朝隊仗齊。織翠轡長攢孔雀，鏤金鞍重嵌文犀。行迎御輦爭先避，立近天墀不敢嘶。十二街頭人聚看，傳言丞相過沙堤。

椶櫊别殿擁仙曹，寶蓋沉沉御座高。丹鳳銜珠裝騕褭，玉龍蟠甕注葡萄。百年典禮威儀重，一代衣冠意氣豪。中使傳宣捲珠箔，日華偏照鬱金袍。

卿雲弄彩日重暉，一色金沙接翠微。野韭露肥黄鼠出，地椒風軟白翎飛。水晶殿上開珠扇，雲母屏中見衮衣。走馬何人偏醉甚，錦韝賜得海青歸。簫韶九奏南風起，沙燕高低撲繡簾。醽醁酒多杯迭進，鷓鴣香少火重添。舊分宫錦緣衣襵，新賜奩珠簇帽檐。日午大官供異味〔一五〕，金盤更换水晶鹽。

送胡斯文辟南臺掾

鳳凰臺下水東流，潮去潮來自石頭。細雨一帆人到岸，清風兩袖客登樓。幕開江上紅蓮日，書寄山中碧樹秋。珍重此行多意氣，繡衣玉節定重游。

送徐復初辟掾南臺

闔閭城外望金陵，千里江流一帶青。桃葉風生催客渡，杏花雨過别郵亭。黄金臺上書方到，采石磯邊酒卻醒。應是紀綱多暇日，緑陰清晝坐閒庭。

贈寫神鏡塘上人歸京口

鶴翎風動碧天涼，寶月新凝百鍊霜。水面散成千種影，波心元只一輪光。玉簪道士來空室，金粟維摩現上方。此去要觀眞法像〔一六〕，卻收畫本過維揚。

送周希元高士歸廬山

萬里江湖第一關，波濤洶湧接廬山。九華雲度青天闊，五老峯迴白日閒。鍊藥房中猿候火，散花臺上鶴隨班〔一七〕。何時倚棹清溪曲，一笑相從覓大還。

題廬山楊宗卿思永樓

危樓百尺倚匡廬，西蜀衣冠幾世居。對客每傾桑落酒，傳家猶有草玄書。天寒倚柱招黃鶴，日莫凭闌數白魚。萬里岷峨歸未得，亂雲飛處正愁予。

新　蝶

杏樹生香蠹化成，向人飛下不勝情。寒辭薄翅猶拈粉，暖溢柔鬚始弄晴。燕舞盤中嫌露重，鶯歌扇底避風輕。春閨未解南華夢，乞與滕王爲寫生。

月舫爲袁錬師賦

老龍吹浪滿江湖，雪兔西飛碧落孤。太乙方乘蓮一葉，蕊仙還倚樹三株。開窗白露沾瓊佩，對酒寒光射玉壺。萬頃秋波看不盡，卻攜靈藥上玄都。

送誠宜叔應奉分院上京并呈謝敬德學士〔一八〕

太平天子重時巡，首詔詞林擢侍臣。書載駝車隨劍珮，射從熊館代絲綸。片雲忽送麻姑雨，五月方開芍藥春。想得班揚才最贍，龍山立馬賦詩頻。

揚州別幹克莊僉憲〔一九〕

紅日東生緑霧收，海風吹客到揚州。露分仙掌金盤冷，香動瓊花玉樹秋。使者乘驄開大府，仙人騎鶴醉高樓。朝來別我垂楊岸，珂珮如雲簇水頭。

江陰君山次陸子方韻

畫橋垂柳傍官壕，夾岸青山擁雪濤。楚相邱墟遺石馬，梵王宫柳壓金鰲〔二〇〕。天迷鴻雁江流闊，風撼魚龍海氣高。此日登臨無限意，古今消盡幾英豪？

峨眉山

霧作衣裳雲作屏，玻璃萬頃着娉婷。望夫石上偏多雨，織女河邊欲隕星。蝃蝀夏涼收淺絳，蟾蜍秋冷抹長青。可憐天際微顰處，六代興亡一夢醒。

詠姚氏瑞蓮

雨洗瑶池六月涼，侍兒初試錦雲囊。花開雙鳳迷歌扇，子綴羣蜂背蜜房。波浄忽成溪女匹，露寒卻笑月娥孀。合歡帳底鴛鴦夢，臂枕猶聯玉雪香。

題丁元善錬師陽明樓

賀老家西百尺樓，好山多處稱仙游。丹光散作霞千縷，劍氣吹成月一鉤。窗外雀歸遼海暮，袖中龍起鑑湖秋。道人久直黄金殿，可使歸來雪滿頭。

贈淵上人住涇縣延壽寺

半生辛苦住城西，脩竹滿園蔬滿畦。正愛閒雲依叠嶂，忽隨流水渡三溪。藤花院静禪初定，槲葉村深路欲迷。此去莫憐知己少，青山到處可留題。

陪偰少監海脩撰飲西湖

十年不到西湖上，此日重來意倍親。尊酒暫倍天上使〔二一〕，畫船猶待水邊人。題詩香漬花箋舊，度曲聲傳玉樹新。歸醉小樓明月曙，開元鐘鼓正朝眞。

送外兄李學父

鵓鳩涼雨睡偏宜，正是敲門下馬時。萬里風塵從戍早〔二二〕，十年江海到家遲。晝持使節眞行錦，春上萊衣欲繡絲。且買樓船醉雙玉，紅蓮白蒻滿西池。

贈天台李錬師

翠蛟青鳳下晴空，家住天台第幾重？歲久松肪成琥珀，夜深丹氣出芙蓉。仙童奏簡騎文虎，太乙懸旗起絳龍。昨夜從師到天上，故山還著白雲封。

賦韶州王太守養老園

手種滿園桃李樹，東風披拂爛如霞。歌催金縷停鳩杖，酒注銀瓶載鹿車。白日青春閒衛戟，碧溪流水護仙家。使君自是吹簫侶，不記菖蒲幾度華。

送方舟上人住靈鷲

靈鷲之山出東海，小朵飛來不記年。佛國夜光珠作闕，龍宫春冷玉爲泉。浮雲不礙游人屐，流水還隨釣客船。試問禪師何處去？夜來騎虎上西天。

次韻李清叔元夕

絳燭燒煙散滿城，九衢車馬似潮聲。山河影轉琉璃薄，陸海光浮菡萏平。蝶睡誤翻歌扇暖，鵲驚疑報晝檐晴。夜闌人静天如水，依舊殘星數點明。

明仁殿進講

春日君王出殿遲，千官簾外立多時。觚稜雪轉寒無耐，先許儒臣到講帷。
黄綾寫本奏經筵，正是虞書第二篇。聖主從容聽講罷，許教留在御牀前。
殿前冠佩儼成行，玉碗金瓶進早湯。自愧平生飯藜藿，朝來得食大官羊。
黄金爲帶玉爲檐，劍戟如林衛紫髯。也愛儒臣勤講讀，向前輕揭虎皮簾。
奏對歸來日已西，獨騎瘦馬踏春泥。行從海子橋邊過，猶望宫城柳色齊。

和馬伯庸學士宫詞

緑池香水出芙蓉，十二釵寒妬玉蟲。只恐禁園今夜雨，華清明日又西風。
紫霞扶日上盤盤，花氣薰衣露始乾。行處不禁春色惱，回身卻倚玉闌干。
殿前昨夜報春殘，盡放宫人賞牡丹。獨有沉香亭北畔，一枝偏許八姨看。
雲影微開日脚垂，杏花深院落游絲。不知誰動鞦韆索，驚起黄鶯過别枝〔二三〕。

和胡士恭灤陽納鉢即事

紫駝峯挂葡萄酒，白馬鬃懸芍藥花。繡帽宫人傳旨出，黄門伴送内臣家。

蕎麥花深野韭肥，烏桓城下客行稀。健兒掘地得黄鼠，日暮騎羊獨唱歸〔二四〕。

詠塵

春城花露欲生泥，十二街頭漫漫飛。落絮游絲共無賴，半沾香汗半羅衣。

題鮮于墨迹

墨花香潤紫毫圓，寫徧湖山忽夢仙。十二樓高明月夜，玉簫吹鳳下秋天。

水仙

太液池邊雪始乾，曉妝初試佩珊珊。簾鉤欲下東風細，猶夢珠宫扇影寒。

姑蘇臺

當年何事太情多〔二五〕？不悟危機出苧蘿。一夜月明天似水，吴王臺上越王歌。

興化道中

紫蔗白頭金橘坡，荔枝龍眼總婆娑。驟暄情思如中酒，喜得清陰馬上過。

題朱質夫梅花圖

水晶簾幕珊瑚鉤，萬玉花開一鏡秋。睡起瀟湘寒凜冽，卻疑飛雪在羅浮。

貢性之

元百家詩傳　性之字友初，尚書師泰族子也。元季，以胄子除簿尉，後補閩理官。明洪武初徵録師泰後，大臣以性之薦，性之避居越之山陰，更名悦。從兄弟同仕于朝，迎歸，金陵、宣城俱不往。躬耕自給，以終其身，門人私謚曰貞晦。以世家宣城之南湖，因號南湖先生，有南湖集，藏于家。弘治間，六世孫吏部員外郎欽出示李少師東陽，少師稱其詩清新可傳，爲删去什之一，付欽刊刻行世。

萬歷府志　友初辟地會稽，會稽人以王元章梅、貢理官詩爲二絶。詩委婉動人，間作健語，往往命中。

静志居詩話　貞晦詩滑而不澀，縱而不控，固是雲林、玩齋家法。

〔增〕

萬姓統譜　友初初以胄子除簿尉，有剛直名。

四庫全書簡明目録　性之避地更名，躬耕没世。其詩多眷懷故國，而詞意深婉，無所怨尤。

西湖志　友初詩才清麗，其湖上春歸詩、吴山游女詩、送戴伯貞還廣西一律，敘事委曲，而感慨係之，出諸作之上。

欽傳略　時會稽王元章善畫梅。得其畫者，謂無貢南湖詩則不貴重，故集中多詠梅詩。間録其詩若干首於越山鍾秀集。其見重於越之士人如此。

靖國跋略　不肖在諸生時，每檢先世圖書，藏之篋中。既而官比部，政暇則胠篋而莊誦之，眞如秋水芙蓉，啓夕秀於方競，把玩不忍釋手。蓋美而愛，愛而傳之之意油然有不可已者。

歸田詩話 貢有初，泰父尚書姪也，刻意於詩。

宮梅圖

瓊樓夜寒銀漏澀，滿地霜華月光白。翠禽啼斷夢中魂，窈窕虛窗碧紗隔。千門深鎖含章宮，未許人間識春色。只愁笛裏曲聲哀，零落香鈿點妝額。

雪山竹房爲王御史題

海天冥冥同一色，雪花墜地大如席。大凶贔贔號長風，片片吹落淇園中。淇園之中何所有？琅玕箇箇青蘢葱。琅玕白雪兩相敵，萬籟無聲晝岑寂。孤鸞獨隺手可招，玉龍翠虬寒不蟄。此時獨有高潔人，愛此瀟洒來相親。手攜神仙緑玉杖，行隨玉樹歌陽春。歲寒之節世莫識，挺挺長身抱虛眞〔二六〕。會待金烏出暘谷，環珮鏘鏗弄蒼玉。始知不與雪俱消，要與人間洗塵俗。

題　畫

琳館依珠樹，青山走游龍。水流疑動石，雲低不礙鐘。將尋採芝侶，於此謝塵蹤。

和唐愚士

詩名獨爾憐，歌罷思飄然。白壁連城重，明珠照乘圓。春風歸客旆，夜雨上灘船。江草江花裏，渾疑在錦川。

梅花扇

香雪綴晴梢，東風暖未消。路經蘇小墓，船泊段家橋。瘦倚吟邊竹，寒低月下簫。逋仙杳何許？千古若爲招。

秋堂讀書圖

涼風起天末，秋思滿秋堂。緑樹團晴影，青燈坐夜長。爲誰懸榻下，留客浄琴張。矯首雲霄近，爭看一鶚翔。

過破衣菴訪阮子昌

行過河西曲，來尋小阮家。繞籬都種菊，十月未開花。遠樹含秋色，輕雲護晚霞。也須頻到此，隔屋酒堪賒。

題　畫

憶昔山中住，山中足勝游。雲連高樹暝，泉帶落花流。路轉人煙僻，樓開佛寺幽。披圖重遐想，我欲賦歸休。

窗户碧玲瓏，看山面面通。樹涵雲外雨，涼度水邊春。瀹茗嗔童懶，揮毫對客雄。笑談如着我，也入畫圖中。

越山清曉

曙光清散越王臺，萬壑千巖錦繡開。欹枕僧鐘雲外落，捲簾漁唱鏡中來。樹藏茆屋鷄聲斷，露濕松巢雀夢回。安得畫圖分隙地，移家仍住小蓬萊。

梅花次韻

夢到羅浮知幾年？看君圖畫思茫然。春回大地香生樹，影落晴窗月在天。東閣有詩懷水部，孤山無酒酹逋仙。分明記得相逢處，多是溪橋野水邊。

送陸景宣靖州從軍

蠻荒溪洞極邊頭，仗劍從軍憶壯游。楊柳春風千郭落〔二七〕，旌旗曉日萬貔貅。路經彭蠡洲前過，江自巴州峽外流。早報遠人歸聖化，貂蟬從古出兜鍪。

次景三山韻寄周采煙

倚遍闌干月色饒，美人何處自今宵。雲將雨意驚秋早，雁帶邊聲入坐遥。爐裊青煙香作篆，酒翻銀甕玉爲瓢。相期早遂歸田計，兩鬢秋霜未易消。

題畫壁

何處江山似此佳？看君圖畫欲移家。沙邊洲渚潮渾没，雲裏樓臺樹半遮。叢桂漫歌招隱賦，種桃誰識避秦花？晚風吹送歸舟急，一片征帆帶落霞。

詠吴山景

鸞翔鳳翥枕江流，秀奪江南第一州。螺髻巧盤雲外影，蛾眉深鎖雨中愁。舞衣春試鴛鴦錦，歌扇晴翻翡翠樓。寶馬香車游冶子，賞心誰不爲遲留？

題　畫

白沙翠竹溪邊路，緑樹青山郭外村。釣艇直隨流水出，僧鐘遥隔暝煙喧。謾誇李愿居盤谷，絶勝龐公隱鹿門。如此故鄉歸未得，看君圖畫一消魂。

送王布政三舍還鄉

楊柳江亭漲緑煙，美人獨上孝廉船。到家正及黄花節，一路初經白雁天。膝下彩衣朝獻壽，庭前銀燭夜開筵。百年喬木應如舊，早報平安到客邊。

城南耕隱

愛爾城南隱者居，春田繞屋總膏腴。兒孫候煖晨驅犢，燈火分涼夜校書。入社有懷占樂歲，趨朝無夢候公車。相逢自嘆飄零久，投老歸來愧不如。

別鄉友芮知府廖

老去親朋見面稀，見時無計得同歸。遊絲落絮都成恨，社燕秋鴻各自飛。杜宇叫殘孤館夢，西風吹老故山薇。明年春雨南湖漲，擬把長竿坐石磯。

畫　馬

天閑牽出許奚官，飲罷春流未解鞍。記得曾陪仙仗立，五雲深處隔花看。

題　畫

山接天台地萬重，仙家樓閣杳難通。不知昨夜溪頭雨，流出桃花幾許紅？

雁

曾記瀟湘泊晚船，雁聲不斷水連天。而今見畫渾如夢，落日平沙在眼前。

送　別

桃花浪煖錦帆開，楊柳風輕燕子來。無限離情似江水，隨人直向鳳凰臺。

觀　畫

滾滾長江入窈冥，越山無數隔江清。一雙白鳥誰驚起，衝破蒼煙下別汀。

題　竹

皇英倒騎蒼鳳尾，白月半吐驪龍珠。湘風颯颯天在水，翠華不見空躊躕。美人環珮玉玲瓏，騎得青鸞下碧空。寂寞湘魂招不返，鳳簫吹斷月明中〔二八〕。

送人回黄山

望斷秋空白雁過，故人書問轉蹉跎。無端又與君相別，添得苕溪夢更多。

洞庭秋月圖

一天秋水浩無涯，短葦蕭蕭泊暮槎。知是夜涼明月出，解將雁影落平沙。

畫竹

青天空闊雨晴時，么鳳亭亭月下遲〔二九〕。明月滿天秋似水，珮環聲動碧參差。

鷓鴣啼斷水龍吟，舟過湘江夜雨深。情思滿懷無着處，卻將墨沼寫秋陰。

畫梅

美人別後動深思，春到南枝總未知。記得斷橋明月夜，忍寒花下立多時。

曾向西湖踏月華，水邊寒浸一枝斜。潘郎宅裏重相見，絕勝河陽滿縣花。

畫蓮

吳王宮殿水雲鄉，步屧廊深暑氣涼。長日曉風吹不斷〔三〇〕，藕花多處浴鴛鴦。

萬顆明珠瀉翠盤，一枝紅豔照清寒。定非太華峯頭見，只在湘妃鏡裏看。

蘭　竹

林下幽姿孰與儔？紫蕤緑葉弄輕柔。翠華不返蒼梧晚，湘雨湘風總是愁。

翠鸞飛下尾毿毿，怪石嶄嵓倚碧潭。一路鷓鴣啼不斷，行人揮淚濕征衫。

紅梅翠竹

仙子羅浮侍宴來，笑扶殘醉下瑶階。東風不管雲鬟亂，吹折雙雙翡翠釵。

春衫輕薄剪紅綃，零亂雲鬟壓步摇。莫遣東風吹酒醒，斷魂殘夢若爲招。

雪山圖

百尺溪流路轉深，濕雲低壓樹陰陰。山中底事知秦晉，剛被漁郎説到今。

閒身閒看白雲閒，更愛青山懶出山。別起樓臺半空裏，只教鐘鼓亂人間。

青鳥

絳雪凝香暖未消，無邊春意在晴梢。蜚來青鳥傳芳信，不是瑤池舊種桃。

柳

湧金門外柳垂金，三日不來成綠陰。折取一枝入城去，使人知道已春深。

校記

〔一〕衍學　當作『衍義』。
〔二〕嘉　順治本作『佳』。
〔三〕簌　當作『蔌』。
〔四〕暫　順治本作『蹔』。
〔五〕見　順治本作『覔』。
〔六〕宴　順治本作『燕』。
〔七〕馹　順治本作『驛』。
〔八〕鍊　順治本作『練』。

〔九〕青　順治本作『石』。
〔一〇〕街　順治本作『階』。
〔一一〕返　順治本作『還』。
〔一二〕鳴　順治本作『初』。
〔一三〕字　順治本作『寺』。
〔一四〕雲浮　順治本作『浮雲』。
〔一五〕供　順治本作『共』。
〔一六〕像　順治本作『相』。
〔一七〕臺　順治本作『壇』。
〔一八〕誠宜　順治本作『成宜』。
〔一九〕斡　順治本作『斡』。
〔二〇〕柳　順治本作『殿』。
〔二一〕倍　當據順治本，作『陪』。
〔二二〕戍　順治本同。疑當作『戎』。
〔二三〕鶯　順治本作『鸝』。
〔二四〕獨　順治本作『齊』。
〔二五〕年　順治本作『時』。

〔二六〕眞　順治本作『直』。

〔二七〕郭　當據順治本，作『部』。

〔二八〕吹　順治本作『聲』。

〔二九〕月　順治本作『欲』。

〔三〇〕曉　順治本作『春』。

宛雅初編卷八

明

陳　迪

明史本傳　陳迪字景道，宣城人。倜儻有志操，辟府學訓導。爲郡草賀萬壽表，太祖異之。久之，以通經薦，歷官雲南右布政使。普定、曲靖、烏撒、烏蒙諸蠻煽亂，迪率土兵擊破之，賜金幣。建文初，徵爲禮部尚書。會以水旱詔百官集議，迪所言凡二十餘事，皆從之，尋加太子少保。李景隆等數戰敗，迪陳大計，命督運儲。已，聞變，趍赴京師。燕王即帝位，召迪責問，抗聲不屈。命與其子鳳山、丹山等六人磔于市。既死，人於衣帶中得詩及五噫歌，辭意悲烈。蒼頭侯來保拾其遺骸歸葬。妻管縊死。幼子珠生五月，乳母潛置溝中得免。

分省人物考　洪熙初，詔釋迪宗姻戍邊者還鄉，給産業。成化壬寅，郡人祀諸鄉賢祠，私謚曰靖獻。

李贄續藏書　靖難兵起，迪受命督軍儲于外，過家未嘗入。及就戮，將刑，罵不絶口。割鳳山等鼻舌熬熟食迪，迪唾之，益指斥，遂俱陵遲死。〔一〕

〔增〕

大清一統志　崇禎末，追贈太保，謚忠烈。

江南通志　陳迪，洪武鄉薦召爲翰林編修，預修大典。

明史藁　景道祖宥賢，明初從征有功，世撫州守禦百户，因家焉。裔孫鼎舉進士，仕至應天府尹，亦剛鯁有聲。

二樓紀略　靖獻公明建文朝禮部尚書。死最烈。文皇殺公，無敢收葬。其僕侯來保竊公骸潛葬之郡城外計家橋。幼子徙山東，後人多有登第歷顯仕者。施侍讀愚山視學山東，有陳尚書祠詩，其序云：『公殉建文難，族且盡，一乳媪芮氏竊公襁褓兒逸諸竇中。既八歲，媪且死，泣曰：「子，陳氏兒也。我不言，誰知者？」事遂聞。時文皇怒稍解，詔戍登州。四世，而侍御公鼎以直顯。尚書公其學繼之，爲登右族。』

濮陽滋昭亭日抄　建文間，靖難師起，公與黄子澄、齊泰上疏陳大計。及文廟繼統，公不屈，子丹山、鳳山等六人同咼於市。公之臨刑也，上割其子肉入公口，令自啖之，問：『好喫否？』對曰：『這是忠臣孝子肉，香美好喫！』

臨刑詩〔二〕

三受天王顧命新，河山帶礪此絲綸。千秋公論明於日，照徹區區不貳心。

秦逵

明史本傳　秦逵，字文用，宣城人，洪武十八年進士。歷仕都察院，奉檄清理囚徒，寬嚴得宜。帝嘉其能，擢工部侍郎。時營繕事繁，部中缺尚書，凡興作事皆逵領之。初議籍四方工匠，驗其丁力，定三年爲班，更番赴京，三月交代，名曰輪班，匠未及行。至是，逵議量地遠近爲班次，置籍爲勘合付之，至期齎至部，免其家徭役，著爲令。二十二年，進尚書。明年，改兵部。未幾，復改工部。帝以學校爲國儲材，而士子巾服，無異胥吏，宜更易之，命逵製式以進。凡三易，其製始定。賜監生藍衫絛各一，以爲天下先。明代士子衣冠蓋創自逵云。大清一統志略同〔三〕。

梅鼎祚秦尚書遺績序略　聖祖神斷自天，恩威互用，即鉅勳密寄之臣，一有不當，斥僇隨之。乃秦公獨雍容卿列，歷八載而長二曹，至邀異數之賜，復其家，意必喉舌之出納，鴻猷碩畫，默有所簡注，惜不盡傳耳。既且引身而退，始終克全。公家郡北芳山，煙蕪露莽，故有冢在焉，而蜚甍連陌之蹤不復能問，則公之清約可知。

〔增〕

明史稾　帝以逵勤勩，詔有司復其家。嘗命修闕里聖廟。二十二年，進尚書。古帝王廟界通衢，帝患其褻，命徙建於欽天山之陽。廟成，丹繪煇麗，帝甚嘉之。

寄梅輻

春谷岧嶢隔太虚，故人寒疾近何如？秋風簾幕蛩螿細，落日樓臺島嶼孤。月下琴心憐獨冷，雲中雁字訝君疏。願驂鸞鶴乘風早，共榻西窗夜讀書。

吴　恆

德行録　吴恆，字文常，憲副讓之第三子。學務踐履，義析絲毫，事親長極盡孝敬，與人和易，而子孫燕見不覺悚息。孤不能嫁、貧不能葬者，傾貧橐以濟。嘗以朝命掌修郡志，在事者必經其手削然後成稿，故復命以公名爲首。郡守葉錫、沈性皆以賢良方正應求賢詔，疾辭不就，世益高之。祀鄉賢。有鈍齋集。

貤封志　吴恆以子宗周貴，封員外郎。

〔增〕**吴伯與傳略**　公行憲四，號鈍齋。易簀時，自寢室至舍後，共聞有聲隱隱如風雨驟作之狀，里黨皆異之。

疊嶂暮雲送況明府入覲

郭外青山入畫屏，望中時有暮雲生。氤氲不逐曉風散，縹緲還連夕照明。觸石遽從天末起，爲霖終向日邊行。只今送客相看處，勾引離人無限情。〔四〕

張　綸

分省人物考　張綸，字大經，宣城人。成化癸卯領順天鄉薦，明年進士第。初知鹽山，即明習吏事，誅鋤豪惡，奪貴戚侵田。弘治徵拜御史，巡居庸諸關，邊備必飭，風采凜然。按眞定諸郡，贓吏望風歛戢。會清寧災，哭陳時弊十事，多見采納。嘗助獻内壇，上顧問近臣曰：『是非張御史耶？』孝廟臨御既久，方疇咨俊乂，綸嘗建白，故屬意焉。屢擢至大理寺卿，改刑部侍郎。時偵卒多羅織無罪，力言于僚長，務核實，毋致誣，陞右都御史。奉命南行，還歷淮泗，目擊水災，慮民窮盜且延蔓，乃以給賑蠲征諸事宜上請所司，皆議行之。旋以焦勞感疾乞休，得俞旨，有月廩歲禄以寵其歸。卒年七十。綸自筮仕以來，所居必盡職求稱。其在言路，持論必存大體，恥綴拾長短以爲名。大學士李文正稱其善自樹立，與世之徇勢浮沉無所顧惜者不類。平生所著有出巡録、憲臺奏議、棘臺駁稿、三使録。晚效文正公爲詩，渾厚清婉，有敬亭稿若干卷。

宣城事函 明張綸，湖廣參政曄之孫。曄戍邊，請行，朝廷聽以弟皞代。累功爲富峪衛千户。綸因占籍。推監察御史，按眞定諸郡，平鄉令欲增淤田税百餘頃，檄報淤決不常，不可。歷大理寺卿。興、襄二府争灘地，連逮七十二家，調停，奏上之，改刑部左侍郎，奉詔推治博野、慶成二王獄，稱旨，獎諭。累官右都御史，致仕歲餘卒，贈太子少保。子乾、榦並領順天鄉薦。乾南京户部員外，榦南京大理寺司務。又韓，受廕爲即墨知縣。

〔增〕

大清一統志 綸屢官都御史。武宗時，中官用事，綸劾巨瑺蕭敬等罪當誅。疏久不下，因所歸。

江南通志 綸按眞定平鄉，令欲增淤田税，檄報：『淤決不常，不可遺民患。』

武昌秋興

木葉蕭蕭下晚林，誰家松柏尚森森。魚龍冷入江潭伏，鴻雁寒飛夜月陰。漫笑蹉跎空白髮，自慚圖報祇丹心。客窗驚破還家夢，何處歌聲雜暮砧。

遥望江流歎禹功，數聲欸乃月明中。芭蕉葉落家家雨，霄漢樓臺夜夜風。沿嶺桂和朝露碧，滿林楓染晚霜紅。别來南國三千里，衰病而今已作翁。

冬至謁泰陵有感

泰陵新柏茂成林，龍鼎雲寒慨莫尋。碩畫尚存經國遠〔五〕，宵衣痛憶軫民深。悲涼猿嘯空山夜，寂寞花開上苑陰。侍戟舊臣瞻謁處，淒風回首欲沾襟。

趙　瑞

宣城事函　趙瑞，字子祥，領成化丁酉鄉薦。除撫州府同知，爲政寬嚴有體，吏民畏服。嘗行縣，遇二人鬭，旁婦人詈曰：『爾嘗殺吾父，今復戕吾夫耶！』瑞聞之，即遣之追迹死所，果得殺者尸，時已十八年矣。九年，績最。以彰德知府致仕。端慤惇行，爲里閈所推。年八十五卒。著有静菴集二卷。

池亭小飲

籬邊疏竹葉翻緑，池上小桃花綻紅。好景自疑留我醉，東風一笑草亭中。

吴宗英

原編　字孟傑，處士。

〔增〕吴伯與傳略　孟傑，履之子。少好學，長而丰神秀整，善吟詠。

華陽峭壁圖

矗矗顛崖峭入天，洞門珠玉碎飛泉。分明憶得經行處，尚有猿聲到耳邊。

吴宗儒

萬歷府志選舉表　成化庚子舉人，贈刑部郎中。

宣城事函 宗儒，城南人，字子眞。

〔增〕

吴伯與傳略 公字孟霞，一字子眞，號希古。鈍齋第二子。性明敏，孝友天至，言動不苟，博覽强識，老、釋之言未嘗一經於口。爲詩文務雅正。字學善眞、草，縉紳推重。與謝於橋、王濟之齊名，皆以狀元期之。三試禮闈不第，卒業太學。太學生如進士謝景星、陳禄、懷玉，垂白而挾經侍側者五十餘輩。著有希古集。

華陽道中

獨攬青絲墨鼻騧，撥雲尋路入山家。窮崖三月春光到，一夜東風萬樹花。

吴宗周

分省人物考 吴宗周，字良弼，宣城人。少負穎質，性至孝，母患病，封股和糜以進，疾立愈。後母卒，廬墓側，有馴虎反風、白鶴來巢、逸牛仆墓之異。有司具聞，詔旌孝行之門。弘治丙戌登進士，筮仕大行，移南户部郎，監庾，撤淫祠，揭官箴。施天太騷擾蘇、松諸郡，疏三策，當事用其言以削平。又以郊廟燕享先聖先師禮生，請擇民間幼童儀容端慤者補太常博士員，專習禮樂，尤爲卓論。正德中，出守臨江，敦請儒士講行鄉射禮儀，併五禮圖式通行所屬，復以政成請告，闔郡士民泣留不得。歸則埽迹公門，飭宗祠，明家約。聞宸濠變，奮袂以起，移檄乞兵勤王。與季兄子清白首相莊敬，有司馬君實之風。卒年七十三。學者稱石岡先生。所著有廣崇正辨、周元公全書、原泉集、石岡詩文行世。

吴肅公臨江公傳略　公少有志聖學，以明道闢異端爲己任。宅東北有宋丞相祠，左右爲佛氏所居，宫宇壯麗〔六〕，久而祠圮祀廢，公請于當事復祠，而自授生徒祠中。日喻僧以吾儒倫紀之要，道德仁義之宗，及性命之旨歸，彼此之所以同而異者，僧皆感悟去。遷臨江知府，臨江故有佛老宫、參文廟，而居坊，曰三教。公下車，即日毁之，易之曰崇儒，而葺二氏宫爲學舍，以居生徒。家居持禮嚴，雖燕處無惰。尤謹事其季兄。公伊洛之學源于性衷，律于躬行，屹然儒宗，而其攘二氏截如也。〔七〕

〔增〕

大清一統志　宗周，宣城人。弘治中登進士。方觀政，給事中龐泮等以言事得罪，抗疏救之。歷官臨江知府。子大經亦有孝行。弘治中，並獲旌。

明史孝義傳　其事親盡孝，或萬里尋親，或三年廬墓，或聞喪殞命，或負骨還鄉者。弘治間，則有宣城吳宗周等，皆以孝行旌其門。

江南通志儒林傳 子旦少孤，篤孝，嘗被旌于朝。以明正道、闢異端爲己任。

原泉集 宗周字子旦，行十，員外郎文常第四子。

吳伯與傳略 公四五歲時，夜忽大聲云：『合火堯爲「燒」字。』衆驚視之，乃伯兄子中之室災，賴以撲滅。自是，遂能認字。十五，補郡庠生，識輒首，受餼。宅東北有宋丞相祠，左右爲佛氏所居，久而祠圮祀廢。公請於當事，復祠。正德己巳，出守臨江。臨江故無城守，華林山寇于人攻劫府，瑞州、南康二郡官棄城遁。報至，爲巷戰，令居民運石塊上房，沿街阻截。公身披甲胄，犯矢石，陰令家人儉等燒粥，輪食補隊，斬獲渠魁。賊勢怯，縱火焚民居，撲滅，得不延。帥鄉兵野戰，殺獲無算，賊首望城加額曰：『自縱兵，僅見此人！』賊退，請築臨江城。講行鄉射禮，頒五禮圖，臚傳户習。學使李夢陽奬之曰：『當盜賊焚劫之餘，金革未停之日，而能講明五禮，政教並行，雖古之良吏，何以加焉？』以其儀式通行所屬。政成，忽乞歸。門人英等摘其政之大者十二條，淛諸石。晚自號爲白賁人，著有三使稿詩。公年譜嘗以宋理宗所賜祖丞相宸翰請馬侍郎題，侍郎亡失，公爲號泣，立三晝夜，忽上御道，儼然在列肆中。金易之，以見侍郎，侍郎驚服。歸臨江，江中賊舟尾之，故華林餘黨也，追亟。家人儉襲公衣冠，自沈以詛之，賊果返。三日後，維舟收儉骨，儉忽從柁後躍出。蓋儉善没，亦若有翼之至此者。先是，署中覓一鷄報朝，喑然者閲月，遣儉矢之曰：『三日不鳴，當烹之。』言未竟，哆哦長鳴。倘亦馴虎、集鵲之類乎？

江文敏原泉集序略　柔勝八世孫宗周，以名進士，學行、政事俱冠絶。居爲孝子，出爲忠臣。闢異端，彰先德。著作之暇，每慨先世文多散逸，迺命子姪在庠舍者旁搜類聚，附以己作，題曰原泉集，示有本也。

沈壽民書傳後略　石岡先生之守臨也，治迹卓然，而予尤以易三教坊爲崇儒，關政體甚大，臨志宜載勿載。而吾宣近誌粗列羅盱江往事，闢志學書院，延東平及先古林數公講學其中，是矣；復迎金陵僧守愚開堂景德寺，何邪？可以勿載而載者也。

送歐從龍外舅還廬陵

官柳河橋此送行，碧沙晴日馬蹄輕。青螺午夢和煙暝，白鷺春潮帶雨平。望入秦湘憐遠道，光聯冰玉重鄉評。種桃莫遣成深隱，上國還來共聽鶯。

宮　詞

長信宮前草，年年依舊生。君恩不似昔，莫向玉階行〔八〕。

望九華

渺渺寒江湛澄碧，冉冉煙巒攢劍戟。狂來每欲挈歸去，置向西窗貯秋色。

貢　珊

宣城事函　貢珊，字廷甫。家貧力學，里中稱勤博者必曰貢某。性孝友。母疾，和藥嘗糞。兄病疽，吮之。舉正德辛未進士。除唐山令，鋤强扶弱，覈清河官地以還民，時以佛稱。入覲，卒於京，無以爲斂，同年友憐而賻之，唐山民奔走哭奠，爭出車錢，護其歸，立祠祀焉。著周易發鑰、正蒙皇極解、史學斷義諸書。

〔增〕

萬姓統譜　廷甫由進士任知縣，學宗周、孔，治慕龔、黄，境内莫不尊親。嘗勘事清河，不避權要，民爲立生祠。以疾卒於官，里巷悲泣，如喪考妣，邑民至今思之。

晚梅

一年花事了多時，纔放南枝與北枝。占得江南好春色，野芳雖晚不爲遲。

烹茶

蒙山一捻黄金色，江水三升碧玉姿。細細竹鑪煙一縷，剛剛臨醉欲醒時。

貢鏞

宣城事函 貢鏞，字元聲，師泰後。好深沉之思，而詩甚婉麗。又雅負質行。夜有盜入鏞家，家人執之。鏞不欲識其人，命勿燭盜，曰：『多負苦耳。』更給布粟遣之。居嘗力耕稼，足不至城府，手録古隱士有迹無名者自況。學宗伊川。瀕死，命以程書入棺。

邑志隱逸傳 貢鏞從會稽劉師郃學，博洽工詩詞。里有患疫者，衆莫問，鏞求善藥往視。著西園遺訓、西園集各二卷。子汝成。

擬　古

清芬方池蓮，虚明寒江月。窈窕青樓女，婉孌玉風骨。腰佩翠琅玕，吐語氣馝馞。春風閒永巷，桑中豈所説？梅落鳴雁杳，芳意詎銷歇？

西方有美人，光若月滿梁。佩服蘭與芷，下繫雲錦裳。倏姱美姿容，不作時世妝。延頸不可見，萬里生寒芒。登高一遐眺，宛在天一方。縱有鳳凰操，難效生鴛鴦。援琴發別隺，激烈徒悲傷。

夏　日

端居時奄暑，掩關絶塵躅。竹樹青陰環，窗户輕飔足。車馬迴息喧，圖書可浣溽。超然愜素心，永矢無與告。

盛夏園林密，繁陰雜前陳。幽飔一掩苒，涼翠如蕭晨。對此成寂玩，幽襟濯焉新。俯仰澹容與，悠然得此身。

登白雲寺後山

雄觀夙所聞，高眺遂兹日。極目四蒼茫，塵寰嗒焉失。月華空際浮，露彩林端挹。一嘯天風來，雲散暮山碧。

隴頭水

隴頭水，日夜東。隴頭人，寧能同？征人日暮望隴水，淚落隴水思無窮。隴水東去難西之，隴人西去無東時。水流人去日相遠，水咽人泣天亦悲。羌兒諳知漢人思，夜夜横笛向東吹。懷歸心正重，那與封侯期？

感懷

門前仍是舊山河，墮素危紅委緑莎。流水一生歸不得，落花終古恨難磨。回頭往事孤鴻去，逐日新愁春草多。香冷狻猊風漸逼，半窗殘月獨如何？

楚雲吹斷鳳簫寒，撫景令人鬢欲斑。殘絮已隨春水去，落花空映晚潮還。雨霪草際浮煙闊，風亂梨花香雪慳。回首舊歡眞是夢，惟餘春色照愁顔。

傷春

鶯趁東風弄好音，黄蜂帶粉出花心。可憐春色無人管，只解臨期恨緑陰。

晝睡

雙燕來時暖緑垂，日遲惟有睡相宜。人間多少邯鄲夢，消得黄粱幾許炊？

秋懷

燕别鶯休寂寞天，一汀芳草臥蒼煙。庭梧又與人俱老，細雨斜風怕捲簾。

紅樹粧成天際秋，淡煙衰柳水悠悠。寒蛩怪得啼聲切，明月池塘白露浮。

楓樹無風自落紅，吳江秋老碧流空。白雲捲盡山頭雨，點點征鴻殘照中。

江上秋高天易晴，無邊村落盡砧聲。梧桐挽得天河水，斜倚銀牀滴到明。

城中即事

黎雪香消到柳花，際天芳草動煙華。春愁脉脉和誰語？月上層城宿亂鴉。

秋　夜

白沙碧草引渠流，密密垂楊村巷幽。立到池塘銀月小，一聲征雁滿天秋。

碧空不着片雲留，萬頃琉璃占斷秋。無限滄波向東去，銀河底事獨西流？

貢　欽

宣城事函　貢欽，字元禮。成化甲辰進士，歷官文選郎中。幼極穎異，才氣跌宕，大學士李東陽、學士程敏政極稱其詩文，有『秋水芙蓉』之號。以事外補，終順德知府。有湖亭集。東鄉有三元坊，族處相去十里，欽及沈少林、湯霍林，皆名公也。

邑志文苑傳　欽少穎異，書過目不忘。妻楊氏，佐夫勤讀，每夕共檠女紅，約膏殘就寢。伺欽出，潛增檠膏。成化庚子，欽領應天鄉試第一。同榜公讌，多列聲伎，各攜箎筵間索解元贈詩，欽揮毫無難色，衆服其敏給。甲辰，登進士，歷官文選郎，掌選事最久。世宗出郊，諸官蒲伏。欽頎長，上疑其立，詢之，因呼爲『長官兒』。

〔增〕

徐元太湖亭集序略 予從詮郎後，習聞湖亭典劇時，置籍太宰案，隨所質中外士，即詳舉若人履歷對之，如數一二，不閲籍而絲毫不爽。太宰甚驚訝，以爲楊愔在選署中，非負靈資不至此。

貢安國序略 公爲詩，不屑屑唐人格局，然清縟溜麗，出自胸臆，有天然之趣，在塵埃之表，風韻洒然，一洗安排之迹，李西涯先生有『秋水芙蓉』之評，諒矣！公少穎異，十餘齡屬文，十五補郡庠生，三十三發解南畿，又四年，舉成化甲辰進士。官天曹九載。司銓軸，知人善任，使内外任，小大才咸宜其官。冢宰三原王公恕雅重之。

貢忠國序略 不肖兒時荷先封君每於居常訓迪之際，動稱先伯祖吏部湖亭府君自幼穎異，博綜經史，究義精詳。發而爲文，宏深雄辯，典雅高古。爲詩尤清婉靚麗，無事雕琢，而天然之趣暢適于風埃之表。

書吳氏壁 按，湖亭集作書胡氏壁。〔九〕

宛陵城外野人家，路入青山小逕斜。出水香芹低拂燕，過牆弱柳暗藏鴉。瓦盆溜雨新篘酒，石鼎飛煙旋煮茶。更愛主人留客久，春風齊放一庭花。

白燕

天女眞姿絶世清，倚樓凝盼不勝情。夢回莫厭烏衣舊，舞罷應憐雪體輕。簫管聲中秦弄玉，旌幢影裏許飛瓊。鉛華不共春消歇，底事喃喃語未平？雪頂霜衣徹骨清，誰家華屋稱高情？星分天上瑶光薄，雨挾山中石子輕。巢幕玉釵横彩纈，掠波銀剪碎蒼瓊。别時紅樓知無恙〔一〇〕，直待歸來恨始平。

宿大佛寺

西竺飛來十丈容，禹王無迹寄高峯。山頭寺礙中天月，城裏人驚半夜鐘。未許白蓮推社主，偶逢黄蘗扣禪宗。明朝即跨芝田隺，留與千年覓舊蹤。

次韻題雁

一行衝破水邊雲，湖亭集作『乘風晚度楚江濱』〔一一〕。亂落蘆花認不眞。莫近孤舟叫秋月，江南猶有未歸人。

王　蓋

江南通志　王蓋，字舜功，宣城人。弘治進士，在諫垣多所彈劾。時禁軍横甚，至侵掠官物，請治如法。上命榜刻東安門，自是少戢。

邑志宦業傳　王蓋，王昌裔之孫也。正統中，昌裔領鄉薦，知四川郫縣，改山東陽穀。裁抑入貢番僧，以廉幹稱。棄官歸，瓊崖邱濬作序贈之。著有諫垣奏書、石溪閒筆，補郡志所不逮。從弟王遵，字訓典，正德辛未進士，歷官左方伯，清約特異。可稱一門才行云。

宣城事函　王蓋在諫垣大有直聲，條禁卒掠奪，吳性夫寄蓋書曰：『每過東安，見板榜，科道有言揭于通衢者幾人哉！』固實語也。

贈人納妾

姑射仙姿似渥丹，芳房屈節侍閒官。軒前學種宜男草，枕上先徵姞氏蘭。寶髻曉妝棲白燕，香奩晚對舞青鸞。東風好爲勤披拂，直與梅花結歲寒。

魏景星

宣城事函　魏景星，號南坡，登嘉靖癸未進士。筮令安福，有『六惠二偉』之謡。繼擢留都，致白金文綺之賜。其嚴蘆課、禁國税、清革江淮之費，種種善政。卒年九十有二。以孝友篤穆聞于鄉邦，祀鄉賢。

泊界首

宿鳥下江涯，孤航暫爾維。暝煙籠竹屋，雪浪嚙沙隄。雨遞溪雲濕，風生草木知。蕭蕭今夜客，千里夢歸時。

送薛全卿守淮安

五馬分符出鳳城，驪歌愁向醉中聽。孤帆帶雨投秋浦，客雁依人宿晚汀〔一二〕。畿輔提封需保障，淮壖民瘼得參苓。懸知後日徵遺愛，春駐甘棠繞郭青。

吴大本

宣城事函　吴大本，字性夫，孝廉懷古之子。正德辛巳進士，令進賢，儀賓李貴以私逋殺里人黄悦，多金求脱，必置之法。擢河南道御史，三疏論張璁不職狀。璁，又同籍士也。以忤時遷廣東僉事，決疑獄，活趙集等二十三人。終威茂兵備副使。子山卿廉州同知，拾遺金數笏，候夕還之。尤善吟詠。江南通志略同。愚按，公號懷古，事函以爲懷古之子，誤。詳原泉集及家傳。〔一三〕

〔增〕

大清一統志　吴大本，宣城人，終兵備副使。

原泉集　號懷古。

吴伯與傳略　初名槩，行季九，號懷古，宗儒之子。失怙而貧，力學攻苦，日食粥，冬月不得爐，務强記。嘗讀書柏山寺，往來經墓門。一日，回治家事，天已暝，欲留，楊夫人諫曰：『寸陰可繼旦，豈能長貧乎？』公出門，黯不得道，忽二絳紗爲前，引入寺。闔門，聞父聲曰：『兒好安穩！』遂自奇，當爲貴徵也。嗣登楊惟聰榜進士。初令進賢，新畬宗人故祠在其縣，公爲修復墓田，宗人至今德之。三年政成，民歌曰：『上有清天，下有黄泉。吴公爲政，仰不愧天，俯不愧泉。』轉廣東僉事，決疑獄，活趙集等凡數十人。擢兵備副使。還家，梅參政守德時在諸生，公目其試文，曰：『亢梅氏之宗者，必此子也！』引與交。里人誇其英鑑。

送屠郡守入覲

澄江瀲洌下輕舟，粦麥黄雲匝地秋。應有時暘歌擊壤，漫無蝗孽禍陳留。珠橋霜月明葵閣，瓊島風霜接謝樓。況復佳期春正曉，梅花應憶舊宣州。

貢汝成

萬歷府志　貢汝成，字玉甫，鏞之子。領正德癸酉鄉薦。汝成生而早慧，費産市古今書，蒐冥弔詭，不遺餘力，以博洽與梅鶚齊稱，而汝成尤探極理藴，文密而藻、贍而法，寧程古未至，不求合于里耳。嘉靖初，上敕大典禮，汝成與脩祀儀成典，及獻郊廟賦，並賜金帛。已，授翰林待詔，預校録諸經史，上復古治策十五事，凡三萬七千餘言。章聖太后喪，兩疏請復三年制，不報，尋卒於官。著有三禮纂註、郊廟賦、南陽略、保傅補、和齋諸集。

宣城事函 汝成尤屬意三禮纂註，貴溪夏相嘗向人擊節稱，『貢玉甫眞海内博雅學者』云。

對雨

高居虚堂寂，驟雨疏淋淋。散池潤芳翠，入竹弄瀟森。浮靄臥青野，幽飆動蒼林。涼氣襲輕裾，炎氛辭煩襟。挹景自超忽，坐增沖澹心。

曉坐

曉起漱寒井，兀坐高齋幽。洗心閲眞詮，澄慮事冥搜。孤燈烱虚室，焚香裊青虯。露松滴碎玉，風竹鳴清璆〔一四〕。神心暫瑩爽，煩慮脱拘囚。即此坐超世，何用尋滄洲？

招隱

夙昔抱孤志，俯仰誰與儔？懷哉素心人，獨賞巖中幽。散髮塵外飔，濯足清瑶流。朝餐芳蘭露，夕弄空山秋。洗心詠眞詮，杖策成孤游。欲遠超世心，舍兹將焉求？

高士申獨往，屏居媚幽姿。抗志青雲端，絶迹空山棲。杜若結芳裾，薜蘿搆翠幃。林寂鳥韻幽，月涼琴音奇。夙尚本經濟，隱淪豈素期？偶此動眞心，高揖與世辭。

書　齋

春深氣漸嘉，草木繁新榮。高齋疏雨餘，紛鬱園景清。細花發幽豔，時禽囀奇聲。精廬嗒焉靚，超忽隔塵紛。衆累坐消散，悠然得貞心。俯仰天壤闊，誰與俱無營？

幽　居

端居託精舍，閉户無所營。所養在玄虛，高齋冥羣情。風暖院花滋，雨餘庭草生。窗含列岫幽，宇貯繁樹清。道人時往來，縱横談玄眞。名雖疏屬拘，心豈榮利嬰？

游萬松菴

高僧昔遺世，築室萬山間。虛閣依蒼峭，幽軒映清湍。松竹夾屋生，薜蘿縻檐端。架閣跨流溪，接竹通澗泉。徑曲門境清，巒環齋宇寒。平生有幽尚，眷言此盤桓。世紛未云遣，塵累釋拘牽。神襟坐昭爽，悠然得眞懽。回視人間世，風塵縈八埏。

天游亭

久聞天游亭，特立蒼崖顛。念昔遺世士，寄此期眞仙。久欲一躋攀，聊得玆日緣。累磴白石滑，繞檻芳蘿旋。孤嶂擁其後，三峯列其前。青鸞降翠壁，白雀翔紫煙。上有碧珠樹〔一五〕，下有青瑶泉。我來肆遐眺，一閲萬里天。眼界既空闊，曠若塵慮捐。坐令超世心，妙寄寥廓間。長吟遊仙詩，亂以招隱篇。仙凡雖異路，冥會期當年。歸當屏塵躅，弄月麻姑巔。

敘懷

高山多愁風，浮雲蓋北林。之子采芙蓉，秋江歲已深。欲去無舟楫，離思固難任。有雁向南來，見我長哀吟。竊有中郎思，願託傳其音。置我復遠去，望影勞寸心。

翠因珍羽隕，麝爲檀臍亡。無狀固棄物，多美取悲傷。所以古來賢，概以才爲殃。器業豈吾累？慎勿禍文章。神龍淡無慾，蜚潛任徜徉。鳳凰不輕下，千仞獨翺翔。塵世有餘地，羅網徒高張。

寄王凝齋先生 時先生提學山西

涉江采芙蓉，苞露溢幽芬。采采欲誰遺？所思在河汾。仰首託征鴻，鋭意邈停雲。負此芳華數，瞻望屢沾巾〔一六〕。此物何惜擲，款意莫以申。相期宇宙外，寧在問訊頻？吾情苟相有，迹遠分益親。孰知西河慕，北斗光秋旻。

下第書京邸東軒

夙高本經濟〔一七〕，勝氣凌黄虞。兒撫百代英，漢宋成奴驅。胸中多少事，下筆百權書。顧今如隔世，念至輒叫呼。年運苟莫返，景略生詎虚？誓厲三駕心，終當定雄圖。拔劍殺駿馬，且盡燕市酤。

擬蜀箏

草平晚翠净，蘋溪波影紫。隔林鸝鶯啁，柳煙黯千里。半月生春浦，江練流寒光。誰家紅淚女，不肯上牙牀？

種竹

火龍壓屋飛，烈焰勝檐端。鳳遺琅玕實，重堂生碧寒。飛廉偷下天，來乘翠鸞尾。誰爲移瀟湘，炎庭颯秋雨。

送及郡守入覲

理我三年郡，爲人百代基。鬼神無自餒，草木亦知歸。陰暖延楓錦，晴薰護柳絲。鄰封猶失怙，況復擅恩私？

春興呈凝齋先生 時先生爲南少司徒

京城二月氣猶寒，欲發羣芳故故難。楊柳一生煙裏老，梨花半屬雨中殘。國家過計憑誰語？畎畝私憂敢日寬？肯信杏梢紅雨盡，人家還有未耕田〔一八〕。

春歌

與歡隔花樹，時聽剥啄響。黄蘗漸春深，苦心長千丈。

夏歌

柳堤動涼颸，徙倚沿湖邊。漠漠芙渠隔，何日得成蓮？

秋歌

昨纔三伏過，今見九秋暮。歡情豈流水，東去還西顧？

冬歌

枯枝落已盡，寒鳥鳴悲風。誰知儂爲懽，顦顇不成容？

無題

不隨蕭史學吹笙，幼學虞琴藝已成。欲爲南風時一鼓，更愁漁父浪知名。

泊蕪湖懷陳主政大用

楊柳風中故弄絲，昏鴉揀盡有餘枝。船頭一片江心月，不似春初夜看時。

徐槐

宣城事函　槐字公甫，霍村蕩人。

萬歷府志　槐嘉靖壬午舉人，仕終滎澤知縣。

述懷

家住城南古道西，背巖松桂鳥頻啼。水環翠壁春流膩，山帶蒼煙曉望迷。蔬圃杖藜晴步緩，竹罏烹茗午煙齊。别來遥想渾如夢，添得塵襟萬斛泥。

陸槐

宣城事函　槐，宣州衛人，大僕寺丞。

萬歷府志　槐，弘治甲子舉人，先令嘉魚，平盜有聲。

原編　槐字公兆。

和賈少卿過西墅

村居遥望敬亭西，流水畦田正緑迷。江樹雲連孤岫遠，稻花風捲九苞齊。柴扉静掩蒼苔積，駟馬驚看皂蓋低。一笑主人渾似醉，恍疑身到武陵谿。

楊　貞

施閏章楊老癡傳　老癡，姓楊氏，名貞，字彦恆，宣城北鄉人也。晚自稱老癡，人皆曰老癡老癡云。老癡少孤，篤學，獨喜爲詩，不干仕進。顔其堂曰慈壽，奉母濮陽，無晨夕離。出則衣短衣，與農人餉婦課耕田間，意有所適便朗吟清嘯，不務刻琢，略似陸放翁，士大夫多樂從之游。成化間，翰林檢討莊㫤聞老癡名，自江浦肩輿訪之，值一野老荷鋤，問：『老癡何在？』荷鋤者微吟自若，莊笑曰：『公即老癡耶？』對曰：『然。』遂握手，交極歡。老癡嘗暮春見寠士游學，有餒色，吟以諷之曰：『山前山後子規啼，聲聲叫道不如歸。』士應聲曰：『不是歸人歸不得，莫聽山禽説是非。』老癡驚問姓名，曰：『左輔，字廷弼，江西進賢人。』因揖留之，曰：『才如是乎！老夫伴讀。』居歲餘去，成進士。老癡嘗愛古琴劍，自京師致琴一、劍一，而老癡已卒。左輔官行人，册封海外既返，爲紆道哭祭其墓，感動行路。

中　秋

草露螢初定，林風鶴自眠。碧天秋似水，孤館夜如年。客夢蛩聲裏，鄉心雁影邊。此愁降不定，因得對嬋娟。

舟　中

風駛夜潮平，輕帆獨自行。落梅何處笛，疏樹隔江城。遠水兼天浄，孤峯挂月明。弱流如可濟，咫尺是蓬瀛。

望雲爲陳揮使

睥睨西風叠鼓笳，南雲回首隔京華。十年戎馬天涯客，五夜關山夢裏家。鼎食有懷懸寸草，錦衣多淚積團花。斜陽細柳轅門晚，幾度猶懸返哺鴉〔一九〕。

題沈道士扇

銀蟾曉滴研朱露，玉兔秋香搗藥霜。幾度瑶池醉歸去，風生隺背羽衣凉。

美人

金谷春殘錦帳空，野禽啼散綺羅風。翠娥猶憶當年事，零落珊瑚一樹紅。

夜深和月下瑶臺，獨立花陰小逕苔。一曲洞簫人不見，彩鸞何處卻飛來。

陸乾元

萬歷府志　字公始，槐從弟，正德庚午舉人，仕終覺州府通判。稜嶒自好，歷官有守。

夜坐

蛩聲草徑間，月色松林上。坐來塵慮空，一掬無盡藏。

鼃峯潭

萬頃涵清映太虛，雙流曲曲繞襟裾。蓼花風起沙汀出，白鷺飛來窺小魚。

姚汝弼

宣城事函 姚汝弼，父嘯泉先生，母湯以節旌，弼感憤脩業。爲郡弟子，從里中貢東平、郭辰州稟學東越。庭有杏，母湯手所植也，伏臘攀號，顔其堂曰存杏，諸卿大夫士詠歌之。耿楚侗督學從諸生請，祀弼于鄉賢。子嘉澡、嘉穀〔二〇〕。字國華，性至孝，母老而目眚，日夜親扶臥起，事伯仲兩兄如父。伯病痢，手奉溲器者四越旬。伯没，而撫伯之子德升與仲，與季弟嘉穀約曰：『兄不可忘，父不可貳。』酹庭杏以盟〔二一〕，必無析也。後穀以甲子鄉試，守武岡，遷眞定丞，職辦有廉。舉武岡，化猺洞，以禮讓尤最著。歸家，建義田、倉，以濟貧乏。

梅鼎祚存杏篇序略 姚先生恂恂躬行，余猶及睹其人，德禮君子也。諸子在庭，不言而化，有萬石家之風焉。

存杏堂

思親復思親，一孀萬狀苦。倚杏謾欷歔，血淚沾新土。憶昔藝杏時，幽階日過午。祇恐杏實遲，子母倍淒楚。投種剛六春，晴梢見蕃廡〔一二〕。花明映碧寥，丹丸不勝數。纍纍獻金盤，猶勝陳三釜。諸孫繞膝前，羅食歡如許。遽成風木悲，扳號剜肺腑。有杏謝復華，慈顔杳莫覩。顔以名斯堂，見杏如見母。雨露勤封培，手澤垂千古。

貢紀國

過行郎宿慧公山房〔一三〕

孤峯斜日逢支遁，石榻清風聽白車。絶壑古藤棲水鶴，穿林曲澗走胎蝦。江光帶月摇清弋，暮色飛嵐出九華。坐對沈煙心似洗，迂疏我亦欲辭家。

校　記

〔一一〕本則光緒本刪除。

〔二〕順治本題作『靖難臨刑詩』。

〔三〕『大清』云云　係光緒本所補。

〔四〕順治本此下收録吳豫宫詞一首，乾隆本整體删除。兹録如下：『漏咽銅龍夜轉長，金爐燒盡雀頭香。可人猶是昭陽月，獨爲妝臺過女牆。』

〔五〕碩　順治本作『石』。

〔六〕宫宇壯麗　乾隆本原爲一處空闕，兹據吳肅公街南文集（康熙二十八年刊本）補足。

〔七〕本則光緒本删除。

〔八〕向　順治本作『傍』。

〔九〕按語係光緒本所補。

〔一〇〕樓　順治本作『縷』。

〔一一〕校語係光緒本所補。

〔一二〕客　順治本作『落』。

〔一三〕『江南』云云　係光緒本所補。

〔一四〕清　順治本作『青』。

〔一五〕珠　順治本作『琳』。

〔一六〕屨　順治本作『居』。

〔一七〕高　順治本作『尚』。

〔一八〕家　順治本作『閒』。

〔一九〕懸　順治本作『慙』。

〔二〇〕嘉穀　其前後疑有脱文。

〔二一〕酹　當作『酹』。

〔二二〕廡　順治本作『蕪』。

〔二三〕本詩題及正文乾隆本殘損殆盡，兹據順治本及光緒本補足。又，順治本『山房』作『山』。

（清）施閏章 蔡蓁春 輯
（清）施念曾 張汝霖 張 銘 補輯

宛雅二編

李 媛 校點

宛雅二編總目

梅都官云：『作詩無古今，惟造平淡難。』旨哉！得三百之遺，駕三唐之筏者與。兹集次序，視其顯没，去取近乎李唐。間板籍散佚，未窺全豹，抑桑梓恭敬，恕録存目，前人已先之。至好惡難衷，俟夫來哲。

象山蔡蓁春識。

詩八卷

共四百五十一首〔一〕

人七十三人

明嘉靖十二人

明隆、萬四十三人

明天、崇十八人

校記

〔一〕現統計，乾隆本實收四百五十二首。

宛雅二編卷一

明

梅守德

分省人物考　梅守德，字純甫，號宛溪。宣城人。少以穎異聞，登嘉靖辛丑進士。授台州推官。台及寧、紹並臨海，彊族奴官闌出中國貨海外互市，奸徒有投諸島爲主澳者，倭釁萌矣。因條事于直指使者。于是，裁抑豪貴，嚴明海禁，積習頹風庶一湔洗。秩滿，擢户部主事。京兆尹胡奎，嵩私人也，謀貳冬卿，乃疏列其貪鄙狀顯斥之。上元修太常官皆道士，世蕃父子相與朋比。卿徐可成者，前得廕，復求改官。力疏辯駁，事得中止。改户科給事中，奉命封遼府。而世蕃益積不能平，乃故宣言于衆曰：『紹興缺守，兩浙之倭勢熾矣。今須得幹濟彊毅之守，吾觀未有逾梅掌科者也。今在使，願且爲朝廷借之。』翌日，吏部推上矣。道聞赴郡，首講備倭之策。倭稍緩，則召父老而問疾苦，召諸生而問風俗，一意均賦，湔滌弊源，多方訓士，而士彬彬知向方矣。陞山東曹濮兵備副使，改本省提學。于諸生禮貌優而持法嚴，侃侃無所徇，稱良督學。未幾，陞雲南分守參政。念母太恭人春秋高，上疏乞休歸。

邑志名臣傳　梅守德少雋朗，與同郡周怡善。吏部尚書李默判郡日，深器之。督學山東，世宗方勤醮祝，令陶眞人祈年泰山。陶怙寵有所干請，斥謝弗爲禮。遷雲南參政，以母老不赴，歸建書院講學，世稱宛溪先生。隆慶中，屢薦不起。守德敦文學，尚氣節。居垣中多所建明，以權奸見忌，故不至大用。著有寧國府志、徐州志、宣風集、古今家誡、無文漫草等書。

沈懋學郊居集　公爲諸生時，輒留心經濟。及第進士，用之皆素裕者，若司理，若給諫，若守牧，若備兵，若督學、參知。隨試輒起大名，用未竟，以母老乞歸。歸則日與諸後進論文講德，亹亹不休。偕受軒貢公、古林沈公並主盟志學書院。諸後進集堂下常數十人，皆嚴憚公。公每發言，悉中肯綮，醒精神，徹肺肝，令人傾服。晚造詣益純，與人益和。適諸未竟，而爲政于家，爲德于鄉，猶用也，而公亦自忘其身之不用于天下矣。

二樓紀略　宣之文脊梅氏，世居其間，科第最盛，而始于宛溪先生。不獨理學，經濟、制義亦開山手，在霍、林諸公之先。嘗見薛方山先生文集有浙中刻程文引，蓋宛溪定本也。方山視學，持衡精嚴，浙人宗師之。或言大家祧隺灘而躋方山，以其有功，然當時猶以過刻誚官，寔分宜䓨黨梶其進耳。程刻自紹興，時宛溪方爲守，故方山引簡端略云：『文以取士，夫亦觀素養而徵實用也。能言者猶或至于庸違，矧言而無稽，用可知矣。浙中自昔以多才名世，邇來學校諸生會文切理者什一，習惰仍便者什九，俗染風靡，轉相馳逐。余叨視學政，深爲此懼。起衰變陋，復雅還淳，竊有志焉，而未逮也。頃莅紹興，值宛陵梅君守郡，政先化原，鋭志文教，得試録文若干篇，因屬以校示諸學。學者試虛心觀之，得此塗轍，亦可以例其餘矣。』

〔增〕

大清一統志　梅守德，宣城人。歷給事中。時嚴嵩私人胡奎謀爲工部侍郎，徐可成以道士累官工部侍郎，掌太常卿，復求改官。守德抗疏論駁，事皆得已，嵩深疾之。

許穀滄洲摘稿序略　先生往歷官途，隨在樹績。乃其淑問在司理，直聲在諫垣，治行在會稽，文教在東南，尤炳然稱較著者。曩引疾乞歸，日惟以墳索怡神，著作見志。監司每以名聞徵，書旦夕且至，先生顧堅臥不起，視山林若將終身焉。此其曠度沖襟，久齊得失，又豈可與文人墨士徒攻藻翰者可並日而道哉！

馮叔吉無文漫草序略　州司以先生春秋鼎盛，數推轂勸駕，不復起，日與古林沈柱史

講道。于宛溪之上，搆樓貯書，扁曰『天逸』，先生以示志云。府君嘗從王龍溪先生畿講學金陵者有年。府君

梅鼎祚行述略　王文成以道鳴東南。于是議文成之祀，敦請龍溪先生于文成講堂以多方訓士，士率風動，而文成之學復以闡明。頒刻三禮圖註于士民，俾士先習相見禮，鄉射、投壺一一舉行之。有秘圖山人楊珂者，府君三造其廬，不見也，碑『高士里』于其居。

梅朗中題許白雲名物鈔藏本後　按，此書乃曾祖宛溪大夫守紹興所録者。嘗閲焦氏國史經籍志，雖載其名，不注卷數，豈殘缺已久與？然吴臨川序云已有成書，而中援醳精博，頗多異説可採。

郊居集　若夫開元諸士，仰賴師模，匡直提撕，翁當不勌。

泛舟響山

溪流泛容與，艤棹陟崇阿。峭壁懸蒼蘚，寒潭漾緑莎。城高清漏迴，月滿夕光多。千古釣臺迹，予今來浩歌。

麻姑山

兹山郡東表，嶔崟亘平陵〔一〕。峯頂白雲棲，巖際蒼煙宿。朝瞻海霞紅，獨矙湖波緑〔二〕。行行歌麻姑久不返，空壇鶩麕鹿。芸芸塵網中，誰能駐雙轂？余已避世人，刖足羞獻玉。行行歌採芝，長嘯振林谷。

三天洞

乍得依清境，塵襟亦自抒。地疑探禹穴，人似見秦餘。霞氣棲巖暝〔三〕，天光入洞虚。勝游興未淺，回首更渠渠。

柏梘寺

閒尋古上方，落日半林黄。亭額猶殘墨，碑趺已斷行。草深僧苑徑，塵滿佛龕牀。往事那堪論，雙松背夕陽。

吴禮卿

邑志儒林傳　禮卿字立之。學務古博，綱鑑、性理諸書，出口成誦。萬歷間，以歲貢選吴橋知縣。均傜釐弊，日進諸生談經析義，士民漸崇禮讓。俄嬰痰疾，歸卒。

〔增〕**吴伯與傳略**　公號復坡。嘗與羅近溪諸名彦聚講，捐資創新祠，戒子弟毋飲博，里中無呼盧者。

張象川招飲敬亭

敬亭危倚千層嶂，官閣高凭百尺臺。一嘯乾坤容我放，兩眸日月向誰開？清尊每對黄花酌，白露頻看赤雁來。况有文星聯上界，何嫌斜照急相催？

袁鶴聲

邑志隱逸傳　鶴聲，中洲人，别號清溪居士。好古文詞、書畫，長於詩。爲郡諸生。不樂制舉業，棄去，以吟詠自適。著有鶉居集。

原編　字汝明，庠士。以梅禹金父子表章得名。

〔**增**〕

梅鼎祚祭文略　汝鳴善詩，善丹青，善書。迺者書、丹青日益善，死矣，嗟乎！汝鳴未見其止。昔吳伯融，汝鳴所師事；湯定之，爲汝鳴友。汝鳴當伯融疫，含湯藥授之；定之殁，汝鳴存其寡，撫其遺息：斯今世友道中所希覯哉！汝鳴稱詩者二十年，後生者起而效藍田之役。汝鳴斤斤心下之至，不敢與鴈行，手録其摛譔不置。

仲夏與湯定之尋響潭

暑雨園林潤，幽探愜遠尋。竹深銷日氣，潭静落雲陰。戲藻魚投釣，迎風鳥送音。始知軒蓋地，清切愧中林。

翠雲菴和陳山人韻

仙刹絶紅塵，因君叩白雲。石梯緣竹上，樵徑入林分。地僻人稀到，溪深鹿自羣。支公有妙理，得向静中聞。

與梅宛溪泛舟句溪

日將歲月了滄波，又向樓船載酒過。入夜漸驚秋氣肅，中流方覺月明多。水光瀲灧開天鏡，空影參差落絳河。願得幽期常不負，與君同聽濯纓歌。

劉　鑄

福建通志　劉鑄，宣城人。嘉靖間爲漳平令。常清查威惠廟租，幹理有條。刊立惠民公田，以杜侵隱之弊。

萬歷府志　鑄字子偉。璞之子。嘉靖十二年貢，任漳平知縣。以生母制乞致仕。著有玉峯集，佚。

九日遊翠雲菴

小山叢桂久徘徊，長嘯穿雲去復來。晴日半窗開野色，翠濤千頃愜詩材。興狂肯落風前帽，歸晚頻移月下杯。卻憶襄陽杜工部，當年多事强登臺。

殷銘

邑志封贈表 字墨莊。廩監。孝友正直，有實學，齎志以殁，以子登瀛贈南京禮部郎中。著有墨莊詩集，逸。

南湖

平湖宿水没重堤，萬頃連天天更低。紅槿雨來雲葉亂，白蘋風起浪花齊。潮回硤石奔還激，煙鎖姑山辨復迷。庾信暮年詩興倍，江南何處不堪題？

白雲寺

禪關深鎖白雲寒，一徑紆回萬岫蟠。禮部有詩遺石刻，麻姑無竈覓金丹。疏林楓落秋千樹，半榻僧眠日數竿。興廢幾回前古事，青山留得笑中看。

游敬亭山

扶笻直上碧峯頭，四面奇觀取次收。叠嶂似屏雲母峙，雙溪如帶水晶流。謝公樓上風光入，韓伯祠前斗氣浮。何日向平心事畢，長來清嘯海天秋。

殷登瀛

分省人物考　殷登瀛字子登。宣城人。嘉靖壬戌進士第七人。授海寧令。寧巖邑而民黠，善逋賦，至未期月而夙逋清。簿牒山積，朝讞夕遣，有『海寧殷青天，升米官司不費錢』之謡。值内艱，再補襄城，尋擢户部主事，旋晉吏部郎中，出爲金華守。乞休疏上，不待報，懸車竟歸。歸則卜築城西，杜門埽軌，搆書莊數楹，聚書其中，披誦不異寒生。上下數千年，考鏡精核，若燭照數計，而各引其理，悉導于窾，其于升沉顯晦，直指爲浮雲一空。故其發爲詩文，抒胸中之所自得，而無儇薄詭宕之習。作聖學正脉、微言辨説、九一犀燭若干卷，藏於家。

邑志宦業傳　登瀛因父墨莊之號曰『少莊』。所至多清風惠政，立朝鯁介不阿。嘗罄産代兄償税八百餘金，解推無倦，自處莫支，恬如也。里人多之。

宣城事函　公守金華數月引歸，歸則卜築城西，闢三徑，一切杜府寺之軌。取歐陽子『六一』之義廣之曰：『一林、一山、一池，合予爲九。』號『九一居士』。家居十五年，病卒。子之輅，登癸丑進士，福州太守。

〔增〕**江南通志** 登瀛擢户曹榷關，作浴心亭以自況。仕終金華府。所至有清譽。

宛溪

小憩尋幽徑，孤亭非世情。白沙净潭影，虚檻納江聲。樹密深交翠，花繁略辨名。一尊如可辦，聊以足吾生。

官柳感懷

一爲郎吏落風塵，柳色官橋七度新。萬里滄江驚白髮，百年鄉國負青春。天涯最幸逢知己，聖世何妨作散人。煙樹五湖回首近，扁舟蓑笠好垂綸。

徐元太

明史列傳 萬歷十三年夏，楊柳番叛。徐元太代雒遵巡撫，決計大征。諸路兵悉集，乃命遊擊周于德將播州兵爲前鋒，遊擊邊之垣將酉陽兵爲後拒，故總兵郭成將敘、馬兵扼其吭，參將朱文達將平茶兵擊其脅，李應祥居中節制，參議王鳳監之。令軍中各樹赤、白幟一。良民陷賊者徒手立赤幟下，熟番不附賊者徒手立白幟下，即免罪。誘擒喇嘛、灣仲，擊斬占柯，連拔諸砦，攻破蜈蚣、茹兒諸巢。進平河西，諸軍得所積稞粟，留十日，盡焚其砦，以六月班師。其逃竄谷者，求偏頭結賽乞降。是役也，焚碉房千六百有奇，生擒賊三十餘人，俘馘以千餘計。自是羣番震驚，不敢爲患，邊人樹碑記績焉。建昌、越嶲諸衛，番猓雜居。建昌逆酋曰安守，曰五咱，曰王大咱，與越嶲邛部黑骨夷並起爲亂。元太議討。徵兵萬八千，仍以文達、之垣分將，應祥統之，副使周光鎬監其軍。賊屢北，退保毛牛山，又大破之。五咱西遁，與安守合，結砦西谿。會所徵鹽井馬剌兵三千至〔四〕，猙獰跳躍，類非人形，諸番所深畏。應祥偵賊將劫營，乃潛移己營，而令馬剌兵屯其處。夜分，賊來襲，馬剌起擊之，伏屍狼籍。諸將遂進攻西谿，逐北至磨砦，伏兵擒安守。守爲羣寇魁，守殪，西南邛笮、苴蘭、靡莫諸酋皆震怖。商山四堡、大小七板番俱乞降。五咱勢窮，走昌州，亦爲裨將王言所獲。復襲獲土木安四兒。于普雄酋姑咱所搜得大咱。而黑夷酋阿弓等七人在大孤山，亦先爲王之翰所禽。于是，建昌、越嶲諸番盡平。上首功二千有奇，撫降者三千餘人。時萬歷十五年七月也。邛部屬夷膩乃者，地近馬湖。其酋撒假與外兄安興、木瓜夷白祿、雷坡賊楊九乍等，數侵掠内地。及建、越興師，藏納叛人。元太益徵播州、酉陽諸土兵，合五萬人，令應祥督文達、之垣及周于德諸將三路入，故總兵郭成亦從征。首敗白禄兵，乘勢攻木瓜夷，射殺白禄，生禽撒假。安興據巢守，諸軍深入獲之。他夷猓畏威降者二千餘人，悉獻還土田，願修職貢，兵乃罷。凡斬首一千六百九十餘，俘獲七百三十有奇，以其地置屏山縣。論功，加元太兵部尚書，蜀中劇寇盡平。

分省人物考

徐元太字汝賢，號華陽。宣城人。南京右通政使元氣之弟也。幼有大志，慷慨闊達。讀書一目數行，下筆有排山倒海之勢，而玄理奇窟，即老宿莫不斂衽避舍者。嘉靖乙丑進士。知魏縣，以卓異召拜銓曹。丁丑，分校禮闈，江陵欲私其子，黜之不録，卒爲所嗛，出參齊藩。旋晉京兆，擢撫川蜀，奉旨相機勦西夷。捷聞，陞兵部右侍郎，仍巡撫其地。未幾，而建、越逆酋倡亂，五衛横被侵凌，奉旨勦處。太自臨陣督戰，親執枹鼓，直擣賊巢，凡七閲月而底定。事聞，降敕褒奨，晉二品服。旋陞南京刑部尚書。以疾請告，林居垂二十年，酣史躭書，怡情山水。捐資建長安壩，旱溢無虞，萬户咸食其德。

邑志名臣傳

元太狀貌嶽嶽，丰稜嚴正。于書無所不讀，尤曉暢軍事。鎮蜀數載，勳略爲人所傳頌。大學士劉宇亮爲作傳平番紀功諸碑，司馬汪道昆、參政吳國倫撰文。子臣慶，萬歷壬午鄉薦。工詩。早卒。有白龍草。廷慶廕，未仕。之慶刑部郎中。

吳肅公大司寇徐公傳略

公左遷山東參政，江陵遣其子祈福于泰山，巡撫以下皆往陪相公子。公曰：『此子爲父禱，非臣爲君禱也。』書沮之，而巡撫等已就道矣。公謂客曰：『曾謂泰山不如林放乎？』巡撫等皆大慙恚。尋江陵敗，公由浙江按察使累遷右副都御史，巡撫四川。西南夷以百數，皆羌遺孽也。冉駹、白馬諸種，踞雪嶺、洮河間。國家置松潘衛鎮之，號曰松番。其夜郎、邛都諸種南距滇，西距吐蕃。建昌、越巂五衛鎮之，曰建越夷，其聯絡邛西、犍北，界烏蒙而抵馬湖，謂之馬夷。三夷者，皆叛服無常。俺荅支子賓兔者闌入洮河，距松潘千里。羌引之近番地，而羌國師喇嘛復引賓兔部駐松城，諸小夷附之，西南大震。楊柳番亦攻諸堡。先是，巡撫都御史雒遵討之，未定而去。公至，宣諭再三，不聽，掠我人，刳而縛牛角上，驅牛而寸截之，遂寇平。夷殺掠益横。公疏請討之，詔便宜行事。時賊勢張甚，分踞兩河。河東爲楊柳番喇嘛、灣仲、綽兒拓、占柯等族，河西爲偏頭小姓等。公徵兵播州酉陽、平茶諸司，而道阻未集。賊遂先發，擁萬人，攻蒲江。參將朱文達擊卻之，東南道乃通。公命監司及諸將會永康，以都督李應祥爲大將，參將郭成、游擊周于德、邊之垣及文達分道並進，謂之曰：『賊夾河而壘，我不能並舉。西阻澗，不我難也。東乃剥膚之疾，其先擊之。』于是，進兵屢勝，獲喇嘛、灣仲，又獲占柯、綽兒拓，遂殲没石，破窑溝、石柱等處，河東平。惟大小粟谷阻險未下，而羌酋思答地者乘河漲而前。公謂應祥：『夜濟而襲之，必克。我既西，則粟谷懈；回戈東指，必不支矣。』遂夜濟，果克思荅地，拔西坡等砦。還破粟谷，復進攻牛尾，賊潰西奔，追之，窘甚，詣軍請降。公廉得羌以埋奴爲大誓，誓永不渝，令降酋各執其驍奴，坑而埋之，凡二十三人。河西亦平。松番遂定。時萬歷十四年也。明年丁亥，平建越夷。又明年戊子，平馬夷。建越酋曰安守，曰五咱、大咱，又黑骨部曰應昇，曰鳳起。馬夷酋曰膩乃。撒假曰白禄。枯須曰安興。皆桀黠負固，遞相犄以衂我師。公先後設奇遣將殄夷之。初，膩故黑夷種，而馬夷黄郎又安守族也。公慮其合，授方略三裨將，俾戍馬湖。三將違節制，賊僞降誘之，伏軍殲焉。及師捷，執殺三將者，悉誅之。建越之役，誅其叛者四種，奪邛都印一，縛大酋十，馘而獻者七，獲小酋五十有七，上首功二千有奇，降三千七百餘人，埋奴者三人。合前後克寨凡二百，計毁碉房千六百，計汰浮賞省金錢萬，計收夷猓男婦二千二百餘，復土地爲里者九百七十，築城二。其松潘者在黄沙，名平番；馬夷者在新鄉鎮，名安邊：皆寘兵列戍屯田而還。東靖黄沙，西靖黑水，款貢比于編户。天子詔褒，公晉兵部右侍郎、右僉都御史，加二品服俸。公部署調度，悉中機宜，尤善用人，厲兵將。王公鳳竹、周公光鎬、武公尚耕，皆以兵備使前後監軍事，公采納其言；應祥、于德皆勇將，用命惟謹；播州宣慰使楊應龍尤驍雄，三征俱得其死力。應祥之取牛尾也，應龍先登燔栅，執其酋合兒給父子最有功。其後，應龍以不善撫叛，朝廷竭數年兵餉，至興師二十餘萬，八道並進而後克之。人皆思公之善御云。公移疾歸，年甫五十有九，卒年八十一。公穎悟强學，所著有史鑑吟、喻林、易編及平羌奏議諸書，梓行于世。寘義田千畝贍其族，而畎畝之中尤誦其隄河之績，爲吾宣永賴云。〔五〕

〔增〕

四庫全書簡明目録　喻林一百二十卷，採古人設譬之詞，分類編輯，其體例爲古所未有。其徵引古籍，巨列書名，又仿資暇集、演繁露之例，併註其篇目、卷第，尤明人之所不能。

梅文鼎淵源集序略　余讀徐子長白淵源集而有感也。長白爲大司寇華陽公曾孫。公功德在人，尤富述作，言行滿天下。及長白之身，曾未得其全集讀之，長白怵焉，懼家學之湮，勤勤搜輯，僅得如干首，以爲兹集。迺遂取其王父郎中君及父文學君遺稿，摘録類掇之，末以己所爲文附焉。

郭子章喻林序略　子章事公蜀中三載，每談天下事，旁證遜引，驚聽回視。至所爲文，影寫雲物，比擬今曩，易象詩比，錯落織綜，豈其所得于喻喻者深邪！

江南通志 宣城徐翁，尚書元太之父也，官浙江某縣典史。偶以言忤巡按御史，受撲責，羞憤自免歸。時元太與元氣皆失學，翁每流涕曰：『而兄弟皆廢學，吾無後矣！』因述受撲直指事，復流涕不已。元太兄弟乃發憤下帷，相繼登第。元太謁選得某府推官，即直指之鄉也，私喜得報父怨。瀕行置酒，親友畢集，候翁出。翁稱疾，堅臥不起。元太入，跪問故，且言此行冀得報夙怨，何反不樂。翁曰：『此我所以病也。吾爲小吏，當日誠不爲無過，但直指稍過當耳。且緣渠撲責，激而罷歸，教子以有今日，則直指乃我恩人，非仇也。汝思報怨，我所以病。汝往，當以我言開心告之，盡捐夙嫌，是我子也；否則，非我子也。』元太唯唯，翁乃起。時直指久失職家居〔六〕，聞元太來，甚恐，郊迎盡禮。元太首述父命，誓無芥蒂，自是情好甚洽。後翁躋大耋，三子皆成進士，兩登九列焉。

聞廷推留計欽允得省章而寢

一生鞅掌苦蓬飄，自臥家園樂寂寥。霞映碧林穿緑野，露含蒼竹拂青霄。形骸喜得藏愚谷，姓字驚聞入聖朝。不是省臣知老悖，幾從廷議誤漁樵。

贈郭從事入賀東宮

宇開天地長男宫，瑞彩南浮漢沛豐。方伯正傾東觀日，幕賓偏領北樓風。江梅放候征車邁，海樹離邊使節雄。林臥老臣歡忭甚，一尊歌送謝亭中。

贈葉玄峯備兵于越

地會東陽冠八垓，飭戎宜藉濟川才。山陰鎮日垂簾去，海右雄峯擁節來。平土玉從虞帝錫，闢疆臺自越王開。時方紫禁需頗牧，彩動天台接上台。

張克家

分省人物考　張克家，字有光。宣城人。嘉靖四十四年進士。由户部主事改雲道御史。建言，降濬縣丞。隆慶六年，起户部主事，累陞雲南副使，卒。歷官數十年，囊無贏貲，里無拓壤，子孫有貧不能自給者。

〔增〕

同麓余有丁書　足下以抗疏直言，爰致外補，人惜足下言不售。而由今以觀，則又未嘗不售者。聖天子俯意崇儒，好臣其所受教，而且孜孜敏學不倦，孰非足下之言若或默啓之耶？

早春拱辰臺眺望

今朝風日好，春色滿山臺。鳥出昭亭樹，花迎柏葉杯。祥光天北迴，淑氣海東來。舉目高齋並，深慙謝朓才。

句溪同梅子登沈君典泛舟

江天收片雨，鼓枻句溪陰。酒對遥山色，風披短葛襟。彩虹浮水闊，白鳥没煙深。卻憶長安陌，兹遊不可尋。

送臘迎春

把酒問時序，流光驚壯容。朔書頒夏正，儺鼓動堯封。萬井寒威薄，千門瑞氣重。試看旛勝滿，明日異今冬。

翠雲菴

見説諸天近，相邀半日閒。緑樽行樹杪，清磬出雲間。野篆支江水，煙沈繞郡山。淹留許玄度，薄暮不能還。

孫　濬

江南通志　孫濬，字宗禹。宣城人。嘉靖進士。由永豐令入爲給事，奏論趙文華希相臣嚴嵩意，上怒，調孝感丞。歷知平陽府。

宣城事函　孫濬爲給事，時吴越中倭嘗有所條例，刺倖臣撫師海上，牽掣兵柄。頃之，文華與撫臣曹邦輔相訐，欲置之憲典。疏論其修小怨，乞翦權黨，以答中外。忤旨。所著有彤廷、籌邊、税棠諸集。孫曰紹成，戊辰進士。

〔增〕

大清一統志　孫濬，宣城人。入爲給事中，乞翦權黨，以答中外。

朝回宿禪林精舍

朝回幾度宿禪林，參悟機鋒欲脱簪。鳥繞瓊枝孤月淡，鶴來銀漢五雲深。倦餘竹榻怡清夢，醒後松聲發浩吟。故友高談寧易得？再吹燈火漫論心。

梅守箕

列朝詩傳　梅秀才守箕，字季豹。宣城人。禹金之叔也。秀才不第，潦倒自放，與歌姬妮好，伺其登場，旁皇侍立，移日分夜，必尾其後而歸。流寓十年，貧不能餬口，死于白下。詩不爲今體。〔七〕

原編　季豹不競時名，囂囂好古，嗜酒自放，醉輒狂吟數千百言。所著有居諸前後集。

王世貞居諸集序略　季豹來謁，出一編，所謂居諸集者，則皆騷賦、四五言古詩，余乃以暇卒業焉。大歎，詫曰：『世故有人哉！若季豹之爲騷賦，于左徒、文園時時取材，而別具悲慨婉冶之態。五言于漢魏時離時合，而其合者，并其氣度、色澤得之。惟四言不能窺風雅藩要，之陳梁而後絶影矣。使季豹襲古衣冠而不爲金陵市客，而訪我于弇中，吾且以爲千載人焉，敢以季豹目之？』

静志居詩話　梅氏一門羣從，禹金最負時名。嘗後先過王元美，元美贈之詩云：『從誇荆地人人玉，不及梅家樹樹花。』季豹爲禹金從父，雖譽稍遜，然詠懷諸作，恐小阮亦當避席也。

〔增〕

明詩綜傳　守箕字季豹，宣城縣學生。

江南通志　季豹豪宕，善屬文，援筆立就。家貧，能緩急人，人皆異之。

梅氏詩略　號文嶽。七歲就塾，一目十行並下。九歲能文。十四補博士弟子員。甫弱冠，即以騷賦名家，志追秦、漢，睥睨一世，不屑屑經生制舉業。王元美、茅鹿門諸先輩交相推服，壇坫風雅，惜年不永。著作極富，生平疏放，散佚居多。

湯賓尹文略　景升與季豹交較久。季豹南來，日挈大瓠，從一二野髡，著處酣嬉，雜論顛倒，極千古之態，吾日與之遊，色俱壯也。

梅季豹，狂人也。嘗言世人好諛好謗，心術行誼皆可妝點，惟文章一道，流露天下萬世，雖父子、兄弟不能以相假，雖復恩讐讎譏，無處著舌。予每服誦，以爲至言。

袁宏道傳略　先生號文山。其父幼弼夢謫仙負書至某家，是夕生。先生每用古文字作經義，試屢不第，乃投筆起曰：『奈何效老驥跼蹐車下也！』悉取所爲章句焚之，益肆力古學，廢産購書，鍵門著述，獨坐一小樓，如董子下帷者五六年，黄山、齊雲有歙遊草；武夷、延津、鵝湖有閩遊草；桐江、金、焦、北固有東遊草。最後，復有南遊草，留詠白門諸勝，與湯義仍、曹能始、何無咎、潘景升、馮具區、屠長卿諸名輩迭相倡和者也。元勳徐魏公特慕其才，嘗聞先生醉卧聚寶門下，命軍士嚴守，俟其醒而起，起而行，方許散遣軍士。然欲折柬招之，即遁迹隱形，竟不可得。一日，市飲大醉，適操憲過，清道者叱辟易。先生顧使酒恣誕，高賡四絶。操憲大奇之。次日，具贄延禮，率又莫識所之。家雖漸旁落，然好周人急，偶售産存槖六十金，有訴其困乏者，遂全出以贈。事兄，雖極醉，必整冠致肅。兄爲權貴人所侮，力不克辯，先生欲以身殉。時時大飲醉，氣壯，劍數十舞。權貴聞之膽懾，乃已。歸安茅鹿門，訂忘年交。最厚太倉王元美，欲然身下之。會稽陶周望、東吴邱謙之咸推服，以爲不可及。所著小衍十二篇，贊大易之祕。作吴國風，補詩之缺。作歷疇，記開闢及秦時事，補鑑綱之未備。其他所論譔竊比于六經。又咸記十篇地輿志、九經通詁及談苑三昧，俱發古所未有。考古今賢哲出處，類爲一書，曰如皋集。

梅台祚居諸集評　詩有唐、魏之風。五言一本建安，大率類王仲宣、阮嗣宗，縱横宕逸，似鵬摶鶻舉，少乏和叶耳。然不能作六朝佳麗語，而時有所仿效，工而不流，藻而寡澤，非其質矣。彼自語有之：『余之作後語也，如老婦冶容，蒼松加彩。』其誠然哉！

詠懷雜詩

每念所搆會，日短宵中長。泱漭誰自任，憂思以徬徨。枯蟲鳴草根，悲者易爲傷。涼風相激薄，朱鐙黯無光。顔色寂不發，兹意何慨慷。

贈禹金姪

九畹滋蘭蕙，百畝植留夷。鷙鳥固不羣，黄鵠亦高飛。踟躕岐路間，千古常相持。總轡陟扶桑，揮手謝崦嵫。户説不可能，容與非所爲。咸池駭衆鳥，大聲知者希。惟此金與石，可以表心期。

送王博士返貴陽

驅車出北門，與君爲別離。攜手立徘徊，涕下忽交頤。涕下勉自匿，情至不能辭。嬿婉念舊歡，契闊成新悲。山海萬餘里，浮雲亦難期。縱有肅肅羽，臨風恐退飛。願爲皂下塵，從君以驅馳。

送李文仲

知己與我違，駕言指皇都。皇都亦何麗，鬱鬱華軒車。第宅遥相望，士女盈路衢。誰憐張仲蔚，蓬蒿没其居。所嗟人生事，會難與願俱。

雜　詩

飄風披轉蓬，不得顧根株。汎汎客遊子，去家千里餘。往亦以徬徨，來亦以踟躕。浮雲入蒼梧，百川返歸墟。人生胡不然，日暮懷悲吁。

詠　史

卓氏運籌策，貲富傾蜀都。財非所不足，有女棄當罏。如何倦遊士，四壁家無餘？滌器都市中，操作同傭奴。一逢明主知，持節歸里廬。負弩先矢石，榮貴直路衢。王孫始自悟，晚得尚相如。分錫盈百萬，遂致富人居。

烏氏盛畜牧，朝請如封君。寡婦擅丹穴，高臺起懷清。多財能自衛，萬乘抗顯名。園綺非不賢，長與草木并。

送泰符姪先歸

同遊在帝京，子歸我獨留。江風盪白日，歲月忽已流。臨淵安得魚？不如夙所求。客處無適樂，不如還故邱。

李惟寅集詩

白露戒凜秋，天氣布微涼。菊英散平泉，蘭桂崇其芳。良會思及時，並坐君子堂。嘉旨出中饋，饌食何多方。金奏列在肆，鼓吹和清商。妖玩雜來陳，綺麗莫能詳。主人遵素節，酬酢盈百觴。在貴不遺賤，居樂期未荒。願言極驩宴，千秋不相忘。

山之幽

山之幽兮草木繁，轉溪回谷水潺湲。蘢葱佳氣日夕間，熊羆虎豹游其巔。猿狖羣嘯鳴相攀，禽鳥翔集聲關關。

山之幽兮幽且玄，山中人兮樂且躭。寧爾志兮練爾心，滌煩濁兮懷眞靈。眇遺俗兮和厥陰，灌木叢鬱兮結搆深，脩竹淅瀝代瑟琴。夏雲起兮峯何嶔崟，秋風壯兮竅穴悲吟，山中人兮樂且耽。

清溪館贈詩

郎豔解歌白石曲，懊儂故作清溪辭。心招暗託調絃思，目成自有將花時。能憐繫馬疏柳外，長恨啼烏高樹枝。獨眠無夢不易旦，雙笑有情多失期。葛根爛熳藕生孔，何處對面空相思。

聞歡昔日在揚州，二十四橋明月秋。因風欲寄往來葉，淮水故作東西流。夜光雙懸翡翠幕，涼露拂拭沙棠舟。游目巧笑不成態，轉身嬌盼長含羞。通波澄淥清聲度，褰裳莫惜來相求。

小吳趨

流盼向瑶席，意送將繁琴。滿鏡愁苦思，半指哀怨音。夜窗無數白，寒閨空自深。

古　意

自與君别者，日日臨高臺。雲天望不極，江帆安在哉？夜雨和淚積，秋風兼愁來。寒帷幽夢曉，落葉紛相催。

古　詩

郭東亦有墳，郭西亦有墳。登城一以望，纍纍正相因。狐兔穿爲巢，魑魅託爲鄰。潛燐不自照，幽路何時明？陰風卷秋草，日暮常悲辛。北風何蕭蕭，素雪相與期。寒氣時總至，歲月忽已違。久客在他鄉，愁寐中心乖。登高望不極，誰謂可當歸？我歌式微篇，涕下沾裳衣。壯士營四海，一室長不治。自要身後名，朝夕若渴饑。愚夫憂世長，以身殉其資〔八〕。志在尋尺間，精識良已疲。智哉許由氏，所預在一枝。一枝非我願，天下焉用爲？感念三秋時，懷情萬里餘。鴻雁自南來，疑有故人書。羽翮不可沉，中願難與俱。迹遠心易摇，白日忽已渝。所期垂末光，晚照及桑榆。悲哉生離別，抑鬱傷肺肝。道路有嫌疑，會晤良亦難。人生百年内，無如一日歡。嘉夢不獨成，孤夜常苦寒。臨風聊寄問，此意何時還？

中山王孺子妾歌

空井木葉下，臺殿秋風生。絡緯當階績，哀蟬宿露清。幽夢殘曉漏，晚鏡摇心旌。更衣少前歡，托車非後情。君恩夜不屬，妾心寒自驚。

田居

市遊適不樂，移向南山田。田作既已秋，穫取三百廛。宿酒會鄰人，四座有餘歡。藜藿代粱肉，灌木出絲絃。日夕望原上，井里浮炊煙。高柳夾道生，溪流澄清源。田居信言樂，可以終歲年。

雜詩

白日既息，明河在天。中宵暑退，亮月高懸。言命清酌，攜手同歡。華燈潛照，疏帷微褰〔九〕。何以侑之？鼓我素絃。何以壽之？曰惟萬年。善言必再，流詠成篇。荷芳自映，蘭露斯團。鷄既鳴矣，樂緒方淹。我心悠悠，終不可諼。

情詩

暑月照户，涼風披帷。所謂伊人，穆如春暉。被服妖冶，淑静有儀。抽絃接管，爲我稱詩。微音靡靡，曲度參差。今日爲樂，無以後時。

贈屠長卿

昔時沈太史，問道從東歸。安樂乃不戒，美疢相與期。盛年不須臾，天要難故違。美人逐逝波，感嘆心内悲。營魄亮未化，羅浮夢見之。丹心望宿昔，白馬尚淒其。一爲泉下歌，涕下如綆縻。
木葉脱郊坰，寒氣升江楓。車轍不可留，歸路歲已終。緒風款飛蓋，殘霞感征蓬。至心托孤危，妙迹寄玄同。中逵日寥遠，憑心猶未通。言念自疇昔，無因宣我衷。

寄禹金湖陰

獵獵北風鳴，年華鬢欲侵。懷人十月暮，隔水片帆陰。天渺雁鴻斷，江寒雨雪深。不堪長極目，前路氣蕭森。

金陵雨夜憶台祚

愁緒年來甚，羈懷别處深。風前傳旅雁，雨外急鳴碪。一葉下秋水，孤舟繫客心。相思共長夜，回首重沾襟。

寄子綦元振景靈子馬

旅遊不復問歸期，帝里風光此一時。秋到雁鴻疑有信，月明烏鵲似無枝。他鄉杯酒供愁病，故國琴尊入夢思。爲道來朝佳節近，遥將黄菊待新詩。

月夜泰符見過懷禹金

故里有兹會，佳期夕望空。歲寒爲别苦，山月照人同。並坐依疏柳，孤征惜短蓬。徘徊江水外，一一數歸鴻。

破鏡詩

嫌名驚異獸，殘照委空房。不復圓光影，能窺半面妝。初絃臺上月，出匣枕邊霜。若問隋朝事，猶令人斷腸。

梅繼芳

宣城事函 芳字復春。山口人。嘉靖十四年貢，浙江餘杭知縣。性直不阿，治縣有名。

邑志選舉表 繼芳能文善詩，與弟繼英、繼勛相唱和，曰塤篪集。

梅氏詩略 陵峯由貢授餘杭令，政績屢著。以亢直忤當道，遽拂衣歸，屏迹田園，詩酒自娱。著有閒筆稿、陵峯集及伯仲集、塤篪集。

〔增〕

繆彤傳略 公字幼仁，號陵峯，授浙江餘杭縣令，多惠政。有分巡謝者政以賄成，無辜入人罪，事下公，公毅然曰：『狀言其枉，定當闗三尺法，奈何任刀筆吏轣轆爲！』已，復檄下逮公，且詞連公。公詞益堅，再上記曰：『用辟而止辟，非曰能殺人以媚人，斷不爲也！』事遂寢。卒以事忤當道，拂袖歸。

題松洲卷

渚江秋暗小亭幽，之子投閒卜此洲。隔水老梅呼好友，前村殘月許同儔。花迷徑路何須掃，鷗戲沙頭似欲留。醉便閉門醒便出，高情應共野雲浮。

別嚴象峯

江上東風偶合簪，曉窗晚榭幾論心。無情最是臨清月，照破離筵思不禁。

詹沂

分省人物考 詹沂，字浴之，號魯泉。宣城人。隆慶辛未進士，授新建令，擢南吏科給事中。值星變，疏修寔政以息天警，纚纚千言，剀切激直。詔察天下官員，疏糾政府私人。時江陵相柄國，若烈日之經溽暑，而沂又所取士也，憾特甚。江陵奪情議起，南中閧然乞留，公獨不肯署名，曰：『吾不能附相君，取姍于後世。』同列目攝之。江陵給假治喪，南中議繼疏以進，直止之曰：『彼未有終喪意，趣之何爲？』于是，搆讒紛起，山東僉憲之命下矣。未幾，裁革冗員，而承望風旨者請革回籍矣。辛巳京察，復以原給事中降處。迨江陵敗，起知奉化縣，升禮部主事，遷員外郎，累官至都察院左副都御史，署院篆。守正奉公，怨勞不避。兩主外計，一司内察，獎恬退，拔清介，輿論攸孚。公署院五年，六歲再考，上累有羊酒寶鈔之賜。偶浮言波及，遂解組封印，廬郊外候命，得旨有『潔身忘義』之語。本朝大臣未有挂冠者，挂冠自沂始。

宣城事函　詹沂遷光禄丞，歷南尚寶、太常、太僕卿，權應天府尹事。應天歲額絲價數萬，例存什一，佐公費，卻不受。擢都察院左副都御史。會勘妖書獄，力止株連。咸寧令滿朝薦，以事忤璫被收，沂固請得釋。楚藩之變，陳善後事宜，凡親王違制，撫按皆得以白簡從事，乞增入敕内，從之。丙午除夕，上謂左右曰：『此時廷臣受外覲官書帕，開宴打鬧，惟侍郎楊時喬、李廷機，副都詹沂，三人清寂可念。』數召對，賜羊酒鏹幣，其爲上所知如此。歸以『潔身』名其堂，分禄贍族人，年八十三卒。贈左都御史，賜全祭葬。沂質略簡易，恂恂退讓，而自任風紀之重，屹不可奪。著有潔身堂稿〔一〇〕。

馮時可潔身堂集序略　先生于詩好王右丞、韋蘇州，于文好元次山、曾子固，其行集氣韻亦略相類，獨其博厚洋雅之度，曠夷高淡之襟，不屑與雕蟲繡虎之士角其短長，故名山名都兩欲自閟耳。

〔增〕

大清一統志　沂，宣城人。累遷副都御史。遇除夕，以沂素廉，清寂可念，特賜羊酒鏹幣。旋乞歸，不許，挂冠歸。

梅鼎祚序略　厥後，越許公、秦孫公皆秉憲，相繼以去，實詹公啓之，而上皆聽其去，亦以追重詹公也。

施肖華謁徐選部不遇鬱鬱邸中詩以慰之

挾策游燕市，蕭然鬢已疏。不逢楊得意，誰薦馬相如？此日空彈鋏，何門可曳裾？窮途慎勿哭，好返薜蘿居。〔一一〕

方夢龍

萬歷府志 龍字應靈。馬山人。嘉靖四十三年貢，歷分水知縣。

宣城事函 龍任湖州通判，有廉聲。

武夷山

當是滄洲此息遊，雲鬟霧髮至今留。水簾映月千峯曉，仙館吹風萬壑秋。丹竈猶餘蜕骨在，蒼霞曲繞寶冠流。櫂歌閒聽無人問，兩岸飛花送去舟。

校記

〔一〕陵　當據順治本，作「陸」。

〔二〕緑　順治本作『菉』。

〔三〕暝　順治本作『溟』。

〔四〕馬剌　原作『剌馬』，據明史列傳（中華書局一九七四年版）卷一百三十五李應祥傳改，下同。

〔五〕本則光緒本删除。

〔六〕久　原作『文』，據清文淵閣四庫全書本江南通志改。

〔七〕本則光緒本删除。

〔八〕資　順治本作『貲』。

〔九〕帷　順治本作『幔』。

〔一〇〕『著有』句　光緒本删除。

〔一一〕順治本此下還有一詩，乾隆本删除，題作小齋寥寂用數目字戲占一首：『長歌一劍入燕畿，兩載驚看鬢已非。花鳥三春憐久客，煙蘿四月憶初衣。五湖風景誰争得？六合聲名事竟違。七尺空從塵世老，鱸肥八月好東歸。』

宛雅二編卷二

明

沈懋學

明史本傳　懋學字君典。宣城人。父寵，字畏思，嘉靖中舉鄉試，官至廣西參議。師貢安國、歐陽德，又從王畿、錢德洪游。知府羅汝芳創講會，御史耿定向聘寵與梅守德共主其席。懋學少有才名，舉萬歷五年進士第一，授修撰。張居正子嗣修，其同年生也。吳中行攻居正奪情，居正怒不測，懋學疏救。既格不入，乃三貽書勸嗣修諫，嗣修不能用。貽書工部尚書李幼滋，遂引疾歸。居數年，卒。福王時，追謚文節。

湯賓尹墓誌略　先生號少林，跌宕競風槩。少善騎馬，能馬上舞丈八矟。侍御捕賊，時賊悉舉批鬭，先生以一矢殪其酋，衆遂解甲拜，受縛詘首。書生弄柔翰，非其好也。然率意落落，隨其牘之所止，伸泚立盈，有藻思。書法出入王、虞，自行韻格，腕疾於鳥。天文、地理、陰符、黄石、參同、内外丹、短長、縱橫、星相、卜醫之學，雜及五才、六箸、藏彄、累丸、蹴踘、投壺、彈箏、擫籥一切跅弛可喜之藝術，無所不涉，于人亦無所不交往。天下共傳先生具文武材，壯慕之，而里中兒不謂信然。丁丑射策擢第一，觀者人人得意，里中人始狂顧歎愕矣。先生神懷散朗，喜客，喜山水。與所善馮開之、屠長卿輩爲虎邱、西湖、由拳、檇李之遊，雙鬟絲竹，晝夜歌舞不廢。自言事諸臣謫者謫，戍者戍，輦上虛無人，江陵益偃蹇失意，欲終收用先生。越數歲，其諸子數書趣先生，一時林伏諸君子輩趣先生努力勉一效用，補諸人所不足，爲治舟宛水之涯，若爲將駕然者，而先生以一日病死矣。

王世貞墓表略

先生爲人短小精悍，秀眉媚眼，便捷饒力，寬仁喜施，意豁如也。嘗上春官不第，則走之塞上，長揖大將軍，與談縱橫略，行遊獵，出飛狐穿塞，抵花馬池而後歸。悉攬形勢要害，營壁堡壘，目眺手畫，慨然有封狼居胥意。暇則與六郡良家子射生，出熱血，作生洛河，倒服匿，注挏馬酒，使吴姬剪頭，雛歌出塞，吹觱篥而和之。塞外客見者謂：『是何吴貌兒而氣凌我，出傖父上數倍也。』先生家故饒，以義散之，揮霍千金不挂齒。既爲俠不已，則漸窶，而亟從他豪借貸以繼之。或風之，輒笑曰：『裴叔則何人哉？損有餘，補不足，豈所不解？而從汝曹斤斤升斗，如十三賈人子，亦褌中死蝨耳。』以故其賜及第日，而賢豪、縉紳、甲胄，下至劍客、酒徒，亡不扼腕。先生詩文不名一家，縱挾押闔〔一〕，往往出入意表。

葉向高郊居集序略　余生平雖誦慕太史，然意其人或倜儻恢奇，不受制于繩墨。乃今讀其言，尺尺寸寸以倫常爲標，以檢柙爲防，以明體適用爲學問之宗，以進禮退義爲仕宦之準。求之先進，蓋庶幾羅彝正之眞修，而不爲楊用修之曠達。使其永年，所成就造詣，殆未可量，而惜哉其止此也！

何喬遠郊居集序略　予讀公集，論學，則懲良知末流之弊，而必以躬行寔踐爲宗；論政，則鄙當時綜覈之嚴，而以王道寬大爲本。蓋學問文章出于正義，非徒用一節自皎皎者。公夙承尊甫侍御公家學，既端以修，又故慕尚豪傑長者，傾財好客，説劍談邊，慨然有烈丈夫之風。其文采葳蕤，襟懷磊落，直欲置身古人之間。

吳郡管志道集　君典居常與余尚論古人，必以無可不可無伐無施爲準的。秦、漢而下，如狄梁公、郭汾陽之濟濟大事，未嘗不三擊節焉。其他論治，如賈長沙、陸宣公殉義，如顔魯公、文文山，猶痛其不幸而名高，有忠不如良之感。天假之年，所就庸可限量？而孰意其數止于斯也！

靜志居詩話　君典少任俠，兼精技勇。嘗出塞縱觀，突爲彍騎追至幕南，君典挾一矢，命中其黨，乃不敢追。既登狀頭，江陵爲奪情之舉，君典貽書嗣修。江陵業恨其異己，而海内皆服其風節矣。君典四十而夭，年壽不將命爾，而王元美作墓表、屠緯眞作傳，欲傳會曇陽子昇眞之確，至以妖夢厚誣光明磊落之君典，是豈愛人以德者邪？

〔增〕

大清一統志　懋學疏救吴中行、趙用賢，格不入，遂引疾歸。

屠隆傳略　君典落筆爲詩若文，疏暢跌宕，頃刻千萬言，雖精者自以爲弗如也。

管志道集　君典心雄氣豪，忠孝天植而闊略細行，足當古之狂者。既抗志就閒，皤然有訪道參玄之想。

沈廷中跋略　文節公郊居一集，道德、經濟無不具備，其見珍於世者，亦已久矣。乾隆十五年，天子南巡，當道萃海内名人書籍，實諸鍾山書院，以備宸覽。因特檄徵是集，并徵君公姑山集、閑道録。而是集以年深被蝕者十不啻九，升公急思所以修之。

荅陳冠庭見懷兼致少明伯仲

吾生薄浮雲，拂衣歸青山。夢和明月冷，心與孤雲閒。懷君天際遥，對酒難成歡。池草春日芳，叢桂秋堪攀。援琴一鼓之，流水餘潺潺。天都入望晴，白雁回林端。

旅泊

旅泊芙蓉渚，孤帆雙燭明。雁隨黄葉落，潮向白雲平。江海煙塵暗，家山夢寐清。獨憐回首處，風急暮猿聲。

寄劉小園

劉郎相見日，把酒問桃花。一别經殘夏，芙蓉忽已華。垂綸閒歲月，結屋老煙霞。莫詫仙蹤渺，天台舊是家。

送黄兆聖赴皖周振約

叔度三年别，相思夢轉勞。可堪寒把袂，忽漫夜乘舠。月漾波千頃，霜侵鬢二毛。桐江秋色遍，應得醉醇醪。

過謝氏莊讀書處有感

昔日傳經處，今秋静掩扉。溪雲澄彩色，山雨弄晴暉。砌冷新苔長，樓空舊燕飛。浮萍看聚散，心事幾人違。

游上谷

殺氣邊庭肅，征舠上谷晴〔二〕。餘霞明古堞，落日隱孤城。寶劍寒飛色，胡笳夜斷聲。名王今款塞，何處請長纓？

石湖訪王龍岡命酌

秋色三槐徑，春風五柳家。湖開天鏡曉，橋鎖月城霞。北海青尊滿，西園落照斜。玄心非寂寞，問字有侯芭。

虎邱

危磴攀蘿上，珠林石鏡平。雲鋪千頃澹，海涌一峯晴。洗劍看龍躍，開尊起鶴鳴。胥江縈素練，返照滿孤城。

送吳生之湖陰

送君出門去，苔徑落花深。遠别滯尊酒，悲歌傷寸心。烏啼灌木曉，帆挂緑蕪陰。望裏度明月，清光流素襟。

新都懷禹金伯挹萬仲昆玉

醉撫浮邱隺，天都起暮愁。夢回芳草合，溪帶碧雲流。雪曉驚華髮，春寒戀敝裘。梅花堪自折，誰爲寄滄洲？

松隱菴

羣峯迴菡萏，孤梵隱菩提。寶砌空花繞，珠林返照低。閉門流水静，高枕亂雲迷。杖底藤蘿月，隨鐘度虎溪。

柬蹇汝上

摇落江天色，新愁一葉知。壯心縻驥足，秋黛冷蛾眉。野竹鳴蟬急，高城度雁遲。郢書千載意，豈獨慰相思？

署中看花

故苑聽鶯囀，長安立馬看。香飄鷄舌暖，影寫鳳池寒。初蕊臨瓊砌，蘩芳覆玉闌。停杯堪自惜，莫待雨摧殘。

讀書中秘得禹金論文書

萬卷窺龍藻，雙麟度鳳池。有文傳六籍，片語析羣疑。色動青藜火，春寒玉樹枝。如何天禄閣，空爾寄遐思？

送胡仲魚還歙

孟嘗難再覩，何處老馮驩？任俠黄金盡，酬知白璧難。鄣山芝自茂，易水月空寒。揮手從兹别，冥鴻萬里看。

清源留别李仁卿使君

澄江雙棹去，北海一尊開。流水還堪奏，離情若爲裁。柳絲含雨結，花片捲春迴。别後歆篷望，明珠近夜來。

寄汪子建

扁舟過濟上，無數柳花飛。疑是山陰雪，因思訪戴歸。危橋孤月上〔三〕，遥岫片雲微。何日滄洲畔，同君醉夕暉。

移疾歸止翠雲菴

多病凋華髮，幽棲愜素心。片雲歸鳥疾，孤徑落花深。座攬千崖色，檐留半壁陰。浮生僧共話，山月墮珠林。

立秋有感

墅雨猶乘暑，峯雲忽變秋。千林摇霽色，一葉墮新愁。日月看籠鳥，行藏付海鷗。豈須成伯越，方泛五湖舟？

孫强恕過訪郊居賦別

有客乘春過，江煙一棹開。故交今下榻，多病且銜杯。花影明書幌，鶯聲傍劍臺。如何千里駕，忽漫别愁催？

陳少明黄伯羽過訪次荅

我向青山卧，君從白嶽來。斗間雙劍合，湖上一尊開。片月懸藜杖，浮雲隱釣臺。未須論世故，早晚向天台。

送禹金白門

吾生苦局促，念爾勝游時。去住青山在，悲歡白髮知。月明桃葉渡，秋爽竹枝詞。莫作經時别，芙蓉難寄思。

江行即事

疊鼓嚴陵下，乘春一棹過。江晴清瀨闊，山暮白雲多。斷浦眠鷗鷺，懸嵓挂薜蘿。片帆隨去住，倚醉和漁歌。

荅鄔汝翼言別

湖光回檻近，山色入門多。正爾交歡甚，其如惜別何？晚煙籠橘柚，秋水映藤蘿。一唱陽關後，誰聞白雪歌？

宿定慧寺

落日松風暝，盤雲石徑懸。泉開雙虎穴，鉢貯一龍眠。梵影空明月，鐘聲落暮煙。夜深看寶樹，片片長青蓮。

別吳元稷

霜凝秋色冷鷗羣，江上離歌未忍聞。客路漫教憐范叔，郊居應自老休文。醉來鏡水孤黃鶴，歸去天都卧白雲。尊酒祇愁容易别，清風何處不思君〔四〕？

送徐使君陵陽守成都

一曲驪歌江上村，昭亭秋色照離尊。三湘雨雪巴山出，五馬風流漢代論。文傳諭蜀川成錦，樹下平蠻劍作門。得請便宜堪報主，黄金何意獨承恩？

懷南都傅司徒

十載箕星照帝京，九天霖雨慰蒼生。西臺秋擁登車色，北斗春高曳履聲。江轉石城雙闕迥，樹連鍾阜五雲平。知公門下多奇士，彈鋏馮驩敢自鳴？

懷王城墩先生

憶昔傳經折衆紛，河汾風月許平分。王通獨抱中原策，宋玉空憐九辯文。疊嶂秋高鴻雁影，五湖煙滿白鷗羣。青楓颯颯悲摇落，目斷昭亭日暮雲。

荅周民部元孚

燕市相逢好和歌，驪駒翻奈别愁何。引醪醉處思公瑾，種樹閑看問橐駝。一舸春風回笠澤，三山秋月隱藤蘿。長安目斷浮雲色，敢謂林泉樂事多。

别曹直卿太史〔五〕

年來多病撿方書，夢入雙溪把釣餘。賈誼豈能忘涕泣，嵇康元自愧龘疏。翻愁草色春將晚，卻笑桃花錦不如。戀别可堪風雨夕，江天搔首自踟躕。

留别李于美諸子

把臂欣逢舊酒徒，長歌何事托驪駒？百年病骨憐雙鬢，一片歸心落五湖。紫禁啼鶯春色早，青山攜雀月明孤。從來按劍無因得，珍重清時照乘珠。

荅黄使君不遇有懷

孤雲雙練寫清秋，寂寞玄心足臥遊。蓬徑每勞題鳳筆，煙波甘隱釣魚舟。一時華轂榮徐穉，千載青山見子猷。念爾清風馳四牡，獨看明月冷滄洲。

寄戚總戎南塘

擁節當年壯出師，材官盡是羽林兒。龍庭赤日迴長戟，瀚海陰風肅大旗。一自上方分閫治，到今西域奉朝儀。漢家共倚驃姚重，聖主無勞拊髀思。

敬亭懷管登之馮開之

病骨遥憐駿馬臺，誰知龍種亦無媒。歸來早謝馮生鋏，老去空憐管子才。晚岫飛雲高鳥盡，秋原落木斷鴻哀。相看不厭餘山色，何日同君一舉杯？

登觀復樓傷受軒宛溪二先生

登樓誰復聽琴聲，二老空留死後名。涕淚兩行多國士，東芻千里半門生。澄湖曉散雲林雨，文脊秋含鏡水晴。不必山陽聞短笛，望中摇落已傷情。

同李季宣夏質甫王用甫泛舟句溪

郊居已下南州榻，句水重開北海尊。斷岸落虹明浦溆，疏簾移樹出江村。帆檣曉對青山色，煙草晴翻碧浪痕。倚醉未須勞擊楫，頻年多病負君恩。

次荅禹金

飛瀑迴溪瀉碧雲，溪亭日誦五千文。仙才縱避人間世，流水桃花自識君。

送程夢龍游楚

秋風蕭瑟鷫鸘寒，萬里長江一釣竿。到日武昌魚正美〔六〕，漫將長鋏傍人彈。

玉女潭

澄潭千頃豁丹邱，倒浸青天十二樓。雲散暮山孤月上，恍疑神女弄珠游。

梅蕃祚

錢謙益列朝詩傳　梅主簿蕃祚，字子馬。宣城人。禹金之從弟也。以上舍爲寧鄉主簿，遷滋陽縣丞。貧而有傲骨，與曲中馬湘蘭善。每出遊困乏，馬輒解囊資之。詩率意，不甚求工。集失傳。〔七〕

梅氏詩略　子馬性豪邁任俠，傾動士林。弇州先生贈詩云：『舷底歌聲牛渚月，篋中詩草敬亭霞。』可想見其風槩。著有主簿稿、涉江草、王程草，又有平蠻策見通紀。

静志居詩話　子馬與季豹、禹金同負詩名。王元美詩『較他羣從更高華』，蓋指子馬言也。

王漁洋集略　宛陵諸梅，若禹金之宏博，季豹之高古，子馬之俊逸，率能守高、曾之矩，繼風雅之緒。

〔增〕

明詩綜傳　蕃祚，字子馬。宣城人。鼎祚從弟。官寧鄉主簿。

同錫予泰符少虛游三天寺

窈窕青松逕，逶迤白石關。殘春同客到，落日見僧還。坐聽齋時磬，經行雨後山。前朝留片碣，磨洗盡苔斑。

七夕懷泰符

昨夜西堂宴，離尊酒復清。今朝東道客，一水自盈盈。河漢淡無色，風波渺不驚。遥知棲泊處，會見鵲橋成。

送泰符之金陵兼寄諸子

葉落蕭蕭秋正深，行人匹馬發新林。叮嚀莫過投書渚，一紙從來抵萬金。

送孺子陳歸

歸到金陵訪舊游，山川猶似六朝秋。城邊月色涼如水，好買扁舟載莫愁。

梅台祚

梅氏詩略　字泰符。國祚胞弟。廣交遊，放志四方，故其集以『弧矢』名。凡遊一勝地，即以其山水名篇，計共二十餘種。從陳吉士、孟常遊獵塞上，赴楚哭邱謙之，下雉城同吴少參明卿觀燈賦詩，尤爲士林所傳，咸繪圖題詩贈焉，名百朋集。

〔增〕

張應泰弧矢集序略　歲壬辰，泰符與余會金臺，相周旋者數月。俠骨負奇，然恂恂被服儒者，擇言而言，擇步而趨。慷慨譚時，則又往往當事機、中情實。以故，其所與游悉海内賢豪長者，亡不以上客客泰符。而泰符所挾一童與俱，裘凋金盡，絶不告人以貧。人有遺者，輒推以急窮交，余蓋久與狎而稔之。

梅鼎祚序略　泰符詩清省不煩，婉潤有致。其於古合者，在大歷、開元之介；小不諧，尚不下唐季之餘。

秋　夢

秋夢非關遠，秋宵苦最長。雁聲與蟲語，一半在空房。玉樹飄寒露，明河汎早涼。遥憐機上月，夜夜照流黄。

從弟慶之蜀

此別西川路，冰霜幾月程。一江秋雁影，三峽夜猿聲。澤畔搴芳去，天南歷井行。從親雖萬里，知爾客愁輕。

陶懋中比部招集普德寺

爲憐秋色好，出郭命壺觴。蕭寺楓初落，陶家菊未荒。林陰分宿靄，山暝帶斜陽。一片歸途月，纖纖上禁牆。

清明集元美司寇署中時司寇屢疏乞歸

禁城煙火動晨輝，幕府琴尊坐不違。礵客花香春釀酒，撲人柳絮暖沾衣。抽簪白髮皇恩重，拄笏青山吏事稀。卻羡扁舟歸早晚，五湖新水正鱸肥。

復之金陵與子馬言別

去年此日入茅山，匹馬南來竟未還。潮水暗添桃葉渡，楊花亂落秣陵關。半生佳麗供閑興，十載飄零損壯顔。莫笑窮途歸計晚，故園春色尚堪攀。

寄蜀中諸弟

萬里橋邊舊浣花，風塵諸弟隔三巴。趨庭遥識雲山滿，去國頻憐道路賒。折柳怨深秋弄笛，啼猿聲斷暮吹笳。琴臺酒肆依然在，可向臨邛問卓家。

泊潯陽

獨夜空江思寂寥，聞歌一半楚人謡。故鄉自是無消息，只道潯陽不上潮。

徐臣慶

宣城事函 原名家慶，字翁仍。萬曆壬午舉人。更名臣慶。大司寇元太之子。

原編 著有白龍山堂集。

于澗

于澗，游北郊也。世塗緯繣，聊以相羊，結念良友，曷維其已。

采采于澗，期我友生。曰蘋曰藻，在宛之濱。冥鴻遵渚，托意峥嶸。修逵伊阻，悵矣懷人。

于澗采采，友生則那。曰藻曰蘋，搴宛之波。思君非阻，緩節安歌。邈不可即，愁當奈何？

東陵之樹，宛如其垂。玄英代序，摇落變衰。昭昭日月，載興載馳。已集于枯，與子同期。

南山有厓，迮迫中道。呑人益心，念之慄慄。梁甫維艱，漢陽迴灝。至人有言，被褐懷寶。

送梅泰符入楚哭邱謙之

楚澤饒芳草，蕢茅忽萎黄。依劉初作賦，弔屈遠浮湘。感極懷知己，哀深去故鄉。歸來秋正杪，騷些滿奚囊。

送家庫部兄鍾嶽之留都

弟兄難作别，況復朔風吹。落木紛在望，流雲不可持。探囊無長物，結綬及明時。把袂遲秋色，非關泣路岐。

雨　坐

行雲遞嶺急，飛雨到山稠。入夜全歸竹，兼秋獨上樓。涼飆催戍柝，燈火暗魚舟。坐惜琴書濕，孤懷未可酬。

同李少白飲吴長輿菉潤園

祗因來問字，遂得過談經。世眼從教白，山容不改青。論詩才是璧，避世酒爲星。最説高陽侶，相看愧獨醒。

秋日坐吴福生松林

南隅山色好，留客更宜秋。坐久松林暗，杯深煙樹浮。相期唯瑶草，吾道自滄洲。命駕即良會，無須千里求。

送浙憲鄭雲石入賀萬壽

五玉鏘鏘古列侯，輯來萬國拜千秋。埋輪碣石聲逾壯，制閫鼉江氣盡收。瑞應玄符來澤馬，寶陳東序出天球。白環獻罷六街曉，徧識鳴珂御史驄。

沈有則

邑志文苑傳　沈有則，字士範。鼎元懋學伯子。少穎警絶儔輩。淹通經籍，嫻六藝，下至騷賦、楷隸靡不工。創論版籍如七先、四察、策獨、策公及九邊策要諸篇數十萬言，悉經世巨務。沈氏雖累代簪纓，而以理學世其家。有則率祖、父之訓，訪道講學不遠數千里外，故其所著皆有本之學。萬歷癸卯舉于鄉，越庚戌成進士。官行人，即以國恩不敢不報一疏，乞聖明誕育儲宫禮，其言諄切，迄今星日也。壬子奉命使楚，兼奉母南歸。進次東平州，值母疾作不起，有則累泣，日夜不絶聲，遂繼其母，並卒于道。時年五十有三。有則生平性孝友，敦姻睦，好施予。著有紫煙閣文集。

〔增〕

張守道行狀略　公號逸少。性慷慨，不異太史公。春穀管五陵先生令越時，公訪之適越。一生困甚，公異而叩厥由，婚不能娶，婦家圖改聘而誣以他。公義激於中，特白之管先生，生竟得直，然卒不令是生知也。今是生已峨然冠服中矣。壬寅遊金陵，泊舟燕子磯，遥見死者尸衝波直下，公惋焉，屬漁人起之，買棺瞥瘞迺去。路逅一翁七旬餘，抱穉孫將鬻諸市。君驚問故，以有子喪，無以爲葬，公爲之涕零。會有以三金贐，因割其二授之治具，且祝善育其穉而行。同邑宏宇孫先生，公所師事之者，孫先生以明經除滁廣文，卒於官，子弱不能扶櫬，公怡然解裝治喪輀，贍之歸壟，今其子孫猶能言之也。辛亥之秋，其外翁王石塘公柩暴於道，公引爲己責，卜善地定兆焉。是年，登九子山訪程天池，逢配者貌慘甚，詢得其寃，言於官釋之。初，配者之父以悲子致盲，及子釋而開瞽。嘻！誰致之盲？誰牖之明？異矣！宣屢歲疫痢盛行，公日施藥以濟，存活不可以數紀。其道殣者悉與藏焉，蓋救災恤患，天性有如此。比再放春官，遂往從豫章鄒南皋、祝無功，秣陵焦漪園，嶺南楊復所諸先生，闡明孔、孟宗旨。尋偕新安陳九龍、李支梧，同邑唐景陽，剖析『有』『無』二字，抉其神髓。己酉，復赴南宫，既戒途，與其友唐景陽飲别精舍，薄暮取笥中券百餘紙焚之，盡丙夜乃休。唐問伊何，公指券中人而言曰：『某也零替，某也無室，某也没，某也方爲豪有力者逼，某也他徙。吾兹行庶幾徼先蔭，博一第，以歸養慈親耳，不願留此迹，使兒子輩中熱不置也。』

送禹金應貢

去去難爲别，臨岐日欲斜。白雲迷柳絮，紅雨濕桃花。劍氣凌丹闕，文章識大家。長安多紙貴，不必酒頻賒。

送馮開之學士返武林學士過先廬有敬亭今夜月應照涕滂沱之句〔八〕

車馬促嚴程，相看别思縈。沙平春樹近，潮滿曉江晴。佳句驚風雨，交情見死生。敬亭孤月冷，今夜向誰明？

湯 轂

宣城事函 轂字伯御。宣州衛籍。萬歷癸酉舉人，來安教諭。

邑志選舉表 轂，一字見衡。

訪江明府大成留别

鄴下齊名舊石交，觀花百里馬蹄遥。尊前北海春無限，榻下南州月可邀。易水寒天流日夜，薊門煙柳曲河橋。明朝又是長途客，忍見風塵歲月銷。

春闈以疾未與逢上親耕

見説長安花盛開，愁予獨坐對蒼苔。青郊紫陌龍車近，明主何曾棄不才？

校記

〔一〕縱挾押闔　當作『縱横捭闔』。
〔二〕舠　順治本作『軺』。
〔三〕橋　順治本作『檣』。
〔四〕清風　順治本作『青峯』。
〔五〕曹　當據順治本，作『曾』。
〔六〕昌　順治本作『當』。
〔七〕本則光緒本删除。
〔八〕林　順治本作『陵』。

宛雅二編卷三

明

貢安國

江南通志　貢安國，字元略。宣城人。窮究性命。由明經司訓湖口，嘗主白鹿洞書院，知東平州，力行所志，學者咸尊嚮之。

宣城事函　貢安國，翰林湖涯公長子。有啓蒙、規條二書開示後學，東廓鄒公、南野歐陽公、龍溪王公皆所往來講肄者也。歲大比，督學不試，以藝貢大廷。舊友人欲得先生淑其鄉髦，司訓江西之湖口。永豐督學王敬所檄管白鹿洞書院事。每午後登座，焚香一炷，集諸生談論，大率戒口說而務實行。倡學四十年，語多不傳，門人有私録一二者，先生見之，自題曰學覺窺斑，言自詒與覺人皆非其至也，詞甚斂而意自任矣。升太學，出守東平，力行所志，父老赴闕乞留，得民可知。歸自東平，主志學書院。督學耿楚侗、郡守羅近溪請爲多士坐皋比，地方賴其表率。

邑志儒林傳　安國實踐躬行，于耳口辭章之習不屑也。與鄒守益諸公善，然獨窺伊川、考亭之奥德，蔚爲儒宗。學者迄今稱受軒先生。萬歷間，與修南畿志，當事推宣城貢安國及梅鼎祚，並不愧古良史。

〔增〕

明史稾　沈寵師貢安國、歐陽德。

翠雲菴

小閣虚巖畔，迴溪古檜端。朝暉開浄域，秋色在雕闌。花鳥圖書出，溪山雲霧看。夕陽賓主罷，聚樂到騷壇。

吴伯敬

宣城事函　伯敬字長輿，詔相長子。負才苦學，家事稟成於母。母殁，居喪如禮。

選舉表　字右文。由縣學例貢。

原編　著有緑潤園集。

〔增〕

吴敷公傳略 公髫年入庠，以貢監領癸卯鄉薦。居父喪三年，不入内。葺諸處祖塋，立石誌之。

湯賓尹環應草序略 予心就長輿，若和之於璧，伯倫之於酒，所避服若邾、莒之於楚、齊。

梅鼎祚道德南華臺縣序略 吾良友吴長輿者，行端醇而性沖曠。嘗有味乎道德、南華也，積十數祀之心力爲之解，名臺縣筆，未竟以即世。

妓舟

不將羅襪識凌波，學得吴妝帶豔歌。試問扁舟何處去，姑蘇臺下月明多。

訪周四

學得孫家墮馬妝，軒窗終日坐横塘。怪來肌肉全消瘦，流水聲中易斷腸。

靈澤宮 爲孫夫人自沉處

神妃臺榭倚江潯，望去蘼蕪翠欲沉。怪石當風看虎踞，層波入夜聽龍吟。侍姬尚擁深宮甲，蜀鳥能知望帝心。若見湘娥倍惆悵，三山遥答九疑陰。

過采石謫仙樓

取酒那知夜，當窗一酒星。由來歌慷慨，不是怨飄零。斜月含珠潤，遥天拂鏡青。人生眞浪迹，昨日飲昭亭。

過青山謝公池

攜得驚人句，青天若可捫。豐碑開舊迹，華屋儼生存。波冷魚龍臥，山空鳥雀喧。論文千古意，爲爾一移尊。

送關中王司訓任饒陽令

幾年江館横經客，此日飛鳧傍玉京。地接甘泉心自遠，案聯嶽色眼偏清。秋來鴻雁霜前影，夏去黄鸝雨後聲。花發河陽看不盡，一時桃李爲君榮。

贈程山人彦之

年少才名洛下聞，偶從花外挹清芬。遠遊不食新安水，大隱還依笠澤雲。病借青山供起色，愁添征雁重離羣。卻憐寒氣侵衣袂〔一〕，縞帶無能一贈君。

送蕭太守視學河南

爲郡無多事，書傳謝朓清。乞言存故老，問字狎諸生。菉樹行雲外，清尊對月明。春風三十度，一望洛陽城。

蘇小小墓用張祜韻

隄上情牽處，香魂斷夕林。江分花雨驟，濕帶柳煙深。蕭鳳迷秦侶，金蟬動越吟。西陵松柏樹，夜夜伴愁心。

納　涼

清風何所得，踏遍竹籬沙。敗屋懸殘照，深叢蔽一花。樹喧鳥向夕，渡古客投家。遲爾故人意，絺衣坐月華。

梅鶡祚

江南通志　梅鶡祚，字仲舉。宣城人。萬歷癸未進士。由庶常改御史，會鄭貴妃有寵，封皇貴妃。是時，王恭妃生皇太子，三年而封不與焉。鶡祚請進封王妃，以定國本。朝論韙之。都御史海瑞謂：『臣工貪墨，請用國初重刑。』鶡祚力諫得寢。又疏言錦衣衛多中宮私人，語稍侵上，上怒曰：『鶡祚少不諳事，姑罰俸。』尋出按西粤，卒于道，年僅三十，貧如布衣時。大清一統志略同〔二〕。

宣城事函　梅鶡祚華矣其文，直哉如矢。兩疏之抗，一恢天綱，一剪中璫，譽方隆隆起也。亡何，田不拓畔，門不易軌，將壯而没，且無嗣焉。禹金弔之曰：『天不與善，婦且忌才，信足悲已！』

〔增〕

梅守峻傳略　侍御別號曙海。賦性馴謹沈静，言笑不苟，丰骨清癯，挺然玉立。其文好稱司馬子長、班孟堅；詩類孟襄陽、劉隨州。嘗曰：『吾自出館後，始得肆力於詩詞。』蓋沾沾好之，方見其進，而遂已矣。

梅守箕從姪仲舉行狀略　平生坦易，無一事不可以語人。自少至壯，囊無私藏，以官滅産。雖使者坐貴，而惟布被、葛衣、茅帳，如其爲諸生時。

梅氏詩略　著有臺中奏議、吾兼齋詩集、瀛州亭草。

寄禹金兼柬殷無美

客久問歸期，淒然有所思。鷄林文字貴，鳥道尺書遲。白雪從誰和，青萍轉自疑。倦遊無可托，回首暮雲時。

秋夜旅懷

北風吹雨滿長安，倦客思鄉獨倚闌。疊嶂彩雲還自合，敬亭風月共誰看？清砧暗度千家淚，落木頻催四壁寒。信是宦遊驚物候，懸知行路古來難。

寄徐華陽開府西蜀

使君高義控神州，列騎翩翩鎮上游。地近杜陵城是錦，才過韓浦鳳名樓。陽春賦就千人失，劍閣銘開萬壘秋。爲道公家饒勝事，於今下榻總名流。

館中即事

燕臺春望重躊躇，芳草閒雲任所如。愛客頻開三雅爵，懷人數報八行書。懸知聖代封章少，轉覺清朝禮法疏。聞道遼陽新獻捷，時平何地訪樵漁？

寄湯義少時義少爲南太常博士

落落都門憶舊遊，天涯搔首倦登樓。尊前明月雙蓬鬢，客裏春風一蒯緱。玩世不禁中散癖，懷人虚説子猷舟。知君雅思余同調，易水蒼茫賦未休。

梅繼勛

宣城事函　梅繼勛，號嶧陽。嘉靖己酉舉人。就漢陽令，革秦川樓設宴、鋪遞中火、漢口官船，民賴蘇息。遷黄州别駕，挂冠里居。隱于詩、奕，不染一塵。

湖廣通志名宦傳　繼勛，南直宣城人。嘉靖間由舉人令漢陽，興學育材，政先首務，補偏救弊，弘濟時艱。

梅氏詩略　勛善草書，人載酒乞書，醉後占詩放筆，立應數十幅。嘗于岳陽樓壁洗絶蕪句，崔顥而下，僅留數首，自題豐碑，至今存樓下。著有宰漢事宜、楚遊集、宦遊稿、四書易經管窺及淮南子注。

登漢陽大别山

消息梅花幾百年，名山登處總堪憐。晴崖掃霧湖陰静，夢蝶依雲樹杪邊。漁唱熙熙春浪暖，雀簫隱隱晚風前。由來地勝因人勝，重賀山林有大篇。

梅國祚

邑志宦業傳　國祚字景靈，號華平。父守鼎隱居不仕，以至行聞。國祚孝友，博極羣書，富詩文，風骨矯峙，不浮沉時俗。由歲貢任杞縣教諭，黜浮囂，崇正學，弘奬士氣，貧者歲資膏火。識拔侯應瑜、劉理順於儔人中，尤推冰鑑。以上官交薦，除縣竹令。

革紅錢，禁私派，紳士毋敢役使窮民，民力遂紓。未幾，以建振古樓不便于某官，官讒之，遂拂衣歸。郡邑舉鄉飲者三，弗應。著景靈全集，行於世。

〔增〕

周恭先序略　景靈僅僅司教雍邱，何數奇若此！將握别，出北草示余。余讀之，大致清新俊逸，言言驚人。若遇開元、大歷諸家，定當把臂入林。則詩能窮人乎？而詩非能窮人者也。景靈且爲廣文解嘲矣。景靈抵雍邱，試以斯言馳筒質之禹金、子馬，當不謂周生浪語。

荅禹金見寄

孤城風雨後，二月豔陽初。别爾非千里，愁余是尺書。貪憐生計拙，狂覺世情疏。見説春遊遍，能無憶鹿車？

同諸子天逸閣看雪懷大參伯 時禹金方讀禮

歲暮登高感物華，迴風舞雪入檐斜。寒迷叠嶂雲千樹，色滿層城月萬家。天外何年還鶴馭，尊前有客問梅花。祇今空説梁園賦，愁絶那從小謝誇？

梅嘉祚

梅氏詩略

字錫余，號吴門。國祚胞弟。以疾棄諸生，杜門力學，遂自號默奇生。與諸昆季揚摧著述，多所訂定。從子孤山人士玹手輯其詩三卷，爲默奇生遺稿。

曉行寄景靈

野渡潮聲落，空林人迹稀。月殘留夜色，山曉動晴暉。歲晚仍爲客，天寒欲授衣。愁心隨去雁，遥向故園飛。

江上送三兄石卿

他鄉喜就我，送别轉生愁。水國蒹葭暮，西風禾黍秋。心旌懸往路，寒夢到孤舟。欲問移家意，如今已倦遊。

送時甫叔判蜀州

送爾之官處，三山嶺上遊。亂雲横劍閣，明月夢刀州。檄自平蠻草，江仍學字流。茂陵遺記在，好爲漢庭求。

憶　昔

憶昔攜家傍水邊，扁舟常伴五湖煙。客遊南國來無定，師住東林去有緣。楊柳狹斜經渡口，桃花小艇繫門前。偶然行樂楓橋畔，貪看秋雲稻熟天。

梅守默

邑志文苑傳　守默字龍泉。有詩名。

梅氏詩略　字時甫，號龍泉。四川崇慶州判。著有三西草，曰蜀西、蒲西、還西。

柏梘寺

徑轉千盤入，虹飛百尺平。巖流驚雪舞，谷迴看雲生。竹裏一僧見，峯頭雙鳥鳴。幽情殊未已，歸路聽松聲。

秋日同諸舊好沽飲

爲惜秋光暮，淹留對酒觴。了知生是夢，故以醉爲鄉。樹色浮晴靄，蟬聲噪夕陽。壚頭人識面，不用典衣裳。

翠雲菴

危磴重重絶徑深，攀蘿振袂此登臨。霞流草樹明丹嶠，雲擁樓臺出翠岑。倚竹香廚山鳥下，繞松幽澗鉢龍吟。晚煙十里歸城路，帶得鐘聲趁月陰。

煙　景

江雨初收江霧黄，行人莫辨是三湘。西崖獨有漁翁宿，不問郵亭路短長。

元振姪移具過訪

蒲水西頭一徑迴，蓬門長掩絶塵埃。居人誤識楊雄宅，落日披雲載酒來。

梅繼英

梅氏詩略　字幼實，號吉山。丰姿俊偉，任俠自喜。當毅宗南狩，良家子出金牌佐軍，公實從郡守轉餉都門，年尚總角也。間嘗挾貲商荆、湘及吴、越之間，所至賢豪締交恐後，散千金以活饑人，至今傳爲美談。詩不起稿，每多遺佚，輯有吉山詩草。

柏梘步羅郡侯韻

適意雲歸岫，忘機鳥近人。使君遊詠處，巖谷總生春。

佛閣陰陰紫翠間，煙霞長伴老僧閒。千巖月霽三花净，萬壑雲深六月寒。

石徑穿雲百折灣，虹飛絶壁水潺潺。碧桃開滿花千樹，不羨天台華頂山。

梅士勸

邑志文苑傳　禹金從子士勸，字勉淑。少負俊才，有唾餘集。惜早卒。

梅氏詩略　勉淑幼即好古，從伯父禹金游，朝夕著述，左右勷事，故聲華亦日溢，爲詩不肯拾人唾。著唾餘集四卷。

〔增〕

唾餘集自序略 余比年從從父勝樂翁任纂述之業，朝夕一烏皮几，兩人相對讎校，坐徹曙不能輟，七年於斯。然余素弱，不任勞，久之，神傷而疾作，中于肺。未幾，翁棄余去，益多西州之感。所讀書束之庋閣，與藥爐、禪榻爲伴，無事而或有吟，置諸廢簏，大抵得之黑甜之餘。

寄子雲大嵩

攜家住海陬，微宦亦何求？潮滿徵魚税，雲晴看蜃樓。花閒溪上宅，人散竹西游。視橐應如昔，惟添雙鬢秋。

柏　梘

八年重一到，山色尚蒼蒼。勝地呼停騎，佳遊夙裹糧。虹梁飛木杪，雲瀑泠嵓光。昔日題詩處，藤蘿幾尺長。

禹金伯招陳君達泛響潭

客遊吳粵久，故里到應稀。遲日野航泛，斜陽浦樹微。叉魚乘月上，采蕨試春肥。君意欲歸隱，兹山有釣磯。

胡國鑑

江南通志　胡國鑑，字正甫。宣城人。萬歷壬辰進士。歷官南禮部郎中。杜門家居，究心史學。李維貞序其文，謂『語無空設，禮無失宜』云。

宣城事函　正甫會試第八人，歷吏部驗封郎。潔清而隱密，蓋狷者之矜重出以和讓者也。

邑志宦業傳　國鑑，號瞿石，父世冕踐履篤寔，多隱德，能世其家。子五，晚年生國鑑。幼即苦志，窮餓自甘。授行人，時先朝行司報滿例不得移贈父，不得移封母，蓋缺典也。國鑑毅然草疏陳情，汪汪數千言，篤摯肫懇，聆者悚然起敬，後貤封著爲令典，實自國鑑始。庚子典試關陝，所拔皆名士，如文太青，經房已置落卷，國鑑繙閱，始入彀。乞歸，杜門多著述。子尚洪，字叔開，性醇謹，鋭于學，無貴介氣，一意子、史、百家，旁及星學，靡不精貫。好行其德，至老無倦容。子夢龍，令東强。孫溶，丁巳孝廉。

〔增〕

夢龍胡氏一家言序略　予祖銓部公性善吟，尤工書。詩成，即書以示人，輿豪致曠，一時譽滿長安，得片紙者貴於火齊。迄今，故家子弟尚什襲藏之，不敢褻視云。

寄贈程相如將軍歸隱西湖

乞業鑑湖曲，曾垂銅柱勳。放颿閑擊楫，乘興醉書裙。薜荔摇春渚，滄浪歌暮雲。無嫌灞上尉，不識故將軍。

寄江緑蘿督學西蜀

秋風兩度到魚鳬，三市冰衔入夜孤。滄海明珠收未盡，仍將鐵網罩珊瑚。

使君家在武陵西，流水桃花路不迷。去去成都訪卜肆，日斜沉醉浣花溪。

送史企愚按江表

和風漢苑柳初黄，飛隼西江萬里翔。清珮乍開金闕曙，雙旗猶帶石城霜。史舊南臺。天連匡岳春雲盡，檣度鄱湖秋雨長。豐劍定教歸物色，遥從天外想輝光。

别曾退如太史

雲白荆南憶陸郎，紅塵驅馬問斜陽。到時風味還依舊，霜滿龍州橘已黄。

劉兼菴中丞晉少司馬

當年鞅掌度函關，迴望雲霄親笑顔〔三〕。歆向世傳藜火業，夔龍高廁紫薇班。風清瓊佩官猶冷，日照金甌鬢未斑。白屋懸知勞吐握，參軍可念府爲蠻。典試陝，得公子解首。

許國忠

萬曆府志 字宗明。宣州衛人。隆慶庚午舉人。

原編 字彦貞。歷官處州知府。著有閑吟草。

寄答雄縣成静山

都門一分手，相憶每沾裳。隔歲情偏切，逢春夢轉長。蓬蒿思滿徑，風雨憶連牀。公子雙魚下，開函月在梁。

晚出遂昌

薄暮出平昌，千山媚夕陽。飄風紅作障，歸鷺白成行。燈火前村近，星軺去路長。砧聲何太急，此夕斷人腸。

落日江行

落日照江明，秋江水正平。鷺緣沙浦宿，船候晚潮行。霧氣千山浄，松風兩岸清。一尊還待月，不復問宵征。

秋夜舟回蘭溪

一夜西風送客舟，涼生枕簟暑全收。白蘋半點雙谿色，紅蓼初開兩岸秋。月映汀沙明遠渚，棹驚鷗鳥起芳洲。吏情淡與煙波狎，不向秋江動别愁。

王　環

宣城事函　環，左方伯訓典孫。布衣，能詩，尤孝於母，貧不能自給。

原編　字尚玉。刊有蠨蛸集。

梅鼎祚蠨蛸集序略　王子者，余友尚玉，曾王父官左方伯，以廉稱，不再傳，遂食貧。至王子早孤，益無生可治，時依外家。諸兄弟伊吾囁嚅而治詩，托於詩以遊，冀具母夫人一日之養，顧終不忍去庭下，遊輒歸。最後歸自瑞陽，而獲成母夫人七日之訣。其爲詩也，惟緣情以體物，緣境以抒情，内無乏思，外無遺藻。二吳子之序之也，言精指遠，殆庶矣。潘黄門、夏侯周詩曰：『非徒温雅，乃别見孝弟之性，因退而作，家風其重可知。』余故讀序王子詩，而知詩有所重云。

立春雪晴

園林僻城市，賓客謝招呼。雪霽梅肥瘦，雲晴山有無。流澌辭斷岸，草色起平湖。稺子驅牛出，村醪只自沽。

小姑廟

寂寞向江邊，妝樓護紫煙。閑雲歸楚岫，征雁下吴天。楊柳廟門夕，孤村落日懸。旅人無可薦，一爲酌寒泉。

送吴季布之秣陵

江楓梧葉石城秋，一片輕帆正穩流。載酒好尋桃葉渡，探奇爲問景陽樓。六朝煙雨王孫草，十里秦淮賈客舟。自古鍾陵稱勝地，衰年最恨不同遊。

贈湯士初有方外之約

依舊林間藥草生，閒情對爾不能禁。嵩陽玉粒終成飯，勾漏丹砂未化金。天外桂寒秋色老，嵓前月冷露華深。當年卻被漁郎誤，玉洞桃花幾度尋。

嶺南留别豫章夏生文焕

幾年筆硯共炎方，忍唱驪歌别五羊。荳蔻枝長方接席，菰蘆家在又還鄉。離亭曉送鷄聲月，客路秋分雁背霜。龍劍異時當合并，敢言潮不到潯陽？

吴伯敷

明詩綜傳　吴伯敷，字同文。宣城人。萬歷壬子舉人。

宣城事函　敷字季布。詔相次子。

〔增〕

吴謀公傳略　公與伯與公同領壬子鄉薦。性孝友。王某老貧子弱，厚恤之。給地葬族之貧者。粥身者贖之。仕期歿，曾疏請建坊。山東饑，有鬻女，知爲儒家婦，各給以金，其隱行類如此。

沈壽民墓誌略　其出交同人也：于野則梅禹金、湯字江、潘景升、謝少連、陸企生、吴惟道諸公；於仕則文湛持、姚現聞、章魯齋、湯霍林、沈青嶼、孔玉横、解石帆、吴起華諸公。皆名碩，皆文采聲迹照人。

其中坦以恕也：梅氏子富而坐法，環賂士大夫金，又嘗負公金，公塞乃賂，亦不責乃負。所識醫盜刺紿尉，尉疑焉，醫懼，情告公，公曰：『吾暴爾罪市名耶？』自承之。

其事勁以正也：里戚梅茂實、馮元水，兩開隙於里兩大紳，禍扇結，公昂首救力，兩得解。

其見得必義也：不以族女適蔡自殺利蔡賄遺；不以從父有相豐厥家，乃繼厥絶、有厥家；不以魯齋吏華亭，徵華亭千金成約；不以仁常公吏吴，受吴人同室訟産及殺僕抵死者金。

其刻己修舊也：遼瀋陷，二女子連袂竄燕邸，請侍公，公資遣之——不來而御，其往而漁之乎？京口茅上舍者，南雍時交也，既没，訪其孤，千里漬酒致奠——不死而棄，其生而背之乎？

其偉丰儀也：疏髯修二尺許，飄拂若神人。

其雋詞理也：遺詩百餘篇，別著禮記講義、華嚴要解。

同梅禹金登燕子磯

江落鮫人窟，磯傳燕子名。濕雲拋雨散，涼月帶潮生。白浪浮虛閣，青山挂斷城。知君有高調，流水若爲聲。

秋夜簡同社

蕭瑟西風吹敝裘，小窗燈火獨夷猶。殘砧草閣三更月，細雨楓林一夜秋。華髮漸看天地老，青山不共古今愁。中原舊盟多寥落，好與滄江狎野鷗。

校記

〔一〕袂　順治本作『裾』。

〔二〕『大清』云云　係光緒本所補。

〔三〕望　順治本作『傍』。

宛雅二編卷四

明

梅鼎祚 上

錢謙益列朝詩傳 梅太學鼎祚，字禹金。宣城人。雲南參政守德之子。禹金舞象時，陳鳴埜、王仲房皆其父客，故禹金少即稱詩，長而與沈君典齊名。君典取上第，禹金遂棄舉子業，肆力詩文，撰述甚富。萬歷末年六十七，賦詩説偈而逝。有鹿裘集六十五卷。禹金好聚書，嘗與焦弱侯、馮開之暨虞山趙元度訂約搜訪，期三年一會於金陵，各出其所得異書，互相讎寫。事雖未就，其志尚可以千古矣。

宣城事函 梅鼎祚禹金，孕七月而生，臞甚，然英穎絶世。當伯仲相繼夭，參政幾欲其焚筆硯，乃請以百金遊秣陵，傾囊市書，杜門伏誦者三年，凡三倉、六箱、百家之言，無不淹博。吾宣有鼎祚，猶北地有獻吉也。生平飲食寢處、悲喜愉悴一寄于書。爲文法嚴而律工，不豪于才而沉于詣，徵言者、問奇者、郡邑干旄就政者以日至。王元美、汪伯玉、劉子威諸人狎主齊盟。參政里居時，左右以色養。歿後，母恭人疾，適當歲序，陳情督學，讓其次者。歲乙卯，疾將革，言笑晏如，口占數語，皆返眞齊物之談。晚著文紀百卷。

邑志文苑傳　梅鼎祚年十六廩諸生，郡守羅汝芳召致門下。龍溪王畿常呼爲小友。性不喜經生業，以古學自任，飲食寢處不廢書；發爲文辭，沉博雅贍，士大夫好之，當時海内無不知有禹金者。辛卯遊北雍，年甫强，時内閣申公時行等皆欲以文待詔故事疏薦，辭不赴，歸隱書帶園，搆天逸閣藏書，坐卧其中。伯兄元祚無子，以仲子士好嗣之，敬嫂劉氏如母。鼎祚既負才不第，又當中原尚文之世，博文彊識，長於編纂。取上世以來詩文，各以類紀，下及雜記、傳奇，並有輯撰，多至千餘卷。子士都、士好。好性剛直，終寧州丞。

梅氏詩略　禹金著作充棟，四方請學者履盈户外。部使者及兩臺按行必投軒問字，捐俸版其書。著有鹿裘石室集、歷朝文紀、古樂苑、八代詩乘、書記洞詮、唐樂苑、青泥蓮花記、才鬼記、才幻記、才神記、女士集、嚼噓臚志、李杜詩鈔、宣乘翼、玉合記、長命縷、崑崙傳奇諸書行于世。

歐楨伯集　禹金五言古蒼然骨立，七言馳驟，樂府時極杜陵之致，近體氣純而完，聲鏗以平，思麗而雅。

王仲房集　禹金詩確守風格，乖僻不生，奇宕時作。

沈君典集　梅叔子天才駿發，詩如王子晉來緱嶺，清吹泠然。

明詩綜詩話　禹金周見洽聞，著書甚富。詩乘、文紀之外，旁及書記、小説，兼精傳奇，所填韓君平玉合記爲詞家所賞，有云『風中絮，陌上塵，歎韶光何曾戀人』，亡友王介人極稱之。

明語林　梅禹金篤志纂輯，嘗納妾鄒氏，一月不出。人怪其暱，問之，則已輯青泥蓮花記十二卷。

〔增〕

大清一統志　鼎祚性不善經生業，以古學自任。詩文博雅，王世貞嘗稱之。

四庫全書簡明目録　古樂苑五十二卷。因郭茂倩樂府詩集而增輯之。其止於南北朝，則左克明古樂府例也。雖意在博收，不免蕪雜。然蒐羅遺佚，亦頗資考證。

皇霸文紀十三卷。鼎祚輯陳、隋以前之文，以配馮惟訥詩紀。此編上起古初，下迄於秦，以配詩紀之古逸，乃其第一集也。

西漢文紀二十四卷。此編以史記、漢書爲主，而雜採他書，附益之於贋託之文，多能辨證。

東漢文紀三十三卷。雜書之作盛於東漢；金石文之傳於世者，亦東漢爲多。故是編較西漢文紀爲稍雜，然蒐羅則富矣。

西晉文紀二十卷。據千頃書目，鼎祚原有三國文紀、東晉文紀，今所傳本，乃以西晉上接東漢，下接宋，然黄虞稷不著三國、東晉之卷數，疑亦未見也。晉人多以清談著，而此編所録，討論禮典、獎勵風俗者，獨居其半。微鼎祚之裒輯，幾以世説新語盡晉一代之人物也。

宋文紀十八卷。宋文上承魏、晉，清雋之體猶存；下啓齊、梁，雕鏤之風漸盛。觀鼎祚所録，可以見文質升降之轉關。

南齊文紀十卷。是集於前後諸編之中，體例頗爲叢脞，徒以一代之文，兼收全備而存之。

梁文紀十四卷。古文至梁而絶，駢體乃以梁爲極盛。是集實四六之祖本，所録以梁書、南史爲根柢，故體例不甚繁碎，考證亦頗典核。

陳文紀八卷。南朝六代至陳而終，文亦至陳而極弊。又享國日淺，文士或先仕梁朝，或後歸隋室。鼎祚割其前後所作，共歸此集，始以備一代之數云。

北齊文紀三卷。魏代遺文尚可成帙，鼎祚未爲輯録，故北朝託始於齊，然自正史所載及邢、魏諸集外，零篇短札，卷帙寥寥。蓋流傳本少，非其搜採未周也。

後周文紀八卷。所録乃周一代之文，止於八卷。庾信乃居其五卷，次惟王褒得十八篇，餘則落落如晨星矣。然是時，釐正文體，朝廷詔敕大抵温醇雅令，有漢魏遺風，返樸還醇，兹其萌蘖，又未可以流傳之寡忽之矣。

隋文紀八卷。隋氏混一南北，凡齊、周遺老，梁、陳故臣，咸薈萃一朝，成文章之總匯，而人沿舊習，風尚各殊，竟不能自爲體裁。又唐代小説多談隋事，眞假相半，難於辨別，故此集又頗糅雜。然唐三百年之文章，從此漸變，亦可以考其源流矣。

釋文紀四十五卷。裒合隋以前釋氏之文及諸家之文爲釋氏而作者。雖採摭閒或泛濫，然六代以來之義學，則班班然矣，不似唐以後諸方語録，徒以俚詞掉弄也。

訟詩貽沈子 有序

己卯春，予與沈子君典感時撫事，有悄悄之憂，因以自訟而并詒之。

福求自己，禍固有端。後車之覆，宜鑑在前。維綱以魚，鴻或罹之。莫疾於舌，駟不及追。

謂父則虎，謂兄則狼。彼實齎怒，逢之不祥。鸛垤來雨，蟻孔潰隄。睹始知已，軫厥先機。

深厲淺揭，人亦有言。尸祝代庖，孰任其愆？多事所患，孤貴失和。一語一默，道在龍蛇。女違予弼，予闕汝規。毋曰予聖，淑慎爾儀。

擬　古

高樓出浮雲，下有往來道。往來歲月長，悠悠令人老。當軒望西北，反顧傷懷抱。紅顏坐自捐，爲媚苦不蚤。鶗鴂先余鳴，西園歇芳草。

首夏還田間作

首夏氣清淑，駕言還我廬。連嶺既窈窕，衆木亦扶疏。新陌稍用闢，故泉聊爲疏。日夕牛羊下，煙火接柴墟。動息無兼累，言晏恣所如。東菑聚臺笠，胼胝與之俱。力田苦卒歲，誰謂倦荷鉏？鼯飲但滿腹，鷦棲不待餘。顧己寔何有，敢回長者車？

邀笛步

子野工秦笛，平生任誕人。三弄上車去，安問主與賓？至今有遺響，滄波日鱗鱗。

鳳凰臺

遠遊忽成悵，策馬臨高臺。悲風千里至，浮雲四面來。鳳兮不可見，梧竹生秋哀。

青　谿

繁霜侵曉幕，白水近橋梁。箜篌工引曲，泠泠一何長。烏飛天欲曙，小姑居無郎。

雜　懷

長虹貫白日，壯士髮衝冠。子胥齒屬鏤，鼓氣揚鴻川。少女志填海，愚公力移山。幽微疇見測，賤庶亦有權。積羽欲沉淵，積憤欲傾山。

將進酒

將進酒，吹笙竽，烹鮮擊肥出中厨。金鏤碗，翠羽巵，間以白玉繚紹之。履舄交錯屬所私，一日千秋與等期。在世不歌復不飲，有錢慊慊持底爲？

月夜聽賈珍彈箏歌

明月夜三五，美酒斗十千。秦箏何要渺，賈女自嬋娟。乍臨掩抑方惆悵，翠顰紅潤嬌千狀。纖手初揮多慢聲，須臾促柱中寥亮。高張疏節轉相縈，縟彩輕璘最有情。一絃一柱芳年映，少小生來指爪清。銀甲霏霏吹白雪，汩汩流泉忽幽咽。倚歌雁足並成行，結怨烏啼還泣血。罷彈羅袖餘飄颻，寶釧寒生玉粟嬌。躡履挂冠天欲曙，箇儂無奈可憐宵。

放歌行贈沈二懋學

沈生本是遊俠子，竭來生長朱門裏。十五曾隨家丈人，提兵直渡瀟湘水。是時幕下賓盡傾，縱酒談兵俱絕倫。楊家蛇矛長丈八，四面梨花飛繞身。鳴鏑流星弓滿月，蹀躞紫騮看電發。白日常懸烈士心，黄金不鑄男兒骨。歸鄉折節强作儒，日攝劍術窺陰符。餘力頗作文章用，萬言磊落驪龍珠。名高待詔違金馬，生也豈是悠悠者？投書長揖戚將軍，往來射獵胡城下。飛狐以北花馬東，九邊形勢在目中。卻笑匈奴猶未滅，封侯往往非英雄。平生自料多籌畫，及說謀生常失策。客至如雲尊不空，逋積如山日相索。已見文君典驌驦，更愛孫家墮馬裝。有時鳴鞭狹邪裏，有時爭博少年場。謔浪懽呼百無忌，但恨揮金不快意。

視人耳目率尋常，遂令此生成棄置。此生不顛復不癡，大賢蹤迹多可疑。迴山倒海非難事，一旦雄飛君始知。

太平酒肆贈孫少府

行行馬首遥停轡，中道逢君把君臂。山縣桃花春欲然，買醉踏歌來酒肆。羡君二麥已逢秋，問君免官何所求？數錢正有河間女，擫瑟還工子夜謳。歌聲婉轉春風裏，雜坐遺簪兼躧履。杯玉嫣紅燭膩黄，共祝丈人無遽起。高陽之徒君老矣，嗟嗟！高陽之徒君老矣。

弔禰衡

正平，劉氏忠臣也。其孔、楊之許，非徒才相埒，蓋所操鈎矣。阿瞞以虚名籠士，士輒景從，挾炎鼎而畀之甘心焉。正平時時哭，善詈人，賢者固不可測爾。明哲保身，豈可繩斯人乎？客遊楚，當道鸚鵡洲，余爲長歌酹之。不及黄祖，彼人奴足齒哉？

大兒孔文舉，小兒楊德祖，咄咄行尸曾足數？生平罵座座客驚，酒酣擲筆題鸚鵡。鸚鵡能言竟累身，化作武昌江畔土。炎精灰冷青蛇妖，征西將軍坐自驕。入幕謀臣傾日月，登臺歌吹入雲霄。掌中已無劉大耳，眼底豈知禰孺子？何物鼓吏解辱人，解衣三撾心欲死。黄鵠含寃漢水悲，銅仙青淚憶君垂〔一〕。年年芳草春洲菉，狂魄猶堪賦黍離。

項王廟歌

嶧山遺廟何堂堂，風吹女蘿鬼跳梁。揚枹拊鼓供伏臘，父老猶能説項王。鎬池已璧祖龍死〔二〕，叱咤喑嗚提劍起。是時楚有武信君，八千飛渡錢塘水。漢兵四面忽楚歌，騅不逝兮可奈何？東來此地曾經略，耿耿英風尚不磨。帳下千峯如列戟，斷簇含腥土花碧。漢家寢廟游衣冠，牛羊夕下長安陌。

都官篇

吾家都官殊有名，五言破的何錚錚？重譯西南開萬里，直從此地起長城。廬陵爲友眉山弟，金錯囊羞斷裘敝〔三〕。虚聞清廟薦遺音，閶闔徘徊辭上帝。祠有雀角墓有狐，鴟尾剥落龜斷趺。詞人千古厄陽九，後代衣冠乍有無。尚書嶧陽一抔土，白楊斧作豪家柱。山鬼揶揄大道傍，再拜高歌淚如雨。

叩馬辭

六龍飛駕燕中起，大風瀟瀟渡易水。羽林十二散星文，石頭城下鼓聲死。殿中催召陳尚書，慷慨悲歌氣不舒。一時殲血報皇祖，六子同甘鼎鑊餘。衆謂逆鱗不可批，臣將叩馬效夷齊。計家橋頭骨已朽，孤魂夜夜吐虹霓。詔傳故里祟尸祝，桂酒椒漿甘一哭。徙薪曲突亦有恩，開元寺前俞伴讀〔四〕。

史鳳曲

史家小女字鳳凰，五色高棲玳瑁梁。步障千重圍錦繡，流蘇四角佩琳琅。此時盡是宣城道，此時盡説青樓好。燈張瑶席鎖蓮寒，枕依羅薦神鷄曉。門前車馬絶凡賓，鳴玉鏘金共結親。何人得入迷香洞，生緑羅屏字字新。一片香名滿人耳，江南萬斛春如水。至今花柳不敢驕，都向秋風憔悴死。

以詩代書招屠長卿

我聞酒乃天之禄，澆君傀儡在胸曲。半酣耳熱斫地歌，氣盡英雄惟一哭。君才天馬驟行空，立抉萬象開鴻濛。眉間煒煒丹霞色，腋下泱泱滄海風。致身雲霄非不蚤，銅符載綰江南道〔五〕。茂宰頻栽赤縣花〔六〕，仙郎入起明光草。妙手眞修五鳳樓，御顔常近雙螭頭。引車折節要三事，列坐雄譚傲五侯。五侯余友宋忠甫，會稽黄生名博古。翠管俱調子夜聲，紅牙低按前溪舞。吏隱難容金馬門，角巾歸第亦君恩。漫遊好逐盧敖去，秘訣新從素女論。凌秋忽渡錢塘水，苦憶平生沈太史。白馬來臨識者驚，黄鶴呼名招不起。沈太史，屠先生，向知生死見交情。君雖儼然復失意，砥柱雙折崑崙傾。吁嗟其人骨已朽，獨剩精光射牛斗。神物會合終有時，飛沉豈問千秋後？一城斗大宛江濱，迢遞高深結搆新。謝公最解吟如練，紀叟猶能釀老春。臨水登山多慷慨，風景何殊世相代。朱顔玉露冷芙蓉，灝氣金天餐沆瀣。正襟誦爾廣輪篇，羽翼將生拔宅仙。以往共期壺内住，只今且就甕頭眠。

酬屠長卿序章臺傳奇因寄汪司馬

我不解楚竹，又不好秦箏。驚心動魄置何所，别有肉譜縱且横。金元樂府且快意，吴越新聲浪得名。少年填詞頗合作，家部尚有清商樂。坐轉金星不夜城，偷傳壁月臨春閣〔七〕。最愛章臺楊柳枝，飛絮蜚花能爾奇。么篇親度成珠串，隻字爭誇是色絲。此道難知復難遇，世間耳食紛無數。苦少寧逢都尉增，分明翻被周郎顧。東海屠君天下才，把筆大叫序章臺。謬許曲中和律吕，忽看指下走風雷。風雷君合爲霖雨，剪雪裁雲俱嫵嫵。我固錚錚百鍊剛，柔情化作俳優伍。嗚呼！我不學梁鴻五噫歌出關，君無如子幼勞歲高南山〔八〕。即今此傳風流更奇俠，便歌對酒呼雙鬟。新都司馬亦見賞，與君暫代五湖長。驃姚倘召出禁中，鼓吹還期歌塞上。

南風篇贈子馬送楊舜華歸秦淮

南風五月吹禾黍，翩然結伴將歸去。就中神女冰玉膚，界入清涼不知暑。江城三百未爲遥〔九〕，一曲秦淮舊板橋。不勞兩槳來迎渡，自有扁舟會上潮。石魚鰣魚堆滿肆，枇杷楊梅都已至。家家駐馬菉槐陰，處處吹笙紅蠟淚。眼前翕翠鬬霏鴻〔一〇〕，倏忽飄風苦斷蓬。未卜香魂還海島，且拚白首老花叢。雙行鍥臂朱絲繫，何用爲郎倚夫壻？西陵松柏誓同心，南浦芙蓉原並蒂。蒲水喬林正掩扉，高堂五色斑斕衣。曾聞短日猶堪愛，莫逐行雲竟不歸。

寶綱篇贈薛五

館娃沉没西施死，寶綱珊瑚招不起。煙霜叠换幾千年，春色吳宫照湖水。湖水年年滿舊壕，棠舟桂楫各分曹。無賴冶遊無數伴，衆中先問薛靈濤。金陵來逐金閶客，踏遍東城轉南陌。但聞酒美莫深辭，瞥見花開須早折。攜手行歌上虎邱，黄梅雨霽麥初秋。單衫杏子從風舉，團扇桃花映月流。百媚羞陳能拓落，羣情善會憑斟酌。調絃吮墨樂多方，蹴踘彈棋懽間作。更衣玉靚鬱蘭芳，絳蠟雙融赤鳳凰。人生容好那堪待，相識相逢拚劇愛。苔文石老坐空懸，金氣波寒劍何在？亞字城邊楊柳津，青樓粉黛競爭新。安知樓上盈盈女，不是吳王宫裏人？

當壚曲

酒樓高插天，斗酒價十千。當壚有豔婦，挾瑟理鳴絃。大堤笑留客，河間工數錢。春風吹歷亂，買醉百花前。

吳趨變曲

入室徵三婦，開門接小姑。單衫着杏子，雙幔結茱萸。夜色銷銀燭，春心貯玉壺。丈人且爲樂，四座唱吳趨。

登牛首投弘覺寺

秋深尋古寺，日暮聞疏鐘。宿霧千盤磴，驚濤四壁松。塔光通静室，江氣上遥峯。知是神遊地，雲乘五色龍〔一一〕。

眞　州

北程遵水國，帆落是眞州。雨色滄江暮，潮聲大海秋。方言徵估客，地勢控咽喉。舊憶淮南賦，將因桂樹留。

送龍使君不及寄之湖上

臨岐空有淚，不及灑君衣。獨鳥向空没，孤帆入雨微。王程芳草緩，物候落花稀。還念蟂江勝，因之覓釣磯。

秋夜侍家大人貢東平沈君典宴陳使君高齋修郡乘卒業〔一二〕

狂簡聊吾黨，風流自使君。郡齋堪坐嘯，賓客總能文。叠嶂標清漢，雙江帶白雲。城東千載地，時下鳳凰羣。按圖曾會禹，掌古向稱秦。世濟塹司馬，書成感獲麟。股肱三輔重，日月一編新。良史推陳壽，江東迹未湮。

柏梘對酒

空林每獨會，濁酒遂相親。虹截千峯雨，鳥鳴三月春。流雲響蒼木，涼吹起青蘋。洞口桃花暮，踟躕憶隱淪。

送徐少府赴蜀

草歇三江浦，蓬飄萬里身。登天攀蜀道，歌雪失巴人。黄綬稱仙尉，斑衣念老親。遥知趨府日，花滿錦城春。

重送徐少府

巴江流不盡，兩岸夜猿聲。秋盛黄牛峽，天高白帝城。南雲頻引望，西極自孤征。漢道中興日，功曹未可輕。

寄大梁朱觀察兼問西亭王孫

問盟牛耳在，寄遠雁行遲。鞭弭一相失，山川忽間之。白雲起飛蓋，明月照臨池。公子西園好，遙傳侍讌詩。

除夕立春逢雪

積陰迷晦朔，遥夕感居諸。病易從春長，愁難與歲除。梅花他自好，柏葉爾何疏。又見條風至，多慚涕淚餘。兒女催人老，行藏與世違。可堪繁霰苦，猶恐妬春微。窗白寒光砌，江青柳色歸。屠蘇明日酒，含意奉慈闈。

荅張員外都下見寄有需次之歎

沅芷思公子，江蘺怨美人。鬢殘燕地雪，衣改薊門春。旅食猶然桂，功名自積薪。漢廷多貴幸〔一三〕，年少畫麒麟。

都夜聞笛

長安聞玉笛，楚客遠遊時。明月一爲奏，秋雲不可持。江空龍語細，天闊雁行遲。萬户秦淮柳，寒條緑自垂。

龍江關送從弟台南歸

秋風江上路，送爾獨先歸。鄉夢將雲度，離心共雁飛。薄寒欺客枕，永夜戀慈闈。留滯何爲者？空沾遊子衣。

金陵寄王仲房

宛水一爲别，金陵再寄書。王家桃葉渡，秋日柳條疏。客久少知己，吾將歸敝廬。向君尋舊約，百里共樵漁。

殘雪

殘雪尚在地，頽雲不出村。樵歌分别隴，獵火上平原。川暮流澌急，庭寒積葉昏。横空鷹隼去，衆鳥慎高翻。

姑孰逢家弟之金陵寄周國雍

姑孰城邊路，征帆爲爾停。雨來江氣白，風定鳥煙青。落日望京邑，孤雲歸敬亭。周家草堂在，一寄北山靈。

雨罷

雨罷成吾眺，爲懷不可言。斷虹窺返照，獨鳥去高原。病久身親杖，家貧客散門。銷愁是何物，隨意倒芳尊。

感騷

落日蕭條色，高秋罷倚闌。天清疏草木，地僻謝衣冠。漸喜時名損，猶疑古道難。西園竹萬箇，吾欲選漁竿。

問沈君典東歸

扁舟問歸處，楓葉洞庭稀。三泖雲隨棹，五湖秋滿衣。龍威文字古，鱸膾宦情微。曾否尋仙尉，吳門今是非？

江東原獨步，歷下自三宗。二子堪千古，中原幸一逢。因君先辨蜆，愧我後登龍。聞欲將浮海，乘桴尚可從。

飛舄占太史，雙舄在雲間。玄出亭中草，青來蒲上山。鳴琴傳合調，把酒解離顏。一作臨邛客，文君載得還。

抵蕪湖

參差千雉合，空闊一虹浮。地入魚蝦市，天維估客舟。五方人雜語，十月我來遊。感慨平生意，寒江細細流。

雪夜示内時以問藥至

剡舟雖興盡，因雪更歸遲。夜永他鄉見，天寒遊子知。妻孥眞是累，藥物假相持。吟苦能教瘦，休成柳絮詞。

西閣晚望

懸崖危置閣，落日巧當窗。匝水丹楓並，窺簾白鳥雙。秋光疏遠堞，人語出空江。一片磯頭月，時時繫釣艭。

移家敬亭莊

敬亭看未厭，況在户庭間。謝李曾遊地，巢由不買山。遷居疑赤甲，攜婦損紅顔。舊業成東陌，時時獨往還。

校記

〔一〕青　當據順治本，作『清』。

〔二〕已　順治本作『貽』。

〔三〕斷　順治本作『短』。

〔四〕俞　順治本作『余』。

〔五〕載　順治本作『再』。

〔六〕栽　順治本作『裁』。

〔七〕壁　順治本作『璧』。

〔八〕高　順治本作『歌』。

〔九〕城　順治本作『程』。

〔一〇〕鴻　順治本作『紅』。

〔一一〕乘　順治本作『成』。

〔一二〕順治本題末有『時』字。

〔一三〕廷　順治本作『庭』。

宛雅二編卷五

明

梅鼎祚 下

王仲房送君典北上過宛會其死哭之去

驪駒方載道，白馬忽臨門。生死俱成別，交游半不存。憤時餘俠氣，垂老拜孤魂。宿草知何地，還期酹一尊。

悼亡 爲副室潘氏也

我非能好色，誰易造忘情？薄命飛花急，韶年逝水傾。桂芳應自蠹，蕙質豈留英？枕簟依然處，新涼昨夜生。

閔壽卿别之淮南

十年淮海路，白首尚棲棲。又送孤帆去，愁看落日低。聞鴻分楚塞，折柳問隋堤。我亦驅車别，金陵大道西。

楊姬館逢卓懋德北上

以君一日長，别我十年餘。桃葉愁中楫，梅花病後書。了心從髮短〔一〕，孤夢隔秋疏。莫戀當壚者，君王問子虛。

泊吴江

湖寬全繞縣，潮縮屢移舟。稻蟹多宜晚，蓴鱸已過秋。虹梁凝渴飲，璚島自虚浮〔二〕。來就松陵酒，煙波浣客愁。

金陵客懷

棄置勿復道，棲遲猶所宜。久應爲長物，未忍去明時。俗態殊遷次，羈魂漸放離。茫茫江海上，今日更何之？悠意游能數，多懷望轉迷。清秋雙闕外，佳氣二陵西。雁已先霜下，烏仍近夜啼。都亭酒大惡，不得醉如泥。

刀頭常改約，膏首孰爲容？桃葉空相接，蓬根無定蹤。書傳新帛素，衣準舊裁縫。耿耿明河曙，秋雲隔幾重？

舊游如雨散，寄迹共雲浮。顰笑復何向，去留非自由。槖垂多病日，衾薄異鄉秋。獨往平生意，寧甘與衆謀。

送徐別駕遷守蘄州初令攸縣

吳楚連南服，蘄黄控上游。盈盈如帶水，歷歷夢刀州。艾葉三年晚，桃笙六月秋。政成常臥閣，江漢詠風流。

三户曾稱長，雙旌載入疆。笛寒湘浦月，橘老洞庭霜。天地楚氛靖，山川霸氣荒。黄梅諸祖在，講席預名香。

冬日同屠長卿泛城東長卿于舟中絳袍作漁陽三撾

孤城懸縹緲，一櫂泝空明。歲潦潮難落，寒遲木尚榮。着緋幽鳥怪，叠鼓蟄龍驚。共指滄浪水，泠泠只獨清。

南還宿江寧鎮

道路人堪老，秋風酒易清。歲登餘雁食，江近賤魚羹。信宿雨如約，欲歸雲有情。出關逢故吏，多愧棄繻生。

徐州寄内

人今更北渡，書始寄南徐。惜客繇遲换，思君帶有餘。春歸千里外，月潤兩輪初。尚有前期在，臨河轉跂予。

投臥佛寺

墟煙輕作暝，山氣易爲陰。一徑荒榛入，雙林古柏深。地磽僧簡供，寒重客稀臨。鐘磬坐成寂，泠然空外音。

郭外送謝于宣遊廣陵

山色敬亭曉，濤聲楊子秋。中年難作别，後進得名流。稻蟹江鄉熟，蕪螢古苑愁。縱令吟桂樹，慎勿爲淹留。

九日同焦素臣諸子泛舟響山

輕舠信水便，重九值晴難。山氣碧雲暮，潭陰白日寒。草敷諸客坐，菊益老人餐。薄醉猶餘健，登高興未闌。

雜　興

天授雄才漢武皇，誇胡羽獵校長楊。自班倢女金條脱，别號將軍鐵裲襠。北狩鑾輿回朔氣，南巡花月扈春陽。先朝帝澤原優渥，萬歲千秋樂未央。

中興漢德頌嵬嵬，坐見呼韓款塞來。太社樅金俘早獻，離宫列宴帝親陪。時平自紬犂庭議〔三〕，慮在終思度漠才。帷幄運籌關至計，卻從終夜望三台。

晚秋同張山人訪姚敘卿時聽徙屏居

漢郡由來左輔尊，縱令薄譴亦君恩。酣歌且住爰絲里，交態休書翟尉門。白鷺江聲寒入郭，盧龍秋色晚開尊。只今二仲堪來往，況復蓬蒿舊徑存？

廬次書感示君典

扶杖猶存見爾期〔四〕，王孫芳草得歸遲。逢春雨雪寬衣帶，幾載冰霜戀鬢絲。名起雁行看漸失，困來龍性竟難覊。坐中不淺悲歌意，舉目山河異昔時。

金陵寄周國雍參伯

側身西望蜀天遥，井絡何曾隔斗杓？五月渡瀘銷積瘴，十年懷粤夢歸潮。江南新草野如織〔五〕，徼外殘梅雪滿絛。萬里題書仍在客，烏衣舊巷白門橋。

夜飲許伯倫故太常公第

石城城上半烏棲，美酒邀停白玉蹄。每憶許詢瞻朗月，向知江令住青谿。妝明銀燭光生雪，襟解羅襦醉似泥。便欲留歡過臘盡，春風吹柳惜分攜。

答傅吳縣伯俊

吳江楓冷興蕭疏，頻枉干旄問索居。遵渚似教隨旅雁，過河無意泣枯魚。煙霞舊里尋仙尉，風雨孤城臥闔閭。政暇傳君多藻詠，山川能使宦情疏。

馮元敏學憲示西征集

黔中形勝隔風煙，萬里騑騑叱馭前。漢使斲空窮亥步，省郎持憲在丁年。六經懸日能開夜，多士披雲欲覩天。舊賦西征虛麗藻，何如化俗異方傳？

還蒲上將移入山簡諸宗

何事經年始一歸，竹林茅屋尚依依。貧思善後鄉居好，老悟從前市隱非。臘雪凍除荒徑草，春風吹長故山薇。歲時簫鼓東村社，耆舊追隨願不違。

爲周元孚騎曹悼亡

同心環乍解，纏臂縷空長。奉倩情偏篤，安仁鬢覺蒼。餘春疑唾碧〔六〕，明月剩流黄。宛轉潛通夢，葳蕤遽歇芳。白紈非棄置，彤管自飛揚。立望疑重幄，成文憶七襄。忽乘雲雨去，何處問巫陽？

送時甫叔判蜀州

初征冠蓋拂雲霄，出祖寒城十月朝。國會魚鳧風壤異〔七〕，徑占象馬水程遥。清時佐吏多名士，掌譯蠻王款聖朝。雅使府曹惟畫諾，預知民俗有歌謡。案頭峨嶺三春雪，筆底巴江萬里潮。奠桂碧鷄陳舊祀，飲桐么鳳集新條。光含石鏡秋長滿，聲老琴堂暮寂寥〔八〕。送客官梅動詩興，懷鄉林竹隔遊鑣。西川不久懸刀夢，北闕分明見斗杓。欲買扁舟上三峽，郫筒酒美定須招。

高陽樂人歌

翩何馬上兒，結束千黄金。豔殺當壚女，雙投玳瑁簪。

野田行

陰風吹白楊，饑鳶啄枯骨。夜涼燐火明，老狐拜新月。

夜　詠

罷酒意不適，出户羣星稀。脉脉花間立，流螢飛上衣。

春　辭

海棠殘月照人低，枕上關山路欲迷。生怕啼鶯驚曉夢，垂楊不種畫欄西。

金陵曉出玄武堤

毿毿楊柳鳳城西，半醉垂鞭信馬歸。十里曉山開翡翠，一湖春水浸玻璃。

送王博士歸楚

官冷誰憐鄭廣文，拂衣歸作白鷗羣。江城三月桃花水，一片春帆挂楚雲。

塞上曲

秋風㛹㛹度秦關，一夜胡笳鬢欲斑。又聽中軍傳秣馬，明朝直擣賀蘭山。

閨　怨

繡幕雙飛海燕斜，櫻桃當户又開花。玉門關外春應好，蕩子經年不憶家。

楊柳枝

楊柳青門二月春，年年攀折送行人。也知芍藥原堪贈，誰遣長條獨苦辛？

碧玉歌

纖枝颭雨復翾煙，一識春愁劇可憐。卻教秦筝絃十四，初逢碧玉破瓜年。

寒夜憶季豹山中

思君獨苦更思歸，老盡山中薜荔衣。入夜城烏棲不定，一庭寒葉向人飛。

送王檄遊金陵

石頭城外駐仙槎，朱雀橋邊問酒家。高價十千君莫惜，一年春色在桃花。

古　怨

明月常懸玉鏡臺〔九〕，丁香花下待郎來。當時贈得同心結，縱有春風剪不開。

小女深閨見客羞，蛾眉宛轉綰春愁。生來不識鴛鴦鳥，繡出鴛鴦卻並頭。

贈楊三桂林

含嬌淚目送君前〔一〇〕，吹徹箜篌欲曙天。家住青谿第三曲，阿郎今得小姑憐。

攜手長橋醉踏歌，月殘秋冷濕凌波。不知烏鵲曾來否，昨夜分明見渡河。

贈西亭侯小史

白皙兒郎好冶游，青衣月下弄箜篌。秦淮春在西寧府，卻是盧家有莫愁。

寄陳得基户曹蘇州

燕都酒樓高插天，高髻胡姬慣數錢。忽聽琵琶歌出塞，漁陽清淚落君前。

汪千頃

宣城事函　字汝澄。天啓壬戌歲貢。

原編　字波臣。

邑志隱逸傳　天啓時，汪千頃舉明經，不仕。

梅象先移居黄池

卜築黄池市，門臨市背開。喧囂終日隔，欸乃有時來。一帶騎鯨水，排聯倚馬才。詩神倘入夢，來往溯游洄。

劉尚安

施閏章墓表略 先生諱尚安，字寧我。與先大父同事講學。窶而篤義，鄰人告饑，減炊而餉之。

〔增〕

劉氏詩存 字朝靖。

貞婦詞

青鸞夢初醒，北雁哀南浦。寒月凈窗虛，松風欲作雨。言念舊衣裳，明發以之補。

曉汲澗之東，澗上有遊女。拍手招我遊，斂衽前致語。後園苧未收，機上停梭杼。

梅咸祚

梅氏詩略 字以虛。太學生。寄居金陵虎踞關。少任俠，中年佞佛，故語多禪意。著幻奇齋稿六卷、禪吟集一卷、白洋園草若干卷。

原編 以虛入釋，名廣竺，尋復返俗。

送僧廬嶽避暑

去住緣難定，翛然出帝鄉。身持五綴鉢，擔負一空囊。嶽色依雲淡，江光引棹長。到來巖瀑下，六月未清涼。

板橋道中

楓林披驛路，雨霽薦新涼。衆鶩攻餘利，孤征愛薄裝。田家分剥棗，野店受舂糧。望入歸途裏，村煙斷夕陽。

别鍾猶近李右人還金陵

一别龍溪西望賒，鍾山高跨揖丹霞。風潮白首孤游客，霜月紅林兩處家。菰米舊攙湖水黑，雁聲低度木蘭斜。歸魂旅思長途冷，看盡蘆花看雪花。

麻三雍

明詩綜傳　三雍，字仲雍。宣城庠生。

平陽還襄陵聞蛙有感

三月三日試春衣，千山萬山花亂飛。行人何處覓相識，啼鳥有時呼早歸。日漸銜山鞭影急，煙爭迷樹水光微。草深陣陣喧溪鼓，鵝鴨軍聲似也非？

怨王孫

灼灼嬌花解媚人，萋萋芳草獨傷神。那因芳草偏成恨，自是嬋娟不奈春。

過蘇季宅相傳夜見赤光掘之得金

斗印難銷季子愁，囊錐迸作赤光流。若使黄金當日出，只今誰歎黑貂裘？

蔡陽春

原編 字羲伯。太學生。著有夷白堂遺稿，佚。

客眞州修竹菴詠竹

瀟瀟木葉籍庭中，脩篁參天滿翠叢。已見羣芳俱委露，始知勁幹不隨風。林中阮籍非逃俗，柯樹中郎豈慟窮？清梵一聲過別院，沉沉午夢散虚空。

嚴弘志

原編 字濬初。庠士。輯有皇明人物考行世。

魯守仲移居北郭

卜隱吳門市，棲遲爾獨醒。閒雲開野幔，茜草秀孤亭。溪帶寒仍緑，山分雨後青。頻傾桑落酒，不必問侯鯖。

梅膺祚

梅氏詩略 字誕生。光禄寺監。沉酣書籍，著作多種，字彙一書尤爲海内所珍。公猶懼挂漏，易簣日，屬其子補訂。其子文學倩、孝廉士杰，承命校訂增補，惜未付梓。

二樓紀略　字學諸書，宣城梅氏字彙久行，海内人知。其起一畫至十七畫，立法簡明，便于繙拾，視玉篇、篇海爲易了，此得誕生之粗也。字本起于畫，孳乳相生，以至無窮。梅氏以數多寡，與古人之以聲音權母子非有二義。梅氏反切直音韻法二圖坦然易入。古法起于數，其意未嘗不教人因數以求聲也；不得其聲而徒泥其數，亦失作者本指。

〔增〕

梅鼎祚字彙序略　誕生少學易，爲諸生，誦通將受餼，徙而游國子。精治六書，悟其終始，于易有數可循也。誕生方彊年，行且謁仕，抱書趨闕下，獲親睹聲明文物之盛，東觀南閣之選，宜必首被，此庶備同文之一助焉。逮若古文籀篆，與字之會文適用者，時益之，有餘力也。

金陵早舟

煙霧濛濛濕曉篷，長楊臺榭隱江東。浪花摇動三山月，蘆笛横吹萬里風。寒雁一聲殘角裏，疏星數點亂雲中。乘槎似得張騫棹，疑泛蛟龍第幾宫。

李　俠

原編　字右人。庠生。

拜方正學先生墓

雨花臺畔石嶙峋，八尺碑殘血尚新。誰道九重原叔侄，可知一死自君臣。捹將十族丹心苦，認得千秋是字眞。最喜龍蟠山在望，麻衣不負賜袍人。

梅守和

宣城事函　梅守和，字秀方。萬歷戊戌進士第四人，二甲首唱。就春曹，督學中州，湛如鏡、堅如石，得人爲盛。最難者，貴顯一門，聲援可借；孝廉十載，寒儉難甘。凜凜然一日終身，宜先人之廬業，僅蔽風雨；而官舍之蕭條，難還歸骨矣。以廣西布政使司卒，兆民罷市，名宦、鄉賢並祀。

邑志宦業傳　守和，號鏡水，繼善第四子。性廉静，閉户絶俗，以詩文雄視一世。督學河南，謝絶竿牘，偶有以家書投者，杖其使，焚其書。甄拔孤寒，品第高下，無毫髮爽。

丙午，鄉舉八十人，其六十七人皆首拔士，中州風氣爲之一變，至今稱梅夫子不置。尋分守汝南，轉廣西按察使。粤西地瘠民疲，輕狡健訟，和一繩以法。有王府護衛官剥富民爲患者，立請於王，擒治之。由是，奸宄屏迹，俗用大和，最聞京師，即拜本省右布政使。事劇心勞，卒於任。同年侍御穆天顔臨哭之，室惟釜鍾，撿其篋，圖籍之外無一物。

〔增〕

温體仁傳略 公孝友性成，恂恂儒雅，及至臨財取與，則屹然嚴一介焉。隆、萬之際，士大夫多通苞苴餽謝，公獨以清節見稱。自儀部歷官豫、粤，知人得士，吏畏民懷。生平無田廬之蓄，獨好金石、圖書、名畫及爲詩。在嶺外著作尤奇，皆散佚不存。有平緑閣僅存稿藏于家。

楊汝成序略 吾聞鏡水文章、政事炳然照海内，固不獨以詩鳴者。

蔡蓁春僅存稿敘略 先生制義久爲海内典型，公門桃李，一時名臣者碩多出其門。窮陬邊圉，無不知鏡水先生者。特其風雅逸調，世未之覩也。

梅式祚僅存稿敘略 先大夫棲志淡漠，率意遠懷，不揭以詩著。意至徵韻，韻至徵聲，旬月之間，詠輒盈帙。

界河道柳

垂絲嫋嫋片雲飛，閲盡征人繫落暉。絮起隨風舞似雪，客行猶未解寒衣。

留　別

美人曾共木蘭舟，光景依稀似昨遊。數盡前情人不見，寒江日暮水空流。

崔汝恭

原編　字聽松。庠生。

九日敬亭

萬里青霜梧葉飛，千山爽氣盡霏微〔一一〕。吟邊酒送黄花醉，望裏風寒白雁歸。秋水晴沙銜遠浦，石門疏竹隱朝暉。登高卻愧無能賦，漫惜年華又授衣。

甘梅軒

三天洞

何年鑿開混沌竅，玆山間留空洞腹。陽光轉午影入龕，天籟出虛聲傳谷。飛鼠深藏亂石雲，老猿倒挂懸崖木。洞門泉水碧于藍，不洗菴中野僧俗。

濮　漸

宣城事函　濮漸，字子升。餘含人。萬歷六年歲貢，徽州府訓導。慷慨極有才略。

淬劍吟贈張公子

黃金不惜買純鉤，淬得龍光掌上流。三尺寒生千鬼淚，一函霜動四時秋。鏖文入月殲吳桂，步武當庭落佞頭。自此願珍神物用，潛鋒蛟室莫輕投。

俠少行

聽得吳姬曲一聲，千錢買醉不勝情。歌喉未冷長辭去，爲有前途萬里程。

梅一科

宣城事函 字子登。嘉靖戊午舉人，浙江奉化縣知縣。

柏梘寺

入谷迴疑人境絶，懸崖忽引一虹飛。峯頭振屐雲相逐，澗底流觴鳥共依。斷壑松濤空俗慮，閒庭花雨静天機。淹留未盡登臨意，帶得泉聲滿路歸。

唐公靖

宣城事函 字君平。萬歷庚戌進士。山西太原府推官。

原編 原名二相。

除夕前一日

臘殘偏苦雨，春到卻宜晴。草樹迴枯陌，煙雲帶冶城。浪遊看走馬，雅坐聽吹笙。明夜今年去，驚心華髮生。〔一二〕

汪正義

原編 號肖甫。處士。文節九世孫，負才，早卒。

春雨

霪雨黯春暉，蕭蕭獨掩扉。閒聽鳥語變〔一三〕，坐看苔衣肥〔一四〕。草色園全滿〔一五〕，履聲户外稀〔一六〕。自憐楊子宅，終日待雲歸。

校記

〔一〕了　當據順治本，作『寸』。

〔二〕自　順治本作『似』。

〔三〕時平　順治本作『平時』。

〔四〕爾　順治本作『汝』。

〔五〕野　順治本作『煙』。

〔六〕疑　順治本作『凝』。

〔七〕國　順治本作『圖』。

〔八〕堂　順治本作『臺』。

〔九〕常　順治本作『長』。

〔一〇〕淚　順治本作『流』。

〔一一〕盡　順治本作『净』。

〔一二〕順治本此下還有一詩，乾隆本删除，題作峴山道中：『茲關當孔道，山勢鬱嵯峨。曲磴盤雲出，旋風帶雨過。鶯花笑遲暮，書劍怨蹉跎。爲道鄉園近，行藏竟若何？』

〔一三〕鳥語變　順治本作『變鳥語』。

〔一四〕苔衣肥　順治本作『長苔衣』。

〔一五〕草　順治本作『菉』。

〔一六〕履　順治本作『鶯』。

宛雅二編卷六

明

吴伯與

明詩綜傳　字福生。宣城人。萬歷癸丑進士，除户部主事，歷員外郎中，出爲浙江布政使司參議，遷廣東按察使司副使。有素雯齋集。

邑志文苑傳　吴伯與好讀書，每夜至嚮晨，擁衾假寐即覺，覺復讀，以是得疾。年五十八，始連登甲乙榜，歷杭嚴道副使。初，伯與將入南闈，病幾殆，耳聞鬼語云：『奇哉！奇哉！異人！異人！異人！』後闈牘出，二、三場批語，即此八字，蓋主司驚其博奥也。其爲諸生，高自負，時稱大秀才。以晚達，得肆力典籍，博極羣書，攻古文詞。手抄目涉，家藏甚富。所輯有宰相守令合宙、名臣奏疏、事函、文函等書，著素雯齋集行世。

李本寧集　福生詩簡遠曠達，兼彭澤、左司、香山、眉山之長。

董思白集　福生騷賦、古律，體齊、梁之綺靡，兼燕、趙之悲壯。

黄貞父集　福生曠懷雄藻，高、岑、韋、柳，惟所汲取，而激越時近樊川。

張子環集　宛陵若梅文學禹金、湯司成嘉賓標新領異，各成一家。君大篇短什，時效切磋，古體高朗，近體猶逸，不規規于形似。

静志居詩話　福生素雯集雖無與竟陵酬和之作，似亦降心從之者。

〔增〕

吴謀公傳略　伯與即伯際，一字見可號師，每爲焦太史所賞。甲寅入户部，遼事急餉，有國憂方殷一疏，與除六事一疏，十事一疏，俱得旨允行。三年，奏績特，主試由東〔一〕，曰量才，亦敘勞也。大同饑軍叛，隻身萬騎中質責之，俱帖然。特具危鎮亂形一疏，冒死請餉。神宗見而心動，有旨發三十萬，危邊賴以安。丁卯入都，魏忠賢屢招不往謁，魏乃矯詔，以失步貶之。公曰：『御路之步即錯，心頭之步未錯也。』聞者咋舌。其生平耳目所接，一一播之聲詩。黄、白、衡、嶽、西湖、洞庭諸篇，載素雯齋正、續二集。其宰相守令合宙、内閣名臣事略等録皆知己貴其品望，爲板行者也。

梅鼎祚休夏詩序略　昔大德尊宿，每當結夏，輒有小參。福生此十詩，以休夏稱，夷然澹然，寄悰名理，欲混刹塵，迺其氣拂拂，時而矯矯，望之不能如木鷄，擾之不能如水牯也者，將無微有以闚福生乎？

游黄山紀序略 吴福生去家，授道黄山芙蓉峯，一歸里，大悔曰：『此何異曹、馬之際乎？吾日在煙嵐瀑響中，初不知有人間世也。』迫之，得黄山游紀焉。蓋無險不躋，無勝不搜。文奇絶處，似漢封禪；幽絶處，似盛宏之、酈道元。固往游者所未歷，亦往記者所未有。

漆嘉祉宣城文函敘略 先是，先生著有素雯齋集、相守合宙諸刻行世，余以遷宛水，得盡讀之。先生令子圓登復出兹稿，又得盡覩宣州之光華風趣。一編之中，温柔恭儉，易直廣肆，所謂居者、任者、遊寄者一一如見其人，如親其色笑，是何可無刻也！

燕銜泥

楊花飛，雙燕銜泥上畫闌。徘徊欲向主人道，哺得雛成送雛歸。腸中饑飽各自知，但記銜泥相哺時。

飛鵠行

飛鵠，哀王氏婦也。婦痛夫夭，越三月，待壙自縊，呱呱勿顧，聞而唁之。

睇彼黄鵠，飛鳴提提。一步一顧，雙挂故枝。一解

日之頹也，風鼓其厲。宛頸獨宿，魂仍飛逝。一解
傍人來寬，强之視息。維女有言，死則可即。一解
淩虚失翼，涉川無津。心之痒矣，原土是親。一解
生不忍獨，死豈忍孤？寧忍于子？豈忍于夫？一解
結髮同衾，黄泉共友。水不厭清，淄川之阜。一解
墓門有松，枝葉交通。雙雀同翔，叩頭向風。一解
向風而鳴，曰反其眞。太山鴻毛，孰重孰輕？一解
淄川奔城，方之渺矣。彼弱男兒，其鑑于兹。一解

漁父

裊裊江村菉柳，滴滴橋邊清瀏。拋將長綱成圍，駕去扁舟應手。驚開飛鷺浮鷗，跳入細鱗巨口。得意蕩槳歸來，若箇爭先沽酒。

登石筍峯

青霞面面出仙峯，宿霧陰陰覆遠松。括蒼盡指三十六〔二〕，石筍千重摇長虹。我日他鄉作

游子，不去看山終屋底。臺上蓮花春盡生，峯裏芙蓉秋不死。我家原傍敬亭雲，折柬可邀軒轅君。眼前好山不肯住，三山五嶽復何云？

湖上阻風

忽擁西風浪，橫驅白鳥飛。魚腥知雨細，蛟氣入煙肥。雲去兼吹葉，潮來欲上衣。波濤隨處是，作客未言歸。

敬亭秋雨

紅漸當衣落，青仍到澗微。江村千樹暝，山郭片雲圍。寒鳥鑪分影，閒鐘院度稀。悠然無礙意，雙屐趁僧歸。

北樓夜月

高齋今夜月，輝映似南齊。白轉苔前露，清分郭外谿。樹遮城壘細，鳥宿釣磯迷。詩酒淋漓意，飄然憶隴西。

齊員倩南歸

五雲親舍在，轉狎故園看。欲讀父書盡，非關客興闌。衣裁楓葉老，字報雁行寬。遲爾杖藜處，桃翻影正團。

將之天都憶王尚玉

路指桃源入，人爲采藥行。苔文林外静，蘭氣雨前清。緱嶺分雲潤，天都借杖輕。怪他王子晉，何處獨吹笙？

雲中蚤秋

猶青花覆路，如浄髮根塵。攤史逢高士，栽花當比鄰。鳥稀常到案，鹿慣不疑人。但少滄江水，横竿學釣鱗。

秋　興

曾聞俘獲到坶牆〔三〕，可是鯨波已不揚。戈枕黑山衣授薄，犂扶青海歲爲荒。幾將舊夢依宣室，未有新詩走夜郎。塞外聽殘楊柳曲，應知秋怨重伊涼。

西山故宋離宫

鳳凰山逐亂雲悠，飲馬池聽咽水流。佛閣已沉園寢内，妝樓又暗海潮頭。鳥從輦路歸林失，客指碑陰落澗收。離黍漫嗟垂拱殿，如今汴水亦杭州。

秦松

寒葉高懸海色孤，且同瑶草未榛蕪。秦碑不載東封事，何日虚名表大夫？

元旦迎春戲作柳枝詞

若耶山下是儂家，日日開門欲放花。不信梅花春最急〔四〕，柳頭辨作雨前茶。

別白登臺

噪鵲常聞塞外峯，平林繡甲隱蒙茸。男兒但上燕支去，不問邊牆隔幾重。

三溪雨漲

一徑當峯出，千嵓挾水流。春將二月朔，冷似隔年秋。騎影川遥遞，衣光浪欲浮。青封雲嶺樹，白受野田溝。松塵存高論，籃輿作醉遊。玉鷄川上瑞，還欲共浮邱。

張希叔

原編　字比孟。淳安縣丞。

冷然別業訪張幼于

三徑葱蘢竹樹幽，懷君高誼獨相求。軒前雲抱孤峯秀，花底煙縈一水流。埜服不須黄綬貴，山棲無事赤松游。坐來頓覺塵囂隔，盡日溪邊狎白鷗。

和沈嘉則衣緋把釣

影落空江水不寒，西風斜日一漁竿。緋袍借得芙蓉色，妬殺江楓萬樹丹。

湯賓尹

江南通志 賓尹，字嘉賓。宣城人。萬曆乙未冠南宫，廷對第二。授翰林編修。仕至南祭酒，以制舉業名天下。

邑志文苑傳 嘉賓授編修，内外制書、詔令多出其手，號稱得體，神宗每加獎賞。尋晉中允，遷南京祭酒。雍中考課及分闈者三，所得皆當世名士。好獎借人才，士子質疑問難殆無虚日。詞林舊例，每優游文史，需次公卿間。賓尹獨慷慨負氣，縱談天下安危大計，好刺譏人，由是，與人不合。又以闈中爭韓敬舉首，忤執政，罷歸。崇禎初，廷臣喬若雯等疏薦，未及用，卒。居家孝友。父嚴峻，少拂意，輒長跪終日，色霽乃退。待諸弟友愛倍常，有私財輒爲親故持去。見負才轗軻者，推轂不容口。初以制舉藝名天下，至今無不稱湯宣城云。所著有睡菴詩文集。其條議防邊、備倭諸策，詳文集中。

梅季豹集 吾友嘉賓太史每歎斯文之失眞，而具高材遠識，博學厚志，足以至之，故文以紀事，事以見理，詩以抒情，情以標風，未嘗一著畫模，而亦無非古法。

睡菴文集 太姑翁姚先生者，沈君典太史延以師其子。家父挈予謁姑翁，予時年十一，幼不解事。會其門下諸名士沈長公輩方屬課，索紙筆，戲言：『吾亦爲文。』文不草，落紙就數義，一座皆驚。君典太史目之急，以爲非常也。一日，聚族前曰：『我兄弟行有女者，女之必無失。』婦翁在坐，舉手首諾。〔五〕

〔增〕

韓敬宣城右集序略　宣城右集者，吾師睡菴先生排纂，有宣以來文事之總也。其紀自鼎朝以迄昭祀〔六〕，其人自璋冕以洎褐庶，其結體自典號以達風謡，其分門自碑版以臻箋簡，他若井邑之興建，川麓之娱游，繕金碧於緇黄之宫，翦榛莽於津塗之吏，上下二千餘年，縱横五百餘里，信輿圖之粉藻，亦册府之丹青也。

制義科瑣記　湯宣城賓尹讀書山寺。上科某會元來訪傳衣鉢者，偶過其地，見湯徘徊於寺廊下，忽疾走狂笑，大擊寺鐘無數。某公問之，則曰：『我作一元文，樂甚也！』索觀之，曰：『是矣，但未盡善。』因指其隙，湯大服，請教，遂以元脉授之，已而果得元。

秋草文隨　湯司成恃才傲物，得罪于鄉先生，致有誣謗，後爲湯紹京所劾，聲望頓損。然其事實不過因韓敬關節，遂斥爲邪黨，而忌嫉者因叢矢于其身。嗚呼！以求仲之才而元之，豈不可謂得人？豈不足以服天下？聖人曰『舉爾所知』，何獨于湯而齷齪不可也？前明人黨同伐異，借事生波，毫無公論，最爲可笑。故因書事而附論及之。

西阪草堂集　吾宣甲第之盛，無如前明中葉，若大司寇徐公、司成湯公、都督沈公，皆人所侈爲夥頤潭潭者。

別李季宣

江城休沐處，獨客掩柴扉。避事常稱病，逢君可當歸。竹林春雨細，蓮館夜燈微。去處翻驚遽〔七〕，棲棲心曲違。

舟行

愁飲秦淮水，强弄秦淮月。渡頭如有人，不忍歌桃葉。

舟宿

多難棲江上，謀身愧不工。天河容永夜，野樹易高風。魚板時窺白，螢燈小放紅。一年秋思急，催落布帆中。

壽萬制府

越國歸來後，降旗已盡收。刺閨傳露板，飲器漆骷髏。部舞多椎髻，夷王解帣韝。最宜平埜望，沙磧盡良疇。

湖中

一湖横鬭蛟龍宅，夜半波嘷飛百尺。水怪張牙立浪頭，倒衣起視無人色。天地風霜俱促迫，欲行不行歸不得。荒荒月白照狂水，寒兔千年凍欲死。

南中春詞

常日春風長板橋，琵琶細語撥檀槽。一從騎鳳蕭郎隔，着處花飛怨伯勞。

高維岳

江南通志 高維岳，字君翰。宣城人。文學優長，領萬歷鄉薦。仕雷州推官，尋署瓊州。會礦徒竊發，鉤倭入寇，維岳伏兵擊破之。轉鞏昌郡丞。督餉臨洮，招番人置近甸，邊賴以安。遷興國知州，故苦柯、潭二賊，維岳至郡，立擒其魁。當事忌其功，投劾歸。

廣東通志名宦傳 維岳萬歷二十九年授雷州推官，廉明有執，署府事，革各吏公堂，清發庫幣錫錠三百餘兩。濬復河渠，伐石建閘，灌洋田萬頃。三十二年地震，瓊府尤甚，田沉，署宇俱圮。維岳奉委往攝瓊事，矢心擘畫，不半載，積逋頓完，各署俱豎，特創海忠介祠。礦徒萬餘人將聚爲亂，以計解散，渡海還雷，行李不加。直指李方麓深器重，特薦其邊材，欲超用之，會以白氏獄與本道伍公不合，自求循資平遷，得鞏昌同知以去，公論惜之。

邑志文苑傳

維岳，惠連裔孫。善詩賦、古文詞，與里人梅鼎祚、沈懋學輩爲敬亭詩社，尤長書法，而嫻于政事。家無餘財，所居不蔽風雨。翰林焦竑每歎曰：『君翰誦詩達政，有元道州之風。』著有遠霽草、翠雲亭集、保洮八議等書。

梅鼎祚遠霽詩序略

高君嘗鳩同好爲社敬亭，以余馬之齒稍長，尸其盟。未幾輒散去，蓋浮慕者終不勝諱者之衆也。君翰顧稱詩自如，即余病，杜門久，而君翰賦詩出門，近則白岳、齊華，遠則華峯、襄峴。每當天下山水奇絶處而爲遊，遊有詩。今所刻霽遠堂草是也，大致要歸於温厚和平，而無近世叫噪怒張之弊，本于自然而無牽率補苴之勞。君翰恂恂君子，居庭不言而化。侍御朱公之序曰：『知君翰，以人不以詩。若誦其詩，不知其人，可乎？知其人，則知詩矣。』

春　思

楊柳漸成絲，高樓怨别時。依依春風裏，腸斷江之湄。長條可攀贈，千里隨驅馳。此物奚足取？聊以寄相思。

秋　思

天高華月滿，露冷玉壺涼。獨坐碧梧下，浄琴聊以張。一曲流水音，風送蕙蘭香。秋士多哀怨，其如此夜長？

泊牛渚

方停牛渚舟，昏鐘出江寺。偉哉謝將軍，忽動千載思。高詠豈無人？知音誰復嗣？所以李青蓮，感慨詩自寄。

同梅季豹諸子遊廣教寺

向晚尋歸路，茫茫翠欲迷。會心偏勝地，洗耳愜清谿。酒泛吴船小，歌殘海月低。相看無限意，扶醉爲君題。

下第南還逢閩中游區善兼寄胡日嚴

江上斜陽陰復晴，依依楊柳帶春城。潮聲挾浪兼天湧，酒氣薰風送客行。芳草共傷遊子意，河梁偏動故人情。和歌曾憶當明月，一曲能令燕市傾。

采石太白釣魚臺

獨把絲竿雲外懸，風流誰不羡當年？只今唯見長江水，一任東流思惘然。

金陵同汪山人飲江樓

江上孤亭迥，浮鷗自去來。三山雲裏出，雙闕日邊開。鳥度停清曲，花飛落酒杯。杖頭錢未了，肯爲夕陽催？

白門還舟答陳計部

寒江落日動歸橈，回首都門路轉遥。天遠不堪聞過雁，月明誰與泛新潮？歌來郢雪聲難和，望去楓林色欲凋。榻下南州情不淺，幾能尊酒重相招。

徐夢麟

江南通志　徐夢麟，字惟仁。宣城人。萬歷丙戌進士，知河南府，改登州。屬吏有忤璫者，懼不免，力爲直之。仕至南太僕少卿。嘗自詠曰：『平生宦況猶江水，日對青山夜讀書。』

宣城事函　徐夢麟選長葛令，調繁杞縣，兩邑尸祝。壬辰，遷南庫部，出守雒陽。值倭訌旅順，登州告警，執秩者借邊才調，果奏功，加賞，再加俸一級。三年，推青海兵備。尋敕提學通省，齊、魯名傑盡入彀中。丁未，正位大觀察，忽以太淑人春秋高，輒挂冠拜疏，奉板輿南還。十年承懽，三年廬墓，生孝、死孝合矣。制滿，起南太僕少卿。值門户禍興，遂引年高舉逍遥，七十六而卒。生平談辨注射，朝典國儀，侃侃鑿鑿，其清貞介特，則居然先進典型。甫殁之日，當事特進鄉賢。

邑志宦業傳　徐夢麟清剛絶俗，持論侃侃，人不能奪。子淑字善生，博雅善書法。有東田詩集。

冬夜聞王季木移官南棘寺

稷下一分手，十年鬢盡霜。浮名原塞馬，拙宦任滄桑。四壁身猶在，千秋業未央。寒江何日渡，南國正梅芳。

懷飛卿弟使竣北上

過里三冬盡，還朝四牡騑。鬢因離別改，宦與世情違。雁字斜連月，梅香暗入帷。遥知春草夢，同繞白雲飛。

冬日送王梅和憲長鎮池陽

豸冠千騎擁前旌，叠嶂梅花欲送行。兩漢循良新執法，三吳風雅舊提衡。霜寒飛艣潯江浪，月滿雕弓細柳營。共指襜帷龍節近，春光猶照謝公城。

施　訾

李來泰明史稿本傳　訾字曾省。南直宣城人。父弘猷。郡諸生。少篤學力行，深研性理，而樂與人同，其所誘開者爲多。嘗與鄒元標、焦竑諸人往復論學，甚見禮重；殁，爲之傳誌。有中明子集行世。晉世其業，趨步守尺寸，而至性過人。居父喪，哭踴三日，水漿不入口，杖不能起。時貧無葬地，喪留於家，朝夕上食如生凡三年。既殯，奉木主寢食，事大小告而後行。體孱甚，讀書必夜分。母切戒不可，乃以甲夜假寐，候母寐熟，復帷燈默誦，如是以爲常。母操作過勞，術者言不得五十。日夜憂懼，禱于九華山，伏地良久，兩袖皆濡淚，蓋減己算益母也。母後竟以八十終。有弟譽，少長十歲，同居無私橐，然或有小失，必稱述父訓相繩切。嘗謂所親曰：『惟愛而後教行，惟嚴而後情至。今人於兄弟，升斗不相假，漠如行路，而欲其受教，難矣。脱有督責，必有鬩牆；置之弗督，則又秦、越同氣也。』時以爲名言。卒年三十七。

陳弘緒傳略

先生甫四歲，母以肉食奉舅姑，而自淡食。先生侍王父肉食歸，見母淡食，悲痛仆地，移時不能起。七歲就外傅，十歲通詩易，尤篤孝經。晨起，必焚香拜讀之。始婚之夕，賓客强以酒，固辭不勝，允升公以爲忤客意，目攝之，先生跪謝客。請而起之，猶退而跪于寢門。曾叔祖志穆有田百畝而無嗣，先生承父志，捐爲義田，以永志穆之祀，而所遺四喪三女，悉己力經紀之。宗黨無告，待以舉火者數十家。先生固善詩賦，不輕出示人，所譔述語録、詩文若干卷藏于家。學者稱曰述明先生。

邑志 晉父弘猷、祖尹政，以理學世其家。晉敦行績學，以孝友著。順治十一年，以子閏章貴，累贈奉政大夫、山東提學道按察使司僉事。

余颺巢林集序略 予讀先生之詩，如感遇、自警、下淚辭，皆羽翼名教之言，非雕蟲家所可幾其萬一。然則伯璣之刻、愚山之傳，烏可以已哉？先生行誼實學，陳士業傳之已詳。愚山每一誦及，輒欷欷淚下，予亦不忍縷指，以傷愚山之心。特爲序先生之詩者如此。

學餘集遺稿書後略 先君子推本躬行，言必澤於道德，行必歸於孝謹，雖造次步趨，未敢戲也，故平生與人切劘，反覆不能已。及其既歿，親知聞者無不流涕。嘗過金陵，從焦澹園、鄒南皐兩先生往復問學，以貧病親老不能遠離爲恨。撰著不多，然觀其遺草，微言至性，見於篇什，讀者爲感動。於戲！先君子紹述祖父，以斯道自任。易簀之日，年僅三十有七，其行事略具傳誌中。

〔增〕

府志儒林附傳 允升子二：晉、譽。晉字曾省。孝友好學，有父風。

施閏章書後 甲辰正月二十六日，舟發臨江，至樟樹，恭誦半日，選定七十首，擬删二十六首。讀至苦雨歎，不覺嗚咽沾衣。嗟乎！後之讀者，不知先大人之時地，亦烏知其言之酸悲乎？

古詩

孤樹無完枝，結根危石阿。下有百仞淵，上有千尺蘿。蘿本附松生，蔓反傷其柯。風急獨雀來，月明鴻雁過。秋空一長淚〔八〕，山水哀音多。

獨夜

茅堂虚以寂，霜露清且淒。明月流光華，照彼棘與藜。肅肅東北風，吹我庭樹枝。天高不可問，榮謝誰能知？君子多坎壈，感此淚欲滋。況乃懷行人，佇立以勞思。

雙谿月

曒曒長空月，照此寒水流〔九〕。遠汀依宿鳥，斷岸俯潛虯。天路渺漫漫，露華千里團。何處關山夜，何人翠袖寒？我心懷佳人，道阻不可親。悵怏未能已，涼風來無垠。

蔡長春

原編 字永叔。庠生。

題施氏竹園

依山緑竹影差池，萬箇參天奥郁垂。林外月陂朝眺適，篁中風榭午酣宜。不知魏晉爲何代，直擬羲皇是我師。坐待離離成老實，梢頭定有鳳凰儀〔一〇〕。

吴一元

明詩綜傳 字堯開。宣城諸生。

行 春

到眼領春光，陰垂柳線長。古墳高馬鬣，僻路曲羊腸。人面當初好，桃花依舊香。胡麻如有飯，雲外即仙莊。

冬　望

埜爨孤煙矗，灘舟一水膠。深林餘敗葉，高樹見危巢。地僻宜閑性，家貧識素交。江寒玄草在，誰解子雲嘲？

春日漫賦

寒裏春風一半銷，長條挂緑柳平橋。征鞍莫向橋邊過，繫得離心萬里遥。

贈顧二娘

問酒青樓繫玉驄，梅花春伴小橋東。縱來歷亂猶堪惜，不學山谿桃李紅。

撥　悶

正愛韓休論瘦肥，夢無八翼向天飛。還憐渭水絲竿在，不見文王大打圍。

劉仲達

邑志載籍志 劉仲達著鴻書一百八卷。〔一一〕

原編 字九逵。太學生。

焦竑鴻書序略 宛陵劉君仲達少爲諸生，以詞學著聲。其所綜畜，以閎博自喜。

李維楨鴻書序略 宣城劉九逵雖治博士業，不爲功令所限。游思竹素，無者訪購，有者丹鉛，凡二十餘年，以所銓次集爲鴻書〔一二〕，離其目曰天文、地理、歲時、世系、三教、五倫、人事、人品、官職、文史、身體、宫室、飲食、衣帛、珍寶、器用、音樂、方術、花木、鳥獸、鱗介、昆蟲、録異、紀龎，類凡二十有四，類之中復有類焉，凡二百六十有奇。蓋名物、詞章、典故、經濟大略具矣。

顧起元鴻書序略 九逵劉君之爲鴻書也，總百代之秘文，搜二酉之佚典。採玉于山，非懸黎無以結佩；漉珠于海，非明月無以入懷。蓋一時類集未有或之先焉。

〔增〕

梅鼎祚序略 君伉爽自喜，負奇氣。每過余飲，酒入舌出，奮髯抵掌，譚議風生。雖游于諸生乎，疆力覃思，以希古作述者流，而先之迷有是書〔一三〕，上下今昔，苞括洪纖，詎必極遐討冥，蒐就一時所接覯而已？積卷軸，映縹緗矣。

雙白雁

兩兩于飛社信忙，水晶簾外鬬新粧。三春去國同披練，千里歸來各帶霜。影落銀河迷故伴，睡沉瑤島怯分行。總教再入華胥夢，錯認烏衣作帝鄉。

楊思忠

蠖齋詩話　字藎臺。吾邑之雙溪人。萬歷中爲諸生。家貧，苦吟，罕知者。

古意

君下榆林關，妾上望夫山。化鳥不化石，飛去復飛還。

鍾震陽

邑志文苑傳　鍾震陽，字百里。少孤貧，寄食舅氏鄭世德，而以師事之。性癖古，不屑屑經生家言，是以屢困于小試。積歲館穀盡購書籍，寢食于斯不稍倦。年及艾，始舉崇禎庚午鄉試。辛未聯第，是科程策半經其手裁，一時古學聲噪燕京。知山陰縣。山陰瀕海，築捍海堤以備民患。雖不便于諸大户，而戴德者在萬姓。祠于海壖，部民碑焉。後以重文學、緩催科，左調蘭陽。著有偶居集，行於世。子無瑕，順治戊子恩貢，汜水知縣。孫銘文，康熙庚辰進士，綏寧知縣。曾孫穎源，乾隆壬戌進士。

冬日感事

家在三都市，年年獨掩扉。頹階枯蔓草，破瓦走蛜蝛。雪暗青天失，窗虚夜火微。人前難對面，不是愛知希。

丁未上元

片片香車簇野煙，落梅歌管沸鵾絃。千家燈火千家月，半在人間半在天。

徐日隆

宣城事函 字從道。通政使元氣之孫。崇禎六年歲貢。有崇政齋集。

邑志宦業傳 隆善屬文，工書法。司訓青浦，擢知景寧縣。地故多盜無城，力請城之。

出羡鍰，改建學宫，集諸生講業。將報最，移疾歸。及陞山東沂州守，而日隆已卒。景民思之，勒石祠祀。子造，由庠生入監，預修天啓實録。

九日春歸臺

秋深看欲暮，臺上望春歸。縱是流光迅，無令樂事違。菊枝初吐豔，楓葉未全稀。及此清遊日，高歌繫落暉。

非所吟

陌上春如許，憐予那得知。忽將茶笋至，覺是夢春時。

己巳還里復東去别叔

竹林聚首纔三日，楓岸離尊動隔春。菉水青山仍見我，紅顔白髮久欺人。别來尚有鬚眉在，老去惟知骨肉親。賓雁雙鳴沙嶼杳，斜陽帆影照孤神。

方希叔

邑志方技傳 字元甫。少讀書，喜談方略。困諸生，棄去。善八分書，精繪事，尤長于草蟲，淡墨揮洒，飛動如生。得服氣養生之術，嘗啖松柏葉。年九十餘。

題畫

桃花翻浪柳煙迷，舊燕江頭啄紫泥。似愛鍾陵風色好，年年依傍帝城棲。

校記

〔一〕由東　疑當作『山東』。
〔二〕蒼　順治本作『山』。
〔三〕坍　順治本作『旃』。
〔四〕春　順治本作『吹』。
〔五〕本則光緒本刪除。
〔六〕昭　當作『昭』。
〔七〕處　順治本作『住』。

〔八〕淚　當據順治本，作『唳』。

〔九〕寒　順治本作『溪』。

〔一〇〕凰　當據順治本，作『來』。

〔一一〕本則光緒本與第二則位置互乙。

〔一二〕本則此下光緒本刪除。

〔一三〕迷　當據梅鼎祚鹿裘石室集（明天啓玄白堂刻本），作『述』。

宛雅二編卷七

明

梅朗中

陳臥子皇明詩傳 字朗三。宣城人。崇禎時文學，夭卒。

邑志文苑傳 郎中，鼎祚孫也。少學古，能文章，發先世藏書，旁搜極覽，擷爲英華，聲籍吳、越間，四方之士道宛陵者，莫不過從極懽。爲人温厚謙抑，喜交遊。善詩文書畫，風韻洒然。所至卷軸箋素徵索如市，口哦手揮，人人得意去。困諸生不第，而當路折節加禮，邑大夫余颺尤稱善，海内如馮元飆、周鑣、陳子龍諸賢咸亟推之。嘗輯唐以前賦爲賦紀五十卷，編校垂竣而卒。聞者嘆曰：『玉樹摧英矣！』所著有書帶園集十六卷。弟超中，字季升。從弟磊，字杓司。皆同時名士，各著有詩稿，並行于世。子庚，辛酉舉人。

梅氏詩略 朗三少讀先人遺書，酣情嗜古，詩文法祖而資才駕之。字效張、王，畫規元、宋。嘗與吳、越諸名士樹幟騷壇，爲四方風雅之宗。論者謂『祖孫輝映，均足千古』。

侯朝宗序略　朗三采六代之華，標三唐之製，長歌短律，胥臻精妙。

施愚山序略　禹金聞孫復有朗三，蓋庶幾與禹金相望者。然梅氏自昌言學士外，聖俞仕不過都官，歐陽公傷其以窮死。禹金以明經對策不第，季豹、子馬、勉叔、朗三皆困諸生中，而朗三年不得四十。以宛陵山水清淑之氣，若私於梅氏之數人，生之甚難，聚之不易，而皆摧折之，若不甚愛惜，其故何與？

又云：朗三善詩、古文辭，兼及書畫，又好獎才彥，斂衆美以萃其身，乃年不逮四十而摧折，悲夫！

〔增〕

大清一統志　朗中亦善詩文。

府志封廕表　以子庚贈文林郎、泰順縣知縣。

來一堂集　大宋都官聲洋外國，明時禹金先生風期如昨。予友朗三力追大杜，時賢罕儔。詩固梅氏之家傳哉！

聽山文集　禎貞之季，復社諸盛流，江上則先君子朗三府君與沈貞文先生爲一時領袖。

梅花落

塞北梅初放，江南鶯亂飛。粧從宫裏豔，春向笛中歸。馬迹冰將泮，狐裘寒漸微。高樓當獨倚，愁絶一枝稀。

出　塞

漢兵三十萬，出塞正横行。毳帳瞻烏集，龍城徙豹旌。笳吹沙月暗，劍洗磧霜晶。會建封侯業，無憂白髮生。

入　塞

虜運盡枯楊〔一〕，鐃歌入建章。塞榆寒吐葉，閨蕙夢生香。疏爵盡開第，承恩並賜郎。腐儒東觀下，終笑草玄黄〔二〕。

折楊柳

楊柳多情樹，秦樓與灞橋。參差籠淺黛，蹀躞綰長條。春夢從來慣，離魂自此銷。年年攀折盡，不待到秋朝。

即席詠荷

擢波翹不勝，瀉珠弄難掬。曉日麗爲蓉，秋颸伴晚蓼。采作美人裳，緝成楚客服。棹歌如可期，薄暮空江曲。

秋夜行

明月皎素魄，鑑此深夜輝。蟋蟀鳴我牀，涼風倏及帷。緜緜緒不歇，耿耿如有違。仰視河漢流，招摇西北移。盈盈睇雙星，各負軏與機。露華湛空除，寒蛩吟何悲〔三〕。豈無緑綺琴？歎息音與徽。徽音曠難理，淚下不可揮。

雜　詠

山鷄翔市中，金鏃紛見加。于心寧有怒？羽毛乃爲菑。所以斷腸草，即是芙蓉花。嫫母妬娥眉，何必入宫邪？韓非困説難，賈生放長沙。淵乎至人心，一龍還一蛇。

芳蘭生道傍，擥者豈不衆？朝搴水中花，欲移美人種。美人有遐心，國香亦何用？蒯菅成微物〔四〕，得時則爲重。

履泥勿履弱，扳枝貴扳强。枝彊援不仆，泥弱跌且僵。朝入魏其幕，暮倚武安牆。書門何太愚，人情固其嘗。

題沈眉生盛塘學舍

廣川樂家居，文中棲河汾。太平策不就，禮樂藉以存。沈生服風秀，淵岱氣所敦。被褐對公車，矯矯晁賈倫。抗表申大義，曲突不見賓。歸耕姑山麓，言追嵩下人。誅茆立講舍，東南響然臻。琴書列前序，榆柳蔭後園。眷言念良朋，瞻對資清醇。淡然絃誦内，蓋亦辭世喧。中原日擾擾，聖人勞經綸。豈無南山歌？歌出聲還吞。

送蔡大美讀書棲霞寺

芳草亂青袍，流澌澹明鏡。揮手溪上舟，發興江中詠。杏苑春正嘉，皐比爾何盛？適意苟不存，浮名良亦病。京國富妖嬈，玉質將誰競？偃蹇依名山，嵓嵓佛光映。披蘚磨殘碑，讀罷懷江令。

飲仲馭鹿迹池上作

積霖掃埃鬱，欣此池上酌。苔沉石籟蒼，露下潛鱗躍。華燭閃風簾，飛螢綴疏幕。坐齊竹林數，韻流蘭亭爵。冷冷夜遂闌，共惜羅衣薄。

秋日詠古

秋氣日遒至，蕙草露已團。蟋蟀入我牀，悲吟亂哀彈。我衣尚絺葛，何以禦歲寒？浩歌古人書，慷慨有餘酸。牛衣泣王章，積雪困袁安。陶潛餓乞食，鄭虔乞酒錢。孰是寥廓心，乃顧流俗嗇。豐翮羈瘁林，巨鱗困濁瀾。變化風水中，物故各有天。永言著斯篇，歌罷起長嘆。

贈馮鹺使薇圃

昊天沛霖雨，神淵奮雲龍。皇心眷非常，寤寐奏景風。妙選陟平臺，獢獢有馮公。通籍乃司直，乘驄五湖東。

五湖多輕心，吳越維大命。歲比哀中澤，南服伊不競。陰王洵微管，荒服軌富鄭。郎知執法賢〔五〕，亦誦天子聖。

東門渡尋桓内史彝墓

維榜古渡麋，散步越平蕪。斷塔峙荊榛，生煙靄亭午。展尋桓史墳，樵蘇杳無主。荒隧登來牧，遺烈耿廢伍。中興兆一龍，蓄服半養虎。英圖乃勤王，仗節亶守府。神爽亮在玆，歷落更懷古。

送劉師

朱方貞仲冬，寒氣已戒嚴。廣衢立浮雲，迴猋不顧還。置酒送遠人，傾觴留歡顏。風波委道路，相與祝其轄。餘映没西山，征馬驕不前。顧念平生親，仳儷在此間。慷慨填我胸，淫淫不能言。

曉入敬亭山謁李祠

昧爽戒徂雨，丹晰瑩沓嶺。邅迴遵仄徑，煙嵐冒嵓頂。曲沸渫雲崩，峭谷曙星炯。飄獵赤玉卷，露團素玕冷。迴谿隔徒侶，薜蘿亂人影。珠瀑噴湅練，金潯寫寒景。捫崖瞻遺祠，美人恍俄頃。石竇蒼鼯竄，菌塵白駒永。碧蒙藉緑碑，覆誦懷殊耿。趨賞歡俶符，情澹悲遽屏。寡陟克夙負，風期儻獲領。

夕發黄池

洪河銜汎湍，昏旦遞流汩。摇摇繫飄蓬，時竟刺輕筏。潔潔旻空碧，鱗鱗秋水活。勁林款緒風〔六〕，夕渚澄石髮。茭蔩冒素洲，陰霞互明滅。迴棹矚青岑，蒼翠極崪屼。杳杳紆曲川，冷冷指弦月。孤懷歸思攢，膠膠情詎歇？

夏暮園居

埃鬱當亭午，繁陰暑氣薄。游目卻煩囂，園居置邱壑。朱雲冠澄江，湅雨懸巖落。涼颸密竿生，颼颼扇羅幕。屏迹罕雜賓，枕簟間戲噱。達生庶可憑，知命詎由學？

山居

西疇盛農事，火流斯刈穀。災風被隴首，嘉實草肅肅。薄收課官租，微粒肆朝粥。爨煙潤澤暉，佳雨灌原腹。堉田聊荒鋤，暝月飯牛犢。惰農一飽歡，秋種尚未卜。山夕露蒼涼，先霜飭寒服。黽勉相力作，歲需頗難足。

放歌答周仲馭宿天逸閣見贈之作

草閣寄在宛城東，古木槎牙鳴高風。其下蓬蒿車馬絶，荒冢夜哭鬼火紅。披裘自愛無知己，同調誰憐有周子？短衣杖策碧雲天，炙鷄行酒茅檐裏。倚闌拍手星河垂，興來龍蛇走窗紙。君不見，敬亭片碣比天姥，青蓮死後何足數？風流那繼謝宣城，吾家聖俞久黄土。賴爾新詩一起予，把酒長吟淚如雨。宵中共被懷古人，不覺悲歌起來舞。草間狐兔正紛紛，願君先射南山虎。

送顔庭生游秣陵便寄林含實黄處厚徐道潔

九月北樓桐葉脱，霜落雙溪見溪骨。顔郎大笑金陵遊，小刀猱捷坐超忽。愁心已傍鳳臺雲，新詩獨吟牛渚月。項領紛紛鄉里兒，人生何處開鬚眉？懷刺應須北海識，短簫好向蘆中吹。飲君醇酒把君手，君到南中尋我友。林生眞識徐子清，就中特出黄處厚。莫看朱雀橋頭花，好折白下門前柳。白門枯柳夜藏鴉，爲君啼夢繞天涯。瞥目東風柳條緑〔七〕，春帆余亦欲辭家。

答贈李叔則

關中才子李叔則，朗朗玉山照顔色。東遊吳會尋名山，黄河萬里瀉胸臆。懷刺朝朝求友生，麗藻才人名盡驚。邂逅秦淮杯酒間，冰心獨愛梅花清。贈我萬松詩一首，飄逸似出青蓮手。笑脱風前紫綺裘，大醉孫荆樓下酒。君家狂客千年矣，風流今復見吾子。遺書從來不借人，倒庋傾箱那惜爾，西歸好懸咸陽市。

劉瑞當過訪便之南譙馮鄴仙太僕

留君掉頭別君苦，三洲渡口悵飛櫓。旅槖平分敬岫雲，紵衣又拂瑯琊雨。瑯琊風物古來清，白石可煮鯽可羹。石爛歌殘堪太息，看君不是食魚客。後有醉翁前蘇州，十日淹留君亦得。

同黃太冲過燕子磯訪蔡大美因懷馮躋仲廣陵吳起之宛上

水落江流穩，輕舠恣訪君。異書隨洞秘，殘磬與波分。有石皆成黛，無帆不帶雲。遥看沙雁起，天末悵離羣。

集白雲樓

徑穿叢篠出，樓壓曲嵓生。虚爽坐看久，壺觴暑更清。烏棲千嶂夕，虹飲一溪明。最愛秋林晚，丹霞樹樹横。

同爾止大美過杓司響山懷五弟季升不與

荒臺垂釣後，絶壁更留詩。登眺洵云美，風流今在兹。潭空歌自發，花好客多思。卻惜連枝會，差池獨醉時。

訪嚴子岸不值飲子餐齋中因寄子岸子問子觀山中

幾年春草夢，祇是謝家昆。慧業山中老，英姿塵外論。好風忻入室，快雨爲開尊。采采芙容暮，江南客思繁。

雲陽道中

客行常畏暑，未曙戒征囊。半嶺霞初徹，穿林日尚蒼。沙田蒿草没，騆路棗花香〔八〕。歎息興王地，枌榆鬱幾行。

同方爾止蔡大美游響山時余將往新安因送大美之金陵〔九〕

作客同春水，東西任去留。那堪臨水送，復此别家愁〔一〇〕。白岳開丹卷，青山空謝樓。無須悵分手，雲物帝城秋。

高樓月

月色皎如此，秋光滿夜清。高樓動遐思，二十四欄明。木葉洞庭下，蒹葭霜露生。鳴琴復起坐，河漢漸縱横。

寄朱子强

海内推名士，披帷竟幾人。獨憐雙玉樹，不染六朝塵。書帶松鱗老，聲從竹馬新。相思秋水隔，一夜長洲蘋。

送吴生孟脩讀書越中因訪錢諸暨及湖上嚴朱諸子

入東何不速，良友半空函。埜飯沙頭市，春衣馬首嵐。負書誰共賞？斷酒爾能堪？若過山陰道，還先禹穴探。

周農父自楚見過因感方中丞事寄密之都下二首

春江濤自壯，都向客爭鳴。白璧徒悲楚，青萍許識荆。紛紛工短尾，夢夢壞長城。最是武谿曲，偏傷袁寄生。

迷道曾飛將，元戎豈衛青？氣雄吞虎穴，寵逼會蠅聲。江漢天堪問，風塵客獨行。且無驚請室，漢主識蘇卿。

寄羅文止金陵

吾愛羅夫子，青天海隺姿。何年升虎觀，每夢到鳩兹。珍重蒲輪事，流傳齏臼詞。應知白門柳，爲我望成絲。

送大美之留都寄何次德

纔傾蘭社酒，便買石城艭。旅夢回楓樹，餘霞吟練江〔一一〕。舊知名第五，不獨賦無雙。儻問梅眞子，寒吟謝朓窗。

春日懷眉生都下

高閣春歸晝欲陰，俯闌北望一開襟。受風紫燕欹斜舞，坐樹黄鸝自在吟。芳草數迷江上夢，梅花未折日邊音。遥知灑盡長江淚，前席誰當漢主心？

仲秋送劉伯宗北上并訊萬茂先諸子時眉生上書歸臥

衣冠遥集祖江干，江草汀花露已團。滿目風煙迷楚澤，早時名字動長安。但令丹陛陳書易，敢謂蒼生小草難？獨有賈生憔悴甚，歸來重整舊漁竿。

寄懷萬茂先時方應徵兼詢徐巨源〔一二〕

生平朋好誰如女，五載相思一紙書。但把新詩當次面，忽聞臥病反愁予。泥塗愧我秋生鬢，攬轡期君早引裾。并訊南州徐孺子，莫令絳灌笑空虚。

春分對雪寄蟭螟臺郎

南國今年春可憐，流霏春半競花妍。履穿東郭閑吟蝶，書寄西臺冷割氈。青草望枯烏巷地，朱旗新閃白鹽天。知君自有憂時句，爲續秦川杜老篇。

傷秋

高樓徙倚黯蕭騷，嚴鼓逢逢動麗譙。海上鯨鯤氛甚惡，江南狐兔氣全驕。悲歌中夜劉琨舞，流放冤魂楚客招。幾載音書遍巖谷，祇今猶自托漁樵。

有感寄錢吉士

風吹書帶草初長，日日抽書坐草堂。是處名山堪置屐，況逢良友更連牀。杏園蘭谷春仍好，鷗社龍門事可傷。眼底江南名下士，風流依舊説錢郎。

秋日有懷徐巨源諸子因悼茂先奄逝兼問其漑園遺草寄令弟起先

高樓雁過滿城砧，獨客相思遥夜吟。灌井魚龍秋寂寞，稽園楊柳旦蕭森。即看劍瀏同飛雨，爲惜琴亡失賞音。若向東湖尋舊業，鶺令芳草更傷心。

寄吳履受大行

星榆歷歷紀前游，淮水燕臺隔素秋。曾醉太常齋後酒，幾凋司馬市中裘。烽煙滿地絲生鬢，肝膽投人雪照鉤。才望似君眞迥絶，治安急爲奏螭頭。

寄荅竟陵鄒荻翁並訊令子禹對雲掌玄晏

鷄壇鷗社盡荒蕪，屈指君家大小蘇。望裏雄風生七澤，懷中明月盡三株。莫愁曲好能歌否，司馬游奇有記無？豈是驚人同謝朓，遠煩書札到菰蘆。

舟次溧陽阻雨簡彭旦兮吳見末值王醫邀飲示庭生孟璿

瀨陽西上雨霏霏，永日羈棲遲所思。無屋只教舟裏住，有簫寧向市中吹。曾將折柬勞知己，卻喜清尊薦野醫。似此旅懷容一展，呼朋燒燭共聯詩。

送徐乾若任膠州時以其尊人壽過里門

駟亭晴雪灑清塵〔一三〕，送爾之官綵服新。堂上朋尊齊介壽，江南名士半勞人。密之諸君并選州任。膠河曉渡冰華發，海國星迴斗柄春。曾是孔融絃誦地，下車莫使愧先民。

和沈景山見贈

幸無剥啄嬲衡門，蕠榻蒲編旦復昏。已覺眼光堪似衍，可容齒利僅如袁。來詩有袁虎事。春沙含霧迷空郭，煙柳垂風亞水軒。痛飲便稱名下士，願君終日但開尊。

虎邱戲贈李日者

白堤新雨少人行，季主相逢此獵纓。竹肆下時雲欲暝，畫船歸去月初明。何妨磨蝎同韓子，莫以輕肥擬蔡生。若待春風花滿日，五陵豪士已知名。

夏日樓居雜感

蜩螳滿耳沸池陰，獨立危樓雜感侵。懷璧從知非有罪，鑠金畢竟是何心？雨荒藤蔓蒙冰井，風曳苔衣上錦砧。祇覺逃名身自穩，子昂何事獨摧琴？

題大美畫扇

衰柳弄寒姿，遥峯滴殘翠。空亭不見人，獨往有深意。

蝴蝶花

緑葉抽書帶，繁花剪雪衣。南園春未覺，爭向夢中飛。

邊　辭

侍中節制羽林軍，犀甲琱戈總耀雲。莫向李陵臺上望，漢家麟閣待書勳。

孟璿惠筆報以藏墨一螺適新有所納嘲之

鼠鬚須寄右將軍，爲爾閒書九錫文。近説遠山新黛淺，葛囊聊取緑煙分〔一四〕。

游茅山阻雨舟中示庭生涵吉

輕陰緑雨杏花天，鎮日蘭橈古步前。一片白雲封鶴馭，只從空裏拜茅仙。

春雨低懸芳樹頭，桃花洞口誤扁舟。三峯咫尺如天上，自是神仙不可求。

送劉雲游姑蘇

江館花殘燕子飛，春蒲一幅下螐磯。五湖煙月知多少，莫學西施去不歸。

無題

燕鶢鶯忙欲送春，多情宋玉住東鄰。自憐不及南園蜨，浪引花魂入夢頻。
莫向春風恨不窮，桃花題罷綵雲空。等閑無賴天台水，流盡深紅并淺紅。

立春前一日雪

梅萼吐胎麥吐芽，一冬不見有飛花。條風明日纔乘令，先遣瓊瑶報歲華。

校記

〔一〕虜　順治本，作『胡』。
〔二〕黄　順治本作『忙』。

〔三〕悲　順治本作『哀』。

〔四〕成　當據順治本，作『誠』。

〔五〕郎　順治本作『即』。

〔六〕款　當據光緒本，作『欵』。

〔七〕目　順治本作『眼』。

〔八〕駟　順治本作『驛』。

〔九〕余　順治本作『予』。

〔一〇〕家　順治本作『華』。

〔一一〕吟　順治本作『詠』。

〔一二〕詢　順治本作『訊』。

〔一三〕駟　順治本作『驛』。

〔一四〕順治本此下有注曰：『九錫，用王茂弘事。』

宛雅二編卷八

明

麻三衡

明史本傳　三衡，布政使溶孫也。金聲起兵績溪，三衡從故山東巡撫邱祖德起兵應之。旁郡吴太平、阮恆、阮善長、劉鼎甲、胡天球、馮百家與俱起，號『七家軍』，皆諸生也。三衡既敗，太平等亦死。

明詩綜傳　衡字孟璿。宣城人。選貢生。屯師姑山，兵潰被執，死于市。

明語林　麻孟璿三衡圓顙方頤，虬髯玉面，身昂藏而娟秀，雅好飾其巾服，乘馬過都邑，觀者相逐。常命畫師仿岳忠武像貌己，笑謂人曰：『正恐頭頸相似。』孟璿幼孤，祖母徐安人嚴，頻朴笞之，家人笑問：『臀知痛否？』答曰：『使痛與膚習，吾異日好作楊繼盛，受廷杖耳。』〔一〕

〔增〕

書帶園集　孟璿博雅多通，身兼數器，逌然有經世之志，世亦以此許之。

己卯放失

夫君豔傾國，賤妾薜蘿衣。秋水空澄徹，山花漫陸離。髫難工墮馬，歌欲變黃鸝。昨夜承恩者，風光好自持。

陽羨訪陳定生塗次相值會道險不可泛舟因訂期而別

孤帆遲日下金沙，落盡新潮長蓼花。風便偶逢江上侶，月明來試岕山茶。吳兒望歲唯呼雨，楚客憂生盡憶家。秋以爲期聊執手，河橋盜賊正紛拏。

送萬茂先選舉北上

客從南州來，蕭然萬里行。顏面帶風霜，中心浩以深。矯志托巖阿，雅譽流公卿。李杜富文章，董賈懷經綸。不如公孫弘，乃爲時所欽。感激平生意，一別飛與沉。河朔多烽煙，京路饒風塵。衆鳥競飲啄，孤鴻求其羣。豈不誠艱危？時命難與論。念茲西頹光，努力策勳名。

題施尚白桐窗孤嘯圖

桐窗居士眞離奇，短衣瘦骨野雀姿。手持一幅青桐影，臨溪長嘯索題詩。桐樹婆娑鳳凰宿，千尺琅玕看不足。秋風颯颯鳴枯枝，一曲離騷山鬼哭。嗟君孤嘯何爲乎？看君腹貯五車書，筆底瀑布濺明珠。何不騎馬試，萬言飛檄討單于，窗前寂寞空伊吾。君不見，滄桑世事一朝變，我已拔劍破壁焚筆硯。

天逸閣同爾止大美庭生杓司諸子社集

春風動地花枝亞，欲飛不飛滿庭榭。主人好客起高樓，珠簾背指銀河瀉。桐山之客天人姿，興酣落筆凌王謝。紛綸錯落散作雲，倏忽摶風自天下。抑塞磊落顔庭生，倒挈銀瓶聊嫚罵。瞿硎立賦千言成，爛熳珠璣隨叱咤。清歌纍纍生調絃，浮雲細雨生芳麝。蔡郎落筆如有神，笑指胡姬索杯斝。眼中吾亦共頹唐，後有滄江前太華。酒闌小月吐高山，待放馬蹄踏清夜。上山下山歸雙溪，漠漠寒煙起桑柘。

送蔡大美讀書攝山因訊海若諸子

雲雨瀾翻漫遠征，莫將飄瓦負青苹。十年閉户羞時事，一日開尊聽鳥聲。夏月滿樓光漠漠，江花向客意盈盈。風流王粲傳經否？吾欲披帷讀論衡。

送余賡之師還閩兼寄慰希之

夫子歸颿見素冠，江煙山月思無端。一朝仗劍秋風急，幾載論文夜語闌。不爲塵埃封木榻，但愁征税到漁竿。海天悵望佳期遠，祖帳孤亭集歲寒。

橘柚含香秋水平，愁中秋色倍淒清。望雲立馬千山影，送客臨風萬里情。悃愊無華推漢吏，文章爾雅屬難兄。明時尚有彈冠日，好共羔羊出浦城。

贈錢聖月

不寐成騷首，蕭然獨寤歌。霜天砧響急，庭樹雨聲多。酒力三更緩，愁心萬緒過。錢郎戀明主，獻賦意如何？

春　興

二月春雨歇，新流始到門〔二〕。黄塵連晝暝，紫燕掠波翻。山静鹿無迹，林香風滿園。中原多轉戰，幾處欲招魂。

獨酌憶張梅卿

蒼茫成獨酌，寂寞意如何？草閣新寒入，江村落雁多。月行生竹影，水宿老漁蓑。吾愛張平子，蕭蕭尚薜蘿。

玉　河

玉河水背漢宫秋，故國煙花生遠洲。青女明璫爭夜月，黄頭翠羽舞伊州。夢回塞上雙流淚，家在淮南獨倚樓。多少東門種瓜者，飛蓬搔盡不勝愁。

徐復生移家丁橋予亦移家稽亭

風雨西村烏鵲稀，南州孺子卧牛衣。南山茆屋白雲滿，十里句溪紅葉飛。亂後知交斷消息，愁中耕鑿聊憑依。卜居我亦入山去，輸爾江鄉蝦菜肥。

寄馮鄴仙司馬

漢家新拜霍將軍，海外驚傳司馬君。似水臣心良不易，如春天語衆中聞。尺書欲動三邊氣，孤劍嘗懸萬里勳。試向燕山頭上望，誰言極北有浮雲？

初春登在水樓次家度如韻

歲晚役車息，春園雨後尋。臥雲消永日，流水澹閒心。雪净千峯出，樓觀萬木深。行藏聊縱酒，莫使鬢華侵。

大美買姬白下漫成閨辭

簡得如花爛錦衾，酒闌香暖菉雲沉。春來結子渾閑事，莫負桃根夜夜心。

羅衣拭盡五更紅，半下疏簾半畏風。記得秣陵春似海，如今不與舊時同。

欲採芙容不自由，良人夜上木蘭舟。青谿女伴如相憶，夢到三山白鷺洲。

春眠人起夜樓虚，挑盡寒燈寄遠書。君莫再多誤花酒〔三〕，白頭久已薄相如。

西山四首〔四〕

西山不可望，萬里遠傷心。落日照荒野，亡猿懷故林。亂流吾欲渡，岐路亦何深。誰是冠纓者，蕭蕭薇蕨吟。

黄河流不盡，北燕至何爲？冠蓋空三輔，鯨鯢盡赤眉。魂銷分劍日，心折覆巢時。野哭千山暮，無人慰黍離。

世亂忽如此，國恩誰與倫？徵兵到甌脱，揖盗自重閽。貧賤懷知己，弓裘忘至尊。中宵望北斗，不敢賦招魂。

終日如有失，相看何所求？一身隔江海，雙淚滿滄洲。父老疑猶在，東南涣不收。中原多李郭，早晚急同讎。

喜沈景山至因訂梅溪之約

秋聲動高樹，平楚煙蒼茫。客到雙蓬鬢，詩成倚石牀。銜杯消世事，匹馬立斜陽。月色梅谿好，今來漸似霜。

沈壽堯

明史本傳　金聲兵起績溪，與邱祖德、麻三衡等各舉兵應之。時郡城已失，祖德駐華陽，三衡駐稽亭，他蠭起者又十餘部，約共攻郡城，不克，壽堯陣殁。壽堯，都督有容子。

明詩綜傳　字景山。宣城學生。死于難。

即事

幽棲如久客，日暮起啼烏。橘實寒猶在，梅花凍欲無。聞鐘山寺遠，聽雪夜燈孤。賴有牀頭酒，長吟可不沽。

山晚

山外日初夕，山中人已歸。風來移鳥宿，月出照螢飛。竹氣寒生榻，荷香冷襲衣。一村深遠樹，燈影自依依。

喜大美庭生過梅谿

茗芽未可折，臘釀爲君開。埜席尊桑柘〔五〕，郊園闢草萊。狎人鶯不去，傍客燕初來。清夜明殘月，高車且莫迴。

和陶田居

曠遊千里外，一息理歸鞅。耕鑿亦常業，勞人經夙想。躬耕能不移，何復悔已往？比屋好鄰里，班荆集少長。衣褐苟卒歲，奚求阡陌廣？數畦芰且柞，無令雜草莽。

敬亭

枯根曾作級，怪石次爲梯。一井喜穿谷，千巖恨少溪。虎行殘葉響，鼠竄弱枝低。山漏初傳午，峯高日已西。

劉芳顯

邑志孝友傳

劉芳顯，字孔昭。父大成以孝友著。顯既孤，貧甚，俠游京師。母張曰：『才而困，命也，慎勿妄干人。』顯唯唯。久之，以文見知大學士劉公一燝，名籍京師，問奇者如市。罄所贄，歸葬祖父母，完諸弟婚，且婚從弟以延叔父祀，宗黨義之。顯出游幾三十年，妻田氏操作當户，克成其志，尤稱賢德云。

二樓紀略 沈畊巖徵君文集有書墓祭册子，述其父遺訓曰：『爾曹不聞城南劉伯子乎？誰守歲弗家顧，挈羣季襆被宿墓下，至正旦，稽首其先人始去也？孝子哉！』徵君書末云：『伯子謂孔昭先生。』夫闇然質行也，至賢者引以爲家訓而述之津津若此。嗚呼！夫乃眞孝義也已。

〔增〕

劉若宰傳略 往時社集都下，名藉甚而盛，有天行、茂仲、泰階諸君子，先後選木天。每把其撰著，欷吁不已。愧吾等蚤受歆揚，至其行事慎審，不以微介忽，而端静罔忮求律，躬如有臨，未嘗以己所臧否害所虚受，此其爝然表於深隱者，與余夙聞無異。

齊維藩序略 先生詩原伯仲五賢、三謝，已復羈孤，遲暮益著窮愁。文過龍門，筆老海外，宜其悲壯也。

閨思

蘭橈桂楫迅蓮舟，公子王孫坐上頭。回首去年張樂處，層層深掩晚粧樓。

劉振

江南通志 劉振，字自我。宣城人。慷慨善持論。嘗縱遊齊、梁、燕、趙間。中原多擾，范景文巡撫河南，振以布衣上書，由是知名。尋返金陵，鍵户著撰，輯明三百年實録，旁稽野乘，裁以己意，名曰識大録。

邑志文苑傳 劉振少懷高尚，博學無所不闚。范景文爲南兵部尚書，每有大事，多就洛訪。及内召，聘脩北工部志，書成，會李賊陷京師，未上，景文殉國，後書尋散逸。乙酉，疽發背死。振生平熟于掌故，所著書不一種，詞章其餘事云。

〔增〕

張廷綱序略〔六〕 公潛心著述，不妄交；有所交，必極一時之選。如大中丞唐公世濟、大司馬吕公維祺、少司成王公錫衮、吴公偉業、給諫李公清、陳公子龍、農部錢公振先，最稱莫逆，時時過公廬，質問古今疑義，意傾神肅。故名士若吴公應箕輩甚爲心屈，嘗有此一辨，瓣香終身，以奉先生之語，其尊禮若此。彙古今文曰文匯，擇雅醇者曰文經。自著指掌集三十卷。

述夢詩

每懷籬竹菉千行，臥對門前積翠長。閑櫂溪流看弄影，偶來山客坐深涼。黄花自折供晨爨，紫蕨鄰貽佐晚觴。可惜幽尋徒屬夢，鹿車何日課農桑？末二句醒後足成〔七〕。

眢質

原編　字無疑。庠生。

移居郡城

四十年中事，於今未忍論。交游悲落魄，兒女暗銷魂。舊業千金散，窮途兩口存。正平懷刺滅，未敢向侯門。

宥楮軒歌

天生老樹不肯俗，高枝飛翥遮華屋。朝煙兩水樯帆開，暮雨千峯鸞雀宿。下質寧堪梁棟才，龍鱗剥落堆莓苔。經過匠石不肯顧，離奇夭矯藏風雷。榭下有軒大如舫，幽人帶月頻來往。水香自紉芰荷衣，山晴細撥松花釀。酒酣拔劍臨高臺，陰風慘淡從天來。人生四十不得意，婆娑枯樹胡爲哉？

梅士好

邑志文苑傳　士好，鼎祚之子。性剛直。終寧州州同。

梅氏詩略　字無尤。由邑庠生入太學。任寧州少尹。生平然諾不苟。著有翠幄集。

哭朗兒

多才夭折莫嗟傷，脩短同歸向北邙。但是吾年五有七，逢兒三十六云亡。

春閨

欲出春閨結伴游，桃紅李白惹閒愁。何如小立池亭畔，戲看鴛央宿並頭。

顔紹庭

北樓志　字庭生。宣城人。文學。

原編　庭生，太學生。乙酉改革，適閩，仕東粤。尋改名宏度，爲西粤梧州府倅，卒。

〔增〕

書帶園集　庭生壘塊有正骨，勇于爲義，文采風槩，横絶一世。

同蔡大美麻孟璿天逸閣看雪

窮天雨珠玉，瘦日生光輝。竹壓低陰委，深巷閉柴扉。往呼二三子，仰陟層盤閣。琳瑯挂遠揚，高枝寂無爵。凍粟起玉樓，颼颼不可留。就兹無杜康，何以瘳吾憂？去年食無魚，今年饑無粥。遠矚山城裏，晨煙未起屋。擁被輕肥子，慶瑞樂融融。嗟此凍餒者，曷能待來豐？

梅士玹

梅氏詩略　字象先，號孤山人。華平季子。由太學生官少尹。生而躭吟力學，博極典籍，工古文詩詞。能不以貧爲累，雖處困，手一編弗輟也。著述數百餘卷，已刻者浦草、移居詩、黄池草、嗣音宴語、暇樓四六、瞿硎文草行世。

〔增〕

唐允甲傳略　先生一字同叔。行學著聞，士尊而不名，人人稱梅先生云。先生故受知山峙謝公，公知先生食貧，陰使人讓之，固辭。公復索讓之，先生涕下交頤，曰：『予小子何所覬？惟是予婺嫂苦節〔八〕，三十年如一日，懼溘先朝露，不及待，淹没以終，爲死者恨。』公□筆上其事，直指公報可，旌厥門，歲予之粟，以待舉云。由是，公益服先生。詣甚高，益嚴重之，而忌者起矣。會其族孝廉暴卒，忌者於其黨文致之，匿孝廉所繇死狀，當梅先生抵坐。先生故有兄子梁，角而訟。孝廉爲梁力排之，寢其事。孝廉素豪於飲，時從狎邪遊。先生所居别館曰『天均』，林木葱蒨，俯瞰叠嶂，孝廉與先生約飲其中。翌日，挾所歡來，孝廉兄弟偕至，稱彦會焉。翼日，報孝廉死。先生往奔之，哭之慟。忌者謂孝廉死叔于鴆也〔九〕，目攝之，夜縛，格箠之，且死矣，得令至，得不死。令，故剛長陳公。公折節先生，一如舊令謝公。悉其冤，力持之，再訊再駁，謂雖周來處此，亦無死法。忌者擠先生益力，謂不寘之死地不止也，卒坐抵。忌者始色動曰：『嗟！纍是，復能聲詞場藉藉耶！』憶先生赴對邑庭時，誣罔橫陳，雙足甫關於木，陰霾突交，朱光頓失，見者錯愕散氣。有吴生士隆適貽書先生曰：『四之日，夢先生伏關帝前，以黑紗繚繞之。』逾年，部使者至，白其冤，竟釋焉。梅固望族，不及類者多能以輩語中人。異時，叔穎避敵移家去，先生不忍舍，與之移，作移居詩。後十餘年，里中有謡，族人又陰螫先生。先生輒又作聞謗詩，蓋禍機所伏也。著有八集行世，謗認二鑑、小家珍説、酬應諸文稿藏於家。

梅朗中黄池稿序略　蓋余丱，侍先王父禹金讀，叔氏象先時時以其詩進，未嘗不裒然稱善也，以故余竊心儀叔氏云。已，叔氏從縣竹公宦遊粱。求古之所爲夷門，則入蜀，數周還司馬、楊雲故著書處，輒咨齎不忍去。歸，爲詩益工。

河涼亭晚集〔一〇〕

巃嵸兀自屹千尋，嵐氣成煙杖底沉。九陌香塵凌暮迥，六街花霧醮春深。登臺不見前朝碣，布地猶聞大府金。誰謂亭高難卜夜，留人明月已江心。

登大觀樓

江樓饒勝概，野客快登臨。一水隔南北，重關壯古今。洲横胥浦闊，潮落海門深。清梵中流發，疑聞出世音。

五兄清淵之行杪秋始發臨岐感賦

已自嗟多難，何堪賦遠遊？泝淮催短楫，望嶽上高樓。楓老霜前葉，蘆寒雨後洲。送君無限思，總不爲悲愁。

題覺愚文脊峯静室峯左有仙人臺

選地躡雲岑，開林意自深。峯迴呈佛觀，虎去避禪吟。衆壑有餘秀，孤泉無住音。仙人直檐際，相望可相尋。

江上還寄徐善生東田

浪迹年年江上山，纔催雙槳及春還。東田老雀如容問，須唤園奚爲啓關。

梅枝起

原編　字起聖。庠生。國變不赴試。早卒。

山齋夜興

空庭門已閉，微照下桑榆。魚躍池逾静，山高雲欲孤。秋風清夜月，寒露白花鬚。最識窮通理，平生向酒罏。

宿江口

江邊獨坐夜，秋老動寒威。浦静檣烏宿，霜清蘆雁稀。鄉魂水上立，客思月中飛。天地烽煙滿，離人何處歸？

徐　淑

邑志宦業傳　太僕卿夢麟季子。字善生。博雅善書法。有東田詩集。

施閏章序略　吾鄉東田徐先生善書法，大或丈餘，小或豆許，皆得古人筆意。尤精六書，能篆刻。少時從其父太僕公遊宦最久，父最愛之。一無所取，惟好圖籍、書畫。其美田宅悉讓諸兄弟，結廬東田，因日誦讀其中。作書數紙，或詩成，多爲人持去。家益落，出書畫易米，終不向兄弟校生産，士論高之。而是時已老矣，接對几杖，肅然如見古人。丁酉秋，予在齊，貽書餽問，而東田已卒。故人蔡大美、高阮懷報書曰：『君念徐君，而徐君不待，焚君書于墓。』予嘗收其遺詩，簡遠恬淡，有淵明風味。請以君之贈刻之。

送劉孔昭錢塘

疇昔遠遨遊，慷慨輕别離。十年一再晤，巵酒向天涯。豈不勞夢寐，阻隔非所悲。今兹適吴越，黯然胡爾爲？軒車出豪徼，顧我重低回。低回攪我心，飲泣畏君知。仰視高飛雲，欻風吹路歧。良朋復分手，嘉會定何期？相思有明月，送子强裁詩。

木犀放值秋霖吴汝珍移尊見過

寂寞荒園桂，飄零野水隈。人從貧後老，花到雨中開。籬斷欹頹屋，橋危接廢臺。東鄰脩月叟，喜挈玉醑來。

送王士瓚計偕兼寄曾弗人

爲報春風到九天，雪吹花滿孝廉船。共驚閩海珠千斛，分映澄江月上弦〔一一〕。宫柳望中嘶玉勒，隴梅開處寄金箋。鳳池會向同遊客，記説殷勤溪水邊。

乙未仲春七十初度更一月大美周甲惠詩見贈步韻奉酬

一年春已將過半，百歲人今到古稀。前路若長何用祝？浮生事寄總成非〔一二〕。也知對酒當行樂，不可無詩衹自譏。搔背蔡經看耳順，健同花底燕飛飛。

細竹杖

影同崔瘦支長脛，迹異僧閑老一身。谿上兒童相視笑，釣竿雖好不垂綸。

劉　炳

原編　字文伯。

避兵古塘冲

寶障屏開列，千山擁翠微。水吞叢石吼，風送落霞飛。白晝如年度，青雲有夢歸。刀頭何日遂〔一三〕，醉把七絃揮。

校記

〔一〕本則光緒本删除。

〔二〕新　順治本作『春』。

〔三〕誤　順治本作『娱』。

〔四〕順治本題下有注云：『甲申傷國難。』

〔五〕尊　順治本作『遵』。

〔六〕綱　疑當作『綱』。

〔七〕足　順治本作『作』。

〔八〕婺　當作『嫠』。

〔九〕死叔于鴆　疑當作『死于叔鴆』。

〔一〇〕河　順治本作『清』。

〔一一〕上　順治本作『半』。

〔一二〕事　順治本作『似』。

〔一三〕遂　順治本作『返』。

(清)施念曾 張汝霖 輯
(清)張 銘 補輯

宛雅三編

李霜琴 賈東亮 束 莉 校點

宛雅三編總目

李龍沙云：『集古者難爲功，徵近者易爲力。』然廣搜博覽，未可自懈于難；採精抉微，未可稍寬于近。則殘篇具在，體例攸存。考證確，而皆可以補曩日之遺；品騭嚴，而始足以繼前編之末。去取不爽于往哲，美好永詔于來兹。

竹窗施念曾、芸墅張汝霖同識。

詩二十卷

共一千四百零一首〔一〕

人二百七十九人

唐三人

五代一人

宋三人

元五人

明三十人

國朝二百一十五人

閨閣四人

方外十七人

伎女一人

聯句逸句一卷

詩話三卷

校記

〔一〕現統計乾隆本前二十卷，實收一千三百九十七首。光緒本輯補二首。

宛雅三編卷一

唐

羅立言

舊唐書本傳 立言，貞元末登進士第。太和中，爲司農少卿，主太倉出納物，以貨厚賂鄭注，李訓亦重之。訓將竊發，須兵集事，以京兆府多吏卒，用立言爲京兆少尹，知府事。訓敗日，族誅。

新唐書 羅立言者，宣州人。魏博田弘正表佐其府。改陽武令，以治劇遷河陰。立言始築城郭，地所當者，皆富豪大賈所占，下令使自築其處，吏籍其闊狹，號於衆曰：『有不如約，爲我更完！』民憚其嚴，數旬畢。民無田者，不知有役。設鎖絶沛流〔一〕，姦盜屏息。河南尹丁公著上狀，加朝散大夫。然倨下傲上，出具弓矢呵道，宴賓客列倡優如大府，人皆惡之，以是稀遷，然自放不衰。改度支河陰留後，坐平糴非寔，没萬九千緡。鹽鐵使惜其幹，止奏削兼侍御史。

全唐詩傳　立言，宣州人。太和中歷司農少卿，李訓引爲京兆尹，知府事。同謀誅宦官，被害。詩一首。

賦得沽美玉

誰憐被褐士，懷玉正求沽？成器終期達，逢時豈見誣？寶同珠照乘，價重劍論都。浮彩朝虹滿，懸光夜月孤。幾年淪瓦礫，今日出泥塗。采斲資良匠，無令瑕掩瑜。

李咸用

全唐詩傳　李咸用與來鵬同時，工詩，不第。嘗應辟爲推官，有披沙集六卷。

全唐詩録　咸用，唐末人。藝文志有八世孫台州守名兼者，居宛陵，出家藏本，請楊廷秀序而行之，始顯。

宣城事函　唐咸通末推官李咸用，著有披沙集。家郡西以終，敬亭有推官冢。入宋而太常少卿含章遷族玉山。

鷄鳴曲

海樹相扶烏影翹，戴紅拍翠聲膠膠。鴛瓦涷危金距趫，誇雄鬭氣爭相高。漏殘雨急風蕭蕭，患亂忠臣欺寶刀。霜濃月薄星昭昭，太平才子能歌謡。山翁夢斷出衡茅，谷口霧中饑虎號，離人枕上心忉忉。

長歌行

要衣須破束，欲炙須解牛。頭年不快意，徒爲他人留。百歲之約何悠悠，華髮星星稀滿頭。蛾眉螓首聊我仇，囿紅闕白令人愁。何不夕引清奏，朝登翠樓，逢花便折，聞勝即遊？鼓腕騰棍晴雷收，舞腰困裹垂楊柔。象筯擊折歌勿休，玉山未倒非風流。眼前有物俱是夢，莫將身作黄金鏁。死生同域不用懼，富貴在天何足憂？

公無渡河

有叟有叟何清狂，行搔短髮提壺漿。亂流直涉神洋洋，妻止不聽追沉湘。偕老不偕死，箜篌遺淒涼。剞松輕穩琅玕長，連呼急榜庸何妨？見溺不援能語浪，忍聽麗玉傳悲傷。

升天行

堂堂削玉青蠅喧，寒鴉啄鼠愁風鸞〔二〕。梳元洗白逡巡間，蘭言花笑俄衰殘。盤金束紫身屬官，强仁小德終無端。不如服取長流丹，潛神卻入黄庭間。志定功成飛九關，逍遥長揖辭人寰。空中龍駕時迴旋，左雲右鶴翔翩聯。雙童樹節當風翻，嫦娥倚桂開朱顔。河邊牛子星郎牽，三清宫殿浮晴煙。玉皇據案方凝然，仙官立仗森幢幡。引余再拜歸仙班，清聲妙色視聽安。滄和飲順中腸寬，虚無之樂不可言。

短歌行

一罇緑酒緑于染，拍手高歌天地險。上得青雲下不難，下在黄埃上須漸。少年歡樂須及時，莫學懦夫長泣岐。白日欲沉猶未沉，片月已來天半垂。坎鼓鏗鐘殺愁賊，挼碎一作「滿眼」。是非佯不識。長歌高卑不可求，莫歎人生頭雪色。

自君之出矣

自君之出矣，鸞鏡空塵生。思君如明月，明月逐君行。

妾薄命

妾命何太薄，不及宫中水。時時對天顔，聲聲入君耳。

悲哉行

雲色陰沉弄秋氣，危葉高枝恨深翠。用卻春風力幾多，微霜逼迫何容易？

隴頭行

行人何徬徨，隴頭水嗚咽。寒沙戰鬼愁，白骨風霜切。薄日朦朧秋，怨氣陰雲結。殺成邊將名，名著生靈滅。

關山月

離離天際雲，皓皓關山月。羌笛一聲來，白盡征人髮。嘹唳孤鴻高，蕭索悲風發。雪壓塞塵清，鵰落沙場闊。何當胡無人，荷戈朝鳳闕？

覽友生古風

伯牙鳴玉琴，幽音隨指發。不是鍾期聽，俗耳安能别？高山閑巍峨，流水聲嗚咽。一卷冰雪言，清泠泠心骨。分明古雅聲，諷諭成淒切。皴皵音磧，又音鵲。老松根，晃朗驪龍窟。荆璞且深藏，珉石方如雪。金多醜女妍，木朽良工拙。姦宄欺雷霆，魑魅嫌日月。蝶迷桃李香，鮒惘江湖闊。不寐孤燈前，舒卷忘饑渴。

題友生叢竹

菊華寒露濃，蘭愁曉霜重。指佞不長生，蒲萐今無種。安如植叢篁，他年待棲鳳？大則化龍騎，小可釣璜用。留煙伴獨醒，迴陰冷閑夢。何妨積雪凌，但爲清風動。乃知子猷心，不與常人共。

春　雨

大帝閑吹破凍風，青雲融液流長空。天人醉引玄酒注，傾香旋入花根土。濕塵輕舞唐唐春，神娥無迹莓苔新。老農私與牧童論，紛紛便是倉箱本。

小松歌

幽人不喜凡草生，秋鋤斸得寒青青。庭閑土瘦根脚獰，風摇雨拂精神醒。短影月斜不滿尺，清聲細入鳴蛩翼。天人戲剪蒼龍髯，參差簇在瑶階側。金精水鬼欺不得，長與東皇逞顔色。勁節暫因君子移，貞心不爲麻中直。

大雪歌

同雲慘慘如天怒，寒龍振鬣飛乾雨。玉圃花飄朵不匀，銀河風急驚砂度。謝客憑軒吟未住，望中頓失縱横路。應是羲和倦曉昏，暫反元元歸太素。歸太素，不知歸得人心否？

塘上行

横塘日澹秋雲隔，浪織輕颸羅冪冪。紅綃撇水蕩舟人，畫橈摻摻柔荑白。鯉魚虚擲無消息，花老蓮疏愁未摘。卻把金釵打緑荷，懊惱露珠穿不得。

臨川逢陳伯年

麻姑山下逢直士，元膚碧眼方瞳子。自言混沌鑿不死，大笑老彭非久視。强爭龍虎是狂人，不保元和虚叩齒。桃花雨過春光膩，勸我一杯靈液味。教我無爲禮樂拘，利路名場多忌諱。不如含德反嬰兒，金玉滿堂眞可貴。

謝僧寄茶

空門少年初志一作『地』。堅，摘芳爲藥除睡眠。匡山茗樹朝陽偏，暖萌如爪拏飛鳶。枝枝膏露凝滴圓，參差失向兜羅縣。傾筐短甑蒸新鮮，白紵眼細匀于研。甎排古砌春苔乾，殷勤寄我清明前。金槽無聲飛碧煙，赤獸呵冰急鐵喧。林風夕和眞珠泉，半匙清粉攪潺湲，緑雲輕綰湘娥鬟。嘗來縱使重支枕，胡蝶寂寥空掩關。

送人

少皞開宫行帝業，無刃金風剪紅葉。雁别邊沙入暖雲，蛩辭敗草鳴香閤。有客爲儒二十霜，酣歌郢雪時飄揚。不甘長在諸生下，束書攜劍離家鄉。利爪韝上鷹，雄文霧中豹，可堪長與烏鳶噪？是宜摩碧漢以遐飛，出南山而遠蹈。況今大朝公道，天子文明。團團月樹懸青青，燕中有馬如龍行，不换黄金無駿名。荆山有玉猶在璞，未遇良工虚擲鵲。一壺清酒酌離情，休向蒿中隨雀躍。

邊城聽角

戍樓鳴畫角，寒露滴金槍。細引雲成陣，高催雁著行。唤迴邊將夢，吹薄曉蟾光。未遂終軍志，何勞思故鄉？

秋日訪同人

忽憶金蘭友，攜琴去自由。遠尋寒澗碧，深入亂山秋。見後卻無語，别來長獨愁。幸逢三五夕，露坐對冥搜。

寄楚瓊上人

遥知無事日，静對五峯秋。鳥隔寒煙語，泉和夕照流。凭闌疏罄盡，瞑目遠雲收。幾句出人意，風高白雪浮。

遣興

風細酒初醒，憑闌別有情。蟬稀秋樹瘦，雨盡晚雲輕。旅鬢一綫出，鄉心寸火生。子牟魂欲斷，何日是昇平？

待旦

檐靜燕雛語，窗虛蟾影過。時情因客老，歸夢入秋多。蔽日羣山霧，滔天四海波。吾皇思壯士，誰應大風歌？

送從兄坤載

忍淚不敢下，恐兄情更傷。別離當亂世，骨肉在他鄉。語盡意不盡，路長愁更長。那看回首處〔三〕，殘照滿衣裳。

宿隱者居

永日連清夜，因君識躁君。竹扉難掩月，巖樹易延雲。曙鳥枕前起，寒泉夢裏聞。又須隨計吏，鷄鶴迥然分。

送錢契明尊師歸廬山

瘦倚青竹杖，鑪峯指欲歸。霜黏行日屨，風暖到時衣。憑檻雲還在，攀松鶴不飛。何曾有別恨？楊柳自依依。

贈來進士鵬

語玄人不到，星漢在靈空。若使無良遇，虚言有至公。月明千嶠雪，灘急五更風。此際苦吟力，分將造化功。

秋　晚

斜陽山雨外，秋色思無窮。柳葉飄乾翠，楓枝撼碎紅。鬢毛看似雪，生計尚如蓬。不及樵童樂，蒹葭一笛風。

題王氏山居

檜有煙嵐色，地多松竹風。自言離亂後，不到鼓鼙中。徑柳拂雲緑，山櫻帶雪紅。南一作『雨』。邊青嶂下，時見採芝翁。

登樓值雨二首

共訝高樓望，匡廬色已空。白雲橫野闊，遮嶽與天同。數點雨入酒，滿襟香在風。遠江吟得出，方下郡齋東。

江徼多佳景，秋吟興未窮。送來松檻雨，半是蓼花風。浪猛驚翹鷺，煙昏叫斷鴻。不知今夜客，幾處臥鳴篷？

僧院薔薇

客引擎茶看，離披曬錦紅。不緣開淨域，爭忍負春風？小片當吟落，清香入定空。何人來此植，應固惱休公。

冬夕喜友生至

天涯行欲遍，此夜故人情。鄉國别來久，干戈還未平。燈殘偏有焰，雪甚卻無聲。多少新聞見，應須語到明。

送邊將

天驕頻犯塞，鐵騎又征西。臣節輕鄉土，雄心生鼓鼙。地寒花不豔，沙遠月難低。漸喜秋弓健，鵰翻白草齊。

冬夜與脩睦上人宿遠公亭寄南嶽元泰禪師

丈室掩孤燈，更深霰雹增。相看雲夢客，共憶祝融僧。語合茶忘味，吟歌卷有稜。楚南山水秀，行止豈無憑？一作『朋』。

早蟬

門柳不連野，乍聞爲早蟬。遊人無定處，入耳更應先。暫默斜陽雨，重吟遠岸煙。前年湘竹裏，風激繞離筵。

萱草

芳草比君子，詩人情有由。祇因連雅態，未必解忘憂。積雨莎庭小，微風蘚砌幽。莫言開太晚，猶勝菊花秋。

訪友人不遇

出門無至友，動即到君家。空掩一庭竹，去看何寺花？短僮應捧杖，稚女學擎茶。吟罷留題處，苔階日影斜。

小雪

散漫陰風裏，天涯不可收。壓松猶未得，撲石暫能留。閣静縈吟思，途長拂旅愁。崆峒山北面，早想玉成邱。

和脩睦上人聽猿

禪客聞猶苦，是聲應是啼。自然無穩夢，何必到巴溪？疏雨灑不歇，迴風春暫低。此宵秋欲半，山在二林西。

庭竹

嫩緑與老碧，森然庭砌中。坐銷三伏景，吟起數竿風。葉影重還密，梢聲遠或通。更期春共看，桃映小花紅。

和吳處士題村叟壁

因閲鄉居景，歸心寸火然。吾家依碧嶂，小檻枕清川。遠雨籠孤戍，斜陽隔斷煙。沙虛遺虎迹，水洑聚蛟涎。糲麴芟汀蓼，甘荼挈石泉。霜朝巡栗樹，風夜探漁船。戲日魚呈腹，翹灘鷺並肩。棊尋盤石浄，酒傍野花妍。器以鋤爲利，家惟竹直錢。飯香同豆熟，湯暖摘松煎。睡島凫藏足，攀藤狖凍拳。淺茅鳴鬬雉，曲蘖嘯寒鳶。秋果楂梨澀，晨羞筍蕨鮮。衣蓑留冷閣，席草種閑田。椎髻擔餔餉，龐眉識稔年。嚇鷹芻戴笠，驅犢篠充鞭。不重官於社，常尊食作天。谷深青靄蔽，峯迴白雲纏。每憶關魂夢，長誇表愛憐。覽君書壁句，誘我率成篇。

湘浦有懷

鴻雁哀哀背朔方，餘霞倒影畫瀟湘。長汀細草愁春浪，古渡寒花倚夕陽。鬼樹夜分千炬火，漁舟朝卷一篷霜。儂家本是持竿者，爲愛明時入帝鄉。

陳正字山居

一葉閒飛斜照裏，江南仲蔚在蓬蒿。天衢雲險駑駘蹇，月桂風和夢想勞。繞枕泉聲秋雨細，對門山色古屏高。此中即是神仙地，引手何妨一釣鼇？

題王處士山居

雲木沉沉夏亦寒，此中幽隱幾經年。無多別業供王稅，大半生涯在釣船。蜀魄叫迴芳草色，鷺絲飛破夕陽煙。干戈蝟起能高卧，只箇逍遥是謫仙。

和人湘中作

湘川湘岸兩荒涼，孤雁號空動旅腸。一棹寒波思范蠡，滿尊醇酒憶陶唐。年華蒲柳凋衰鬢，身迹萍蓬滯別鄉。不及東流趨廣漢，臣心日夜與天長。

金谷園

石家舊地聊登望，寵辱從兹信可驚。鳥度野花迷錦障，蟬吟枯樹想歌聲。雖將玉貌同時死，卻羨蒼頭此日生。多積黄金買刑戮，千秋成得緑珠名。

題劉處士居

壓破嵐光半畝餘，竹軒蘭砌共清虚。泉經小檻聲長急，月過脩篁影旋疏。溪鳥時時窺户牖，山雲往往宿庭除。干戈謾道因天意，渭水高人自釣魚。

草　蟲

如繰如織暮幽幽，應節催年使我愁。行客語停孤店月，高人夢斷一牀秋。風低蘚徑疑偏急，雨咽槐亭得暫休。須付畫堂蘭燭畔，歌懷醉耳兩悠悠。

和友人喜相遇

爲儒自愧已多年，文賦歌詩路不專。肯信披沙難見寶，只憐苦草易成編。燕昭瘖瘵常求駿，郭隗尋思未是賢。且固初心希一試，箭穿正鵠豈無緣？

惠子休驚學五車，沛公方起斬長蛇。六雄互欲吞諸國，四海終須作一家。自古經綸成世務，暫時朱緑比朝霞。人生心口宜相副，莫使堯階草勢斜。

不傍江湖訪所思，更應無處展愁眉。數杯竹閣花殘酒，一局松窗日午棋。多病卻疑天與便，自愚潛喜衆相欺。非窮非達非高尚，冷笑行藏秖獨知。

同友生春夜聞雨

春雨三更洗物華，亂和絲竹響豪家。滴繁知在長條柳，點重愁看破朵花。檐静尚疑兼霧細，燈摇應是逐風斜。此時童叟渾無夢，爲喜流膏潤穀芽。

别友

北吹微微動旅情，不堪分手在平明。寒鷄不待東方曙，喚起征人蹋月行。

汪遵

全唐詩傳 遵，宣城人。幼爲縣吏，後辭役就貢。咸通七年，登進士第。詩一卷。唐詩紀事同。

明一統志 遵，宣城人，善絶句詩。

杜郵館

殺盡强兵熱血流，一心猶自逞戈矛。功成若解求身退，豈得將軍死杜郵？

細腰宫

鼓聲連日燭連宵，貪向春風舞細腰。爭奈君王正沉醉，秦兵江上促征橈。

瑶　臺

仙夢香魂不久留，滿川雲雨滿宫愁。直須待到荆王死，始向瑶臺一處遊。

燕　臺

禮士招賢萬古名，高臺依舊對燕城。如今寂寞無人上，春去秋來草自生。

短歌吟

箭飛烏兔競東西，貴賤賢愚一夢齊。匣裏有琴樽有酒，人間便是武陵溪。

干將墓

槖籥冰霜萬古聞，柏灰松地見餘墳。應緣神劍飛揚久，水水山山盡是雲。

採桑婦

爲報躊躇陌上郎，蠶饑日晚妾心忙。本來若愛黄金好，不肯攜籠更採桑。

漁父

棹月眠流處處通，緑蓑葦帶混元風。靈均說盡孤高事，全與逍遥意不同。

銅雀臺

銅雀臺成玉座空，短歌長袖盡悲風。不知仙駕歸何處，徒遣蘡眉望漢宫。

斑竹祠

九處煙霞九處昏，一回延首一銷魂。因憑直節流紅淚，圖得千秋見血痕。

題李太尉平泉莊

水泉花木好高眠，嵩少縱横滿目前。惆悵人間不平事，今朝身在海南邊。

戰城南

風砂刮地塞雲愁，平旦交鋒晚未休。白骨又霑新戰血，青天猶列舊旄頭。

項　亭

不修仁德合文明，天道如何擬力爭。隔岸故鄉歸不得，十年空負拔山名。

升仙橋

漢朝卿相盡風雲，司馬題橋衆又聞。何事不如楊得意，解搜賢哲薦明君？

樊將軍廟

玉輦曾經陷楚營，漢王心怯擬休兵。當時不得將軍力，日月須分一半明。

詠　酒

九醒松醪一曲歌，本圖閑放養天和。後人不識前賢意，破國亡家事甚多。

萬事銷沉向一杯，竹門啞軋爲風開。秋宵睡足芭蕉雨，又是江湖入夢來。

長城

秦築長城比鐵牢，蕃戎不敢過臨洮。雖然萬里連雲際，爭及堯階三尺高？

校記

〔一〕沛　當據光緒本，作『汴』。

〔二〕風　全唐詩（中華書局二〇一一年版）卷六四四作『飛』。

〔三〕看　當據光緒本，作『堪』。

宛雅三編卷二

五代

梅遠

梅氏詩略 遠字維明，唐昭宗光化間，由吴興之宣城爲掾。以宣之風土淳厚，遂築居于州之學西。梅氏卜世遠大，實自公始。著有遷居草，久佚。

梅鼎祚先府君行狀略 梅氏惟宣城繁，而皆非一族。唐末有倫敘公，授新安郡學，教生之慨，之慨生遠，五代時爲宣城掾，家焉。

築居

昔居苕之南，今適宛之北。溪山故繚繞，往來等鄉國。愛此太古風，不但占林樾。嵐氣敬亭浮，波光響潭接。雖在城市傍，而與喧囂隔。息心謝紛煩，投閒遺一切。結構類茅茨，寧復事雕飾。草堂亦易成，經營豈木石？喜見野人來，漸與塵迹絶。把我盈樽酒，妻兒同一啜。

遷居

百里猶鄉土，千年亦比鄰。願言培世德，未敢詠維新。

宋

吴淵

宋史本傳　吴淵字道父，秘閣修撰柔勝之第三子也。幼端重寡言，苦志力學。五歲喪母，哭泣哀慕如成人。嘉定七年，舉進士，調建德縣主簿。丞相史彌遠館留之，語竟日，大悦，謂淵曰：『君，國器也！今開化新置尉，即日可上，欲以此處君。』淵對曰：『甫得一官，何敢躁進？況家有嚴君，所當稟命。』彌遠爲之改容。就辟令，江東九郡之冤，訟於諸使者，皆乞送淵。丁父憂，詔起復，力辭，弗許；再辭，且貽書政府。詔從之。服除，累進右文殿修撰。適政府欲用兵中原，以據關守河爲説。淵力陳其不可。丞相鄭清之不樂。未幾，邊事果如淵言，清之致書引咎巽謝。遷太府，權户部侍郎，尋兼江東轉運使。時兩淮民流徙入境者四十餘萬，淵亟加慰撫而賙濟之，使之什伍，令土著人無相犯。旁郡流民焚劫無虚日，獨太平境内肅然無敢譁者。以功升華文閣學士，江西安撫使兼轉運副使。會歲大祲，講行荒政，全活者七十八萬九千餘人。累遷兵部尚書，以功進端明殿學士，沿江制置使，拜資政殿大學士，封金陵侯，復賜『衮繡堂』『忠勤樓』大字。進爵爲公。寶祐五年，拜參知政事。越七日，卒。贈少師。淵有材略，迄濟事功，所至興學養士，然政尚嚴酷，故時有『蜈蚣』之謡。所著易解及退菴文集、奏議。

梅鼎祚衮繡堂集序略 宣城吴氏，當宋季有金陵侯淵、許國公潛兄弟也，先後爲相。『衮繡』本穆陵御書以賜金陵者，吴周之宗國也，河圖天球具在是。蓋宋始忠厚立國，其究而南也，因循抗頓，精采不流，神氣不振。彼一代之人主，類能禮賢士大夫，而辨之不聰，用之不盡。即金陵以建事爲羅織，許國以代謀爲近訐，故卒不能畢收其功而坐承其敝。

〔增〕

大清一統志 淵歷江東安撫使，詔以淵興利除害，所列二十五事。

原泉集 行百二，號退菴，謚莊敏。

杭州府舊志 吴淵，寧國人。景定間，以知隆興、鎮江二府，兼都大提舉浙西沿海諸州軍，乍浦、澉浦等處兵船，歲大祲，因淵全活者六十五萬餘人。後再知平江，兼浙西、兩淮發運使，歲亦大祲，又全活四十二萬餘人。

登南城

江城一眺思悠悠，平楚蒼然野水流。衰草寒煙梅老墓，敗垣斜日謝公樓。江山有恨英雄老，天地無私草木秋。萬古興亡俱是夢，大夫何者爲身謀？

李　宏

宋詩紀事 字彦恢，宣城人。建炎中，吕好問知宣城，得士四人：詹友端、周紫芝、王相如與宏也，每宴集必與。宣和初，以左承直署涇縣。紹興初，李光爲守，復檄署縣，累遷轉運使。

游金泉觀

昔時謝女昇天處，此日遺蹤尚宛然。蟬蜕舊衣留石室，龍飛勝地湧金泉。碑書故事封蒼蘚，殿寫眞容鎖翠煙。薄暮松巔聽雀唳，凌空彷彿是神仙。

劉博文

竹坡詩話 劉元素，名博文。其爲人静退有守，好作詩而語不妄發。内子賢而善事其夫，每舉案齊眉，則相敬如賓。一日，元素與客飲，分韻得柳眼詩成，坐客皆不悦。後數日，而其妻亡，蓋詩讖也。

柳眼

青眼初垂已可知，精神渾在豔陽時。只因嫁得東君後，兩淚相看是別離。

元

吴琳

宣城事函 琳字禹䦨。丞相次子，沉嚴凝重而廉介，不私一錢，曰：『求無愧父風。』元史謂從諸王瓮吉帶討台州賊楊鎮龍，屢功，陞江東招討使，司鎮金陵。然履齋辭使相云：『拔擢之岐，偏及豚犬，又曾蔭授。』喜吟詩染翰。今存『鰲峯』二字，得率更筆法。

〔增〕

原泉集　字禹玉，行尚六，有存吾集行世。

宋詩紀事　號存吾。寶祐四年進士，倅婺州。

吳伯與傳略　公身長八尺許，美鬚髯，妙吟詠，眞、草、隸、篆並皆精妙，趙子昂見而起敬。嘗臥病旬日，以指於胸前畫，不少停。及起，則布衾已穿矣。闢別墅，名清勝園，引水鑿池，曰『錦波』，徜徉吟嘯，以終天年。

過後潭

野店沽新酒，蘋香薦廟靈。一篙春水緑，兩岸晚山青。繫馬人呼渡，窺魚鷺立汀。同行二三子，爾我喜忘形。

上巳集七客顧南墅以踏遍仙人碧玉壺分韻得壺字

欣逢禊日勝攜壺，在處遲留類賈胡。天氣又新三月景，風流堪入七賢圖。共嗟去水知難挽，自喜閒身未要扶。寡和苦吟吟欲就，只愁敗興報催租。

張浚明

愚按：宛陵羣英集作「張浚民」。〔一〕

見宣城右集。

題土山寺二首

出城十里囂塵遠，此地登臨是勝遊。山勢西來分鳳爪，溪流南下繞龍頭。瞿曇殿聳仍孤刹，丞相祠荒但古邱。獨倚闌干人不會，霜風落葉正蕭颼。

平瞻蒼翠倚潺湲，詩景分明指顧間。地接郊坰換今古，秀鍾人物在溪山。春風跨馬銀鞍穩，夜月騎牛鐵笛閑。從昔陵陽多俊傑，要知天運本循環。梅侍讀詢遊此，曾乘銀鞍馬。李含章隱此，曾騎牛吹鐵笛。

潘登雲

宣城右集　登雲，宣城人。

和南漪居士湖亭晚望韻

湖亭東望水連空，遠岸斜陽繫釣篷。快雨忽開千嶂碧，落霞猶帶一痕紅。魚蝦換酒沙邊市，鷗鳥忘情堤上翁。興在江湖眞不淺，壯心未肯老西風。

讀蜀志有感　愚按：第二聯原編入逸句，兹從宛陵羣英集中録全首增。〔二〕

孔明廟柏蠶叢國，先主樓桑涿鹿州。魚水交情千載遇，風煙老樹幾回秋。魂飛杜宇家何許，志在中原死未休。漢祚合歸眞帝胄，如何天不祚炎劉？

施　桐

萬歷府志　字晉卿。

送李有成歸敬亭

君家騎鯨仙，山色看未了。雲仍此焉集，煙霞恣幽討。

梅機

梅氏詩略　機字時發，號隱竹。賦性沉默，酣洽書史，吟詠頗多，屢遭兵燹，盡散佚，僅存者隱竹草，乃什之一耳。後人守心、國祚、台祚並以詩名。

題瞿硎室

昔聞瞿硎仙，披裘坐深谷。賁來桓大夫，逡巡不敢入。易代人已徂，高風猶在目。一爲弔巖阿，白雲滿山麓。

同諸兄弟飲柏梘溪上

偶從溪上飲，開尊臨好月。泉聲風樹亂，空林露香發。鷗閒浴小渚，悠悠宛自悦。所得良不貲，聽眺總無惑。以此翔遠心，兼之清興越。提壺酒漸罄，斟酌趣難竭。願言常共此，銜觴臥醉石。

柏梘僧舍

半壁僧居僻，幾年纔一過。春林嬌作畫，時鳥幼爲歌。嶺抱清陰迴，窗延空翠多。孤龕勞與起，暫寄白雲窩。

送二兄之白門

凌晨送爾發天涯，擊汰從知清興賒。筊草香搴江甸芷，酒船醉挹石頭霞。池塘自我貪山夢，風雨何人念客槎？安得溯游隨遠道，白門城外一聽鴉？

明

魏資政

愚按：宣城右集、事函俱作『資敬』。〔三〕

宣城事函 字之覲，宋參政良臣後。洪武初以通經薦授棗强丞，有政譽。秩滿入覲，擢監察御史，以敢言稱。謫戍夔州，歸卒。萬姓統譜同〔四〕。

萬歷府志宦業傳 資政負才略，重名檢，爲特立于流俗云。

玄妙觀

一簇煙霞擁碧峯，已知羽士躡仙蹤。客來衡嶽騎青鹿，祭罷雲壇起絳龍。座上老師能啖柏，庭中雛隺未離松。道人自種黄精食，敲火烹香不用舂。

書堂寺

故相遺齋山寺傍，龍龕燈火照祠堂。初聞梵唄音傳廡，猶似絃歌聲滿廊。書室草生寒自秀，佛桑花發澹無香。比邱亦解章縫語，説法談經夜未央。

俞逢辰

明史本傳　俞逢辰，字彦章，宣城人。有學行，爲燕王伴讀。王信任之，以故得聞異謀，乘間力諫，知難將作，貽書戒其子，誓必死。兵起復泣諫，言君、父兩不可負，死之。

大清一統志略同〔五〕。

邑志忠節傳　逢辰領洪武戊午鄉薦，選充伴讀。成祖密謀靖難，與長史葛誠密告藩闑張昺、謝貴，師起，伏誅。萬歷改元，宣城令姜奇方奉詔立祠。崇禎末贈苑馬卿，謚忠慭。　江南通志略同〔六〕。

〔增〕

二樓紀略　初，燕王密謀舉兵，自京師歸國，稱疾，大暑圍爐，曰寒甚。公告藩閫曰：『王本無恙，勿懈防，恐一旦不可測。』公之授命燕邸，與南都方、練、齊、黄其義一也。萬歷初，有詔立祠。今東門内俞公祠是。

雪霽同友人賦

層臺看積雪，高館映寒星。簡自梁園勝，歌緣郢客聽。抱城千樹白，入座一峯青。此日逢知己，何當有獨醒？

孫　茂

宣城右集　字子方，宣城人。

邑志選舉表　茂以善楷書，召修永樂大典，授會州衛經歷。扈駕北征。宣德間，擢錦衣衛經歷。

麻姑道中

鐵勒青絲白鼻騧，東風攬轡感韶華。數聲布穀初啼鳥，一樹棠梨半着花。往事馳驅嗟逆旅，歸期風雨阻還家。十年不到麻姑下，曲巷深深小徑斜。

陵陽秋興

陵陽城裏起秋風，蕭索川原入望中。返照渡江連郭外，斷虹分雨過溪東。倚樓何處吹長笛，罷釣誰家繫短篷？欲喚仲宣傷往事，滿懷羈思結無窮。

張本

江南通志 張本，宣城人，正德時爲開封府推官，正直方嚴，動必循法，歸家無餘資，鄉人重之。

萬歷府志選舉表 張本，水東人，天順八年歲貢。

趙履祥墓志略 公幼聰穎，落筆千言，試輒冠軍。以明經上春官，授開封司李，廉以生明，經能飭律。公素薄宦情，飄然起季鷹想。家徒壁立，宴如也。郡守范公吉及一時冠蓋既異公姿，高其履，名其所居之堂曰『貞介』，復贈以詩曰：『昔年曾共汴西舟，轉眼光陰十二秋。楚楚丰儀還似舊，斑斑華髮漸盈頭。杜門謝客眞能静，樂道忘憂孰與儔？幾度相過留我飲，清譚絶勝列珍羞。』蓋寔録云。

〔增〕

汝霖傳略　公諱本，字有源。祖昇，趙州刺史。父忠，郡庠生。公其冢嗣也。公幼岐嶷，五歲就塾，聰穎過人，舞象能文，不苟言笑。趙州公每奇愛之。長益嚴重，日肆力于學，博通羣籍，爲文不假思索，千言倚馬可就。補邑博士弟子，每試輒優等。既廪學宫，屢蹶棘院。領天順甲申選貢，謁選春官，除授河南開封司李。公居官，一本趙州公遺訓，以廉爲本，以仁爲歸。蓋廉者易流於刻，仁者易失於闇，二者合而官箴備矣。公之治汴也多善政，惜已盡軼。康熙辛亥冬，先大父自晉南旋，抵中牟，病篤，止旅店。中牟，故開封屬邑。店嫗向詢鄉里家世，先大父對之甚悉，至公，嫗矍然曰：『是賢司李後也！』事之加謹。及卒，厝于舍旁，朝夕獻奠，如家人禮。嗚呼！公去數百年，店嫗復何知者，而隔世慕思乃爾，公之遺愛固何如歟！公既歸，家徒壁立。太守范公及一時冠蓋咸高其履，式廬造訪無虚日。先是，公與范同官中州，遇事偶不合，范至是慮公之事輒掣其後也，迹邇而心疑。公知之，告曰：『昔范文正公與韓魏公上殿爭論，下殿不失和氣。吾與公當日之事，國政也；今日之事，交道也。兩何與焉？』范乃釋然，遂因此以廉隅自勵。政有疑者，嘗徒步由北樓下徑款蓬扉。公指陳剴晰，時時得意去。暇則吟花觴月，翦燭聯牀。公指顧自如，把髯談諧，懽然如平生。有以事干者，必嚴絶之。終范之任，無一語及私。范始而敬，既而服，終而化於公焉。

歸田自詠

黄堂佐政固非才，琴劍書箱伴雀來。歸休林下心無愧，不帶開封一物回。

王　遵

邑志宦業傳　字訓典，正德辛未進士。歷官江西左布政，清約特異。

仙人巖弔古

閒雲擁樹暗山村，碧蘚殘春鎖墓門。英爽只今何處是？獨看松竹倚黄昏。

唐汝迪

邑志宦業傳 字吉甫，登萬歷丙辰第。司理眞定，立收巨猾，一郡震懾。補司勳郎。嚴世蕃招飲，困以酒，艴然覆觥于地，輒上馬去。嚴諷言官論謫判禹州，尋知雷州。雷濱海，倭寇充斥，海酋犄角爲應。倭夕突城下，急登陴授兵，收舟楫在南岸者，城賴以保。海酋許俊美跳梁城下，汝迪諭以朝廷威德，即引去。擢河南治河副使。河決崔家口，有議開復舊河者，上書言不便狀，議遂寢。以廣西按察司卒于官。大清一統志略同〔七〕。

〔增〕

宣城事函 有嘉議集十五卷，行於世。

臨高臺飲諸子

荒臺秋色夜，命酒重尋盟。吾道從來古，幽期不在名。雙星低拂檻，孤月下吹笙。共有登樓賦，偏深邱壑情。

徐元氣

邑志宦業傳 字汝和。嘉靖壬戌進士，官刑部員外。以斷閹氏奸獄忤執政江陵指，出守興化，尋移成都，出枉獄四十人。築灌縣石堰，民賴之。歷遷雲南左布政使，會土官岳鳳亂，條上勦撫策，躬芻餉，事平，擢山東左布政使。東省巨室優免溢額，民苦賠累，元氣悉清核之。仕終通政使。年八十一。所著有易學正傳。江南通志略同〔八〕。

方壺聽雨

竹塢無塵小閣欹，萬家燈火隔城微。可憐一片空山雨，化作江聲入夜飛。

吴詔相

宣城事函 吴詔相，字廷臣，戊午領鄉薦，丁丑除汝州守。嘗還掠巫女子，捕逐金穴之旁大盜凡百，州乃震洗。以病告歸，書『忠厚悠遠』扁其堂，蓋實踐云。

明詩綜詩話 臨川湯義仍爲廷臣作傳，述其生而不慧，既就塾，日記千言。縣試，令訝其幼，謂曰：『童子豈外黄兒耶？』應聲答曰：『明府比中牟令矣！』令竦然異之。廷臣嘗夢紫衣人指點一閣道中，松柏葱青數里。及知汝州，果有閣道松林中，歎曰：『命止此耶？』因慵于治事，未秩滿，稱病痞去，歸見其母，抱持大哭失聲，疾遂愈。丁母憂，未終喪，卒。

邑志宦業傳　吳詔相知汝州，振刷頽敝，不畏强禦。二子：伯敬，字長輿；伯敷，字季布：皆力學，敦友愛，前後舉于鄉。敬居母喪，三年不入内，色笑不形，宗族難之。

〔增〕

江南通志　吳詔相，宣城人。由鄉薦知汝州，不畏彊禦，州境肅清。

吳伯與傳略　公號鼇潭，嘗捐貲爲族叔贖罪，濟族之貧者，置祀田廣址，今祠左園及忠勤樓基崇臺之費，皆其遺也。歲祲，當償己者，焚其券。治汝州，政迹彰聞，崇祀名宦。

同張侍御有光汎舟分韻

桂棹連朝發，松雲卓午陰。涼風轉蕭瑟，細雨潤衣襟。歌酒狂無奈，耕畬思更深。晚來餘興在，不厭再相尋。

徐大任

邑志名臣傳 字重夫，隆慶戊辰進士，授工部主事。留心國儲，歲汰水衡冗費數千萬緡。奉命榷稅眞州，羨入例奉，悉卻不受。力免宣船回空遞役之苦。秩滿，篚中惟敝衣數襲。歷官中外，皆以廉稱。嘗權知京兆尹事，出俸錢置學田數百畝，贍太學生徒，多所獎植。以工部侍郎致仕歸。大任研究理學，清介恭謹，雖位列卿貳，所居僅蔽風雨。神宗嘗稱其清節爲天下第一，時人比之范萊蕪云。大清一統志、江南通志略同。〔九〕

飲袁家園

白雲雲樹好，況復此亭林。牆不礙山色，池能浄俗心。蓬蒿藏未没，濠濮想偏深。幸有羊求在，名園豈陸沉？

蔡逢時

邑志宦業傳 字應期。萬歷丁丑進士，知海鹽縣，履畝均徭，革胥里諸不法事，築海塘禦潮患。事詳海鹽志。遷祠部郎，代禱祀者，再賜白金文綺。議藩封禄制，著爲令，遷温處備兵副使，圖畫海防，斬倭七千餘人。轉河南參政，築沁河懷衛間，河由故道。戢禹州界巨盜，制親藩，出入有度。擢四川左布政使。歸，講學七年，卒。有海鹽人十餘輩來哭墓下。大清一統志、江南通志略同。〔一〇〕

謁孟廟

夫子祠堂何處尋？四基山下柏森森。殘樹道傍齊繫馬，遺碑看罷獨沾襟。雕龍炙轂空煙莽，鑿石驅廉並古今。伏臘巖巖猶在望，歲時俎豆百王心。

麻溶

邑志宦業傳 字明之。萬歷癸未進士，由户部主事歷吏部郎，時私謁干政，選人壅滯，抗疏言政府，侵銓臣之權，臺省伺政府之意，煽搆成風，銓法日壞，坐是忤臺臣，出爲冀南參政。尋按察山東，益礪循謹，於權貴無所假藉。遷河南右布政，卒贈太僕寺卿。溶性寬平而行孤介，督學陳子貞嘗言：『六年内，十四郡中絶無干請，麻先生一人耳！』其見推如此。江南通志略同〔一一〕。

〔增〕

大清一統志 麻溶，宣城人。歷吏部郎中，同官趙南星削籍，溶上疏乞召還，忤執政意，出爲汾州守道。稅使馬堂肆虐，致民變，捕治者多所株連，溶力持得釋。及卒，貧不能殮，撫臣魏允貞以清正聞，詔贈光禄卿。

梅朗中行狀略 公風骨瓌偉，嶷然不羣。少即嗜學，誦輒達旦。族兄僉憲公瀛自楚藩歸，一見驚曰：『國器也！』除户部主事，榷崇文門稅，徵例寬而課特倍。大司農嘉其能，疏請督儲江淮。羨無所入，商民翕然。尋以廉幹調吏部。公爲人公正清毅，有執持，不可干以私。至是，益自刻厲，餽刺不敢至門。時平湖陸公爲太宰，少許可，諸曹中獨器重公，甲乙可否，輒問云何。辛卯典試陝西，得人稱盛，如南冢宰居益、李中丞仙畾、趙銓部邦清、解中丞經邦，咸負時望，列卿尹，而趙公秉銓著清譽，海内頌公知人焉。

詠 史

季子窮乃相，平津老更侯。當其裘敝時，妻嫂怒不收。驅豕牧海上，相對惟輕鷗。一旦綰符綬，賓客填如邱。窮達各有際，奴隸何相求？弘固曲學士，秦亦捭闔徒。況復釣築者，二子惡能儔？但看鉞與楫，榮名既千秋。

張守道

邑志名臣傳　字岸先。萬歷甲辰進士，授户部主事，視南徐倉。有中使採木過徐，役民助輓，甚困，守道爲捐倉羨以代徭，徐民德之。以内艱歸。服闋，補兵部武選司員外郎。朔望必禮楊忠愍繼盛祠，且刻其奏議，蓋忠愍嘗以武選主事抗節死故也。尋調吏部稽勳司，歷驗功考功郎。適魏璫煽虐，守道毅然乞南還，得南太常寺卿。諸貴人走魏祠如騖，獨守道絶足不入。崇禎初，轉工部侍郎，罷蕪關小舠税。兼署户部度支，調攝餞軍無遺策，以積勞卒。詔賜祭葬，贈工部尚書，廕一子。守道謙抑孝友，嘗急其兄難，至破産。母卒，廬墓側三年，虎繞其墓，三月而去。家居不近姬侍。嘗搆濯纓亭於澄江橋畔，至今人思其清德云。孫廷綱由恩廕官惠州知府。大清一統志、江南通志略同。〔一二〕

雨花臺

聚寶山前叠翠屏，高秋筇屐訪巖扃。隔雲鐘磬長干里，向晚風煙木末亭。古廟藋垣猶肅祀，石臺花雨舊談經。登臨目送長江水，鴈鶩遥天下荻汀。

沈有容

明史本傳 沈有容，字士弘。宣城人，僉事寵之孫也。幼走馬擊劍，好兵略，舉萬歷七年武鄉試。薊遼總督梁夢龍見而異之，復受知總督張佳允。十二年秋，朵顔長昂以三千騎犯劉家口，有容夜半率健卒二十九人迎擊，身中二矢，斬首六級，寇退乃還，由是知名。遼東巡撫顧養謙召隸麾下。十四年，從李成梁出塞有功，世廕千户，遷都司僉書。又從宋應昌援朝鮮，乞歸。日本封事壞，福建巡撫金學曾起有容，守浯嶼、銅山，屢敗倭寇，海上息肩者十年。捷聞，文武將吏悉敘功，有容賚白金而已。三十二年七月，西洋紅毛番長韋麻郎駕三大艘至彭湖，求互市，稅使高寀召之也。有容白當事，自請往諭見麻郎，指陳利害。麻郎悟，呼寀使者索還所賂寀金，揚帆去。改僉書浙江都司，累遷至温處參將，罷歸。四十四年，倭犯福建，巡撫黄承元請特設水師，起有容統之，禽倭東沙，尋招降巨寇袁進、李忠，散遣其衆。泰昌元年，遼事棘，始設山東副總兵，駐登州，以命有容。天啓改元，遼、瀋相繼覆，熊廷弼建三方布置之議，以陶朗先巡撫登、萊，而擢有容都督僉事，充總兵官，登、萊遂爲重鎮。四年，有容以年老乞骸骨

歸，卒，贈都督同知，賜祭葬。明史稿、江南通志同。〔一三〕

明史和蘭傳略　税使高寀遣心腹周之範詣酋，説以三萬金餽寀，即許貢市。酋喜，與之盟，已就矣，會沈有容將兵往諭。有容負膽智，大聲論説，酋心折，乃曰：『我從不聞此言。』其下人露刃相詰，有容無所懾，盛氣與辨。酋乃悔悟，令之範還所贈金，揚帆去。

邑志武烈傳略　字瀛海，性倜儻不羈，幼與叔懋學雅志邊務，由武舉積功至山東總兵官，駐登州。廣寧失守，遼民望登海求渡，登撫慮不測，下令曰：『敢渡一人者死！』有容固爭之，立命具數十舟，往來救濟，立渡遼民幾萬人。

〔增〕

大清一統志　有容，宣城人。天啓初，爲登萊總兵。寧廣覆，遼民走避諸島，日望救援。巡撫下令：『渡一人者斬！』有容爭之，立命數十艘往，獲濟數萬人。

府志封廕表　崇禎中，以子壽崇累贈特進榮禄大夫。

陳仁錫墓誌略　閩有坑曰滬田者，瀕海沙涌，蕩析民居。公則營視塢庀，築一大堤捍之，至今是賴，因名堤爲沈公堤。已，調天津，仍留温處。是歲，番舶爲風所飄入，隱没鳳凰洋。偵者以賊聞，公率所部往。公下令曰：『此商賈也，非賊，敢殺者死！』白之當事，聞於朝，詔復彼國，所全活百三十九人。蓋有古仁將風焉。海寇袁八老作亂，聚衆焚劫。公倡言不必煩兵，密致其族之有心計者，招使降，八老聞命，果釋，既而與二百人俱自縛，詣麾下請死。公釋之，寇遂平。始，遼人殘於虜，匍匐渡海求生以數十萬計。或疑有伏奸，議者欲盡坑之海。公蹙然曰：『遼非吾民也耶？奈委之虜？其逸而歸者，不安虜者也，而我殺之，是與於虜殺者也。』力諍不可，乃獲免。遂捐俸結米數千活之。嘻！公之於遼也，生死而骨肉之矣！

屠隆平東番記略

時浯嶼偏將軍沈君有容，受中丞國士知，其人慷慨義俠，有古烈士風。往在遼陽，數深入虜地，斬獲無算。因條時議與當事枘鑿，勇謝病歸。先是，中丞金公聞其威名，特以殊禮聘之南來，未及大用，金公罷鎮去。朱公受事，知將軍益深。君嘗思奮不顧七尺以報知己，適朱公有密札與君，令剿東番倭，君遂掀髯奮臂起曰：『報國酬知，此其時矣！』乃陰部署戰艦、兵仗、糗糧，雖內而妻孥，外而親信左右，絶不知其有事東番也。抵東番，則倭奴已望見我軍，出舟迎敵。將軍率諸將士殊死戰，無不一當百。賊大敗，盡出輜重投之海，冀我軍拾而姑少緩師。我軍無一人取其秋毫，戰益力，斬馘火攻，須臾而盡。東番夷酋扶老攜幼，競以壺漿生鹿來犒王師，咸以手加額，德我軍之掃蕩安輯之也。

李光縉卻西番記略　人言沈將軍勇，將軍非徒勇也。東番之役，議者以戰爲不可克，而將軍用戰勝；西番之役，議者以剿爲可殲，而將軍不用剿卻。人欲按兵，將軍深入賊地；人欲興師，將軍單艇見虜。凡將軍之密謀祕策，皆與議相反，而卒成兩奇功。

曾化龍敘略　將軍世儒子也，大父侍御公，季父太史公，咸以風節、賢行有聞于時。將軍氣吞一世，生有燕、趙之風，入彀鷹揚，樹纛柳營，歷東西遼、浙之區，出入於鯨鯢喙息間，而于我閩海壇浯銅諸島，勳績尤爛。全閩一時能文章者，盡采其不朽識而傳之，不佞又何以壽將軍？

稽亭山

偶着稽亭屐，因攀石磴雲。祇容雙鳥入，不與衆峯羣。靈迹多裁曲，名封有秘文。鹿門攜未得，此意好誰聞？

劉汝芳

邑志選舉表　宣州衛人，字抱素。萬歷壬午舉人。任南康府同知。嘗主白鹿洞教事，年近百歲而卒。

巖臺寺

巉岏巖下路，繚繞鏡中遊。樹接晴嵐暮，泉飛急雨秋。寒光清佛閣，繁響亂溪流。爲問松根下，殘碑幾字留？

施弘猷

江南通志儒林傳 施弘猷，字允升，宣城人。少受業陳履祥，得羅盱江之傳，日聚同人講學，興起者衆。叔祖亡嗣，遺産千金，弘猷捐爲義田，以贍宗族。其先貸于人者，亦不下千金，悉焚券而以己貲代爲營葬。學者稱中明先生。

鄒元標傳略 允升，宣城雙溪里人。祖志和，父尹政。世以修士聞。允升自少志學，遇洪元夫譚名理，不解。一日，過元夫，曰：『欲明聖學，在先闢先佛。』元夫不能對，偕之白下，就正焦翰撰、楊少宰、祝給諫，三公大器之。會聶子繼皋遊至，執弟子禮。已而歸，依吾友光庭陳子十餘年。二君盱江高弟，允升盡得其旨，而以身翼陳子之傳，與彭子時雨朝夕聚談，興起者衆，遂令盱江人傳無盡。使盱江見之，其樂何如？余嘉允升之能獨往，而又思余友陳子之善鑄人也，使允升而在，斯道所倚賴者豈有涯哉？

焦竑墓志略　君學以見性爲宗，以善與人同爲大。能張能弛，無幾微繫吝。君故無百金之儲，每朋友有急，至爲之稱貸而不悔。終年筆耕，凡以爲朋友償也。

江南鄉賢録　施弘猷性嗜理學，德擅儒宗，孝友傳家，禮義範俗，著述詩書。有《鄒傳》、《焦志》，及《表章石經》、《大學注釋》、《會記》、《語録》等項。

邑志儒林傳　允升甫冠，補弟子員，受業陳光庭。嘗與汪惟清諸人建六邑及南都十四郡大會，興起者衆。萬歷間，太守金勵折節禮之，結高齋四子社，訂布衣交。著有《同仁語録》、《性善》、《太極》諸篇。學者稱爲中明先生。及卒，四方聞訃者重趼哭墓下。

高世泰中明子集序略　先生講論首《性善篇》，謂性情皆善。次《無惡篇》，謂物性亦善。是固孟子性善、道一、中庸、盡人性、盡物性之旨也。次《本末篇》，謂物有本末，性亦有本末，是固程子理一分殊、朱子知性物格之解也。其爲説不亦折衷至當矣乎！况考其行事，如斥釋、老，駁儀、秦，敦倫教，嚴義利之辯，悉讓其嗣産爲義田，宛然濂、洛真印。

魏象樞中明集序略　今讀宛陵施先生書，竊嘆余之耳目不廣，則愧甚矣！夫先生之其生而誘進千人，殁而尸祝徧地，非躬行心得，何以感召致是？

生，適姚江之學方盛。爾時，師友授受，各有淵源。先生宗法孔、孟，並及濂、洛、關、閩諸儒，毅然以斯道爲己任，故江南十四郡篤志之士從遊甚衆。其《性善》、《無惡》諸篇，與門弟子諄諄講説者，皆切近而篤至。

王士正池北偶談 宣城施允升先生，愚山之祖也。萬歷中倡明講學，私淑盱江羅近溪。與鄒南皋、焦澹園諸公游。嘗有羅姓者兄弟鬩牆，先生要之家，反復勸譬，聲淚俱下，兄弟遂相抱而哭。先生爲之講學歌詩，三日始散去。所著有中明子集若干卷。

〔增〕

梅鼎祚施氏義田記略 公以其儲延師授族子弟經，爲義塾，析其田之什一曰茂才田以致勸，而其贏則以給其宗昏殯之乏絶，備凶荒，歲時斂散，咸有經式，可世世行也。

題翟一季石樓

斷崖百尺上，突兀插危樓。勢瞰潛蛟窟，光迴浴鷺洲。虚簾煙嶂晚，丹檻水雲秋。不盡憑闌意，茫茫物外遊。

再同汪惟清汎桃花潭

懸巖看不厭，重汎武陵舟。遣興就良會，得朋成後遊。杯流潭影浄，歌發谷聲幽。潭口芙蓉發，汪倫去復留。

俯江亭

俯江亭上小徘徊，幾日煩襟一笑開。細雨遠從江霧合，長風怒捲海雲來。廟馮忠烈魂猶壯，柱砥波濤石不摧。憑瞰蛟宮發清嘯，巨流吞盡不盈杯。

楊昌祚

邑志選舉表 字幼麟。崇禎甲戌進士，廷試一甲第三人。由翰林院編脩歷陞左中允。

張母壽詩

歷簡重光歲，星躔寶婺司。堂開松石古，人老雪霜姿。德夙曾閨秀，居遷更母儀。紡磚勤夜榻，綦帶惜寒絲。顔駐丹何借，跬趨杖不隨。斑斕環坐彩，瓊璚近檐枝。入袖常餘橘，牽裾待哺飴。千秋當伏臘，廿載裕期頤。進斝應同客，偷桃豈藉兒？於今髮盡雀，相祝齒還齯。

劉維仁

江南通志 劉維仁，字孔安，宣城人。崇禎甲戌進士。歷知錢塘、鉛山、魏縣。潔己愛民。遇亂歸，絶意仕進，所居不蔽風雨，或日午不能炊，高卧晏如。

二樓紀略 余在郡，咨訪遺老，則聞有三進士者，身非隱逸而有泉石之操，名殊獨行而屬孤高之節，衣冠望之，若甘露、明水，略不淆濁，爲劉孔安維仁、吴聖水六一、張清源湛逢。其始得第同；仕爲守令同；歸田高卧，無竿牘公府同；擁書萬卷，日午或無炊煙，亦同也。劉事載舊志，但云歷知鉛山、魏縣，而要其居鄉風槩如是，則于爲政必潔己愛民無疑也。諸君子去今數十年，鄉人知尊尚之，久且弗諼，又豈待以紀述傳哉？

城南讀陳白沙集

獨坐高樓正夜分，鐵橋石磴思空羣。海南一鶴横天際，叫破青冥萬里雲。

梅歷祚

梅氏詩略 字明時，號太初。萬歷壬午舉人。九歲能文。卒年僅二十有六。卒後歲庚寅，蕭公漢穎祈雨不應。一夕，夢梅孝廉來，與語，歷歷皆郡中便宜事。次日，澍雨大降，公異之，因爲扁其靈曰『道骨如生』。

〔增〕

府志宦業附傳　歷祚講明理學，四方宗之。

梅守峻傳略　郡中若徐光禄覺齋先生輩，皆以講業降心爲忘年交，而又參禪於蓮池大師，負笈于近溪羅公。無論聲色、貨利，一切唾棄不屑；即舉子業，亦土苴視之漠如也。督學使者陳懷雲公行部，因采輿評而俎豆之於鄉賢祠中。

短歌

我行不遑，日暮徬徨。入世苦蚤，憂來多方。一解

今日有酒，吹笙鼓簧。何以成歡？父母在堂。二解

承懽日少，出户日長。五日一歸，休沐周章。三解

我思南山，白鹿爲行。經歷崎嶇，採芝以還。四解

校記

〔一〕按語係光緒本所補。

〔二〕本詩係光緒本輯補。

〔三〕按語係光緒本所補。

〔四〕『萬姓』云云　係光緒本所補。

〔五〕『大清』云云　係光緒本所補。

〔六〕『江南』云云　係光緒本所補。

〔七〕『大清』云云　係光緒本所補。

〔八〕『江南』云云　係光緒本所補。

〔九〕『大清』云云　係光緒本所補。

〔一〇〕『大清』云云　係光緒本所補。

〔一一〕『江南』云云　係光緒本所補。

〔一二〕『大清』云云　係光緒本所補。

〔一三〕『明史』云云　係光緒本所補。

宛雅三編卷三

明

沈壽民

明史本傳　沈壽民，字眉生。爲諸生有聲。崇禎九年，行保舉法，巡撫張國維以壽民應詔。甫入都，疏劾兵部尚書楊嗣昌奪情，復攻總督熊文燦。通政張紹先寢不上，壽民以書責紹先，乃請上裁。嗣昌皇恐待罪。帝以疏違式命，勿進，壽民遂檃括兩疏上之，留中。少詹事黄道周歎曰：『此何等事？在朝者不言，而草野言之，吾輩愧死矣！』後道周及何楷等相繼抗疏，要自壽民發之。壽民名動天下。未幾，移疾去，講學姑山，從遊者數百人。福王時，阮大鋮用事，銜壽民，必欲殺之。壽民乃變姓名，避之金華山。國變乃歸，不復出。　大清一統志、明史稿略同。〔一〕

明詩綜傳　巡撫應天都御史張公國維以宣城沈徵君壽民應詔入都，適宣大總督楊嗣昌奪情起兵部尚書，徵君抗疏劾之，其略云：『嗣昌居喪起復業一年矣，君命莫可委，即應躬歷戎行，滅寇朝食，奈何坐司馬之堂，支吾朝夕？以一十二萬方張之師，二百八十餘萬咸集之餉，顧不及鋒而用，鼓行以前，使餉日以虧，師或解體，因循釀禍，嗣昌斯時雖屈首服丁汝夔之刑，束身死王洽之獄，竟何益哉！』又疏云：『嗣昌既不能躬履行間，曲徇熊文燦之説，兩人專欲主撫。奉天子之聲靈以徼賊，一紙之認帖，即撫局果成，而辱國損威，已不可贖，而況其未必也？流寇之禍蔓延七省，肆毒十餘年矣。屠戮之慘，振古未聞。甚乃悖逆滔天，擅驚陵寢。凡爲臣子，疇弗痛心？嗣昌統一十二萬之師，不爲不武；運二百八十餘萬餉，不爲不充。整旅以往，何凶弗摧？俾賊力竭勢窮，面縛輿櫬，猶應宣布皇威，律以無赦，而後昭上恩德以宥之，夫如是而撫成也。今者，漫無剪治，顓事姑容，招之不來，强而後可，毋乃既隳勦之功，而復乖撫之術乎？雖復遠寬三歲之限，更累數年之民，正恐盪賊無期，主憂彌切，臣不知所終矣！』

黄宗羲墓志略

耕巖孤峭不妄言笑，爲文深入理窟，而出之清眞。江右艾千子至宛，評許在盛名之上，人駭其言，而卒莫之能易焉。故其選時文，耕巖之文多入，文定不敢輕置于文待。一時，聲名之盛，吴中二張，與江上二沈相配。二張謂天如、受先，二沈謂耕巖、崑銅，不以名位相甲乙也。上書投罷，無何而黨禍作，南都亡。耕巖東遷西徙，入山惟恐不深。溧陽既相，將疏薦之，專使寓書，耕巖不開封，對使焚之。溧陽意猶未已。畊巖寄書謂之曰：『龔勝、謝枋得其智非不若皋羽、所南也，而卒以隕厥軀者，緣多此物色故耳。今之欲徵僕者，直欲死僕也。』溧陽歎曰：『先生所謂名可得聞，而身不可得見者也。』

明語林

沈徵君壽民高操絶俗，義卻餽遺。弘光鉤黨之獄，楊宫允昌祚爲濟百金，資其患窘。宫允晚歲，亟代償之。宫允曰：『向君非有丐于我，我實急君；今我即多故，豈復計此？』徵君謂門人曰：『今不及酬之，後此將誰致？』又少時，他所嘗與居間者，其人貧，亦粥産代之，曰：『向者彼以我故也。』有涎徵君易與者，脅其賠累，没齒窘窮，終弗與校。

徵君改革後，晦迹蘭溪，躬自刈種。歲祲，炊煙時絶。麥爛浥，不堪食，甘之怡然。蘭令季君亟訪之，屏騶徒步，始得造廬一面；欲買田疇、構書院居之，皆謝不可。令不得已，託邑人祝生餉米豆。受而發之，有白金二百，乃以半畀祝，以半寘屋隙草間。後有親黨將謁令，乞書於徵君，指草間金畀之。

徵君足迹不入城市垂四十年，當事委曲納交，罕得見面。有别駕迹其在僧刹，潛追躡及之，退語人曰：『今年晤沈畊巖，前年捫黄山天都峯，都忘人世。二者，吾任寧國大快事，亦生平大快事！』

徵君劾武陵墨衰綰樞，不身履行間，而任熊文燦以悞軍機。又及瑠孽阮大鋮等招納亡命，妄畫調陳。未幾，師敗獻反，楊相縊，熊尚書戮，楚、蜀爲墟。大鋮枋南都，卒以國市。悉如其言。人謂其不矜茂陵徙薪之功，獨高谷口窮耕之節。〔二〕

浙江通志寓賢傳　眉生疏論兵，不報，移疾歸，講學姑山，攜家寓金華蘭溪、武義諸邑山中，隱居著述，窮餓終身。門人私謚曰『貞文先生』。有閑道録、姑山文集諸書行世。

〔增〕

江南通志儒林傳　壽民避地蘭溪，足迹不履城市者三十年。已而屬疾，諭門人劉堯枝、施閏章等曰：『以此心還天地，以此身還父母，以此學還孔、孟。』語畢而卒。

梅庚姑山遺集跋略　先生少負君宗之望，公府交辟，文譽一時翕然震南朔。

徐肇伊傳略　徵君博通經史，古今掌故無鉅細悉淹貫胸中。尤善爲古文辭，每一古文行世，天下賢士大夫皆誦之以爲法。四方造請碑銘序記日踵門，先生投甓而應之有餘功。其揮灑若不經意，而規韓藻歐，春容乎言之也。

績學堂文鈔　先生有子五六人，並績學不求聞達。元佩弱冠孑身走萬里，入滇、黔迎父於寇氛甫定之餘，其至性有過人者。今又於先生殁四十年後，因金華唐使君厚菴貽書寶婺友人，訪求先澤，遂悉得先生行窩所經及當日逸老碩士往還筆扎。元佩襆被微行，偏歷諸村舍，覓其居停子孫，與講世好，迺於敗屋壁間得顏字曰『耕巖先生讀書處』，拂塵諦視，題識宛然，而白髮鄰媪頗能言僑寓時瑣事眷眷然。詳詢内外存殁，相與欷歔嘆息者久之。嫠之人始知嚮所謂巖塢山人王子雲者，即沈徵君也。

梅郎中三疏跋略 以吾覽沈子疏，其守正庶幾羅文毅；練達國體，雖陸宣公、趙文肅不過也。蓋〔三〕。

書帶園集 眉生生負奇質，日誦萬餘言亥亥不休。爲文大抵辭微而旨博，範經而緣傳，爾雅淳厚，性恬退而狀韶麗，可不謂博學異等者乎？大美、庭生、孟璿、治先古學角立；而通達國體，躬耕隴外，若眉生者，尤爲一代人物。

秋草文隨 沈先生徵辟而言者，大義也。言不用，投劾而去，韜晦以自全，未聞其復有所言也。

覽古

擔簦復何事？迺事邯鄲遊。一見賜雙璧，再見卿與侯。寧知萬户重，不敵魏齊頭。徒步走大梁，慷慨如有求。惜哉謀不成，義至復何尤？虞卿雖著書，所傳非春秋。

漢帝馳六區，舞陽亦附驥。欽彼鼓刀人，密識洞且異。豁達稱沛公，一朝見小利。忠言在咸陽，痛哭奏忘事。子房雖籌筴，斂手佐末議。孰以一夫勇，而有千里智？

鹿莊即事

同周仲馭先生暨黄圯孺、徐澤裔諸門人。

攝衣步前楹，晚照歸林薄。天空氣飛揚，春雲輕欲落。相將二三子，浩志各有託。葛巾挂緑枝，野袂薰紅蕚。興逸不暇疲，輕舫尋夜酌。不知柳煙深，但入無所卻。杯行一以駛，酒政勿辭虐。縱横雪平生，平生意漠漠。須臾怒風號，萬象森欲作。燒燈隔岸迷，雨甲蕩遥壑。未窮今夕懽，且整明日約。

溪漲

霜雪不出地，風雷亦行天。如何一夜溪，生此聲與顏？幽幽太古山，閱奇兩岸間。

雨宿北溟姪山齋

結構依長松，松覆晴檐緑。南山雲木稠，徙倚看未足。眷言林下人，只此愜幽獨。清風驅我來，迴聲激芳谷。近溪烏匼明，緣逕青䕩熟。入門一以笈，歡喜奔童僕。酒過重嶺沽，盤充昨冬蓄。鄰叟農事閑，遥呼話情曲。滔滔半月水，平疇化川瀆。所幸朝景霽，稍望西成續。胡然殷其雷，盪空更走屋。怒雨蹴連峯，渴日遁南陸。鳥飛疾何之，虎心善未卜。漸覺天宇窄，自然我意蹙。陰陽遞生消，明晦捷反覆。冥冥疑元化，汲汲想晨旭。夜静兩無言，燈影摇窗竹。右丞詩『階前虎心善』，予反之。後二日，虎殪姪三驢以去，疑讖。

昔者詩十首示諸兒

昔者太邱詣朗陵，將車持杖皆其子。荀家八龍一應門，餘行酒食唯父指。若非貧儉無僕役，何必有兒盡驅使？皇天昭德晦其身，一夜星聯五百里。高門奴客擁如雲，不見眞人占太史。勉哉爲善日孳孳，服勞執賤何足恥？

昔者有晉殷荆州，約食裁簋只常數。飯粒脱落盤席間，手競拾之口以注。吾家先訓亦嚴此，昨童今白守如素。國有重寶民有天，賤天所餘天應怒。莫疑此物直細微，饑來盂粥同膏露。世人珍重千黄金，黄金雖千不可餔。

昔者李唐傳太史，觝排邪説洵人豪〔四〕。上繼鄒公距頑猷，下起韓伯回狂濤。蕭瑀請誅返自孽，妖胡妄呪何能撓？手集高篇署高識，殷勤戒子慎所操。吾編閑道亦如此，既菑終播視汝曹。方今儒冠不儒顧，歸楊歸墨巧逋逃。宋封孟子鄒國公，韓子昌黎伯。傅奕集晉、魏以來與佛議駁者爲高識篇，貽其子，戒以但習六經、名教言，妖胡之法慎弗爲。

昔者晉陵胡武平，但語後進務知命。造物牖智亦嗤愚，莫將貧賤空營競。或言瓦石可黄金，公年方少拒之勁。我懷斯人深太息，蠢蠢羣迷今尤盛。伯龍徇利旁鬼笑，晏子辭富賢哲敬。慎爾身脩允俟之，仰面浮雲歎孔聖。宋樞密胡文恭公宿也。

昔者伊陽程叔子，討經析傳無遺餘。暉暉檐日驅且急，顧我非蠹寧無圖？勖哉小子鑑乃訓，人不龍惕即蠹愚。火耕水耨身不習，飭材辨器智不如。甲胄隊中籍不預，軒駟門前足不徂。何似擁書併努力，生死鄒魯莫躊躇。程子云：『如此閒過了日月，即是天地間一蠹。』予深有味其言。

昔者好學彭中丞，但學平心與物遇。方冬擁被數歲時，沉思天下寒無數。此意惟許稷與禹，居然饑溺急童孺。今人矜己牢自私，嶔嶔鬱壘生跬步。父呻母吟不知惜，何況悠悠盡行路？天公高居下視卑，慎哉無拂天所顧。彭公思永仕宋至權御史中丞，嘗教子弟曰：『吾數歲時，冬處被中，輒思天下之寒者。』又謂人曰：『吾不爲他學，但幼即學平心待物耳。』

昔者康侯眞獨秀，挺如直木聳高邱。家貧絶口不人道，曰吾道此意安求？當庭誠勉何諄複，詵詵子弟奉且周。茅堂踵起五峯繼，有羣賢從非常儔。如今士林純自賤，一日五侯謁不休。丈夫忍饑耿介死，不學鵝雁鳴啁啾。茆堂、五峯，其子；籍溪、致堂，其從子也。

昔者延平雅有言，吾生何道安坎坷。回頭取譬及古人，古人艱難百甚我。考亭志此力頗驗，慶元之間靡憂禍。伊予齒過四十來，爾曹日待愁城坐。俯席后土仰皇天，風林一枝無傾墮。不見紛紛文謝家，今日江南明燕左。

昔者金谿胡處士，課已惟學子惟耕。日晡向天頓頭謝，謝天之賜曷其宏。有家幸不號餒凍，有生幸不罹甲兵。獄無拘囚榻無病，誰實福我福且清。我珍斯言揭之壁，願起聾夢豁聾盲。穩眠飽食罔知足，高嗷彼蒼鳴不平。先生諱九韶，從胡康齋學。

昔者吾祖朝議公，二十釋鋤始就塾。近師南漪遠南野，矯矯敕身嚴幽獨。歲祲負米百里外，炊爨進母退榆粥。當其窮閻漏屋中，萬族瘡痍森在目。仁種義霈啓後人，後人不知誇名禄。兵戈滿眼幸不死，勉旃無效禽與犢。先朝議古林公事行詳縣志儒林傳暨貢受軒、錢緒山兩先生狀志。南漪，受軒先生；南野，歐陽文莊公也。

賣畫行爲蔡玉及賦

宣州畫客奇無數，十人五人擁毫素。半山已老韻格高，可憐昨歲死王露。曉原蔡生攬袖起，氣酣横筆流雲霧。何須十日成一水，亦輒空堂妙千樹。悄然意匠了不營，忽似鑿天天爲怒。近埽霜縑更遺我，晴巖古木獨叟步。東來古人善題鑑，見之忙乞卷入篋。向源李紒汝攜去。是山吾山水吾水，吾家向源彷彿遇。心懽意賞重南金，豈知蔡生瓶無宿儲炊無具？我聞盛名下，坎壈多窮仆。潑墨詎堪煮？得米亦充餔。不見九里山中王阿癡，帽如筵大袍曳路？竦身不隨狐兔游，支屋但傍梅花住。冰姿寫去玉粒來，欣欣妻孥飽晨暮。微君那復踵其故？街南倘值賣藥生，吳雨若也。金石歌聲兩回互。

桃源

聞説雲林去，青溪幾樹紅。人聲鷄犬外，古法衣裳中。漢姓何年易，秦威此路窮。春桃不耐寂，浪使野航通。

向源望雨後懸泉

玉龍天外落，界破一山青。猛力全驅石，輕飛欲到庭。林堂延素影，客夢斷空霆。爲是雲雷夜，委蛇向四溟。

洲生書堂阻雪漫興

抱膝高齋静，巡檐萬慮奔。當春如篵墮，有客憶氈呑。勢欲無天地，心將託弟昆。但全松柏性，霜雪亦深恩。

扇歸輿文

是物珍吾笥，三書怯未書。筆因王粲閣，風想謝安餘。秋浦愁猿夜，宣州好月初。思君不可見，題罷付江魚。

梅周文招同吳若金方嘉徵梅聖占六湛上人遊柏梘山即事次湛公韻

好注蘭樽滿，羣將柏梘酬。山雲能客舞，春水約花流。谷口窮曾到，瞿硎石竟幽。興飛還秉燭，支許晚遲留。

訪姜如農先生城北先生往以直諫賜杖崇禎朝

石公嚴譴後，又見荷戈新。曠代留遺直，殘山待老臣。龍歸天上馭，環賜夢中身。生死昭亭路，鄉園別自春。嘉靖中，石御史金以諫止醮祠謫戍宣州。後百餘年，公繼之，未至而國變告矣，是來將歸老焉，曰：『君命也，没齒曷敢忘？』

遣奴

玉川破屋正相宜，不是長鬚悔遣遲。南澗渡薪偏我負，西山芽蕨幾人知？陽家米盡難沽酒，蕭子才荒莫受笞。卻怪檐前雙語燕，年年貧户傲春枝。

巖塢寓中甘菊盛開

黄花浄倚竹牀東，似我山堂到夢中。滿地蓬侵憐晚馤，一天霜護笑春紅。何心孺子雲間去，爲愛徵君籬下逢。懶慢生人無歷誌，明年更報鯉魚風。

酬文江子清明雨中見懷二首

亂山雨脚掠村煙，岸草牆花空自妍。天上白衣翻處處，海邊皂帽著年年。長鑱斷折黄精少，破閣荒涼穴虎連。何事東風開一徑，傳來新火又新篇。

到處高歌驚有神，況兼相憶又佳辰。將雛杜甫年偏遠，得句坡翁夢早新。萬柳斜迎沙塞雨，雙鶡偷哭海天春。補鍋箍桶今何往？好過南巖共結鄰。

寄石佛菴湛公往予讀書菴中

何年石佛竟沉淪，寂歷空堂一道人。海鶴性高輕去俗，山雲臥穩不知春。呼兒便欲迎文鑑，憶客還應到許詢。莞席竹牀曾住處，階前紅樹幾回新。

過陳吉裘館中

溪堂相視淚漫漫，細雨洪河對不乾。倚杖自憐溝壑起，銜杯猶作夢魂看。南陽高鳳今傳業，北海逢萌早挂冠。此去三秋悲歲晚，臨風雙厲雪霜寒。

再次韻訥句公時有黃山行

常年相見火西流，一葉纔飛今又秋。客屐不來花守徑，詩筒卻到月當樓。吟邊口笑霏霏玉，夢裏魂摇去去舟。料得支公還借問，尋山許掾幾時休？

雲侯避地姥溪以市以卜以農以圃不煩而備憺然安之其古之高行而卑寄者耶戲有此絶

訪藥入雲隈，賣藥知何處？若問韓先生，揮手灞陵去。

山盡林復疏，欲隱儈亦可。笑指隔牆東，君公後有我。

古興六首戲謝諸公見邀智者寺聽講

滄松人去寶臺荒，饕餮龍蛇混此堂。不是國師還語戒，驅人北面學蕭梁。金華志：智者國師辟穀苦行，惟食松柏。梁武北面受戒。

逢時巧衲偶山庭，升座談高鬧未寧。豈是代唐彌勒出？神州遍解大雲經。浮屠法明等撰大雲經，上武后，謂后乃彌勒下生，當代唐爲主。敕兩京諸州使僧升高座聽講。

江上小堂帶月棲，浪傳青社白蓮齊。留衣不怒潮州守，那得鸞谿效虎谿？鸞谿青林社事，爲釋氏盛傳，陳用揚先生有辯。

大官側立爛如雲，偃蹇吾儕莫亂羣。法寶若還無定力，愁將高座海陵聞。海陵杖法寶事，見金史張通古傳。

年前説法又維揚，一輩汪黄會食長。被甲官家何處去，傷心忍道雨花香？甲申，馬、阮延僧三昧講法天界寺，與宋汪、黄一轍。

相將吕富竟誰趨？佛者開堂聽者儒。獨樂園中人在否？卻教何地覓堯夫？富公偕晦叔欲聽僧脩顒説法，温公急見康節，請往止之。

唐致長

方孝標唐芥瞿傳略　文學唐芥瞿，宣城人，名致長，初名允冲，字祖謙，芥瞿其號也。太原司理君平公之少子，中翰畊塢公之庶弟也。沉深好書，凡經、史、子、集、百家之文，無不披覽洛誦。當志學之年，遂有博學之譽。比湯司成、霍林逸居林下，朝夕過從，析疑問難無虚日。負性骯髒，不能淟涊從人，且倦于應酬，不善治生産，土銼炊煙，經時不舉，先生吟詠自若也。嘗讀元亮乞食詩，有感于中，廣而爲賦，以示其意焉。有繁露堂集一卷行世。

江南曲

三月春江滿，門前柳葉青。攀枝不忍折，記得送長亭。郎愛射野雉，出榜青篷舫。日夕未歸來，孤影何能兩？鴛鴦自有侶，朝暮戲蓮渚。誤入野鴨羣，中心自爾汝。蝶傍花房宿，鶯傍花枝逐。蝶去鶯不啼，花枝自低伏。妾住竹橋西，郎家長干曲。明月暫相過，贈歡絲一束。

送伯兄之鳩兹兼訊沈七崑銅

三徑無資松菊荒，煙波還泛五湖航。甘同正則臨江渚，不羨平原入洛陽。市上酒人羽徵曲，山中詞客芰荷裳。佺期竄後詩無敵，謾競昆池明月章。

莫述當年黨錮碑，漢家陵闕草離離。可憐夏馥歸鄉後，卻遇張良避汜時。野寺晚風吹簟冷，孤城夜月聽笳悲。行歌爲訪黃公舍，露井頹鑪生旅葵。

田家憩熱

貧家江畔住，非市不成村。桑柘陰三畝，茅茨覆一門。謀生惟釣牧，常課有鷄豚。沽酒邀鄰父，攀花弄乳孫。不猜遠過客，共狎野人言。雜坐貪風緒，斜籬漏日痕。孤霞生晚嶼，夕鳥散黄昏。習隱怡情性，忘機斂夢魂。菱舟何處返，隔浦聽歌喧。

汪尚寧

邑志選舉表 尚寧本歙人，占籍宣城。嘉靖己丑進士，仕至副都御史。

秋日遊洞菴

偶從樵嶺步，聞嘯自蘇門。碧樹因之倚，青山便欲捫。溪深雙鹿飲，雲浄一鵰翻。不厭相看去，煙霞自可餐。

黄　石

邑志孝友傳 黄石，字圯公。邑庠生，家徒壁立。母病數年，石親扶臥起，湯藥皆手調，躬爲拭穢。其大母亦病數年，石事之如所以事母者。

施閏章墓表略 先生父鈞色，貧甚，以鍼工自給。十餘歲，父命世其藝，先生泣不應。明日，又呼，不應。父撻之，問所願，曰『願讀書』。父怒，愈撻之。日惟號泣。鄰翁聞之曰：『此佳兒也，何撻爲？』因送之鄉塾，受句讀。先生早夜勤敏，無嬉弄。父私喜。及學將成，里中推爲童子師。先生朝不廢館業，夕歸而奉養無方，每夜起爲母治湯藥，晨炊上父食，且具一日饌，始疾趋赴館。暮復樵汲爲夜計，歲以爲常。崇禎乙亥，補邑弟子員。是冬，謝氏翁以女妻之。夫婦養益力。客言于宣令，余公屬折簡延見，深加器許，有澹臺子羽之目。己卯録科，且舉德行。及省試歸，而喪謝氏。時父已殁數歲，而母猶臥病。先是，賴謝以養母；及謝亡，室中無人，先生館翰撰楊公家，距子舍數里，向暮必歸，具藥餌，侍臥起。至手滌溺器，經數歲，人無知者。鄰媪見而賢之。稍聞於邑中。順治癸、甲間，督學翰林藍公、巡按御史竇公先後按部，邑令王公同春上其事，旌其門廬。由是，里中藉藉稱黄孝子云。

友人往以家傳見屬逾時未報所狀行略久寘笥中又散軼不得見更期郵示爰寄此詩

不分風波歷歲時，江城北去遺來遲。久知敬禮當爲傳，詎料林宗未有碑？雪鬢定酬文字債，霜天即慰見聞思。數行得廁君家乘，花發陵陽萬古祠。

祖德幾時須視草，一編眞作汝南評。名山副本將來事，成佛生天逝者情。韋孟詩傳今再見，楊雄序在擬孤行。重煩爲我殷勤寄，桂樹巖前月正晴。

湯斯祜

邑志選舉表 字秩斯，崇禎己卯解元。

詠　史

道隨世運圮，匹夫攘其權。青牛乘紫氣，虛傳言五千。夸哉何逍遥，夢蜨栩栩然。淮南犬吠雲，王喬劍飛天。坐令富貴極，不死求神仙。江璧已聞返，龍媒方見還。太息驪山草，今與茂陵連。

道喪中國虛，紀亂民情頓。欲乞梵王律，用作今皇憲。經繙西土尊，像寫南宮曼。時危身數捨，人窮僧可飯。謂我降神殊，恆星夜光遁。示我劫灰存，昆池歷億萬。流傳禍滋烈，難圖似春蔓。漢明實賢君，千秋此遺恨。

吴仕期

邑志忠節傳 字德望。爲諸生，倜儻負氣。萬歷己卯，張江陵父喪，不歸，仕期憤然擬爲上相國書，侃侃千餘言。稿傳於外，南操院胡櫃，江陵私人也，太平同知龍宗武爲櫃里人，相比命邏者獲仕期，置蕪湖獄。宗武訊之曰：『必有授爾指者，舉其人，當爾貸。』蓋指沈修撰懋學也。仕期曰：『男子生負剛腸，奮直言，安用人指授也！』榜掠無完膚，終無一語連及。宗武命獄卒囊砂撲其面而死。聞者冤之。萬歷辛卯，其妻貢氏與弟仕朝抱孤憤録奔愬南臺御史孫惟誠，具疏以聞。櫃、宗武皆遠戍，敕建仕期夫婦義烈坊，後祀鄉賢。貢氏見列女傳。江南通志略同〔五〕。

〔增〕

二樓紀略　吴文臺作擬上江陵書云：『願相國爲天下第一等人，毋徒爲天下第一品官。』修撰與張嗣修書亦云：『在老師不得爲純臣，在門下不得爲諍子。』嗚呼！望之爲純臣，猶以第一流處之也。

對酒歌

生不願封萬户侯，亦不願宅三神洲。但願林間期趙女，夜深奇術試吴鉤。術成轉嘆知音寡，逆旅逢人方刷馬。燒羊胡餅酒千巡，英雄豈是無心者？與客同尋白版門，中藏燠館與涼軒。珍肴不似人間有，妙曲都從天上繙。髮竪髯張當酒半，翻身忽去生秋翰。去時掣電來時風，匕首腥紅在手中。投刀舉杯發大笑，客亦相看同絶倒。眞能砍取倭人頭，上方不用排閶嗷。客言一舉朝野清，與君賣劍歸來事耦耕。

校記

〔一〕『大清』云云　係光緒本所補。

〔二〕『明語林』一則　光緒本删除。

〔三〕『蓋』下疑有闕文。

〔四〕觝　當據光緒本，作『觗』。

〔五〕『江南』云云　係光緒本所補。

宛雅三編卷四

明

唐允甲

邑志文苑傳　唐允甲，號畊塢，司理公靖子。幼時就塾師，夜歸失道，見前有籠燈導之，到門而没。同邑湯司成器之，留讀園中。年十三，文譽馳江上。周儀部鑣、沈徵君壽民交伯仲間。南都初建，廷議欲徵江左巨儒充内閣之選，大學士高弘圖首薦允甲爲中書舍人。一時誥敕多出其手。會權臣披剥善類，允甲遂遁迹溪山，以詩酒自娱。老年書法名海内，箋箑盈几，酒酣落筆，應之不厭，獲者不啻拱璧。所著詩文數十卷。

錢謙益序略　允甲字祖命，自其弱冠，才名藉甚，有詩數百篇。亂後詩益工。祖命，梅聖俞之鄉人子弟也，略舉祖命之生平，比絜聖俞，則有不勝慨然者矣！歐陽公謂聖俞少習爲詩，自爲童子，出語已驚其長老；則祖命似之。聖俞累舉進士，困於州縣，年五十猶從辟書；祖命起家中翰，遭讒放黜，喪亂屏退，長爲旅人，而亦已五十矣。與聖俞資望不一，而其寥落不偶，未嘗不似也。歐陽公稱聖俞之詩長於本人情，狀風物，英華雅正，變態百出。祖命富于庀材，工於使物，雲譎波詭，間見叠出，固未嘗規模聖俞，而所謂感人之至，與樂同其苗裔者，未嘗不求其似之也。於戲！聖俞之詩，歐陽公以爲窮而後工；不知祖命之詩之工，至於不能自有其詩，而其窮始極，斯尤可悲也已！

周亮工序略　余往在林宗先生玉豉齋中，得交祖命。久之，祖命東歸，余亦踉蹌而南。及余在邗上，而祖命已挂中秘冠，浪遊江淮之上矣，志氣不殊，而磊落倍蓰往昔。晤吴陵時，出嵎墕山人詩示余，如陳思、少陵操筆和賡，有慨于中，低徊激宕，颯然疑悲風零霰之將至，是其意氣飆發，而落落者未嘗動也。〔一〕

沈壽民序略　祖命負雄逸才，所交盡當世士，坦洞撤崖谷，不屑肥己，人稱之。弟芥癯、子髯孫風競爽也。

施閏章序略　舍人善書法，喜交遊，賦詩斐然多逸藻。每名士高會，罷酒揮毫，一扇作小楷數百字，更索叠畫，坐客皆藏弆爲樂。明末都江南，用詞學薦充舍人，掌制誥。而與用事權貴不合，自引去，遂終老山澤間。嘗酒闌耳熱，述先朝館閣及宫禁軼事，多外廷所未知者，使人傾聽絫欷。所存譏游訓贈而外，强半多小雅、離騷之遺，其遭時鬱塞使然也。舍人官暫而客久，客凡數十年，所至爲重客，縞帶餽遺，槖常滿，而文酒徵逐，它不省記；歸視橐中，空亦不問。長子念祖負才而夭。家日以困匱。今得一故人房樞部解俸經營，將買田以老，而舍人死矣。

同施愚山登敬亭即事

春城收華鐙，簫鼓音欲闋。樂事宜更端，林巒可娱悦。晨興盥櫛罷，奮袂理筇節。蒼然入煙靄，細路迷曲折。香片隨風來，野梅落殘雪。頹嵐作微雨，萬象忽如涅。日脚半嶺開，陰晴態殊譎。層崖暖氣變，往往啼百舌。披榛造雙塔，拂蘚捫斷碣。千盤勢逾高，接臂凌巉嵲。叢篁削寒玉，壁色繡古鐵。展眺躋憑虚，山川翳仍澈。一氣氤氳中，畫圖誰能别？額珠亘丹梯，絲繩酒壺挈。游人若蜂屯，校量非所屑。大海觸虚舟，鴻騫迹俱滅。遠公室清閟，香茗聊共啜。深言不覺暮，鐘定飛鳥絶。步歸樵火明，嘯起雲石裂。近郭何喧囂，幽情戀巖穴。

懷韓人穀兼柬沈子羽錢東渤

晨風發清響，素秋生虚閣。炎精未伏焰，停馭扇餘虐。臥痾掩荆扉，眺矚日殊昨。言念彼姝子，静晤隔巖壑。惝怳一遇之，幽光相奔絡。赤氣凌霞首，玄覽躋碧落。曠懷足嘯歌，性情欣所託。含思勞舊侶，哀禽叫林薄。憂窈悄中心，獨藉明月酌。

悔游詩

金風從西來，秋氣倏凜栗。蟋蟀牀下鳴，蜘蛛網圭蓽。遺芳踐飛飆，落葉掃峭崒。布衾直衣單，寒月浸虛室。嗷嗷孤雁翔，葭管聲觱篥。閑居尚煩勞，況復當遠出？

赫赫大官來，道上生光輝。雕輪馳華景，翠蓋芙蓉旂。綠繻黃金帶，帶下懸牙緋。路傍人屏息，曲巷迴襜帷。勿謂使君小，咳唾感恩威。失意等蓬蒿，得意沾陽晞。昔日翟公門，鴉雀時喧飛。不厭五侯鯖，食糠豈不肥？

古人重結交，結交輕黃金。尼父語傾蓋，束帛明寸心。季札適鄭野，獻紵諧知音。守此金與石，誓無商與參。緬想陳雷交，高義橫古今。

游子長羈棲，閨人歎遲暮。皎皎明月光，照我去時路。唶唶牆頭烏，喧我門前渡。悄悄空帷中，寒蛩泣秋露。貧女織機杼，道遠不能附。含淚還入房，徙倚望雲樹。

盛會難再遘，及時當爲歡。羽爵華筵催，繁俎分盤餐。坐有秦氏女，柔指發哀彈。下裙製緗綺，上襦裂齊紈。道傍游俠子，小袖薰椒蘭。傾城迷下蔡，宴語飛情瀾。願爲比翼鳥，銜泥上珠玕。人言紅燭短，我苦長夜寒。抱影還空廬，僵臥徒槃跚。

楊州訪王阮亭法曹憩于鷗波館聞冒辟疆微痾拏舟探之下榻水繪庵次

戴務旃壁上韻

五月廣陵濤，十年纔一遊。此遊適炎夏，日炙如甑烰。坐臥水閣上，攝觀聊夷猶。時棹艇子行，得句背錦收。荷香襲人裾，好風當前頭。清蟬噪高柳，碧水閙沙鷗。脚欲踏層冰，置身井幹樓。日暮紫煙矗，無端生客愁。歷落溪坂上，牧笛橫癡牛。澤葵罥磁石，荒葛纏古邱。昭明讀書人，弔影惟梧楸。奇葩間瑤草，忽被春風揉。言念同門友，善病同沈休。家住東皋上，隱身蘭杜洲。行將溯洄從，泛泛山陰舟。門臨大道傍，屋角環清流。久置邀賢驛，留賓轄宜投。繫牽老樹下，短褐手自摳。一别嘆如雨，三易春復秋。日夕感微痾，氣惙如繭抽。賸此百鍊鋼，翻爲繞指柔。人皆服冰紈，我猶襲重裘。爲子一强起，借筯陳前籌。瓊羞出郇厨，素濤泛瓷甌。愛爾千金軀，碧玉崑岡璆。夭矯千尺鱗，蟄伏潛龍湫。丈夫各有意，安能稻粱謀？推襟送懷抱，雜珮徵相酬。倚劍發長嘯，仰視星漢浮。咄咄蒼蠅聲，噏訿誠謬悠。

放歌贈朱屺瞻博士

男兒盛壯當成名，胡爲一卷風中立？硯田筆稼久荒蕪，泛宅浮家任南北。我來彭城方息肩，與子日久相周旋。談屑屢霏玉麈柄，賭飲浮拍糟堤船。昂藏七尺雲中鶴，巖電雙眸射寥廓。伏櫪常懷千里駒，聊蕭每嘆三秋瘧。酒後耳熱聲嗚嗚，唾壺擊碎抛明珠。人生得失楚人弓，何以鬱鬱撚枯鬚？憶昔君家全盛日，將軍赫奕凌霄霨。東苑留賓羅膳珍，南街走馬鋪金礩。長鬑貂插錦氍毹〔二〕，侍女焚香捧玉魚。朱輪華轂金張遜，量玉堆金猗卓如。一旦蜃樓海市呈，甑塵魚釜范史雲。簞瓢誰進蘆中飯？複壁疇藏避難身？以此困頓不得意，十日埋頭九日醉。咄咄書空怪事多，山魈晝舞侵狐魅。飲君酒，握君手，榮悴人間事恆有。季子穿破黑貂裘，肘後黄金大如斗。陳平曲巷席挂門，通侯之賞槖駝紐。看君才大非曹丕，豈有長貧韓夫子？蛇行蒲伏道傍迎，依舊當年布衣耳。須臾騰踏步高衢，觀者摩戛感嗟吁，始信龍蛇變化無時無。

與閔六宫用道故有作

少年騎馬走大荒，翩翩意氣何飛揚。功名唾手笑終賈，文章自短曹劉牆。君家兄弟血汗駒，聯鑣共轡驅長衢。千人指目滿牆堵，云是閔家兒郎天下殊。爾時櫟園周公年亦少，霞舉蹁躚質清妙。毗陵太守古文翁，法幢老子今有道。數子品目汝南尊，與我班荆最傾倒。倏忽蓬飄三十年，相將結佩嗟無緣。暑中夜醉中丞酒，兩人執手疑從天。坐久忽驚兩鬢雪，呼盧浮白常纏緜。君不見，張公掣電騎鯨去，藏書萬卷今何處？君不見，周公舊澤濟人寒，蛾眉謡諑愁無端。又不見，太守今作半和尚，破衲軍持自回向。予也甘作流離人，燕山越嶠多風塵。滿腹嶙峋饑不療，天荒地老空娉婷。惟爾阿兄刷豊羽，爲時舟楫澍霖雨。爾操弱管擅長城，白雪黄金何足數？與子痛飲復何辭，少壯至老頃刻移，記取丁酉重陽時。

憶昔篇贈吴園次

憶昔抱策游日邊，天下賢俊皆比肩。廣陵宛陵峙壇坫，江南江北同流連。意氣相期垂不朽，紛紛盡是雕龍手。仲友文章頗自豪，孟公使節嘗能守。廣陵城内盛繁華，繡幕朱簾十里遮。旗亭貰酒隨地主，詞場摛藻開天葩。自從江左喧鼙鼓，斗牛之墟如焦釜。不見蕃釐滿樹花，但看隋宫一抔土。仲舒宅邊春草平，枚乘筆底秋濤生。小山叢桂久摇落，淮南詞賦偏峥嶸。我獨歸耕宛陵陌，桃花潭水猶千尺。著書不學范蔚宗，把酒還呼李太白。每欲忘情猶未能，良辰對景懷友朋。琴高赤鯉杳難覓，謝朓青山空復登。脂車重向廣陵去，延陵才子多名譽。十二樓前月共看，五百里内星嘗聚。一朝別我遊帝京，鳳凰池上聞咸韺。膴仕三遷在郎署，翩躚五馬來苕城。下車即詢民間苦，先殪多年負嵎虎。元憝迅掃魄已褫，稂莠芟除俗還古。我來訪君苕水濱，爭言太守仁且神。攜來瀛海三山雨，散作吴興萬户春。有時官事湖中了，四賢俎豆稱師表。酒向窪尊亭畔傾，人從滴翠軒邊繞。碧湖蒼莽白雲秋，飛蓋時同賓客遊。牧篴吹隨紫騮馬，采菱歌近木蘭舟。爲政風流洵多美，丈夫得志應如此。蔽芾眞堪並古人，把蘭正爾酬知己。知己相逢畀等閑，蕭然嘯傲山水間。歸心欲采東籬菊，肯似王猷雪夜還？

次龔孝升喜周元亮南還

大功眞不世，天意豈全孤？帆轉榆河路，人逢西子湖。冥鴻何驚見丹鷄詔，猶傳城射烏。

所慕？隨意選汀蘆。

冰雪餘雙鬢，春風綏道顔。破家新竹硯，無恙舊松關。莫問羊提攜如意舞，直似玉門還。

腸路，瓢蓑到攝山。

戍削存風骨，江山護酒旗。餘生眞意外，欲殺果何爲？得雪沉白頭重見面，絶勝少年時。

冤痛，重泉知未知？

細數圜扉事，雙眉對燭開。好詩三十首，帶索幾千回〔三〕。帖寫霜前菊，琴留爨後材。何時腰鋏篴，與客上吹臺？

讀罷河梁曲，淒涼送別情。裝輕驢背穩，風急雪花生。老友期偕隱，東山望治平。還舒經略手，一使衆人驚。

館水繪菴次其年韻

此中棲逸史，蹤迹類琴高。浮譽留鴻爪，餘生避豕毫。埋憂頻顧曲，越禮但呼醪。終作三休侶，郊坰謝節旄。

奉送高相國硜齋座師去國

秋盡風高萬木寒，離思蕭瑟滿江干。千官祖帳夔龍席，夾道揚旌翡翠鞍。去晉謝安還著屐，辭唐李泌早懸冠。遥知彩鷁青峯外，馹路梅花雪裏看。

憂時雙鬢已皤然，去國無家憶輞川。青海嶂分吳苑草，胥江潮擁掖河煙。時山左難歸，奉旨暫留吳閶。行山拄笏堪娱目，樂聖銜杯早避賢。如葉一身何所繫？瀛洲到處擬登仙。

哭劉伯宗徵君

傳來凶問不勝悲，猶望傳聞事或疑。江左果然微管仲，世間寧復有鍾期？莫緣吾道行將廢，遂使皇天不憖遺。欲賦大招幽淚咽，鳳毛麟角總離披。

儲揚生還宜興柬麗青冏卿

叔度相思值暮年，國山峯頂正高眠。銅盤泣盡仙人淚，恤緯賡餘棄婦篇。複壁誰能留逸客，壺漿空自隱蘆船。鄭公門下多奇士，三傳高文仔細傳。

哭俞去文

書生覆卵苦無多，尚欲攫金白晝何？今日不妨籲上帝，漁陽三弄未爲過。

賣船詩爲施愚山使君賦

只飲廉泉啜野蔬，清威名自御屏書。拚將落手扁舟興，换取瑯嬛萬卷餘。

自昔名流愛水嬉，青簾油幕任猶夷。主人別有參同契，懶覓神仙水月居。
移向長江問鄂君，擷蘭遺佩杳難聞。只今桃葉千條水，猶帶蕭江一片雲。
難偕六逸水仙游，酒竈茶鐺置兩頭。欲使窮交分宿火，何妨一葉付滄洲？

沈壽旭

邑志選舉表 旭字鏡天，號馥巖。崇禎壬午副榜。隱居不仕，著有天籟、搜餘等集。

丙午施愚山先生由山東提學轉江西監司寄懷

良朋欲訊故人情，胸次悠悠風月情〔四〕。梁父閑吟非敢倨，袁安高臥卻爲榮。賴君廊廟多奇勳，餘我山川得晦名。孤夜常留張敏夢，可憐間阻豫章程。

臨池學草書

揮洒風雲氣縱橫，怒猊奔驥此中行。興來不禁惟濡髮，指顧絲絲劍影生。

吴漢超

明史本傳　吴漢超，宣城諸生。崇禎十七年聞都城變，謀募兵赴難，會福王立，乃已。明年，南京覆，棄家走涇縣，從尹民興起兵。兵敗，匿華陽山中。先是，邱祖德、麻三衡諸軍潰，保華陽，有徐淮者部署之。漢超與合，連取句容、溧水、高淳、溧陽、涇、太平諸縣。明年正月，襲寧國，夜緣南城登，兵潰。城中按首事者，漢超已出城，念母在，且恐累族人，入見曰：『首事者，我也。』剖其腹，膽長三寸。妻戚自擲樓下死。

閑居酬友人見過

園荒董子壁相如，賸有門前長者車。鳥散落花香客屐，蜨黏新草緑春裾。繞牀狂續將成句，升屋貪看未竟書。身作癡蠶室如繭，爲君軒眼破慵疏。

沈壽崇

明史本傳　留守沈壽崇，宣城人。都督有容子。崇禎初武進士。忤巡按，被劾罷，未行而賊至，遂及于難。贈都督僉事，廕一子錦衣百户。

吴肅公都司沈公傳略　公字宗山，少喜吟，工書法，中崇禎戊辰武進士。以所鎮撫散官遷江西都司僉書，破九邊山賊。流寇攻蘄黄，舊甘撫梅公之煥招公濟師。公屯小池口拒賊，援桴鼓戰黄梅城下，卻之，擒西州盜仇生。仇生故與豪通，豪陰庇之，蜚語謗公。公拂衣歸里，日與諸名士讀書吟詠自得也。會寇熾起，公留守興都。興都，肅皇帝藩國舊封，顯陵在焉。公繕甲營壘，施設有條，與守陵太監王允中、知府王璣怨。通判張國運嘗擅答世職，公義讓之，亦憾公，遂比謀陷公。亡何，闖賊至，攻顯陵，時解職三月矣，公曰：『率土臣也，吾可以解職委乎？』毅然出乘城守，降賊内應，毁堞，衆布懸以登，擁而入，城遂陷。公倉卒入署，衣冠北向拜訖，南面坐。賊至，刃脅公，公叱之曰：『賊逆天不道，恨不斫汝萬段！』因慟哭呼獻帝靈不絶口，賊剸其腹死。崇禎十六年元旦也。前除夕，釃酒吟詩，付蒼頭，俾善藏之。賊之入也，死者公及鍾祥縣知縣蕭漢二人耳。公死旬日，僕逡巡至，血淋漓凝凍，髭鬢毅張，目猶未瞑。燔骸以歸葬焉。〔五〕

湖廣通志名宦傳　壽崇，崇禎末授郢留守司。性介直，初以清屯爲任，忤巨璫。壬午，因執謁見禮忤御史，中以他事劾之。十二月除夕，賊圍城，撫軍請出共守，嘆曰：『時無汪立信，不禦之門户而驅之堂奥，事勢至此，尚可爲乎？此吾致命遂志時也。』癸未朔，城陷。朝服北面拜畢，坐堂上，厲聲叱賊，直前斫之，仆地，曰：『得死所矣！』罵不絶口。一子同時遇害。

〔增〕

江南通志　沈壽崇，字旭海。

寧國府志　字宗山。性介直，喜吟工書。累官興都正留守。闖賊圍城急，巡撫宋一鶴請共守，時解職三月，嘆曰：『吾可以解職委乎？』

除夕

擊楫向中流，孤懷曉夜愁。梅花傳楚笛，竹葉祭吳鉤。國恥非難雪，君恩未易酬。盈盈賈生淚，猶灑漢江秋。

施譽

湯斌墓誌略　公字次仲，砥園其號也。考弘猷，以理學著世，所稱中明先生者也。性亢爽，多智略，爲文敏贍，下筆滔滔數千言。好爲詩，不尚雕飾，而嵚崎歷落，風格在孟東野、張文昌之間。中明先生當明神宗時，講學東南。先生于兵亂後脩復舊規，偕諸生習禮其中，時稱引先訓，與同人勉之。與人交，洞見底裏。聞人一善，喜若己出；至其所不可，正色譙讓，雖豪右貴人，無所鯁避。歲饑，節粟以贍族人，率舉家啜粥，十旬無勸色。助婚喪，置棺瘞殣，葬亡友之無後者，與人通有無不責償。固其天性近厚，或亦本中明先生之教而力行之者與！

邑志孝友傳　次仲生而孝友，事長兄如嚴君，然推甘讓少，友愛甚篤。長没，慟絶復甦。居母吴孺人喪，水漿不入口三日。每忌日，祭必哭，上食必跪。兄子闓章，九歲失怙，教育成名，歷官中外，所至著聲，嘗語人曰：『吾叔父之訓也。』譽文思敏贍，庚午闈，爲主者賞異，以額限，甚加惋惜。尤工五七言詩，有芳遠亭稿行世。脩同仁館，置雲山書院田，歲供學者，中明先生理學一綫賴以不墜。卒年七十有八。

姪闓章行狀略　公號砥園，慷爽多膽略，遇事立辦〔六〕，爲文無停思。少時督學御史賈公用一日七藝拔補諸生異等。公年方壯强，族父老以其賢，推爲宗正，不就；則請于邑宰，固屬之。皆受繩束，無敢譁。其與人讜直好盡言。至於排解紛難，取片言立定。爲人謀，開心剖臆，不私毫髮，雖憚公不樂近者，皆歎以爲莫及也。中歲家落，鬻産得數百金。有故人强貸其半，貸者不貧而終負，亦置不校。人或以鰥告，即橐空不忍它爲解。嘗一日而爲疏屬二人婚。其它不可殫記。喜形家言，躬自卜兆，舉先世五喪。亡友劉伯陽先生無子，爲葬之先人隴旁，示子孫世祔饗。自龍溪、盱江諸公以還，學者承流失指，或淪于虛無。公數與講會，以躬行力折之。家居告誡，必稱引先訓，歸本理學，老病益諄復。子弟不率，輒自懲曰：『吾不能身教，吾罪也。』往往流涕。公文稿散逸，有詩二卷，抉奇拔穎，爲時所頌。

劉宗周芳遠集序略　施子之父允升、兄曾省皆理學宿儒。施子能世其學，不屑屑于青紫而工詩。偕荀仲過予談，言有本而行有式，益徵其父兄之學，不失正鵠。間而叩其詩，深情摯性，矯然自持。施子故非以詩炫者也，而詩固已不朽矣！

王士正跋略　讀先生五七言詩，字字古調，卻自寫胸情，毫無雕飾。近人尋扯剽竊，按之了無情寔，而儼自號作者，千秋之名，知在此不在彼也。先生五言律詩，有賈島、李洞佳處而去其酸澀，有司空圖、馬戴佳處而加以老蒼，孤情高寄，別具鑪錘，所謂不向如來行處行者也。

己　卯

妾罪在君目，洗心猶望贖。妾罪在人口，省躬終不淑。十四學調機，札札鳴杼軸。十五學裁衣，手製爲綺服。春蠶未成繭，絲絲在蠶腹。恩情中路絕，含情亂心曲。

秦淮五日看燈船

十年不見秦淮水，鍾山松柏一時死。今來再泛桃葉槎，渡頭兩岸非舊家。朱門破碎新寡泣，燕子徘徊飛不入。誰家年少不知愁，典衣沽酒河上遊。畫船猶唱六朝曲，珠光翠色揺波緑。火龍熠熠尾相連，燈光著水波欲然。吳姬二八新聲發，衆艇停橈集江月。汨羅秋色五月寒，遊人此地翻極歡。豈知一夜傾醽醁，百日農夫耕不足。黄雲四起明星稀，簫鼓收聲人醉歸。回頭但見水流急，空使行人橋上立。

琴　溪

琴溪老魚鱗甲具，琴高跨之入雲霧。至今崖洞雨冰珠，苔痕似有飛騰路。琴高一去不見歸，寒潭無復魚能飛。我來空羨琴溪水，欲采松花飯魚子。

春日飲梅季升醉後尋書堂寺舊址 寺裴休建

屋角初聞啼百舌，梅花爛熳白如雪。老眼惟恐失青山，及時雙屐莫教閑。放犢還愁草芽短，牧童聊試春煙暖。水轉山迴路漸長，故人春酒隔溪香。百壺傾盡牀頭有，好酒易謀難好友。同心一醉百憂忘，何須身外愁茫茫？且看細草新生地，前朝舊是書堂寺。丞相勳名山斗高，只今野老耕殘蒿。土花蝕盡古磚腐，老僧舊塔頹秋雨。誰能弔古心不悲，後人弔我那復知？人生百歲如飛鳥，千年富貴從來少。只把青山種白雲，縱有東風吹不了。

苦離別

琢玉爲馬鞭，貪向榆關去。一尊猶未傾，僕馬喧前渡。門前一步路，迢迢直達無情處。横邪一念熱功名，千言萬語不回顧。飽一升，醉一斛。二丈紵，勾一襡。何事棄春風，聽盡陽關曲？

宿華陽山樓

蒼崖日暮早，飛閣白雲中。山氣自爲雨，松聲不待風。清庖烹笋蕨，新客噪兒童。淳俗無矰繳，高空羡去鴻。

半山茆菴

未夕千峯暝，孤僧晝掩扉。減餐留客宿，種火待人歸。雪凍松逾老，煙深笋自肥。籬邊常臥虎，車馬到來稀。

游問政山寶相寺

松塢蘿如幔，禪扉午定關。林疏池有月，煙滿寺無山。茗碗珠泉白，蔌篁緑玉斑。客歸乘落照，僧亦荷鋤還。

舍姪公餘同友人野步來鳳亭

春不需人暇，緑陰俄已繁。詩成如報最，吏淡總忘尊。山遠低亭檻，江平近寺門。蘼蕪青不斷，一路向家園。

雨花臺

記得年年三月中，舞衣歌扇滿山紅。無情蒿草還春色，有限桃花任曉風。帆影乍昏瓜步雨，寢園新見蔣山童。風流六代無尋處，賸有啼烏繞故宫。

宫　怨

乍剪輕綃新茜紅，熏衣荳蔻舉當風。承恩不道君王寵，偏説蛾眉壓六宫。

張星燦

徐玫傳略　公字燦然，别字陵陽。氣宇魁梧，工制舉業，尤精韜略。明末，郡人起兵應金文毅公，公以博士弟子員舉將材，行中軍都司事，從王師征勦，默爲保護，多所全活，鄉人德之。事平，授遊擊，公輒棄去，幅巾田里。性孝友，季不事生業，爲破産償負，以安二人心。與人交，廓如也。著有陵陽山人集。

山莊觀穫

四野秋鐮響，鷄羣呼隴中。人家索燈起，天意入晴空。雨後菱包紫，霜前栗罅紅。偶逢丈人語，高樹一蟬風。

題黄山圖

日落霞燒松頂，苔寒石作梅身。三十六峯青處，白雲忙似山人。

校　記

〔一〕以上兩則光緒本删除。

〔二〕歙　當據光緒本，作『餁』。

〔三〕乾隆本此處有缺葉，兹據光緒本補足：自『帖寫』句至儲揚生還宜興柬麗青冏卿『壺漿』句。

〔四〕情　當作『清』。

〔五〕本則光緒本删除。

〔六〕辦　原作『辨』，據施愚山集（黄山書社一九九二年版）改正。以下簡稱施集。

安徽古籍叢書

黃山書社

宛雅全編

下

〔明〕梅鼎祚等/輯　彭君華/主編

宛雅三編卷五

國朝

戚懋

邑志文苑傳　戚懋，字穉含。性豪邁，留心經濟。恥與鄉人伍，慷慨走都下，適司禮監王公奉命巡邊，延爲參謀。遍歷酒泉、張掖、雲中、上黨、秦、晉諸境，憑弔山川，詩文盈篋。例三載復命，當授通判職，懋慨然曰：『因人而致功名，志士不屑也。』棄歸反，應童子試，入黌宫。尋應幕入浙，會南都不守，浙、閩内附，懋以諸生授龍泉教諭。期年告歸，隱於水陽之西滸，足迹不入城市，日與二三高士賦詩飲酒，爽然有終焉之志。年七十三，於康熙甲寅十一月卒。

吳肅公序略　戚先生老而工於詩，年六十餘，矻矻不衰，人或以高達夫擬之。惟先生亦曰：『數年來，寔學爲詩。』然以予觀先生，少以文詞客長安貴人三十年，蓋老而自諱其向之所作，舉以爲無足存，遂疑于少不知詩者然也。今其稿若干卷，其湛心韶韻，有非年少才致者之所能。出其津津而時似之者，皆元和以降，不欲襲衣冠于初盛，爲名高也夫！先生少不爲詩，而數年中果何以遂工若是？然則達夫亦老而後工以傳耳，安知其少之不爲詩耶？

街南文集　先生年七十，酒户詩筒，傾倒互注。篝燈，書如隊蟻，卷積箧衍。余少先生二紀，莫能逮也。〔一〕

立夏

初日麗餘霽，高天蔚浮藍。問春何處所，夜隨東風還。青春幾何時？荏苒云已闌。田家急犂鋤，當晝掩柴關。日夕上野田，不言動作艱。問我何爲者？持竿釣潺湲。兼之蒔蔬圃，采藥遊名山。日月不我待，喟焉愴心顔。

雨霽聞蟬

萬木森澄霽，空山寂衆音。蟬度遠水來，孤噪落雲岑。秋山互明晦，秋澗自清深。影踏南浦雨，聲沭北巖雲。高枝無留意，清露知爾心。肅然澹外慮，聊復一開襟。

新　月

多雨逢初霽，空天月小還。纔生即照水，欲落故銜山。清濯知秋近，陰流分夜閑。白雲何處滅，風水聽潺潺。

雨中雜興

縹緲雲煙野閣虚，江聲三峽雨來初。羊裘差可供齊服，牛角何由挂漢書？細溜飛添鴛硯水，斜風吹斷鷺梁魚。積旬未得除荒徑，寂寞閒庭好客疏。

喜烈裘過訪

衡門無事閉秋清，好友重來一座傾。小閣借雲留客住，疏林過雨見山迎。蕭森竹影浮書格，寂歷花香傍酒鐺。自愧殘年詩思苦，看君佳句擅長城。

首夏送唐畊塢游維揚

大江日夜聲，紅雲催天曙。遊子理沙棠，去去竹西路。

秋柳

深秋白露下寒汀，萬木蓁前悲易零。哭向鍾山原上望，荒陵幾樹老冬青。

張金度

邑志宦業傳 字旭原。弱冠舉崇禎壬午鄉試，公車數不利。就部試，授邠州知州。邠故周人遺俗好稼穡，民户殷饒。金度爲治務先教化，有循廉聲。告養親歸，囊槖蕭然，安之若素，屏迹不入公齋。其自警聯云：『富貴功名，要須自然而至者。仁義道德，貴在勉强而行之。』人佩其格言。

居邠得梅東渚施愚山書

日日緘尺素，當衢伺羽翰。歸鳥經過有，客心付託難。郵筒封復焚，淚枯肝還酸。客從東南來，遺我兩書札。首尾無姓名，字迹頗識察。情緒百且千，隱語十之八。皆言予性情，本不宜簪纓。中原方格鬬，堂上喜歸耕。吾道在今兹，義與饑寒并。八行還三復，如聞嘆息聲。

答梅東渚寄懷

多君將尺素，問我幾時閑？亂定知生理，人歸記苦艱。每逢秦地月，常照漢江關。此際曾相憶，心心山水間。

一峯菴

迢遞尋山路，秋高第一峯。斷雲生落木，返景響寒淙。危想疑斜石，披懷當老松。攀幽何限意，筇竹獨相從。

陳　祜

邑志文苑傳　字吉裘，一字蘧人。少穎異博學，善爲文。楚人尹宣子令涇，讀其文，異之，屬試。士有爲先容者，輒潛易其名以試。早棄諸生，隱居教授。釜恒無炊，而一介必嚴。冬或爲製複衣，則析爲單以衣舅氏而自衣其裏。所獲弟子束脩，嘗分以贈貧士。生平孤介，形如野雀，恥與流俗爲伍。著蘧人詩集十卷。

施閏章墓誌略　君爲人性畸行介，與世多不可。獨刻勵爲文辭，喜與賤失志者游。籍郡爲諸生，有司號知文者，皆最其才。明亡，遂臥不就試，徙家漪湖之北，隱居教授，及門常數十人。講藝敦行，間爲詩歌。其徒李子常德等日益有聞。貧不能贄者，收之來學，曰：『爾力爾業，吾分爾膏火。』君故不善治生，人間有餽，不妄受。兄子□生恐其老而病也〔二〕，請迎養于郡，又謝不往。顧時時好周人急，贅婿于家，脩脯所入，悉以分贍，至困極無所悔。暇則聳肩苦吟，村館野寺中往往題壁。其與人交懽，小有缺失，則切責；或一善可稱，則百其言。至病劇，猶爲余説某人某事某詩可傳，屬余記之，惟恐其不聞于後。篤友而樂善，其性然也。

秋集玉山

幸得寒公好，詩篇茗碗供。千峯雲影外，萬籟磬聲中。古刹從金碧，疏林賸紫紅。但愁明日别，出處又西東。

吴　鋑

國朝詩品　字若金。宣城人。有浮筠軒遺稿行世。

邑志文苑傳　鋑，郡庠生，英爽駿發，制義與壽民齊名，時稱『吴沈』。詩尤清拔。

〔增〕

府志文苑傳 字若金，郡庠生，孝廉伯敷子也。敷有行誼，淹經史，以父兼師。鋟少英爽，詩尤清拔，衝口而出，不見斧鑿痕。著浮筠軒集。

吴謀公傳略 公有文名，錢禧嘗引重之。

久不得曾庭聞消息悵然有懷

路向西南盡，江連漢沔深。旌旗秦棧曉，橘柚楚祠陰。落日孤村戍，秋風萬里砧。黑貂應已敝，誰識曳裾心？

登響山

策杖出郊坰，支頤坐杳冥。踞松霎眼白，臥石一氈青。鐺響風從入，歌清雲欲停。俛看千竈暝，孤塔自亭亭。

倪正

邑志隱逸傳 字方公，號觀湖。父元琅，著鈞譜一書，甚博奥。父子俱抱隱操，多讀古人書。正詩、古文高邁，書法極蒼勁，尤精天文歷算。兩江總督郎三省欲執弟子禮，本郡别駕李鎮坤敦請訓子，皆謝弗應。梅徵君文鼎受交食法于正，嘗稱倪師，不忘所自云。

梅文鼎歷學駢枝序 壬寅之夏，獲從竹冠倪先生受臺官通軌大統歷算、交食法，歸與兩弟依法推步。

〔增〕

績學堂文鈔 吾師倪觀湖善書法，嘗言右軍書似左傳，大令似莊周，北海、襄陽皆聖教之的派。

題畫

人間此處有丹臺，萬笏青峯石室開。扁舟坐看水雲外，風馬霓旌渡海來。

吴垌

邑志文苑傳 垌字季野，宋左丞相潛之後。前明邑庠生，崇禎末經義靡曼，垌挽以古調，爲吴應箕、沈禧、張自烈及同邑沈壽民諸名宿推許。甲申後，謝去舉子業，一意古文，力追莊、列、管、韓、先秦、兩漢以上，窈渺瑰裔，變滅神奇，使人不見端倪。而折衷經學，一軌於正。宣之治古文者，以坰與壽民及坰姪肅公爲最。著古今人物論、原性、治性、觀時、斂褐數十篇，謂之準言。卒後，肅公刊其集行世。〔三〕府志文苑傳略同〔四〕。

吴肅公季野先生集序略　吾叔父季野先生，抱隱操，工古文詞。窮餓幽憂，竟以鴒原之難死燕山道上。嗚呼！文士之窮，未有如叔父者也！往叔父作爲文章，蕭然遁世。時令肅公及弟謀録而識之，意謂當有所待而彰，而門内知己獨肅公兄弟，則以傳之者，當亦吾兩人事也。〔五〕

居易録　夢華子遺集一卷，吴坰季野著。其文學戰國短長及管、韓、荀卿子，作準言，以擬權書，若正學、觀時、斂褐諸篇，可自作一子。與沈眲巖善。順治末客死燕中。

汎舟青溪

平田通水曲，亂樹切煙霄。溪月涼乘筏，山雲暗發橋。沙明懸鷺浴，波冷著螢燒。隱隱聞孤唳，一鴻天際遥。

俞綬

邑志文苑傳 俞綬，字去文，號澗影。壯謝諸生業，篤志古學，博覽遐搜，隨所目涉，輒筆採之，久而成書，盈數尺。居宣之西塢，有小園，中爲樓，聚先世所藏卷軸與己所購典籍充其中，顔之曰『父書樓』。爲詩、古文詞，不加點，長于敘事，得史漢法度。求者踵接，皆弗辭。或意到，則置几園中，花竹下徐步微吟，茗飲數杯，立盡十餘紙。泗州施端教令范縣，聘修邑乘，逾年而返。七十六卒。著有澗影詩文集六十卷。

尋明秀軒故址

雨止山益空，野香媚幽獨。翠微躅逶迤，一放千里目。昔事劚苓叟，長鑱託白木。�籃夕陽下，突兀見此屋。歲月苦未晚，階基肆空矚。興廢念千年，事往不可復。

題書泉圖贈鍾予夔

三年心賞在書泉，繪事清幽小輞川。種柳宅邊無姓氏，過橋杖底有風煙。影來竹院人如雀，聲出桃源犬若仙。悵望知音重回首，自翻流水入朱絃。

送愚山先生秉憲江右

畫舡鐃吹起蒹葭，奉使眞同八月槎。雲樹匡廬千笏擁，煙波彭蠡一帆斜。似聞傲吏仍丹筆，應有門生隔絳紗。懶慢故人驪唱後，秋風秋雨小山花。

梅磊

邑志文苑傳 磊字杓司，朗三從弟，同時名士，著有響山人集〔六〕。

錢謙益響山集序略 杓司盛年績學，川渟嶽峙，人之期許與其所自許者匪小。桑海雖殊，家風未艾。余固知窮冬沍寒，當不與寓木蔓草俱盡也，援採詩之例，以杓司一編，附禹金諸賢之後，謂爲家之瑶環，國之琬琰也，豈不美哉？〔七〕

范鳳翼序略 梅子杓司，年二十，才名傾動海内。是時響山初稿成，蕭吏部伯玉、馮大司馬鄴仙序之。越五年有七日，稿珍髭集，沈徵君崑銅、吴茂才季野序之。又一年，有燕江草，余憲使六息序之。兹則僑寓金陵作也，顔曰放情編，取孟浩然『遊不爲利，期以放情』云編。讀杓司詩，竊悲杓司不遇也。以杓司才，重以績學，乃令阨之甕牖，曾不得登著作之庭，饑寒更迫，獨愁無似，即交滿天下，要以緇素爲多乎？生雅有狹邪之癖，亦僅僅若張祜、崔崖也，游戲雪池、墨嶺間耳。

梅氏詩略　杓司號響山，生平好遊，喜結納，長安名公鉅卿交相推重。嘗於吳門呼集名流，品題諸妓女名花筵大會，一時傳爲盛事。

上巳許菊溪觀察攜具李氏園亭仝王于一杜蒼略令嗣慧思限上字

春風柔且嘉，草木情皆暢。豈忍閉蓬門，搔首獨惆悵？城西有許公，騷雅性夙尚。爰挾素心人，芒鞋凌晨訪。開軒佐茗香，圖史列屏障。雙鉤搨古碑，墨寶難名狀。須臾呼籃輿，園亭恣所向。謂兹脩禊辰，不可無高唱。青絲籠玉壺，延溪復登嶂。鳥聲脩竹中，柳色清池上。歷亂桃李花，日午游絲颺。竟日共嘯歌，心魂咸幽曠。

春日尋李研齋杜蒼略

酒病不可支，佳會復難爽。躊躇減米錢，爲買肩輿往。道旁雙古松，颯颯送清響。到門尋杜生，與之偕幽賞。李侯志節人，山水情浩蕩。閒庭呼酒尊，芹笋雜魚鯗。圍棋互勝負，古今供抵掌。努力重斟酌，無復塵世想。歸途片月生，梨花白蒼莽。

八月十二日雨中同龔芝麓都憲暨蔣前民杜蒼略集于皇饑鳳軒限用謝宣城詩韻

飄然萍梗蹤，倏忽集京縣。臭味蘭茝眞，各以風騷見。草亭秋雨新，溪流白如練。緑竹間殷葵，陰森綴遥甸。堪嘆謝傅賢，辭囂就野宴。庭晚涼飆生，落葉如飛霰。急呼樽罍傾，山暝煙嵐變。

笙歌日喧闐，翻尋枯寂樂。古帙静疏簾，妙香出空閣。老樹延啼鴉，四野煙漠漠。不畏笳聲催，寧愁明月落？眞率山野情，置身忘城郭。

催租

簪紱志永謝，田里不能無。往役庶人義，辛苦爲催租。吏猾奸紀綱，搜剔切肌膚。念我亦溝壑，安能代償逋？跋涉去鄉村，逐門急追呼。鄉叟前致辭，負責罪當誅。去年遭水潦，高下並沮洳。十室九無煙，饑餓盈道途。富家方閉糴，生命在須臾。老弱苟充腹，苦樂隨君驅。我意轉悽惻，仰天長欷歔。荒草亂歸鴉，前山日已晡。

韓舍人聖秋見過響山草堂即事

曠覽世故多，畢志力南畝。矧躭山水幽，卜築遂云久。朝耕暮垂綸，草木甘同朽。詎謂名姓存，空谷來吾友。懷舊古道稀，兹意君何厚。感德情倍殷，拮据啓户牖。山鷄去屋啼，竹籬隔籬走。入室簡盤餐，薦客一何有？僮僕採樵歸，鄰家貰新酒。昔賢氣誼眞，定交在杵臼。炊飲忘主賓，至今美龐叟。君懷原古人，此義良有取。是時八月交，炎蒸酷于暑。徙席向深林，涼風浩如許。新瓜間棃棗，次第給園圃。開襟重斟酌，縱談無今古。釀蜜蜂從王，戲水鳧傍母。感念物類生，一一得其所。翻愧人世間，喪亂多辛苦。

觀陳寶菴宮詹女劇歌 同集者，鄔沂公、賀天游、湯允宜，凡五人。

鼓聲一下四座肅，寶矩金爐炙華屋。簾幕斜張香氤氲，朱唇皓齒顔如玉。須臾耳邊泉淙淙，置身翻如巖壑中。幽則微雨滴枯樹，高則孤隺唳蒼穹。欲度不度珠宛轉，玉釵將斷鬟絲綰。有時急板當空絶，半江秋水并刀剪。自非太史風雅宗，刻羽引商何從容。畫眉勝事譜張敞，贖女憐才到蔡邕。高王諸子旗亭讌，千載風流事如見。賤子失身亂離間，酷想開元文物善。嗚呼！開元全盛安可追？賤子不才窮固宜。憂心一倒百千巵，急理新詞付雪兒。君不見，杜陵云秦青，能傾天下耳，吾生終當爲情死。宮詹所編有京兆眉、中郎女、旗亭讌諸種，中故及之。

金陵同劉進士大祈萬憲使允康飲酒歌

不農不賈復不仕，宇宙荒唐突兀乃有此三人。姓名恨未深巖隱，詞賦從教薄俗嗔。眼前交接費神力，何如爾我醉鄉汩汩避風塵？無日不謀飲，無飲不成醉。酒家青蚨貸者稀，身上黑貂典又敝。初時賓主禮數拘，興來擊缶歌烏烏。有時甕乾爭餘瀝，博塞拇陣翻佯輸。旅舍困窮至此極，困窮無悔稱丈夫。回頭記得崇禎紀，一爲縣令一進士。官職卑微聲望隆，四海人將麟鳳比。嚮山少年心膽雄，鬪鷄獵犬多英風。偶然落筆風雨驚，四座觀者誇人龍。一朝凍餒走道路，舊游零落復誰顧？赤霞在天雲在山，飛鴻冥冥何所慕？君不見，萬槐里，劉愼侯，勳名志氣在千秋，豈肯碌碌温飽輕低頭？四野龍蛇鬪未已，看君臺閣插天起，我把釣竿桐江水。

花筵歌重陽後二日沈滄雨招集玉樹堂作

是日，同社與者李研齋、高處厚、李我宗，彭燕又、沈朗倩、方南明、施又王、陳皇士、黄雲孫、陸紫電、姚菌墀、顧遥集、黄方宜、張隺民、高澹游、曹雲材、陳撝謙、袁重其、徐欽吾、凌氏四兄弟〔八〕，未通名姓凡百餘人，女郎三十二人。

請君聽我歌花筵，歌時四座神肅然。西施去後眞娘杳，庶幾兹舉風流傳茸城。沈生湖海客，美髯飄拂長四尺。天付才人奇異姿，聞者觀者都嘖嘖。心存鸞鳳阻雲霄，迹混魚龍品花月。更喜綺席羅嘉賓，秋高風日無纖塵。庭圍韎韐戎王錦，燈列琉璃域外珍。園菊千株香欲墮，山萸百本豔爭春。須臾女伎絡繹至，十十五五粧成隊。既似經闈試諸生，還比沙場戰大帥。都梁爇滿氣成雲，環珮聲繁人似醉。就中紅藥朱雲小字。質最殊，湘裙鴉髻金羅襦。一身射着萬人眼，咸道妙麗天下無。佐以賴采性簡静，横波無語頻掠鬢。亂紅迷緑萬花中，獨標蘭蕙賞孤俊。含情度曲湘文詩，兩人夙推藝苑師。他若管絃百戲巧，戚陳謝許尤誇奇。歲月如斯遺亦得，清謳妙舞况已極。人生胸臆果能行，將相侯王復何益？品花較技意未終，香霧藂中鼓鼕鼕。錦粧翠袖更翻出，玉管銀箏斷續工。有時賓主氣屏息，宫商按板辨絲忽。有時跣袒大聲呼，藏鉤鬬拇爭梟盧。有時男女雜酣宴，巾舄歷落沾花鈿。縹緲眞同兜率宮，歡娱不數移春檻。嗚呼！傳聞萬歷全盛時，百穀幼于盛聲詩。湘蘭曾放吳閶櫂，脂粉經月溢溝池。見湘蘭本傳。自分兵燹廿年多，玉臺金谷遥無期。今日花筵參客座，歡娱未罷生餘悲，著耳著目莫教遲。嗚呼！珍重諸公，著耳著目莫教遲。

秋日談長益方爾止見訪同家弟崑白賦答

粳稻朝初穫，荷花晚更香。螢飛將草亂，牛飯就松涼。斯世多充隱，吾徒或醒狂。秋林攜小謝，吟詠可相當。

寄顧與治兼問邢孟貞

不記何年别，深憐此日存。交情窮後見，詩道老來尊。鐵馬秋風厲，銅駝夜雨昏。相思叢桂曲，哀怨與誰論？

亦有長江路，如何音信稀？鬚眉愁欲改，禮樂舊安歸？世共彈冠慶，誰甘抱甕機？田園幸不惡，魚鳥暫堪依。

幽遁慙梅福，高才屬顧榮。花繁京國淚，日落故人情。病好論丹術，閒須續史評。江東才彦少，莫信此身輕。

更欲憑君問，邗生近若何？百年留著作，萬死耐干戈。江湧黿鼉怒，天横燕雀過。蒹葭如有賦，好寄碧雲阿。

哭吴次尾

不爲皇朝死，幾虚國士名。枕戈徵大節，哭位見私情。水滿春江月，花繁秋浦城。年年歌嘯處，誰復弔昭明？昭明太子墓在池州府西。

黄池晤陳伯璣即别

薄暮聞君至，沿途問客舡。殘虹明駟樹，歸鳥破江煙。立語殊無序，孤征極可憐。柳橋分手處，新月正娟娟。

一葉

一葉平湖上，環山送好風。密蘆藏子鴨，淺蓼下賓鴻。僧磬雲巖外，人家夕照中。棹歌聊取醉，前路杳無窮。

三月二日集兄季升峽石山莊 同大美、阮懷、幼龍賦。

獾山山下路，客到正春天。村漫桃花水，溪圍楊柳煙。捕魚旋借網，歸犢罷耕田。秉燭開家釀，狂歌未忍眠。

與鄔沂公步月

月氣經霜肅，閑行得兩人。沉吟忘路遠，寂寞見交眞。冬近寒砧苦，江嚴戍鼓頻。十年飽喪亂，旅食饜風塵。

東樓坐月

杳冥煙千樹，空明月一樓。不知除此地，何處可消愁？隔竹舒冰簟，當花試茗甌。玉簫深夜發，吹徹衆山秋。

何堪

雪風天又甚，窮苦我何堪？避客抄心史，邀僧較手談。亂離萬事廢，幽寂一生甘。消息梅花近，春光憶嶺南。

懷詹在右

江縣天寒早，我歸君未歸。縱令長賈醉，能不賦無衣？白雁千峯斷，黄花三徑肥。曉征能返棹，明月待開扉。

寄劉伯宗兼問次尾諸孤　時余避迹沈氏園亭

九子山頭草木悲，五年江上雁鴻遲。吹簫食擬從人乞，吞炭聲還畏友知。吾道荆榛空歲序，中原戰鬭幾鬚眉？只今才彦看將盡，愛爾冰霜獨自持。

黄雲晻曖鳳凰臺，六代煙花一草萊。覆甕少虚皇甫譽，伯宗嘗爲余序青溪偶業。銜杯老憶謫仙才。春風蠟屐遊應數，夜月燃藜閣好開。回首樓山次尾堂名。堂上客，遺書孤子重堪哀。

柬方爾止

曾叩招提門反關，碧雲靄靄水潺潺。數謀泥飲難重得，近借抄書已送還。坐久林花香别澗，歸遲溪月浸空山。從稱眞隱無名姓，豈在人間亦不聞？

奉答李叔則明府招同張穉恭湯君謨晚集

江邊荒草欲黄昏，好客煩開永夜樽。楊柳月明棲海燕，桃花水漲上河豚。亂離詞賦才將盡，故舊窮愁伴幾存？此夕高堂絲管發，狂歌難禁醉中喧。

訪沈崑銅天士湖居

十月江舟風雨昏，今朝新霽問湖村。蘆邊雙鷺依沙立，籬外羣鷄啄稻喧。天晚僕愁頻計路，夜深客至定開尊。披衣相笑茆堂坐，月引湖光正到門。

避地前年托此鄉，載車複壁感難忘。飄零人漸鷄盟失，聰慧兒憐驥子長。謂令嗣畊哥。炊飯細舂菰米滑，點茶新滴核桃香。連牀莫漫悲疇昔，深夜啼烏迴斷腸。

煙波萬頃水天迷，羨爾逃名伯仲齊。歸隱山從稱大小，讀書屋不隔東西。雲晴沙渚閑收網，花發鄰家時杖藜。妬殺輞川風景勝，攜家吾欲傍幽棲。

曉起將歸主復留，百錢還買泛湖舟。羊裘數夢嚴陵釣，蝦菜何能范蠡遊？烏桕日斜巢宿鳥，白蘋風起浴輕鷗。君家宗尚原麟士，誰説文章並隱侯？

秋日龔芝麓總憲招集孝侯臺限賦　同集者紀伯紫、顧赤方、杜于皇、姜綺季、余澹心。

尋秋日愛城南路，弔古周侯況有臺。廿載亂離爲客過，半生懷抱見山開。松寒翠色侵衣履，菊老風香到酒杯。向晚憑高更搔首，一聲霜雁月中來。

與潘江如郊亭小飲

天晴曬藥滯行舟，日晚尋花問酒樓。最好弟兄偏易別，得逢山水且重留。堤邊碧草驕嘶馬，溪上清風暖浴鷗。更喜黄河先後渡，同觀日出泰山頭。

人日社集施次仲芳遠亭兼懷尚白燕山二十四韻

飄泊頻年信五湖，騷人酒伴半荒蕪。乍歸閭里歷初換，適合賓朋才並殊。梓澤蘭亭非往昔，七賢八達在須臾。庭梅壓雪花纔綻，池柳經春色尚枯。土俗家家烹野菜，韶光歲歲縷金符。何堪喪亂猶身健，但得窮愁任運徂。筆墨蕭閒成勝會，林泉讌賞即良圖。階盈松竹罘罳隔，坐繞笙簧韎韐鋪。鳳燭高燒觀象戲，兕觥滿酌鬬梟盧。客狂醉每舞鸜鵒，妓好詞誰唱鷓鴣？博古雅能知伏匿，審音還欲辨錞于。茶煎雀舌醒旋醒，香試龍涎睡頓蘇。敏捷江蕭堪擊鉢，頹唐元白讓探珠。漫疑蹤迹稱通隱，差擬文章敵大巫。好事一時傾宛句，懷人千里隔燕都。含香青瑣爲郎美，把酒滄洲憶舊無。風雅幾年疏嘯詠，漁樵四海盡艱虞。藩司遷轉悲曹鄧，謂秋岳、元昭。詞苑翺翔藉宋吳。謂其武、梅村。羡爾高名齊李白，慙余岐路類楊朱。停雲薊北思空切，芳草江南興未孤。小艇短笻隨地徧，羽衣緇衲任他呼。客星傲敢追嚴瀨，人日吟還比達夫。遠道情親如見慰，新詩好爲寄菰蘆。

春日雜詠

雲度千峯日漸低，柴門深閉響山西。東風不識人愁思，水長花開鳥亂啼。

劉堯枝

邑志宦業傳 劉堯枝，字根生。其父孔昭，家世並敦孝友。又師事沈徵君壽民，以是爲人立大綱，爲吏守清白，皆有所稟承云。乙酉舉於鄉，庚子始辭公車，署旌德學教諭，勤于課士。時學宫遠在城外，因衆議，請于府暨臺憲，改建城内，依廟廡舊址。縣令上其勞，遷廣東清遠知縣。縣故衝要，屢經兵燹，廟署蕩然，堯枝爲闢草萊以治，首建聖廟，移學宫近地，寬傜役，以紓民力。尋引疾歸。

〔增〕**府志宦業傳** 康熙癸丑，與修郡志。

城南野望

薄暮城南望，平疇半插禾。青蕪雛燕小，緑樹晚雲多。飲犢過山澗，歸樵和野歌。生平懷十畝，于此意如何？

劉　潛

邑志選舉表 字乾初。順治辛卯武解元。

春日遊敬亭山

三月鶯花豔，尋芳上翠微。放開雙眼白，拾得敬亭歸。

楊　實

〔增〕**府志隱逸附傳** 楊貞弟實亦能詩。

過寒亭

行李圖書一舸輕，東風留我往寒亭。雨餘新水鴨頭緑，雲外小山螺髻青。

葛貞

藝文志 字士元〔九〕，文學，一名明會。

〔增〕

沈泌傳略 先生字元士，宣城人也。世居金寶圩北，地名旋水潭，一曰潦裏。天啓丁卯，提學御史新鄉賈公繼春以七藝羅致奇才，先生特被知遇，試藝傳誦一時。自是，聲益大起，大江南北無不知元士先生者。王公大人願與締交投分，而具脩脯執贄問業者歲無虚月。如陳孝廉穩，馮明府祖快，文學祖恪、祖遥，暨先府君皆所稱入室弟子，成令名于世，而先生皆預有以決之，非偶然也。貴池樓山吴先生應箕、先世父貞文、徵君壽民，于海内人士少可多否，顧獨推重先生。先徵君辟地于婺之東陽、太末間，先生寓詩有『李膺簡亢師陳皓，張儉流亡識孔融』之句，聞者以爲篤論。又其髫齡發筆詩有云『平蕪燕子風初下，野寺桃花日共尋』，稜稜露爽，早爲藝林膾炙。嘗述其持論有云〔一〇〕：

『詩乃三百篇之遺，昔人所以被諸管絃者也，學者自六經、十七史而外，即諸子、百家、稗官、小説無所不覽，而後可與言詩。彼謂「有别才，非關學」者，何其陋也！』舉文夫子二：長固字非班，次還字非馬，並高材，皆能稟先生之訓，讀書砥行，爲時聞人。

梅朗中序略 余友葛子元士文雄俊奇勁，搏虎豹而剸蛟螭。元士負榦局爽，氣連虬髯，遇事猋發，調笑流速，人人目爲狂。初余未交元士時，數聞其爲人吾黨士，一見懽若平生。元士亦以余伉爽亡齷齪態。而余内巽材度，弗元士若也。

聽山文集 元士公伉爽敦行誼，爲東南名宿所引重。

同邢孟貞過梅溪

不到梅溪久，春山舊此堂。和風舒藥甲，好雨灌茶槍。雙隺何年去，新松共我長。未堪思往事，臨眺暗神傷。

喜邢孟貞至宣城

石湖新茭晝陰陰，謝朓城邊芳草深。四海干戈仍見面，百年尊酒細論心。平蕪燕子風初下，野寺桃花日共尋。莫道亂離今又甚，溪山及此可閒吟。

按，『燕子』『桃花』二語，蠖齋詩話引爲邢孟貞句，今邢石臼集無此二語。此首見邑志藝文，姑存以俟考。

送顧二與治歸白門

春風尊酒夕陽斜，無計留君秖自嗟。明月孤篷聽杜宇，輕風雙槳逐桃花。六朝雲物遲遊客，一路江山看到家。爲報北山猿與鶴，敬亭高閣靄煙霞。

孫省

邑志懿行傳 號奕雲。由貢生選授太康令，方赴任而卒。天性孝友，廬母墓于西鄉，雪夜虎宿墓側，馴伏不驚，里人傳爲孝思所感。從姪暨外弟孤貧無室，各完其婚，養于家，給以衣食，久而不倦。兄襄卒，二子都生、卓並幼，省撫如己出。

春曉

一夜東風報早春，春來靄靄望中新。千聲啼鳥月初墮，萬壑清光日未晨。雨過前榮蘇宿草，雲開遠甸展花茵。傳柑彈指燈時節，漸喜聽鶯共酒人。

校記

〔一〕以上兩則光緒本删除。
〔二〕□生　施集作『開業』。
〔三〕『卒後』二句　光緒本删除。
〔四〕『府志』云云　係光緒本所補。
〔五〕本則光緒本删除。
〔六〕『著有』句　光緒本删除。
〔七〕本則光緒本删除。
〔八〕『我宗』『彭燕又』『菌㞞』『遥』　原均漫漶不清，兹據光緒本補足。
〔九〕士元　下文皆作『元士』。
〔一〇〕持　疑當作『詩』。

宛雅三編卷六

國朝

施閏章 上

江南通志 施閏章，字尚白，號愚山，宣城人。博綜羣籍，善詩、古文詞。順治己丑進士，爲刑部員外郎，讞決明敏。督學山左，有『冰鑑』之譽。轉湖西道參議。湖西故荒瘠多盜，閏章撫綏有方，袁、臨間稱之爲『施佛子』。康熙己未，以博學鴻詞薦，改授翰林侍講，纂脩明史，轉侍讀，以勞瘁卒。閏章性仁孝，事季父譽如父。廣置義田，以贍宗戚。篤窮交，勵後學，人咸奉爲楷模。

湯斌墓誌略 公少賦異資，習聞家學，從沈徵君壽民遊。歷官刑部員外郎，引經斷獄，期于明允。當是時，選尚書郎資望深者，試高等，乃得補授提學使者。公名居第一，擢山東學政。公既負文名久，士子爭自磨礪，冀得一當公意。而公教士以通經學古爲先，論文崇雅黜浮，風氣爲之一變。秩滿，遷江西參議，分守湖西道。時軍餉嚴迫，屬邑多逋賦，追呼急輒相聚爲盜。公遍歷崇山廣谷間，作彈子嶺、大阬嘆、竹源阬諸篇，以告諸長吏，讀者爲流涕，曰：『施使君，今之元道州也！』無何，以裁併歸里。詔舉博學鴻詞之士，召試，授侍講，纂脩明史。公素以文學飭吏治，至是，始得當著作之任，益自發舒，考核同異，辨析疑譌，是非可否，無所回互。而朝士大夫習其姓名，求碑版詩歌者，趾錯于户，四方名士負笈問業無虚日。公一一應之，不少倦。平日，口期期若不能言，及談及忠孝奇節，輒抵掌奮發，慷慨流涕，不能自已。遇羈人才士失志無聊，多方爲之延譽；死喪困危，振恤不遺餘力。天下士以是益歸其門。辛酉典試中州，稱得人。又二年，進侍讀。無何，病，遂卒。不但平生交游之情爲可慟，而國家失此良史才，爲可惜也，悲夫！公所著書學餘集八十卷，擬明史七卷〔一〕，詩話雜著四卷〔二〕。

毛奇齡神道碑略

君授刑部郎，奉使廣西，謁定南王于桂林。會永明兵犯桂林，殺定南王。君至平樂，聞變，哭王于官亭，將嬰城，其守揮君行。及提學山東，君嘆曰：『吾家世壇理學，一旦抗顔爲人師，敢以俗學負家訓哉！』故其取士，必先行而後文。分守湖西，所轄吉、臨、袁三州故殘破。袁無土著，聽流民占籍墾土，闕閱家聚文昌、折桂兩鄉，多保險。吉水令捕其梟，長髮廣袖，檻車膠軍門。君陳兵摐鼓金，若赴市者，叱縛其人，屠首髮，割其所衣廣袖衣而盡釋之，予約，令悔罪，能招致諸所與者，得不死。其人流涕，願如約。于是，自爲文，使持之諭兩鄉民。兩鄉民感激，爭請得一見君歸命。行部所在，設講堂講學。學者無大小，從之如市會。廷議裁諸道使，民留君者，咸醵金建龍岡書院，如祠君，請君講學三日去。初，君駐臨江，有清江環城下，以其清也，民過之者咸泣曰：『是江如使君！』因改名清江爲使君江。至是，民送君使君江上，不能別，復送君至湖。會湖漲，君所乘官舫，御史所贈物也，輕不能渡，民爭買石膏填之。已渡，乏食，賣其舟而歸。君生而仁讓，于物不忍，好自下，勤學而博于酬接。嘗禫服誉友人窆，慟如天倫。且有梓其遺文，碑其壟，買田置宅以贍其子若孫者。初，君考述明公日與馬夫人謀所以事吴太夫人。吴太夫人偶病洟，以爲失温，叱馬夫人歸其家，而馬夫人卒。君初字屺雲，以是也。其後述明公悔之，然亦卒。從鄉薦還，謀與叔父砥園公歸馬夫人主祔廟，而重傷父心，將俟吴太夫人命祔之，惟恐吴太夫人將一日不懌可如何。至使廣西歸，會覃恩贈馬夫人爲宜人，賀者在門，君以手據地號哭，匄吴太夫人命。吴太夫人命設豆上坐，而坐述明公主于其傍，食而囑之，且令爲文告于廟。吴太夫人白首親挈馬夫人主同述明公主入祔廟，焚黄贈宜人。當是時，君以手據地行，伏主前，號哭不起。左右皆哭。賀者旁皇不敢進，爲之罷賀。君爲文，數易稿，客在座，即洛之，推求施易，竟體無原稿字者。要其文一歸于正雅，其講學以體仁爲本。

江西通志 公分守湖西，愛民禮士，尤崇獎風教，于袁重建昌黎書院。于吉葺白鷺書院，課諸士，延泰和郭林爲主席。甲辰，會講青原山中，摹顏書『祖關』二字。建右坊，更書『聖域』二字。建左坊于五賢祠前，建傳心堂，翼以二樓，左曰仁樹，右曰見山，藏書以待四方來學者。

錢謙益序略 愚山之詩，鏘然而金和，温然而玉詘，拊搏升歌，朱絃清氾，求其爲衰世之音不可得也。歐陽子曰，樂者，『天地人之和氣相接者也』。地氣不上應曰雺，天氣不下應曰霧。天地之氣不接，而人之聲音從之。愚山當此時，能以其詩迴斡元氣，以方寸之管而代伶倫之吹律、師文之扣絃，何其雄也！〔三〕

李元鼎序略 宛陵施公，分守湖西者且七年。公蓋以理學世其家，上自濂、洛，以逮姚江、盱江之説，童而習之，其官湖西，蓋以學而政，非以政學者也。撫三郡之衆，力之所及者，殫于事；力之所不及者，痗于心。爬梳薅櫛于簿領之間，不以爲勞。既董勸賢長吏敦廉樹德，又日進其士大夫與其秀良，噢咻而教誨之。袁、吉之間爲講堂者數處，而吾吉青原、鷺渚之會嘗千百人。

徐乾學序略 余聞湖西人言先生事最悉。先生駐節臨江府，府城久壞，距蕭江數武，屢築輒潰。先生禱于城隍之神，越明日而城成。新淦峽江多虎患，太守高培請先生爲文禱于山川神祇，居三日，有虎自墜深谷，村人殺之以告。自是無虎害。歲旱禱雨，先生徒跣走南郭門外，伏雩壇下，呼天痛哭。俄有一人發狂叫號，言某日雨。及期，雨果大至。先生所轄諸郡並有講堂、書院。一日，親臨講學，有新淦人兄弟鬩牆者，聞先生言，相持大慟，詣階下伏罪。廬陵諸生有同父異母兄弟爭産者，亦感悟友愛如新淦人；湖西俗多溺女，先生作歌勸誘，捐資收養，全活無算。先生以至誠通神明、感人心者類如此。

魏禧序略 先生詩文原本道義，無自矜厲之氣。其譽人也，無過情之詞。綢繆往復，亦未嘗自過其情。所稱有道者之言非耶？予内愧而白汗交下者，蓋往往而然。然先生文意朴氣静，初讀之，若未嘗有所驚動于人；細尋繹之，則意味深長，詳復而不厭。文章瑰偉之士，退然不敢踐其藩籬。間爲議論，若不得已而出，而終不欲馳騁張皇，自傷其體法。蓋才多之文，先生非不能爲，而不爲之，而未嘗不可以想見其才。此則愚山氏之文，而非他人之爲文者也。

陳弘緒序略 公于詩歌、古文辭，類殫精竭智，以窮其奥，不抵于精當不已。其沉酣義理以續先世正學之傳也，磨礲砥礪，歷寒暑晦明而靡間。

毛先舒序略 宣城施愚山先生，深于性情者也。南夏山川既撮秀氣，且少好詩，以逮强仕不倦。其積于學與才也厚甚，人既知之；其積于性情者，人不得而盡知之也。梅雪坪庚曰：『予少孤失學，十歲始入鄉塾，顧時時竊好爲詩。愚山先生，鄉先達，以文章行誼名海内，一見亟稱賞，引爲忘年交，有作輒以示予。即于役千里外，緘封往復，相可否如面談。或質以所業，一字未安，亦必攻摘其瑕，循循善誘，改而後已。夫是以服習先生，歷久而皆不能忘也。』

池北偶談 康熙以來，詩人無出『南施北宋』之右，宣城施閏章愚山、萊陽宋琬荔裳也。

漁洋詩話 洪昇昉思問詩法於施愚山先生，述余宿昔言詩大指。愚山曰：『子師言詩，如華嚴樓閣，彈指即現；又如仙人五城十二樓，縹緲俱在天際。余即不然，譬作室者，瓴甓木石，一一須就平地築起。』洪曰：『此禪宗頓、漸二義也。』

二樓紀略 施侍讀慷慨篤友誼，嘗刻其故人顧與治、邢孟貞詩集，恤揚高賢而爲其女擇壻。士人鄒流綺以著書獲罪，貽書當事，力救之。然生平不名一錢，赴人緩急未嘗以貧辭。居官廉謹，獨以詩文宗盟，望走者若玉帛職貢，絶不輕受餽遺，亦不問家人産。

按：公全集八十卷。今録鄧孝威選慎墨堂詩品二卷。〔四〕

〔增〕

大清一統志 閏章視學山東，以公明著，孝友純篤，人稱其惠。所著詩、古文各若干卷。

四庫全書簡明目録 學餘堂文集二十八卷，詩集五十卷，外集二卷，施閏章譔。閏章嘗謂王士正詩如華嚴樓閣，彈指即現；而已詩如瓴甓木石，從平地築起，然其深穩亦在此。其文具有歐、曾法。魏禧爲作集序，以爲文勝於詩，則過也。

杭州府志 愚山辛丑遊西湖，有湖上吟小刻。

國朝六家詩鈔 愚山天性肫篤，復有志于性命之學，一時以儒者推之，其詩特緒餘耳。五言超潔，直登韋、柳之堂。餘體亦不矜才，不使氣，得温柔敦厚之旨。阮亭稱『南施北宋』，極意推崇，至今人無異議。

徐肇伊傳略 公弱冠成名諸生，受業沈徵君，爲高弟子。嘗挾其詩文遊吴門、雲間，楊維斗、陳臥子諸先輩咸豔慕之，引爲同硯交。歷員外郎，公餘退食，同曹嘯歌唱和，賦一詩，脱稿輒傳播都門，膾炙人口，時人目爲西曹才子。

熊文舉序略 先生學有本原，力以名教爲己任。往督學山左，諸所敷布施設，咸先民之矩矱。本乎内者精嚴，遊於化者翔洽，洙、泗之風，彬彬再見，誰謂齊、魯之於文學固天性乎？嘗示余以觀海集，眞至而多風，澹宕而悦物。其莊雅也，如四瑚八璉之列於宗廟；其沖寂也，如幽蘭芳菊之隱在深林。予惟詩道蕪穢已極，得先生廓清之，庶幾復見周行穆如之盛。及觀察湖西，獲承緒論，益歎其盛德未可名言，而稱詩未可涯涘也。

鄧漢儀序略　先生以詩學倡東南且數十載，天下人士咸景企而師效之，夫復奚容贊歎？而儀不能不附一言者，蓋先生之詩，深之以致性，本之於躬行，益之以學問，而又參之以時變，故於天倫常變之際，友朋死生之交，以及寡婦、孤兒、羈人、怨客欲歌欲泣之狀，無不寫之於詩，而詩遂與三百篇相表裏焉。

梅庚跋略　竊先生用意之所存，蓋不欲蹈時趨、競俗豔，審音按節，一澤於古。而纏緜肫復之情，往往流溢行墨間，髣髴其生平，所謂『仁義之人，其言藹如』也。

王士正書略　先生既用古文、詩歌主持當代，而閨門孝友，內外無間言。爲政廉介，有古『四知』之風。側聞在江西時，講學鷺洲之上，環皋比而觀聽者不下千人，莫不各厭其意而去。自鵝湖、鹿洞之後，數百年所僅見也。正每與同人言，以爲人如愚山先生，吾輩所當師事，不獨以其語言文字之工而已。嵩游詩奇肆，得未曾有。在尊集中別是一格。黄山遊記空諸所有，非置身三十六峯巔頂，不許道半字。自有黄海以來，惟此記稱絶。餘如唐人巫山廟詩，可盡掃卻耳。此番來長安，幸時時奉教于魏環溪先生，以道德文章相砥礪，眞有吟風弄月之意。每與屈指海內人物，正謂宛陵先生不獨古文、歌詩冠冕當代，即其事叔之純孝，眞有爲人子所不能者。在京師每與同人言及叔父高年，輒嗚咽不自勝。其在廬陵，講學白鷺書院，遠近負笈常數千人，乃至化貪吏爲循吏，此豈可以文人目之者？説嵒、訒菴、湘北諸公因共贊歎，以爲先生踐履乃如此，幾爲文名所掩也。

聽山文集 施侍讀愚山性矜慎，刻書未半，嘗中止。臬使金公固索其稿刻卒，不予。予嘗規之曰：『使韓、歐、李、杜尚存，庸詎知今所去取視向本奚若，而腐毫莫決乎？』西江魏叔子之爲文，朝脱手，夕版行，雖時有刊落，其書已布都邑矣。夫愚山的然自信其能傳，爲毋庸此汲汲耳。

筠廊偶筆 施愚山在濟南時，拜滄溟先生墓下，重爲立石，夢先生緋衣報謝。勿謂前後人不相感也。

沈德潛詩評 『南施北宋』，故應並行。今就兩家論之，宋以雄健磊落勝，施以温柔敦厚勝，又各自擅場。

杭世駿年譜序略 宛陵施侍讀愚山先生，其學非一世之學，關、閩、濂、洛之學也；其文非一世之文，陶、杜、韓、柳之文也。位不稱德，卒官侍從。先生嘗自編年譜，散佚不可復得。其曾孫得仍州守，因其尊甫隨村先生所編詩文目録，益以誌狀碑版之文，釐爲四卷，以繼先生志。嗚呼！後人誦先生之詩，讀先生之書，即是譜以知先生之爲人，而以論其世，先生之梗概亦大略可覩矣！

鄭方坤傳略 王阮亭先生最愛其『秋風一夕起，庭樹葉皆飛』之作，謂昔人論古詩十九首，以爲『驚心動魄，一字千金』，此雖近體，豈愧十九首耶？又謂其清詞麗句，層見疊出，仿張爲主客圖之例，摘其尤者標出，與康樂『池塘生春草』、玄暉『澄江淨如練』、仲言『露溼寒塘草，月映清淮流』，并資藝苑談助云。

王鳴盛詩評 愚山佳處，正在古格高情，不屑與俗卉凡花爭妍鬬媚，自然又居梅之上。

警志詩

洋洋景運，六轡徂流。爾征爾邁，不我眷留。維帝賚予，靡德不具。既具既完，逝不我顧。
拾穗維利，不如躬耕。束炬夜馳，不如早行。鴟爭腐鼠，鳳餐竹實。翔視千仞，下罕雛匹。
懿我祖考，爭道策驥。腹我目我，遑敢隕墜？昔遊東魯，攝衣孔庭。俯仰瞻聽，實邇儀型。
匪哀匪慕，泣涕如雨。愴如亡子，初見父母。軌臻回賜，文企姬秦。不慙爝火，持照千春。
隕霜警木，世難厲德。懷璧負塗，智士不惑。猿則穴果，獺則祭魚。誰爲令人，不勤是圖？
皇皇朝夕，望晷心慄。如岸斯崩，如虎將咥。冉若抱疴，顏不待耇。敬爾良時，併宵作晝。

中園三章章八句〔五〕并序

憂亂將作，而子弟學無成也。

中園有葵，其葉沃沃。朝復夕兮，灌此寒緑。霜露將至，逝恐不蓄。心之憂矣〔六〕，云誰與言？

中園有菊，其葉粲粲。日復月兮，茁英有爛。霜風將至，逝恐後時。心之憂矣，寧莫我思？

中園有桂，其葉幕幕。歲復歲兮，載纍華蕚。霜雪將至，逝恐薄榮。心之憂矣，各念爾生。

誡弟 并序

弟閏嚴，弱冠方婚。余行役在道，愛而不見，悄然以悲，將以成人之責〔七〕，俾纘我先緒焉。爲作是詩，凡七章。

我徂凜冬，川谷逶迤。霜披隕葉，飆擊單枝。憂來隨人，顧影沾衣。翩翩鴻雁，焉知我悲？

嗟予負乘，長懼顛覆。鷄豚不逮，俯仰心疚。皇皇饘粥，蒙耻蔌詬。爾爲令人，食德維舊。

維耜維耨，三歲不穡。一歲倍穫，卒食乃力。曰余先葉，重苞固植。吾儕小子，承流墜德。防川則難，涓涓可塞。

既加爾冠，載授之室。爾邁爾勤，如彼旭日。春花既榮，懿茲秋實。歲不我留，皇敢暇佚〔八〕？

爾父我父〔九〕，亦孔之勞。昵我猶子，矧爾屬毛？懸車延頸，靡夕靡朝。南陔可誦，曷忍遊遨？

共爾悠悠，弼爾不腆。既判既離，懷莫由展。人亦有言，鄙近矜遠。匪耳之提，我淚則泫。

匪膏匪火，炎炎自煎。亦既戒止，熾其燎原。維憂速老，誰蓍誰龜？雖則云爾，胡遽弗思？

神搤虎詩 并序〔一〇〕

海陽虞人捕虎，圍數重，忽逸入陽山寺〔一一〕，見廡下判官像，爪之，輒仆壓〔一二〕，虎不能動〔一三〕，衆遂擊殺。予讀其碑，異之，慕神威德。時新安歲饑，多虎，作是詩，俾土人歌以侑神焉。

虎欲齧人，曾不畏神。神赫且武，眎虎如鼠。兔罝在原，虞人如雨。不弧不矢，在廡之下。孟賁失勇，卞莊無功。殪猛薦馨，擊鼓逢逢。降凶自天，實蕃厥族。人饑虎餐，嫠婦塗哭。誰使渡河，我不敢知。神食兹土，捍災是尸。載驅載殄，兼屏蝨賊。寧我婦子，豊我黍稷。何以薦之？擊豕刲羊。何以酌之？椒醴蘭漿。有溪湜湜，有嶽矗矗。刻詩告虔，則百我福。

責子

老不廢學，如燭繼日。自慜末光，猶勝闇室。咨爾後生，杲杲初出。韶齒燕荒，曜靈將匿。黄髮皤皤，昨日如漆。喪亂蠭興，帝怒人逸。秋素雨霜，百穀堅實。歧路何多，決勝寧壹？湛彼源泉，川谷洋溢。毋撥本根，競華雕質。鸓鳥抱雛，中夜唧唧。攬衣坐牀，寒風觱栗。懲餘薄躬〔一四〕，祖德是述。

將進酒

將進酒，羅羣賢。合四座，陳廣筵。履舄錯，蘭膏然。弛珮帶，步華軒。蠲憂端，齊懽顔。歌既醉，酣忘言。舞陽阿，揮朱絃。曲雜奏，心相憐。薄富貴，樂當年。願更酌，要列仙〔一五〕。

壽千春，白髮玄。

少年行

少年矜任俠，走馬探金丸〔一六〕。家本五陵子，遨遊雙闕間。使氣陵五侯，結客滿長安。白日報人仇，吳鉤血未乾〔一七〕。官騎不敢追，九衢側目看。一去朝天子〔一八〕，請纓輸心肝。南征舉百粵，西使斬樓蘭。英聲振海陬，勝氣浮雲端。竦身登山嶽〔一九〕，小勇寧足觀？

君子有所思〔二〇〕

端坐鬱愁思，遊娛騁良辰。五侯從何來？賓從皆貴臣。浮雲擁輕蓋，接轂紛朱輪。前騎鼓吹作，後車燕趙陳。餘芳散綺服，照曜九衢新。朝華不待暮，夕懽不及晨。貴盛有隕歇，珠玉成埃塵。會稽雖晚貴，翁子終殺身。誰知蟬冕客，長愧采薪人。

秋胡行 并序〔二一〕

秋胡行，自魏武以還，諸作者無與秋胡矣。僕本恨人最傷情薄〔二二〕，爲賦秋胡本事，冀世之類秋胡者一聽采焉。

佳人獨處盛年，明璫翠袖春妍。君行不歸姑老，采桑微步桑間。黃鳥一雙睍睆，攬衣下淚漣漣〔二三〕。駐馬翩翩誰子？色飛目奪心憐。金夫不回妾盼，踟蹰惆悵玉顏。白日晼晚各歸，相看慙愕難言。妾心念君萬里，君心忘妾眼前。蓄怨含嗔那忍，捐情絕愛重淵。長恨東西流水，吞聲嗚咽誰傳？

陌上桑

沃沃陌上桑，離離池中蒲。南國有佳人，窈窕世所無。高樓臨廣陌，皓腕颺輕裾。兄弟盛車騎，坐中夫壻殊。春華豔金屋，足不踰門樞。日暮見烽火，攬裳泣踟蹰。樹木雜輪囷，巍坂何崎嶇！金爵墮草間〔二四〕，霜露沾羅襦。三日罷膏沐，秀色揚鮮膚〔二五〕。傍有冢上松，昨夜聞啼烏。烏啼亦不雙，雌鳴懷故夫。鐵騎從東來，悉索南山隅。相逢斜谷口，險隘不容車。力脅牽上馬，肯復立期須？左手何所攜？長珮雜瓊琚。右手何所攜？翠帳垂流蘇。奪我嫁時物〔二六〕，顛倒繫馬頭。婦言將軍令，勿虐良家姝。健兒聽益怒，此婦一何愚！我已棄妻子，從軍萬里餘。若不逐人懽，所願誰與俱？垂頭掩雙袂，吞聲泣路衢。

鷄鳴高樹顛

鷄鳴高樹顛，征夫夜不眠。披衣下牀去，牽馬立門前。妻孥相訣別，長征遼海間。上山馬蹄滑，渡河河冰堅。堅冰有時泮，浮雲何當還？

烏生八九子

烏生八九子，啁啾高樹間。西鄰彈射兒，挾矢探金丸。東家黄髮翁，咄唶多苦顏。投杖前抱持，拉絶弓與絃。急難不相恤，安用交豪賢？羽翮得無恙〔二七〕，父子何翩翩〔二八〕。被德良不易，報恩誰復言？

邯鄲才人嫁爲廝養卒婦

委作溝中泥，寧爲篋中扇。扇棄猶自可，泥汙誰忍見？宿昔傾城姿，窈窕稱邦媛。佩玉珥明璫，持瑟侍歡宴。春華辭舊枝，榮悴中塗變。未能自決絶，摧頹就鄙賤。洗妝卧委巷，夜夢猶廣殿。卷舌懷故恩，願化堂前燕。

采桑篇

種桑東谷口，谿路何逶迤。夕摘日薄暮，朝摘露未晞。不自知妾苦，但爲愁蠶饑。努力事織作，奉爲君子衣。七襄爛五色，是妾手中絲。裁縫稱長短，被服生光輝。振襟還歎息，含情當語誰？新衣時復故，盛顔日已衰。十月隕繁霜，桑葉隨風飛。願君爲磐石，素心無轉移。

邱陵歌

陟梁甫兮馬虺隤，瞻泰山兮雲不開。雲不開兮日暮雨，回望魯兮逝何所？

升天行

丹鳳一雙，乘雲上翔。俯睎八極，中路旁皇。一解

下土小臣，心思太古。言叩天門，手擊天鼓。雷雨晝迷，噤不得語。二解

天閶高高，高不可即。但見羣仙，玉女侍側，貨財千億。小臣昧死頓首言：天闕清虚，安用貨財千萬億？願丐下土小民作衣食。三解

仙人持節，問汝何所求？小臣不願富貴，願假赤螭，遊戲十洲。山無崩徙，河海安流。天子萬年，兵革罷。小臣魯鈍，但當貧賤，長優游。四解

忼慨歌

耕田求食，苦不得息。起而爲吏，薄食我力。念爲良吏，何可得？一解

貪吏受錢甘如飴，身安逸樂。廉潔何爲？入無以娛室家，出無以游，賢豪長者遺。我心所思，何不歸故鄉，與妻子共餔糜？二解

念爲貪吏，子孫愚，受人嗤；念爲廉吏，子孫雖賢，常苦饑。嗟彼子孫誰何人？丈夫各有志，何當爲爾作計，身受惡名爲？三解

折楊柳歌詞四首〔二一九〕

路旁執手別，借問還歸時。春風二三月，吹殺馬上兒。

莫作閨中婦，寧作陌上塵。願得隨風起，爲君霑羅巾。

腰佩鹿盧劍，背着錦裲襠。策馬願馬肥，出門願身强。

鵲子横天飛，日暮有歸翼。莫學菖蒲花，無由見顔色。

讀曲歌九首〔三〇〕

憐懽含怨怒，當歌歛蛾眉。春風入桃李，婀娜難自持。

蟲生黄蘗中，滿腹心腸苦。儂向石城住，歡作襄陽估。

庭前夜合花，枝葉相重複。雙鳥不敢棲〔三一〕，汝從何處宿？

歡情奈何許？窺井不見底。東家石榴樹，纍纍自成子。

持歌勸懽飲，懽復强儂醉。歌到懊儂曲，墜儂一生淚。

儂歌不言好，薄言托情愫。爲取歡顧儂，故作曲中誤。

他人亦憐歡，儂無負懽事。持釵刺儂心，劃作相思字。

別歡不能眠，遠行斷消息。羡殺青谿姑，無郎罷相憶。

玉井藕如船，定生五石蓮。斷錦不成匹，當窗仰喚天。

泰山梁甫吟〔三二〕

山高多烈風，鬱鬱少松柏。側足陵天門，浮雲蔽碣石。辛勤紀封禪，茫昧探玉策。攘攘七十君，一逝無陳迹。上爲羣仙居，下爲萬鬼宅。言當采芝食，使我生羽翮。攬裳不及餐，白日何促迫！生非孔顔徒，百年亦何益？何況蕩陰里，空埋壯士魄。

送春曲

江水瀰瀰草萋萋，君行何速來何遲！願留君兮君不知，回風拂樹庭花蜚〔三三〕。仙人會當老，何事戀馳暉？歌且舞，送君歸。

棗棗曲 并序〔三四〕

海陽有香棗，蓋取二棗刓剥疊成，中屑茴香，以蜜漬之。好事者持爲遠餉。詢其始，則商人婦所爲寄其夫者，義取『早早回鄉』云。余聞而悲之〔三五〕，其詞曰：

井梧未落棗欲黄，秋風來早吹妾裳。含情剥棗寄遠方，緜緜重疊千迴腸。封題寄去憑君語，口甘誰道妾心苦〔三六〕？閨中不識望夫山，君看淚濕牀頭土。

病兒辭

夜不得解身上襦，晝不得織機中絲。問爾懷中兒，嬌啼一何悲？君家門户單，兒女難。剪我匹練，市藥一丸。驕兒泣咽旋復吐，中宵索母嚙枯乳。烏啼啞啞，天黑暮雨。醫當從何來？門外水深三尺許。

荻港謡 并序〔三七〕

江口泊處，一夕水涌丈餘。有宋公臥官舫，夢神促曰：『移船！移船！』遽驚起，船纜已解。俄岸崩如雷，他舟皆破溺矣。事在順治丁酉十月十六日。

港中艇子不可宿，夜半蛟翻浪崩屋。港口頽垣不可居，蛟來觸岸民爲魚。峨岢大艑落何許？鼉駭鯨奔作風雨。幾人翻卻横黄金，有客移船聞鬼語。

新安客

巍巍蠶叢路，蜚鳥不能度〔三八〕。中有新安客，老向成都住。家中存阿誰？煢獨餘故妻。别時兒在腹，雌雄未可知。冉冉二十春，寄書無六親。忽逢遠來客，言是新安人〔三九〕。往問敘鄉曲，同姓復同里。握手稱弟兄，何意乃父子！飛蓬偶相值，哭拜不能起。阿母望爺歸，淚落東流水。水流何潺潺，遊子及時還。

獨山婦 獨山，地名。佘氏婦也。

枯楊巢野雀，將雛苦不蕃。勿爲貧家婦，被遣適他門。夫壻已決絶，乳下癡兒存。入門見疣贅，阿母中心煩。悔不守故夫，抱兒歸九泉〔四〇〕。小兒不解事，索哺無朝昏〔四一〕。中庭有苦李，纍纍垂隤垣。開花自結實，好惡那得論？腹中復有兒，婦病臥草間。力難致醫藥，貿薪得肉還〔四二〕。阿姥知釜肉，故嗔背姥餐：『吾老乏藜藿，新婦私饔飧。』婦慙矢皦日，强起聲暗吞。持刀未割炙，癡兒啼怒喧：『汝實衆所憎，去去慎莫前。』唉之卻牽衣，揮刀兒不全。兒自有阿父，事理那可言？里正白縣吏，縣吏清且賢。謂女非故忍，薄贖十二鍰。富家有牛賣，貧家止鷄豚。語婦『爾作祟，鬻汝充官錢。生兒好還我，慎勿復相煎。』婦答『我免身，理合奔黄泉。我雖若蒲葦，一辱無再遷』。四顧鬱誰訴，雉經挂桑園。是月兒當產，腹悲空煩冤。阿夫在南鄰，媒妁方糾纏。東家有樵子，稱貸相夤緣。作計論錢帛，雜用青繩穿。夫歸見婦死，悲憤填心肝。門前舊井在，舉身赴重淵。四命爭須臾，老樹號烏鳶。爝火燔鄧林，蟻穴成長川。里嫗責細故，盡室悲摧殘。傳誡後世人〔四三〕，骨肉應相憐。

海魚篇

東海有巨魚，掉尾北海灣。兩目若明月〔四四〕，掣浪如連山。朝薄扶桑津，夕過碣石還。饕餮用水族，吞舟噏百川。憑陵作風雨，遊戲走平原。潮回忽失水，坐困沮洳間。漁子揮霜刀，聚族横相干。修鱗貫洲渚，鮮膾登金盤。委身供啖食，口噤不得言。生爲蛟龍畏，死爲鰕鉏餐。

抱松女 并序〔四五〕

宣城秀才羅愷妻孫氏，未笄，從姑避兵，匿松下。兵獲姑，將殺，孫亟出，以身代，脅共載，不從〔四六〕，抱松大呼曰：『死耳！義不可辱！』兵怒，殺之〔四七〕。三日猶抱松不仆，人皆稱『抱松女』〔四八〕。

松之青青兮，女娉婷；松之瑟瑟兮，女貞一。松可斷兮，女不可轉。徹松根兮凝血碧，永千古兮松化石。

敝袴翁〔四九〕

身無完袴，家餘紈素。彼誰者翁？啬身窮暮。誰使爾對吏？吏大叫怒，倒索筐篋，泣下如雨。一解

翁勿嘆，翁勿嘆。里中嘈嘈，環顧笑言：『平生親故無升斗，今日傾筐持爲官長壽。』二解

谷有牛羊，園有梨棗。老翁歸來，戒兒食勿飽。棗熟不敢剥，羣雀復來啄。三解

岸崩於東，西則有步。瓠苦瓜甜，誰知厥故？有日官人子，白身充富户。四解

述先德詩 有序〔五〇〕

序曰：商周作詩推美先德，見諸雅頌。厥後，詩人潘岳撰家風之篇，靈運重祖德之述，義非私濫，並著曩編。維我先王父履窮昌道，講習之會十有四州，肇義田，贍宗黨。學者至今稱不衰。痛罹喪亂，所撰遺書闕亡。先大人孝友絶人〔五一〕，益振令緒，年不展德，逾壯而卒。行雖信乎友生，事不傳諸國史，大懼隕没，各述髣髴，用告有道云爾。

述　祖 文學諱弘猷，字允升，學者稱中明先生。崇祀鄉賢及所在書院。

王風久隤缺，大道日寖微。孔轍豈不邇？百家爭路馳。吾宗肇東魯，七十肩相隨。在漢顯經學，讎也博士師。士句揚其波，先後同聲施。世遠存本根，後勁振前綏。微言闡天學〔五二〕，高步追宣尼。講肆羣響臻，周遊遂忘疲。閑先恢孟辯，排異搴韓旗。罄折勞公卿，閎聲蜚布衣。輟餐餉窶士，商歌長樂饑。德音昭俎豆，奕葉流風徽。

述　考 贈奉政大夫，諱晉，字曾省，一字述明。

前徽洵卓犖，望古鬱長歎。惜不逮師孔，翺翔洙泗間。遺言滿笥篋，喪亂悲缺殘。跪讀我父書，俯仰涕潺湲。〔五三〕生世逢百罹，營道良獨難。純孝踵曾閔，潔志厲璵璠。纏緜九族義，款懇同氣歡。努力沛先澤，遺構靡不完。晞髮清川汜，永嘯層峯端。脩塗苦促算，履順一何愆！珍木多早折，上士罕長年。儒林闕傳記，潛德當誰宣？

詠古雜詩

黄河有本源，傳自崑崙邱。隄防苟不固，汜濫將爲憂。章亥度天地，夸父觸不周。目營萬里外，心遺徑寸謀。青陽無留景，仄逕多傾輈。弱水不可航，欲濟行無繇。喟然眷周道，止策還優游。

文明盛中古，帝陛存土階。相驅遞雕斵，太璞無重回〔五四〕。百家既蠭起，六籍歸秦灰。世變不可極，斯文爲之災。犇騰過千載，作者橫九垓。周行改岐路，榮木忘故荄。衆草既已蕃，霜雪終皚皚。宣尼志刪述，筮賁有餘哀。

赤帝薄儒冠，得鹿守文治。斯文有本根，過魯先孔祀。牆壁出遺經，諸儒相鼓吹。辭賦等優俳，諷諫亦無諱。孝文寬賈生，痛哭肆高議。謗書訾史遷，辱身書不墜。風騷許怨誹〔五五〕，煌煌四始義。楊惲行樂人，片言乃階厲。吞聲拊缶歌，千春爲流涕。

種蘭思花多，種瓜思蔓長。姬周本忠厚，弱祚逾夏商。祖龍一何促〔五六〕，黔首棲劍鋩。炎劉襲餘烈，吏酷如探湯。朝爵拜通侯，夕尸棄道傍。懿彼從赤松，蟬蛻惟子房。

玉樹生傾崖，不如桑與麻。抱璞貴不毀，黨人詎足誇？膺滂如火烈，剛直成疵瑕。衽席視湯鑊，甘死無咨嗟。張儉斗筲人，脱身連萬家。惜哉荀爽言，棄擲如塵沙。

下士多所營，上士少所偶。寸心懷百憂，毫末非我有。豈無千夫雄，馳騖求白首。達哉柱下言，人與骨俱朽。長跽問猶龍，賤子長年不？青牛不可追，行就尼山叟。

浮雲如車蓋，白日蔽餘暉。衝飆起中路，化作飄蓬飛。行行無根蒂，持此終安歸？雍門自鼓歌，薛公霑裳衣。千春誰不死？朝菌良可悲。君看繁華子，寧憶桑榆時？

獨行良踽踽，四顧何滔滔。富貴徒汩没，不如爲客豪。朝爲斗酒會，暮爲刎頸交。翔鵾凌廣漢，奮翅求其曹。張陳既相厄，蕭朱非久要。烈士寸心合，萬事輕秋毫。兩人成一身，長嗟左伯桃。

詩人罕聞道，栗里有徵士。坦履就田疇，遐尚追皓綺。稱心發高唱，和歌者誰子？右丞及左司，異代分具體。枯槁何見嘲，元液非甘體〔五七〕。悟彼高山操，絶絃良有以。

驅車適齊魯，饑渴求善士。觀瀾洙泗濱，濯纓滄溟涘。美哉洵泱泱，大道亦孔邇。百谷何羣飛，天風揚海水。賓客競平津，塵埃生闕里。行行薊北門，滔滔長安市。橘柚雖佳樹，渡淮化爲枳。衆醉思獨醒，轉嘆於陵子。

昔遊嵩與洛，引領箕山岑。野曠風蕭條，落葉下修林。高墳獨崔嵬，流泉清且深。未知葬者誰，父老傳至今。萬乘且不顧，何况揮黄金？矯立易爲節，達生難處心。哲人冥榮瘁，貴不攖素襟。垂旒如白屋，楮冠樂鳴琴。一爲撫絃歌，太古留遺音。

春鳥多好音，鳴我池上樓。情人盈海甸，夙昔偕宴遊。言當策我駕，顧望還淹留。出門阻虎豹，安能歷九州？芳蘭易摧賈，壯士多煩憂。平生絃誦地，牧馬成荒邱。何以歌我懷？五噫間四愁。肉馬不可御，翱翔驂赤虯。欲挽天河水，俯澄濁海流。雀銜松樹子，飛落枯桑顛。本自非骨肉，寄生亦纏緜。誰謂同根株？兩心不相憐。勢利生白刃，咄嗟成棄捐〔五八〕。孤竹樂交讓，二趙悲獨全。拊膺感至性，三嘆不能言。三王御海宇，禮樂急斯須。如金歸大冶，巨細成規模。厲階彼嬴氏，任法仇詩書。堂陛徒隔絶〔五九〕，朝儀一何愚！叔孫采其敝，緜蕞徒區區。新聲傳樂府，雅頌竟何如？兩生不肯行，倔强非世儒。遺緒振河汾，董薛復先殂。長河日東下，蔓草誰當除？嗟爾牆東叟，望古久踟躕。青陽敷淑景，百卉爭葳蕤。商風未及發，花落餘空枝。華士徇物欲，傾身鶩文辭。雕飾喪其璞，少壯朱顏衰。自古多作者，名在魂安歸？生爲鸞鳳吟，死爲猿狖悲。猶言慕揚馬，誰與曾閔期？

茗隝行〔六〇〕

我有老祖母，白髮被兩耳。骨肉日零落，慟哭依秋水。眼前看孤孫，問是誰家子？淚多早喪明，艱虞迫暮齒。白刃何倉皇，驅我東南徙。人與杖俱扶，蹉跌入荆杞。黽勉進藿食，哽咽受一匕。男兒值亂世，固窮未云鄙。空欝負米心，窮岫無甘旨。

晨征發荒野，薄暮臨迴谿。秋水寒且急，梁絶路無蹊。妻孥相怨怒，濡足搴裳衣。妾身不足惜，所念懷中兒。前山猛虎穴，日昃徒侶稀。屏營不敢語，怪我饑兒啼。吞聲還撥棄，泣涕誰當知！

遠赴南山阿，言邁已百里。樹杪見人煙，解顔慰妻子。捫足息巖陰，一坐不能起。長跽乞主人，廡下聊棲止。親交何雜遝，兔絲牽葛藟。茅屋二三間，風雨昨傾圮。去去勿踟躕，落日下荒壘。

迴風動蒿藜，遠聞戎馬嘶。誰家有好女，泣涕臨路岐。倉卒行路情，垂頭牽我衣。浮萍寄清流，免爲濁水泥。妾夫良家子，壯氣貫虹霓。不聽妾區區，戰死不復歸〔六一〕。願爲雙飛燕，銜土掩遺屍。白骨横纍纍，夫壻知何誰〔六二〕？

過石臼湖

征途遵石臼，停橈傍陰壑。霰集林皋疏，潦收浦溆涸。菰蒲冒清淺，魚鱉鬱蕭索。颯颯商飆來，嗷嗷羣鶩落。臨集復回翔，悲鳴避矰繳。中澤暗張羅，殺機難可脱。勞生害水族，人物兩索莫。黄鵠獨高飛，矯翼何寥廓！

古意

和璧莫投鼠，干將莫擊石。投鼠璧先碎，擊石劍先折。結怨不在深，片語傷人心。賈禍不在多，爝火燔鄧林。莫作長柳枝，路傍怨離別。莫作合歡花，閨中腸斷絶。絲染無復白，髮白無重黑。努力愛青春，一失不再得。

夢先母 并序〔六三〕

闓章十歲而孤。背母時，甫三歲。自傷孩穉不識母，夢亦無之。己丑，舉禮部，歸次江北，夢吾母破冢出，如臥初起，且呼兒就語。驚寤，遂失聲，書以誌吾痛焉。

射策遊金門，回鑣返故國。故國傷我懷，風木情慘惻。中夜夢慈親，藹藹好顔色。頎然出黄土，衣裳徐拂拭。自稱爲我母，呼我侍其側〔六四〕。失恃在襁褓，夢寐詎相識？惝怳心然疑，流淚滿胸臆。遊子良可悲，精靈逝不測。明發拜松楸，當聞母歎息。

叔父寄敬亭山茶 并序〔六五〕

敬亭山産茶甚少〔六六〕，僧不勝徵求，卒雜以它産。吾鄉好事者嘗於穀雨後數日入山，手摘而焙之，香色並異。

馥馥如花乳，湛湛如雲液。將茶煮江水，不改江水白。問此來何方？言出君故鄉。故鄉山嵯峨，託根生山阿〔六七〕。枝枝經手摘，貴眞不貴多。念我骨肉親，欲歸會無因。遊子感故物，惆悵江南春。

長牌驛

傾崖抵浚谷，振策緣崇岡。人家阻鳥道，驛路成羊腸。暑雨既已漲，原隰無低昂。涉水没馬腹，何以褰我裳？田荒民力殫，種穀不成行。僕夫亂縱横，蹂踐憂稻粱。哀蟬響枯樹，佇足心感傷。昔時阡陌地，今爲麋鹿場。

琴溪

丹巘臨清溪，飛梁冠殘霧。古有馭風人，策鯉騁高步〔六八〕。騰身得所歸，滅迹不回顧。纖鱗蕩春波，幽花耀寒樹。嬋媛女蘿深，迷離仙隱處。逝矣聖者懷，樂哉濠叟趣。道傍者誰子？矯首有餘慕。

哭石湖邢孟貞

送別臨寒溪，嚴飆暮蕭瑟。相訣豈爾時，永痛纏愁疾。平生臥石湖，握瑜長抱潔。杖策稍出門，蒙袂返蓬室。蘊此憂生嗟，彌促引年術。英華中路零，篇籍恐遺失。素車悵有違，宿草涕仍出。諒直懷古懽，論文舊儔匹。篋中有遺草，逝將揭白日。忉怛念久要，萬事從此畢。

悼亡〔六九〕

汎汎鶩征路，行行辭故廬。稚子集高堂，賓御臨長衢。回首還入户，顧望立踟躕。昔別烹伏雌，今也歸黄壚。笄珈竟何益？荼藿良已劬。迅商揚幕帷，積雪曜庭隅。庭樹有巢烏，誰言非爾雛？微芳易飄忽，傷哉隨化徂！化徂亦何怨？同衾不相訣。煩疴淹節候，愁思中腸結。簪珥遺後人〔七〇〕，縞綦猶皓潔〔七一〕。兒女在重泉，母子久離别。逝者會有聚，生者從此絶。連宵入我夢，語笑忽哽咽。顔色逾平生，愴怳益悽切。逝將勖無生，沉憂一朝輟。

發濟南示諸生

曰歸不暇寐，中夜趣晨裝。清泉帶城郭，依依垂緑楊。羣公列祖帳，臨發難盡觴。繾綣復多士，追送踰川梁。下馬與之揖，羅拜淚霑裳。齊魯古大國，東海風泱泱。起衰吾未逮，知己胡不忘？逝矣千里心，悠悠九迴腸。雖下董生帷，誰升孔氏堂？黽勉有遺憾〔七二〕，努力永相望。

平山堂

寒色静四野，平岡走孤獸。振策肆重遊，蕭條改結搆。荒榭俯宿莽〔七三〕，頹垣繚虚囿。抗軌思昔賢，游讌賁巖岫。悠悠六百年，遺徽邈難遘。殘荷尚餘蓋，丹楓錯成繡。喪亂悲山川，戎馬此馳驟。舉目睇京峴，巖飆暗清晝。懿此崖際泉，清泠聊可漱。

董仲舒祠

攘攘五都市，南北交驅馳。貴賤各有營，崩迫無停時。我過董子祠，中心悵有違。相傳此舊宅，精靈儼在兹。斷碣蝕蒼蘚，荒几走蚰蜒。蘋蘩誰復薦？清風吹我衣。鄙哉末世士〔七四〕，磬折爭刀錐。威鳳翔九仞，腐鼠安足希？

湖西行 并序〔七五〕

辛丑歲，分守湖西。壤瘠歲饑，有司坐逋賦失職相望，予奉檄按部督促。是時，西南用兵，不逾時符牒三四至，吏民後期者法無赦。於戲！一官貶斥不敢辭，當奈民何！有痛相告誡而已，作湖西行。

節使坐徵斂，此事舊所無。軍糈日夜急，安敢久踟躕？昨日令方下，明日期已逾〔七六〕。攬轡馳四野，蕭條少民居。荆榛蔽窮巷，原田一何蕪！野老長跪言，今年水旱俱。破壁復何有？永訣惟妻孥。歲荒復難鬻，涕泣沾敝襦〔七七〕。腸斷聽此語，掩袂徒驚吁。所慙務敲朴，以榮不肖軀。國恩信寬厚，前此已蠲逋。士卒待晨炊，孰能緩須臾？行吟重嗚咽，淚盡空山隅。

大阮嘆 并序〔七八〕

新淦縣東山有大阮，其俗不急賦税，不用兵則吏廢法。余檄招之，幸有至者，庭諭以利害，繼之流涕，衆皆感泣。於是，陰捕其豪十餘人，後至者蟻集。雖然，比歲宿逋累鉅萬矣，猝何能補？作詩憂之〔七九〕。

叢山如劍戟，灌木蔽嵚岑。其水獨南流，谿谷皆阻深。山民鳥獸居，不馴非自今。追呼敢逆命，兵革踵相尋。未能静伏莽，火烈悲焚林。殺人税無出，遲回傷我心。蚩蚩亦赤子，念爾爲沾襟。招手語父老，鴟梟懷好音。宿逋既累歲，敲骨力難任。民頑實吏拙，許身媿南金。何時免素餐，引疾投吾簪？

竹源阬 并序〔八〇〕

悲民難也。地在新淦之東山，其鄰曰大阮，多盜，兵至則走。官檄竹源諸坑義衆捕之，而逸其豪。已而盜殺竹源殆盡，君子傷之。

殺虎防咥人，芟蔓莫留根。留根終遺患，傷心不可論。竹源數百家，今餘幾人存？竹外有源泉，血流泉水渾。羣盜故比鄰，婣婭如兄昆〔八一〕。反戈相啖食，收骨無兒孫。煢煢數寡婦，零落依空村。凶年嗟半菽，撮土招遊魂。人亡税畝在〔八二〕，淚罷還聲吞。

宿黃梔鋪

積雨暗千山，陰雲催日暮。哀此僕夫痛，踟躕宿中路。土室倚頹垣，荒村存老嫗。敕吏慎勿擾，芻粟可自具。吏言爨無薪，乞糴亦無處。時危供億艱，含悽未忍怒。盜賊兼虎狼，空山懷百慮。從騎夜擊柝，宵分屢驚寤。明旦風雨中，鷄鳴驅馬去。

買書

吏牘紛填委，日與編簡疏。黽勉耗薄禄，時時搜舊書。積笥不能貯，列架益坐隅〔八三〕。妻孥顧我笑，瓶粟罕留儲。況君目已眚，殉此無乃愚？卿言亦復佳，性癖苦難祛。卒業誠未易，汎覽資遊娛。行當營草堂，歸就雙溪居。枕藉同寢處，窮年常晏如。

憫鳩

前庭有叢竹，枝葉自相交。祖跣坐其下，六月如寒濤。飛來兩鳴鳩，向我營危巢。託身洵云好，轉側苦回飆。卵成再顛覆，長夜音嘵嘵。瞻彼松與柏，豈無千尺條？忍拙守故宅，不敢辭飄搖。昨日更澒洞，烈風摧竹梢。一雛半在卵，毀棄委堂坳。其一正黄口，墮地無羽毛。攀巢納其子，方法驅兒曹。父子喜更生，後笑先號咷。行當雙翮健，飲啄隨所遭。勿復學鷹隼，搏擊飽腥臊。生成艱萬類，嗟我中心勞。

寄王宗伯敬哉先生

中庭未零露，向夕秋響發。煩憂攬孤懷〔八四〕，驚魂屢飛越。誰使平生懽，悠悠七年别？離思未敢言，怫鬱中腸結。天路信緬邈，馳情無阻歇。仰首嘆流光，盈虧感明月。

烏象口

峽江城西二港，曰烏口、象口。夏秋江漲，亂流苦溺，緣山嶮遠，多虎患。余命各置官渡。未逾歲，烏口舟壞于兵，象口舟夫求去。憂不能繼，故作是詩。

江干山色黑，豊草與人齊。行子時出没，四顧迷東西。烏象兩崖口，斷岸臨深溪。欲濟無舟梁，人命飼蛟螭。緣溪取山逕，脩途何逶迤！猛虎作窟穴〔八五〕，白骨相撑支。經營置官渡，役以兩舟師。徒旅不濡足，往來不移時。驛使性如雷，唤渡猶嫌遲。舟師骨欲折，往往遭鞭笞。鞭笞且隱忍，毋使行子啼。

江上翁

朝逢江上翁，鑿船沉水底。問君胡爲爾〔八六〕？雙淚落江水。一生事舟楫，八口相依倚。妻兒死凍餓，官家有驅使。十月達黄河，驚飆西北起。舉楫成堅冰，嚴寒墮手指。甫歸復見促，連檣守江涘。愚者怒焚舟，延燒不可弭。本爲逋逃計，翻葬魚腹裏。此業能陷人，沉之禍則已。棲烏惜其巢，毁巢逝安止？請翁勿復陳，吾亦掩雙耳。

金牛泉 盧陵

仙源出窅冥，仙人去何所？泠泠無冬春，潺潺自風雨。白雲生斷岸，幽禽下脩渚。前山正寒翠，木石坐堪數。忽然濠濮間〔八七〕，俯仰久延佇。

校記

〔一〕七　施集作『五』。

〔二〕四　施集作『二』。

〔三〕本則光緒本删除。

〔四〕本則按語光緒本置於『施閏章』題下。

〔五〕施集題作『中園』。

〔六〕矣　施集作『兮』。下二章同。

〔七〕以　施集作『崇以』。

〔八〕皇　施集作『遑』。

〔九〕我　施集作『吾』。

〔一〇〕并序　施集無。

〔一一〕圍數重忽　施集作『虎』。

〔一二〕施集『輒』上多一『像』字。

〔一三〕施集『動』下多『若有神揺之者』一句。

〔一四〕餘　施集作『予』。

〔一五〕要　施集作『邀』。

〔一六〕施集此句下尚多『朝從漸離飲，夕交劇孟歡』二句。

〔一七〕吳　施集作『純』。
〔一八〕去朝　施集作『朝見』。
〔一九〕登山嶽　施集作『浮雲端』。
〔二〇〕施集題末多一『行』字。
〔二一〕并序　施集無。
〔二二〕『僕本』句　施集作『余』。
〔二三〕下淚　施集作『淚下』。
〔二四〕爵　施集作『雀』。
〔二五〕『三日』二句　施集無。
〔二六〕『奪』　施集作『移』。
〔二七〕得　施集作『幸』。
〔二八〕父子　施集作『飲啄』。
〔二九〕四首　施集無。
〔三〇〕九首　施集無。
〔三一〕鳥不敢　施集作『鳥不肯』。
〔三二〕甫　施集作『父』。
〔三三〕蜚　施集作『飛』。

〔三四〕并序　施集無。
〔三五〕余聞而悲之　施集作『予爲棗棗曲』。
〔三六〕口　施集作『棗』。
〔三七〕并序　施集無。
〔三八〕蜚　施集作『飛』。
〔三九〕言　施集作『云』。
〔四〇〕泉　施集作『原』。
〔四一〕哺　施集作『脯』。
〔四二〕貿　施集作『負』。
〔四三〕誡　施集作『戒』。
〔四四〕明　施集作『日』。
〔四五〕并序　施集無。
〔四六〕脅共載不從　施集作『兵脅之去』。
〔四七〕兵怒殺之　施集作『遂見害』。
〔四八〕『人皆』句　施集作『人稱抱松女云』。
〔四九〕袴　施集作『褲』。下同。
〔五〇〕先　施集作『祖』。有　施集作『并』。

〔五一〕人　施集作「夫」。
〔五二〕闡　施集作「紹」。
〔五三〕「跪讀」二句　施集置於「倏塗」二句後。
〔五四〕太璞　施集作「大權」。
〔五五〕誹　施集作「謗」。
〔五六〕一　施集作「亦」。
〔五七〕體　施集作「醴」。
〔五八〕咄嗟　施集作「兄弟」。
〔五九〕徒　施集作「迷」。
〔六〇〕施集題下有注曰：「避亂時作。山曲皆産茶，故名。」
〔六一〕復　施集作「及」。
〔六二〕何　施集作「阿」。
〔六三〕并序　施集無。
〔六四〕其　施集作「母」。
〔六五〕施集「茶」下多「封題曰手製」五字，題下無「并序」二字。
〔六六〕少　施集作「多」。
〔六七〕阿　施集作「河」。

〔六八〕策　施集作『跨』。

〔六九〕施集題下有注曰：『爲亡室梅宜人。』

〔七〇〕遺　施集作『迎』。

〔七一〕皓　施集作『皎』。

〔七二〕憾　施集作『恨』。

〔七三〕榭　施集作『樹』。

〔七四〕鄙哉　施集作『如何』。此句上施集尚有『漢初尚文籍，大道久迷離。夫子挈墜緒，卓矣王者師』四句。

〔七五〕并序　施集無。

〔七六〕明　施集作『今』。

〔七七〕涕泣　施集作『泣涕』。

〔七八〕并序　施集無。

〔七九〕作　施集作『故作』。

〔八〇〕并序　施集無。

〔八一〕兄　施集作『弟』。

〔八二〕税畝　施集作『畝税』。

〔八三〕益　施集作『盈』。

〔八四〕攬　施集作『擾』。

〔八五〕作　施集作『所』。

〔八六〕胡　施集作『何』。

〔八七〕忽　施集作『悠』。

宛雅三編卷七

國朝

施閏章 下

青原謁五賢祠　王文成守仁、聶貞襄豹、鄒文莊守益、歐陽文莊德、羅文恭洪先〔一〕。

姚江有遺澤，螺水首漸被。從者紛如雲，青原成講肆。遂令空山阿，絡繹勤車騎。絃歌響林谷，縫掖滿僧寺〔二〕。四君尤挺出，嗣音相鼓吹。寂寥四十春，講席蔓薜荔。荒祠猶巋然，俎豆將委地。山鳥懷好音，林木自深蔚。昔人未云遠，顧瞻橫涕泗。百年一須臾，峻阪策犇驥。徘徊岐路間，白日忽西墜。如何丁我躬，吾黨竟顚顇。題字破莓苔，振衣獨遐思。

懷舊篇寄嚴都諫顥亭〔三〕

古人去我久，同時良獨難。相别復千里，永夜長慨嘆。良會憶故都，羣彥皆齊懽。嗛嗛眷明德，灼灼同肺肝。送我涉濟水，夜燕還辛酸。君子厲苦節，中道愁波瀾。歲序忽屢易，雨雪淒且寒。未敢言奮飛，卑棲猶未安。愁無澤蘭贈，中情何繇殫？

登我西北樓，遥望東南岑。重雲蕩迴飈，萬木爲蕭森。不怨所思遠，傷我千春心。翩翩二三子，零落踵相尋。梁園玉樹盡〔四〕，東海洪濤深〔五〕。猶有絶塞客，嚼雪成哀音〔六〕。舊有『燕臺八子』，今張譙明即世，宋荔裳逮繫，丁飛濤謫關外。平生膠與漆，今作商與參。努力非少壯，離憂孰能任？思欲涉湖水，朗詠遊長林。羲車不我御，歎息還沾襟。

懷李暘若廉使

時自滇南報遷粤東右司，予在臨江，晤言可待，俄復見留滇中。

國門置酒别，送子之蠻方。留滯滇黔間，七載迅流光。章服豈不貴？天末斷人腸。駕言改東粤，騑驂經豫章。具舟戒津吏，遲君奉杯觴。嘉會終難合，佇立心傍徨。别時各壯年，倏忽鬢髯蒼。孤居日以老，九折路何長。安得隨越鳥，從子以南翔。

軍家兒〔七〕

東家瓜蔓弱，結子過牆去。牆傾瓜蔓斷，瓜落不知處。誰謂軍家兒，親愛無父母。但爲軍户難，生小寄他乳。阿父既逋亡，軍書攝補伍。不辭行荷戈，差科猛如虎。官編作運船，破産難支柱。袁州數百丁，磨滅成黄土。縣吏覓根株，追呼匿無所。中夜促兒逃，暗驅出門户。埜火延枯桑，那得相憐取？兒啼夜安歸？失足沉寒溪。朝爲懷中兒，夕作溝中泥。

沙溝行〔八〕

沙溝黄沙滿，征客腸堪斷。雨頽驛館廢，風急馬蹄緩。哀此大河濱，水陸稱通津。艨艟自北至，曳舟千餘人。村落盡空巷，田埜餘荒榛。不怨饑與渴，遊子不得歇。日暮還驅車，照此寒宵月。

秋日詶鄧孝威見寄〔九〕

長夏薄人事，屏迹貪寂寞。江門尺書來，悵然悟離索。白髮忽已繁，壯遊藹如昨。豈不思溯洄，道阻然疑作。

海嶠方戈鋋，一步成燕越。淮揚舊戰場，青燐晝未歇。霖雨一何多，春江無好月。所思誰與言，憂來劇饑渴。

行經兖州懷東魯諸生

平原何莽蕩，巖嶪見鳧嶧。大壑起寒煙，泗水已只尺〔一〇〕。有美彼諸生，聯翩聚講席。討論餘清燕，絃歌奏金石。寒暑甫三徂〔一一〕，詩書就奔迫。道旁少居人，所見無縫掖〔一二〕。良士匿幽棲，珠玉媚山澤。浮雲難久留，征馬無停策。徒餘懷舊情，皎月悵今夕。

憶昔〔一三〕

憶昔宿逆旅，通晨眠未醒。猶憎主人聒，張燈喚客行。中年見衰耗，朝昏集百情。夜闌甫晏息，未曉如有營。寒月皎在户，顧謂東方明。高聲促僮僕，爾不聞鷄鳴？馬力既已竭，畏途仍宵征。道逢濠上叟，笑我勞此生。桑榆不可待，輟駕且歸耕。

河間城北值楊絅如同年

使君津門來，相逢渤海側。黄埃各滿面，不辯眞顔色。天陰野奔曠〔一四〕，羣動漸歸息。執手坐草地〔一五〕，感舊撫胸臆。三年越江海，九年别京國。浮雲偶然合，中情去何極。天路阻且長，分散愼羽翼。

伏生祠堂行 并序〔一六〕

祠在鄒平城北十六里。漢文帝遣鼂錯求尚書，時伏生年九十餘，令幼女口授。事不見漢史，今圖之壁。

祖龍烈焰燔天地，斷簡殘編盡捐棄〔一七〕。諸儒白骨成山邱，倉頡史籀夜垂淚。上蔡李斯甘罪首，忍使萬古斯文墜。天遺一老在人間，火然不到胸中字。須臾赤帝重瞳來，阿房一炬咸陽灰。表章經學漢文出，詔求耆舊過徂徠。是時先生耄且病，以口代手鴻濛開。二十九篇尚書備，配享立廟何崔嵬。我來再拜心傍徨，側身望古涕霑裳。避秦博士窮獨叟，姚虞三代今未亡。龐眉碧眼具冕服，丹青滿壁生輝光。有女被繡珥明璫，受書掌故拱其旁。豐碑古篆不可詳，諸生俎豆歌樂章，靈旗髣髴來翺翔。

萬竹園醉歌贈鄧元昭同年

城隅别墅結茆屋，千畝陰森盡脩竹。同心握手此開尊，竹色客衣相與緑。五年南北成别離，昨歲干戈亂心曲。鱭魚蘆筍雜蓴羹，百觴勸我苦不足。昔時侍從官長安，對客揮毫人共看。意氣風流天下重，五侯七貴爭交懽。一朝特簡擁千騎，未許淹留問叢桂。歲星已厭隱金門，便擬牆東長避世。羨君躡屐臨東山，清歌白紵長懽顔。羨君藏書餘萬卷，鳥篆龍文時在眼。丈夫功成須拂衣，扁舟新買繫漁磯。飄摇萬事君休問，惟有浮雲無是非。

程穆倩印藪歌

黄山山人眞好奇，性癖膏肓不可治。雕鏤文字壽琬琰，蟲魚錯落蟠蛟螭。苦心愛者有數子，摩娑隻字等禹碑。亦如昌黎推作者，險奥不廢樊宗師。九月邗關木葉下，山人邂逅同僧舍。自言好古非雕蟲，篆籀周秦足方駕。詰曲迷離多不辨，相逢十人九人詫。可憐古籍秦火焚，存者如鏤金石文〔一八〕。岣嶁鐘鼎盡奇字，恍惚夭矯凌浮雲。今人能手類刻木，仰唇俯足徒紛紛。豈若山人眼空六書與八分，驚魂駭目天下聞。噫嘻！山人好古不能長得食，何如歸老黄山三十六峯之南北？赤文緑字藏其間，千年風雨無剥蝕。

天逸閣雪後醉歌　主人梅幼龍耦長攜酒

一冬無雪春雪好，名園飛閣開晴昊。主人逸興有籍咸，把酒呼朋懽絶倒。沙霽初聞白鳥鳴〔一九〕，雪殘半露青峯小。麻姑綽約墮窗間，叠嶂參差浮樹杪。細數梅花多昨日，坐看新瀑通寒沼。觥籌歷亂興偏豪，石檻苔痕不須埽。此閣崚嶒高百尺，先輩聯翩著靈迹。禹金、朗三兩先輩讀書處。蝌蚪深藏禹穴書，賦詩日集梁園客。二十年來玉樹摧，竹榭茆堂蔓蘿薜。抽毫授簡待吾曹，肯使中原少詞伯？前年鐵騎城頭嘶，出門一步迷東西。芳春暇日此懽宴〔二〇〕，何辭斗酒聽黄鸝。我思置閣臨雙溪，種梅高下溪雲齊。花前歲歲同春酌，醉醒遞換無端倪。

北風行懷方爾止

北風夜發猛如虎，飛沙散作空中雨。生米潭邊怒老蛟，繫艇消魂望南浦。浦前客舍有方生，倦遊詞賦同馬卿。泰岱恆嵩歸杖屨，諸侯豪士爭逢迎。昔時見君敬亭草，我方年少君未老。流光一别十餘春，縷縷贈我長篇好。醉罷秦淮舊酒樓，君言逐我廬嶽遊。蓬飛去處各無定，山人又上潯陽舟。潯陽帆向章門落，相逢正傍滕王閣。一尊未盡又開船，浦雲山雨悲離索。方生老健多苦心，清歌慘澹矜知音。出門道傍多筆札〔二一〕，直寫胸懷無古今。此時陳蕃亦多有，左周右宋皆爾友〔二二〕。時周伯衡、宋其武並官南州。洪都穀賤官俸廉，扁舟百石還能否？多君好古存典型，白眼卻向湖東青〔二三〕。荒郊苦問雲卿圃，廢渚冥搜孺子亭。六月王師移鐵騎，窮秋絡繹將軍至。滿眼江山牧馬場，潦倒儒冠置何地？於乎行路天下難〔二四〕，莫訝乘車無肺肝。烏鵲西飛雁飛北，江楓渚荻皆凋殘。秣陵草堂閒復閒，殘尊舊帙開心顔。眼前萬事還山好，歸去青溪明月灣。

百丈行

十八灘頭石齒齒，百丈青繩可憐子。赤脚短衣半在腰，飯顆寒吞掬江水。北來鐵騎盡乘船，灘峻船從石窟穿。鷄猪牛酒不論數，連檣動索千夫牽。縣官懼罪急如火，預點民夫向江坐。拘留古廟等羈囚，說來不來饑殺我。沿江沙石多崩峭，引臂如猿爭叫嘯。秋冬水澀春漲湍，渚穴蛟龍岸虎豹。伐鼓鳴鐃畫艦飛，陽侯起立江娥笑。不辭辛苦爲君行，梃促鞭驅半死生。君看死者仆江側，火伴何人敢哭聲？自從伏波下南粤，蠻江多少人流血。百丈不斷腸斷絶，流水無情亦嗚咽。

南浦逢同年王願五

人生聚散如沙鷗，江天海國各沉浮。十載别君一相見，茫茫歲月隨東流。執手開軒坐榻上，旋呼尊酌交勸酬。梅花老春白鹿脯，爲君沉醉傾庶羞。酒闌屈指同門友，惟我兩人同宦遊。疇昔聯鑣君特達，天禄石渠資討蒐。隔巷招尋余最數，素心晨夕相淹留。踏花緩帶歌燕市，繫馬銜杯傍御溝。此後驅馳逾粤嶺，君亦謝病歸林邱。天憐索處易憔悴，蓬飄萍聚來南州。令子成行孫在膝，那得相看不白頭？山郡旬宣余待罪，漕艘飛輓爾持籌〔二五〕。西江厥賦稱瘠土，亂來荊棘盈田疇。力盡犂鋤又水旱，荒村野哭聲啾啾。漕折爭言便民力，追呼榜繫如俘囚。糴糧三石當一石，倒廩傾倉還賣牛。玉粒徵收又難運，兵船絡繹無餘舟。催科箕斂敢言拙？遺黎溝壑何人收？積薪厝火且安坐，吏惟執法罕良謀〔二六〕。君昔善奕名國手，手談清讌今能不？丈夫慜時心慘澹，中宵側足行夷猶。回首故園憶松桂，可憐山谷横戈矛。墟柳園桃忽爛熳，黄鸝紫燕懽匹儔。興來張口不能塞，爲君高歌南浦樓。何年散髮看新篘，長瓢更酌驅百憂〔二七〕。

送耦長歸宣城

期君别在重陽後，纔過中秋即分手。暮雨寒凝閣阜雲，朔風吹斷蕭灘柳。少年卓犖羞腐儒，覽勝扁舟放五湖。朝吟彭蠡夕滕閣，大者琬琰小驪珠〔二八〕。春晴坐我竹亭下，日見青山滿官舍。胡牀枕藉盡風騷〔二九〕，銀管丹黄窮午夜。分燈有客共聯吟，韓孟高梅勢相亞。耦長與阮懷有湖西聯句。人皆歎爾傾城姿，愁絶娉婷猶未嫁。相看青鬢易成絲，百年少壯能幾時？千鈞强弩會須發，射殺虎豹剸蛟螭〔三〇〕。愛爾芙蓉豔朝日，長歌爲我散愁疾。嗛嗛寸心兩不忘，共采春華佩秋實。

送高阮懷梅幼龍同歸里〔三一〕

楓葉初黄橘尚緑，騷人並集芙容屋。爲舞白紵燒華燭，傷心難聽驪歌曲。昨接家書今日歸，不恨别長恨别促。吾儕放眼爭千古，恥論窮達分虎鼠。看君在困能倔强，俯睎青雲不足取。結客飛揚年少場，賣文爲活心中傷。半年官舍詩盈寸，與古作者爭毫芒。梅子淹留無一月，病中詩思如冰雪。剪燭連牀興未窮，一時二妙皆離别。霜催木落風怒號，移觴密坐淹今宵。美人遲暮思公子，君去誰知我鬱陶？人生拂意無貴賤，但得同心齊所願。伯勞西去燕飛東，眼前惟悴君所見。

寄贈徐山甫廣文

飲百斗，談神仙，古來惟有李青蓮。廣文先生母乃是〔三二〕？囊中自註參同篇，惜哉杖頭無酒錢。妻兒待米氣蕭索，生徒餽餉猶堅卻。坐客無氈出無騎，芒鞋布襪尋邱壑。貧交苦愛蔡芹溪，相過索飲醉如泥。黄土可憐埋玉樹，雙柑斗酒共誰攜？

人生歎 枕上得句，不寐，作此自警〔三三〕。

人生常懷千歲憂，晝短應須秉燭遊。古之作者已腸斷，我今歌此仍淚流。泰山爲輕一羽重，巢由尚笑唐堯愁。賢達懷抱類如此，萬事浮雲何足謀？盜粟恥爲太倉鼠，被繡誰憐清廟牛？撚鬚苦吟復奚益？坐遣霜雪盈我頭。丈人卷舌但安坐，息心頤性長優游。猶龍五千亦偶爾，蒼蠅細響君且休。

送張大參虎別〔三四〕余分守湖西，張爲分巡，時以裁併回籍。

皎皎雙白鶴，霙棲自相匹。一朝羽翼分，悲鳴聲唧唧。唧唧終當別，離腸無斷絶？誦子詩如錦，重我心如結。蓼蟲習苦人謂甘，君去艱辛向誰説。湖西三郡皆瘡痍，山連楚粵多巘巇。爾我犄角猶難治，君去愁將一木支。載書歸興何蕭爽，山川到處延清賞。累月曾眠西子湖，三峯舊踏仙人掌。愛君意氣輕華簪，愛君流水操素琴。十年在匣今一鼓，殷勤珍重憐知音。相思江上樹，江雲忽已暮。惆悵春光好，卻共美人去。白鷺洲前青雀舟，蕭灘望斷倚高樓。相期斗酒難相值，心逐長江千里流。

建蘭歌

澧浦舊種人不識，建陽厥産稱第一。花高葉短自離羣，嬋媛獨媚幽人室。愛君惜君奉君歡〔三五〕，燥濕寒暄良獨難。參差玉立當風笑，密幹叢花滿石闌。昔時花少覺花好，今日花多任花老。主人爛熳坐花前，有酒何人共傾倒？九畹繁滋勿復論，靈均既去誰招魂？願君見采充君佩，與君同心君莫棄。

紫芝歌

山舊有唐處士歐陽董讀書堂〔三六〕，叢生瑞竹，色爛如銀，名瑞筠山〔三七〕。

歲之癸卯夏初吉，石龍城南芝草出。爛熳參差數十叢，紛如紫雲曜赤日。寺後亭陰半山滿，盤梡車蓋狀非一〔三八〕。百年父老驚罕見，十日窮搜猶未畢。是時僧舍薔薇開，藥公駐錫閬翁來。李太虛宗伯別號閬翁。拄杖披榛睹靈物，賦詩大笑同徘徊。更錫山名曰紫芝，摘辭勒碣冠崔嵬。此山舊爲處士宅，中林尚想讀書臺。昔産瑞筠今神草，寸壤作異胡爲哉？九莖連葉非難致，甘泉涵德空矜異。嘉禾不書萇楚嗟，忍拾山菌侈奇瑞。陳顧周梅皆健手〔三九〕，後先作歌眞好事。我愛紫芝曲，人呼紫芝山。白石青山無姓氏〔四〇〕，江雲松月心常閑。老夫齒落鬢已斑，胡爲澒涊局曲風塵間？五芝倘許斧子食，會當餐英茹實使我光澤成朱顏。

鷺洲講會歌 并序

此會不舉者四十年矣。余以癸卯十月之望脩復舊事，會者近千人〔四一〕。

秋蘭被洲渚，霜至皆落英。春風一夜吹，又見叢蘭生。可憐天地留此洲，潛蛟宿鷺成荒邱。誰開草昧置講席，狂瀾獨障砥中流。哲匠經營相繼起，飛甍畫棟臨江水。絃歌終歲白蘋邊，冠蓋連鑣碧雲裏。百年聚散等飛蓬，或爭腐鼠矜雕蟲。今日何日復良會，再陳俎豆考鼓鐘。龐眉黄髮集耆舊，深巖邃谷來章縫。談天恥作稷下士，習禮依稀洙泗宫。老夫顧影一何有，皇皇生垢敢開口？先民誘我升此堂，駿奔左右余恐後。往事銷沉四十年，父老重聞皆泫然。蜉蝣旦暮誰不朽？竦身策足追前賢。清光爲照遠來客，向夕洲前月如雪。請看萬古螺江水，日夜長流無斷絶。

冬雷行〔四二〕

今年八月春氣催，贛江桃李花亂開。仲冬蛙鳴草不死，殷殷動地聞奔雷。朝訇東南暮東北，翻盆驟雨荒城摧。乾坤户牖何不閉？顛倒八極聲喧豗。江南夏旱秋雨淫，巴川漢水洪濤深。澤國魚龍窟城市，人家煙火棲山岑。百年怪事眞罕見，儉歲嗷嗷偏穀賤。催科力盡無金錢，上下相看淚如霰。

浴雀

野雀蔽官舍〔四三〕，引吭長哀鳴。稻粱豈不飽？中心殊未平。塵汙短翮誰憐汝？銀瓶汲井濯素羽。褰裳振衣大如輪，清泉一石難容身。屈曲盤旋不得意，怒翻盆水滿平地。請君放我江海間，爲君清唳舞雙翅。

輿無夫行

鷄鳴驅車客行急，行渡黄河北岸立。館人驛吏饑且逋〔四四〕，朝天使者輿無夫。輿無夫，日欲暮。千錢一夫不肯去，閭井流亡已非故。君不見，草深野曠狐縱横，荒田夾岸無人耕。

臨江太守行 美高使君也。名培，蘄州人。

臨江江水見江底，太守酌之甘如醴。臨江野田半荆棘，太守見之淚霑臆。露冕東郊騎瘦馬，牛背牧兒不肯下。官齋種藥兼種蔬，厨中但有武昌魚。

江亭短歌送周釜山同年〔四五〕

釜山作詩愚山眠，自憎病滯楚江邊。青楓暗日秋雨急，臨當送別心茫然。丹鳳樓前爽鳩署〔四六〕，吾曹痛飲高歌處。歲星金馬閒有餘，杖策西山自來去。浮雲一散江湖闊，風波澒洞還束縛。羡君拂衣汗漫游，武夷雁蕩窮巖壑〔四七〕。君不見，汝卿王顧與沈吳，轉眼舊遊皆老夫。蓴羹千里四腮鱸，安能往就傾玉壺？又不見，蔣大鴻，董蒼水，其人未見才並美。安能同坐九峯巔，笑看漁父滄波裏〔四八〕，行矣相思我與爾。

三天洞〔四九〕

一徑穿雲過，三天入洞開。仙宫窮斧鑿，龍窟走風雷。日抱松根下，泉通海眼來。幽棲何代客？禪坐有荒臺。

天逸閣尋邢孟貞是亡友梅朗三故居

虚館孤城外，春帆送客來。獨憐芳草地，頻上故人臺。夜月雙溪滿，晴雲叠嶂開。鶯花仍不滅，腸斷爲誰哀？

慈仁寺松

直欲凌風去，翻從拂地看。摧殘禁百折〔五〇〕，偃仰鬱千盤。老閱山河變，陰兼日月寒。支離爾何意？不厭臥長安。

眞定道中

白日孤城閉，黄沙古道迷。風鳴關塞北，雲斷海天西。歸路看烽火，生涯信馬蹄。故園楊柳緑，幾處早鶯啼。

晚渡黄河

日落渡黄河，相逢半負戈。漲泥尋路少，孤店拒人多。疏鑿思前力〔五一〕，隄防總逝波。年年沉璧馬，無計斫黿鼉。

入華陽

華陽高百仞，絶頂倦登臨。隔嶺通文脊，遥峯接武林。雨從山半落，日在谷中陰。卻愧蘇門嘯，空聞鸞鳳音。

力疾赴官比部奉别家叔父〔五二〕

抱痾甘伏枕，語别即沾巾。風雨殘春路，關河獨去人。無才安宦拙，寧儉補家貧。禄養嗟無及，吞聲憶二親。

淳湖尋邢景之

四海倦遊後，始疑汎愛非。寸心如落木，逢爾復春暉。移榻連蔬圃，烹魚出釣磯。清歡成信宿，不是醉忘歸。

使過陽信抱關無吏諸生數輩出尊篚曰吾輩皆誦習先生文章毋庸驛吏也留詩贈之

吏已絶逢迎，人猶識姓名。驅車周四牡，供帳魯諸生。埜館秋雲入，荒城晝柝鳴。艱難看逆旅，一飯重含情。

自潯陽至長沙雜詠

鼓枻隨漁父，乘槎老客星。鶯聲花嶼暖〔五三〕，龍氣雨潭腥。波緑澄湘浦，天青合洞庭。誰知魚子飯，絶勝五侯鯖。

九日廬山尋瀑布絶頂處

去開先寺數里，登文殊塔，俯看泉出趾下〔五四〕。

良辰采巖菊，振策凌紫煙〔五五〕。獨倚層峯塔，俯看百丈泉〔五六〕。奔雷翻絶壁，晴雪下高天。客到都無語，蒼茫落照前。

西澗值葛元士

亂來歡聚少，祇訝鬢毛蒼。懶性耽林壑，生涯倚稻粱。身閑牛自飯，谿近蟹先嘗。倘遂幽棲志，扁舟問草堂。

旅中七夕

先慈諱日。先君子有『天上橋成夕〔五七〕，人間絃斷時』之句。

莫説雙星會，徒添兩淚流。生來悲陟屺，客久恨登樓。江樹烏啼夜，山城蟲響秋。重憐隔邱隴，無路哭松楸。

薊門

薊門風當雨，風定是初晴。北闕雲中迴，西山馬上明。長楊春出獵，細柳暮移營。儒術慙疏闊，爲郎白髮生。

寄贈王丹麓〔五八〕

近市幽棲得，過從野興長。種花叢水榭，留客臥山房。舊物傳殘麈，新書著滿牀。多才應作達，惜別漫神傷。

舟中立秋

垂老畏聞秋，年光逐水流。陰雲沉岸草，急雨亂灘舟。時事詩書拙，軍儲嶺海愁。洊饑今有歲，倚棹望西疇。

遣病

已識愁爲病，愁來奈爾何？俸錢供藥盡，官閣坐醫多。老樹雀頻啄，微風江自波。浮生眞忝竊，惆悵紫芝歌。

董侍御玉虬宅同汪苕文葉子吉諸公限生字〔五九〕

地偏明月好，夜静白雲生。京雒留吾輩，壺觴不世情。侵衣花檻露，歸騎曉鐘聲。憑記江都宅，風流滿帝城。

夜别吴少司寇匡從〔六〇〕

離筵重卜夜，合坐促行觴。此别幾時會？舊遊難可忘。升沉憑道合，老大鬬身强。驛路梅花發，懷君何處將？

雪中望岱嶽

碧海煙歸盡，晴峯雪半殘。冰泉懸衆壑，雲路鬱千盤。影落燕齊白〔六一〕，光連天地寒。秦碑凌絶壁，杖策好誰看？

石亭寺

唐韋丹帥江西，與寺僧靈徹善。徹報詩云：『相逢盡道休官好〔六二〕，林下何曾見一人？』即此處。

徹公飛錫處，繫艇數經過。歲久石亭廢，秋深江水波。香臺馴鳥雀，清磬静黿鼉。誰使高僧誚，歸心此夜多。

客新安得鄧孝威廣陵書奉寄〔六三〕

淮海三年水，陵陽一夏晴。愁深人共老，書到眼初明。文酒多時别，悲歡百折情。時痛及周晴崔、于慧男、楊商賢諸故人。浮名吾意盡，高枕卧山城。

寄懷汪舟次司訓贛榆〔六四〕

憶昔西山宿〔六五〕，高歌豈宦情？一氈連大海，五字竟長城。夜雨桃花水，時淮、徐方苦河决〔六六〕。春風畫角聲。憂時休悵望，絃誦是平生。

送梅耦長讀書水西寺〔六七〕

近家將毋易，作客好安居。朔雪梅花過，東風柳葉初。溪晴官閣酒，山夜佛燈書。更共遠公住，高談萬慮疏〔六八〕。

谿館

幾日東風萬葉齊，獨尋孤館就雙溪。藤花小落過松鼠，林雨初收啼竹鷄。句曲水通茶竈外，敬亭山見石欄西。殘編列架生涯足，餘興還尋種藥畦〔六九〕。

湖田督刈

楓林寒雨一村孤，秋漲田低半在湖。敝履短衣就麋鹿，三年八口寄荒蕪。秔春野碓穿雲入，酒倩鄰翁隔水沽。忽見麻姑好山色，卜居長擬作潛夫。

歙城連雨

春風冉冉客銷魂，春雨冥冥白晝昏。芳草經旬三徑滿，梅花隔日幾枝存。過橋雲氣霑藜杖，動地泉聲到石門。待躡黄山最高頂，手摩羣岫是兒孫。

泰安過趙侍御飲花下

海棠柱史堂前樹，合抱雙柯滿院陰。共喜繁華舒醉眼，不勞白髮損春心。酒尊北海時留客，絲竹東山自賞音。門外岱宗青嶂逼，那能高枕廢登臨？

寄顧寧人

西泠别後興何如？五見花開音信疏。避地遠遊寒出塞，窮年獨坐夜鈔書。洞庭山好家園在，陵寢詩傳涕淚餘。此日惟君高臥得，肯同馮鋏嘆無魚？

登白鷺洲閣是前賢講學處

曲檻層欄白晝陰，憑高望遠百年心。壓江城郭山光碧，破浪帆檣雲氣深。舊蝕殘碑猶臥蘚，新栽佳樹漸成林。鵝湖鹿洞尋常事，不信風流限古今。

愚樓夜送吴夷公同年得寒字〔七〇〕

江畔離樽落照殘，山樓直作畫船看。青楓露濕秋河近，菡萏風疏夜氣寒。同籍客多成短髮，十年書不到長安。後期握手知何處，酒罷婆娑更倚欄。

送張清江升暘之任思恩

鄉心七載夢長安，粤嶺重禁客路難。木落洞庭天際遠，猿啼瘴海雨中寒。山村野市多猺户，負弩稱觴半土官。南北風煙各回首，勞臣萬里慎加餐。

已出都門龔中丞書至

春明曉發立躊躇，飛騎還來惜别書。賦比文通重有恨，懶如叔夜不嫌疏。形容老瘦風煙晚，戎馬關山雨雪初。南去五湖餘襆被，浮生準擬付樵漁。

書清河縣客舍得村字〔七一〕

疏煙寒照一荒村，小邑無城野色昏。久廢驛庭稀馬迹，新營官舍總蓬門。地連河岸漁家少，草滿田園井稅存。誰信江南此風景，舟車絡繹不堪論。

敬亭山同諸子 張谷受、詹過千、徐若彝、唐朕、虞寅清

支許同懷丘壑心，杖藜絕頂一招尋。天風忽散江城雨，山靄平連浦樹陰。古塔夕陽分野寺，丹樓春色冠雲岑。十年遊宦經過少，回首青冥舊竹林。

送吳九表叔還里〔七二〕

玉筍峯頭正夕曛，石龍城下悵離羣。寒催木葉江湖白，棹入潮聲吳楚分。孤客醉看廬阜月，百年清夢敬亭雲。故園蕪廢親交老，此夜歸心并逐君。

臨江龍岡書院示諸子 時連雨適晴〔七三〕

講席春風四座生，絃歌一日滿江城。蕭灘帆落爭來客，閣皁峯開特放晴。經學自知慙士句，時賢應復有康成。龍岡鹿洞元相接，高會重含異代情。

懷曹侍郎秋岳備兵陽和〔七四〕

雲中千騎戟門開，詞客元兼武庫才。貂錦春閒青塞曲，旌旗晝擁白登臺。度支舊領軍儲重，方岳曾從海嶠來。聞道彤廷思故老〔七五〕，征西車馬幾時迴？

家峴山侍御按鹽河東〔七六〕

蒲坂千山木葉殘，遥聞繡斧出長安。河流東控潼關嶮，嶽色西連太華看。官暇應成鹽鐵論，風清還稱惠文冠。對牀兄弟思良會，惆悵秋天客路難。

暮抵西山香城寺懷伯衡 先是，相約同遊，不果。

蒼蒼絶壁迴巃嵸，陟磴攀藤一徑通。茆屋數家松葉下，山程十里水聲中。天開殿閣迴峯抱，日落雲霞半嶺紅。正是登高時節近，故人相望隔江東。

送徐元一入楚訪李元仗學使〔七七〕

東湖風雨數招尋，惜别重看楓樹林。路入溢城吴岫遠，帆低鄂渚楚雲深。汀洲蘭芷含秋思，鼓角江山感客心。黄鶴樓邊逢李白，那能相對罷高吟？

至南旺

客倦南來路，河分向北流。明朝望鄉淚，寄不到江頭。

從制府江行

鼓角動江城，軍麾帶雨行。可憐芳草緑，不避馬蹄生。

夜　涼

數點疏桐雨，不知秋氣生。殷勤語紈扇，又是一年情。

雲山洞

洞門雲不息，萬嶺白須臾。試向洞中覓，孤雲定有無。

漫河沙

南風沙作煙，北風沙作霰。不知腸斷續，行人各掩面。

山　行

野寺分晴樹，山亭過晚霞。春深無客到，一路落松花。

桃葉渡

萬事東流去，爭傳桃葉名。殷勤留片月，猶是六朝明。

雙溪晚步

少小凭闌處，夜涼今獨過。谿流不愁思，依舊月明多。

見粵客馬鞭是人面竹

方物憐摧折，攜將作杖難。忍留人面在，日逐馬蹄看。

許雪懷還龍谿

家傍釣魚磯，潮來浸板扉。半江紅葉裏，獨送一帆歸。

值青州人便走筆寄劉止一

予歸自齊，劉置祖帳十里外，攜善歌者曼聲苦調，曲未及終而別。又同遊龍洞，有詩，劉拔佩刀爲予鐫壁。

幾年高枕臥煙蘿，愛客論詩興若何。舊日何戡無恙否，離亭半曲淚痕多。

宿郯城聞僕夫言次日四十里外即江南界

千峯萬壑倦征驂，客路歸心兩不堪。忽訝燈花成一笑，郵亭明日是江南。

讀漁洋山人集漫題〔七八〕

萊陽大雅益都清，各自論詩擅一城。玉樹臨風今獨秀，新城不説濟南生。萊陽，謂宋荔裳。益都，謂趙韞退。濟南，李于鱗也。

官庭草

江聲到枕客心違，多病如何未拂衣？庭草不妨秋色滿，好留蛺蝶上階飛〔七九〕。

夢張旭之

歸魂夜夜傍家鄉，忽共張顛話草堂。不記分明作何語，爭題粉壁兩三行。

過新廊感懷方顧二宅 方謫遼海〔八〇〕，顧已歿二年。

不改秦淮舊草堂，含情駐馬淚沾裳。故人生死皆離别，惟有烏啼送夕陽。

偶興

西江正月早芳菲，開盡桃花滿地飛。可怪春光似孤客，一心日夜只思歸。

寄劉覺岸同年 并序〔八一〕

覺岸官比部郎，孤居不肉食，京師謂之劉佛頭。以母老引疾終養。來臨江鐵佛寺，手繙藏經。余日厭苦吏事，劉曰：『子曾見青蓮花，有離汙泥生石上者乎？』聞之爨然。別後寄二絕句。

久辭簪笏愛江亭，凍手時繙貝葉經。莫是三生石畔客，欲迴煙棹太丁寧。

檻猿籠雀枉咨嗟，羡爾閒餐五嶽霞。領取江樓深夜語，不聞石上種蓮花。

龍　窩　地名，在臨江。

草青沙白水如藍，今日龍窩三月三。一樣春光煙雨内，歸心何事憶江南。

逢南浦客寄周伯衡宋其武

寒江獨夜强銜杯，念舊悲秋日幾回。南浦朝朝多驛使，相思不寄一詩來。

緑　雪　自製敬亭茶名

敬亭雀舌枉爭傳，手製從過穀雨天。酌向素瓷渾不辨，乍疑花氣撲香泉。

最難消息趁春晴，摘葉看僧頃刻成。眼底何人玉川子，可容廟岕獨佳名？

校記

〔一〕施集題無「謁」字。篇名下注文施集作「王文成守正，以歐陽文莊德、鄒文莊守益、羅文恭洪亮、聶貞襄豹配」。
〔二〕縫　施集作「逢」。
〔三〕都諫顥亭　施集作「灝亭都諫」。
〔四〕施集下注：「譙明。」
〔五〕施集下注：「荔裳。」
〔六〕施集下注：「飛濤。」
〔七〕施集題下注「袁州作」。
〔八〕施集題下注「驛名」。
〔九〕施集題作「酬鄧孝威廣陵見寄」。
〔一〇〕只　施集作「咫」。
〔一一〕甫　施集作「逋」。
〔一二〕縫　施集作「逢」。
〔一三〕此詩施集無。
〔一四〕奔　施集作「莾」。
〔一五〕地　施集作「間」。
〔一六〕并序　施集無。

〔一七〕編　施集作『篇』。
〔一八〕鏤　施集作『縷』。
〔一九〕鳴　施集作『嗚』。
〔二〇〕懽　施集作『良』。
〔二一〕傍多　施集作『路盡』。
〔二二〕左周右宋　施集作『周侯宋侯』。
〔二三〕湖東　施集作『東湖』。
〔二四〕於乎　施集作『只今』。
〔二五〕『山郡』二句　施集無。
〔二六〕罕　施集作『無』。
〔二七〕『何年』二句　施集無。
〔二八〕驪　施集作『明』。
〔二九〕胡　施集作『藜』。
〔三〇〕射殺　施集作『陸殰』。剸　施集作『水』。
〔三一〕高阮懷　施集作『阮懷』。
〔三二〕母　施集作『無』。
〔三三〕施集無題下注。

〔三四〕施集題作『送張虎別大參』。
〔三五〕施集作『殷勤愛護資清歡』。
〔三六〕山舊　施集作『臨江府城南』。
〔三七〕施集于此下尚有『余分守之三年，忽產紫芝百餘本，李宗伯明睿更名紫芝山，爲之記』云云。
〔三八〕梡　施集作『碗』。
〔三九〕施集于『梅』下有注：『陳士業、顧赤方、周宿來、梅耦長并有詩。』
〔四〇〕氏　施集作『字』。
〔四一〕施集題下小序云：『西江講學之會，吉州最盛，中輟者四十年矣。余以癸卯十月修復舊事，布衣野老皆許以客禮相見，會者近千人。』
〔四二〕施集題下注：『癸卯。』
〔四三〕蔽　施集作『閉』。
〔四四〕館　施集作『倌』。
〔四五〕施集題無『同年』。
〔四六〕署　施集作『暑』。
〔四七〕蕩　施集作『宕』。
〔四八〕滄　施集作『蒼』。
〔四九〕施集題下注：『中有三牖，上見天日，故名。』

〔五〇〕禁　施集作『經』。

〔五一〕力　施集作『烈』。

〔五二〕施集題下注：『辛卯。』

〔五三〕暖　施集作『曖』。

〔五四〕俯看　施集無。

〔五五〕凌紫煙　施集作『入寒煙』。

〔五六〕俯　施集作『回』。

〔五七〕夕　施集作『日』。

〔五八〕施集題作『武陵贈王丹麓』。

〔五九〕諸公限生字　施集無。

〔六〇〕施集題作『夜別吴匡從少司寇』。

〔六一〕白　施集作『北』。

〔六二〕好　施集作『去』。

〔六三〕此詩施集無。

〔六四〕懷　施集無。

〔六五〕昔　施集作『共』。

〔六六〕『時淮』云云　施集在本詩末。

〔六七〕施集題下注『時赴鄧明府之招』。

〔六八〕萬　施集作『世』。句末注：『時楚水和尚駐錫水西寺。』

〔六九〕尋　施集作『鋤』。

〔七〇〕施集題『甹』作『敷』，無『得寒字』。

〔七一〕得村字　施集無。

〔七二〕此詩施集無。

〔七三〕施集題作『臨江春暮講學龍岡書院示諸子』。注文同。

〔七四〕曹侍郎秋岳　施集作『曹秋岳侍郎』。

〔七五〕聞　施集作『問』。

〔七六〕家峴山　施集作『聞家研山』。

〔七七〕學使　施集無。

〔七八〕施集題下注：『王阮亭集名。』

〔七九〕蛺　施集作『蝴』。

〔八〇〕海　施集作『陽』。

〔八一〕并序　施集無。

宛雅三編卷八

國朝

蔡蓁春

字大美，一字象山，别號芹溪。文學。

施閏章來諗居詩序略　大美平生快直，與人交，不庇其過。又詄蕩文酒，目眇眎，猝相遇閭里間，非即而諦觀之，嘗不揖徑去，由是得簡亢聲，時被口語，然故非亢也。性好客喜遊，嘉客至，必質衣具酒。伯仲三人相友善。少弟季薦溺江死，大美徒跣江滸，日夜哭拜，嚙血呼籲江神，明日乃得屍歸葬。人有急，不能周，必告所親有力者共拯之。聞人詩有警句，手録口吟若己有。邑令余公相暱就，亟舉其所知，而無所干請。其爲人如此，而卒以無嗣。妾吴氏最少，用治命不嫁，余見其窮餓零丁，未嘗不心惻也，卒年六十五。

余颺序略　大美以詩書爲糧脯，友朋爲性命，人有小善，稱揚不置，故予得以盡知江左諸名士，皆大美導之。大美晚與施愚山獨善，詩與愚山唱和甚多，其交愚山也，文酒之外，不及他語。大美生平志行不苟，惟予與愚山知之。大美殁今三年，愚山謂予曰：『寒食之後，夢大美握手談詩文如平日。臨别，獨悵然無酒。』愚山覺而篝燈哭以詩。次日，緘金遣蒼頭焚詩墓側，買斗酒遍漬宿草之上。嗚呼，誰謂酒不到劉伶墳上土哉！

陳子龍序略 余友蔡大美，投余古詩一卷，余受而讀之，知非今人之所謂詩也。再讀其近體，深而不蕪，和而能壯，遒聲鍊色，觸手呈露，若惻隱微慕，比物連類，斐然有小雅、楚騷之志焉。嘗謂今之論詩者，先辨其形體之雅俗，然後考其性情之貞邪。大美能不惑于流俗，而以體格矜重，可以規矣。矧其志芳而情沉，寄托思怨，引緒深遥，風雅不熄，能無于大美是望乎！

梅朗中序略 大美情深而才敏，流連興矚，賞不周翫，有感必窮，遇事輒吐，纏緜淪至，其于朋好深相合者以此。至其貧而連不得志，悱激憤怨，頗有負俗之嘆，孰謂詩不能窮人哉！

萬時華序略 蔡大美負才尚，困諸生，意鬱鬱與虞卿同，且其爲人口絶雌黄而志廓然不可一世，于步兵將毋同乎？讀詠懷之詩，天何令大美尚以詩見？夫大美非徒以詩見者也。即其詩，淵然冲遠，不在黄初之後矣。

錢謙益序略 今世以詞賦爭工，妖紅豔紫，移心奪目，如大美之撰述，沿流討源，銜華佩實，所謂詩杜陵而文遷史者，良不與今之君子同鵠而射侯也。自古在昔，先民有作，以辭賦家推之，大美亦今時之魯靈光矣。

〔增〕

梅庚跋略 憶壬寅春，予攜書赴湖西。有句云：『一編傳世日，漬酒報君知。』今當具斗酒，詣雙羊山下，陳書墓門。嗚呼！逝者有知，應鑑予兩人去取，非敢逞意，務求其可傳者以報地下，先生或不督過耶？

孫宏喆潛水雜著敘略 大美出客懵所著授予，再四周玩，賦則沈顔爍謝，張、王之亞也；文則范經冶史，遷、固之遺也；雜吟妙達真機，該具衆體。

施偉長序略 大美素心鮮澄，風槩散朗。其爲詩、古文辭，爾雅沖融。他不具論，論此先後八哀十六章，人異其辭，辭各其藴，敘生平則謦咳如昨，悼末路則悲愴欲泣。官氏爵里，聲音笑貌，周旋動容，呼之拂拂。從十指尖出，豈非中情内激，符采外朗，不知其然而適所以然？作者固不知，而讀者不可不知也。

知我録 先生予執友，性不諧俗，人多訕笑之。顧視予猶子，臨訣，手遺稿見授，曰：

『子不負人。』先生無子，其來諗堂集刻成，而家不能守，傷哉！

顧夢游序略 大美故不待詩傳，其慨忼伊鬱，徑情篤至，卓然流俗之外，是可懷也。

短歌行

生貴適意，富貴何爲？彼苕之華，其葉猗猗。一解

朱實離離，傾筐將畢。既取我子，無毀我室。二解

展如之人，實勞我心。雨絶于天，馬角奚生？三解

烈士暮年，老驥千里。陽文陰縵，寧終匣裏？四解

歡夕燭短，愁人帶長。瞻彼晨月，照我幽房。五解

前有一樽酒

憂難忘，挹酒漿，濁醪妙理不可量。俟河之清杳難期，與君爲歡當及時，嘉肴滿案酒滿巵。巵中照，鬢如絲。

詠懷

西方有美人，束素衣薄縞。揚眉發皓齒，令辭頓噓槁。要予以白首，恩愛亦何有？朝榷夕忽替，棄予同腐草。愧予黃金薄，寧嗟彼懷抱？

昨日魏其客，今日武安賓。交情頃刻易，寧俟白頭新？苛矣絶交論，繩人死後情。覿面生荆棘，况乃泉下人？

泗濱古意

臨邛不好賦，相如黯無輝。亦有徽絃調，無奈知音稀。垂老獨爲客，霜露沾裳衣。古人不我見，空嗟生事微。

白日忽已匿，凜凜朔風狂。酌酒酒無力，負暄暄不長。夜闌不成寐，啓户步中堂。丈夫當亂世，形影徒自傷。

五日得施尚白都門書枉詩見懷又序拙草

冉冉又仲夏，陽烏何飄忽。池高珠正圓，園榴火初艷。隔歲偕所懽，酒淹宛水月。迢迢隔京國，中懷曷由竭？書來河漢遠，惆悵不能發。發書展中愫，貽我以錦綺。五言鄴下遺，鴻篇盧陵擬。省覽三復餘，相望三千里。古人慹調饑，療之憑片紙。別離僅半載，遠郵勤雙鯉。故爲中勞結，耿耿勿能已。

書響山臥隱圖贈杓司

響山倚南郭，于焉隔塵俗。中有幽人廬，窅冥等空谷。餘靄滌滌青，夕照落山綠。瑶琴横席静，時揮弄我曲。泉通足勤溉，園寛娱高矚。春醪盞不孤，秋桐蔭茆屋。獨寐愜中心，休道以屏欲。

季冬同曾弗人李元仲顔庭生梅朗三麻孟璇魏起虞集徐及申水亭

蹀皷浮雲碧，曲檻俯沉漭。芳樹下光風，坐客盡蕭爽。入簾花氣深，空翠撲衣上。浴鳧接藻萍，羃歷閒來往。雖不遠人境，古巷息紛攘。北樓起木末，欲作驚人想。吟罷趣狂嘯，嘹厲疑山響。所以昔青蓮，臨風動懷賞。

送友人之黄嶽

濃緑接煙水，花事漸稀微。游子之遠道，湯池藥草肥。丹竈療饑渴，蓮花上客衣。世亂懷山澤，君行何日歸？

初夏偕梅似之過徐善生東田

亂後嗟寡儔，好友半九原。嘯歌獨尠懽，含情向誰言？賴有素心交，相攜郭外園。林禽怪我至，流泉訴煩冤。澤蘭緣長陂，環席各聲吞。竄暌幾隔歲，今得款寒温。雖有日月在，厭此衰顏存。酒引修篁緑，麥炊魚子飧。甫酣狂歌發，痛此乾坤翻。請君啓户望，白骨滿邱樊。世事已如此，人生何足論？

尚白約余同往山陰不果詩以送之

四月驪歌唱宛城，榴花繞座酒頻傾。送君一棹雙溪發，去向山陰道上行。山水此中甲寰宇，況復人文多奇古。此日人文非昔時，此去西湖正端午。荷花菱葉繞蘇堤，畫舫清歌出水湄。放鶴亭邊懷處士，浣紗石畔尋西施。迢遞千巖與萬壑，能令遊子忘寂寞。使君才思能掞天，銜杯處處新詩作。我别東陽十七年，故交舊路總茫然。杖履難尋神禹穴，神魂時往臥龍巔。同遊久訂山陰棹，臨行人事違同調。行止乃知不自由，題詩聊當孫登嘯。君行爲向山靈道，昔日遊人今日老。

魚膾歌示梅杓司高阮懷

梅郎邀我食魚膾，聞之倒屐已門外。卻憶當年杜少陵，鮮鯽銀絲獨稱最。衰年脾病仇市沽，手提家釀赴嘉會。折簡比鄰招高子，吾徒二三那能汰。到門梅郎大笑迎，詭言粗糲藨供給。巨盌擎來氣色新，白如冰雪鸞刀急。既非元則緇魚供，疑是士雲五色龍。入饌轉厭食單侈，下箸已覺金盤空。我聞南孝廉，魚羹常化蝶。又聞越王殘膾復爲魚，刀俎餘膏忽鱗鬣。老夫從此戒饕餮，今朝快意嗟何及。嗚呼！人生快意亦何極，忍使枯魚過河泣。

烏　江

日之夕，渡烏江。垓下恨，與天長。荒邱滿地美人草，春到年年花自好。

繭婦吟

雙腕凝脂露冰雪，盤旋釜上無時歇。纏緜上下轉繅車，萬繭一絲抽不絶。抽不絶，似妾心，當窗憶遠淚沾襟。記得遵行採桑日，繭老絲成又到今。

吳次尾有敬亭之約作此招之

延陵季子不復見，亮節高名今古羨。君懷可不愧古人，契闊經年淚如霰。敬亭雲鳥久悠悠，青楓白露空山秋。徵歌載酒久相待，莫負思君謝脁樓。

仲春集次仲愚山待歸閣看梅分得七言古

今夕二月十三日，春光忽逾三之一。蚤梅已是丈人行，新植之枝獨殿出。新枝殿出有深思，少年桃杏難爲匹。高閣憑虚不礙牆，遠揚横入窺書帙。主人好客兼好吟，呼朋登閣與花暱。古瓚黄流厭厭歸，刻燭分題不停筆。昨者天逸閣盛開，盲風疾雨何來嫉。人生行樂須及時，高會良辰勿輕失。顧我茆齋有一株，阿嬌無屋貯陋室。年來無力具盤餐，蹲樹仰瞻苦蕭瑟。請君滿飲案頭巵，明朝晴雨今難必。

向黄俞邰借藏書

君不見，周家柱史盛牙籤，石渠天禄相鉤連。左史倚相通墳典，汗牛充棟璧奎纏〔一〕。又不見，石鼓禹碑天所妬，文昌借力來呵護。張車鄴架古希傳，六丁秦焰非無故。乃知至寶莫如書，寶非其人難久儲。劉歆七略太常列，奇字玄亭楊子居。一自長鯨傾社稷，負海横山紛劍戟。可憐竹簡與龍文，道旁委棄無人惜。舊京國子黄先生，汪洋千頃迴人倫。年登大耋擁書讀，手自丹鉛夜達晨。峨峨弘正樓，便便孝先腹。有子克紹茂前修，切今爍古羣推轂。笑我來窺二酉藏，慙非强記中郎目。黄熊鼢鼠向君詢，莫厭老夫再三瀆。

春仲送弟玉立同徐鼎九北上

離别古人念，況當遲暮年。同枝惟我爾，異地隔吴燕。桃浪旋生雨，鯉風初放船。漢廷經術重，張董最爲先。

喜爾偕行者，人皆瓊樹枝。黄金臺上價，白雪郢中辭。江路花初發，郵亭柳正垂。臨岐百感集，不獨爲離思。

丁卯喜晤李叔則長干寺即日酒樓言别各賦

甫聚旋分手，重來未有期。勞勞無限思，只是讀君詩。衰柳難爲折，秋雲不可持。芙容江上滿，又記别離時。

杓司汎舟秦淮

不共秦淮泛，驚心已十年。可憐漢時月，依舊此宵圓。笛步希簫管，朱闌繫釣船。酒闌須更酌，白露滿江天。

入山採茶宿施子應先草堂喜雨後見過

山居無雜屐，列岫到門前。澗石奔流急，谿鱗上釣鮮。焙茶乘月夜，刈麥趁晴天。君是柴桑侶，相期共聽泉。

九日陳翼仲招集鳳凰臺

兹臺一撮土，白也傳其名。秋暝鳳無迹，天高雁有聲。渚明孤月上，木落遠潭清。好客陳鷺座，萸觴盡夜傾。

同季升之于湖

輕舠乘夜放，一棹向晴空。風月兼秋美，樽罍得子同。砧聲催露白，楓葉受霜紅。下瀨猶停潦，腰鐮急老翁。

歲暮次江口

殘冬鄉夢劇，耑發戒初昏。潮長沙邊月，鷄鳴江上村。風塵銷歲序，貧賤恥家園。賴得長淮酒，能除客思繁。

江陰道中

江潮新漲忽飛湍，畫閣臨流水氣寒。白石溪邊榆萬樹，朱欄影裏竹千竿。沙頭宿鷺爭萍唼，船尾鮮鱸佐酒餐。渺渺遠山何處碧，層臺高挂夕陽殘。

同徐乾若陳章侯尹其涵董天鑑集商序思西子山房坐有歌姬

曲曲蘭房一水通，東南羣彦會芳叢。緣階疏檻先邀月，倚岫高臺細引風。楊柳低摇歌扇緑，荷花深照酒杯紅。未知今夕成何夕，河漢星稀曲未終。

喜談長益方爾止枉集草堂

輕舠先後自蕪江，謝李如招客到雙。顧我草堂花滿徑，留君春酒月移窗。舊交墓木俱成拱，新接鬚眉各已龐。只恐相逢還易別，更闌小坐對銀缸。

崑銅席上送蕭尺木遊越兼訂來宛

兩載相思一水涯，相逢共醉隱侯家。饑驅道路廬舒小，遊遍山川吴越嘉。西子湖平花正好，禹陵碑斷草全遮。三秋莫爽昭亭約，已覺歡娱暮景斜。

敬亭社集次偉長

溉園遺詠許知音，三十年來何處尋？予夢常迷南浦月，君來重唱敬亭吟。雁飛還洒河山淚，霜落猶存松柏心。正是碧天木脱候，與君直陟最高岑。

贈別房古青兼訊宋荔裳

輕帆遥挂暮煙殘，迢遞東行海色寬。青鬢易從爲客老，匣琴何事向人彈？雲横極浦蘆花白，霜落寒江楓葉丹。只恐深秋悲宋玉，憑君傳語勸加餐。

梅　清

國朝詩品　字淵公，號瞿山，宣城人。有稼園草、天延閣集行世。

邑志文苑傳　瞿山英偉豁達，讀書竟夜不寐，既長，以博雅負盛名。順治甲午舉于鄉，稿出紙貴，詩詞雄邁雋逸。遨游燕、齊、吴、楚間，名公巨卿無不推轂，崐山徐元文、新城王士正尤傾服焉。遠近名流倒屣相迎，銜杯拈韻，興會淋漓，主盟騷壇，後學藉以振起。善畫理，墨松尤輪囷離奇，蒼雄秀拔，爲近來未有，海内賞鑑家無不寶貴。有瞿山詩略、天延閣前後集行世。鄧漢儀有宛陵三家詩選，施愚山、梅東渚及清也。

居易録　宣城梅孝廉淵公以詩名江左，畫山水入妙品、松入神品。數年來罷公車，輯梅氏詩略十二卷，凡百八人，寄予請序。又寫黄山天都、蓮花、雲門諸峯，光明頂、文殊臺、師子林、煉丹臺、蒲團松、西海門、後海、始信峯、百丈雲梯、湯池、桃花源、白龍潭、松谷凡十二幅，備極煙雲變幻之妙，自題其首。又寄畫梅一卷，煙雪歷落，枝幹奇古，似過王孟端。海内文章之交大半凋謝，惟瞿山巋然尚存，其畫已貴重于世，更數十年，斷紈零素，當不減蘇、黄也。

蠶尾續集跋 宛陵梅淵公畫松爲天下第一，數寄予索賦詩，予爲作七言長句，又題絶句寄之，忽忽已二十年矣。康熙丁丑，在京師聞淵公化去，妙畫通靈，從此永絶。戊寅初度，友人或以此册見壽，披對之下，如與故人捉松枝麈尾坐談于磊砢千尺之間，不勝感歎，題寄兒子涑，令珍藏之。

施閏章瞿山詩序略 淵公名家子，生長閥閲，姿儀朗秀，有叔寶當年之目。其時插架萬卷，歌呼自適，酒徒詞客常滿座。已而遭亂家落，棄舉子業，屏迹稼園，竄身巖谷，鬱鬱無所處，始出應鄉舉，用是知名。驅車而北，再上春官不得志，往還周覽燕、齊、梁、宋之間，遊接日繁。而其詩凡數變。其始，年壯氣盛，叱咤成篇。久之，日見不足，杯罷夜闌，輒取舊所爲，校删過半。其沉至纏緜之意，則見之崎嶇喪亂、巖棲旅食者爲多。讀其詩，可以考其時、徵其地焉。詠歌之餘，間作墨畫，下筆槃礴多奇氣。

吴肅公天延閣集序略 瞿山先生以詩畫掉鞅于詞場者四十年，游覽題詠，仗境緣情，僨僨然一如其解衣槃礴，其于詩道深矣。

〔增〕

姜本俊傳略 梅公諱清，原名士羲，初赴試以夢改。行四，字淵公，瞿山其別號。始居小東鄉新田山，距城六十里。還城内，築茶峽草堂，老焉。少穎慧，善屬文，補邑諸生，試輒旂耦。中本朝順治甲午科舉人，屢上公車不第，循例考授内閣中書。雅慕名山水，雖千里必命駕往；若近地諸名勝，遊覽殆徧。到輒題詠紀之。所撰詩歌雜作，汪洋排奡，在李、杜之間。自梓天延閣詩集，高尺許，其版燬于火。今所行世之瞿山詩略，則公删定而復刊者云。彙本宗自始祖遠公以下數十世詩録之。好畫長松，騰攫如虬龍作勢，不可搏捖，購者珍若唐、宋寶物。尋傳入内廷，其從孫總憲公諱銆者奉命撫閩，陛辭日，仁皇帝問曰：『善畫長松之梅清屬卿何人？』銆以堂叔祖對，并陳生平文行，上嗟賞久之。生平尚氣節，重交遊，與先大父給諫貞毅先生、先君孝介先生與施愚山諸先生講孔、孟學，舉花果會，耋孺羣集，凡四方名宿、里中碩彦，悉招致之，留連竟日。

王露休夏詩序略 今瞿山以家世之望，兼風雅之宗。其所居者，皆人之所共欣負也。乃瞿山意殊不自負，而力爲學問，敦古誼，勤勤款款，以先後於諸君子。諸君子者，雍雍而進，肅肅而退，既不以其有所持而交爲亢，亦不因有其所委而交爲暱。夫暱與亢偕泯，而倡與和不違，此其交則何交？而詩則何詩歟？

顧景星驅塵詩序略　先生之於詩，自漢、魏以還，至開元、大歷諸名家，無不探討，而其持論也則一。以少陵爲之宗，故其雄深雅則，諸體悉兼，而變化一歸於自然。投之所向，無不如意。

鄒祗謨歸舟詩序略　嘻，異矣！此非敬亭之遺音歟？抑何其氣之和以平，而思之婉以秀也！又何其煙水之多懷，而泳陶不倦也！雖其間三嘆沈吟之致亦或有焉，要不過於望遠、念歸、弔古、懷人之餘，一寄其悱惻，導其纏緜已耳。

梅鋗嶽雲詩序略　先生之於泰岱，抑何其屬懷獨至，勤勤無已，而必一得當而始稱慰如此歟？蓋非泰岱不足以發先生之奇，非負奇如先生，亦無以當泰岱而與之爲敵也。

汪琬序略　淵公先生與余同籍逾二十年，出處相左，及今始得把手。且得見其詩若畫，其雄邁之才，雋逸之氣，沈深之思，風流跌宕之姿，驛絡奔赴於杯酒談笑筆墨文采之間游吳諸吟，尤爲絕構，名章傑句一惟唐人之歸。

鄧漢儀筆記　淵公先生體氣清華，姿制茂異，當山水秀邈之地，騁朝夕晤對之娱，發爲詩歌。既沖遠而雅静，復高健而英奇，當代詩流，未有能過之者。僕於是竊羡淵公際會之美爲足助發其才思也。

梅庚匣琴詩序略 先生雖未爲不遇，然身操文譽者垂二十年。後進之士，獵其殘膏，動致通顯；而先生猶困公車間，其抑塞磊落之氣，宜若與子昂同。而先生之言不然：『子不見夫市玉者乎？家有千金之璧，而願觀者塞其門。觀者摩挲歎息，而玉無言焉。非不言也，知言之無加也。若致人而示之，盡人而衒之，鮮不疑其贋也。且自喪其寶，而世莫之顧，碎之不如其匣之也。亦若是焉已矣。』庚聞而喟然曰：『有是哉！庚之未聞道也。』因識其言於簡端，以釋命名之意，若其詩，則賞音者衆矣，又何言？

圖繪寶鑑 字遠公，鋗之兄也。畫山水有別趣。

國朝畫徵録 遠公亦善山水，名亞於庚。

柳下舊聞 淵公，予族曾祖。孚吉，姓陳氏，先大夫内兄也。二公與僧半山皆以畫擅名一時，而孚吉早逝，故知之者少。

上陵

上陵何鬱鬱，嘉樹空中盤。問客從何來？言自三神山。山中亦何有？島嶼羅羣仙。南斗工笙，北斗工瑟。瑶臺華館，曾不頃刻。參駕白鹿，其樂盤桓。黄鵠從南來，肅肅將其翰。

寄言與鵜鴣，嗟爾終泥蟠。

箜篌引

高堂耀華燭，賓客爭雲期。珍錯厭山海，聞見皆匪夷。徵歌非一聲，妙舞非一儀。嘈嘈忽然歇，不知亦何爲。美人號傾國，蓮步珊珊移。雙袖抱箜篌，對客難爲辭。半響發朱唇，終時斂翠眉。躊躇撥玉指，宛轉傍紘飛。紘是愁所結，一愁繫一絲。指是心所使，一聲咽一思。有聲漸激促，無聲意徘徊。衆耳之所接，半在無聲時。不願聽者賞，但惜解者稀。可憐腸欲斷，終曲無人知。滿堂皆極樂，惟有一人悲。

城南行

步出城南門，遥望南山陲。舊冢何纍纍，新冢何纍纍。新冢間舊冢，纍纍不相夷。舊冢會生楊，新冢會生蘖。舊冢野狐眠，新冢哀猿歇。不見猿躑躅，但聞聲斷絶。春秋視舊冢，拜埽尚相依。新墓纔一年，妻兒何處啼？借問新冢誰？四顧悲風咽。惻惻勞我心，毋乃義士骨？

感懷

誰謂我無憂?我心誰得知?誰謂我無憂?我心曾告誰?朝臥東山坡,暮臥東山陂。少壯不相待,日月雙西馳。呼我一斗酒,獨勸君莫辭。君但努力醉,勿復努力悲。壯年不慕道,垂老亦何托。怖死而求生,不知已非昨。仙人王子喬,吹簫跨白鶴。招我雲中遊,逍遥偏五嶽。摇手謝王喬,緱山已寂寞。明年學長生,今年且爲樂。浮雲不盈把,能翳白日光。大風不爲驅,奄忽彌穹蒼。賤士守巖壑,抱志徒摧傷。歲暮而離居,相思千里長。鬱鬱處牖下,安能麗太陽?長安萬里道,千古同一趨。豈爲貴與賤?生死皆其餘。前車既已覆,後者乃馳驅。世人畏刀鋸,防患何其疏。大儒亦用世,勇退斯吾徒。青門一席地,努力誰能鋤?

稼園

春園灌藥苗,雨露苦不足。藥苗枯莫憂,所憂在百穀。屋角羣鳩鳴,老農喜相祝。夜雨聲微微,響我窗外竹。幽夢亦霑灑,阡陌牀前緑。

中園嘉樹荒，曉起把我鋤。伐棘棘傷手，努力興有餘。鄰翁贈酒榼，掃蕩坐前除。顧我手痕血，樂此將焉居？我樂爾不知，且復傾此壺。

山門

獨行知路遥，獨棲知夜寒。濁醪忽以醒，旅思生波瀾。不惜客夢短，但愁歸路長。如何未百里，夢中皆異鄉？攬衣起長坐，四壁聞寒螿。耿耿宵分月，西流澹晨光。

題半山公廬山瀑布圖

半公曾到廬山頂，萬丈飛泉眼中冷。我愛兹山遊未能，意中常見飛泉影。巨然盤礴霜毫怪，亂捲珠簾挂天外。老瞿拂幛再三看，眼中意中卻相會。青山何處不紅塵，面目匡廬眞不眞？他年黄海峯頭望，此障原來是故人。

河西務渡河歌

河西渡頭行人多，河西渡頭愁風波。河西渡船不盈掌，渡河行人多奈何。

石公從黃山來宛見貽佳畫荅以長歌

我陟岱宗三萬丈，倒矚扶桑起泱漭〔一〕。手摘片雲歸江東，夢中縹渺碧霞上。碧霞峯正青，忽然接黃海。石公貽我圖，恍惚不可解。絕巘陰森四壁寒，雲巒杳冥驚漫漫。玉屏五老爭拱立，海門九龍紛乘驂。驟疑仙嶠合，轉訝眞宰通。臥遊當嶽表，乃在天都峯。天都之奇奇莫紀，我公收拾奚囊裏。擲將幻筆落人間，遂使軒轅曾不死。我寫泰山雲，雲向石濤飛。公寫黃山雲，雲染瞿硎衣。白雲滿眼無時盡，雲根冉冉歸靈境。何時公向岱顛遊，看余已發黃山興。

敬亭山送春歌

年年春送人，何曾人送春？送人人盡老，送春春復新。昨日花飛散紅雨，今日成蹊變泥土。可奈流鶯囀囀啼，誰禁乳燕棲棲語？敬亭山下日將晡，喚起黃公舊酒罏。滿斟鬰落强相問，春風肯待片時無？春欲去，當奈何，風前洒淚還高歌。行人路黑各歸去，夜闌風雨愁應多。君子不聞，杜鵑一聲一聲聲最切，別後啼殘口中血。

柏梘山口行 同無黨、履賢、澹如、夢徵、不次、葉千、定九、存誠、仲宣、子彦桐崖埽墓賦。

柏梘之峯何崔嵬，十折九折雲嵐開。白虬奔瀑聲如雷，同遊屐齒驚徘徊。飛梁天半胡來哉？澗道交關九十九。蟠龍踞虎爲樞紐，中峯文脊通南斗。纏奎絡璧羣巒守〔三〕，俯凌四壘如蒼狗。先人卜築山之陽，窮巖空谷爲生光。年餘五百方未央，松楸邱壟同青蒼，祇今瞻拜神飛揚。遠公昔自吴興至，歷歷四朝等百世。移來村落無遷次，宋代衣冠猶未墜。當年屈指尚書詢，都官一出稱宛陵。中間名世兼名臣，才子風流代主盟。明初首唱塤篪集，謂陵峯、吉山、嶧陽三公。宛溪振武龍泉及。我祖伯仲各鼎立，謂春寰、斗樞、大庾、鏡水四公。季豹禹金雙樹幟。狂稱子馬奇泰符，松湖龍里一時俱。九子蹁躚興不孤，論詩作賦林中呼。九子謂子馬、泰符、元振、景靈、以虛、錫余、孺子、勉叔、子蓁，諸公曾著有林中集。誕生諸季羣著書，講學伯典兼太初。紫省蘭臺前後趨，寰中物望雄京都。謂宛溪、春寰、大庾、曙海諸公，奏事抗章，辟易一時。勳華文藻斯吾徒，科名百輩皆其餘。清也童時苦潦倒，傷心荆樹半枯槁。謂伯兄之彦、仲兄無歆。及見孤山霜鬢老，響山浪子髩年好。朗三不作風人少，況復野鹿隨秋草？標十別號曰野鹿。而今落落數晨星，高呼强半愁飄零。坐吉東西雁幾羣，山嘴名坐吉山。伯子多才美絶倫。何年叔季偕飛鳴，伯子謂定九，叔季謂東西羣從也。桐崖蚤歲致青雲。讀書裹藥如休文，連牀呼我呼瞿硎，眼光將爲蒼生青。不次攜家客淝水，大江南北聲名起。原鴒急難去桑梓，欲歸猶未懷千里。滿溪雙澗碧雲隈，大阮小阮兼長才。小孤山人遊未回，子彦渥水悲龍媒。城中咫尺雪坪子，千里之駒此其是。蔣山林下歌聲美，謂幼龍羣從。把酒披襟樂閒晷。嗚呼！噫嘻！眼前寥寂漫須嗟，何盡巖端曲水涯，處處幽香吐異葩。他家桃李一枝誇，翻怪梅家樹樹花。君不見，谷口崖邊湫百尺，盤渦舊是蛟龍窟。時時奮起爲霖澤，九子叮嚀各努力。

懷履賢三兄暨諸伯仲

山居無不樂，豈獨在登臨？古好存門内，風期自竹林。雪消春躍馬，花放夜鳴琴。老去眞相憶，愁予何日尋？

寄施大參愚山湖西二首

不盡别時緒，翻從别後生。三江楓樹影，八月海潮聲。節駐匡廬迴，帆收彭蠡清。湖西風味好，鄉國定關情。

可記稼園日，論心盡古歡？我窮甘獨適，君遠更誰看？雁渡滄江闊，秋歸白屋寒。莫須分出處，珍重報平安。

除夕前三日送子彦歸蒲溪

春近雪如煙，人歸興獨偏。千山迷杖底，孤雁過吟邊。悵別無多日，牽愁是兩年。稱觴雙白髮，憶爾畫堂前。

既歸山中復寄維周子傳雲間蕚公諸子

天涯同一竄，旅魄各何存？窮路無人迹，新詩有淚痕。生歸猶自怪，遠別與誰論？莫聽秋猿泣，空山共閉門。

宿遷道上

荒草眞無盡，寒雲竟不流。平原千里暮，斷雁一聲秋。漸覺鄉思亂，難將旅夢酬。年年賦行役，辜負五陵游。

盤陀道上

雪阻盤陀路，驅車獨遠尋。嶺圍營寨古，石鑿洞門深。峻坂留狼迹，寒巖絶鳥音。旅魂猶未定，長望自森森。

石馬村

石馬斜陽外，秋山杳靄中。樹深村更遠，水曲徑難通。迸土薑芽白，經霜柿子紅。誅茆容半畝，吾欲傲王公。

送邢孟貞還淳陰

敬亭城下路，作客意成愁。登眺憐新句，山川非舊遊。秋飈欺海燕，湖水任沙鷗。白日幽居好，他鄉不可留。

潤州城樓看雨

風雨大江催，樓觀亦壯哉。鯨鯢鬭不息，天地迥難開。逆颶經秋迅，狂瀾到海迴。孤蓬又淹泊，鷗侶莫相猜。

呰石汀故居

野風吹古道，衰草閉重關。淚迸十年在，吟成何處删？空餘青嶂冷，不散白鷗閑。遠愧孤雲意，深秋尚往還。

荒　山

辟迹荒山住幾回，茆堂直倚白雲隈。滿空風急鴻初斷，尺地霜嚴桂不開。日落深溪羣虎嘯，秋歸絶壑一猿哀。生涯信欲抛書卷，何計眞能問釣臺？

紫沙洲舟中王總戎招同湛斯夜話

水宿經三百，扁舟泊一雙。汛兵收夜警，估客集聲嚨。野闊天無定，秋深瀨尚淙。醉思呼竹葉，招即過篷窗。坐久忘金漏，譚雄倒玉缸。故人才莫適，老將氣難降。望斗看龍劍，占風繫羽幢。旅懷誰不寐，孤雁響空江。

絶句和曉原

越溪不斷接吳潮，繫纜東阡辨市囂。起問酒家纔百步，縱横行過五重橋。

楊柳枝

東風吹轉楊柳枝，千枝萬枝青絲絲。昨朝顔色今朝换，惟有高樓少婦知。
去年柳枝三尺長，今年柳枝高過牆。不是東風故飄蕩，要人攀折斷人腸。

劉芳蘅

邑志選舉表 字理辛。順治戊子舉人，仕江陰學教諭。陞揚州府學教授，請致歸。

鰲峯

秀色憑虚望，居然海上山。小橋通曲徑，古木透玄關。夜静雙龍躍，晴空獨鳥還。引人頻入勝，自喜杖藜閒。

施澍

字雨侯，號約山。湯村人。績學工詩。孫雲翔，康熙丁丑進士，歷任山東道御史。

陌上桑 并序

古相和曲有羅敷行曰陌上桑，秋胡行亦曰陌上桑。予感二婦節不同，而邵死較烈，然不負其夫一也，合爲一曲歌之。

陌上桑，奈何許？秦家姑，邵家女。黄金買顔色，丹青徒益苦。皎皎秋月照儂心，儂不負，桑下土。

八月七日送尚白弟赴湖西兵憲

吾家才子白雲曹，巨筆如椽散彩毫。東海衡文屡市湧，西江持節使星高。章門色動雙龍劍，畫舸風生八月濤。揮手新林聊極目，懷人秋鬢自蕭騷。

唐允篪

字怡仲。著有搔悶集。

王葱樓晤彥升姪劇談

閒來澗道訪幽蹤，青壁丹崖路幾重。野鹿侵階苔砌滑，寒鴉集樹暮雲封。孤吟樓上無王粲，長嘯林間有仲容。最喜登高堪極目，蒼蒼不改在南峯。

校記

〔一〕璧　當作「壁」。

〔二〕䦨　當作「澗」。

〔三〕璧　當作「壁」。

宛雅三編卷九

國朝

姜安節

邑志孝友傳　安節，字勉中。本萊陽人。父埰，崇禎朝官禮科給事，抗疏劾首輔，廷杖謫戍宣州，未及赴而國變，卒于吳門。遺命歸骨戍所，以無忘故君之命。安節哀毀骨立，扶柩葬敬亭，移家廬墓，遂爲宣城人。又函父生前遺齒，歸瘞萊陽先隴。復從萊陽移母櫬來敬亭，與父同邱別兆葬焉。暮年多病，猶歲時依墓側，風雨不暫離。常囑其子曰：『死必埋我于二親之傍。』卒，同人私諡曰『孝明』。有永思堂詩鈔。

三天洞和韻

靈窟何年現？神工澗户開。巖空斜溜雨，泉漲怒鳴雷。石乳垂天下，雲旗捲地來。昨宵龍洗洞，擢損舊經臺。

河伯由來悍，秋霖勢更張。屋沉餘井竈，樹滅辨微茫。萬里湖天闊，千村稼穡荒。農家無住處，草舍架官塘。

泊寶應

余慕東渚先生近二十年不獲一晤甲子夏閲吴晴巖滿聽樓詩八首依韻奉贈復無因寄覽兹於戊辰五月命兒子書之便面以當握手云

笙竽喧北里，松菊繞東籬。避地滄洲遠，窮經白髮垂。文章巖穴重，姓字市朝知。何處停鸞鷟，梧桐寄一枝。

樓居慕仙侣，欄楯餘山隈。榻近松風設，窗乘竹月開。新鶯巢畫棟，古甃繡寒苔。三逕蕭蕭處，羊求日往回。

東渚精廬就，題詩一寄君。蒹葭懷十載，風雨悵離羣。贈客多紅豆，怡人有白雲。何時蠟雙屐，把酒挹清芬。

峯逼雲連屋，沙虚雨漲溪。村邊黄犢臥，樹裏白鳩啼。好友時傾倒，名山遍品題。紫門多樂事，花下杖藜攜。

空山多草木，夏日鬱森森。燕語花飛幔，鴉啼月繞林。閒階觀鬬蟻，佳果摘來禽。柔翰移情遠，都忘世陸沉。

町疃清幽裏，河山戰伐餘。荷鋤從野鹿，舉網上溪魚。樹色千峯秀，蟲聲四壁虚。悠然遡無始，天地一蘧廬。

逃名同谷口，抱膝似隆中。田父尊常設，漁人路乍通。野花叢露草，山果落霜楓。萬壑千巖裏，偏宜着此翁。

王霸躬耕去，劉晨採藥還。桃花迷漢臘，芝草秀商顔。有句吟東閣，無文誚北山。祇愁徵聘起，不放隱君閑。

玉山寺和施愚山太史

山川我愛宣州好，處處雲泉不厭遊。步到上方纔覺勝，坐來長日欲銷愁。橋邊把酒追三笑，天畔飛花散一樓。極目煙波杳無際，悄然身世寄滄洲。

孫于王

邑志文苑傳 字羽辰，號萍菴，前明邑庠生。能文，善詩歌，書法出入鍾、王，遠邇重之。絶意進取，襟期空曠，酷嗜奇山水，留連時事，托詩見志，其風號雨溢、海嘯山崩之致，磊落動人，吳肅公嘗推服焉。著萍菴集。

夜過固城湖

淼淼竟何際，水面生涼風。亂葦没川路，月來雲之東。波紋細如髮，菱花香欲濃。遐矚微煙起，鬱然餘深紅。此中漸肅肅，隻櫓摇寒空。

秋晚

秋氣清如洗，涼雲薄欲垂。美人遲暮感，渺渺故園思。萬里無芳草，孤岑老桂枝。長淮留落日，南去照江湄。

清明

岑螺幾點浄朝暾，雨後林煙碧一痕。村有冷淘香未散，人傳新火食初温。殘花欲雪鵑啼路，芳草空春蝶夢魂。嫩緑作陰堪假息，不須秦漢别乾坤。

送施尚白北上

酒榨椒花香滿蹊，行裝此去未應悽。晴飛白雪衝貂影，冰上黄河送馬蹄。草閣有聞容病懶，金臺無恙合攀躋。漫言北路梅開少，折得還須到水西。

題渚廬

小園亭榭咽潺潺，煙雨空濛几舄間。偶爾無山將石補，此中有客似鷗閒。漁榔梵磬縈孤堞，藕葉菱花聚幾灣。白石掩幃堪蝶栩，畫船時復送歌鬟。

劉弘基

邑志選舉表 字潤伯，號啓田。順治辛卯武舉，由安慶衛守備以保疆備寇功陞福建都司。爲人愷樂和厚，尤敦友誼。

出西關至半澗橋山行作

出郭方逾午，西風冷較尖。林陰行杳靄，峯影瘦廉纖。古木寒鴉噪，沉潭蟄鯉潛。須臾夕鐘動，暝色上車幨。

登天柱閣

與客上江樓，横江山欲浮。雲當天柱出，月傍小姑流。帆外收吴楚，尊前落斗牛。瀰漫忽千里，倚檻思悠悠。

孫竹

邑志文苑傳 字穉君。制義瑰奇，尤長于詩，雕刻奇創類李長吉〔一〕。出遊公卿間，爭爲延譽。從弟給諫襄，每稱其内行完備。惜無後。有西湖蘧嘯集行世。

仿古

黄金不可友，蟻粒傾國走。白玉不可容，蠅朋攬其醜。所貴申屠蟠，超然炎餘口。子以堅白鳴，余亦枯槁守。嵇阮達生者，千秋一滴酒。況免塵攖人，韓孟寧先後？

岳墳

高原石馬臥麒麟，戟雨旗風古柏新。不向北天生父子，只從南地死君臣。犬羊穴裏先聲膽，鬼蜮朝中未了身。海哭江號山一慟，六陵鵑侍夜燐燐。

同周夢坡陳芝仙飲張元生山房

石渠天近閣雲高，頭欲披青一向搔。龍配茂先雌鏌鋣，酒盟公瑾聖醇醪。垂檐老竹侵書臥，登木新蟬帶露號。驚座有人看汗血，時元生子壽子，以十齡應童科，首薦補弟子員。丹玫分薦熟櫻桃。

黄雲鶴

邑志選舉表 字鳴僊。順治己未進士，任鄢陵知縣，有文譽。分校豫闈，所得皆知名士。

遊南湖

暮林銜落景，短棹尚從容。鐘接東西寺，煙浮南北峯。遠汀歸倦鳥，深谷暗眠龍。更與麻姑約，行攀雲外松。

汪觀

江南通志 汪觀，字顒若，宣城人。順治乙未進士，知湘鄉縣。下車即申復廢站，蘇驛困，興絃誦，賑饑民。未幾，以母艱哀毁卒。

邑志宦業傳 顒若爲諸生，教授里中，懿言矩步，舉族羣弟翕無間言。舉進士，知湘鄉縣，其爲政廉静不苛，湘人安之，爲請祀名宦。

水西懷陽坡舊業

琴川來往熟，作客愛清光。山緑半浮水，林疏一夜霜。憑欄看釣艇，帶酒臥僧房。忽覺家園好，孤吟夢草堂。

汪如龍

邑志選舉表　汪燦，字發若。觀之弟。順治丙戌同舉于鄉，改名如龍，號健川。仕淄川知縣。

施閏章資深汪公墓志略　元至正末，吾鄉禮部尚書譙國郡公文節汪先生，諱澤民，以家居殉國難。子別駕用敬、舍人用和，痛哭不食，相繼死。汪氏遂世以忠孝聞。凡十傳而爲處士公資深，諱逢原，吾同年友湘鄉縣令觀、孝廉燦之父也。

施閏章陽坡草堂詩序略　吾鄉故山城，其特出而冠者叠嶂，謝公北樓在焉。今爲官舍，不可入。其在東南，高可陟而最勝者爲陽坡，吾友汪子發若居之，所謂陽坡草堂者也。其詩披胸寫臆，不事剿襲。伯氏既成進士，爲湘鄉。發若猶困公車，故得豊其暇豫，俛仰雲霞，搜抉草木以自見于詩，是其人與地殆相得而益彰也。

按，草堂詩已佚，今取邑志所載者登之。

秋日登敬亭

突兀昭亭古，秋空霧氣清。疏林羣鳥集，紅葉數峯明。李謝風期在，江城景色横。登臨窮勝迹，不問白雲程。

孫曰繩

邑志選舉表 字直公。順治十三年歲貢，任豐縣訓導。一字不巖。工詩善畫，至今人弆片紙爲珍。

吴肅公序略 不巖先生將秉鐸于豐，年七十矣，古愚及諸同人把酒言别。先生與古愚，其大母皆予祖姑也，外兄弟兩世皆長孫氏，其古文詞壇坫則又長先。予與古愚砚守崖谷，而先生以才自栩，數奇不偶，卒窮老一明經，不能無憾然也。

蕭尺木丹青引

蕭史風流妙筆墨，聲走三吴類拱璧。鵝溪素絹驅山林，雲濤繞指涓涓滴。雲濤和墨亦易生，樹能作瀑瀑作聲。高壁危崖皴古木，杳杳疑有玄猿鳴。此事蒼茫遠難即，摩詰營邱兩結習。妙于悟後發天機，畫師手腕文人筆。君住鳩兹奇山少，蟂磯赭山亦草草。縱有潺江蕩奇懷，安能磅礴臻神妙？執畫問君摹何峯，生來華嶽峙詩胸。若過匡廬并天姥，應進竿頭千萬重。

喜得阮懷書寄懷四首

清新眞季迪，何事亦明經？自古沙場暗，誰人渴睡醒？文章原鼠璞，天地限霜翎。我久通身汗，猶然負草亭。

吾慈即若母，許汝弟兄賢。不有千秋業，空增二十年。鮎竿淹漢里，鷄肋滯幽燕。各各不如意，書來覺惘然。

吟成當歲暮，小極更崢嶸。裸國安彝監，荒廚醒步兵。箇中原烱烱，此外盡平平。除卻高常侍，容他浪得名。

長安方米貴，遮莫喚侏儒。驥子窮愁切，牛衣旅暮孤。胡琴何必碎？燕石任人沽。易水春雲滿，刀環顧也無？

五姪偶得先啓兩兄畫箑請予題識以藏口占志感

雁斷翎飛二十年，每搜遺迹輒潸然。卯君已閉東軒老，甲子聊隨北苑傳。潑墨淋漓成暮雨，留嵐黯淡作秋天。虎兒漸有箕裘志，隔世重申筆研緣。

梅枝鳳

國朝詩品 字子翔，號東渚。江南宣城人。有滿聽樓詩行世。

邑志文苑傳 梅枝鳳，宋都官十八世孫。少從沈徵君壽民、周儀部鑣朝夕論文，名著江左。先是，同學施侍講視學鄒、魯，相約同行，登舟矣，忽心動而返。不五月，而父果歿。繼母葛氏患疽，膿穢難近，鳳率婦萬氏左右不離，晝夜無倦色，里中少長咸以孝稱。都官祠廟在雙羊山，年荒代圮，鳳率族人建復舊址。歲己酉，山漲暴發，漂流屍棺以數十計，鳳疾呼撈救，祭以文，歲時澆之以酒，義聲溢寧、績兩邑。同人作掩流棺詩，以紀其事。間歲大祲，族不火者八十餘家，鳳多方爲之所，羣賴以安諸，凡表祖墓、繼祠祀、系家譜，指不勝屈。生平倡明正學，不侫浮屠。易簀時，猶凜凜垂訓。其嚴毅自持固如是其不可苟也。著有石軒集、東遊草、東渚詩文集行于世。

沈壽民東渚集序略　子翔文章健雅有法度，篋不即傳，傳者石軒詩選而已。内自料揀，外取正同志，寧約毋侈，慎矣哉！往予於子翔詩不概見，見其江南紀事及貞女怨等篇，坐立諷歌，不能手去，乃今流覽他詠，又無不然。何言之入人之深而有爲而作者數數也！

施閏章東渚集序略　子翔含風咀雅，意多藴藉。未肯急出其詩，人亦罕見之者。及病將衰，始取散逸諸稿，稍次其可存者，屬余序之。憶昔弱歲與子翔同學，爲制科之文，見其引繩尺辨毫芒，渟涵既深，持滿而發，無不當意。金沙周鹿溪先生嘗會江上下文士數百人，日試五篇，於江上之士推子翔及余爲冠，謂坐客曰：『此雙璧皆國士也。』吳下人雖强項，見其文，皆嘆賞奪氣。今後起之秀多獵取科名，而子翔獨轗軻不遇，豈非命哉！

吳肅公東渚集序略　東渚梅先生久以詩著，近體規模王、孟，其樂府古詩，緣情寄興，得道州遺意。

〔增〕

王士正梅東渚詩集敍略　宛陵諸梅自宋都官而後，散居宣郡諸邑。東渚之梅所居傍稽嶺，俯臨大溪，爲宛陵山水最佳處。梅君子翔，東渚諸梅之巨擘也。少耽墳籍，放意雲壑之間。構一樓，下瞰是溪，溪水如環如玦，繞樓徐逝。每當天籟忽發，山雨欲來，飛流濺沫之聲，交集於耳畔。今翰林侍讀愚山施先生，取孟襄陽詩句名之曰『滿聽』，且爲之記。於是，樓之名益著，而君之詩亦因以傳。

高詠序略　子翔壯年，容貌才氣足隱數十百人。嘗與余游於齊魯之間，陟泰岱，履蒙、嶧，溯洄汶、泗、沂、濟之流，有會於中，思輒溢涌，不可遏禦。其詩多可傳誦。

徐緘序略　吾友子翔，産於宣，又都官裔也。厚重而有文，扶輿之所涵育，氣澤之所醖含，將於是乎在。

梅庚序略　東渚少工場屋，文爲姑山沈徵君、周鹿溪儀部所器賞，中歲棄去。所居溪岸多果樹，頃年架樓出樹梢，俯見溪水，時或倚樓側弁而哦，行人多目屬之。蓋居鄉好利濟人，固不僅詩若文之雅粹爲可傳也。

吴雲東渚文集序略　公爲都官後人，其立身行己，輒以都官爲法，其詩與文亦與都官相似。今讀其文，仁義之人，其言藹如也。然亦知其仁義所自出乎？生平静而謙，與人相見，皆有以自下而無自上之色。所以一切崖岸矜張、激厲造作之態，皆不露于筆端。因親親仁民愛物積諸心者既久，不覺其閎中而肆外。其爲文，雖公不自知也。

鄧漢儀序略　先生甲年即受鹿谿周先生國士之知，而又從姑山沈先生游。兩先生者，一則立朝偉然，負東漢黨人之節，至南渡之日，爲奸邪排陷而死；一則應辟入都，屢疏指斥樞輔，幾陷不測，喪亂以後，躬耕藿食者終其身。蓋兩先生者，皆所謂清流之望也。而子翔師之，故能行誼卓然。詩篇亦磊落有正氣，瞿山、愚山二公皆交推以爲弗及，詎虛語哉！

袁穀芳傳略 先生少受業於姑山沈徵君之門，與施愚山同稱高第弟子。既，又從金沙周儀部鑣遊。學益進，交益廣，一時海内諸名士咸推重無異詞。顧其志，則欲以所學追古聖賢，而與之馳騁上下，不屑屑以科名章句之技，僅角勝於聲氣中也。年甫壯，即謝去諸生制舉業，而大肆其力於詩、古文辭。所作清眞醇雅，詩尤以獨造爲宗，其於都官所稱『發纖穠於簡古，藏至味於淡泊』者，眞不愧乃祖風矣！

虎倀謡

言有虎兮山之阿，倀爲祟兮咥人多，虎受縛兮倀奈何？

賣婦謡

柳堤青，柳堤青，東家植柳西家陰。儂着新，歡脱故。歡自有歡囊底錢，儂自有儂機上布。

驅鷺篇

漠漠水田鷺，翻飛集洲渚。鱗族泳煦沫，臨流競挹取。江湖何浩蕩，鎩羽失故侶。偶落孺子手，攫之爗湯釜。乍見使我憐，延頸如欲語。育爾階砌間，尺咫亦樂土。彌月贍所欲，漸看振雙羽。有時點几案，亦復汙豆俎。縞縞冰雪衣，何意貪且怙？素餐厭稻粱，饕餮在魴鱮。園丁網細鱗，千尾恣吞吐。細鱗亦何辜，利啄亦何武。爲汝殺衆生，厥罪將焉補？倉卒呼園丁，爲我驅林藪。

驅貓篇

伏鼠穴于室，攘攘不遑處。東鄰多畜猫，黄白分爲伍。鄰父前致辭，有貓猛如虎。白者毛如玉，黄者毛如杵。我見殊欣羡，善價乞鄰父。豢之凡數月，朝夕給鮮脯。庶幾埽鼠穴，今此有寧宇。奈何繁爲祟，嚙盤并嚼組。公然舞筆墨，舐毫汙藝圃。兩猫伏牀側，安臥目如瞽。鼠見乍逡巡，積漸狎爲侶。出没無朝昏，三三復五五。神猫古有祭，爲其食田鼠。畜汝欲何爲，報效乃如許。驅猫謝鄰父，毛質吾無取。

登日觀峯望日出

中夜宿雲岑，臥遊夢未已。高空鷄一聲，東方逝將啓。重裘陟絶巘，嚴寒侵肌髓。羣峯影參差，碧落淨如洗。天風吹莽蕩，褰裳馮石几。遥見萬山東，倏忽煙霧紫。靈旗隱照耀，變幻難具擬。野燒延八荒，層波光纍纍。須臾彩陸離，陽烏出其裏。銜山火一點，吞吐未即起。一躍高尋丈，脱山疾於矢。宿靄散如煙，晨霞爛成綺。乃知天光射，决眥紛移徙。長河照匹練，滄海映杯水。齊魯各一抔，九州辨杖底。秦皇昔東封，漢武亦崇畤。金泥渺難據，壇觀幾遷毁。物理有詩書，羲輪無停晷。安得魯陽戈，揮之令中止。

仙巖復田紀事

稽亭秀雲端，上有仙蹕駐。深洞入杳冥，複岫羅琪樹。絶頂削芙容，幽巖宿雷雨。崖腹嵌古刹，東西迷去住。瑶甸錯崇岡，靈湫自灌注。豁然天地開，峯迴得一路。琰公始飛錫，九葉爭旦暮。（傳九葉至全公，移殿嵓石。）肇造自天寶，遺蹤歷可據。烈祖東野公，臨崖長作賦。置兹嵓際田，（宋景定中。）永作諸天護。豈期時代更，滄桑非其故。維予伯祖父，（直齋公。）慷慨躡芳步。（嘉靖中復田。）距今百餘年，更遷應有數。漸致緇流徒，空山虎豹踞。龍象眞可哀，世尊蒙霜露。滄然怵予懷，多方爲營度。僧徒復故業，庶幾散可聚。昔登長清塔，蘇碣題名句。亦曰先澤存，徘徊不忍去。希報予豈敢？率祖有同慕。

虎異

在昔全盛時，河嶽奏平成。造物有區別，庶類各全生。妖孽由人作，天地失清寧。人物互攘攘，眼看災害并。己酉洪濤翻，陸地成海濱。游魚上屋梁，浮棺徧荆榛。居民半生死，蕩析難具陳。豈期歲丁巳，虎迹交縱横。三五爲儔侣，白日逐人行。陰風嘯山鬼，四野輟農耕。偶啓夜來户，閃爍見雙睛。倏忽各村巷，守犬寂無聲。昨咥西鄰女，行道爲酸辛。突入東鄰室，老稚魂魄驚。越井并逾垣，咆哮如有神。海内方格鬬，膏血徧都城。吾鄉乍偷息，此物豈宜攖？毛蟲續鱗蟲，直與氣運爭。安得劉使君，渡河甦吾民？

張孝烈紀事詩 并序

張公諱清雅，字玉楚。潛山人。崇禎十年，獻賊入潛山縣，公守父棺，偕幼子超藝俱殉孝死。其僕雲滿亦絶粒死。

玉有種，珠有胎，從來忠孝同根荄。玉可碎，珠可沉，從來忠孝不謀身。君不見，潛山張孝烈，一時父子同死賊。潺潺玉澗泉，萬古流嗚咽。豈不懷生全？父棺方新戢，那忍即棄捐！倉卒梁間匿，梁間蠖曲睨父棺，見賊揮刀摧肺肝。展轉墮梁抱貍首，賊怒飛刃截兩手。廁間躍出一奇男，年方十六偉非常。長號跽請將身代，堪憐父子皆遇害。偉哉老僕更奇忠，誓死絶粒殉主翁。黄巾擾擾三十秋，賊性原與忠孝仇。普天悖義盡王臣，遑恤負國并遺親？潛山孝烈在人口，天崩地裂何時朽。

江南紀事

江南羽書正旁午，農夫輟耕斷行旅。嗚鑼伐鼓徧山村，千人萬人如雲屯。山村古冢多良木，山根伐盡山鬼哭。鞭木投河赴軍需，須臾稍緩罪應誅。豈知古木有神靈，中流難與蛟龍爭。役夫抱木死中流，官司督責何時休。

江南連歲江防急，百萬旌旗駐海邑。將軍久戍冀成功，上書汲汲徵海艟。海艟工費剋期峻，官愁吏慼東南震。江東門外匠作場，毁屋平田墳墓傷。沿門役夫事工作，嚴驅更被長繩縛。工作晝夜不暫停，口糧雖給徒虚名。酷暑曝日死八九，官司不省但摇手。

江南愁苦萬般作，那堪復值年歲惡。三月積雨麥盡黄，冰雹頻仍無遺糧。六月七月炙土焦，池中鑿井林木凋。埜農終歲徒辛勤，稽首籲天天不聞。昨日縣胥下村塢，手持令箭猛如虎。今歲更徵明歲租，追呼不言骨髓枯。飽索金錢乘快馬，道路目之誰問者？江南男子筋力弱，土著何曾事剽掠？自從喪亂已無家，逋竄緑林蝟如麻。白晝公然弄弓矢，十室九室輟耘耔。禦此不聞官兵來，既去官兵轟如雷。席捲捆載上肥馬，牽牛索犢空四野。鄉民遑遽奔中衢，白刃礪頸來獻俘。恣殺吞聲莫與訴，訴之恐攖將軍怒。

甲寅九月廿九日平伯兄稱九十觴余後生三十年而生日適符略次生平率成長歌併寄振先

兄年九十弟六十，生不同年恰同日。六十衰頹一老翁，九十乘馬如御風。兄名應自注仙籍，蒲柳何當比松柏？卻喜歲時共濁醪，劇談善謔開鬱陶。憶兄文壇稱祭酒，吾家伯仲爲師友。鳳年十五亦追隨，謬加獎喜不離口。伯子抗志凌雲煙，長余二歲寔隨肩。昔共掩關在屏嶺，風雨丹鉛手一編。聲聞籍籍噪京洛，指日揚眉石渠閣。滄桑變易俄頃間，壯志摧頽付邱壑。邱壑行吟竹籜冠，潦倒風塵白眼看。避地巢湖長相憶，躑躅齊門勸加餐。幾番奔走長安道，名公巨卿皆傾倒。西遊太原南楚中，書記翩翩人爭寶。去年揮手仲宣樓，爲憶高堂回客舟。高堂老健孫枝好，眼前萬事復何求？眼前萬事復何求，今日歡樂延千秋。

贈别朗先上人兼訊沈畊巖夫子

知君湖海意，多爲亂離堅。客路看秋葉，江樓起戍煙。歸家言拜母，浪迹豈逃禪？此去蘭溪上，孤懷好與傳。

宿岱頂

千盤凌峭壁，日暮此高棲。海月穿崖近，天門宿霧低。榻前三觀出，杖底五松迷。尚憶神仙侣，雲中聽曉鷄。

古雪宫 今爲官署

七月流火日，東遊憩雪宫。空林秋落果，蔓草夜鳴蟲。下榻慚知己，登高想大風。如何羈旅客，憂樂轉無窮？

遊三天洞

巖壑無今古，遊人自後先。撥雲深入户，拾級倒窺天。昃日穿丹穴，陰風吼洑泉。婆娑雙老樹，餘我惜殘年。

答施愚山比部

君書還寄白雲端，書到翻悲見面難。亂後餘生輕似葉，别來人事沸如瀾。劍鳴静夜魚龍吼，風動高秋日月寒。卻憶雙溪舊煙水，十年曾共一漁竿。

歷下懷姑山先生

閉關黄嶽青冥端，三十六峯峯可飡。記得芒鞋追杖履，共看飛布湧琅玕。探書石洞龍蛇字，避世仙人竹籜冠。彈鋏馮生虚歲月，南天一望暮雲寒。

憶家

他鄉春色渾無端，對酒長歌强自寛。海氣蒸雲千里白，山城過雨一庭寒。牡丹忽忽連朝放，楊柳依依立馬看。迴想昭亭何限恨，東來誰與報平安？

伏生墓 去鄒平城十八里，墓前有祠，適縣令新之。

九十傳書老博士，鄒侯故國有遺蹤。豐碑不復遭秦火，孤墓依然是漢封。麥秀平疇深雊雉，山空隔嶺遠鳴鐘。只今祠廟荒榛裏，丹壁輝煌照古松。

蔡芝春

邑志選舉表 字玉立。順治十五年歲貢，仕慶陽府經歷，遷渭源知縣。

峽石歸舟

夢裏溪山萬里歸，水花撲面浣征衣。峽中怪石如人立，雲外輕舠似葉飛。帆帶夕陽來鶴渚，岸傳燈火足漁磯。清波滿眼菱歌發，免向西山學採薇。

梅立宗

邑志藝文志 文學。

梓山寺閣

舊識茲山勝，重來結伴遊。人家窗外盡，雉堞望中收。鑿石開僧逕，飛雲接縣樓。翻回憑眺處，長憶敬亭秋。

丁繩之

邑志選舉表 字麟振。宣之兄。順治庚子舉人，上元教諭。

集澄江亭同施愚山梅瞿山高遺山唐恥莪家聖音弟賡限韻

渺渺溪流合，江亭秋共登。山容楓漸老，朝氣水逾澄。作賦凌雲就，高歌倚馬能。追陪仙侶在，把盞敢辭勝？

沈琬生

邑志選舉表 字玉叔。順治庚子副榜。著有東田詩稿。

〔增〕**鄭相如傳略** 公字茗篆，馥巖公第三子也。幼負異質，書過目即能成誦，工詩文，善楷隸。年二十四，中順治庚子科副榜，出維揚司理王公阮亭之門，極愛重之。嘗以主司抑置副車，爲公憾。又數年，肄業成均，適宋文恪公爲大司成，首拔之，與茆楚畹有『宣城二俊』之目。時阮亭亦入爲尚書郎，宋、王二公負重望，得其引接者如登龍門，顧咸嘖嘖，公不置。公平生口不絕吟，手不停披，尤好著述，有易經析疑、易經增删定本、新治草、寄芒草、焚餘編、東田全集諸書。惜家貧，不能槪梓以傳也。

杖

往年未慣掌中擎，此日深知倚老情。擲去葛陂龍應躍，吹來藜閣夜生明。尋芳拾翠君先至，棹月眠雲爾不行。較得近時還善飯，扶來無用小鳩横。

郢江對月懷友

霜空無樹不知涯，片月溶溶伴小槎。龍去新豐虛帝里，鴻來東海實吾家。清波珮泛江濆荇，白雪歌飛子夜花。側影自憐誰屬和，池頭春草夢瑶華。

唐益

邑志文苑傳 唐益，字朕虞。博通古籍，食餼後，試必冠軍，學使李來泰極稱許之。中順治丁酉、庚子、康熙癸卯三科副車。以體羸，不耐場屋，終老明經。平生尤喜有韻言，著自怡集行世。

從兄允甲題詞略 佳詩博贍四庫，鎔鑄三唐，光散朝霞，巧分天錦，擬古爲儔，于今罕儷矣。七言古奇麗聳拔，超超欲前。七言律縟整多雋。五言律清韻疏秀，足追王、儲。雨窗展讀，心目紛駭。昔人論詩，别才于學，運法於情。特進之鏤金，與謝監之芙容，境界微分銖黍；沈、宋之整栗，與温、李之濃豔，意象豈止毫釐？

待曉吟

青霜滿地月皎皎，城上啼烏作天曉。勞人不寐起披衣，蘭釭剔醒生寒輝。欲明未明何時旦？長夜鷄鳴夜方半。爐頭刻獸紅漸銷，蒙茸裘毳冰花凋。窗欞玲瓏□星入，斗柄低垂漏聲澀。遥巒叠翠開曙光，燭龍銜珠上扶桑。

題巢父牧牛圖

牛角彎環尾秃速，朝放平崗暮深谷。不愁牛渴與牛饑，澗水粼粼草簇簇。牧牛者誰古逸民，陶唐天子不得臣。臨淵洗耳有深意，悠悠富貴同秋塵。軒冕雖輕濟時急，幾見英雄老蓑笠？禹終躬稼舜耕田，滿眼龍虵救何及？君不見，飯牛人，炫奇行歌叩角歌聲悲。脱身牛口相齊國，箕潁風高徒爾爲。

春日閑居

石橋流水闊，蕭瑟野人居。稍護新栽竹，還刪舊著書。鶯啼芳草候，燕到杏花初。嵇叔眞成懶，經旬髮未梳。

春風吹不歇，柳岸翠纖纖。南浦初維艇，東軒日下簾。妻勤蠶有績，母老食無鹽。白髮如新草，年來一倍添。

送沈方鄴游羅浮

游蹤到處破蒼苔，又指羅浮天半開。雨色乍迎青雀舫，風流眞擅碧鷄才。桃榔葉密移行蓋，茉莉香清入酒杯。知爾登臨饒感慨，鷓鴣啼過越王臺。

送五燕之鳩兹

澹蕩晴波拂句溪，孤帆遥問赭山西。河豚欲上蘆芽白，海燕初飛柳葉齊。絲竹春風圍絳帳，圖書乙夜照青藜。清江尺鯉原容易，莫惜千行錦字題。

閑居偶興

楊柳毿毿盪白花，春風無限到人家。山中異饌供蕘韭，陌上同車羡舜華。註史自研烏玉玦，解醒頻試紫茸芽。頳顔素髮渾閑事，不乞淮南鼎内砂。

登半山

半山秋老葉紛紛，直上層巔攬白雲。地勢北來千嶂合，灘聲西走兩湖分。平原燒滅麏麚迹，極浦帆銜雁鶩羣。徙倚無端追往事，捫蘿披蘚辨荒墳。

沈壽國

邑志選舉表

字治先。康熙元年歲貢。一字竹崖，能詩工書。

送友遊黄山

黄山千百丈，上與青冥通。仙人曾種玉，軒皇此馭空。有客晨披衣，願隨浮邱公。解衣浴乳水，挈杖歷靈蔆。澄視層雲變，傾耳萬壑風。攄幽發奇唱，偕友憑豐隆。伊余無六翮，啄粟閉樊籠。何年共矯翼，神岳遊無窮。

唐念祖

唐允甲亡兒行略

兒名玉虬，更名念祖，字髯孫，又字武公。生而眉目如畫，細髮長爪，絳唇月面。每出入里巷中，人咸指目之曰：『此璧兒也。』八歲占對如響，客有指鏡屬作破者，輒云：『如日月之代明，宜照天下也。』客大奇之。十歲通六經大義，十五博覽羣書。桐城方宫詹晤余，謂『君家有汗血駒』，舉酒屬賀，余逡巡謝不敏。自是以文贄鹿溪周仲馭、秋浦劉伯宗、吾鄉沈畊嵒三君子，大爲奬成，文譽雀起。而畊嵒尤篤愛之，謂其髮髮欲度驊騮前，諸老宿不及也。越歲試應天，拔置童子科，嗣遭國變，遂罷去。兒生平負大志，通俠尚氣誼，與人交，意合，不難肝腦相示；一不合，即欲其交一語半面不可得。軀體短小戍削，若不勝衣，然能舉千斤石，彎五石弓，騎生蕃馬，控縱如意。嘗較射于廢圃，懸蕉扇爲鵠，十發九中，觀者如堵，歎此書生貌若婦人女子，何其技精而勇決也。居恆詩學王摩詰、劉文房。丙丁遊燕、遊粵，詩小進，如贈舊宫人絶句三十首及嶺外草諸什，載在遺稿中。書學智永千字文，又學虞秘監破邪論、歐陽率更心經。篆學嶧山碑，隸學曹景宗碑。雖未能入室，時時有合作。不時作畫，乃通畫理。間爲人强作，亦蕭蕭有塵外致。性愛潔，終日焚香宴坐，几案日必數四浣滌。喜蓄硯、蓄墨，爐、瓶小玩一，時時貿置，摩娑不倦。其安排展齒、布置鬚總不欲猶人，自少時蓋已然。事兩老人最孝，痛母善病，更極共養。粵遊爲督撫王公强之行，居幕中不及一周歲，念母遄歸。歸數月而稱母觴，觴數月而逝。　愚按：曹景宗碑疑是曹景完。〔二〕

贈龔芝麓年伯

戊子握手海陵陌，冰簾晝捲楊花白。畫船簫鼓動城南，醉後渾忘天地窄。欲乞黄冠歸去來，哽咽興亡酒一杯。天子不放五湖遊，驅車直走黄金臺。路過金陵憩市隱，芰荷香墜蓮房粉。南國諸生半在門，作歌祖道長安迎。長安一别幾經秋，夢斷芙蓉十二樓。有恨只傳鸚武賦，無錢難典驌霜裘。聞道仁人職司寇，明刑加意勤三宥。不使民命輕於草，抗疏廷爭天下壽。江南數載多顛連，去年大水今年乾。食盡榆蓼轉溝壑，十家九竈無人煙。仰面呼天呼不得，日望司農徧爾德。大臣莫上會計書，還當疾上流民圖，願得至尊下詔賜民租。從此名高嚴僕射，功成皓首黄金帕。先生五柳正當門，敬亭猶子拜牀下。

贈陸萸兩

楊子江頭波萬丈，蛟龍夜吼聲相向。唐生擊楫來千里，布帆煙雨疾如駛。聞道海陵多奇士，中有陸郎奇莫比。嶔崎歷落稱同好，蓬頭跣足傾懷抱。古寺鐘殘歸鳥喧，露白花明月皓皓。人生飄泊苦郎當，咄咄書空愁斷腸。鳳鳴高岡飡竹實，鶏鶩悠悠飽稻粱。君家自是天下才，手握珊瑚鞭龍媒。讀書卜築遠城市，琳琳玉樹倚高臺。予亦高樓臨謝朓，嫚亭酒酒恣長嘯。年來喪亂兵燹多，泛宅浮家隱屠釣。噫吁嘻！王謝風流今日稀，烏衣勝地是耶非？請看龍蟠虎踞帝王都，岡陵惟有兔兒肥。握君手，飲君酒，仰視浮雲過北斗。明日驊騮又歸去，烏啼花落知何處？

遊青山

攜杖尋幽境，青山不世情。高低松翠裏，一半作濤聲。亭圃千家在，琴尊滿坐傾。隔溪人語寂，光散六朝鶯。

遊采石

蘆笋甘時鱖正肥，空江煙盡一鷺飛。鐘敲月路全歸艇，僧枕梅根不掩扉。水落魚龍吹浪急，巖深狐鼠笑人稀。長安白日浮雲蔽，留得山花點客衣。

留別龔芝麓年伯兼訂西泠之遊

驊騮歸去稻花香，廿四橋頭帶夕陽。風雨清尊頻共醉，天涯知己莫相忘。廬江夢斷人千里，春穀鶯啼月一牀。亂後離思倍蕭瑟，停雲漠漠不飛揚。

到處江城畫角秋，平原簫鼓此淹留。木芙蓉老霜侵榻，山鷓鴣飛月滿樓。抗疏存孤當日恨，浮家載侶五湖遊。吳江楓落悲鴻雁，好買鱸魚典敝裘。

秋日歸姑谿留别汪五河

西風一路馬蹄翻，歸去秋聲滿故園。不是思家同倦鳥，更難擇木老窮猿。夢回長夜書連屋，潮落空江月到門。白首馮唐蕭瑟甚，懷君高臥誦虞軒。

雜詩

青鞵踏破隴頭雲，此日忘憂對麯君。茆屋村煙留老樹，大江帆影入殘曛。霜飛九井人初静，月滿三山雁叫羣。歸馬蕭蕭鳴細柳，何年緩帶學從軍？

秋夜苦雨同龔扶揺汪五河限韻

城上烏啼尚未眠，草堂人唱鷓鴣天。淒涼繞樹成三匝，羞澀空囊只一錢。長夜燈昏寒雨後，疏林夢醒落花前。敬亭書屋雲來往，欲倩王維畫輞川。

江樹千家白露承，維摩斗室道心恆。饑來燒竹頻烹鶴，老去揮毫恰似蠅。一卷黄庭長寂寂，半生鐵骨自稜稜。孝陵狐兔肥秋草，日出扶桑好放鷹。

漏盡天南一雁過，冰綃百尺寫曹娥。苦傷杜老無家别，醉憶佳人細馬馱。或泣或歌銷歲月，潮來潮去定如何？鍾山木落千峯秃，不及丘陵尚翠螺。

黄雲衰草迎霜枯，魚龍夜泣玄武湖。九秋歌泣有日有，二陵風雨無時無。山鷄再唱天半曉，獨鶴一聲雲中呼。搔首冥冥廢昏曉，幾年晞病倩人扶。

訪葛士元

一屐平橋柳木通，海岡西畔訪髯翁。詩成冰雪三千卷，家住芙蕖萬頃中。隱市隱山猿鶴性，人稱人怪馬牛風。甕頭春老梅花醉，歸路扶人當倚筇。

贈舊宫人

禁城鼓角亂靈鴉，涼月如霜問酒家。縹緲水沉香過處，黎花深院響琵琶。

銀箭更殘客到門，飄零人在苧蘿村。相逢不爲憐傾國，異代蛾眉總斷魂。

芳草王孫夢不歸，亂離難識舊烏衣。勞勞燕子空梁語，曾向靈光殿裏飛。

漢代承恩繫臂紗，當熊回輦泣年華。只今寒食東風夜，偷唱宫中楊白花。

秦淮春暖浪花香，俠少歸時易驌驦。懊惱徐孃風味在，何人十五嫁王昌？

乳燕鳴鳩金谷非，雙魚隔水淚沾衣。木蘭舟上春多載，不放錢塘浪子歸。

校記

〔一〕乾隆本此處有缺葉，兹據道光本補足：自『奇創』始，至黄雲鶴遊南湖詩『倦鳥』止。

〔二〕按語係道光本所補。

宛雅三編卷十

國朝

高詠

江南通志 高詠，字阮懷，號遺山。宣城人。幼有『神童』之目，其學無所不窺，書畫與詩世稱『三絶』。康熙己未，以博學鴻詞授翰林院撿討，充明史纂修官。所撰史藁，皆詳慎不苟。著有若巖堂集。

陳九衡跋略 歌行持格則近拘，使才則易放。若行乎不得不行，止乎不得不止，非天授而兼功力不能擅場。阮懷諸篇，正有得心應手之妙。

施閏章序略 阮懷夙有儁名，總角補諸生，輒仰䬃有司，試必稱最。固宜咄嗟取科第，天獨困折之，使久不得吐氣。其大父瀛臺先生剌輿國州，廉直無長物。阮懷賣書給膏火，日夕堅坐，手一編，苦吟至夜半。故其詩優，入乎古人，殆天畀之獨厚也。

〔增〕

陳宏緒蕭江前集序略 秋九月，扁舟泊建城，始得識阮懷於使君署。相與懽然，把臂出蕭江游草屬序。風雨禪關，翦鐙夜讀，若驚瀾奮湍，迴薄而不可遏；若長鯨蒼虬，偃蹇而不可制；若湛盧巨闕，困於泥沙而光氣激射斗牛。洵哉！其屈左徒之遺響也，豈非才擅其至而僅見者與？

顧夢游序略 阮懷藻思逸致，蘊蓄深厚，故其詩風流豪蕩，間爲悽惋沈鬱，不失其情之正。

金臺高會詩效公讌體 并序

癸丑十二月十七日，宴容齋李相國宅，與會者：紀檗子、錢飲光、許生洲、朱人遠、陸左城、張祖望、張豫章、何郇公、潘次畊，分韻各賦。

玄冬何晏晏，高會帝城隅。明公敬愛客，晚沐出直廬。所欽日夕至，共此清夜娱。迴風敞櫺軒，素雪消前除。上國信多賢，西園盛應徐。慷慨中懷殫，壯思時一舒。伸眉固無階，微末致嘆譽。篇章互相錯，各言容色殊。華榱應廣幕，歌聲雅頌俱。蘭膏揚其輝，珍木照扶疏。金罍陳芳醴，款款傾百壺。人生非柔翰，何以結相於？既醉亦以出，含情復踟躕。鞍馬何光鮮，星月徧九衢。良辰能不懷，宴終懽有餘。

乳燕篇

旅食倦風塵，掩關獨偃蹇。白日下閒庭，青春忽已晚。側見雙乳燕，翩翻常在眼。交交翼如織，涎涎尾若剪。春風芹吐芽，泥香水清淺。挈伴來海濱，托身寄華館。雕梁琢文梓，棲息恣游衍。巢林既無虞，處堂幸得免。四國尚未寧，羣盜何時殄？兵戈被原野，殺戮到鷇卵。感此一物微，優游樂京輦。方思營牖户，且欲蕃孳產。銜花飼其雛，晨歸露猶泫。媿我非主人，及爾同飄轉。社日與花朝，含情亦良腆。出入每相待，疏簾晝常捲。涼炎屢變遷，春秋互更踐。汝今三去來，故園余未返。倚杖發長吟，深衷何由遣？

十二硯齋歌爲汪舍人蛟門賦 并序

蛟門嘗冬月臥病寓齋，夢入一宫殿，得古硯一十有二，覺而作歌。吴江計甫草、秀水朱錫鬯各有記。適蛟門見過，攜示且索余詩，遂爲作歌。

舍人卜宅宣武坊，高吟抱硯何披猖。摩娑不肯離左右，照耀文囷與書倉。嘗恨此研苦無匹，十年有願未能償。夢中忽得一十二，不知一一來何方。古人夢筆君夢硯，精氣感召非荒唐。舍人告余夢硯時，高春偃臥堂東廂。仰睞碧落幾萬仞，層城宮闕鬱相望。金支翠旄紛晻藹，雲車風馬如飛翔。玉扉中開何所見？但見古硯森成行。湘妃捧出琉璃匣，天孫跪進雲錦囊。沐日浴月發其寶，蟠螭赤豹守其旁。珍物由來天所靳，帝曰錫爾文字祥。分命龍伯挽四瀆，洗滌拂拭生耀光。取攜恣意再拜出，神官眞宰皆傍徨。此硯上下十二辰，曾排雲漢抉天章。幸得珍重懷袖間，何不移至中書堂？至尊含笑看起草，落筆縱横不可當。質美工良衆所羨，佹形異狀殊難詳。端江鸜眼稱絶妙，歙溪龍尾爭擅場。銅雀之臺灌嬰廟，片瓦能令什襲藏，一朝恍惚來夢寐，豈肯埋没隨煙霜？不然舍人空齋裏，如何夜夜吐精芒？

紈扇篇爲成容若進士賦

有客示我白紈扇，新聲幾闋題將偏。開尊且酌且長吟，閒窗一日一回見。就中佳句各爭雄，平原公子最多風。逸才天與參時彦，雪裏陽春擅國工。眼前突兀誇身手，能事輸君無不有。已看鼓吹擬曹劉，還將彈壓欺周柳。老我銷沉事事休，十年無夢惱揚州。落拓逢人惟縱酒，風流似爾許言愁。東南彦會飽經過，勝事如今覺更多。華館每攜詞客醉，新篇常付樂人歌。座間一顧推神解，子野情深可奈何。人生適意無終極，爭如摇筆抒胸臆？手拂紅箋翰墨場，青絲玉管蘭堂側。園亭花鳥日繽紛，生色不假春風力。犀毗繡帶雜衣香，走馬晚過碧鷄坊。少年高第人爭識，東京名閥比袁揚。怪來千首驚人作，傳經歆向元家學。才子自具鳳凰毛，尚書好畫麒麟閣。九代英聲四海知，横天北斗映台司。共期裴相臨戎日，會見邊庭臥鼓時。願君更譜鐃吹曲，重紀元和聖德詩。

長歌送張一衡還閩中

侯官張子好遠遊，昔年訪我敬亭側。别來消息兩茫茫，長安爲客重相識。滇黔倡亂閩海翻，故園離隔情何極。我也失路摧羽毛，子雖無家好顔色。最憐蹴蹐共風塵，誤擬儒冠足致身。碎琴每遭市兒咤，埽門或得丞相嗔。燕昭臺畔幾春風，無復當時屠狗雄。出入悲懽到處同，何知爲雲與作龍？如子千秋常自命，高言往往驚人聽。賣賦曾聞似長卿，求官且欲同陶令。王師昨度仙霞關，兵過席上安如山。已見翻城走叛帥，更聞舞羽格苗頑。聖朝自有綏懷策，父老重挈妻孥還。吾子聞言爲破顔，掉頭長嘯理歸鞍。海嶠風煙自此弭，南北車書同萬里。旗鼓峯高無片雲，螺鰲江清波不起。北征杜子豈嫌貧？東歸張翰何足比？提壺看客走鄰翁，問事挽鬚憐稚子。此時回首憶皇州，青眼高歌感舊遊。聲譽已將齊二陸，筆札還堪動五侯。君不見，魏相漢廷方倚重，獻書遲爾奏螭頭。

季春駕幸潞河觀打魚作歌恭紀

潞河之水繞皇畿，洪濤射日晴琉璃。紫鱗躍波能數尺，恍惚出没隨蛟螭。詔下九重備法駕，黄門飛鞚凌晨池。塵埃十里見旌旆，驂驔六龍臨川坻。季春王鮪正出岫，先薦寢廟有常期。聖皇茂對稱時物，罟師漁人不敢遲。此地土厚水深無不有，譬若渤海之島江湖湄。帳殿參差濠上見，綵舟來往鏡中移。須臾鼓棹衆網集，忽如校獵重圍施。鮎魴百丈失窟穴，懊悵風波頃刻離。頒首莘尾森異狀，白腹黄頰凝明脂。丙穴嘉魚詎得比？龍門尺鯉何足奇？微物亦見愛養力，至德況值豐亨時。從騎侍臣皆動色，懽呼跪進萬年巵。臣聞虞廷昔紀雷澤迹，姬后曾賡漆沮詩。躍舟舞河信爲瑞，天休神貺長在兹。我皇應運空往古，羣方在宥洵無私。八紘九罭方並設，吞舟跋扈不難治。西靳長鯨昆明水，南截巨鰐瘴海湄。威靈既暘澤亦洽，嘘呴濡沬相游嬉。鳳麟自臻比目至，魚鱉咸若及鯤鮞。然後登封泰岱上，遠邁七十二代之良規。

獾山偕隱詩寄梅季升

十年不踏獾山路，經過憶昔無朝暮。把酒金臺一望君，朔雲漠漠遮江樹。君今高臥鹿門春，白玉爲簪烏角巾。吳市何須變名姓，武陵自是少風塵。山花歲歲開臨水，竹屋參差出花裏。午坐擁書倚北窗，糟牀初滴新醪美。中廚作黍進葵羹，左對孺人右稚子。門外晴沙列遠峯，釣渚溪橋處處通。千株楊柳垂隄暗，數面芙蕖隔浦紅。種豆衣嘗沾夕露，載薪舟每趁樵風。貧賤由來堪肆志，一耕一饁眞幽事。梁鴻自偕廡案歡，王霸何慙兒女意？峽石磯邊江倭遲，書堂寺外草離離。高人來往應誰識，曳杖聞歌商頌詩。幾時就爾東家住，息機相與話茆茨。

寄雲樓瑞梅圖歌 并序

寄雲樓爲施愚山先生讀書處，樓俯江而面城，有梅一株甚古，花時嘗招余觴酌其下。未幾，余北遊京師十年。康熙戊午，朝廷詔徵文學之士，余與愚山皆列薦牘，因復會于京邸，别花者已十年矣。己未夏，梅忽作二花，正對城西。是日，吾里茆君楚畹、孫君予立兩及第之信適至。越數日復花，仍二焉，背城東指，而余二人又以召試蒙恩得館職。事先後聞里中，蓋皆在花開之日，花分東西向，則適直四人居第所也。梅孝廉清見而異之，遂爲繪圖作長句以寄焉，長安同志多有和者，余戲題其後云。

寄雲樓前梅大奇，春花重發夏初時。我家去樓纔數武，梅開呼酒每相期。未嘗見花有如此，此事或恐使人疑。自從十載長安住，只愁花色今非故。豈知物老聚精靈，一歲花開能兩度。人言此梅絶有神，四花二耦非無因。後先互發各殊幹，東西相望若比鄰。公然四子同致身，策探筳卜何用陳？丹葩灼灼信爲瑞，花師園丁皆嘆異。我友瞿硎崛强人，對此咨嗟稱怪事。旋揮健筆繪爲圖，更作長歌遠相寄。此詩此圖千里來，展卷一笑一傾杯。遭逢時會亦偶爾，頓使梅花四月開。

題王漢侯暢心閣

山陰王子暢心閣，日對千巖與萬壑。往來游屐紛如錯，王子幾載滯長安。花仍窈窕竹檀欒，碧窗朱檻好誰看？王子與余比舍住，心羡林泉不歸去，且約騷人共題句。平生疏懶愛幽尋，得名樓閣每登臨。聞言虛費短長吟，何時坐此憩幽獨。寫出輞川圖一幅，閣上風光常在目。

勝果寺

江寺去江一百步，碧瓦紅牆隔煙霧。鵁鶄獨夜叫深蘆，水鸛空秋語高樹。鐘聲磬聲都不聞，客舟漁舟爭欲渡。殘僧日午未開門，門前秋草踏成路。

官定後感述六首

憶昨窺除目，承恩拜玉墀。自憐趨世拙，敢謂致身遲？忝竊今何幸，蹉跎昔可悲。京華多舊好，爲我卻伸眉。

聖代禮爲羅，應無戀澗阿。偶然逢異數，未是恥常科。殷璠云：『高常侍性落拓，不拘小節，恥預常科。』遲暮浮名在，平生壯節過。酬知詎詞賦，今日欲如何？

每嘆高生懶，還如杜叟窮。文寧遭大怪，心肯愧良工。違俗慚朝貴，逢時當歲豊。古來稱吏隱，似我卻相同。

借宅開三徑，狂吟惱四鄰。蓬蒿隨意長，書卷逐時親。市近愁殘客，官閒稱病身。何知九陌上，車馬日風塵。

得名非不久，閲世轉知難。紅藥新題句，青氈舊耐寒。何人能結襪，此日亦彈冠。縱乏雲霄望，應須惜羽翰。

十年江海客，生計已全疏。不謂倦游後，翻成筮仕初。閒親芸閣友，病憶故園書。舊業餘千卷，青山豈負余？

後潭村舍

溪漲村荒後，貧交忽枉存。壺觴野艇過，鷄犬竹門喧。烏桕低霜岸，黄茆叠水痕。賞心偏永日，摇落不須論。

茆楚畹餽易酒一器戲柬

銀瓶送酒乳泉清，洗盞開嘗欲二更。獨夜頽唐狂客醉，他鄉風味故人情。只應對爾呼從事，何必求官得步兵？自古悲歌傳易水，將因慷慨話平生。易酒即易水所釀。

騎字詩 并序

孫吏部家藏一詩卷，乃明時館閣諸老宴集作也。中有騎字詩，爲醉中馬上口占，最奇逸可誦，時多和者。

玉堂高會對涼颸，白髮緋袍坐不辭。紫禁肩輿親許入，天街款段醉能騎。人疑閬苑看花日，興似香山結社時。閒殺太平諸閣老，戲拈險韻共裁詩。

冬夜施愚山毛大可汪發若小集寓齋次日愚山見貽長句依韻奉酬

客中招客共茆堂，別久憐余鬢未蒼。落拓頻年空過日，合并今夕當還鄉。浮名總在無如飲，故態猶存但是狂。街鼓聲催談正劇，忽驚檐瓦已凝霜。

人日前二日過愚山小飲喜耦長至

拂面征塵暫解鞍，正逢尊酒故人歡。梅偷白雪舒瓊蕊，菜作青絲出玉盤。賣賦馬卿思故里，將車翁子又長安。憑君座上看容鬢，此日方知爲客難。

憶稽亭舊居

長憶稽亭半畝宮，滿林山色一溪風。焙茶就鼎尋園叟，作鱠隨船乞釣翁。鴨脚樹連村徑黑，鷄頭竹覆槿籬紅。別來頻訊諸鄰舊，幽事何時更得同？

送汪發若令緇川

平生同學見風期，暫試無嫌展驥遲。官得親民方不憾，史稱循吏本無奇。懷賢應過田何里，稽古還尋高密祠。他日絃歌聞一縣，璽書遥下慰相思。

愚山侍讀見遺氈褥戲柬

欹枕殘更欲曙天，淒涼情事更誰傳。螻行泥上身常屈，鷺立沙邊足每拳。穿榻昔聞高士臥，割氈今得故人憐。奇温昨夜初生被，絶勝吴蠶幾葉緜。

陸翼王先輩將赴蘇郡幕書此爲别

蘇臺雲裹望偏長，握别春風鬢各蒼。似我爲官眞竊禄，羡君作客不離鄉。温生老入河陽幕，陸賈歸無嶺外裝。從此眼前耆舊少，尊前相對意茫茫。

送汪悔齋年兄奉使琉球和益都相公原韻

天書親捧下雲霄，何惜南征萬里遥。身向中山攜雨露，帆凌滄海挾風潮。旅獒白雉來殊俗，玉册金函出聖朝。久識君才過陸賈，況今無復尉佗驕。

南北東西盡主恩，乘風破浪意偏存。趨裝唯看雙龍劍，杖節先過五虎門。颶母潛形波更靜，神魚吹雨氣常温。炎州異物殊堪紀，奇險關情安足論？

玉山秋集

飛蓋先傳到竹關，平明遣騎約躋攀。陂陀細路通金刹，晻靄深松隱玉山。千嶂晴開秋水上，亂帆齊趁夕陽還。尚書農部曾遊地，發興吾曹亦未閒。

南苑大獵

黄鉞臨戎幕，金輿出建章。武功同洛水，蒐典重岐陽。地接王畿勝，川迴御宿長。波澄環雁渚，沙疊見龍岡。海近珠宫湧，風生幄殿香。虎城屯列校，熊館翼圍場。馬驟九虬影，鞭揮七寶裝。行營神策將，持戟羽林郎。帶鎖麒麟重，弓彎霹靂强。陣雲團細柳，礮火照長楊。殪兕傳姬后，射蛟邁漢皇。英猷眞卓越，廟筭見精詳。共識三驅意，應殊八駿荒。星門瞻鞢鞈，玉帳集冠裳。鐃吹喧朱鷺，天聲到白狼。旌麾晴駐隊，貂錦細分行。灞岸秋初爽，回中樂未央。横汾知主聖，宴鎬正時康。士飽投醪德，臣沾既醉觴。萬方今一統，不用飭邊防。

題　畫

黄葉溪南艇子孤，遠林煙火隔菰蒲。釣蓑斜挂閒窗下，自寫秋莊放鴨圖。

題雪夜讀騷圖

蕭蕭草閣萬峯前，翠竹江梅青可憐。閒讀離騷無一事，雪消晨起聽山泉。

孫　卓

江南通志　孫卓，字予立，一字如齋。宣城人。給事中襄之子。淹通經史，敦崇氣誼。康熙己未進士，對策第二人，授翰林編修。奉使册封安南，卒於粤西道中。

邑志文苑傳　予立五歲而孤，器宇已如成人。髫年，才藻爛發，下筆數千言立就。内行醇備，奉母恭兄，率其至情。甫第，即告假歸省。或阻以妨遷轉及秋闈主考，卓弗遑顧也。尤敦夙誼，崇氣類，若婉轉致沈徵君之貸，拯龍溪之昏夜覆舟而溺者，完鄰陳甲婚，折洪甲券而還其女，諸盛德事尤不勝紀。制義稱當代名家。著甓社齋詩稿行世。

張希良序略　太史蓋己未廷對第二人，鷄林國相皆知寶其詞翰者也。讀所爲甓社詩編，清新俊逸，兼庾、鮑之長而有之。往者謝宣城振藻于前，近則施愚山嗣響于後，太史孫公復鼎足相望焉，夫亦其地氣然矣。

〔增〕

歸允肅行狀略　館事既竣，御試諸翰林，公以滿書當上心，上問大臣曰：『孫卓滿漢書俱精好，亦能詩否？』僉對曰：『能。』遂御取館元，其爲君相所眷如此。公生而凝重，太夫人厚期而嚴督之，常扃其讀書之廬，出必告所與游，太夫人預陰察其賢否。其叔父奕雲公念其幼孤，嘗方正持之，小迕節即客座叱之。公亦謹自飭，言動毋忽。事業師劉緝生尤恂恂函丈，周旋備禮。既貴，割産數十畝爲終老計。其爲詩文，寸晷千言，悉如宿構，尤嫻于四六，警敏工麗，人莫能及。性嗜義，所交名士沈徵君耕巖，嘗貸于門人，公稔知其介，陰貸之金，戒弗言其所自。徵君覺，欲還之，公不可。會徵君疾革，愚山施公以己嘗出其門，復爲徵君代償。公乃槭貯友人處，久之乃出爲徵君賻，曰：『生也不可得而贈，死不可以奠乎？』其好德而近情率若是。

將發緇川留別葉彝錫同學

梅花何澹澹，照此東閣筵。親朋多歡笑，知己獨泫然。念兹歲云暮，中道情相牽。去住今日分，悲歡便隔年。莫歎食無魚，窮途有大賢。

國士賤苟得，千金等敝屣。惜此父母身，留以酬知己。君行千里道，痛哉傷岵屺。長歌聲已吞，悲來莫能止。此意誰與知？雙淚落流水。

秋夜對月

秋容何澹蕩，獨與幽人宜。夜坐羣籟寂，虛檐動微颸。起視庭中樹，明月懸高枝。素影過西垣，餘輝轉紛披。徘徊不能寐，促織鳴空帷。徙倚東窗下，聊以清襟期。

和歸孝儀遊西山詩

高人愛林泉，目曠神俱適。偶然乘興往，因之竟日夕。感事撫長林，含情念疇昔。澗泉夜清冷，松月寒寂歷。饑隺鳴崩崖，晨光吐絶壁。勞勞塵壒間，君應笑逋客。

夙聞西山勝，浩然思獨往。嵐氣辨混濛，野色看莽蒼。巖陰杳窕入，壁峭夤緣上。良辰願每違，塵蹤滯幽賞。披對永嘉詩，瞭然若指掌。拂拂豪素中，雲光倏飄蕩。會當躡丹梯，仰矚天門敞。

送伯兄之任衡陽

寒蟬噪白露，絡緯吟微霜。中夜不能寐，曉起登崇岡。伯兄今南征，遥指衡山陽。上有迴雁峯，巀嶪淩穹蒼。奮飛不可越，豈云川無梁？骨肉本同生，分離各一方。百年能幾時，各自去故鄉。倚閭情鬱紆，何以慰高堂？

母年七十餘，齒衰頭盡白。自我先人殂，三紀守冰蘗。辛苦授一經，籯金無餘積。幸沾微禄榮，每恨慈顔隔。兩子各天涯，迢遞悲行役。林間反哺烏，啞啞啼晨夕。哲兄捧檄行，況瘁王事迫。菽水吾將歸，愛日眞可惜。

憶昔先黄門，衡陽曾作仕。棠蔭今猶存，冰操夙所砥。還家無負郭，芳馨佩蘭芷。遥遥四十年，誦聲在人耳。行矣嗣前修，素節相終始。湘水清且漣，泠泠漱玉齒。願承清白風，長以貽孫子。

放歌行送梅季赤同學歸里

少年讀書意氣雄，酣歌拔劍凌長風。苦遭青衫太拘縛，翻身欲擲東海中。江河滔滔日漸下，百川誰爲障其東？吾郡數子蹶然起，搴旗伐鼓聲殷隆。手持寸管不肯下，昆刀砥石相磨礲。西園閉户歷寒暑，造車合轍將毋同。就中梅子尤挺出，皎如秋日生芙蓉。有時高吟發清嘯，孤鶴矯矯鳴長空。我昔聞之爲起舞，酒闌月落低梧桐。才高不畏俗眼白，霜蹄躑躅嘶秋風。青門瞥見驚復喜，口噤足躄摩雙瞳。剪韭炊粱話疇昔，交頤涕泗摧心胸。黄金臺上朔風急，雪花片片如飄蓬。桑乾水涸黄河凍，忽復言别隨征鴻。小樓深僻隱幽巷，敬亭雲出當前峯。虚窗夜火塔影直，及時足用須三冬。即今同學多不賤，布衣豈合終厄窮？凌雲健筆漫自惜，會看待詔長楊宫。

萊蕪道中

崎嶇歷古道，躑躅背斜曛。水到萊蕪合，山從岱嶽分。崩巖留積雪，斷壁入寒雲。塵甑流風絶，誰歌范令君？

得家書

出門纔踰月，再喜得家書。遊子開顔處，高堂墮淚餘。寒天思擁絮，世路戒衣袽。讀罷情難盡，何時奉板輿？

望泰山

岱宗山色鬱崔嵬，目小方州一柱開。嵐氣忽青天漢合，松陰欲白海雲來。空傳玉牒藏千載，不見金莖湛一杯。但敘彝倫静區宇，休將鸞隺望蓬萊。

送詹子朗同學歸里

津亭垂柳拂征衣，勒馬金臺送客歸。世路漫憐知己少，天涯獨惜故人稀。山塘雨過梨花冷，野饌春深竹筍肥。君到琴溪應念我，好憑仙鯉慰調饑。

秋夜過毗盧菴訪阮于岳同學

淡煙斜月愜幽尋，業菊疏篁轉逕深。巷僻風燈懸竹户，夜寒霜磬落松林。閒收菰米同僧飯，坐擁琴書静客心。逆旅故人頻契闊，舊遊回首一沾襟。

冬至祀圜邱禮成恭紀

嘉辰肅穆戒郊壇，嗚蹕聲中候玉鑾。琮璧薦歆成九獻，旌旗拂道擁千官。晴雲遠岫摇空翠，旭日輕煙散曉寒。正是一陽初轉律，春風先已徧長安。

頻年撻伐奏膚功，久識皇靈格昊穹。獻馘只今歌泮水，受釐自昔重齋宫。聲希味淡風還古，吹管飛葭氣自同。從此昇平膺帝眷，共占雲物紀時豐。

送宗漢臣之任建始

三年晨夕共燕都，此去征軺爲剖符。遠道一官悲喜集，故人兩地夢魂俱。巴山落日啼猿狖，峽樹清秋響鷓鴣。暫向天涯傷契闊，還從霄漢望飛鳧。

瀛臺宴賚紀恩

金素開芳節，昇平協令辰。奉三敷有極，吹萬悦無垠。丹浦威神肅，靈臺景象新。堯階瞻似日，文囿樂如春。式宴傳嘉命，殊榮及近臣。經綸咨乃弼，鄉尹念惟寅。密禁登瀛彦，分曹列宿倫。講帷勞輔翼，補衮重批鱗。藹藹推時哲，師師盡吉人。葱珩聯上苑，錦纜問仙津。荇藻看凫唼，莓苔見鶴馴。池塘清夏氣，沆瀣薄秋旻。喜接天顔近，恩沾帝賚均。龍綃元内府，鳳綺實奇珍。織作無停手，裁縫定稱身。當思小民力，敢負大廷仁？近侍頻宣語，羣僚賜飲醇。瓊漿光泛玉，鮮鯉色勝銀。獸炭宵燔鹿，鸞刀曉擗麟。傾心三爵飲，拜首百壺巡。既醉冰筵徹，還頒雪藕蘋。藜腸眞飽德，華果競沾脣。笑割東方肉，休懸卜子鶉。芬榮沾御饌，忭舞就華茵。省歲思陳範，歌風欲繪豳。岡陵時獻頌，燕鎬愧同申。

茆薦馨

江南通志 茆薦馨，字楚畹。宣城人。康熙己未探花，授翰林院編修。時集詞臣纂五代史及易經講義，薦馨分輯不懈。蜀平，獻詩稱旨，未幾卒。

邑志文苑傳 茆楚畹，少英敏力學，寒暑不輟。爲文不屬草，頃刻數千言立就。屢困棘闈，縱遊齊、梁、燕、趙間，改就北雍。時吏部尚書宋公爲國子祭酒，奇其文，以國士目之。己未廷對第三人，名益重。俄而疾作，竟以病請易簀。平生孝友廉潔，待人一以誠信，遊宦十數載，家無餘財，所居帷幕不周，突無炊煙，晏如也。卒賴相國杜公、尚書宋公、贊善總憲兩徐公共爲經理。

國朝詩品 楚畹號一峯，有畫溪草堂遺稿行世。

〔增〕

歸允肅墓誌略 公號一峯。少英敏力學，寒暑不輟誦。郡丞龍沙李公延置署齋，使其子受學。有富人夜餽百金，請爲脱死獄，君正色拒曰：『有國法在，我何敢令死者銜恨地下？』卒不受。其生平正直類此。文不屬草，頃刻成數千言。所著詩歌有畫溪草堂集。

方渭仁健松歌

長安日出紅塵多，樓臺千尺無纖柯。但聞孤松有怪形，五日一去三摩挲。朝罷摩娑安得久？鵝綾持向長康手。寫出一幅虬龍圖，半夜風來聲似吼。方君爲言家園東，松如車蓋參天雄。白嶽仙根不易得，先人手澤日鬱葱。江南此松號三鬣，不與滄桑同浩劫。遂安兵火幾回殘，蒼皮玉骨依成堞。我不得見凌霜姿，猶能讀君秋琴詩。詩篇磊落非一節，空濛幻出蒼螭姿。筆掃秦時大夫五，漢代赤松不足數。茶鐺竹榻一吟哦，天地皆青人太古。此松朝貴少炎涼，此詩李杜爭低昂。聞道富春山水勝，何能箕踞共徜徉？

秋日唐畊塢蕭鶴問周雪客三子枉過小飲

清秋盡日對巖扃，上客相思騎一停。山縣未能供玉膾，酒人偏欲註茶經。霜催寒磬空江冷，雨過高林叠嶂青。最喜濂溪家學遠，先成詩句好娉婷。

病中述夢

半年消渴望蓬萊，夢裏君王賜藥來。隱隱龍舟競渡去，香風天上五更迴。

宛雅三編卷十一

國朝

袁啓旭

邑志文苑傳　字士旦，號中江。國學生。詩及書法皆警邁。與同邑施閏章、梅庚負盛名，都下人得片紙藏弆之。有中江紀年稿行世。

魏禧江湖一客詩序略　宣城袁子士旦，工詩而好游，自題其草曰江湖一客詩，若曰吾亦江湖之一客云爾。其詩蒼秀雄麗，足與作者抗衡。吾甚怪夫袁子年甚少，何其老于詩若是也。袁子有當世之志，以游結友四方。其詩之工，才藝之美，人得而知之；其志意，非復交遊所能道。然而，袁子則且以詩游矣。

宋實穎中江詩鈔序略　讀士旦詩，則發揚踔厲，頓挫鬱塞，以秦風之悲壯而兼以楚騷之哀怨，眞東南第一才子也。前輩惟梅村先生可以方駕，近則其年得其豐腴，漢槎有其英槩。負此嵚奇兀落之才，歲暮旅人，燈灺席冷，求一狗監知己而不可得。士旦其安之，連城之寶具在，必有泣血以相明者矣。

〔增〕

李振裕序略 余聞袁子論詩，以漢、魏、盛唐爲宗，下此皆在姑舍之例。故其爲詩也，格調高渾，辭旨雅馴，不以設色爭妍，不以隸事矜博。此非有卓識鴻才，涵養醖釀，不能得古人正派如此也。

汪士鋐序略 袁子中江詩，氣昌力厚，原本于漢、魏，而縱横于初、盛之間。使人讀之，渾忘爲中江之詩，而直覺其爲漢、魏、初、盛之詩。非其氣與力可以頡頏上下，俎豆不祧乎？近東魯王阮亭、吴江吴漢槎能爲盛唐詩，與中江皆稱黄鐘大吕、沈鬱雄高之作，其必傳于世無疑也。

孫喆序略 士旦偕諸君子至輦下，王公大人折節下交，傳誦其所作，拾其墨瀋，以爲寶貴。紅蘭主人延之上座，稱爲南中第一才子。將以薦舉，蘄媲雅頌，爲歌詠太平之章，而不料其即亡于旅舍也。

績學堂文鈔 吾友袁士旦，多才負氣，善詩、古文及行草書法。嘗遊燕、薊、齊、魯、河南、淮北、三吴、兩浙之間，上溯豫章，以踰嶺表。所至名公卿以逮山居抗節高蹈之士，往往折輩行與交。學以日進，而名日以益起。然自遷居鳩兹十餘年來，迹不至里門。

甲子冬，與余重晤金陵，稍稍得見其著譔，知袁子之學具有本末也。袁子嘗謂：『余欲約里中同志，各裒專集，彙刻爲宛陵十子詩。』乙丑來宛，又欲徵選諸里中近年來已未刻之詩爲宛雅續集，而皆未果。

暮歸草堂作

野水何清曠，林薄横煙霏。悠悠江上山，蕩漾煙水湄。一碧浮四空，落日無雲時。晨興采芳去，薄暮方旋歸。桑柘交遠渚，鷄豚返故籬。新月照春波，春鳥當空飛。波光不可挹，鷗鷺已忘機。叩我東皋廬，夕露沾裳衣。

涇川舟中雜詠

揚舲溯煙渚，展席臨芳洲。威紆廣遐想，眺聽延深幽。早春風色佳，卉木漸和柔。前溪夜雨過，明沙溢清流。豁然無人境，天影行虛舟。依依遠嶼雲，泛泛遥汀鷗。玩物意轉適，觀化道靡修。清川恆若斯，予行將安求？

太守塵凡士，秦人豈神仙？淵明本寓言，世不乏桃源。泛舟越澄潭，雲日相鮮妍。樹杪見村墟，曖曖桑麻田。桃花千萬株，株株蔭門前。渴飲桃花水，醉臥桃花煙。桃花更代謝，居人無歲年。自得鷄犬樂，安知世運遷？抱璞聖所貴，守貞理則元。疇能保天和，脱此區中緣？桃花潭在涇縣南，即汪倫送太白處。

泛舟至雷峯步登南屏絶頂下憩静慈寺

輕煙裊素波，花明見微磴。艤櫂柳港陰，遂躋層巒勝。浮圖積古色，石竹隱凌競。山風何飄飄，吹袂上蘿徑。苔蘚重逾膩，松柏森猶勁。峯迴萬象開，湖迴孤霞映。紺宇嵌空冥，精藍窈深靚。一叩蒼扃幽，便滌塵襟浄。邈然人代感，緬想眞如境。浮生胡擾擾，至理誰復證？安排在巖棲，朝昏永游泳。

泊舟湖心寺翫放生池循六橋而下

振策騖遥景，繫纜凌風煙。湖迴心迹曠，趣深物象延。孤寺秀寒漪，空濛雲樹鮮。柔荑被芳址，遊鯉泳中川。畫楫紛摇摇，羅袖來僊僊。濃香潑絲管，清流寫嬋娟。雲鬟映輕霞，笑語從風傳。好鳥與春花，作意懽朱顔。倏忽日西馳，佳麗隱芊緜。六橋有遺迹，錦塘無故妍。惟餘濠濮情，瀟洒謝纏牽。一詠白公詩，允契莊生言。

冒雨登孤山放鶴亭弔林處士墓

巑岏出清波，秀色亭亭上。青松冠層岑，紅英繡平壤。西陵風物佳，玆山翕幽賞。石磴水瀠洄，文禽弄清響。暄風變寒淒，雲廊翠蕭爽。微雨洗山容，穿林愜孤往。霏霏濕煙凝，漠漠春流廣。昔賢有遺迹，孤亭面遐敞。披草謁荒墳，高風一想像。白雲何逶迤，伊人隔疇曩。大嘯凌滄洲，高深在俯仰。

三天竺

客遊多好懷，春風亦未歇。晨禽囀幽林，招我事登陟。陂陁山色佳，松翠去無極。危徑開上方，妙香參祖席。森森震螺鼓，隱隱眩丹碧。蓮房氣轉深，鷲嶺青逾逼。出石蒼鼠馴，披草玄羊適。始驚衆壑奇，旋覺諸天闢。遐尚朝已躭，幽探夕猶惕。薄霧漸氤氲，晚卉頗蒙密。稍見舍利光，微聞滄海汐。山川曾幾時，蒼苔蔽行迹。一悟白雲心，浮塵復何益？

循煙霞洞下嶺至石屋洞

晨興陟亂山，停午憩倏眕。巖高哀狖吟，樹密春禽隱。交藤路漸披，獨隺徑徐引。石竇閟玄冥，巨靈斧眞境。開鑿自何年，潛虬遁虛牝。海氣通平遠，寒煙錮深迥。雕搜匪一壑，險仄有孤嶺。僊室越陰涼，人世殊朝暝。渴欲漱乳泉，饑將摘松菌。於此託賞心，毋勞慕張邴。

從芙蓉嶺歷青龍潭觀瀑入黄山經始

大化孕靈奇，劈劃自軒后。表裏固重關，奔湊成錯繡。層巖脱包絡，盤折出天竇。一聲散千瀑，合流會羣溜。轟騰觸巨石，曲折逗巒岫。飛沫噴霜雪，早夏亦冬候。神物蟠爲淵，珠鱗孰能究？徒然明鏡光，豁達鑑黝繆。於兹耑眺聽，頗益神智茂。明當恣冥搜，極與大圓壽。

午後投松谷菴山僧導至黑龍潭憩石

牽侶入松門，步步接香葉。眷彼山中人，雲霞在几席。朝朝採松英，暮暮飡松液。法因龍象開，地以凡眞别。桃花亂如煙，朵朵飛蝴蝶。更有千篔簹，琳瑯戛霏雪。空潭雜坐臥，石漾波明瑟。倒映丹霞峯，容成倘可接。將毋鶴駕來，天風響鐵笛？

由松矼行迴望光明頂下穿鰲魚洞上百步雲梯抵蓮華峯

仄險不可名，高下非一狀。太儀相斡旋，變現莫能量。環錯沙矼松，鬱律光明相。洞俯闟谽谺，甭匒穿沓障。陽霤惕虛危，陰井駭澎浪。升若蝸涎壁，降疑鼯竄盎。千折歷地底，一躍出奇壯。天梯更艱阻，丹級絶依傍。竟踏蒼龍脊，四體渾嵚蕩。的的紫蓮華，宛轉赤霄上。僊瓣開冥濛，列曜紛相讓。芙蕖三十六，拱揖誰當抗？飡英坐其巔，流睇倏神王。逍遥見天倪，懷抱領清曠。堯舜皆粃糠，長嘯絶塵坱。

經龍門龕

春風泛艇來龍門，雲濤雪浪相吐吞。路盡谿迴出墟落，手扶椰栗衝朝暾。雜花緣牆挂蘿蔦，蒼藤破壁垂猢猻。石古路細開天塹，山橋野店霾雲根。巨嶂攢空百靈過，虬松倒地羣龍奔。中通一綫懸鳥道，高下迴複驚心魂。古葉經冬春未落，清霜零夜晝猶存。如蟻附蛭蝸涎壁，十步九折胸嘗捫。嵐深翠重天不定，圖畫時復臨荒村。竹影茶香噪鳥雀，曉風暮雨看鷄豚。野叟自激春雲碓，山婦時沃洗頭盆。細流濺濺漱石齒，長林漠漠摇山跟。此中眞有太古意，惝怳幽奇難具論。一嶺界天收萬象，衆峯插地羅諸孫。世人任耳不任目，好事抵死尋桃源。似此咫尺足不到，蹋躇如同蝨處褌。眼前邱壑豈易得？一笠已透煙霞痕。徘徊不復倦登陟，俯仰頓欲忘饔飧。洞簫吹上梅花月，白石欲落青苔昏。要窮人世經奇處，睫底更有黄山尊。

太湖漁船歌

太湖漁船天下無，高桅六道開煙蒲。白浪掀天黑風惡，撇網張帆始快樂。一網張來直萬錢，銀鱗潑刺高于天。漁婦單衫七寸袖，朱顔雲鬢銀釵溜。風中梳洗月中眠，兒女滿舡不記年。今朝賣得魚多少？爲儂買繒製寒襖。

虎邱寒食篇

寒沙吹斷六朝春，江左煙花愁殺人。北去銅僊空染淚，南來鐵馬易生塵。只今誰是繁華處？三吳風景猶如故。不信請看溪上波，鶯嬌柳彈山塘路。山塘歲歲早春天，士女嬉遊曉放船。蘼蕪雙進鴛鴦槳，簾幕低摇翡翠鈿。千家萬家齊出郭，粉靨瓊姿嬌芍藥。風和蛺戀鬱金裙，月明鈴動鞦韆索。風月誰家俠少年？高臺歌舞劇留連。海湧峯前平作隊，生公石上儼遊僊。酒旗茶市緣山罅，紅欄正與青松亞。雲鬢摇來彩扇新，羅巾撲處夭桃卸。曲曲精藍盡有名，山僧偷眼費逢迎。繡襪斜侵遊子徑，鉄衣共繞法王城。白日廣場歡未足，緑屬侍兒齊秉燭。畫檻平分客似雲，香車歸擁人如玉。盛事流聞幾百年，半生湖海總無緣。良辰空向愁中度，靈境多從畫裏傳。兹來恰值清明節，堤邊百舌聲聲説。埜店梨花解媚人，山橋竹葉堪留客。勝會今春更倍常，百神車駕賽江鄉。呵殿聲來闐紫陌，旌旗色暗繞垂楊。垂楊紫陌香塵起，輪蹄夾道如流水。麝蘭偏近女妖嬈，紈綺爭誇貴公子。翩躚佳麗不須陳，市肆繽紛更絶倫。吳歈奏罷十番鼓，商鼎傳來百代珍。别有蛾眉善窈窕，玉纖剪出天孫巧。碎錦斕斑解語花，色絲摇動啼枝鳥。輕薄兒郎不計錢，買出腰肢别樣妍。好把明珠方婉轉，競將白日比嬋娟。嬋娟宛轉眞如夢，春光容易韶顔送。曉露纔霑陌上鴉，寒星又射釵頭鳳。年年風雨叠相催，舊事銷沉半刼灰。水落魚腸猶有氣，雲荒虎迹已成埃。新煙漸滿平江樹，芳草王孫自來去。一飯誰澆伍相祠？三杯枉酹眞娘墓。兵燹東南又十秋，蕭條煙火盡成愁。無數紅粧悲斷梗，幾多白骨委荒邱。此地由來眞樂國，繁絃急管何處極。婦子難忘游冶情，耕桑祇費貧民力。闔閭稱霸逞雄圖，佳話流傳盡在吳。君不見，姑蘇臺上荒煙裏，可有當年金粉無？

臺城路行

江南十月天雨霜，青楓葉赤黄花黄。六朝金粉盡銷歇，登高眺遠何茫茫。半生作客長干住，傷心怕過鷄籠去。今來雨霽風日佳，尋秋誤踏臺城路。臺城舊事那堪論，三百年來迹已陳。青鬢自憐生較晚，蒼梧尚覺淚痕新。殷勤猶記前人語，成均地接華林塢。帝子儒冠向辟雍，元勳朝服陳鐘鼓。六堂絃管何雍容，四海車書萬國同。受經朝入花爲綺，釋菜宵回車似風。宛轉橋連玄圃上，文禽仁獸紛來往。水木清華仙境如，翳然濠濮明菰蔣。蕭寺平臨最上頭，誌公遺像御書留。紅牆金鐸朝相語，繡榻經聲夜未休。别有高臺高百尺，風竿日晷紛交接。象緯憑將玉尺裁，龍蚫盡向銅山列。其下窈窕繚崇墉，百神靈異棲當中。碧殿歲時陳俎豆，朱欄曉暮吟杉松。帝王廟貌標前代，英姿颯爽功臣在。衮冕能追虞夏先，霓旌欲閃徐常隊。父老懽娱恣冶遊，承平歲歲不知愁。春風桃李人如市，秋夜笙歌月滿樓。烽火何年桑海變，繁華過眼成奔電。淒涼錦繡總塵埃，滿城禾黍誰嗟怨。老僧攜我向山頭，白露荒煙慘不收。精舍丁男鋤瓦爍〔一〕，講堂風雨斷梧楸。成賢街作老兵宅，馬矢蕭條白日匿。何處吹來廣漠風，陰沙亂捲蒼龍闕。銅壺滴漏已無存，廢礎平蕪總斷魂。叢祠難覓諸王面，塌井頹垣半掩門。蔣山昔日山横黛，橋陵處處鳴竽籟。杳靄能令百鳥藏，陰森自合羣靈拜。淼淼明湖千頃連，芳洲錯落草粘天。魚鱗册盡中央貯，天語亭高四海傳。只今看山山骨立，蒼顏赭面誰相識？鐵馬常從終夜趨，銅駝又向高原泣。輕雲冉冉覆宫牆，郊壇終日下牛羊。秦皇寶氣空埋没，晉室衣冠自渺茫。昆明池水無多賸，日光欲入殘霞映。落木平疇隼亂飛，寒潮别浦鴉成陣。眼看江左幾興亡，天塹由來不可常。鼎峙漫言卑蜀漢，偏安未許哂齊梁。仲謀自是英雄氣，琅琊龍化非容易。創業原高戰伐勳，後人自失江山利。傷情最是胭脂井，張孔無聲悲素綆。臨春結綺野煙生，楊柳飄殘夕陽冷。大本堂前又一空，玉階芳草泣秋風。龍樓鳳閣今何在？輸與鷄鳴午夜鐘。

述遊黄山吟寄家中

我昔夢想金銀闕，揮手欲上三神山。煙濤杳靄不可即，乘風一去歸人寰。日坐江頭弄雲月，白龍杳窕蟄不發。瞥見仙人凌紫霞，招我青天握玄髮。天都屼嵂開重門，碧波萬頃浮雲屯。六六芙蓉羅杖底，青蒼拱揖如兒孫。一嶺初入千松鳴，萬壑砰訇盡有聲。日照瀑泉吹不斷，鹿銜仙草去還明。松谷有眞人，遺蜕歸青旻。種松成翠幄，種花成錦茵。環珮玲瓏立清曉，海棠玉蘭香四繞。仰視止見頗峨鬱律之碧嶂，俯瞰亦有琤琮蕭瑟之瓊島。仙家路與尋常别，挈伴出門迷所適。石子斑斑溪水流，屢渡纔過僊榜壁。太乙出氤氲，筍矼盡連雲。一步一級高不極，直凌萬仞窮蒼旻。横抛榔栗藉苔臥，空中髣髴雲車過。紫府仙翁去看棋，明瑫玉女嬌無那。獅子林前樹，散花塢下花。北斗闌干挂天末，青童招我入山家。山家高嵌石鼓傍，澄潭赤綫飛珠光。曙星欲落未得落，天鷄引吭鳴扶桑。不惜青鞵遍登陟，自排列戟窺洪荒。捫心踞石驚不定，羣眞出没嵐光靚。拔地全開菡萏花，磨空盡入軒轅鏡。路轉丹臺那有砂，雲沉天海全無徑。還探幽洞下鰲魚，更歷雲梯叫玉虛。蓮花高高不可以徑上，但擎花柄摩花跗。摇蕩下花溝，的歷親花乳。花氣含芬芳，花光久延佇。人立花鬚只似雲，衣沾花露全疑雨。行行戒白沙，款款導神鴉。攀蘿直上千層石，入院全披五色霞。此時峯勢盡沉煙，此際松陰絶可憐。龍虎騰沓兮卓地，劍笏攢簇兮參天。不知軒后去今七十四甲子，藥房丹竈將誰傳？但見白猿叫跳升絶壁，玄鶴翩翻繞樹巔。瀣漿可吸，金芝可餐。瑶草不死，日月常寒，渾茫元氣兮無邊。到此方知知未得，天開一綫還奇絶。松身化石石化雲，不省初從何處説。天意作奇天漸小，松樹閲人松未老。千回萬折過天門，滿地松針閑不埽。翠篠穠花匝路傍，青鸞紫石乍低昂。山中老僧舊開徑，揖客同登説法堂。恭聞聖母璽書藏，金蓮色相何輝煌。千年法物霏妙香，百神呵護趨中央。觀者再拜猶肅將，況復丹泉浴古皇。涓涓不息流温湯，一沐三浴神揚揚。底須蓬島湌玄霜，九龍猶足驂翶翔。只恐山中七日塵世改，作歌爲報今樂康。

秋　陰

秋陰易爲雨，遠近生林煙。埜水欲上岸，濕雲不到天。豆花纏草屋，瓜蔓引沙田。近得莊生旨，沉冥理信然。

石公山

峭壁臨湖水，空靈衆籟鳴。鳥聲俱不到，雲氣自相生。山浄妙香出，松高宿露清。徘徊吾與汝，眞足暢幽情。

吳興道中

吳艕行煙雨，春來苕霅溪。鶯聲啼不住，桑葉緑初齊。亂水各成路，遠山微有蹊。今宵沙際宿，不盡浦雲迷。

送葉桐初之嶺南兼寄陳元孝梁藥亭冼喬之離幻大師

一片江南月，北風寒有霜。離憂如落葉，相送下潮陽。我亦羅浮客，別來仙嶠長。梅花千萬樹，與爾正相望。

留題開元寺水閣

百戰河山在，千年水閣留。人來芳草暗，花發埜塘幽。冠蓋遺墟里，雲煙鎖舊邱。春風憑解榻，不盡故鄉愁。

獨遊尋往迹，亭榭失芳菲。菜甲經春長，魚苗過雨肥。銅瓶沉碧井，石碣斷臺磯。只有空梁燕，年年他自飛。

雉堞層層見，高窗枕簟涼。片雲行木杪，一鳥破山光。洗石苔紋亂，投竿水氣香。幽棲如傍此，不羨午橋莊。

買山何必隱？隨地即吾廬。況有千竿竹，堪停上客車。泉聲飛送酒，梅子落驚魚。何日容高枕，招攜只荷鋤？

僊源曉發喜晴 同汪栗亭、吳綺園、東巖、梅勿菴、雪坪。

天許名山約，春城放曉晴。水聲低出樹，花氣暖聞鶯。已辨青鞵爽，眞拚白袷輕。容成倘相待，應共碧霄行。

飲汪于鼎文冶春草閣

悠悠春草閣，正對松明山。一水復一石，羡君兄弟閒。晴雲杳然去，幽鳥時來還。但醉就花臥，此間非世間。

留別王山長學博

瀟湘好煙水，東流盡入吳。我家在江滸，春色滿蘼蕪。別爾揚鞭去，持竿歷畫圖。相思不可見，千時月明孤。

太白樓

白雲吹不盡，明月在高樓。彷彿見顔色，天空江漢流。春禽啼秀木，寒笛起芳洲。獨酌一尊酒，悠悠千古愁。

漁亭道中

征鞭初試酒旗風，如此谿山罨畫同。客路煙花寒食後，人家樓閣水聲中。雨餘芳草尋牛迹，春到柔桑出女工。更是采茶時節近，嬌鶯啼殺杜鵑紅。

敬亭山遊眺感事

雙谿渺渺眩明霞，城郭人煙望裏賒。朱户春殘迷燕子，青山寒盡落藤花。雲移遠岫當杯合，風偃新篁壓帽斜。景物不殊人漸老，幾家池館作桑麻。

李大司空醒齋先生招飲

雨過西山積翠開，藤陰猶照夜銜杯。人從珠箔穿花入，公自金鑾曳履來。袖裏天香飄几榻，吟邊秋色遠塵埃。懸鐙欲話數年事，漏轉銅籤未擬迴。

尋春過三昧禪院訪舊時主僧無一在者愴然有作

山逕逶迤隔數峯，十年重聽下方鐘。雨荒竹院鈴相語，花落禪牀草自封。蒼蘚舊題時見影，白雲高閣去無蹤。繞門一帶寒松碧，猶記追涼逐短筇。

寒夜集儼若秦淮寓樓分韻 同長庚、文思、璞菴、鉉升、越攜、南支上人。

日落鍾陵紫陌重，早梅高閣坐從容。雁聲到水月初上，人語過橋煙正濃。歲暮愁應疏客鬢，夜深酒欲散霜鐘。六朝佳麗餘衰柳，歌嘯何因此地逢？

弔施愚山先生墓

竟于桑梓失交親，天壤何當更此人？忠孝關情時下淚，文章落筆總如神。千秋業在歸荒土，一代書成泣老臣。最是傷情臨宛句，夕陽芳草臥麒麟。

曉發陽村抵瀔口道中即事示栗亭

層層黛色欲摩空，盡日人行碧篠中。雲碓響添前夜雨，春衫寒受落花風。山村茶筍家家早，津路橋亭處處通。始信仙居在圖畫，草堂猶隔阮溪東。

送右湘之廣陵

仙山樓閣好相招，忽漫乘風去路遥。花徑夜收榆莢雨，春江人上木蘭橈。玉鉤斜畔迷香夢，金谷園前急暮潮。不信廿橋明月地，輸君獨往聽吹簫。

京口雨中渡江

畫槳輕摇出浦長，妙高臺畔雨微茫。潮頭芳草迷瓜渚，帆背寒雲没射堂。近海魚龍眞浩蕩，過江天地易淒涼。中流莫漫吹横笛，廿載煙消戰伐場。

開元水閣有感

仄徑蓬蒿刺眼長，半陂衰草舊斜陽。孤城鐘動寒潮合，百戰人歸老樹荒。戍卒銜煙朝汲井，山魈避日夜登牆。年時游伴今何在，贏得將軍牧馬場。

玩鞭亭懷古

郵亭一笠俯平田，往事空傳七寶鞭。犀甲樓舡沉曉夢，龍媒官道鎖寒煙。英雄已落眞人後，父老能談典午前。江左君臣總流水，杜鵑風雨泣年年。

慈光寺二十韻

寺即硃砂菴，明神廟時爲普門和尚創建。內有慈聖太后所賜藏經、七層滲金佛像、千佛紫袈裟、紫金盂鉢、錫杖諸法寶。

紫氣玄都上，丹砂斗極中。龍髯超汗漫，鷄足闢洪濛。僊境榛蕪剪，禪心混沌通。一乘開象教，萬壑破蠶叢。日月金輪轉，乾坤玉殿崇。精神傾國母，法像表神工。椒閣徽音降，旃林聖眷隆。牙籤標貝葉，錫杖駐花宮。瓶鉢毫光白，袈裟繡錦紅。御香春靄靄，脂澤水瀜瀜。世許僧徒護，人瞻佛力雄。百年留想像，十地盡昭融。虎拜空堂月，猿鳴上界風。珠旛輝晝夜，鼉鼓震西東。晞髮羣靈繞，尋眞野客同。青松趺老衲，朱草發童蒙。嵐翠深何極，泉源去不窮。雲英霏𩃬䨴，海氣絢曈曨。采采三芝得，翛翛五蘊空。朅來高頂宿，髣髴抱遺弓。

雨中觀打魚

春雨暮湖平，沙村羣網集。小艇隔溪煙，斜風動蓑笠。

詠　松

千山只一松，各自爲變態。朝朝渲蒼煙，暮暮染螺黛。
盤拏山雲根，終古絶附麗。一松一僊人，絳節朝黄帝。

舟中即事〔二〕

楊柳絲絲緑未齊，好風吹客上山谿。人家半住懸崖外，一路松陰鳥亂啼。

祁門溪上遣興

小艇漁郎不可招，煙波人影去迢迢。柳絲摇動斜陽外，又送東風過板橋。
橋上人家桑柘新，短蓑長笛往來頻。東風似識遊春路，故遣飛花飛着人。
雲外山村竹徑斜，雲邊茶荈漸生芽。銀釵婦女踏歌去，插遍滿頭桃杏花。

芳村遇雨〔三〕

朱櫻碧桃花滿溪，芳樹人家徑欲迷。布穀鳥兼鵖鳩鳥，千聲只作一聲啼。底事出山晴不徹，濛濛煙霧作絲飛。多應昨過龍翻石，帶得孤雲化雨歸。

次青弋江訪友人不值

青弋江頭一葉舟，山光雲影共沉浮。門前多是桃花水，未到春深不肯流。

梅　直

邑志文苑傳　梅直，隱居著述，以博雅稱。

按：直號木山，一字古愚。篤學耽吟，著述甚富，存者有不偶編詩詞各數十卷〔四〕。

〔增〕

蔣平階梅木山詞集序略　木山蕭條散誕，略與予同，而又年長予。一切物情之所矜豔而留連之者，皆不與耳目相接，宜乎名理之言日親，情思之作日遠。

俞綬木山集序略　夫木山之先曰聖俞先生者，以詩鳴於宋，爲歐陽氏所推服，而未嘗爲詩餘。其後季豹、禹金兩先生，風流文采，跌宕於瞿硎□□之間，至天下喫井水處，無不唱章臺柳。而□□聞擅名詩餘，而木山驚才架學，以後出而駕其上。

誰昔行贈萊陽姜如農黄門

深柳新蒲隨意緑，積然高枕歌榮木。有客扶筇叩我門，鬚眉磊砢懷幽獨。誰昔神交願執鞭？鳳池嶽嶽四方傳。仗馬一鳴驚輦轂，彼哉伴食羞寒蟬。已事崢嶸那足道，佩玉横金都宿草。萬死孤臣七尺軀，昂藏方外躭枯槁。雙足踏翻九州雲，丹崖夢路迴知聞。伍胥浦邊風側側，要離冢畔月紛紛。丹崖爲黄門故鄉，近寓眞州、吴門。眨瞚空光周甲子，羲熙淪落今如此。蠟屐幾兩邱壑間，茫茫蒼翠横煙水。振衣嘯侶江南行，誅茆欲結敬亭盟。手攜冰雪招謝李，頭銜别署漢先生。君不見，夏浦潛蹤非擇便，申蟠全眞能遠患。丈夫歷盡百崎嶇，蟄龍翔鵠隨時變。蟄龍翔鵠隨時變，蘧廬天地憑一線。

五老會歌

春風側側吹晴昊，繁花四面甦枯槁。來輪去鞅胡紛紜，世事波翻無復道。莫問延之詠五君，聊繼睢陽學五老。少年相看白髮輕，麯蘖陽中老越好。同儔齒序先木山，昔昔燈檠歎有鰥。韜精沈飲忘賢聖，支策耆英數往還。同庚比屋叔昭叟，四十年來呼好友。王宰五日復十日，謫仙一斗連百斗。酒後無腔曲絶佳，温柔旅夢頻回首。新安似玉鬢生華，經邱尋壑思無涯。負薪差比叔敖裔，被葛誰知任昉家？坐隱澄江覓閒侣，埋照黄罏醉語譁。同宗咄咄稱雲躍，六十過頭情有託。一聲河滿雙淚流，寬衫岸幘雄鑿落。鸚武杯斟氣偏索。年逾四十魯玉君，避俗常擕冰雪文。眼如簸箕心如髮，欣然洛社與同羣。屈指二千多甲子，會老堂前容媲美。紅豆清樽盡等閑，鶯時燕社齊驅使。千古知心只杜康，鄭虔百歲中茫茫。甕頭畢卓眞顛狂，鍤畔劉伶何荒唐。騶帷笑對大道傍，狗竇偷窺沉冥鄉。少陵墜馬共扶將，紀叟泉臺誰索嘗？不如五老各傾囊，三百青蚨一飛觴。拈花課鳥憑歡伯，倚露和煙浮大白。

雲髯歌 馬子屬余首唱

雲髯雲髯飲我金叵羅，我今爲爾一作歌。歌聲繞梁塵欲飛，積光衮衮等流梭。憶昔皋比受經處，季長絳帳多追附。蘸墨研丹焠掌勤，南樓更指南峯路。過從屈指三十年，鶯燕崎嶇夢各天。蹉跎我已暫衰颯，歷落君偏愛老顛。酒罏茶竈生憐惜，素交晼晚皆陳迹。聞笛休嗟石季倫，銜杯且效陶彭澤。轟傳舊字呼雲人，俗子雷同恥溷眞。青銅白髮忽長笑，布置鬚眉軼等倫。局蜷朕虞左右手，蓬萊清淺拚回首。相顧皤然六十翁，向予還道忘年友。闔韻濡毫幾斷髭，拈花藉草頻支頤。燕市知音歡擊筑，旗亭畫壁妬題詩。劇憐榆景非如寄，布衾冰鐵愁無寐。谿湍冬涸澄江亭，雲髯、朕虞同居北郭。鐘聲夜冷開元寺。朕虞授徒處。君不見，藜火熒熒天禄書，吾鄉四入承明廬。問誰方外稱山史，稷下淹中飽蠹魚。又不見，市頭年少鮮衣馬，挾彈呼梟弄杯斝。獨留雙睫濕青衫，賸有孤情棲白社。從他羅隱與方干，不比今朝行路難。晨星舊侶存餘少，老健春陽瞬息寒。對君歌，爲君舞；謳吳歈，騰杜舉，四座鈴盤叩擊鼓。攤書何假百城封，沽酒難澆三尺土，歌罷臨風淚如雨。

天門山道中同徐爾狂

登頓疲前路，荒村雲靄中。隔山交樹影，流瀑亂松風。薄俗天難問，貧交道頗同。憑誰尋馬鬣，幽夢得君通。

坐内家感懷用去文扇頭韻

離悰經四載，明月故人心。垂老慵杯酌，長愁對卷吟。水雲千畝合，蘆葦一村深。何事添蕭槭，碪聲空外尋。

漢陽李雲田過宛上相見憶壬午夏把臂已二十三年矣宿感未平賦别以言

金飆吹不斷，相見各纏緜。殘夢如流水，故人非少年。風塵雙白眼，客舍一青氈。咄咄奚囊句，攜來欲問天。

夢中得蝶魂二句寤而續焉

五月正炎天，榴花火欲然。蝶魂千里月，鳥迹一林煙。垂老搴書帶，長貧涸硯田。蕭蕭容臥隱，流水任殘年。

一室

雪後渾無賴，孤懷祇自憐。六旬稀樂事，四序總冬天。路暝投林鳥，廚荒啄粒鳶。袁安多一臥，儌倖至今傳。

新河道中遇大鴻

此番眞邂逅，喜極轉忘言。各自傷離緒，因知擾夢魂。渡頭波鳥没，沙嘴榜人喧。空有蘿山約，嵐煙鎖一村。

九曲河道中

空外天無際，清溪接翠微。日晴催麥熟，春老耐花飛。挑菜黄敷錦，穿林緑染衣。急須喉吻潤，茶竈午煙稀。

同諸子游三天洞

丹葉下紛紛，遊同老少羣。巒奇雙樹合，洞杳一天分。層磴如傾溜，懸崖欲斷雲。龍湫深不測，細響半空聞。

同荀仲吉裘鼎夏過慧照寺訪埜嶽既白諸上人得休字

風殘菊老正高秋，布襪芒鞵數舊遊。方外遥情同鮑照，牀頭浄語識湯休。青天嘯侶來霜雁，白首忘機學海鷗。鐘磬夕陽聲不斷，沃洲亭畔夢悠悠。

感懷

愁絶遥思梁父吟，悲臺哀壑二毛侵。俗聲難比車中鐸，朽質還輸爨下琴。落葉紙窗千里夢，寒燈布被四時心。臨風是處頻回首，依隱牆東戀盍簪。

送雲髯游鳩兹

片帆遥指族雲中，芳樹晴絲裊碧空。客路僅寬衣帶水，鄉心偏繫石尤風。青燈夜集傳張禹，絳帳春生識馬融。爲問魯明江上月，窺人一點夢思同。

同愚谿子楫升元過伯進竹隱留酌竟日述懷

幾年夢入浣花村，邂逅同傾老瓦盆。桑椹小紅齊結子，竹枝修緑漸生孫。琅玕戛戛直干霄，繞砌緣岡不待招。天語竹風清沁骨，歸途落日半山椒。

吴　麒

字子仁。庠生。好吟，不樂仕進，生平著作無子俱佚。友人張嘿菴録其辛壬小草藏之。

桂花樹下

何事提壺至，澄泉一潄涼。清飆來洞岫，野徑見羲皇。秋澹含香遠，花癯㚖影長。韶光容易過，不久又重陽。

早春山行

埜徑探芳行，春山若送迎。松根篩旭影，竹杪溜泉聲。遠瀑斜垂白，孤光暗逗明。眞空原在色，遍地是無生。

登徐司寇方壺閣

崇阿高拱俯城闉，百尺元龍眼界新。呼吸霞光通帝座，摩挲粉墨住仙眞。檐牙雨漬釵痕漏，棟角蟲穿鋸屑塵。莫嘆興衰如電影，繁華終是太平人。

祝木山八十用自壽原韻

滄海横流謝羽心，登臺時作楚聲吟。青山巢許塵中老，白日羲皇夢裏尋。獨酌悠然新漉酒，移情一曲舊鳴琴。柴門草色染衣緑，殘客輪蹄莫漫侵。

擲卻儒巾簪竹冠，市朝總不挂闌干。家傳禮樂從先進，徑滿蓬蒿待古懽。暑汗濡籤猶束素，霜威凍石尚磨丹。耋年好學眞人瑞，豈作磻溪釣國看？

校 記

〔一〕爍 當據道光本，作『礫』。

〔二〕詩題原缺，據道光本補。

〔三〕詩題原缺，據道光本補。

〔四〕乾隆本此處有缺葉，兹據道光本補足：自『不偶』始，至梅直詩五老會歌『温柔』句。

宛雅三編卷十二

國朝

吴肅公

邑志儒林傳 字雨若，號晴巖，宗周裔也。從叔氏坰、徵君沈壽民學。坰謝去舉子業，肅公亦村居鍵户，力窮聖學，以崇實用。凡異端邪説、堪輿禄命之術舉不能惑。是時，姚江傳習録充斥宇内，肅公辭而闢之。以明道爲格物，即集義以爲仁。著正王論，灑灑千言，澠淄立判。從遊日衆，立明誠會，遠近知者率稱晴巖先生。當事請見，謝弗納，裒衣博帶，望而知爲有道之儒也。治古文，直逼左史，詩不屑三唐以下，所著書甚夥。壽民避迹湖北，抱疾，肅公侍湯藥兩月，易簀時，爲師櫛縱，治髮簪。著有街南正續文集、明語林、讀書論世、闡義等書行世。

李清街南集序略 文必本于道以充于氣，始能與日星共炳，江河同沛。如雨若之文，殆本于道以充于氣者，其所至正未易量也。

王方岐街南集序略　街南之文，鑽研六經，含茹于濂洛之學有年，其大者在于斥異端、屏俗學，眞知獨見，特立于舉世汶闇之中，而未始標榜爲名高也。至其盱衡千古，抒寫性情，或累而千百言，或促而數十字，皆鏤心研神，鉤擿蒐討，與古人參會于芒忽之間，而亦未嘗步趨繩尺，求肖乎古人。嗚呼！此其爲街南之文歟。

吴于演街南集序略　晴巖先生，吾延陵宗老，實江南北之文獻也。閉户著書四十年矣，與諸及門講聖賢之學，幅巾裒衣，攝齊函丈，諸子橫經捧手而前，秩如也。其爲詩、古文，要皆本于學問，原于德性，非苐如章句之儒餙字繪句而已。先生志既高，學又篤，著述甚富，余所見者讀書論世、明誠講録、闡義録、易問、正王各若干卷，皆其有裨世教者。詩尤峭拔雅奥，然非先生所欲居云。

張山來潮讀書論世序略　宣城吴街南先生以所著讀書論世見示，自五帝迄于有明，上下數千年間，隨所論斷，咸以其時勢爲衡，既不失之苛，亦不失之恕，殆所謂兼識與學而全之者歟。夫所謂識者，必以其身入乎成敗利鈍之中，而籌其是非得失之當。所謂學者，必以其身置乎成敗利鈍之外，而權其是非得失之公。雖起古人于今日，亦當俛首無辭，而況後世之讀其書者乎。街南讀書，以窮經爲本，經學既明，其于論事自有左右逢源之妙。苟不惟經之是求，而徒深文曲筆，以誇多而鬭靡，誠不知其于古人何仇乎？吾是以讀街南此編而悠然其有感也。

分甘餘話　寧都魏叔子以古文名世，余觀其地獄論上中下三篇，殊非儒者之言。宣城吴肅公晴巖街南集，文品似出其右，而知之者尚少。

二樓紀略　余初至郡，吕元素侍郎方以御史典黔中試歸，有書見及，因問晴巖起居，答以剩夫遺老，不復可作矣。郡人又嘗言吉水李宗伯視學時，先介新安郡司馬曹實菴，將造街南廬，竟爲鑿坏之遁。商邱宋公撫吴，知晴巖方就姜仲子學在商論著述，乃密從學在迹之王文恪祠。晴巖之高蹈，二公之好賢，皆不易得也。

蓉槎蠡説　家偕柳述宣城吴高士晴巖有一聯云：『窗前草不除，一般生意；座上客常滿，四海春風。』

遊支硎山

聽説神飛動，鷄鳴待曉天。趁晴消旅況，縱艇入輕煙。嵐氣千層合，雲根百道穿。不辭苔徑滑，雙屐蹴崖巔。

崱屴奔崖出，參差别塢通。藤花孤晝暝，佛火六朝紅。伏櫪歸龍藏，凌霄歎雀籠。心期歸物外，近擬叩支公。

遊柏梘

路入瞿硎室，松深古佛家。虹飛驚度壑，雀乳坐啼花。怒瀑衝雲斷，奔崖撼石斜。茗芽香共摘，浥露啜朝華。

湖北謁沈徵君

躡杖水雲寬，麻姑接檻看。問奇他客酒，脱粟埜人飧。雨過鄰春寂，潮迴夜語寒。草堂無長物，書卷得平安。

十二月二日同諸子集飲方竇堂即席分韻

雨濯煙中樹，堂開谿上扉。月隨人共到，絲與肉交飛。詞焰銷銀燭，山花妒舞衣。酒深懽解榻，萬壑暗雲歸。

癸亥冬日滿聽樓奉訪梅東渚八首

蒹葭尋舊約，秋水帶疏籬。乍見讙聲徹，相持老淚垂。文章期我共，聚散定誰知？把酒消殘夜，清霜菊滿枝。

十載重來此，層樓搆水隈。溪聲循檻入，山色倚櫺開。垣短遮鄰樹，階迴甃野苔。吟詩方未愜，行坐互徘徊。

老懶刊才藝，含毫勉爲君。詩容分鹿砦，字許入鵝羣。暗度檐西月，濡殘硯北雲。濤箋憑襞積，四坐擷幽芬。

傑閣雲連樹，飛甍日漾溪。幽花霜後見，寒鳥酒邊啼。僧寺紆游屐，仙巖續舊題。琴尊隨意緒，選勝故相攜。

移尊小阮集，庭樹玉蕭森。好夢生春草，高風動竹林。巖居漁入饌，市遠弋來禽。一醉拚衰病，乾坤信陸沉。

呼茗濯殘酒，香聞假寐餘。竹高鳴玉馬，盆藻潑金魚。院静琴聲出，窗寒月影虚。鷄鳴山欲曙，吾意即吾廬。

埜色延高矚，雲嵐出岫中。煙扉深靄合，村塢暗流通。灼爍團霜柿，丹黄叠晚楓。化工如有意，點染付詩翁。

解榻共晨夕，經旬未擬還。松筠貞歲暮，泉石駐衰顔。銘勒東西坐，書藏大小山。君看朝市客，能得幾人閒？

潘自甦

字浣區，號最樂人。文學。績學耽吟。與梅清、沈泌同詩社，著有最樂人詩十餘卷。

醉吟

手持一尊酒，目覽千古書。梅花入春開，幽香滿庭除。自吟復自酌，不樂將何如？小孫索果脯，時來牽我裾。揮之不肯去，踞地伴喧呼。大笑起復坐，我醉須人扶。

鳩兹葛方夏爲瞿山先生篆古名媛圖章于扇梅子蔚作歌一首先生命予和之

美人去我已千載，雲鬟鴉鬢知何在。空懷笑語舊時親，只恐芳姿一朝改。幾度相思不相見，爲展君家五明扇。扇頭遍篆美人名，皓齒朱唇疑覿面。由來何物動人憐，粉黛紛紛當我前。葛生妙手信尤物，一筆一畫眞嬋娟。岣嶁碑古費雕刻，鳥迹魚書多剥蝕。方圓位置管城功，金石無煩剞劂力。噫吁嘻！周穆已從瑶池醉，漢成甘老温柔鄉。浮雲富貴不長在，奚如飲酒挾妓以徜徉？君不見，團團扇底鬬紅粧，才女宜如才子傍。蛾眉相聚莫相妬，吹動秋風午夜涼。

秋　興

肯以妻孥累，而忘鹿豕親。尋人姑説鬼，無事但搜神。松竹寒窗客，煙嵐野墅鄰。從來高尚士，知不去清貧。

游桑亭鎮蘭若

沙渚還波浪，居然弱水中。寒消新霽日，暖入舊春風。楊柳千村緑，桃花兩岸紅。扁舟竹林外，朝夕任西東。

同陳倬振晚登峽石

怪石叠山根，巖陰濕翠痕。空潭穿地肺，峻嶺矗天門。雨過松聲冷，雲連水氣渾。龍蟠不可見，蛟舞迹猶存。

秋晚由張僊圩至唐祥如豹山草堂留宿

爭飛鳥鵲暮林投，犬吠山村晚更幽。夾岸芙蓉通鹿柴，當門楊柳繫漁舟。雲歸月送千峯出，溪淺橋餘一水流。無事倘容終歲住，是中吾欲老菟裘。

由龍谿乘小舟至馬久也宅同韓退庵沈培元賦

十里横塘水氣渾，幾家疏柳護柴門。波摇樹影長依岸，風送菱歌半在村。客到草堂尋絳帳，人吟花塢倒清尊。幽居倍覺秋光勝，叢菊香飄滿一園。

再返龍谿不得尋吴克猷悵然有作

三月龍谿一棹歸，春煙漠漠雨霏霏。桃花漸落黄鸝語，柳絮初飄紫燕飛。放眼遥看新漲急，論心惜與故人違。少年同學輕貧賤，誰問窮途老布衣？

賦得何處難忘酒

世情眞莫測，酒德最難量。到此能相憶，無時可暫忘。偏宜逢月下，每喜在花傍。竹葉玻璃色，葡萄琥珀光。遊攜開士酌，歌對美人嘗。刻像供儀狄，題詩贈杜康。惟期田種秫，懶覓圃栽桑。坐爲持螯永，行緣荷鍤忙。和神臻聖境，軟飽解饑腸。偶爾憐鸚鵡，因之典驌驦。陶然傾五斗，醉矣別千觴。舊友懷徐贅，新知想渴羌。寒消風雪候，遠慰別離場。我久稱懽伯，疇堪作釀王？愁城憑汝破，壁壘待君商。駒影催過隙，鶯聲競繞梁。高明同倚棹，佳節共登堂。畫閣樓頭促，華燈檻外張。當兹無上若，奚以樂高陽。紀叟空悲慨，黄公易感傷。幾回需麯蘖，庶藉免淒涼。况復芳尊滿，還兼午夜長。村簫吹歲稔，社鼓擊時良。欲贊功誰並？須求譜自藏。天懸星著象，地列郡分疆。造物既如此，沉酣亦不妨。捧罌珍翡翠，把琖惜鴛鴦。但得參軍趣，寧嫌司馬狂？飲嗤獨醒態，愁愛老春香。叢菊晴初放，籬邊興未央。

施彦淳

南樓志 字幼程，號忍淵。宣城人。明經。

邑志儒林傳 彦淳，侍讀施閏章子，以孫念曾貤贈文林郎、興寧縣知縣。

文昌臺懷古兼有感正學書院

文昌臺矗響潭上，潭光倒映影揺颺。仙觀巃峯近比鄰，麻姑柏梘遥相望。八窗面面俯晴空，誰歟搆者東源公。朱公大器。非侈觀遊窮締造，爲培地脉護黌宫。宫牆萬仞聳雲際，厥左以臺爲藩衛。不然是處苦頽窪，形勝縱佳猶未備。科名自此盛蟬聯，文物風流已百年。即今舊迹懽重葺，時郡守王公倡重修。會看高步動星躔。臺下寒煙籠宿莽，霜亞池蓮被遥渚。先儒尚有講堂存，還誰更爲牽蘿補？

馬文開

北樓志 字雲人，别號雲髯。宣城人。文學。以詩、古文名。

吴肅公眞品録序略 予友馬雲人，行端而學懋。有志于聖人之學，取古人之不漁于色者，彙而編之，曰眞品録，以是爲人之則而操修之要也。

柏山寺

青山意所投，白社此來游。初地空聲相，孤雲澹去留。寒歸梧葉晚，香蔓豆花秋。坐久成清契，山泉不盡流。

題半山畫爲鍾予夔

埜闊天空雁一羣，霜清門徑葉紛紛。鍾期持取高山意，自愛憑欄眺白雲。

陸之珍

原名之瑜，字在璞。文學。

愚山文集 吾里有陸舒白先生，頎而髯，賢而有文。其子之瑜，有父風，尤好爲詩。予聞里中有陸孝子，不能舉其名，問之瑜，則戚然曰：『此先大父省我公也。』

題畫

蜀國絲桐百尺絃，冰紋細藺五雲箋。淡粧濃埽瀟湘煙，坐隱依稀爛柯仙。三三五五傍嬋娟，雕欄卻立清風前。流鶯語燕情爲牽，朱唇翠葆紛翩翻。尋芳鬬草破苔錢，綠齊紅嫩相新鮮。傾國傾城絶世妍，雲飛雨散如流泉。吳宮隋苑非當年，春風省識畫圖緣。何來紈扇珍璣瓚，一幅香閨劇可憐。袖之璧絡如珠聯，渲染自昔推黃荃。紀年丁丑款識全，女媧煉石能補天。從茲移向高堂懸，語君此語千秋傳。

濮陽錦

邑志文苑傳 字無著，號餘溪。與沈泌、梅直同時，隱居著述，以博雅稱。

吴街南集 余心識無著且十年。無著，余鄉人也，然而半生之楚游，余亦終歲農畝，未嘗齒名士之籍，顧不知無著何見而心亟余。己酉自楚歸，訪我街南，數四而不厭。而余方從事穮蓘之田工，而卒無由一見焉。乃余時從里中傳誦西征五百字，所謂夷陵詩也。一日，過凌子沖寓，坐上來去數十人，或識或不識。有岸幘倚欄，哦聲徹樓瓦，余睨視，此得毋名士？而耳其語，則宣也，直前曰：『子無著乎？』無著咤喜過望，更相拜把臂。

東渚草堂詩用謝康樂齋中讀書韻

垂白苦飄萍，廿載違邱壑。何如東渚翁，早歲耽寂寞。定溪結茆宇，中林鳴鳥雀。秉耒課耕桑，攘衣勤力作。有時素心偕，茗酒恣譚謔。詩筆畀子孫，竹梅繞亭閣。要眇山水音，動静有常樂。居然仙尉風，于茲永棲託。

梅靚

梅氏詩略 字青老，號崑陵，又號小孤山人。生而文弱善病，性好吟耽遊，時出江上放歌行吟，因又稱江上詩人。尤雅慕宇内名山川，嘗挾一古錦囊，往來燕、齊、楚、粤間，所至輒有吟詠。數十年中，足迹幾遍天下，故又號旅翁。著風聲集，詩文凡二部，詩有客吟、臥吟，併餘吟，共二十卷。

先王父過夏相公故宅詩有杍投三至主恩深之句靚經其處追和有作 相公宅在貴溪，敕賜忠禮書院。

憑弔先賢曾駐轍，院題忠禮轉堪憐。主恩三至應無恨，士論千秋始可傳。石馬門前嘶暮雨，寒鴉宅畔咽荒煙。淒涼今日還同憤，何況招魂泣楚年？

田橫島 島在東海中

田橫憤未已，島畔氣長青。怪石嵯峨立，猶疑五百人。

沈埏

邑志儒林附傳 徵君壽民子，字公厚，號稼亭。有稼亭詩集。

梅周祚招遊仙人巖三天洞小飲洞中

良辰懽嘉招，尋山撰游屩。曉樹緑初齊，殘花紅自落。聯袂緣清渠，支笻度危彴。仰睇峯蔽虧，遥駭石拏攫。搴蘿入窅窕，拾級苦确硌。遂歷厜㕒危，側帽嘯寥廓。仙巖冠羣岫，呀然豁齦齶。鮮碧老大藤，終古相羈絡。獨樹楓千尋，青蒼鬱盤礴。小憩石屋涼，清吟恍鸞隺。縹緲雲軿至，咿嚶響天樂。山腰嵌精藍，竹裏露粉堊。揖客雲中僧，飽飯松間閣。邐迤下崇岡，捎衣脱叢薄。碧澗潺湲來，洞口輕煙幕。小步遲幽探，巨靈訝劈鑿。入門始傴僂，越磴旋空拓。重宇遞穹窿，空堂大寬綽。高牖闢青天，一氣通玄漠。羲輪過欲窺，洑響前還卻。冉冉垂瓊枝，馥馥賁紫萼。迴飆時一鳴，衆籟激笙籥。渟泓識龍宮，黝墨深詎度？自非海眼通，或恐靈湫涸。我聞三伏時，歲必風霆作。轟豗裂地軸，狂濤噴瀺灂。珠鱗媚清淵，涴濯快棲託。主人興何豪，臨流盛杯杓。席地紅氍毹，促坐忻酬酢。雜沓方圓陳，淋漓羽觴錯。童稚悉韶令，恂恂頗端恪。得句能高吟，甥兆頤即席成絶句。抵掌羣狂噱。

良愜勝覽懷，差遺塵襟惡。晚禽噪客歸，殘霞逾赬灼。迴矚所躋攀，秀色猶綽約。賤子磨礱侶，髫鬌耽煙壑。胡爲困奔走，老至恥牽縛？禽尚志偏違，萍泛滋慙怍。懿此好林泉，風俗亦渾噩。願言茲誅茆，山靈應予諾。

見耕山房雜詠

茆檐低結水煙湑，也說山家小築新。自喜老能親畚鍤，漫憐兒共剪荊榛。池橫略彴通耕耒，花覆笭箵把釣綸。便可柴門終日閉，更於何處著纖塵？

歲月堂堂去可憐，剛能容膝手殘編。新栽苦竹纔含露，舊插垂楊已作煙。水面小如浮釣艇，人前免乞買山錢。平生坎壈多萍迹，轉憶流光一黯然。

剩塘花竹隱前除，望裏先人有敝廬。抗疏身歸鉤黨後，著書年斷義熙餘。青編早已光幽躅，白髮眞慙讀父書。愛我諸兄同谷口，風期千載說何如。

荊布相隨貧窶慣，十年翻憶隔霜烽。林間今笑堪提瓮，廡下何煩更賃舂？鄰媪穿花貪共語，諸孫騎竹競相從。秋來不少田家樂，老瓦盆香村釀醲。

力穡敢忘先訓在，老年蓑笠有餘懽。蠅頭字細鈔偏懶，雅嘴鋤輕荷不難。小榼醉憐今古速，幽棲閒覺水雲寬。傳家事業惟農圃，底用文章後世看？

梅豊中

梅氏詩略　字若水，號甘泉。文學禹金之孫，朗三之兄。

雨次板橋

倚杖衡門外，松楸入望中。一溪寒食雨，十里板橋風。檐雀還將子，林花自作蓑。百年行有役，衰白自成翁。

李　月

邑志選舉表　字少白。布衣。能詩。從征廣東，授開建知縣。著有嶺表遊草。

日苦短行

日苦短，夜有餘，璚筵初啓坐氍毹。紅妝秉燭光耀膚，明璫摇曳披繡襦。清新嚦嚦轉吳歈，秦箏楚瑟聲調俱。趙女燕姬絕代姝，任教博塞爲懽娛。鯨吞虹吸不敢呼，俠士文人爭步趨。只今戈甲滿長途，斯民無食居無廬。窮愁抑鬱誰著書？咿吾呫嗶胡爲乎？三墳五典總成虛，那得鳴珂遊帝都？君不見，錦衣珠帽南面孤，頤指氣使今通儒。

至羅浮面山嶺上

祖龍曾有驅山鐸，驅得奇峯撑海角。怪石巉岩儼畫圖，黄雲紫霧開寥廓。朱明洞口夕陽斜，華首臺邊滿徑花。不見只今峯頂月，夜深還照野人家。

舟夜

江清樹影濃，突兀見孤峯。月擁千山白，青連萬壑松。更深聊謝酒，夜静忽聞鐘。唱徹漁家傲，煙波第幾重？

舟行

北斗與城平，銀河一瀉清。孤舟煙月裏，處處是秋聲。

遊仙詩

白鶴仙人坐古松，招余直上青芙蓉。也應暫着飛雲履，踏遍羅浮四百峯。

沈　鑑

邑志儒林附傳　徵君壽民子，字公湛。克守先志。

奉訓東渚見懷

依棲新竹裏，臥聽碧溪泉。素卷敲冰雪，虚堂生霧煙。人爭推古處，君更訪遺編。時倡刻姑山文集。此義高誰並？還應皦日懸。

梅燕祚

梅氏詩略　字子翼，號雲如。太學生。福建興化衛經歷。生平孝友，服官多廉能聲。著有雲如草。

過祖菴訪覺㧑上人

行遊向何處？薊北老僧家。一徑堆霜葉，空門遍雨花。陵峯迎杖立，宛水挂檐斜。莫漫乘流去，芳林可駐車。

湖上二絶句

記得當時蘇小家，西陵歌裊碧菱花。可憐今夜峯頭月，清影憑誰過浣紗？

松圍九里一湖煙，雪斷孤山送晚船。謝得重遊多地主，明朝別夢寄清川。

吴可敏

施愚山墓志略 東里處士吴君，居宣城之水東。宣之有吴氏，城南、水東皆祖宋丞相正肅公潛。而水東多韜德隱君子，風氣尤近古。處士少治經生業不利，慨然歎憤，日取古人嘉言懿行以澤其身，以貽其後人。晚得目疾，拍兒肩以行。聞客至，欣然亟出，或不待扶掖，留譙語至夜分不勌，蠲忿滌怨，飲人以和，晚自號東里處士，人無問賢不肖皆亟稱東里翁『長者長者』，故其卒而人哀之。公諱徽明，字美生，後更名可敏。

雨霽

雨過空山静，雲收遠樹浮。斷虹侵澗落，涼月抱江流。露坐煙光濕，風餐海氣秋。沉吟聊縱目，沙鴈起滄洲。

白雲寺

絶壑藏金相，疏鐘出翠微。鳥隨紅葉下，僧伴白雲歸。埽塔人天近，談經梵雨飛。不緣歸浄界，誰解世情非？

葛玫

字子玉，號寄菴。文學。

滿聽樓詩呈東渚先生

樓頭北斗懸樓脊，樓外青山障樓腋。北斗文章韓退之，東山聲望謝安石。嚶嚶好鳥助高吟，萬樹梅花溪上臨。倚檻垂綸釣雙鯉，芳流不盡足餘音。

沈　逵

字次鴻，號宋岡。

寄懷東渚先生

每懷棲隱處，東渚草堂幽。卷幔迎青嶂，憑軒狎白鷗。春風花下酒，明月水邊樓。贏我碕湖上，煙雲一釣舟。

梅超中

梅氏詩略　字季升。文學。禹金孫，朗三弟。居鸛山。著有鸛山草。

宛津菴

傍水茆庵静，行吟逐短籬。城高銜月小，溪暝度雲遲。魚動開萍葉，鴉爭墮柳枝。乍聞鐘磬發，幽響澹人思。

梅　芬

梅氏詩略　字淡中。放曠不羈，耽吟自適。

西山尋虞隱居遺迹

何年此棲隱，一徑入崔嵬。我憶高人迹，天留古石臺。秋前蘋桂發，雨後亂泉來。好借誅茆便，青松手自栽。

梅鍾齡

梅氏詩略　字鳴汝，號簾三。文學。瞿山第三子。才華英放，長安名公多器重之。北遊病卒，年甫三十。著有青溪詩稿。

同子彦讀書青溪

青溪横大道，白晝掩深扉。日與古人近，坐令春草肥。濁醪醒復醉，塵世是還非。對爾心俱遠，慙余願或違。

久客

長途支病骨，久客怪塵顔。弔古斜陽下，逢人濁酒間。有愁唯世路，無夢不家山。歸計紛難定，余將匹馬還。

孫洪範

字疇九。能文。早卒。

夜泊陳村

秋風明月起，野岸獨維舟。雲際寒飛雁，汀邊冷宿鷗。人煙迷古樹，漁火照村樓。只尺江鄉路，歸心逐水流。

沈　蟠

寓西津步月

西津淹作客，新月且同看。磴轉藤陰寂，崖迴澗影寒。尋幽開竹院，選勝禮禪壇。今夕青精飯，鄉心聊自寬。

梅士元

塵嶺

躡嶺破秋色，穿雲得午陰。松關過騎緩，竹逕避塵深。老衲歸農社，微風出梵音。家園行不遠，只隔最高岑。

梅曰斌

字具美。處士。

柏梘寺

徑杳白雲留，幽深獨自求。陰巖時作雨，古木早知秋。梵語聞林外，泉聲響石頭。呼來僧共坐，茗碗引香浮。

吴　易

字天示，號確菴，水東人。貢生。

入山訪立夫上人賦呈無戒和尚

壯年書劍兩無成，剩水殘山寄此生。願與黄花存傲骨，羞將紅葉寫羈情。尋山直欲祛聞見，學道猶能避戰爭。留得竹窗懸榻在，間來煨芋聽溪聲。

孟　麟

字白生。文學。

掩流棺詩爲梅子翔

淋雨酷連旬，溪漲驟滯泱。饑蛟怒且立，奔濤拍穹蒼。近宅鮮完居，木石互激盪。生者半爲鬼，死者失所仗。流棺挂高樹，縱横藉灌莽。造物無全仁，仁人慨以慷。梅君澤枯骨，收瘞卜墟壤。哀誄發至誠，設食陳瓦盎。古人貴陰行，寧曰布標榜？救生兼恤死，吾道固所尚。用之式薄俗，仁風庶以長。

梅振祚

梅氏詩略 字伯起。以獨建柏梘飛橋，橋石舊勒『引虹』二字，故號引虹。著有池上草。

蔣氏江樓同楊四楊七趙大醉後題壁

索醉上江樓，相看盡白頭。窗開孤月冷，簾捲片帆秋。平楚橫霜雁，寒汀聚水鷗。高山遺事遠，懷古見風流。

梅尚實

字仲宣，號仁村。著有吴門仙胄稿。

覓仙臺

循溪盤石磴，雲際問仙鄉。一水千迴響，羣花百和香。此身當碧落，何計引璚漿。太守留題處，瞿硎宛在傍。

歸泊館驛

寂寞澄江路，收帆館驛傍。風寒吹日白，水涸起沙黄。鄉語聽何切，庭柯盼轉長。家醪何日熟，傾盞洗離腸。

宛雅三編卷十三

國朝

梅庚

江南通志 梅庚，字耦長。宣城人。苦志力學，以詩文見稱於施閏章、高詠。康熙辛酉，舉於鄉，選泰順令。邑苦歲修海船，庚莅任五年，累不及民。著聽山詩鈔、漫與集。

邑志文苑傳 耦長號雪坪，晚號聽山。高祖守德，曾祖鼎祚，父朗三，並有名前代。庚三歲而孤，兼寡兄弟，家故貧，母劉撫以成立。資稟穎異，好讀書，博綜該洽，尤深于詩，名藉藉聞海内。客遊京師，一時名公卿無不折節倒屣，至即傾其座人。性狷介，絶不妄投一刺，人益以此重之。領辛酉鄉薦，屢困公車。新城王阮亭雅重庚，及主禮闈，復被黜。阮亭爲詩自責，有『如何古戰場，亦復失李華』之句。旋知泰順縣，以經術佐吏治，有循良聲。未幾引年歸，葺先人書帶園，蒔花種竹，時與二三老友飲酒賦詩。詩益醇古淡泊，無聲臭可尋，間拂絹素寫山石。幽情逸韻，不食人間煙火，爲一時名流領袖者數十年。

施閏章耦長詩序略　吾邑梅氏，世以詩名，予嘗序亡友梅君朗三之詩。自聖俞以下，數人皆工文辭，卒未通顯，爲之嘆息。今朗三之子耦長，又以詩名于時。夫朗三以諸生席其大父禹金先生家學，文詞書畫，風流藉甚。陳臥子嘗手録其詩，而中年即世。是時，其孤耦長甫數歲，煢煢依母劉太君。家無擔石，卒能抗奮力學，發讀其先世藏書，自拔于儕俗。爲詩披華振秀，清警獨勝。謂非士之英絶者與？

曹溶耦長詩序略　宣城梅子耦長，紹□學之後，稟絶人之姿，其智足以趨新創物，而其爲詩獨先型是式，必原本雅頌，極之漢、魏、三唐，盡馳騁之致，卒不敢溢于法外。

吴師洛漫與集序略　雪坪夫子之論詩曰：『詩者，聲也。天地間聲不一矣，雷震風盪皆觸迫乎其不得已，以至鳥鳴春也，蟲鳴秋也，其自無聲而有聲者各有所以聲聲□顧今詩人胡獨多假聲也？假何能久？不春而鳥，不秋而蟲，失其質矣。故必假聲遏盡而眞聲始出。何謂眞聲？審題是已。夫挈瓶甀而供朝廟宴享，陋矣，彼樵農野飲而亦張錦帟、考鼓鐘，不綦傪乎？宣懽愉于傷離感逝，矢悲楚于燕喜驩場□樂失時，不誠無物，又奚取焉？故發端起意必已確不可易，然後審視其氣，氣至而動，色態各現，決不若剪花鏤葉之索然而無有者。舍是論詩，尊唐即畔唐，尊宋即畔宋，躄人學步，傖父學語，徒聚訟耳，何有乎詩？』

陳允衡國秀集詩評 讀梅耦長詩，諸體皆合古人法度，而才情溢出，似孫策渡江，老宿爲之辟易。閣皁、青原游覽宴集之篇，尤爲山水清音，除豪氣而進乎謝朓驚人矣！湖西公亟稱之，引爲同調，有以也！

車中婦

傅公子聖可來自西安，見車載少婦粥于鄰境者相屬于道，賦詩示和。

斷蒂道旁瓜，折根園外韭。汎汎水上萍，纍纍車中婦。或纖皙而妍，或粗黑而醜。或悴而神恬，或恚而色忸。或擔荷瓶罌，或襁負奔走。兒夫動相隨，推挽車前後。行行適鄰縣，媒合評所受。忍將結髮親，籠販如鷄狗。今夕共衾幬，明旦逐誰某。夫豈婦不仁，决絶求他耦？亦非厥夫乖，中道甘相負。皇天屬降災，仳離歲云久。井社半流亡，從誰乞升斗？淘河拾螺蜆，屑榆刊林藪。茹多腹膨脝，咽澀時㰤嘔。欲語口囁嚅，糟糠能常守。與其同并命，毋寧各分手。汝既得所歸，藉以活姑舅。言出聲還吞，寧不念箕帚？當其登車時，婦已非我有。根蒂無重完，飄萍能合否？野曠愁雲昏，行人各回首。

聽鮑生彈琴 鮑新安人，寓處州。

黄山臨户牖，三十六峯寒。何日新安水，遥連十八灘。自言别清境，抱琴常不彈。愛此玉窗静，凉風汎紫蘭。花前一揮手，擣衣聞夜殘。新聲間古調，知音良獨難。余亦辭家客，江邊逢所懽。有琴亦不御，挂向敬亭看。相期隨海月，一臥浮邱壇。

括蒼漁父篇 爲周太守宿來紀事

我聞括蒼水，惡溪名最久。惡溪□自惡，無風作雷吼。客放惡溪船，船破惡溪口。文犀雙角觩，白璧盤螭紐。千金越客裝，忽落漁人手。舉網何磊砢，倉皇白太守。太守大太息，汝棄吾寧取？守義汝既堅，鈐封待某某。越客得聞之，五步十叩首。雙角良區區，請爲太守壽。太守大太息，汝橐吾寧有？細人秉高節，汝往謝漁叟。漁叟得聞之，刺舡入煙柳。至今風雪中，披蓑露兩肘。

煉丹臺

朝陽熙丹厓，晨策凌疏峯。既欣海門矚，遂臻雲幄重。六龍頓階戺，萬象含春容。闞深延修緪，趾壑標靈蹤。緬懷軒后駕，飄颻蹕旋宫。容成及浮邱，羽葆紛相從。大藥一以就，神鼎光熊熊。瑶草被嶠路，玉樹榮春冬。撫物感素髮，蕩懷扇玄風。虚無表園基，惝怳追遺弓。徒然結情實，大化無終窮。

歷化陽諸洞暮抵極樂峯下書寄王山長顧赤方鄧孝威孫豹人邵子湘諸遊好

洞壑森蔽虧，石扇定誰摩？傳聞孫與龐，俗稱孫臏、龐涓洞。有無此中宅？陰寒少燭光，羣行尚捫壁。蹈虚疑墜淵，拾級愁觸額。交穴岐旁分，合沓迷所適。引臂仰前導，踐趾忽後逆。蛇行盡傴僂，攝衣還蹴踖。僮客爭後先，拄杖紛戛擊。移步鏗有聲，空響應人迹。劇可駭潛虬，危或踏崩石。鬼斧幾雕鐫，指顧競剥剔。突作魚龍形，盤拏奮爪脊。隱嵌佛老龕，旙幢相蒙羃。剞中列盆盂，石乳時一滴。驚呼山魈藏，投炬蝙蝠擲。側身窺盡頭，深黑怖幽闃。那遞通河源，谽谺但微隙。其一名朝陽，窗扇稍高闢。憩静存一僧，緣壁安牀席。自矜巖竇寬，轉覺天地窄。出隝塗已紆，前峯日將夕。崒嵂鬱千盤，矯首企兹隔。野花趁歸鞍，暮禽唤迴策。懿此物外蹤，顧我城中客。攀磴惜相違，援毫報所歷。絶嶂徧題名，披雲倘來覿。

酌松棚下用王侍讀阮亭晚望翠微寺韻卻寄

丹崖聳圓蓋，盡日晴陰裹。壺觴碧草間，人語簷㢊起。坐聞羅堠鐘，俯見渾河水。夕賞悵難同，幽芳尋未已。

積雨初霽王赤抒舍人貽詩見懷依韻奉荅

夕照開重陰，積雨坐冥漠。門巷盡泥封，始覺江南樂。掉我溪上舩，開我林中閣。晚風送微涼，朋舊趾相錯。偶踏東華塵，輕裝於茲託。滛螢上衣裄，饑鼠嚙空橐。猶有牆東人，時來問寂寞。素琴久不御，雅音喜間作。吟賞有餘妍，人閒一花落。赤抒索予畫，有『人閒一花落』之句。

偶於簏橐中簡得杜于皇慕沈詩一紙吟諷循環既徵沈勵晚節鬱爲一代完人而杜之沖懷服善亦於是可見慨賦一詩

詩人杜黄岡，家風仍楚勁。朝士畏詼嘲，里儒遭訶屏。以此得狂名，囂囂翻自命。環顧或掉頭，脩詞罕致敬。作爲慕沈詩，獨願執鞭鐙。徵君起吾鄉，少挺介特性。領袖復社英，賢科舉方正。嬰鱗斥樞輔，危言駭人聽。三上不見收，拂衣名益盛。一馬浮渡江，二豎竊國柄。刊章捕膺滂，肥遯脱機穽。幽沉土室袁，作勞谷口鄭。庶幾高節完，不負前朝聘。黄岡豈浮慕，仰止形篇詠。浮沉私自傷，素業保未竟。因知狂者胸，如弦復如鏡。見賢能思齊，勁直奚足病？

學圃圖查初白編修屬賦

退士慕巖棲，魁儒託山長。守道苟不堅，變遷隨俯仰。横溪有眞逸，風聲被吾黨。本具煙霞姿，肯較尋尺枉？脱屣謝巾衫，全家入菰蔣。素琴常在膝，蠟屐竟幾緉。有時招近局，自起掉吴榜。壁有課農書，兒奉登山杖。菊水足延年，木奴不責養。一味甘可分，太平心有象。依稀三樂全，圖畫及懷襁。我未拜龐公，高風緬一往。彈指人代遷，諸昆各競爽。門庭驟赫奕，時復念疇曩。飛潛遇則殊，出處道無兩。迴憶横溪隱，身後豈臆想？我行甫作吏，逝將適雁蕩。羅刹衣帶水，鹽官亦接壤。吏隱當在兹，彼圖吾不迋。

將赴甌東留别都門諸前輩

在山泉水清，出山泉水濁。斯語足三復，清濁異所託。我本澹蕩人，兹行就縻縛。壯縣苦徵求，邑小但求瘼。稍聞羅陽城，遺黎經焚掠。重灘激雷鞫，峻嶺如劍削。永嘉好山水，而此獨險惡。脂膏非所希，賦命安瘠薄。同心幾宿老，後先集館閣。幸不遺冗瑣，觴詠猥相索。聞予將出宰，啓誨比良藥。官守有章程，事異處巖壑。浮名來衆咻，慎勿露鋒鍔。再拜謹書紳，鄙性實闊略。今夕共離筵，猶得展驩謔。依然文士會，惜别粲有作。一出春明門，高下區官爵。即恐相爾汝，未解習唯諾。牽絲出已遲，鑄鐵竟成錯。去去勿復陳，松桂有餘怍。

錢荒

購銅以鑄錢，銅缺則錢日以貴，公私交病，謂之錢荒。按，宋張方平、司馬光、蘇軾等因論錢荒，各有疏。前此，白居易以乏銅有策有詩，李翔亦疏論及〔一〕。頃郡邑奉文市銅，聚議于景德寺，歸遂臥病，伏枕賦此。丙申三月晦日。

國家設錢局，本以通民便。不惜内帑金，市銅資鼓扇。比年銅乏古，採買法無善。榷使輸不前，初任關差採運不敷。積商蝕可洊。銅商領價，解又缺額。重廑廟堂憂，度支蒙訶譴。在昔唐宋朝，錢荒亦時見。推論銅乏由，賦不用穀絹。闤闠無銅坑，私家禁鑄煎。變易完錢糧，錢糧之名始於宋，今因之，其寔多納銀也。銅貴穀逾賤。公卿紛條議，輕重許折變。即今患錢荒，蕭條被郊甸。白金盈兩稱，青蚨纔一串。猶復數短陌，居然見流轉。民生日以蹙，國用何由繕？利百始變法，計相號明練。令以見年賦，分派解銅片。飛符下所司，經由逮州縣。解額准田畝，程課以部院。其值給藩庫，支放仰曹掾。事例奉新頒，一邑敢專擅？執議雖盈庭，相視各以面。詎敢累長吏，所愧尠饒羨。勿謂錙銖微，微末出農佃。盈絀孰能知？聊以佐營辦。陳詩告時艱，用備孔方傳。

菜荒

歲之不若，又罹蟲傷，園蔬一空，市無鬻擔，不僅粒食維艱也。作菜荒詩二十二韻。八月八日。

豪家饜粱肉，千錢箸莫下。儒門信淡泊，藿食亦聊且。有畦栽一區，背城故面野。抱瓮佐疏灌，採摘劇瀟洒。不圖旱逾熾，秋令酷如夏。老圃報蟲生，蠕動細難打。下種始萌芽，一過成渥赭。殘蝕到瓜瓠，那復留菜把？遣送呼史巫，祈賽紛祝嘏。刑牲大合樂，幾幸茲土捨。祈晴求雨甫畢，頃又禳神送蟲。一春雨壞隄，積水猶没踝。浮家趁漁釣，猶得噉菹鮺。望穿秋霖斷，稍喜檐溜瀉。黄埃略沾濕，赤地仍焦閜。饑饉苦相尋，鬱如湯沸冶。仳離逝莫告，恐遭官長罵。老夫安家食，累甫釋民社。敢希園官送，竊怪負擔寡。盤餐切所需，菜傭寧待賈？飯蔬但能飽，餘年或可假。徒深同患情，一效監門寫。起眎大九州，孰是樂生者？閜，大裂也。相如賦『谽谺豁閜』，又『仡神光一而谺閜』〔一二〕，見杜甫太清宮賦。江、楚、閩、浙諸省時並告荒，結因及之。

自潭柘還宿戒壇同諸公限戒字

巖洞驢重游，登頓忘勞悴。迴策入花林，言達昨所屆。出谷意方舒，陟阪塗猶邁。聯騎時相違，穿雲行復會。殿角已林端，昏鐘尚天外。徒侶驚古松，蒼顔競羅拜。行地作龍騫，橫空攫天隘。肴榼間春蔌，清陰適情話。雖通徵士懷，敢曠遠公戒？倚樹共婆娑，微月出山背。

覺羅子晉曩從紅蘭主人餞别海棠院新城先生以春草碧色春水緑波分韻見送子晉探得緑字己丑冬來都下始蒙惠示大篇荏苒十有一年紅蘭久捐館新城亦投劾歸田矣奉次來韻撫時悼往情見乎辭

投林去已遲，何心復輦轂？隨計逐飛蓬，委荒知斷木。花宮緬昔游，天家富羣玉。中有璚樹姿，脩持類尊宿。墳籍羅心胸，翻水無斷續。重來撫逝景，叩策悲華屋。亨衢有傾軜，令人多不淑。曰予抗微尚，弱齡好奇服。蹉跎齒髮衰，寧復衒蛾緑？三復瑶華音，久要識存録。

用東坡除夕宴集贈段屯田韻 宫編脩恕堂宅吟社分題

殘年私自忖，得失恆相半。素無懷禄情，寧有積薪歎？不見風中花，但充耳目玩。飄茵與墜塹，百年同一散。舊交多老蒼，邀我入吟伴。歌呼雜俳諧，往往换昏旦。射覆時巧中，奮幘没槃案。遂忘歲序遷，稍覺履綦亂。微雪洒夜闌，西山若朝盥。好景逝莫追，天寒出手緩。五石挽未能，一葉懸難貫。誰當走精鋭，一鼓師中懦。吹律動葭灰，應候覘緹炭。取次謁新年，依然眠孤館。深憎被裏裂，敢思燕玉暖？有時枯櫱春，蒸出銅池粲。

脩船謡

出洋資戰艦，靖海稟廟謀。泰雖屬海疆，去海道阻修。不知始何年，派修同東甌。程工有嚴限，不得久濡留。巨樟大十圍，裁可充梁頭。比年砍伐盡，挾匠窮遠搜。瑣屑事非一，灰鐵椶麻油。縛茆蓋船廠，物料紛相求。纖細茍不具，移書被譴尤。材良不道好，畏口還致賕。土瘠事難集，不與壯縣侔。銖兩責之官，時艱民亦偷。孤城嵌穹谷，嵯峨環四周。道上青冥，舩成出何由？借問萬斛舟，能行山頂不？

閩粤薄耕稼，生身習檣艫。其人難門稽，其地易水聚。五月南風興，揚帆襲商賈。海舶富金繒，海客善鎗弩。殺傷時相當，終不免掠取。非無巡汛師，對之肆輕侮。頃邀寬大恩，盜魁稍就撫。神堯大好生，安插使歸伍。庶幾海波静，疲瘵獲安堵。昨來傳郵符，迅疾插飛羽。颶風所碎船，仍飭文吏補。事在上年春，予未踐斯土。竊聞船由壞，非關載軍旅。既往難重陳，呑聲敢言苦？執役分所當，當今方右武。

側聞九卿議，船工准部頒。歲脩給公帑，有司胡告艱？九閽未云遠，牙門易爲姦。投牒再三謁，十謁九空還。即使無空還，名存實則刊。江程千餘里，一去難重攀。置之需後圖，悉索釧與環。趕繒及犂艍，其名雜無端。最小雙蓬舢，小脩亦百鍰。官新吏惛憒，督造初不嫺。宛轉屬代理，傾橐誰能慳？有挾價愈高，求者咸低顔。迫促故掉首，大吏方居間。功過一體均，得請始無患。乃知戎幕尊，縣官今實孱。

鄱湖

何處認鄱湖？大姑連小姑。波明開寶鏡，雨暗著羅襦。送盡江頭客，年年不嫁夫。

阮公子樓頭雨集同陳善百沈方鄴席間徵事有述各成長歌

江郭戎戎暗秋雨，出門一步無乾土。汝南王孫只獨吟，崇川野老覓誰語？十扉九叩無人開，相逢不飲胡爲哉？千秋壘塊會須酒，二阮風流況愛才。鯊胎鰒魚雜丹荔，官物紛陳嶺南至。嶺南我有平生親，半年不見張衡字。謂雛隱。聚散如煙那可謀？劇談輷飲一銷愁。聽來北里煙花志，白盡南朝子弟頭。南朝舊事多奇絶，請君先向侯家説。五侯名姓已無存，但有人傳寇白門。白門落籍歸金屋，材官千騎如雲簇。寶馬香車夾道看，麞帶蟬衫花映肉。秉燭爲歡方恨遲，降旛已出鍾山麓。雕籠鸚武本難馴，萬金不用旁人贖。南歸從此脱侯家，仍向長干住狹邪。史鳳由來誇巧慧，湘蘭先後鬭繁華。繁華彈指浮雲變，緑珠失勢身猶見。少擅閨中林下名，誰知傾國無媒衒。羅敷寧利秋胡金，文君誤認相如面。明珠暫委路旁人，展轉夤緣屬要津。好語能回公主抱，嬌啼那畏丞相嗔？丞相君恩不自保，失機落節江南道。九畹曾披素手香，孤檠遽送紅顏老。紅顏別有河東柳，怪事驚傳無不有。趙后樓中赤鳳來，梁家宅裏秦宫走。三尺羅巾百媚休，玄機曾否上清遊？白楊未老尚書墓，烏柏空啼燕子樓。沉憂頓埽如秋葉，墮簪遺舄紛相接。詞人高會鳳凰臺，懽場豔説鴛央牒。酒酣回首各茫茫，銷魂豈獨在平康？明眸皓齒歸何處，腸斷才人宋蕙湘。雨黑城頭吹觱篥，長鬚韝馬頻催出。可憐一輩如花人，賸作千年下酒物。煙合花宫水拍陂，策騎衝泥歸路遲。今宵酒醒晨鐘動，惱亂楊州杜牧之。

東湖草堂尋陳伯璣因感石莊徵君

問君何日歸南州，前年宅卜東湖幽。問余何時到南浦，昨夜月照西山頭。西山月落城烏起，東湖卻限東城裏。樓俯灌嬰臺畔花，門臨徐孺亭前水。小艇貪程共使風，爲覓茆堂一落篷。石莊去後風流盡，投轄依然説孟公。

發廬山由女兒港入湖數冒大風旬日方達小姑舟中述景遣懷因成長句

夕辭五老峯，朝發三叠泉。泉泉挂白虹，峯峯生紫煙。長嘯謝匡君，東逐鄱湖船。船行倭遲客行速，候船夜向山家宿。大姑廟前豚作風，女兒港口檣拗竹。豫章皇木堆如山，襄陽估舸高於屋。長竿巨纜萬夫呼，倉皇盡避文昌洑。湖口上十里。大舡嘈嘈鼓吹同，小舡愁水復愁風。鄉心比箭猶嫌緩，今朝行止付篙工。中宵擁被頻推篷，水面日出石境東。白浪正射朝霞紅，須臾百變心目眴。大叫只愁人未見，峭帆貪看石鐘山。嗚鑼已過彭澤縣，初日漸高如殘月。怪石矗空森突兀，春來看山見山骨，翻疑秋至孤根没。半壁全汙鸛雀巢，盤渦欲撼黿鼉窟。貝闕岧嶢不可攀，湯湯東注何時還？馬當以上號天險，岷峨直下添重關。白狗黄牛遮不住，江心倒插小孤山。

健松齋歌爲方渭仁編修賦

遂安城西好亭子，龍鱗百尺階前起。梢雨吟風昏曉中，流青滴翠空濛裏。我嘗飛夢石英山，釣竿欲拂桐江水。前年格鬭成奔迫，白馬黄巾滿山澤。野火連燒泰伯祠，游兵闌入方干宅。萬事唯應付劫灰，一松何意存蕭槭。側聞手植自前賢，五粒眞移黄海邊。青天不改蓮峯色，白日猶含丹井煙。重經喪亂仍無恙，滿院清陰絶可憐。謝朓樓東我舊園，白松最古來滇門。先大中官滇攜植。迢遞直同邛竹貴，支離那羡大夫尊？一日苦遭雷雨攫，蜿蜒空庭失本根。君今槖筆明光殿，韋相家聲人所羡。傍闕常懸愛日心，撫松每繫看雲戀。眼前誰是棟梁材，直幹從教飽霜霰。

邵子湘别余赴東牟酒後作歌

幽州澹白日，易水多悲風。吹簫屠狗竟安在？蓬蒿欲没燕昭宫。黄金漫低壯士色，予歌汝和差能雄。朝過孝伯家，謂阮亭。暮醉肩吾宅。謂愚山。蒲萄波緑月光白，照見狂吟同岸幘。羣雄相值頗相惜，接手輸心肯虚擲？詆訶季緒何足云，嘲笑参軍還作劇。一日懽呼定幾回，暑雨嚴辰都不隔。我夢東吴未得還，重愁送遠彫朱顔。君今别我東牟去，海風吹度之罘山。金銀樓閣見仙島，雲霞變滅須臾間。此去蓬萊幾千里，對面天涯自茲始。登高明日苦難留，臨岐淚落金樽裏。君昔愛我歌，歌出聲還吞。蒺藜交路衢，酒肉堆朱門。蛾眉曼睩亦徒爾，宿瘤時復當至尊。身世浮雲那能料，但恨分攜失同調。好向官齋啖鰒魚，予亦東歸且垂釣。

雪不得登始信峯喜聯雲上人送酒

三月正當三十日，石筍矼頭遇飛雪。天風吹裂蒼龍根，流澌凍斷丹泉咽。敝裘短褐爭前驅，向來登頓何其熱。祥符老僧鬢連蜷，青絲玉壺勞遠挈。黝然瀉作琥珀光，香甘時有神猿竊。中江頻盜飲，故及之。我聞葱嶺高巄嵷，四時常有積雪封。不信殘春始信峯，暄淒一變成凜冬。掉頭擲卻軒皇松，醉眠且就青芙蓉。

趙忠毅鐵如意歌 黄非郗祖官尚寶卿，名正賓，字賓王，亦同趙忠毅繼楊、左諸公蒙難。

有明嗣服十五葉，羣邪醜正時事岌。清流一網三案空，黨魁尤憝趙高邑。手持六計四秉銓，姚江孫太宰鑨。平湖陸選君光祖。相後先。掊擊時嬰政府怒，骫骳肯與奄人緣？投荒九死老無悔，尚書去後國步改。天家球璧盡銷沉，百鍊還留鑌鐵在。一枝挂壁篆文青，上鏤山河星日形。豈知元老提攜物，持作游僧付囑瓶。有客摩娑欻心動，購回肯惜兼金重？舞處如聞太息聲，撫時重引奸回痛。往事蒼涼未易論，流離嗟爾託身尊。自辭天水沉埋後，又屬當年尚寶孫。按，如意額圖八卦，其背上爲日月，下爲五岳山河水之形，面有銘曰：『其鉤無鐵，廉而不劌。以歌以舞，以弗若是。利維君子之器也。趙南星』二十六字，中有『萬歷戊申春製』六字，字作篆體，皆銀鏤之。非郗得之石埭僧文粲，而杭子簡夫子某處亦得一枝，銘字形製皆同，豈忠毅公不僅此一如意耶！

題宋蘭揮芰荷撰杖圖

蘭揮爲冢宰漫堂先生季子，初選庶常，即假歸侍養，臨行索題。

空濛一氣黏天碧，菱葉荷花浄如拭。水鄉風物宛新夏，凜冬直北何由得？鴻臚煙墨相爲開，謂禹尚基。方袍圓笠尚書來。飄蕭似欲踏歌去，鵁鶄鸂鶒同裴懷。負杖相從者誰子？風貌爭誇小宋美。今年通籍直承明，掉頭只欲親甘旨。尚書致政歸西陂，至尊動色聞嗟咨。乞汝鑑湖寧有靳？當令四遠瞻鬚眉。我來長安去已久，公子臨岐一執手。摇筆題箋當折柳，爲予問訊平安否。

高魯瞻通守豪逸强飲席罷以挾諸孫射獵圖乞題乘醉書二十八韻與之

一騎前導齕且嘶，一騎臂隼控不馳。後騎緣山山蔽虧，奔騰似欲大合圍。中有健者騎指揮，不老非少美鬢髭。耳後鳴鏑如餓鴟，草間狐兔潛狉狉。淮陰登壇一釣師，不聞射生能麗龜。腰弧插羽儼交綏，借問何如幽并兒？丱而從禽繄爲誰？渥洼之駒精權奇。獸肥草淺同遨嬉，有張無弛非所宜。秋冬射獵春唔咿，逐坐肯索栗與梨。文人託興聊爾爲，少年何必不軍麾？彦升三事了無期，騎兵往往登台司。健兒惡馬供鞭笞，雲臺麐閣圖鬚眉。人生快意當若斯，還君卷軸心嗟咨。燕市酒徒今已稀，和歌且就高漸離。

花朝集忍冬齋月下飲汜光春用坡公定惠院月夜韻　汜光，湖名，在寶應縣。王樓村修撰宅吟社分題。

老顛喜趁文字飲，歸踏春泥每深夜。分曹作劇徒爾爲，斟量酒户居中下。『斟量』字見韓詩。天與吾曹風月佳，清光委地銀濤瀉。檐鵲驚棲背客飛，盆花出窨寒枝亞。家傍重湖富老春，濁醪不過鄰牆借。色比鵝兒黄較妍，香凝荔子苞初謝。選盡嶔崎歷落人，朱門游只如蓬舍。未須引轄遮投井，時喚移牀看舞蔗。酒債詩逋了未期，吳綾越絹堆堪怕。謝公且住爲佳耳，遲遭醉尉愁訶罵。是夕，余以途濘先别。

龔侍御蘅圃索題田居圖

比年身被微官縛，掉頭苦憶田家樂。蕭瑟蘭成賦小園，想像柴桑醉籬落。奈可園廬久就荒，即使投林亦闃若。有客歸休賦興豪，繪圖徧乞田居作。臨安夙號山水都，清幽酷愛城北角。桑村藕蕩句依稀，瓜架茶棚寫約略。來往春農事耦耕，簪筆西臺只如昨。有書滿簏酒滿樽，歌呼誰信君垂橐？勇退甘貧詎足憂？種藥栽花良不惡。我寓南園望北郭，跬步難前病腰脚。策杖田居會有時，漫與題箋完夙諾。

上巳雨懷吳五砥臣

三月當三日，輕寒戀敝裘。竹溪疏雨過，花隖暗泉流。攬鏡悲生事，登樓當遠游。别君如昨日，芳草接汀洲。

石溪寺

牆東石溪寺，步屧過積垣。郭外皆春水，城隅如古村。雨餘羣木浄，雲在衆山昏。上巳江南路，鶯花處處繁。

郢中

龍起漢江清，江流繞石城。當年侔代邸，此地重陪京。夜雨金鋪澀，秋風石馬鳴。郢中詞賦客，今古一含情。

酒樓遲月次韻

堅坐延山月，中天欲二更。未高江早白，將吐樹俱明。水檻連蟲語，空城過雁聲。不知驩宴地，秋思若爲生？

就亭重晤顧赤方

白龍潭上雨，曾濕送君衣。此地一尊酒，因之憶釣磯。孤亭收野色，萬壑赴斜暉。莫使看山興，翻令伏枕違。

同諸公汎舟青溪因登響山分得歸字

一曲青溪好，仙臺上釣磯。潭煙聞鯉躍，人語觸鷗飛。命酒緣丹壁，尋僧入翠微。迴船歌吹發，風日暮忘歸。

深溝道中

山市人煙少，秋田鳥雀喧。亂流清見石，深樹暗藏村。雨過通薑艇〔三〕，霜紅辨果園。靈峯看在望，發興可同捫。

天仙宫訪徐蝶園止宿

過雨忽斜暉，仙宫掩翠微。檐虚羣岫出，樹動暮禽歸。命酒收棋局，張燈説釣磯。知君歡素侶，憩静懶朝衣。

積雨懷湯與三南岡即送其還鳩兹

丞相祠堂路，高居未可攀。蛙聲猶唤水，雨氣欲沉山。楝實收花信，榴英照客顔。薄遊移物候，遮莫倦飛還。

飲立山朱州守凝香書屋談詩竟日因憶靳明府熊封亦以凝清名其讀書軒並用韋蘇州句故有是作

官齋同宴坐，散帙静相依。殘雪下庭樹，晴雲團竹扉。少成楊德祖，名理謝弘微。二妙風期合，誰言吏隱非？

送沈姊丈公厚入都赴阮侍御之招因訊四明萬季野

春前曾夙駕，欲發轉逡巡。以我經南北，知君行苦辛。馬蹄霜滿地，人影月隨身。各有平生事，從沾京洛塵。

橋南别墅水木幽靚京城勝地也昔嘉禾玉山諸鉅公時時觴詠于此吴子寶厓同雙村貞木偶款園扉主人馬簡亭欣然命酒即席限六麻二首

到來幽興愜，不負勝流誇。斷壑有時漲，當門可汎槎。憑欄山曖曃，閉户石谽谺。何意京城外，滄浪自一家。

返照樓陰直，行空閣道斜。人家環積水，鷗鷺占圓沙。緑隱天壇樹，香分陽羨茶。還期絜壺榼，來看殿春花。

愚山先生攜榼游三天洞分韻

入谷側身寒，旋驚户牖寬。山根通日月，地底自波瀾。鹿或行空墮，龍疑選勝蟠。梯崖題姓字，留與列仙看。

微雨鉏瓜圖爲宋檢討山言題

商洛存之子，韋平已到孫。園常思緑野，興偶寄青門。引蔓抽高架，分泉注弱根。吾衰謝蓑笠，藝植尚堪論。

岳墳

已畢一生事，何妨七尺捐？人誰能不死？我尚憤當年。北伐無堅壘，南枝有墓田。榮名自終古，長脚轉堪憐。

蘭陰山 在蘭谿縣溪南

絶頂攀難到，樵青導我行。減衣驚地暖，卻杖闘身輕。遠水風帆小，高窗霜葉明。兹遊成不意，差慰滯留情。

納印後喜諸孫至杭示以詩

徇禄非吾意，年衰興久闌。乞休緣病足，抛印勝除官。頓釋文書累，初辭拜謁難。得歸花崦臥，藉汝共扶看。

歌舫

歌舫四時春，金錢費水濱。回中閒候吏，天上許遊人。泉入離宮暖，花移震澤新。長隄牽纜者，指點説南巡。

無題詩次王阮亭祠部

斑竹蕭蕭帝子遊，翠華無復指中州。人間玉碗空盛淚，臂上丹砂祗繫愁。苑草漸迷迴輦路，御香猶裊曝衣樓。誤偷靈藥蟾蜍窟，夜夜天寒耐九秋。

部牒至戲呈諸同學

季女盈盈賦命微，香車晚字亦光輝。敢言牧養優民社，且喜空虚謝禮闈。據案預愁章服裹，放衙但願諍詞稀。一行作吏唯驅使，揮手雲山别釣磯。

寺閣對雨憶黄山

天放山遊晴太好，到城急雨來欹斜。四百八寺墮蒼霧，三十六峯沉紫霞。劇憐野客尋几席，且隨農父懽桑麻。即今不歸歸便得，掉頭負卻山嵓花。

邗署懷邵子湘時客吴門宋中丞幕府

燕臺迢遞結情親，詞翰紛綸妙斲輪。迴首舊遊如隔世，異時吾道幾傳人？深憎似練雲遮眼，不共如淮酒入唇。幕府山頭一相望，瓜疇思與邵家鄰。

柬家月川學士

一枝且喜託同鄉，家具都難事遠將。抽簟亦知無長物，乞鄰倘許借餘光。茶鐺折脚酒堪煮，土銼添薪卧不妨。只有客堂時領客，參差相就惱移牀。

雪後望西山 社集分題。正月十九日。

馬首西來失翠微，望中積素掩瑶畿。一冬無雪春始雪，有客曰歸猶未歸。插岫俄驚梅盡放，因風還與絮爭飛。山遊倘肯朝乘興，應少緇塵點素衣。

午日吟社諸詩老置酒陶然亭宴別時周桐野殿讀將視學京畿郭于宫以奉命刻金人詩還廣陵予宰邑赴羅陽主人爲王樓村查初白潤木劉西谷宫友鹿繆湘芷劉大山張匠門蔣静山

彌望葑菰翠欲流，風簾雨幔俯汀洲。華歆只合居龍尾，李益何當占坐頭？日下蒲觴還應接，水邊花嶼遲初游。醉鄉遮莫寬離思，爲戀羣公去復留。

張見陽問山亭晚集和愚山先生

繁花高館帝城西，愛客山樽晚更攜。歇雨羣峯青不斷，䡅檐新柳緑還低。林中春色留人住，枕上晴光辨鳥啼。望裏靈泉潭柘近，儘拼絶磴一扶藜。

同年章南湖喜予入都有作依韻奉荅

鎖廳鈐索森嚴地，舊是吾曹角勝塲。已分清華非我事，敢矜撫字有微長？冠裳漸欲縫時樣，桂玉元難住帝鄉。自笑投鞭曾幾日，出門早辦典行裝。

阮公子殿嘉惠詩贈别依韻奉酬

安榴蜀葵紅刺眼，小住俄驚物候新。遂有文通傳别賦，蚤知遥集是佳人。樊南時尚矜纖豔，司馬文章信雅馴。知爾趨承家學在，詞源奥窔探無垠。

座主朱竹垞先生奄化未久聞曝書亭遺集雕鐫未竟賦柬中丞鹿公干山繼文諸同年

薇垣一夕貫寒芒，掉鞅詞林八十强。小友呼曾援孔李，大賢門喜出歐陽。沙隄舊業餘書帶，經籍貪鈔富石倉。肯使遺編就零落？未應荒盡陸家莊。

奉輓阮亭先生

投老休官百慮輕，支牀未忘著書名。新編脱手都人誦，舊物還鄉聖主情。仍襲金貂光奕葉，俄驚櫪馬貫星精。只應洒盡單寒淚，多少儒紳屬獎成。前數月，奉命復公尚書舊秩。

論詩往事憶長安，投分忘年似舊懽。豈有驚才傾沈范，獨持文柄擬蘇韓。崇班歷徧孤標著，伯仲齊名清論完。夙諾未尋今已矣，一開短扎淚先彈。

將引疾歸書報沈甥元佩程壻偕柳

漫訝浮雲變滅新，推遷眞見海揚塵。歸來已似千年鶴，算去都過五十人。骨肉存亡時入夢，川途迢遞見何因？猶餘結習難忘處，偷校陳編日幾巡。

倪君紫珍工文善楷授經鄰寺頻枉過從見余詩幅零亂忻然命筆鈔寫成編賦以報謝

集無完本只畸零，誰與編排眼忽青。豈有好詩藏白社？卻煩妙手寫黄庭。郵筒苦躡坡千級，寺踞吳山，山磴高峻。潤筆慙無酒一瓻。自笑後人寧愛此？多緣珍賞換鵝經。

謁嚴先生祠 先生爲梅子眞壻

停帆一爲薦江蘺，風貌眞堪百代師。肯屈故人勞物色，果成先世好門楣。臨流寧有竿千尺？繼響誰當鼓七絲？自是瀧中饒節概，西臺高並釣臺垂。謝皋羽諸公木主並祔祠內。

己丑除夕同鄉諸親舊會集宣城舍館因憶己未歲除愚山先生改官翰讀亦于是邸邀同守歲彈指三十年予方偃蹇挂名選人感舊書懷戲成五言長律二十四韻邀郭雙村屬和

萍聚亦成適，羈單不自聊。兒持椒酒勸，僮報雪花飄。淅淅翻階乍，盈盈著瓦消。梅將舒粉纈，柳漸蟬絲縧。情話貪鄉曲，歌筵謝遠招。宋監齋少司馬招飲未赴。塵沙驟馬市，燈火虎坊橋。懸榻思前輩，留髡送此宵。擘箋遲守歲，列炬早趨朝。斗極聲猶震，參旗望已遥。流光堪暫把，生事信難料。老驥懷千里，饑鷹盼九霄。羞蒙子公力，拼折督郵腰。鬢旋徵方染，裘常藉銼燒。荒傖嗤畹晚，山鬼笑風騷。舊邸三生夢，新正百戲鐃。兒童顛幕隊，蜂蝶鬧蛾嬌。橦索緣竿上，門釘結伴撩。鐙棚詩匠巧，煙火揭霞標。喜禁秧歌斷，驚添爆竹囂。果筐沿餽餉，春帖倩塗描。研北無金錯，牆東有玉簫。雙村邸有明童，能簫曲觴客。肯隨人寂寂，共遣夜迢迢。近局逢眞賞，都忘在客寮。明當攜郭隗，突兀酹燕昭。

香山有詠老詩戲效其體時將注選自顧衰蹇還以自嘲

老不與人期，昏忘我漸知。引書名屢誤，問客姓還疑。入夢多亡友，追懽異少時。從人誇晚健，常自憶兒嬉。抖搜陪時彦，優俳溷里耆。三竿巾未裹，一飯溺頻遺。倚樹休筋力，當杯拭涕洟。眼珍西域境，裘貴北邊皮。方藥呼孫焙，中廚藉婦持。未紆三尺組，懶染數莖絲。捧檄聞當及，彈冠笑已遲。定僧迎鶴詔，老女畫蛾眉。樸樕還誰賞？紛華豈爾宜？釜空難見巧，弦直易求疵。人比麐蒙楦，吾愁羝觸籬。樊英虚有望，殷浩竟無奇。蒲柳姿堪念，桑榆景暗移。螢光寧遠照？鼯技肯徒施？忽枉山公問，還疑侯霸癡。龍鍾應不免，緼藉且安之。

琉璃廠觀放風鳶

瞬息已雲霄，低昂憑一線。笑看兒童忙，行人各仰面。

草

緑合城邊柳，青連湖上山。馬蹄踏不盡，一夜滿人間。

溧陽谿山卷史宫詹屬題

窈窕平陵郭，空明一鏡涵。懸鐙開水市，欹枕過風帆。
風俗銅官近，農桑石屋邊。帶經把秧馬，選葉餧蠶眠。
柳埭分漁汊，松茨急晚舂。仙雲流片片，來自大茆峯。
長蕩湖邊路，溪山我舊經。谿流蛾子緑，山色佛頭青。
束髮領仙班，宫僚亦未閒。好憑行看子，指點説家山。

爲問投金瀨，猶存積水無？憐才分置尉，可許入橫圖？

燕子巢臥室

投夜故依人，密室取相保。曉出哺雛忙，爲汝開窗蚤。

綺石

綺石潭潭傍瑣闈，一枝絲柳古依依。殷勤笑向春風雨，肯遣沾泥絮更飛。

題草蟲畫册

滿院荷錢浸緑痕，碧紗窗外氣温暾。宵來一陣催花雨，盡喚蝸牛出草根。

雙村座上聽容郎度曲諸君子倚洞簫和之戲成四首依來韻

衫幘淋漓似捲波，斜街小住酒人多。心情老去渾無賴，一曲清歌唤奈何。

風微月滿眞良夜，觴政花籌屬散人。貪就吳儂事陶寫，無端遣我作官身。

十年高鳥投林盡，一第鮎魚上竹難。膭喜塾巾逢有道，衰遲持作顧廚看。

別裁偽體聽人嗤，詩尚樊南陸與皮。誰解酸鹹殊嗜好，長安小卷畫論詩。

題錢蔗山給諫觀山圖

丹崖翠篠石層層，官事全稀踏月登。一葉雙童摇槳到，不須結束辦行縢。

寺閣暄妍泉井甘，炎荒風物似江南。飛霜不到高涼境，榕樹經冬緑尚酣。

犖路風沙眼倦開，摩挲清景日千迴。此圖便是鬱林石，曾壓歸舟度嶺來。

南越東甌天一陲，舊遊不及荔枝時。披圖心識潘州好，便欲抛官趁水嬉。

校記

〔一〕翔　疑當作『翶』。

〔二〕『仡神光』句　全唐文（上海古籍出版社一九九〇年版）無『一』字，『𦐇』作『甜』。

〔三〕薑　疑當作『畫』。

宛雅三編卷十四

國朝

梅鋗

江南通志　梅鋗，字爾熾。宣城人。康熙丁未進士，知太平縣，多惠政。歷仕御史中丞，巡撫福建，上親書『摅誠信』三字賜之。鋗入閩，從行不過十人。嘗疏請積穀，未幾歲饑，便宜平糶以濟之。仕至左都御史。

邑志宦業傳　爾熾號桐崖，薦除監察御史，疏論漕艘沿途積弊，請釐剔以裨漕政。又以鄉會定限太速，請展期詳閱。并政大體，俱允行。累遷至都察院副都御史。巡撫福建，閩西郭外晉時鑿湖瀦水，以資蓄泄，歲久而淤，歷元、明，未幾爲平陸，鋗按圖經返侵地，募民疏濬，舊廬不憂浸渴，舟楫通行。撫閩三載，海邦綏靖，民得寧居。性狷介，杜苞苴，謝請托，雪冤抑，除陋弊，清名上達，陞都察院左都御史。年七十歸里。歷官四十餘年，不置一塍，亦未嘗以家屬自隨。閩人祀名宦。

居易録 予爲副都御史，值諸御史内陞外轉之期，時于公振甲莅總憲甫三日，上在暢春苑有旨，下詢于公，以問余，余曰：『臺規内陞皆論資俸，近多越次躐陞，徒長奔競，無益勸懲。今河南道常翼聖有才，京畿道梅鋗有守，而資俸俱深，内陞當首常次梅，則公道明，人心服。』明日，旨下，常内陞，梅繼之。

二樓紀略 梅公爲副都御史，撫閩中。後以兵部左侍郎陞都察院左都御史，罷歸。居曹塘，不一入城。余特造其廬，惟圖書滿架，四壁蕭然，爲嘆息久之。公歿，其家無以治葬，故郡司馬郭見齋有輓詩云：『黄金未足遺親串，華表仍憂累子孫。』諸子至告余貸官錢，僅而襄事。迨余脩宣城縣學，增置鄉賢祠，乃昌言于學官：『梅大中丞清節，朝野皆知，首當崇祀。』士論翕然，遂具出處本末，申請督學林公與總撫諸公會核，俱允入祀。

〔增〕

大清一統志 鋗官福建巡撫，疏請積穀平糶賑荒，闔省俱沾實惠。

張廷玉傳略 公諱鋗，原名以行，字爾止，號桐崖。天性純孝，髫年失怙，外侮交侵，每太夫人呼號擗踴〔一〕，輒長跽涕泣。比長，讀書敬亭僧舍，每月只薑一瓶，咿唔之聲，無間寒暑。初任大寧縣令，養教兼施，三年遂膺首薦。時魏公象樞剛方正直，爲都御史，揚言於朝曰：『是誠吾山西第一廉吏也。』入京，特授監察御史，廉介自持，不妄交一人。遇事侃侃正言，略無忌諱。凡諸利弊，多所指陳。上一日問都御史王士貞曰：『御史中誰可大用者？』士貞對曰：『有守有爲，莫如梅鋗。』自是爲太僕、太常、大理寺諸卿，爲宗人府府丞、都察院副都御史，各有建樹。

王士正書略 桐崖總憲正氣孤標，立身絶有本末。一身去國，同志仰之。

水西古木

老樹自何年，空潭鬱煙霧。虬幹插高天，低枝橫仄路。託根白雲崖，照影桃花渡。孤隺巢其巔，古藤屈相附。蒼涼帝子宫，怊悵謫仙句。

沈　泌

邑志文苑傳 字方鄰，號昕齋。邑諸生。博聞强記，才捷一時。嘗名流讌集，鬮題分韻，泌或後至，輒先成。與人共疏古事，娓娓不倦，撿所出，不訛一字。性落拓，跌宕文酒，不矜細行。康熙中，當事將以博學宏詞薦，不果，士論惜之。

蓉槎蠡説 沈髯翁方鄰，名家子，少負才，落拓不事生産，又好講内外丹，卒爲方士所誑，家益貧。然座客嘗滿，無賢不肖多趨之，典衣貰酒，率無虚日。垂老不良于行，坐臥一樓，手未嘗釋卷。五行並下，一目不忘，七步吟成，八叉賦就，洵當代一異人。己丑，病殁。詩文稿不知誰何竊去。

〔增〕

聽山文集 方鄴才情藻逸，倚案數千言立就。又博識古今遺事，即世俗所謂座主門生衣鉢源流及家世行派相承，猥瑣難悉者，皆能一一疏記之。李守素熟精氏族之學，世目爲『肉譜』；近嘉禾曹學士雅以此自負：未知視方鄴精詳何如也。余比客長安，少宰高念東、少司寇葉訒菴、王少司農阮亭諸先生，相見輒問訊沈髯無恙。方鄴體僅中人，而鬚長數尺，酒後每軒拂自豪，故諸老以髯呼之。

晚經板橋

空林旭景繁，遠岫晴雲吐。古驛帶荒村，寒花媚幽渚。歸輿一以闌，愁心渺無主。回眺石頭城，已出新林浦。

完鏡篇 并序

完鏡篇者，爲蜀俘婦馬氏女紀事，而美友人仲獻陳君贖還其故夫也。好事者咸爲賦完鏡詩，予廣其意爲此，俾賡之者有以綴于樂府云。

誰言柳絮隨風吹？誰言落花空委泥？浮生飄轉有時有，完鏡終完始非偶。錦官玁玁黃雲生，錦官城中方用兵。猛將橫腰大羽箭，健兒短後曼胡纓。一自黃巾擾赤縣，三十年來疲轉戰。豈惟公主陷烏孫？多少才人嫁廝弁。紅顏自惜薄命多，思家不見將如何？蒲萄夜傾銀鑿落，湩酪朝擎金叵羅。憶昔丁年正嬌小，香閨深閉瓊樓杳。乳燕窺簾掠鏡臺，侍兒薦席承芳草。自謂繁華春復春，那知零落及兹辰。騎鸞何處尋蕭史，化石空教怨美人。從此間關傍戎伍，玉筯悲啼黯無語。甄女繇他拭面看，息嬀難免班宮處。蛾眉宛轉斷人腸，鬖髿羞爲墮馬粧。世人每説新嘉驛，近事爭傳宋蕙湘。今我所聞全異此，道出千人萬人喜。夔門劍閣自天開，錦江春色天上來。窮年逋寇負巖谷，一朝埽蕩風雲回。即劇賊張獻忠餘孽。功成獻俘上幕府，中有如花異恆女。我友陳君欻心動，借詢家世纏繇苦。自言身許向家兒，母家馬氏嫺幼儀。生小粧臺羅翡翠，娛情研匣是瑠璃。鐵馬金戈忽焉震，淪入師中莫非命。蒼黃敢弗禮自防，謹嚴或可徼天幸。陳君聽此心如焚，慷慨長揖大將軍。何必天邊求故劍？應須機上織迴文。以此佳名振全蜀，遠近聞之皆感服。採入風謡激武人，摘將樂府廉頑俗。草檄才名久已馳，似兹盛舉較稱奇。放出非同王處仲，贖還不比蔡文姬。薄命遭逢顧如此，才人安可無知己？酒闌述罷涕汍瀾，拔劍悲歌不能已。

饒娥謡 并序

柳柳州原序曰：饒娥，姓饒，娥名，世漁番水。娥爲室女，淵懿静專，雖小家，未嘗出遊，治絺葛，供女事修整，鄉人敬式。娥父醉，不能舟，遂溺死，求屍不得。娥聞父死，走哭水上，三日不食，耳鼻流血，氣盡伏死。明日屍出，鼋魚鼉蛟浮死萬數，塞川下流。鄰旁小民悲感怨號，以爲神奇。縣人鄉人會錢治儀葬娥番水西横道上。追思不足，相與作石，以貽後世。孝娥祠在樂平南門外，唐建中二年建。

番山高，番水紆，娥父昔曾於此漁。漁家乃有此奇女，父屍不得捐其軀。軀既殂，屍旋浮，叶。格天之孝孝非愚。娥非繇教訓，亦匪嫺詩書，胡爲奇烈炯合符？帝赫斯怒風霆驅，斬刈水族正厥辜，猗嗟兹事古所無。俎豆百世馨香俱，我來再拜生長吁。上虞女子娥之徒，庶幾匹者彼上虞。於戲！山有時移，水有時枯，一娥之名永不渝。

李梅公先生招同施愚山少參集讌園亭次公維饒孝廉出灌將軍廟瓦硯索歌抽筆率賦

灌嬰廟瓦堪作硯，昔黯聞之今始見。官錦縹囊什襲珍，緑玉凝煙光一片。緬維開天全盛年，名家好古收藏偏。商彝漢卣饕餮篆，錞于方響珍珠舡。金陵逸叟饒奇癖，指薛更生。寶持舊瓦今勿易。一朝持贈隴西公，人物相宜不論直。稜稜幻作梅花形，黝然以幽瑩然青。扣之其聲戛哀玉，疏松絶壑風泠泠。埏埴一以汰，笵鑄非故硎。黯黮出土青銅鏡，依稀蝕翠雙琯瓶。我來諦視摩娑久，鄭重咨嗟不離手。可堪撫物劇懷人，急須美醞酌大斗。伊昔灌將軍，屯軍章貢濱。未料身後有遺廟，那知廟瓦爲席珍？世間萬事總難定，踵事推陳還出新。隴西蒐奇今衛公，王涯夏竦焉能同？零毛片羽已儀世，家學淵源未易窮。梅山小築平泉儗，錦樹名花錯如綺。雀紫晴梳柳砌風，鷗天煖逐菱塘水。我因此研有所思，尤物類聚眞瑰奇。鮫人鐵網布海底，無端漉出珊瑚枝。東澗思公署遺老，虞山老人嘗述之。牧齋錢宗伯得元人俞處士一研，研陰『東澗』二字，因自號東澗遺老。雅聞顧水部，亦得元章研。更有畢使君，放翁親稱善。援弇山記恊銖兩，心太平菴晰眞贋。雲間顧見山獲一研于金陵友人，乃米顛故物，後考弇山記其題銘，輕重吻合，淄川畢載積藏有陸放翁研，云：『畧師出之水中。』研比髣髴『心太平菴』四字〔一二〕，劍南舊識也。

二君好事極欣賞，乞句詞人殆將徧。惜哉諸公未見此，度越宋元尤莫比。漢初去古猶未遠，三代法物毋乃是。還應駕出銅雀上，銷沉汩没漳河水。孝廉爲予言，寶此已有年。經過喪亂不暫釋，藥鑪經卷長周旋。況復君家美詞翰，班香宋豔天下傳。司馬文章眞絶世，道韞篇吟粲若僊。摩娑既已久，欲置仍留連。未敢據舷作狡獪，攫取襄陽學米顛。於乎！胥臣多聞昔著稱，茂先博物還軼倫。雷劍干斗灌瓦出，神物顯藏都有因。秖今潁陰勳績竟安在？頽垣遺址荒荆榛。不如此物留天壤，長與文人子墨鄰。瑠璃作匣楠榴枕，璹瑁爲牀錦繡茵。四月鶯聲何睍睆，數時天氣良鮮新。即看入直明光殿，棒出傾城更可人。

採茶謡

桐花吹殘楝花飄，家家挈筥升山椒。三五村甿自作隊，競摘柔條如刈蕭。共説今年茶事少，估人賫鏹悔不早。且摘且焙須趁晴，不歸箬簍盛瓷罌。

種薑謡

畏寒閟置驚蟄賣，是名火薑不易壞。腴田種之燥濕匀，松葉敷陰藉遮蓋。跼芽偷母枝何緐，芃芃其埒紛邱園。霜降掘發利無算，艇簰絡繹津亭畔。

割蜜謡

崑扉澗户羣棲託，誰云小屋無知覺？義有君臣午必朝，人不如物洵堪怍。出分藩翰處區房，釀花成蜜胥芬芳。長至天寒例割蜜，留取一半資蜂食。

割漆謡

周官漆林裨王政，宣州睦州産較勝。吾鄉風土頗茂淳，漆栗筆蜜物宜盛。戕皮取汁翻蔚然，割不宜數全其天。唐魏儉嗇見篇什，至今利用寧棄捐？

斸筍謡

秋掘黄精冬斸筍，負鑱深陟蒼筤嶺。循根迸土竹無傷，攫取一園青玉影。山廚燒啖味絶倫，佐以茗碗尤鮮新。此外何物可方駕？周顒晚崧張翰蓴。

捕貍謡

吾宣貢品誇二絶，上者玉面次竹節。耑啖果食體膩肥，土人張罝在秋月。鮮餐薰啖劇甘美，利用殺蒸靡脂毀。糁以粤錫佐以豉，不羡江瑶柱爲旨。

雪梨謡

花開春月霏璃雪，實結秋深類萍寔。疇曩曾同橘柚包，繡衣抗言貢品絶。裹以桐筶承以筐，闌宵襆被干掫防。幸匪炎方荔支比，飛遞不擾紅塵忙。

木瓜謡

承天作賦風人詠，投報相與吾所敬。瀹湯澡躬疻痏除，豈惟瓜德見瓜性。此物並梨東南鄉，吾家塌裏産最良。因類而及辨方物，奚必草木稽含詳〔三〕？

滄浪高隱歌爲吳舫翁舊史賦

大隱在朝市，小隱則深山。何如披裘更散髪，釣舡放浪江湖間？延陵先生通隱流，近始不仕高王侯。下筆有神掃縑素，蟄巾無吝珍琳球。借問滄浪在何許？一望菰蔣冪煙雨。文江螺水帶林塘，武姥羊山壓檐宇。渚光巒靄杜蘅香，横笛中流樂未央。緑蓑處處鷗鳧隊，白舫朝朝菱芡鄉。先生此際皆仙侣，畫紙敲針興何已。林下閨中風韻饒，挽車提甕人倫美。五柳先生逸躅并，四公野老暢襟情。回首蒼梧渾噩夢，眷言白水憾平生。噫吁嘻！武山高，文水長，先生之風誠泱泱。我在東吳南山歌白石，何如先生西昌西塞謳詠濯滄浪。

題　畫

遠峯青欲滴，深樹緑成幃。何處幽人屧，來尋静者扉。野橋溪水漲，煙寺晚鐘微。他日離塵鞅，巖棲或此依。

繇青陽至石埭道中即景

夾路雲峯峻，盤空石磴重。溪喧爭激碓，僧舍巧依松。原隰分高下，霜林有淡濃。藉兹風日美，不覺在深冬。

送朱天涵返南昌

行李侵霜重，征帆向曉開。江明楓樹直，岸遠荻花迴。廬岳排雲鳥，宫亭湧雪堆。鄉山看在望，息影與悠哉。

題舊京柳公韓借影樓

數時聆玉麈，夙昔捧珠槃。詩卷陶彭澤，人宗管幼安。揮杯聊自適，著屐强爲寬。但得山棲樂，何殊大廈觀？

道書閑自把，俗物肯爲羣？杖挂秦淮月，衣沾鍾阜雲。古懽親欲見，世事懶相聞。角麈霏名理，依稀覿領軍。

志和樵牧具，杜老小童清。眼爲時人白，心偏舊事明。遊仙期汗漫，入世怯逢迎。莫問玄黄戰，輸他蝸角爭。

旨酒門生載，征衫少婦縫。江山新耳目，雲海蕩心胸。招飲思蕿桂，吟詩撫四松。向來飛動意，鯨飲吸千鍾。

卜築名園舊，逃名愈得名。懷人雲樹隔，夢我石泉清。只覺海田幻，奚知魏晉更？窮通都不計，遥復問君平。

虎　邱

一拳臨綺麗，千載閱興亡。塔湧何朝寺，基存舊講堂。淺深霜樹赤，高下渚田黄。霸氣銷沉久，歸鴉帶夕陽。

錫山吴使君招讌秦園

叠石疑巀嶭，疏巖接一泉。雲來浮樹活，花發映潭妍。倚檻魚遊鏡，流觴伎撥絃。幾回陪謝屐，吟賞未能還。

東溪道中

瀸澤春田足，繁徭夏税催。軍需符帖下，里正見聞猜。節候禁煙近，園林縠雨來。屏當茶事畢，吴會啖楊梅。

疇丁寓公次元韻

循州自昔美山川，嶺樹南雲百粤天。向晚村墟沉積靄，方秋城郭在疏煙。葛洪此日求爲令，鮑靚當年竟得仙。手把新詩吟諷久，清音不減聽朱絃。

祁閶晤陳秉文辱以詩見送走筆荅之

董相祠邊同作客，館娃宮畔獨懷君。愁看楊柳鴉千點，夢逐菰蘆雁一羣。岐路興悲思墨翟，一時下第歎劉蕡。睽離三載驚相見，何處飛來片片雲。

別業雲巒第幾峯，峯頭嵐翠望來重。廿年未聽黃山瀑，萬里先看白寉松。巖岫參差紛在眼，笙璈縹緲許相從。多君珠玉添行色，寄語軒轅或可逢。

發餘干作

底事羈棲滯遠行？市橋山郭樹分明。春晴帆指梅鋗嶺，夜雨花殘吳芮城〔四〕。虎窟禽啼僧夢熟，鬢絲禪榻客愁生。渡頭潮長添新漲，南浦凌風一舸輕。

予留南州羅子珂雪製序及詩見贈奉報一首輒用來韻

青天白眼浩歌餘，身在花宮看道書。興發三江期轉失，遊酣五岳志纔舒。川嵐移渚靜聞櫓，山翠撲人涼襲裾。淳意高文眞不負，貽來冰雪致蕭疏。

青藜衝雨曉過寓樓

屐齒何來破曉鐘？與君堅坐看湖峯。平蕪鋪水白無際，遠岫冪煙青且重。王粲倚樓愁作賦，梁鴻賃廡獨聞春。那堪流滯西昌久，一雨連朝興更慵。

望赤山李文定公墓道

故相佳城尚鬱葱，鼎湖誰復泣遺弓。金鏞玄武朝眠雨，石馬昭陵夜吼風。風度曲江差可儷，勳猷衡岳雅能同。赤山蔣阜遥相望，一體君臣涕淚中。

紅蘭埠趁舟達下水洋訪朗宣大師卻贈

華陽迴棹偶相尋，隔岸花龕緑柳陰。寂歷渚村飄晚笛，參差煙樹哢春禽。幾灣流水滄浪曲，一片閒雲自在心。安得從公避塵俗，十年枯坐證精深。

送施氾郎遊歙因懷蝕菴允冰菉公元子綺園東巖左黄友月諸游好

新涼薦爽理征衫，訪舊還應陟翠巖。繞郭有江清見底，入林皆嶽白澄嵐。賦成名句爭磨石，斸得雲苓慰荷鑱。素侶相逢煩寄語，秋深吾亦問仙潭。

孟夏廿又四日訪舊渡張家湖遥望故殿讀施公殯宫泫然志感

謝公零落山邱日，劉尹風流頓盡年。驀地經過增腹痛，亂紅飛絮咽啼鵑。

梅以日

邑藝文志 文學。

飲龍潭山家

停杯閒步屧，落日見歸樵。村暗家家竹，溪迴處處橋。殘霞明谷口，餘雪照山腰。相顧從淳俗，桃源未覺遥。

葛　遷

邑藝文志 字非馬。元士次子。

〔增〕

沈方鄴集 非馬甫冠，病消渴蚤卒。遺詩數卷，藏于家。其警句有『桃花欲放湖邊寺，燕子初歸江上村』，人以比之劉賓客、張司業，不是過也。

新河舟中

一水繞山出，山從水面横。片帆隨曲岸，千嶂隔孤城。雲嶺人看小，煙波鳥渡輕。路旁舊酒舍，北馬繫柴荆。

劉日陽

施閏章傳略 日陽，字若木。宣城北鄉人。父大生，爲諸生，知名，早喪。依母氏，體羸貌寖，鄉人不能識，生亦不往干人，獨族弟祖琨善之。嘗借書讀，午夜不輟。已習爲詩，所居臨溪，窮處無事，獨吟修渚大澤間，不知者以爲狂，而其人寔恪謹。貧甚，爲童子授句讀，間與郡中諸詞人來往。業日進，焚其舊稿，益肆力學古，日有常課，毋敢缺。順治辛丑冬，娶某氏，貌亦寖。夕將婚，俄中疾，若斷股劌腎者，不能交禮，移宿召醫，醫皆愕然。就醫丁郡，疾革載歸，及門而卒，年二十有五。貧不能殮，祖琨爲經紀其喪。其詩清新瀏爽，余嘗得數紙，誦之灑然。

〔增〕**劉氏詩存** 著有石閬詩集。

峽石夜泊

江迴波光白，天空嵐氣青。寒禽啼細浦，饑獺竄長汀。杖屨窮猶在，風霜亂自經。放懷須一醉，雲樹正冥冥。

劉堯熙

邑志懿行傳 堯熙，字緝生。康熙丙辰歲貢。爲人篤孝友，重信義。丁父艱，喪葬費皆竭力獨任，不以一錢一帛累其兄。守制，哀毁逾節，終三年未嘗一入室。父往稱貸，于親知者悉按數償之，至有債主自忘其事而卻之者，舉父命而固與之。檢討孫卓受業十八載，嚴憚之如一日。順治辛卯中副榜，康熙癸丑預修郡乘，所著多古文辭、詩歌。

〔增〕**徐肇伊傳略** 孫黄門惠可公延致西賓，長衡陽令玉京、次編修予立皆執贄門下。亡何，黄門公捐賓客，玉京年十一，予立甫九齡耳。適值寇大獄起，里中豪猾思踞其家，以奇貨居，搆獄連黄門二子，羅織捕急，戚族皆走匿避。太夫人手槖百金，屬明經解其紛。明經曰：『彼腹不易飽也。』潛裝赴皖，謁鄉大紳故知黄門者，陳其誣陷狀，轉白當事，獄得釋。仍手其裾〔五〕，歸報太夫人。其慷慨有爲類如此。所著多古文辭、詩歌。施愚山讀其詩，嘆曰：『吾宛交游中，如緝生之能詩，而吾不知者，豈非以制舉業掩耶？』

衆溽桃花

一棹横溪過，春風十里賒。亂飛丹嶂雨，遥接赤城霞。眠鹿先趺草，啼鶯小坐花。劉晨來避俗，誰與飯胡麻？

通靈峯

不來千仞上，誰識萬山平？春老瞿硎石，雲流謝朓城。一僧逢客下，雙鳥向人鳴。野燒知何處，桃花送晚晴。

雨後過琴谿

雨後溪偏闊，雙桴去復留。奔湍競濺石，急瀨不宜舟。春網童魚入，茶槍野老收。憑欄伺赤鯉，可許問丹邱？

徐纂益

邑志文苑傳 字烈裘。邑庠生。博學善文，時文尤精，小題典博峭刻，獨成門户。治詩、古文俱有名。

按，先生一字祖壽，號南垞。門人仲衮搜遺稿，編南垞詩一卷。

〔增〕

秋草文隨 列裘氏古文，亦奥衍峭厲。

題畫贈仲北村

輞川能作畫，解道是前身。盡日看殘雪，將詩寄遠人。幾家稱獨絶，吾意欲相親。詎必千年後，生綃直萬緡。

仲生山公至屬其尊公北村作畫

老樹霜侵歸思生，亭西問字一天晴。披帷正值人初起，立雪無忘地數更。是歲征徭那可避？乃公磈磚故相驚。但言湖上秋光好，不畫山雲畫水雲。

青林堂夜集贈梅武修昆季呈雪坪先生

小憩青林月上時，弟兄相對菊紛披。寫書直欲成兼兩，借我何曾爲一瓻？枕簟夜涼蟲響靜，江城秋迥隺飛遲。鹿裘石室君家物，久矣過庭受學詩。

徐肇伊

邑志文苑傳　字程叔，邑名諸生。嘗預修通志，所援据，同事服其精確。梅徵君文鼎嘗論博雅士，必亟稱『二徐』，爲纂益及先生也。

湯燕生金陵紀事詩序略　先生早受教于衡州公，經史相授，歷世考研，至先生益寢食其中，將期至于古之立言者，蓋卓乎與東京桓氏經明九世之盛時矣。先生至性淳備，奉兩尊人，色養無違，有江巨先之稱，同氣分甘，則薛包之匹。生平肝膽向人，視友生如其心膂，而麗澤之資弘篤。

二樓紀略　澄江師程叔。按，澄江謂阮于岳司空也，先生一字縢夫。

〔增〕

陳希昌序略　程叔徐先生，以吾鄉尊宿名江上者三十餘年，屢赴棘闈，竟淹一第，豈文章憎命達耶？先生好學深思，用心於内，歷天下之升沈顯晦不以攖吾寧，嗜古履方。出其緒餘，以教育英材。從遊之士，周規折矩，不失尺寸，望而知其自徐門受業來者。今庶常阮君于岳，其錚錚者也。

泊黄池飲梅崑白齋中

信宿歡良夜，池邊老友家。稠塘花下藕，柏梘雨前茶。剪燭談生事，銜杯惜鬢華。來朝揮手去，百里水雲賒。

貢院纂脩江南通志同諸公即事分賦限秋字

四十年來汗漫遊，羈棲棘院又驚秋。同人競抱王通槧，乘興還過孫楚樓。夜月移花銷畫角，午風吹葉上簾鉤。自憐彩筆枯垂盡，爲問龍門可白頭？

過高座寺憶無可大師

短髮遊行秋郭邊，雨花臺畔古棲禪。雲深片鳥歸高柳，野曠孤鐘浮午煙。學道幾年觀自在，看山竟日樂纏緜。瞿曇説法都高座，那得無公性力堅？

清風亭

出郭嵐光十里青，柳山橋下石郵亭。斷雲蒸雨千峯散，幽鳥一聲何處聽。

劉繼文

字孝善，號松崖。文學。

晚步宛津菴

一龕收夜色，喧寂隔橋分。細雨籌行住，澄流寫見聞。窗虛窺麥浪，路古接苔紋。遥聽疏鐘響，心知此白雲。

雨中舟過峽石見桃花

片帆斜挂雨聲中，叠浪頻催信好風。山欲入河隨岸起，雲將絶巘與天通。園林嫩葉添新緑，屋角高枝漏淺紅。望裏亦知非境外，話餘倏已隔煙峯。

梅士恂

梅氏詩略　字恂如。由邑庠入太學。鐫有詩快行世。

〔增〕

黄國奇傳略　士恂號如宇，宣城人也。丁卯春入南雍，補國子生。爲上國人文，見識於羅、劉兩大司成。首録監元，聲名藉藉，海内名流咸傾屬望。如掌科陸公闇先、翰林金公正希、方伯侯公安國、廉憲鄭公二陽、處州郡侯朱公鸁青、溧陽令鄧君散木、銓部余君賡之諸縉紳先生，競友事尊禮。

山中寄凡民九兄

傳説飛泉好，山因梘得名。我來探勝迹，惟見白雲生。石路春風細，香臺夜氣清。誦君登覽句，宛見昔遊情。

王　溥

字抑山。

登報恩寺浮圖

光涵日月湧孤標，絶頂蒼茫逼絳霄。雁踏雲中低落照，江翻天外亂歸潮。鍾山煙氣寒千堞，建業秋花變六朝。莫傍層闌歌玉樹，西風黄葉正蕭蕭。

登武昌城樓

極目高樓思渺然，武昌城外草芊芊。波間夕照摇晴閣，天際風帆下漢川。海燕自來還自去，江雲如練忽如煙。傷心遠道登臨客，又向荆南上水船。

劉　覽

字楚白。文學。

〔增〕

蔡元宸嘯餘敘略 吾友劉子漢長，其人有國士風，與語則落落穆穆，不矜意氣，其著作則晶晶熒熒，不近時俗。蓬虆二十年，不見知於有司，以故耑守其業，而業益精，文益工，學益富。

阮士鵬焚餘序略 劉子漢長，里中瑰異士。方齔時，即網羅經子上下千百年機要，雖稗官方説，樂得而論著焉，蓋諤諤然專求所好也。既贍爲古文辭，闤闠間慶唁，士夫燕喜鶯遷，僉欲得漢長掞藻，户限幾穿。漢長於是高嘯而起曰：『嗟乎，丈夫腹世略而譽問不協，有司邁軸將好我矣，安能代人作嫁裳乎？』

新河夜宿

石磴黄昏路，行行蟻徑寬。煙深漁子火，雲宿虎牙官。野店金齏熟，糟牀盎露寒。同人連坐處，一箸腐儒餐。

過琴溪抵桓公嶺

雲根一百尺，征騎破寒煙。澗響孤松下，橋飛斷壁邊。戒巖多絶壑，負涉出新田。内史荒祠在，魂傷薄暮天。

梅士倩

梅氏詩略 字長倩。誕生之長子。由邑庠入太學。嗜學，淹博，克承厥考。增定字彙，藏于家。

江南曲

江南三月潮如綺，曉逐飛花出篷底。越客詩吟短楫清，吴姬袖拂垂楊起。此時樽酒若爲酬，泛盡長洲並小洲。飛去鳴禽都不繫，吹來細雨欲生愁。風前卻憶昔年春，始信吴王是解人。醉殺高臺不歸去，夜擁西施片月新。

湯逸

字希白，號隺仙。工吟善畫，耽情風雅，譽重一時。

庚辰仲夏五十生辰述懷

風邈虞黄代可如，也無榮辱到山居。休牽秦相城東犬，寧牧公孫隴上豬？朋好但留鷄黍饌，妻偕堪挽鹿門車。桃源縱有長生處，心上閒愁豈盡除？新蒲細柳緑江天，壯志消殘思黯然。恨結王裒難轉石，怨成高鳳豈爭田？感時常憶中山醉，避世還憐北渚賢。自笑散材人共棄，可能蔗味數餘年？

劉㨗文

字丹侯，號渭崖。文學。

冬日過羣猊莽訪僧

策杖臨初地，來尋五字城。冬山還暝色，殘樹引潮聲。幻想歸無夢，閒心寄有生。清言歌伐木，相與詠丁丁。

梅士巳

梅氏詩略 字無巳，著有百千齋草，尤善寫蘭。

同旃美兄勉叔弟夜集月邦師山幢閣分囂字

最喜晚山静，松關更寂寥。竹籬藤葉罥，草閣燭光摇。林振秋聲亂，鐘傳客夢消。相期聞妙法，亦得遠塵囂。

梅士穎

梅氏詩略 字茂先。與弟孤山皆善詩文，能纘父業。著有東居草。

清華觀

一徑晚來雨，千嵒秋氣森。潭空魚出藻，果熟鳥窺林。絶壑蒼松斷，孤村落葉深。此中堪辟穀，人世任消沉。

秋夜

自憐清夜獨憑闌，百尺松頭一崔還。壁上有琴彈不得，碧雲涼月滿秋山。

徐嵐

邑志選舉表 字濤若。康熙二十三年歲貢。

山居雨後次程乾初韻

山青雲欲盡，徑滑草能支。古木凭危石，流鶯挂碧絲。探奇招舊侶，限韻逼新思。爲問幽棲意，還應麋鹿知。

廣教寺

古寺化爲墟，惟存柱下礎。荒階春草生，遊人坐相語。

梅以俊

梅氏詩略 字子彦。文學。華平曾孫。生平博洽英敏，曠達不羈。初攻制舉藝，已而棄去，以酒自放，不粒食者數年，人號之爲酒仙。詩文甚富，不自點檢，稿多散佚。

〔增〕

孫嘉淦傳略 當時名宿如甬上陳子遜、石城蔡璣先、同里倪觀湖、沈耕巖暨其家瞿山、勿庵、雪坪輩，心知先生非常人，樂與之遊。先生留心文獻，不憚搜討。劉聘君工部志識大録諸書皆大有關繫，藉其藏弆，得以垂遠。晚年隱於酒，一卷一壺相隨勿輟，與老僧石濤、喝濤者善，猶昌黎之與大顛、歐陽子之交惟儼也。遊金陵，飲於酒肆，即題詩壁上。知者謀醵飲名園，得悉，録其詩以去。其名重如此。

聽季赤叔祖夜誦

高城漏静疏星起，書聲徐出東軒裏。杖藜半然半不然，窗飃乍已復未已。初疑一曲短簫斜，落梅折柳思無涯。淒清中斷起鳴雁，瀟湘滴瀝驚寒沙。須臾燈熒虹霓掣，長嘆一聲三擊節。嗚笳叠鼓出塞行，萬里横戈探虎穴。鄰家思客悵不寢，城頭壯士成遥吟。一時起舞動相顧，鷄鳴斗轉聲沉沉。念君叩君君忽止，夢去春雲幾千里。長樂鐘聲散曉煙，彩毫亂落花成綺。

萬士襄

字贊伯，號鐵山。文學。

〔增〕**府志選舉表** 士襄宣城人，康熙四十四年歲貢。

寄荅東渚

轅下空慙千里老，況逢戈甲欲吞聲。高堂賴有平安字，且就雙柑去聽鶯。

葛世儒

偶宿彌勒僧舍喜裴禪上人煮茶聽月

蓮鄉逢勝侶，開士亦云賢。樹晚藏鴉密，苔秋拂石眠。譚酣風滿座，茶醉月初圓。不用陳蕃榻，跏趺學夜禪。

施英

邑志選舉表 施英，康熙戊午武舉，字子粲。華陽人。

贈霜月臺林木和尚

共道空江明月身，舊來雲夢臥遊頻。祇今萬壑千峯裏，好做拈花微笑人。

九日登霜月臺

九日尋山到上方，翛然籬菊散微香。茶瓜坐對松陰晚，一樹禽聲送夕陽。

梅士昌

梅氏詩略 字期生，號大千。處士。著有燼餘草。

〔增〕

李光地墓碣略 公諱士昌，字期生。世居柏梘山。山高處有钀嶺焉，故又自號『钀瞿』，蓋取詩所謂『良士瞿瞿』者耶。西安公遂於易，先生其家子，庭授有素，晚乃卒究其業，爲周易麟解一書，取春秋二百餘年事迹與卦爻相證明，推其成敗禍福，以窮吉凶悔吝之故。余未之得見，然嘗讀其序而奇之。考之司馬遷曰：『易本隱以之顯，春秋推顯至隱。易與春秋，天人之道也。』遷之生於孔子近，其論蓋有所昉。邵堯夫之學始堯甲辰年，迄於五季，四千載治亂興衰，紀以運世，而用易卦經緯之。蓋邵以數起，而先生以理附。先生之書，邵氏之志也。

柏梘寺

悠然一卷對青山，山寺無人白晝閒。峯日斜穿松閣下，溪風驚打竹籬間。藤花歷亂清秋色，金像蒼涼太古顏。獨坐長吟遺慮俗，時聞梘水落潺潺。

校　記

〔一〕㰀　當作『躃』。

〔二〕比　當據光緒本，作『北』。

〔三〕稽　當作『嵇』。

〔四〕芮　當作『芮』。

〔五〕䙆　當作『鏹』。

宛雅三編卷十五

國　朝

梅文鼎

江南通志　梅文鼎，字定九。宣城人。貢生。博雅善屬文，尤耽精歷算，兼通中西之學，自製揆日測算諸器，皆獨出新意。所著歷算八十八種，皆發前人所未發。李光地以文鼎所著歷學疑問二卷進呈，召見德州舟次者三。御書『績學參微』四大字賜之，詔光地曰：『此學今鮮知者，當世僅見也。』文鼎生平留心經濟，不爲無用之學，而孜孜好善，老而彌篤，卒年八十九。

毛奇齡傳略　先生姓梅氏，别號勿菴。先生兒時侍父及塾師羅王賓，仰觀星氣，輒了然于次舍運旋大意。年二十七，師事前代逸民竹冠道士倪觀湖，受麻孟璿所藏臺官交食法，即爲訂補註釋，成歷學駢枝四卷，竹冠嘆服，以爲智過于師云。家故多藏書，益以己所購致，凡數萬卷。中年喪妻，更不復娶，枕藉簡帙，以自愉快。而特好歷算，凡推步諸書，人不能句讀者，先生讀之輒解，遇所疑處，輒廢寢食思之，必通貫乃已，蓋其性然，似有夙慧也。凡測算之圖與器，一見即得要領，指數其中利病皆如素習，而孳孳蒐討，至老不倦。殘編散帙，必手抄之，一字異同，亦不敢忽。尤虛懷善下，聞有能是者輒喜，雖在遠道，不憚褰裳相從，若舊臺官疇人子弟及西域官生，皆折節造訪。人有問者，亦詳告之無隱，故所得藏本亦多，而聞見益博。至京師日，纂脩明史諸公以歷志屬詳定，先生乃出歷草及日月五星通軌，詳爲詮次，以發明王恂、郭守敬不傳之秘，授時、大統始爲完書，史局服其精核。于是，輦下諸公皆欲見先生，或遣子弟從學，而書說亦稍稍流傳禁中。先生嘗病中西兩家之歷聚訟紛紜，與其弟文鼎盡發廿一史所載歷法七十餘家及西學諸書，參訂考究，各求其立法根本與改憲源流，務得其久而不得不改之端，與夫不久亦不能改之故，及中西名異寔同、即因爲創，有雖屢改而終難盡改之理，一一爲之撰定，爲古今歷法通考，以補馬氏文獻通考之缺及邢氏律歷考之所未備。藁存篋笥，歲時增改，而論撰益富。安溪李大中丞見其書，嘆曰：『梅先生歷學，趙緣督、陳壤、周述學、魏文魁諸人皆不逮也。』他著撰詩文皆質直，自言其意，處事惟敬，茲不具論。論其學之大者如此。

梅庚書傳後略　按是傳作于康熙己卯冬，時先生久矣名騰都下，親王隆禮延接，所著歷算諸書流傳禁中，不可謂闃然一無所遇者也。顧崔舫毛氏猶以爲未獲親承顧問，發抒畢生之所獨得，深致惋惜。越乙酉閏夏，召見于德水舟次，從容奏對，賜坐移時，至尊親灑宸翰，錫賚駢蕃，臨辭又賜『績學參微』四大字顔其堂。嗚呼！開國以來，以韋布受特達之知，未有如先生者也。

邑志儒林傳　梅文鼎以孫瑴成貴，累贈中議大夫、順天府府丞。操履純潔，不欺屋漏。其學一以躬行實踐爲宗，而推本于誠敬，絶不爲理學空談。人望之，如岱松嶽石，凜凜不可犯。及與之言，委婉眞摯，無不曲中情理，聞者輒人人感悦。見人善，欣然如己出；見不善，愀然如在其身。其營祠廟，設家塾，敬宗收族，賑貧濟乏，人以爲難，在文鼎，非其至也。生平博覽羣書，于天文、地理莫不究切，而歷算之學，用功尤深。康熙乙酉，車駕南巡，以薦徵詣行在所，賜坐賜食者彌日。授之官，以老辭歸。時敕有司存問，卒年八十有九，上聞，命官經紀其喪。所著有勿菴文集若干卷，詩集若干卷，歷算叢書八十八種。

李光地歷學疑問恭記略　壬午十月，扈駕南巡，駐蹕德州。有旨取所刻書集，回奏匆遽，未曾攜帶，且多係經書、制舉時文，應塾校之需，不足塵覽，有宣城處士梅文鼎歷學疑問三卷，臣所訂刻，謹呈，求聖誨。奉旨：『朕留心歷算多年，此事朕能決其是非，將書留覽。』再發二日後，承召面見，上云：『昨所呈書，甚細心，且議論亦公平，此人用力深矣，朕帶回宫中細看閲。』臣因求皇上親加御筆批駁改定，庶草野之士有所取裁，臣亦得以預聞一二，不勝幸甚。』上肯之。越明年春，駕復南巡，遂于行在發回原書，面諭：『朕已細細看過。』中間圈點塗抹及簽貼批語皆上手筆也，臣復請此書疵繆所在，上云：『無疵繆，但算法未備。』蓋梅書原未完成，聖諭遂及之。竊惟自古懷抱道業之士，承詔有所述作者無論已；若乃私家藏録，曷能上煩乙夜之觀？句譚字議，相酬酢如師弟子！梅子之遇可謂千載一時。方今，宸翰流行天下，獨未有裁自聖手之書蓄于人間者。豈特若洛下之是非堅定，而子雲遺編所謂遭遇時君、度越諸子者，亦無待乎桓譚之屢嘆矣。

施閏章敘略　吾宛陵梅氏，自聖俞先生以來，世以詩名，往敘述之衆矣；最後，得梅子定九，有志于君子之道，目之爲詩人，則瞿然謝不敏。余蓋心異之。定九砥礪學行，探本知類于象緯歷算之學，殆由性成，數計心通，能自制器以準象。間取西洋之學，發揮討論。南中言歷學者數家，質疑送難，皆嘆遜以爲莫及。平生既罕徵逐，中年早鰥，遂不復娶，日夜枕藉詩書，以自娱暢。其溢而爲詩，清眞静遠，稱心爲言，無時人飳飣裘馬之習。

魏荔彤歷算全書序略　明歷算，續絶學，自有勿菴先生此書具在。道不外于歷聖所傳，理自存于四海之内，法亦備于此三千種中也。凡好新厭故，重遐輕邇者，亦可以由中而該西，尚目不尚耳，弗立異而誌怪，將求奇于恆焉，庶不負先生九十餘年立言垂訓之意也夫。

〔增〕

府志封廕表　以孫㲄成累贈光禄大夫、都察院左都御史。

方苞墓表略　君常閉户殫思，與吾友崐繩、北固遊，時偕來就余，而余亦數相過。乃知君博覽羣書，於天文、地理莫不究切，得其所以云之意。所爲記、序、書、論亦有異於人人。北固嘗與同舍館，告余曰：『吾每寐覺，漏鼓四五下，梅君猶篝燈夜誦，昧爽則已興矣，吾乃今知吾之玩日而愒時也。』

杭世駿傳論略　舊史曰：從來言治歷者有三：一以爲必疇人之裔。梅氏兒時，即侍父及塾師仰觀星氣，雖世非臺官，而其家學已與談、遷無異。一以爲必通經之儒。梅氏于學無所不窺，辨先後天八卦位次，不合者證其合，讀等子韻而定爲以代而變，以地而變，以代與地交而變。中西之術紛綸旁魄，而必歸之堯、舜精一之傳，非徒隷首、商高之術通天下，人始謂之儒于儒，誠無愧也。一則以爲必精算之士。梅氏生有異稟，而又佐之以深思，辨析于幾微之際，而窮極于杪忽之原，非精算者能若是乎？

梅庚勿菴詩集序略 定九博覽多通，少善舉子文，戊午鄉試，于南中得泰西歷象書盈尺，窮日夜不舍，旦日且入闈，余篋而置諸池所，則艴然曰：『余不卒業是書，中怦怦若有所亡，文于何有？』余笑而還。嘗言西法詳密，實勝授時諸歷。又自爲書以折衷其所未盡，而手製測晷，妙逾西器。其冥悟類夙授也。比客游，則又時時爲詩，大率意有所獨造，而旁暢于文詞，非塗澤以爲觀者。如答金長眞臬憲、寄青州薛儀甫、送章穎叔還山陰諸作，言之灑然。余固無與于象數之學者，讀其詩，亦時窺其仿佛。其他清眞靜遠，稱心爲言，施侍讀愚山嘗亟稱之。而嘉禾曹侍御推爲有本之學，則以其神明内藴。詩固不足以盡之也。

沈起元序略 若先生之詩，則言其所自得矣。唯其自得，故絶無規橅之迹，而自進於古。其才氣格韻，雖韓、白無以加。以是，知善詩者不徒求之詩也，蓋先生之學幾于道矣。

曹溶序略 定九深於律歷，著書至數十種，四方稱之，獨未有知其善詩者。夫萬物本於天，難測亦莫如天，以天爲之宗，則神明所相理數舉萃於一源，他藝能均不勞而自致。定九不以自足，窮探廣索，晝緝夜思，效古人一物不知以爲己責，將經術經世，靡不本躬修以驗諸行事，而況于詩乎？

張必剛序略　徵君平生學問詣極淵微，其餘精力所及，詩文雜著，隨事考訂，皆有發明。手澤所存，大夫公以歸田餘暇日事收拾，行遠垂世，何待予言？

張自超序略　勿菴即事言理，因文見意，無佶屈支離、軟媚猥瑣之習，而雄深雅健，自發其積厚欲流之光，固未嘗不古，固未嘗不純也。

榕村語録　出門之功甚大。使某閉門不出，不見顧寧人、梅定九，如何得知音韻、歷算之詳！從來歷學須以梅定九爲第一。曩在京師，見某所著歷象本要有未當處，許爲改訂。乃攜往天津，經年不報。及後訂訖寄示，觀之果如其言。此人心虚而厚，委曲從容，非見到十分的確，不肯出口落筆，故其書無一字不可信者。

錢大昕與戴東原書略　頃下榻味經先生邸，始得盡觀所謂翼梅者，其論歲實、論定氣，大率祖歐邏巴之説而引而神之，其意頗不滿于宣城。而吾益以知宣城之識之高。何也？宣城能用西學，江氏則爲西人所用而已。

袁穀芳書方望溪墓表後略　徵君筆記一書，所載海内高人奇士事迹、論辨之言甚夥，凡師友之淵源，學識之精卓，大之有關於史傳，小之有補于文章，悉在其中。今竟不存一字，徵君之志行，其曷從而徵之？鈐亦嘗語予以爲恨。今讀望溪文，又恨彼當日握管，徒欲潔其文體，而不採取筆記，以揚扢徵君之志行也。

寄青州薛儀甫先生

元聖日以遠，六藝同榛蕪。今唯九數存，斯民日用需。流俗溺呫畢，寔學翻爲迂。豈知參與兩，恆爲萬事樞？仰俯欽法象，禮樂生苞符。所以古人言，三才通謂儒。自非精探索，何以樂虛無？君子任名教，而無章句拘。著撰極高深，事理兼陳敷。當世有同方，千里良非孤。引領青齊間，渺渺瞻長途。

大地一黍米，色舉正圓中。積候成精測，寧殊西與東？三角御弧度，八線量虛空。竊觀歐羅言，度數爲專功。思之廢眠食，奧義心神通。簡平及渾蓋，臆製自云工。唯恨棲深山，奇書寔尠逢。我欲往從之，所學殊難同。詎忍棄儒先，翻然西説攻？或欲暫學歷，論交患不忠。立身天地内，誰能異初終？晚始得君書，昭昭如發蒙。曾不事耶穌，而能彼術躬。乃知問郯者，不愧古人風。安得相追隨，面命開其瞢。

西歷譯先代，旁通稱十事。爰及殺青時，未見彰斯義。將毋靳廣傳，私之以爲秘。乃若兵家謀，亦復資巧思。我讀守圉書，重下徐公淚。神威及曠遠，良哉巧守器。當時卒用公，封疆豈輕棄？執轡果何人，歷險失騏驥。國論歸黨同，嘉謨阻深忌。會通及師學，要眇益人智。法制殊不悉，知君有深意。趵突自重淵，玅理參天地。運轉如督任，徵奇于焉至？何爲不盡言，悠然窮擬議？願發枕中藏，慷慨憐同志。臨風蹇跂予，莫惜微言寄。

通考述占驗，未及歷家言。亦有續文獻，闕略不足存。邢公考律歷，將決授時籓。古法語不詳，安能探本根？豈知法沿革，踵事有淵源。西術肇九執，扎馬顯前元。回歷自洪武，淩犯寔耑門。分科兼肄習，年年陳至尊。利氏術加密，轉爲疑者喧。以兹重發憤，蒐羅不憚煩。中西數十家，一一爲討論。一葉泛長河，乃欲窮崑崙。問途豈不遥？賴君爲張騫。合並果何時？悠悠勞夢魂。

臯𦙶金長眞先生偶詢歷學爲作測算之圖古詩四章以當圖説

古道竊深慕，升降難具論。虞典肇尚書，敬授有遺言。永短稽日景，虚昂辨初昏。至今求歲差，援爲推步根。羲和命叔仲，南朔異寒温。賓餞宅東西，里差亦可原。猗嗟帝垂衣，庶務簡不繁。幸兹欽若意，千秋聊復存。寧徒象數該？伊惟道義門。其敢稱縫掖，仰俛昧乾坤。

至圜生萬有，先天觀太無。杳冥恍惚中，變化成須臾。乾健日西運，列曜紛東徂。錯行旋左右，遲速各有途。在昔先知者，積候遺書圖。六歷雜眞贋，可稽惟太初。自兹代改憲，七十家有餘。天道故遼遠，千歲週盈虚。微差近難睹，世久乃見渝。所以今巧歷，恆覺古人疏。能忘創始勞，萬事有權輿。

九重孰營度？屈子昔言之。歐羅析渾圜，五緯異崇庳。層層儗剥葱，晶瑩如玻瓈。西士寶斯術，守之不復疑。徐公加密測，後出稱尤奇。遠鏡瞀長庚，弦望亦有時。如輪圍太陽，五星俱可知。列曜居其天，行度各有差。互入復相容，天能非所思。數得理亦諧，眞爲來者師。徐公，元扈先生也。

星輪有大小，逆順歸自然。舊率頗荒略，占經傅會傳。九土分星埜，粵自始封年。封建既無存，南北多所遷。國名代有更，疆域寧久沿？而据甘與石，珍彼得魚筌。今以七曜理，展轉推大圜。大塊成黍珠，中處寔無偏。精氣互灌輸，光景交迴旋。藐躬洵微塵，戴履亦相連。願守大易訓，終日以乾乾。

柏梘山頂望仙人臺同觀湖先生

峨峨方石臺，千尺凌晨煙。昔聞山中叟，曾此逢飛仙。棋局觀未終，倏忽更歲年。樵斤寘蔹條，木皮合且堅。崖樹既摧朽，無人能攀緣。我來陟嶺半，俛視兹臺顛。再尋蛟路登，所見惟青天。瓊宫在何許？便欲乘風旋。下界溺埃塵，安能久遷延？何當封馬鬣，非敢冀牛眠。庶同五嶽遊，免此情内牽。雲車策風馬，願言長執鞭。

題贈宛津菴澹生上人

小刹對山城，溪橋一水横。披帷來埜色，傍郭有經聲。高樹虚窗入，遥峯隔岸明。此中逢惠遠，眞覺道心生。

市近闤常掩，庭閒客自來。畫圖多勝賞，詩卷簇香臺。寒雨畦蔬美，宵鐘茗碗開。棲禪依實相，對爾失塵埃。

喜半公歸自新都柬寄索畫

病起看山山更奇，溪橋酒醒一題詩。相思白嶽人歸處，正是蒼崖雪霽時。路轉層雲峯出没，水澌古澗石逶迤。心閒好景供圖畫，肯寄荒齋慰别離。

用原韻寄懷澗口俞去文先生

林煙深處啓柴門，遥憶丁山山下村。青眼千秋憑蠹簡，素心幾輩破苔痕。論文明月當軒静，把酒飛花入屋喧。有約春郊同曳屐，著書傾篋慰相存。

施閏毓

持風詩編 字氾郎，又字每餘，號北檐。宣城諸生。有北檐詩集。

仁和丁灦序略 吾友施子每餘，生敬亭宛溪之上，所尚友者惟玄暉、聖俞諸賢。而尊人次仲先生、哲兄愚山先生，皆以文章詩詞名于當代，主壇坫者五十餘年。每餘見所異見，聞所異聞，其爲學也，至寔而心虚。每吟弄風月，不特不屑輕拾他人齒牙餘慧，即家法如次仲、愚山兩先生，亦不欲蹈襲一字，此宣城今日之詩至每餘而始一變乎？

梅清北檐詩序略 每餘爲愚山先生難弟，習見華膴，而獨以儒素自甘，潛心一室，不妄交遊，是以既工于制義，而詩歌之大雅，詞調之新清，又往往縱横錯見于探幽攬勝、懷人送遠之間。

吴肅公序略 祇園季子氾郎，好學工書，數以張、鍾、羲、獻遺法質問予；進以學問之要，氾郎更暱就之，予知非他少年比也。

詹雪巢爲其尊人乞還金樓詩

饑軀眞可憐，面目遭塵垢。新都東道嘉，以之居最久。數聞土著言，秉義有詹叟。鼎沸方東南，維年曰乙酉。刀矢爭雨飛，鼙鼓作雷吼。須臾雙城人，顛踣匿林藪。道旁誰者金？乃入此翁手。題識何分明，封裹亦堅厚。叟念離亂時，若已棄井臼。篋金復不存，奈何支八口？棄擲非吾難，視之等唾溲。楚弓歸楚人，此責吾已受。坐待三日强，一夫正狂走。瞻顧無寧晴，嘆息或俛首。叟乃前致詞，遺金豈汝有？一語應不得，淚作鮫珠溜。窮餒固已甘，所憂小人母。叟言汝勿悲，吾意差無負。還金掉頭去，羞向時人剖。叟時豈不貧？非義叟寧取？幽居得南城，一帶鬱岡阜。小樓吟眺佳，海峯列窗牖。慨此能語金，競鬬十人九。父積苟不盈，或爲子孫咎。哲嗣天下才，清貧詎所醜？一樓翁所遺，百年幸能守。笑彼篋中金，主人究誰某？

感懷示元叔枚公

逝水莽今昔，咄哉無窮期。一海匯衆流，此意將奚爲？天地有闔闢，早夜殊懽悲。修鱗縱巨壑，弱羽愁危枝。人生苟得已，漭漭緊何之？海闊水故赴，不則當西馳。嘉會非偶然，摶絮落鴻爪。同舍得徐劉，抒詞埒江鮑。几榻何依依，詼談亦稍稍。互爲水鏡佳，間涉麻姑狡。一笑走羣傖，坐令懽場攪。誰甘參與商，相失酉與卯？所悲妻子饑，獨侈官廚飽。區區一寸心，堪此百憂擾。

爲吴子綺園題梅莊圖

梅谿遇君無事無，劇顛羣向青樓趍。飲餘展卷索題句，老瞿新作梅莊圖。是時賓從最豪盛，高吟欲與歌喉競。儉腹難將綺語拈，歸心況值春愁併。前年襆被練江濱，風雨廉纖愁殺人。去年虬嶺偶經過，梅莊咫尺徒逡巡。今年又傍西干住，等閑花事三春暮。絮撲流鶯愁自啼，蘆深落雁哀還去。僧寮誰念客無聊，君走長鬚折簡招。下牀便欲控馬去，柳陰低拂桃花驕。君家園子豊溪上，到門曲折愁迷向。檐敞能容壁月來，樓高不與羣峯讓。繞屋老梅千株强，就中琪樹尤森張。素英略比藕蛾嫩，紅實眞疑賓棗香。怒龍挾雨蔽朝旭，萬山瀑瀉一溪緑。聽曲還思放棹回，分題肯受當筵促。一觴便醉慙酒徒，蹈顛笑認朱欄扶。灘流亂處數漁艓，雨絲微際窺天都。君今年少耽幽勝，琴樽盡與圖書稱。葵扇風來放澗花，板輿晴便開芳徑。愛客時還合榻眠，沙堤或弄珊瑚鞭。竹間咸籍齊抽管，燈下擒陵對擘箋。我時狂叫那能已，怪來一樓向心起。小謝城東碧水灣，我家樓在雙橋裏。底事殘鵑喚不歸，梅溪謳管亦應稀。臨流贈芍人俱散，聯袂看山事已非。翻盆不見雨師惰，坐了詩逋計非左。好友名區勝故園，謀歸不能居亦可。

送沈公百再之公安

有酌不成醉，沈郎行奈何。去仍爲逆旅，身已習風波。同舍宵燈滅，新愁春水多。榜人知客意，江艇莫蹉跎。

將之桐川別母

承歡成底事？歲晚尚孤征。似此出門狀，可知居者情。晨餐休任減，宵淚莫時傾。慰藉翻增感，垂頭念此生。

黄鶴樓會課拈得山當二字

在會爲平湖陸修齡、位三，烏程沈方伯，嘉善錢彭年，毗陵袁鳳覽，鄢陵周崑來，仁和沈冀瞻，秀水沈東林，松陵吳子儒。

大荒成俯眎，身置亂雲間。不信三年客，剛謀此日閒。壯懷銷飲啄，好句稱江山。崔去尋常事，關心到白鷳。

支頰微吟際，低窺落照黄。才名諸子在，江勢一樓當。近覺貧能耐，囊猶心不狂。如何一片石，未肯讓崔郎？

研池亭題壁

六丈方池又漫亭，六丈，謂范司理。尋幽不用出郊坰。一泓低映虚檐白，四面晴收衆壑青。觴詠閒拚新月上，管絃春雜亂鶯聽。山公啓事承明去，野客還誰共醉醒？刺史朱立山先生時已内返。

得倚赤質存家書即和其書尾原韻

不信餘生握手難，北鴻盼到轉興嘆。同堂猶寄纏緜字，舉室都垂涕淚看。出塞文姬歸尚易，入秦范叔恨將闌。羨伊兄弟聯吟處，拾葉裁紈墨未乾。

北樓春望〔一〕

謝守風流舊擅名，高樓登眺趁初晴。臨溪楊柳青浮郭，倚檻桃花紅入城。簾捲差池歸乳燕，窗含寥闊見春耕。憑空不盡滄洲興，日暮笙歌何處聲？

西湖獨泛

亂插雲根古寺隅，短衣瘦竹恣盤紆。好風不減遊人興，一夕飛來爲此湖。

小泊湖心罷採荷，彈風衫袖亞欄多。蘆笙象板都停得，自有吳姬按扇歌。

題　畫

一幅煙巒好乞身，小橋西去絶風塵。誰家置閣當山僻，没入梨花不見人。

葛又超

字非班。文學。元士長子。

峽石

岸柳拂平沙，晴煙客路賒。江帆停燕子，山逕出桃花。士女臨流返，鄉村賽社譁。稍聞埜老喜，豐歲卜鳴蛙。

徐懋懿

字□□〔二〕。文學。

鼇峯

秋光何處迥？赤壁敞千峯。徑僻城陰静，霜酣野色濃。松風穿古院，潭響亂疏鐘。譚笑淹歸屐，斜陽憶下春。

詹淇澳

字□□。文學。〔三〕

姑山阻雨

客程原不遠，石磴鬱欹斜。辜負看山屐，遥憐泣路花。白雲千嶂雨，紅葉幾人家。尋夢曾遊處，仙壇去路賒。

王楨

字寧士。溥之子。

己卯下第後送二舍弟建臣歸里

想到麻姑山路隈，蓉洲漸入望中來。蓉洲，余家之别墅也。距麻姑山五里，三面皆水，芙蓉甚繁，先祖號蓉洲先生以此。數間茆屋依松立，兩扇蓬門傍水開。竹葉含風喧甕牖，梅枝帶雪覆花臺。嗟予猶是他鄉客，早已神魂逐爾回。

抛擲經年舊勺園，勺園在蓉洲之西，有板橋通焉。汝歸修葺可嫌煩。多移松繞磨青閣，略買花栽浣影軒。竹未侵牆先莫砍，書如藏蠹早宜翻。明春好待南窗下，共几持文細與論。

劉　熙

邑志懿行傳　字熙伯，號易菴。邑庠生。少孤，事母以孝聞。敦尚行誼，族弟某托妻子于熙，薄遊京師，熙分宅居之，贍其衣食，二十年無倦色。有貧人十餘喪不能葬，熙爲擇地窆之。侍讀施閏章每聞人稱里中善士，輒問曰：『孰與劉熙伯賢？』其見推重如此。

三天洞

洞鑿穿雲入，仙靈若可尋。玲瓏穿地肺，位置想天心。長嘯空山杳，閑眠古樹陰。此中堪永日，幽賞豁塵襟。

丁　宣

邑志選舉表　字聖音。康熙庚戌進士。

飲澄江亭

水際孤亭迴，秋來好共登。霜清山骨見，天與水心澄。蟹擘杯爭覆，鷗閒檻屢凭。醉吟如練好，新月挂雙稜。

丁　森

邑志選舉表　康熙丁卯舉人，清浦教諭。

秋日書懷

長物都無賸一氈，秋城高處占寒煙。池荒静夜聞喧獺，樹老空庭見墮蟬。家謁不嫌迂剋日，山棲如願乞餘年。次宗擬向空門老，塵事無緣復被牽。

袁　標

邑志選舉表　字子建，康熙甲寅歲貢。一字玉條，號綽菴。

〔增〕

阮爾詢綽菴傳略　先生文敦本黜華，去佻崇雅。晚年脱去塵迹，鍵户稽古，非聖賢書不讀，非聖賢事不爲也。其詩有陶、柳、王、孟之風，志潔而行芳，神清而致遠，眞所謂獨立不懼，終身無悶者矣。

玄孫轂芳序略　轂芳弱冠時，於二叔祖母家敝簏中檢得殘紙一卷，皆詩稾，旁有塗改圈點，前後無名款。誦其辭，沖淡閒遠，多見道之言，有如陶靖節者，有如擊壤者。私訝以爲必非近世人詩，因持以問三叔祖矴亭公，公泫然曰：『此我綽菴公手迹也，而今乃得之乎？小子其寶藏之，毋再失。』於是，窮日夜之力，録爲浄本，分二卷，共計古體詩如干首，近體詩如干首。傳視諸戚友間，皆雜然稱曰『此學者之詩也』。西阪張柏園先生聞而索觀之，歎曰：『詎徒詩云乎哉！孔子曰：「有德者必有言。」兹非有德之言乎？言者心之聲也，德者福之基也，宜其積厚流光，而貽福於子若孫者遠而長矣。』轂芳喜張丈之知言，而所稱之殆非溢美也，因並識於簡端。

聽　雪

碎玉聲淒切，多來梅塢中。微風敲竹幌，清韻點絲桐。隱几聽宜晚，圍爐興自空。干人非所願，洗耳賴天公。

詹日懷

邑志選舉表 字子朗。康熙丙寅拔貢。任四川新津縣知縣。績學工文，名重輦下。齎志未舒，時論惜之。

〔增〕

湯陟傳略 先生號霽樓。壬子歲，偕梅君季赤，劉君婏仲，阮君于岳，袁君而介、錫公，耿君仕可，孫君予立，爲松筠八子之會，合訂一稿，學博徐雨蒼先生評定行世。時南省文趨軟熟，幾於衆器一窑，正思有迴狂瀾者，登高一呼，庶風氣丕變。得先生以超越之筆，發爲鴻峻之章，端莊華贍，赫然改觀。

秋草文隨 於郡城中得一人焉，曰詹日朗子懷氏。於邑之東鄉得二人焉，曰徐纂益列裘氏，曰錢塘晉錫氏。於小東鄉得一人焉，曰梅驥巨源氏。於北鄉之崎湖，則吾家一人焉，曰從曾祖保魯錫公氏。録其文之所見者，或十數篇，或數篇，都爲一集，名之曰五秀才遺文。五人皆先後同時，爲名諸生，其文之精深古雅者，亦靡不同也。雖廑而存此文，足以耀我邦族矣。

峽石

舟繫臨江石，人尋舊飲亭。潮歸沙嶼白，霜薄柳條青。老嫗收烏桕，山僧賣茯苓。風煙何所似？但醉莫言醒。

高師道

字履公。文學。檢討詠子。善詩及畫。

〔增〕

沈泌若巖堂近稿序略 履公爲名父太史公幼子。太史岱遊日，才十餘齡，乃今克自樹立，長於吟事，兼嫺畫筆，大有見似之喜。是帙乃近歲南北薄游登覽讌會贈疇之什，屬予點定。予以通門世雅，爰不揆檮昧，而爲訂定之如左，畀之先梓以問世，未審其什一有當焉否邪？

龐塏序略 癸酉，高子入都，以其所作畫見貽。其筆墨之妙，在北苑、大癡之間。余喜而藏之。己卯秋，復過建州相訪，其畫益超詣神境，余益喜，然尚未知其能詩也。今夏四月再過署，偶論及詩，高子乃出一卷見示。余讀之卒業，其骨格神韻綽有阮裹之風，乃嘆高子有才不衒，故余知高子不盡，而阮裒有子如此，可無寂寞于身後。雖無老成，尚有典型。酒壚之感〔四〕，廣陵之嘆，余得高子，亦可以少慰也已。

遊大王峯

大王峯高摩蒼天，九曲之水相盤旋。我來扁舟遊其下，峭壁巉巖凌潺湲。聞説子騫置酒脯，控雀仙人能致雨。雲封蜕骨不可窺，何處磁碙列有五。幔亭飄渺立煙霞，仙船仙版留千古。我欲雲棲此卜居，丹梯百折迴凌虚。除是臥遊圖畫裏，健筆揮來能老夫。

湯陟

邑志文苑傳 字郇書，號研山。邑廩生。能文工詩，善書法，尤精隸體，識者謂其突過鄭谷口。邑宿如姜安節、梅庚、沈泌、袁啓旭皆推服無異辭。齎志以殁，人爲惋惜。

賦得澄江静如練

輕煙嬝素波，秀色掠秋水。三山遞遠青，亂流凝暮紫。蘭槳擊空明，天光接涯涘。老樹辨雲中，雜英馥幽沚。天籟不聞聲，沙鷗眠未起。千頃何盈盈，一望徒瀰瀰。冰綃細有文，霧轂清無滓。山月悄然來，更照漣漪美。江鬵不見人，江風吹不已。嘯傲此林亭，矯首思謝李。

種竹齋

吾愛王子猷，借宅一種竹。一日不可無，瀟灑常在目。雪霜徒自白，柯葉不改緑。殊勝石季倫，珊瑚滿金谷。

讀書堂

吾愛董仲舒，窮經守幽獨。所居雖有園，三年不遊目。邪説遠去耳，聖言飽充腹。發策登漢庭，百家始消伏。

虎邱萊陽姜仲子墓　并序〔五〕

墓在虎邱東山忠肅公祠前，貞毅、貞文兩先生祠後，仲子生時自營。僧云夜静嘗聞嘆息聲。春秋佳日，遊人多酹酒墓下。

心史潛編貯鐵函，全歸七尺自無慙。何人淚洒西州路，處士名高北斗南。雪壓斷垣攲古樹，雨昏荒草没深潭。羈魂夜哭聞悲嘆，猶有山僧向客談。蹈海一生成底用，征鴻三月叫全悲。家從亂後人無識，詩爲焚餘世可知。祖父忠貞兩代祠，買山埋骨費支持。竭來澆盡花前酒，日暮愁聽玉笛吹。披蘚讀碑多白髮，當風鬬草有紅裙。生前未釋人間恨，死後應修地下文。臨别河干語尚殷，春帆重到悵離羣。墓門開向青山裏，老淚揮殘對夕曛。抛下亂書遺令子，傳來七律是長城。白楊風起啼烏鳥，過盡遊人盡慘情。山月横樓已四更，微吟還記一鐙明。草廬自命同諸葛，木榻常穿似管寧。厓際立碑科斗異，棺前栽草决明肥。一墳生築初門外，便屬家山也當歸。絶筆驚傳隱少微，故人腸斷想音徽。漢蟬久買含時玉，儒服親裁歛日衣。

王可第

邑志文苑傳 字次雲，號筠原。邑廪生。學使楊中訥愛其文，稱筆如秋水芙蓉。詩尤工，梅庚謂有關名教，不徒摛風雲月露之詞。著《桐引樓集》行世。

郡庭古柏用皮襲美遊毛公壇韻

官廨陵陽巔，有柏生其廡。僵立垂千年，樵蘇不敢斧。緬思太古前，莫是洪厓樹？我聞擾龍松，近在散花塢。亦有冥靈枝，誰能問湘浦？嗟吁灰劫身，閲人同石鼓。强回山阿性，託體向公府。根雖斷泉源，氣猶壯坤柱。拏雲玉虬迴，印月碧幢豎。朝搴憐木蘭，夕攬悲宿莽。誰云病橘多，稍覺古楠愈。當年清閟閣，十里吹桐乳。涼影澹鬚眉，秋聲摧肺腑。徒供人愛憎，不爲天支拄。竭來撫寒柯，𩫖然思起舞。安得巨靈手，移置當蕙畝。霜前啜茗清，雪下抱琴古。往往黄鵠遊，時時丹鳳聚。汝誠廟堂器，願持奉聖主。還愁遺世久，未肯嬰圭組。眼中千鄧林，突兀誰復覩？節勁自留香，心堅寧畏腐？庶幾遠鵾鵠，亦足辟猰貐。私意徒區區，沉吟日脞午。深慙子山賦，流傳遍朔宇。拙匠苦雕鏤，眞宰嘆覼縷。

梅　驥

邑志懿行傳　字巨源。康熙庚子歲貢。篤孝聞於鄉里。母卒，貧不克葬，殯内寢，驥朝夕上食如生時，暇則讀禮殯側，泣血，漬卷皆赤。居父喪，哀毁亦如之。年四十而後娶。先是，其父爲聘馬氏女，未娶，女得廢疾，其家請别婚，驥不可，曰：『奈何棄父母之命！』歲寄脯脡以資醫，踰十餘年，病益劇，驥終不更娶，女感泣曰：『以吾故而不娶，吾不可不絶其望。』遂匍匐投水死。驥閔其意，更三年而後娶，其至行過人類如此。學術該綜，於書無所不讀，制舉文尤工，士林傳誦之。性狷介，不妄交遊，然好獎掖後進，稱人長津津不去口。其所成就甚衆，卒年五十七。著有詹言集、寂寥草、周易指微，藏于家。

〔增〕**楊廷楝傳略** 先生號印溪。家故貧，授徒自業。歲之所入，輒散之。族人室廬婚嫁之具力不能自給者，百計以贍其用；急而求，節衣食資之不少吝。

九日南樓讌集分得陽字

地是羅公舊講堂，落成天氣恰重陽。使君作牧稱雙璧，穉子成章愧七襄。秋净遥山寒抱郭，簾開落葉細鳴霜。謝家一片高齋月，照徹闌干十二行。

徐　煌

邑志隱逸傳 字了盛。天資英敏。年十二，郡縣牒其名學使者。比試，冠一軍。長棄舉子業，好爲詩，長吟短詠，日無虚晷。家無擔石儲，授徒自給。一語稍失意，輒拂衣去，閉門忍飢，有所餽，堅不受。

詠史

匠石何人斯？能行三代道。受役不敢違，從容前致告。免鐫安民名，以此留公好。南董筆嘉言，千秋仰碩號。名與司馬光，光輝相射照。切齒京與攸，投北且投昊。

柘皋道中

古驛柘皋東，梅花官路紅。詩思驢背上，春意鳥聲中。初日容殘雪，寒雲戰曉風。講堂知漸邇，勿復嘆途窮。

梅歷

字周祚，號可亭。枝鳳之子。文學。著有可亭詩草。

至日紀夢篇

嗚呼吾父殁，節序驚屢遷。秋風曾幾時，忽爲冰已堅。昨夜入我夢，控雀來翩翩。覺猶恍在目，不知隔重泉。去冬日長至，我學賦短篇。詎敢出示人？匿之懷袖間。乍見呼我語，此事汝能焉。汝貴本先民，行將爲汝傳。庭幃成唱和，私心期百年。如何不一載，骨肉成棄捐。憶昨易簀日，野老涕漣漣。爭言吾父德，信足光賓筵。惜災與掩骼，生死賴安全。先子有賑飢、掩流棺等事，詳見邑志。義舉難更僕，孝友尤性然。庭幃罹異慘，哀詞見者憐。歲丁丑，不戒于火，先王母趙憐二小婢熟眠，登樓掖之，遂并罹異慘。先子爲作求言哀紀及述哀詩，見者憐之。繼事新母葛，吮毒格蒼天。母乃翻然曰，予病仗汝痊。葛王母患疽數月，膿穢難近。先子同家慈萬太君洗滌，晝夜無倦色，葛爲感泣。兄弟叶塤篪，池塘句每聯。亦有都官集，散佚無完編。獨力任剞劂，先澤庶相延。先都官集板藏府治正心樓，樓圮板壞，閣學李醒齋檄府發板重修，俾子孫世守。先子即率兒輩校讎古本，重付剞劂。細流疇無本，惟父溯其源。耿耿懷祖德，一一豐碑鐫。凡祖塋無碑版者，勒石志之。見説當弱齡，出語驚時賢。嗣從周沈遊，儀部鹿溪、徵君畊巖兩先生。譽更滿江邊。泰岱與黄海，蠟屐遍遊觀。築樓草堂北，多種竹與蘭。垂老耽著書，不爲物外牽。著有東遊草、石軒詩選、慎墨堂詩品、東渚全集。無何理家乘，辛苦無安眠。書成未及梓，伏枕猶拳拳。一朝謝塵块，驂虬逐列仙。

空留易簀語，正學得眞詮。易簀語七則，皆崇正學、斥浮屠之事。萬感填胸臆，濡毫不能宣。願言夢寐中，長悟如生前。

宿茗塢山人家

疲驢穿霧入，路斷小橋通。臥犬驚人到，野花紅雨中。谷聲飛瀑墮，天小亂山叢。夜靜無寥甚，猿啼茆舍東。

山中訪友不遇

過處寒雲合，疏籬隱澗東。犬聲飛瀑裏，鴉噪夕陽中。荒徑堆紅葉，空庭受晚風。人從何處去，招手問鄰翁。

丁卯秋夜長干寓樓感懷

挂帆幾作石城遊，此日憑欄起暮愁。旅雁叫霜欺客枕，塔燈和月照僧樓。秦淮滚滚吴宫淚，天地茫茫晉代秋。無限感懷難極目，不堪摇落重淹留。

題畫呈吳聰若先生

偶作菜根圖，以況吾師德。還期作霖雨，蒼生無此色。

校記

〔一〕本詩係光緒本輯補。

〔二〕□□　原空二格。

〔三〕字□□文學　係光緒本所補，□□爲原空格。

〔四〕瀘　當作『壚』。

〔五〕乾隆本此處有闕葉，兹據光緒本補足：自本詩詩序至王可第小傳『學使楊中』。

宛雅三編卷十六

國　朝

阮爾詢

江南通志　阮爾詢，字于岳。康熙壬戌進士。由翰林爲御史，屢有建白。仕終工部右侍郎。先是，寧郡輸賦者率爲吏胥中飽，民苦無所據以自直，爾詢請行三連串單法，至今便之。

邑志宦業傳　于岳，號澄江。由庶吉士改御史，有直聲，所建議多見採納。時湖廣以制府兵變，裁省總督，爾詢疏言：『楚地方數千里，南極湘潭，北控關洛，幅員至爲遼廓，且上通滇、黔，苗、蠻雜處。今兩巡撫各率其屬，分疆劃界，地廣而勢懸，于形制非便。請仍設總督一官，以一事權、資彈壓。』下廷議，允行。卒，賜祭葬如例。所著有南紀堂詩集、問庚樓集行世。

二樓紀略　少司空澄江阮公爲臺臣時，見恩詔屢行蠲免，而州縣以已完作未完，多征作少征，蠲雖逮民，而輸已在官，有司奉行未善，乃特疏請行三連串法。户部議覆，得俞旨，定爲例。州縣雖有虧空，始不得混指民欠，至有重輸之累矣。公在臺言事甚多，如請完亳州未婚貞女王氏千里尋夫，卒得與原字李殿機者成三十年後夫妻〔一〕。又劾武臣縱兵辱華，高教諭憤死射圃，皆關風教。而此疏尤爲愚民甦無窮之困。

〔增〕

姜宸英遼左紀行序略　歲戊寅秋，令大鴻臚阮先生以通參奉命祭告遼太祖陵。出雄關，經長城，望渤海，睇醫無間，往返間得詩數十首，壯言慷慨，沈辭怫鬱，雜以比興，間以諷諭，有風人之旨焉。自此而風雅繼興有日矣！然先生軺軒所至，僅錦州太守所治地，使過此六百里，觀留都天險，營建鴻麗，感豐、鎬之遺績〔二〕，慨然而賦，比於孟堅兩都、平子二京之作，顧不偉歟！

劉𢹂傳略　善乎，石門吳匪菴總憲之弁公疏也！其言曰：『予讀是編，諸凡綏輯巖疆，鈐制藩撫，徵吏治，達民隱，抑强悍，表幽貞，揚文德，敷武烈，其英鋭明決，如干將、莫邪之新出于硎，遇之立斷也。其和平豈弟，又如春風之襲人，被之者藹然可親也。其擘畫情事，委曲周至，使聽者如身入閭閻中，與里老父子訊疾苦、伸鬱結也。雖賈、董之明達，匡、劉之剴切，無以過之。』其于公立朝大節，可謂約而盡矣。

王阮亭招飲賦得明月照積雪

涼月下霜空，晴雪滿林樾。交互揚明輝，掩映作圭璧。先生冰雪心，當軒展瑶席。深杯破沍寒，幽興永今夕。浩然觀太虚，清光不可摘。跬步多險艱，塵翳鎩羽翮。勁風自東來，長歌激虚白。

寄題澄江疊嶂圖

旅夢時飛小謝城，巒光練影映空明。桑麻過雨滋春澤，樓閣含煙挹曉晴。早識鴻文推哲匠，遥聞雅化洽輿情。緊予薄宦羈京洛，佇聽台垣徹履聲。

張延世

邑志文苑傳 字子尉，號鈍夫。七歲能賦詩，篤嗜詩、古文詞。長益肆力羣籍，所學富而行誼甚高。幼失怙，孝事其父。父殁，哀毁幾不勝衣。與異母弟同居，數十年無間言。姊少寡，孤甫四歲，值兵，延世挈以遠遁，獲保無恙。試于鄉，連不得志于有司。徜徉泉石，嘯歌自適，所撰著不下數十種。以明經授宿松司訓，時年已老，猶日講論不輟。載酒問奇，所在趾相錯于户。未幾，投劾歸。歸一年卒，年八十有四。

八月八日偕吕青履僧問松高生叶五登玉孚山最高處城郭溪疇散處其下悠然有俯滄海意探韻得三覺

四氣迭成化，蕭瑟秋運剥。旅人易爲感，出遊思緜邈。眷言玉孚岡，蜿蜒勢迢卓。自有天地來，兹已判清濁。挈我方外人，登臨瘦筇捉。腰脚未全頑，猶堪耐磽确。披榛陟其巔，身健鬭跉踔〔三〕。不知高許仞，城垣等複幄。遥峯影若滅，帝鄣標名嶽。仰瞻空際雲，去天洵一握。慨焉發長嘯，塵襟散如濯。餘音入空谷，鏗爾應鉦鐲。繞址半溪澗，泉聲走瀺灂。老松翠欲滴，閲歷千霜雹。夜停木客吟，朝恣禽鳥喔。吾生胡爲爾，蠻觸爭蝸角。山靈向之笑，子毋寶鼠璞。留連竟忘歸，暝色殊未覺。僧徒招重遊，鄙意久堅確。屈指落帽辰，蠟屐肯辭數？

倪寅丈書齋望江

葵榴繞曲徑，藏此陸處屋。城闉俯可數，江流往而復。應知天際人，飽看沙上鶩。襆被如可攜，因君卜信宿。

往返皖城擬一遊龍山不果五月十三日行役此山麓

江行望龍山，龍山渺天際。影落江水中，蛟魚驚從逝。衆鳥不敢棲，惟聞隺孤唳。渴想遊何時，心如懸旌係。今日定何日，山靈欣見惠。翠濤三十里，煙鬟擁高髻。危峯與疊岫，一一競迢遞。白雲帶其腰，飛泉鳴其砌。石作虎豹姿，變怪不可計。顧盼左右移，老眼失昏翳。草木盡皆香，應藏武陵壻。前者已許留，後者來無繼。我欲結蓬居，徜徉以避世。邂逅陰長生，庶遺丹半劑。

元夕無月次夕陪羣公飲酣市燈至餙兒童環舞月宫爲樂酒闌送客雲破微露月影

春王歲建子，元夕飛霡霂。迷失金波庭，顧兔不在腹。眷彼竊藥妃，斂眉意慙恧。望舒慘勿御，桂輪困折軸。吳質歎空倚，夜光死何育？豈曰避抽稅，畏入城西隩。太和修户人，潛逃嵩高麓。蕭然無所爲，鼾睡但枕襆。陽烏喪厥配，孑焉怨鰥獨。寂寞七寶池，影娥安可掬。人間修典故，楚歌間絲竹。燭龍照天地，燈火隊相逐。纖纖白晳兒，粉黛逞膏沐。霓裳舞我庭，連翩數盈六。莞爾成一笑，懽聲滿堂屋。良久客言歸，送客臨西塾。薄雲破東隅，清光露倏忽。天人果相應，纖阿慶來復。吾生取適意，奚必九州牧？吟成付阿買，已散愁百斛。

登五祖道場山最峻處足力弱不能及頂眺遊人如猿穿石窟忽露忽隱

兹山曠無際，極目千里見。煙雲自卷舒，楓林遍遥甸。湖光繞東南，絢爛曳修練。匡廬近可數，蒼翠儼如面。生平登覽興，勇往忘飢倦。無如腰脚頑，徒抱濟勝羨。山徑石嶄碞，苔滑不容踐。同人掖我升，欲從情復變。時無華陰令，投書誰救援？康樂將笑人，邑邑增忿悁。孤坐山僧樓，松竹影葱蒨。岡巒一望深，遊侶紛成片。蟻行若線引，仰頫銀海眩。招我樓中人，狂呼且揮扇。江山信有緣，老翁負少彦。虛想白蓮池，清泉風激漩。憶昔伊何徒，題名峻極院。

過問松上人别院清談移晷櫽括其號以贈

徂徠百尺胡丸丸，攫拏雲際虬龍蟠。偓佺饕餮毛髮緑，以遺帝堯堯不餐。青羊青牛等閒棄，元都閬苑非所懽。羅浮七里幻倏忽，葆光劍術驚相看。拈向空門發長喟，爲仙爲俠總彫殘。一無三幡消未易，直如變換返多端。中嵩孤峯鬼倒植，天台古院禮貞觀。西行摩頂應人意，千年龍骨飛靈壇。上人解脱了一切，祇此數者疑紛攢。擬起古德叩眞諦，不覺悲涕雙汍瀾。孔雀三鬣亦何有，狂花欲謝神光寒。爐中艾納已灰燼，遑記塵間木長官？

望西山燒和昌黎韻

昌黎和皇甫持正陸渾山火，逐句韻，凡五十九韻。乙亥至後九日，仙田城西山火，遥望良久，急燒燭爲持正補亡，蓋皇甫集已失倡本也。隔句韻，與韓異。

火城燒空黑雲屯，天風簸蕩江濤喧。女媧煉石焰不息，丹竈何日傾軒轅。初疑積油災武庫，煌煌劍履空中翻。横嶺高兀怒先及，青柯燒斷登天門。飆回迸落深谷底，瞋目一叱逃樓煩。諸葛憑甃窺未畢，神光猛沸西南坤。須臾炎上危峯頂，從横始擬焚崐崘。其餘巖岫次第逮，火道未表勢已吞。乍隱忽耀無定在，豈數遺燎喪平原？彷彿炎官張火蓋，朱衣導從奉至尊。云是當年宋無忌，丹旗絳纛來繽繙。焦頭爛額百妖避，誰敢兀傲鳴煩冤？狡兔脱跳迷處所，修蛇失竄東西奔。棲鳥宿鵠困煙羃〔四〕，獐麕無復完肩臀。庶幾虎臥幾頑石，火過灰燼依然蹲。遮莫白起司火令，邯鄲一夕坑幽魂。憶昔阿奴策出下，火牛燧象驅鉤援。赤壁萬炬走阿瞞，連鷄奮掣摧軍藩。不則布索駭奔馬，或以飛炬張吾燉。時清非復信聆隧，鬱攸奚事勤便蕃。從臣寧有介邱遁，然海燭跋鮮札昏。沖融赤氣不可邇，畢方眺舞庶且繁。欲借波臣向東溟，撲滅留待扶桑暾。古賢先我昌黎伯，作歌贈和尉陸渾。其辭艱澀不易讀，黑螭血面煩討論。女丁婦壬更何語，絶學驚倒三家村。今夕何夕予邂逅，飛電炯爍虞庠垣。曳杖行吟大庭庫，取適遑愧語言芼？憑風寄訊皇甫氏，千年失倡今還存，昌黎笑頷吾友孫。先人水部文昌府君。

讀詩文每有疑輒憶昔年友朋交訂之樂悵然成此篇

我生之鄉吾何有？嗜讀異書今皓首。軒題拜石淨無塵，汲冢西穴陳左右。當其會意恣冥搜，吾也忘吾柳生肘。古賢獺祭尚隱僻，疾徐難准斲輪手。沈思每至寢食廢，茫然摘埴渾未剖。敢云甚解浪成癡，泉明則可餘則否。賞奇析疑藉勝己，往往弋獲來三耦。廣堂連榻懽射覆，聽熒十或釋八九。不則郵筒飛尺素，蟻書側註語出某。自從諸豪相繼逝，此道榛蕪廿年久。鑚鏞一璺棄勿懸，知音既死誰擊扣？獨學寡朋陋已甚，旁人且怪田奴醜。惠州無書韻改押，孰謂髯蘇執其咎？管窺蠡測漫誰何，不信雅流喪家狗。疑殆兩闕語固然，豎儒守之自桎杻。恨不生逢黃蔡列，函丈親質考亭叟。考亭稱朱，沿誤已久。指畫訓詁了所聞，庶幾積迷盡拉朽。安能餙短徇俗徒，丸泥妄大老户牖。

積雨溪水生欣作

萬峯深處溪流淺，未放歸舫恣游衍。蒼翁雅稔客途窮，故遣飛霖救重繭。檐花迸落昏復朝，春波想見江灘沔。夭桃夾岸柳暗隄，容我吟髭數莖撚。久憶草堂怨寂寂，饑雀空庭啄苔蘚。岫雲暗起光滿樓，疏簾盡日無人捲。十幅蒲帆送客旋，荒蕪三徑忻新翦。差幸詩流曳杖尋，臨風一笑話清輭。

閣上即事

臨高游遠目，隱約見殘葩。雪影千村暗，煙光一道斜。埜田繞近郭，茆屋擁平沙。合沓峯危立，交流溪亂譁。谷深藏蕙葉，水暖遍芹芽。白鷺饑棲木，黄蜂懶息衙。眼中紛物理，心緒漫天涯。冷落春情暮，淒清客路奢。吾生憐曠蕩，世道足紛拏。涉境即芒刺，澄懷自静嘉。幾能探月窟，時擬挂星槎。罍恥糟牀罄，帘堪稚子賒。任教霜染鬢，拚送醉爲家。留滯終何事，鄉關不我遐。歸心逐飛鳥，千岫爾寧遮？

楊綠

邑志宦業傳 字巽居。父沛，前明諸生，有長者行。綠篤厚淳質，舉康熙壬子鄉試，除宜興縣教諭。善課士，名彦多出其門。考滿，遷知江西寧都事。寧都俗頑獷，前任皆以累去，三載之内，凡七易令。綠撫以恩信，民有犯者，反覆開導，且垂涕以教；其不逮，不加鞭朴。民感其德，生祠之。通判某以事行屬邑，怙兄勢虐使民，民相率詬噪，揭屋瓦爭擲。綠聞，馳往慰諭。衆遥望，撫手曰：『我公來。』擁馬首，羅拜而散。以老致仕，囊槖蕭然，惟圖書數卷而已。老稚數千人拈香泣送，梗塞于道。歸三年，疾終。著有茶谷山房偶存草。

錫山惠泉次韻

山自何年鑿？泉源此際開。石流天乳出，人帶月團來。到處亭軒繞，無煩松竹栽。煙雲浮玉翰，香散紫霞杯。

秋聲步韻

盡日焚香坐，門無俗士車。雁横天上字，蟲讀壁中書。瑟瑟芸窗冷，蕭蕭竹户虚。西風何處至？摇落嘆鶵居。

虞美人

戰罷君無色，聞歌妾暗嗟。寧爲垓下草，不作漢宫花。

朱淑眞

莫作市人妻，空把年華誤。鸞匣偶然開，中有斷腸句。

施彦恪

邑志儒林傳 侍讀施閏章次子彦恪，字孝虔，一字少恭，號遜巖。恩貢生。家居孝友，性慷慨，能仗義。時藝、書法俱工，詩尤善。承家學，著粤遊草見聞録、家風述略續編。

王士正題詞略 愚山先生稱詩江左餘三十年，爲海内大宗。其詩追風匹雅、配騷儷選，殆如元微之所謂『盡得古今之體勢，而自成一家之言』。雲龍之喻，予自愧久矣。今讀次君少恭北遊詩卷，又如昔人所謂『天下詩名復在杜家』者。先生家世理學，而又代擅風雅如此，將來斯道墠壇，復在宛陵。噫，盛矣哉！

二樓紀略　余交施侍讀公子孝虔，因悉公生平。自公歿京師，垂四十年，而孝虔益貧且老，饑惟煮字，熱不因人。名賢之後，風致落落乃爾，蓋亦世胄中之絕可念者矣！

抵長干僧舍聽雪巖師操琴

征塵猶未息，窗外有鳴琴。款款遞逸韻，喁喁來悲音。一絃蘊如物，七絃哀一心。乍縱如遠舉，細響來追尋。微吟忽長嘆，杳渺何幽深。浮雲出谷口，萬木森巖陰。聆此百憂集，淚落難自禁。請君輟此曲，此曲柔堅金。

寄雲樓月下作

日落羣動息，暑氣無留餘。片月淡雲漢，微風散庭除。夏木入煙靄，城郭浮太虛。徘徊一清嘯，悠然颺輕裾。四方志不逮，蠖屈守敝廬。勿言有斗酒，觴至成纍歔。天地自終古，俯仰當何如？

赴緱城

青青山上松，鬱鬱參天寒。如何行子道，乃在萬松端？高嶺摩蒼旻，險谷紆千盤。回風飢獸嘯，哀響孤猿嘆。人馬同偃仆，山澗馳急湍。相彼巢中鳥，歸飛倦羽翰。登山望喬木，纏緜施女蘿。未能絶依附，託根永山阿。眷予苦行役，流轉成蹉跎。孤蓬隨天風，隻鳥吟長河。富貴須何時，日月鶩流梭。驅車莫復道，沈慮發商歌。

一粟齋偶成 時予將越遊

澄江俯高樓，結撰殊凡搆。因而置曲房，容膝不避陋。名之以一粟，疏觀齊宇宙。虛白生明窗，景物成輻輳。方春溪漲時，舟船出襟袖。謝樓望遺址，古木繁陰覆。城郭乍煙雲，山法癡公皺。清宵獨雀鳴，秋空月影瘦。坐忘人語喧，天機時一逗。把卷得朝爽，清靈相浣漱。永宜敦夙好，胡爲戀奔走？何當此深居，啜茗擁蘭臭。

新安江行抵界口

朝發漁梁下，水石何精瑩。山靈偶疏落，瀑布與之爭。峆岈吞不得，草木皆齊鳴。中通一綫水，舴艋成蛇行。俄頃渡廣澤，木葉浮太清。灘淵累相續，動静悟虚盈。觀瀾若觀火，魚鱉遊空明。我無開鑿勞，邱壑亦已精。高吟嗤謝守，濟勝徒爲情。

王漁洋先生坐上詠石花菜

高閣集朋好，雜遝多懽娛。以此摇落候，彌忻樽酒俱。珍饌列方物，一一常情殊。茘子至南海，蠏女生東吳。榆耳産塞外，石花來閩區。春雨滋微潤，老石懸龍鬚。柔條散垂穗，疊帶緐貫珠。採之煎玉鼎，紫蔗糅鮮膚。變化清冷質，融結琉璃酥。女媧有遺述〔五〕，峭骨流芳腴。含兹陶鑄心，顧待河汾儒。

烏溪道中

陽和欲十九，七尺殊匆匆。作客靡好懷，流轉愁飄蓬。筍輿指山谷，款款迎微風。拂袖愛巖竹，延木忻嶺松。露晞苔徑碧，花瀉山泉紅。啼鳥帶深翠，飛落前溪空。豁達具玅理，天地安所窮？

舟婦謡

涼風小艇下苕溪，溪光澹遠何淒迷。平河日夜紛來往，中流笑語聞鄰舫。儂家新婦初上舟，挂帆曳櫓含嬌羞。君家持楫有老姥，健臂驅舟如搏虎。夜行博取誰後先，菱湖渡口買魚煮。

村無鷄行

客眠不寐中宵驚，問君何以無鷄鳴？老叟荅言淚沾臆，連年此地苦甲兵。奪我耕牛那敢問，妻孥被掠童鷄烹。伏雌將雛人亦瘁，覩此狼籍傷心情。傷心情，無鷄鳴，從教安臥東方明。我聞太息掩雙耳，策馬岐路重屏營。顧言溪水爾何幸，不改當年出谷聲。

新嶺行

天都自古蠶叢路，新嶺排空入雲霧。三疊巉岏未肯窮，騫騰應共飛仙聚。隔斷飛仙一徑通，陵陽回首青濛濛。白雲亂點千山罅，一棹横飛島嶼中。寇盜當年聞草竊，抱險當關成蟻穴。臥石曾依戰馬魂，野花猶帶將軍血。我來策杖心然疑，蝸升猱上何委蛇。縱使巨靈踏此地，還愁深谷陰風吹。客行日日征途換，山川險阻何須歎。抱𨗉軒頭興不窮，彈琴滿地桐陰散。

交劍津

三溪汎匯鐔州城，雌雄劍合雙龍成。干莫何年入寶藏，光芒夜夜浮太清。良金自昔能孕水，胡然似續爲木精。瘞之沃土深有意，長爲造物弢奇情。張雷淬礪出人世，佩服至此終合并。地不可埋天可上，究歸何處成精英。吁嗟乎！豊江閩水距千里，白龍紫氣紛縱横。神物去來非偶爾，長使兩地留其名。

祁門道中乘筏

客塗策蹇心然疑，百里赤日炎風吹。枯髀老肉苦作楚〔六〕，手足疲憊爭須臾。揮汗似沐不得沐，槐陰忽過誰能移？我欲捨舟憩尺八，忻看竹筏横溪湄。投鞭安坐想利濟，火坑頓變清涼池。下灘一瞬絶奔馬，又無控送煩人爲。誰家截流紊巨石，雷訇濤吼成巇危。到此一濯破寒練，入險出谷同水嬉。松谷紫薇花一樹，緑波秀挺珊瑚枝。我行況瘁小安樂，賞心給目紛在兹。萬事達觀皆若此，誰使六月愁驅馳？

天門山

山勢壓溪溪不流，溪澄寒練山光收。硞砑怪石懸欲墮，千尋古木風颼留。呑吐日車不得下，森然萬象成深幽。孤帆自顧渺一粟，過從六月如高秋。何當趺坐此山頂，放眼人事皆浮漚。

許又來屬題漢宫春曉圖

秦宫壯麗非咸陽，千樓萬閣稱阿房。秦人浪得惡名耳，後世眎之徒濫觴。鹿臺作俑逮列國，驕奢苑囿成頡頏。六王一而四海畢，貨財物産來梯航。木石致絶塞，珠貝探殊方。碧玉琢作桂，兼金鑄爲梁。始皇得之不能守，沐猴對此心傍徨。隆準提劍躡其後，坐享全盛寖熾昌。三三城陌連桂殿，六六離宫繞建章。勾陳壁沼横映帶，甘泉五柞迴長楊。窗開翡翠珊瑚樹，户列珠璣明月光。蛾眉皓齒盡越女，奥區曲室眠齊姜。脂水棄殘千乘賦，羅衣璀璨百寶裝。瓊枝異地花仍發，嘉果背夏冬逾芳。豊亨豫大藴其氣，山川草木皆堂皇。銅荷仙人瀉鉛淚，帝京殊勝白雲鄉。所以至今圖畫者，漢宫春曉傳縹緗。我謂土階茆茨信簡略，石渠天禄皆堂堂。豈無遲遲好風日，春光何獨稱未央？得毋繁華鬧心眼，千秋事往猶相望。君不見，祖龍赤帝創大業，子嬰漢惠同頹唐。斯高絶非絳灌伍，遂使政季分存亡。嗚呼政季分存亡，將相得賢富無量，錯繡河山能久長。

經慈谿 孝子董黯母喜飲此溪水，因築室于此以便汲。河西着衣樓，明趙尚書建。

築室俯清流，名因孝子留。孤城千嶂合，亂水一橋收。渚畔開田畝，煙中數釣舟。此方風俗厚，不改趙公樓。

湖心亭

斷浦遥天合，憑闌興不孤。誰將一片土，湧破鏡中湖。掬水魚迎指，飛觴月繞壺。長歌莫長嘯，俯仰任吾徒。

孤　山

裏外湖光水鏡平，一拳雄峙大堤横。月明風細枯梅影，天淡雲閒埜雀鳴。海氣蒼茫連極浦，人煙飄渺動孤城。可憐薄暮歸舟急，十載重過無限情。

沙城邸舍題壁

青山蹤迹託梅溪，小閣平臨望不迷。煙雨乍來山欲動，春風忽過鳥爭啼。簾開緑樹憑欄入，夢繞芳蘭得句題。片月多情留照久，舉杯相送到檐西。

阻風登李陽驛有感

傍水懸高閣，羣山倚曲屏。江潮穿檻白，遠樹入檐青。蟄蜃吞斜日，新蘆映碧泠。時方稀馬隊，地或隱仙靈。樓下爲水仙祠。殘戍晨炊斷，荒隄短棹停。石尤爭去路，歸鳥没前汀。獨眺淒其甚，當年滯客星。先大人嘗三阻風于此。

與友人論宋事

一代流風自主持，何勞僞學禁書癡？君王作法純忠孝，止在陳橋夜半時。

百道祥光繞闕飛，天書忽降是耶非？瓶珠賜出君恩重，買得微臣剃度歸。

鵬舉寒江泣斷魂，蘄王嘯傲自乾坤。琵琶莫譜英雄恨，尚有湖山片土存。

久困襄陽萬户驚，半閑絲竹調新成。誰知滿地蒼生哭，不及莎鷄振羽聲。

梅標

梅氏詩略 字野鹿。文學。性頗魯而興奔放，故以野鹿自居。生平不鶩名，不事交遊，任性爲詩，亦不問漢、魏、唐、宋，仿某人、仿某體。詩成亦不以示人，謂人不知其能詩，自怡而已。死後，始得其蕿卉廬前稿。

擬短歌

對酒當歌，酒盡奈何？人無百歲，去日苦多。一解
爲懽不卒，繼之以憂。言念古人，抑又何求？二解
姬旦爲臣，孔邱爲師。具有聖德，終日孶孶。三解
盍勤仰止，自命曰賢。修短由命，窮達聽天。四解
日自西移，水自東注。吾於斯人，休思何慮？五解

二憶歌

憶彼山兮首山高，首山高兮薇蕨如茆，義士既萎兮伊夕伊朝。

憶彼水兮汨水深，汨水深兮魚鱉何親？漁父安往兮亦嘯亦唫。

垓下歌

擁雄兵兮驅駿馬，擕佳人，困垓下。廢千人，空喑啞。

清溪小姑曲

清溪洋洋，小姑澼裳。欲嫁無媒，誰與爲郎？

梅　潛

梅氏詩略　字又陶，號竹嵓處士。著有城東小隱草。

坐夜

天暝鳥爭樹，階寒雨叩扉。燈花莫浪喜，心緒已多違。世路時時改，生涯事事非。芳菲雖可採，吾愛北山薇。

湯孫旭

字季愈。

北征秋興

泰岱峯高曉霧侵，西風梁甫動長吟。遺經幾厄秦宮火，駿骨都銷燕市金。泗水微波秋斷續，東山大路晚蕭森。明朝又渡桑乾月，牧笛蘆笳淒滿林〔七〕。

送別

相送到江干，淒其風又雨。淚下沾君衣，看君不能語。

吴簡

愚山文集 簡，字在心。東里處士子。攻古今文辭，通秦越人術，善小兒醫，侍父母疾甚謹。處士之不懌也，簡適就試旌陽，學使者拔之廩食。歸而處士已卒，躃踊仆地，嘔血數升，曰：『吾不得奉侍含殮也，其追從于九原！』未幾卒，後處士僅百餘日，人皆謂以孝死也。

華山驢歌 并序

余登九華山半，見驢向人作乞狀。詢之，爲從姑蘇人來至此，伏地悲鳴，策之弗起。其主遂棄置之，命山僧結茆居焉，今十年于兹矣。首無羈絡，不食田稼，輒聞梵音，首肯之。余異而爲之歌以誌焉。

朝發長江干，暮入華山道。捫蘿陟岑雲，曲徑凌天表。悵望空山塵慮疏，欲證無生恨不蚤。道旁忽見鄭綮驢，不是踏雪灞橋初。掉頭欲向行人乞，飽去更銜芝草娱。伏地巡逡不逐隊，應悔從前誇黔技。昔人悟道但聞鳴，馱經猶記西竺事。吁嗟乎！當年書畫雖奇才，九良八駿安在哉？不如歸畔劉安鼎，雲間鷄犬勝龍媒。

施愚山少參招同楚中劉千里浙中丁令儀石城梁爾礪遊敬亭分得八齊

故人招我問雲齊，斗酒雙柑手自攜。塔影近從煙際伏，山光遥向檻前低。呼來李謝詶新句，踏破莓苔數舊題。欹醉欲歸騎馬滑，梅華一路送霜蹄。

劉錫麟

邑志文苑傳 字天石。歲貢生。博洽工詩文，多識古文奇字。嘗搆鐵丹亭書屋，貯圖史其中，討論不倦。善飲茶，汲泉煮茗，坐花對月以自樂，生産計勿問也。大小楷遒勁温潤，藝林貴重。

〔增〕

王佐水央草堂詩序略 少陵送孔巢父云：『自是君身有仙骨，世人那得知其故？』我舅氏八十有四，手不停披，圖史函笈日擁左右，問字者盈門，無倦色。讀是編者，又可想其飡霞嚼蕊之慨矣！

張延世跋略 曩歲舟出龍溪，舟尾客指深柳曲隈處：『此劉子讀書涉園。』因述劉子挾一編，寢息其中不出，每不諧俗好，惟蓄怪石，日撫翫之。予心動，即欲褰裳，舟子不可。

績學堂文鈔　石閭世居龍溪。龍溪之劉爲吾宣右族，族數千指，皆聚族而處，門巷櫛比，誦讀之聲相聞，而石閭特以好學敦行爲其族弁冕。予嘗過其涉園，園四面積水，人不能輒至。朝暾夕月，手一卷，以坐對漣漪，如從成連棲海上。爲之信宿留連不能去。

新河莊石壁 有序

新河莊口沿山有石，數十年前疏疏落落，大止車輪耳。今亥迴二三里，塊然成壁矣。予舟行經過，憩息其下，嘆賞稱奇。知石固隨時而長者，與夫物之奇者，委棄窮巖邃谷之中，其生其長，人不得而見也。抑或生在耳目之前，可以曳而動，可以力而取者，不能久供人玩也。斯石如雲屯霞布，周遭羅列；又爲宛北水陸孔道，人皆得而見之，人不得而取之也，但知其妙者少耳。作石壁詩紀之。

憶我齠年初入郭，舟向新河莊口泊。河上迤邐十里山，山間有石初落落。四百八十甲子過，忽看石壁長嵯峨。高者仰望如雲布，低者面壁以手摩。居人習貫渾不識，行路悠悠那記憶？只道山石原如斯，誰知年年自生息。今我停舟一問之，茲山突兀自何時？登山更問山上石，何因歲歲長魁奇。噫嘻！石老人亦老，山中黄石曾得道。噫嘻！人老石不老，青山一片年年好。

袁景

字行止，號頤菴。文學。

賦畫

噫嘻王摩詰，半幅輞川圖。離離白石下，小嵌輞川居。覆以干霄竹，當户飛羣瀑。蘭畹産芝苓，虎洞穿麋鹿。松杉若箇大，雲霞旋蟻磨。中有鶡冠翁，拖笻橋上坐。長生藥可尋，恆春花不死。觀山至於斯，我曰觀止矣。君不見，雍門一曲傾高臺，魯殿靈光安在哉！千里萬里一尺縑，江山能不入秦灰。靈運若教供座右，無須着屐他山走。巴人難禁題滿軸，焚香把對杜康酒。

唐伯

文學。

玄妙觀

霜露踏還濕，經過日暮時。冷泉深没井，孤塔半臨池。埜雀飛秋樹，人煙上古祠。黄冠共清話，興劇忘歸期。

李邦翰

字于蕃。文學。著有偶吟集。

秋水

長天秋氣濬，一色共清波。葭露思難即，扁舟意若何？沙明分鳥迹，煙暮暗魚蓑。倒影中流見，懸崖映薜蘿。

校記

〔一〕李殿機　原稿板刻剜去，兹據康熙刻本二樓紀略補足。

〔二〕績　疑當作『蹟』。

〔三〕跉　當作「跉」。

〔四〕鳥　疑當作「烏」。

〔五〕蝸　疑當作「媧」。

〔六〕肉　疑當作「囟」，或爲「肏（肉）」之訛。

〔七〕盧　當作「蘆」。

宛雅三編卷十七

國朝

蔡瑶

邑志方伎傳 字玉及。息意進取，以畫鳴。山光林影，森秀可愛。刻有曉原詩留。即景生情，詩中有畫。

反哺烏 舊有莊舍，在宣之高垛磯。甲申、乙酉時，先居移家避亂于此。己亥之事，余復奉先慈居焉。大故後家落，鬻其廬，僅存水田數十畝。其地多巢烏，過而傷之，因賦反哺。

反哺烏啞啞，搆巢水之隅。水隅有舊廬，昔年住此，見烏反哺。彈指一過，時徂事殊。野烏猶上緑楊樹，高堂白髮今何處？負米歸，日已暮，田棄不耕廬不住。心傍徨兮目空注，水堤漠漠孤兒去。難回顧，烏哺路。

淮之旅

淮之旅，霜凌凌，舡下浦。大兒刈穀湖之田，次兒病已，初能出户。老妻見我行，轉向深房立無語。小女牽衣送，望爺歲節與兒淮鼓。

述懷

陽春必有秋，白日必有夜。飛蓬無定方，流水日東下。收淚向回風，哀吟繞田舍。濁水委明珠，鬱懷安得瀉？

幃幕充糞壤，申椒謂不芳。蕭艾升軒除，幽蘭棄路傍。投壁擲空階，碎矣尚有光。抱珠入重淵，没矣輝難藏。吁嗟飛蓬心，遷轉成損傷。荃蕙化爲茅，芷杜今不香。

姑熟西菴懷半山

殘院閑古佛，草上荒階緑。一僧鳴晚鐘，江城似空谷。白雲無人知，來就窗中宿。四壁竹梢風，冷冷伴幽獨。慨然思故人，匡牀猶在屋。

黄山文殊院

拄杖向層虚，谽谺引徐步。攀躋到雲窩，巖密忽失路。仰見峭壁間，鑿級可受屨。躡之穿石門，層層異佳趣。迎送有兩松，揖我如親故。轉入一線天，中有蟠壁樹。是名曰卧龍，拏攫鱗鬚具。靈物恐或飛，摩娑暗驚懼。遂上清凉臺，臺高玉屏護。蓮花右臂生，天都左肩顧。青蒼凌太虚，其下千峯聚。神鴉引白猿，變怪紛無數。冶鐵覆佛龕，風高自牢固。渴吸階下泉，沁骨親寒沍〔一〕。天半人迹稀，時有羣仙寓。前登趺坐石，嵌空了無附。躡之蒼翠摇，興酣魂則怖。嘗聞此山雲，初生如尺素。須臾幻海濤，浩瀚漫空布。我來十月霜，晴潔斷煙霧。崒嵂競插天，眞面畢呈露。劃闢理所無，峭異口莫喻。造物何太勞，毋乃費陶鑄。游覽生平懷，不到此終誤。更望後海中，芙容萬枝吐。賈勇欲盡攀，冷冷斜陽暮。回首向老僧，願借石牀住。明朝日到峯，飯罷吾前赴。

聽王生彈琴

王生年少甘巖壑，手抱青桐冠竹籜。登樓爲我拂金徽，纔移十指飛泉落。飛泉落澗澗水深，山風飂飂雲沈沈。中有一聲不解聽，湘潭巫峽龍孤吟。龍吟忽住風忽止，紙屏坐客清如水。斜月不墮霜夜長，茫茫碧落人千里。

最嫵行

滿堂華燭羅衣舞，鳴絃激越清歌吐。進者阿誰眉最嫵，紅袖吳姬年十五。翠翹珠纓金步搖，曼聲歌出離情苦。癡魂斷絶不得語，欲前不前立廊廡，橫波的的將心取。

寒夜吟

凍月挂樹霜草勁，愁心如燭風不定。兩眼寒醒無夢來，天荒地坼吟魂哀。七尺藤牀臥冰窟，鄰鷄叫曙嗚嗚歇。

聽彈琵琶歌

晚涼人坐青桐花，小奚低喚取琵琶。隔簾影動見纖指，欲彈不彈階除裏。鏦鏦錚錚乍有聲，斷斷連連無限情。明珠滿把忽拋散，乳燕雛鶯復細鳴。鶯燕嬌多畫闌冷，長條愁殺垂楊影。一霎風沙繞院牆，寒雲落葉關山永。問渠幽恨亦何繁，絃上淒淒欲斷魂。低鬟但撚龍頭撥，肩搭香綃口不言。年來我意多蕭索，一聽伊州淚常落。聲到情多可柰何，況是天涯倚空閣。君似霜鶼出塞行，我疑溢口秋霄泊〔二〕。

虎邱海宴亭歌

黄鸝風暖繁紅雨，快摇艇子穿芳樹。虎邱山接半塘西，泊船起蹈雲巖路。雲巖嵓前海晏亭，幾曲珠闌圍翠屏。一時名士同修禊，滿座新篇似摘星。新篇賦就香塵起，亭前簇簇飄羅綺。袖曳新彈杏子紅，裙拖百疊芙容水。水繞千人石上臺，雨後花枝昨日開。樓中煙月愁年少，堤下蘭橈夜不迴。夜闌客復貪懽賞，玉罌酒溢東風幌。短簿祠邊日易斜，麗娃鄉裏春將晚。春晚看花人漸稀，心逐楊花着處飛。流蘇帳底憐歌管，翡翠檐前戀舞衣。舞衣歌管奈情何，迢遞湖山懷轉多。林屋更思攜杖入，横塘仍欲採蓮過。採蓮人云空江緑〔三〕，蘇臺杜宇聲聲促。樂事憑君問古人，何如眼底杯中醁？

秋　村

散髮倚孤亭，遥山展翠屏。過檐雙鳥白，破浪一帆青。蟲語藤根聚，風聲竹杪聽。但能無俗事，可醉不須醒。

沈畊巖先生移居南湖吳街南先訪有詩次寄

避迹日以遠，過湖别買山。昨聞孤棹去，想見白雲閒。剩水時臨席，疏村自閉關。昏鴉飛盡處，一雀碧空還。

杯　空

杯空意不適，獨出郡東城。曉雨過溪住，秋陰接嶺生。鶉多連舊結，雪漸點新莖。翹首碧林上，迢迢雁一聲。

稽亭道中

秋風吹短袖，細路入高原。紅飽經霜樹，青圍種竹村。谿雲低抱雨，野店曲開門。小坐嶺頭上，山僧有一園。

送高法部入都

相送意不盡，褰裳江更深。濤聲無日夜，竟是此時心。大陸雲連浦，遥山風滿林。那能隨鳳翼，天際一飛尋？

讀荊軻傳

羽聲歌罷指秦游，落日蕭蕭易水秋。既以一身投餒虎，焉能片紙約諸侯？可憐豎子攜爲副，枉使將軍自刎頭。只有陛前回笑處，至今開卷想風流。

雨夜聞鐘

夜雨灑春城，昏鐘叩明燭。幽人方未眠，空園坐書屋。

題　畫

遠岫浹煙光，斜陽在釣航。衆漁歸已盡，獨自過寒塘。

秦淮雜詩

月上長干戍鼓鳴，江風吹滿秣陵城。更從烽火談南渡，羞殺荊陽四鎮兵。
疏簾小閣夾淮流，此水前曾接御溝。邀笛步來明月上，斷腸何處問瓊樓？

吳門懷古

繁華舊事數蘇臺，無復恩仇自越來。五湖水碧千山緑，一片海棠春自開。
霸圖憑弔夕陽遲，負固爭雄各一時。三百年來吳下路，剩將青草説王基。

袁又安

邑志文苑傳 字漢公。啓旭從弟。詩及書法亦有名，與兄啓旭皆吳肅公高弟子。刻有朗川詠古詩行世。

清陵館

高館清風灑石林，漢時遺愛一何深。子長刑辱蘇卿返，直使沅人泣至今。

崔婆井

平山脚下酒如淮，南都道士踏歌來。白雲千載臥不起，井欄頑石生蒼苔。

滄浪水

滄浪日夜水流東，屈子歌聲欸乃中。幾欲停橈芳芷畔，江湖何處問漁翁？

胡　溶

邑志懿行傳　字秋渠。康熙丁巳舉人。醇謹修飭。父夢龍，令棗强，溶往省，時年十九，從役偵其少，進美伎二人，溶嚴叱之。計偕北上，冢宰某奇其才，有女新寡，欲妻之，介同里編修茆薦馨爲言，溶笑而謝焉。時士子競聲氣，望門投刺，溶特挺不染，有羅而致之者，堅勿荅。居父喪，哀毁骨立。郡守王國柱弔之，深加嗟嘆。平生尤多長者行。年六十四，無疾而卒。

麻姑山

麻姑已鍊金丹去，仙竈還留此地看。絶頂雲松生石緑，滿湖煙雨帶春寒。野禽啼倦山間寺，霽色飛來天外巒。一自乘槎歸碧落，孤蹤渺渺白雲端。

梅文鼐

邑志文苑傳　字爾素，號慎菴。邑諸生。徵君文鼎弟也。好學博聞，才思贍逸，爲文不加點竄。少攻舉子業，嘗爇香爲度〔四〕，不寸許可得數藝，時皆服其工敏。詩學韋、孟，沖夷古澹，不爲時下人語。尤邃於天文歷數之學，與兄文鼎並爲安溪李文貞所推重。著有星圖、中西同異考、慎菴筆算等書行世。

〔增〕

孫喆傳略　先生稟姿甚慧，所讀書過目輒成誦，作制藝不加點竄，日可得數十篇；兼詩古文詞。詩如王、孟，文則洒洒洋洋，自攄心得，未嘗依傍前人格力而氣骨自高。先人有志天官家言，微見端緒。先生與勿庵公日讀歷書，夜窺天象，刓精剔慮於其中者且數十年，蓋尤平生用心所在，雖專門名家者不能及也。所著星圖、筆算等書，宿遷徐用錫序而梓之。慎庵詩古文集藏于家。

道古堂集　爾素與兩兄夜則披圖仰觀，晝則運籌推步，考訂前史。鼎得中西之書圖稍多，鼐手鈔略備，多所撰定。輯經星同異考一卷，發凡九則。鼎序之云：『武林張慎碩忱能製西器，手鐫銅字，如書法之迅疾。鼎依歲差考平儀所用大星，屬慎施之渾蓋，屬鼐作恆星黄赤二星圖，取其星名之同而數有多寡異於古人者别識之。』又有累年算稿，鼐爲録存。作授時步交食式一卷。又有幾何類求。歷書中比例規解本無算例，鼎作度算，用鼐所補，而參之以陳藎謨尺算用法。

金牌坑地中得古窑器

崒峍金牌山，鬱鬱生雲氣。巨木盤幽崖，村落聊位置。將欲就山麓，稍鬮爲平地。開基深尋丈，忽得古藏器。盆盂及瓶缶，尊罍式各異。玉質陶兼土，樸拙非近製。沈埋歷歲時，完好色逾粹。不知千年前，此物誰所瘞？古云桑田更，其説亦良是。高下理相傾，數極且自至。何爲復區區，蝸角爭名利？辛苦銜西山，填海學精衛。

詹宇

邑志懿行傳　宇在周，號谷軒。康熙乙丑進士。祖應鶴，以太學生爲閩醝參軍。以不媚上官，投劾歸。宇弱不好弄，書過目即成誦，應鶴許爲偉器，飲食起居必呼與俱。宇益自刻厲，手不釋卷。父希震，性豪爽，不拘細節，宇事之甚謹。母梅氏抱病，宇臥牀下，聞痾聲即起，不稍懈。家貧，好施與，嘗竭蹶以赴人急。里有負罪而鬻妻以償贖鍰者，爲捐貲完其夫婦，且戒子弟勿言，時論稱其長者。

〔增〕

姜安節傳略 公自入學後，馳騁文壇，試輒領多士。垂二十餘年，以四十有二歲登賢書頂。未會試，不第。曰：『昔從祖翀南公亦數困公車，終成進士，吾當取法焉！豈是區區而不予畀？』至老勤學不倦，氣益豪。年逾六十仍束裝北上。有阻者，公不爲動。果中陸肯堂榜。

過友人書齋

幽人十載架林居，帶有遺經手把鉏。乘月慣能梯屋讀，臨池多就井欄書。山蜂喧處知花暖，海燕巢時正雨餘。君本莊周吾似蝶，醉來相與夢蘧蘧。

梅以燕

邑志儒林附傳 以燕，文鼎子，字正謀。康熙癸酉舉人。刻苦自厲，能世其家學。母喪哀毁，得羸疾，傳導引術而愈。居恒篤氣誼、慎取予，衆敬信之。年五十二，先文鼎卒。以子瑴成貴，贈中議大夫、順天府府丞。

〔增〕府志封廕表　以子轂成，累贈光禄大夫、都察院左都御史。

張廷玉傳略　君理家政，嫁兩女弟。徵君葬其高、曾祖妣，多稱貸金錢，雅不欲累羣從，君獨任之。事竣，徵君喜曰：『吾無累矣！』乃爲四方遊，所至以文章道藝爲賢士大夫引重。安溪李文貞公相得尤歡，館舍徵君，或數年不歸，歸復出。而君常家居，性慷慨，好施與，周人之急。鄰里有事，常爲解紛排難，衆敬信之。然亦常受侮于妄人。一日，忽毁户入，持械大呼索君，君避匿不校。其人固君數有恩者，卒自慙謝。

閒　適

絶無塵處敞雲扉，因病翻能久息機。求仲儻來堪破悶，少文孤往輒忘歸。幽禽過午啄花片，老樹經春换薜衣。長物那關身死後，古來名士謝弘微。

王田年

歸自雲山道中

振策青巒下，紆徐路幾重。雲深不見寺，山静忽聞鐘。野菜平田碧，秋花小樹濃。那能捐世事，卜宅向高峯？

梅喆

邑志文苑傳　字逋先，號霜崖。隱居教授。長于詩，詠物尤工。醉後染翰，品格在雲林、大癡間。

劉南英窺園草序略　霜崖先生才兼衆美，思有獨至，每每于題外生情，空中設景。理在方寸而求之域表，議在目前而思隔河山。興會所至，忽然而來，渾然而就，如明珠走盤，天驥摩空，高堅前後之莫可端倪也。

〔增〕

吴雲序略　聞霜崖爲人，先是有大貴人贈千金，皆散以與困人。至今自困，則反以爲樂也。

汪允康序略　霜崖工畫，邱壑入之心中，煙雲生於指上。故其爲詩也，句櫛字比，若畫工之肖云。

汪允彦序略　予從湯子鄃書笥中檢其二律，驚歎以爲奇絶。

秋柳

黄落霜堤影漸稀，長條無復舊依依。只餘斜日烏啼切，不見當時燕子飛。流水斷橋人獨立，曉風殘月夢空歸。經年多少離亭恨，想到如今淚已晞。

蓮蓬人

闊袖寬裳與世浮，一生憔悴爲悲秋。碧池波上曾閑立，紅粉香中是舊遊。垂老自憐難起拜，苦心都付向東流。只今繭拙甘蕭索，不效時人强出頭。

不倒翁

諾諾乾坤一腐儒，半身蹤迹總糢糊。折腰且自隨兒輩，强項終難屈老夫。頗似南宫聊寄傲，醉如山簡不須扶。蹉跎莫笑便便腹，任爾推敲興未孤。

走馬燈

鐵騎銜煙事遠征，重關已入氣峥嶸。銜枚疾逞行空迹，接踵旋圍不夜城。金鼓無聲羞暗度，兵戈欲息待平明。漏殘蠟盡空爭擾，兒戲眞如灞上營。

梅因中

梅氏詩略 字宗之。文學。

宮詞

妾貌何曾改？君心異昔時。回頭無限恨，不合妬蛾眉。

可怪宫中事，休傳野外村。良家聞更選，莫遣怕承恩。

梅文泓

梅氏詩略 字仲昭。考選州同。

新春過華陽

百里華陽道，乘春偶一過。樹暄山意活，風細鳥聲和。返照明餘雪，人家鎖密蘿。平生棲静願，信宿此雲阿。

張宿

邑志文苑傳 字緯一。邑庠生。有孝行。嗜古，嫻于著述，有句溪詩集，藏于家。

後天祐傳略 嘿菴幼穎悟，既長，沈酣經史百家之書，爲文屏除一切，獨造古奥。受知學政趙公，語諸生曰：『宜以張生文爲式。』一時傳誦，紙貴雒陽。尤工詩、古文辭。書法顔魯公。其學以踐履爲宗，終日危坐。敬事關壯繆侯，晝所思所爲者，夜必焚香告之。康熙丙子鄉試，主司深賞其文，限於額，不售。公遂北遊燕、趙，留數年。歸，卒于中年旅舍，士論惜之。

行路難

西望瞿塘關，白浪高于山。道險復無舟，行人四月愁。白鳥將翔，川江路長。高峯夕陽，猿吟斷腸。萬里天涯，出門無家。天遠聽高，悲歌當嘲。長安貴豪門，車馬如雲屯。朔風吹雪寒，無人問袁安。丈夫窮途，龍不如魚。東門大屠，西蜀當壚。梁甫長吟，白日浮雲。玉泣珠懷，千古嗟哀。

四海多交遊，長歌伐木求。斯文屬吳越，俠義來燕幽。惟金斯堅，惟珠斯聯。心在腹中，孰知其然？種荃得藸，我心深憂。山高水深，天風鼓琴。海波何淼茫，中有白雲鄉。放眼天地寬，日月如飛丸。方輪不車，直鉤無魚。升崎歷嶇，將安所如？有地別天，其日如年。招之不來，鶴誚猿哀。

冬夜懷晉西杜景陵一兄

投筆思千里，伏策登太行。上黨疑天闕，置身飄渺鄉。邂逅逢年少，意氣不可量。啓口道名姓，下馬剖肝腸。酒酣拔劍舞，悲歌勢若狂。指心矢天日，揮手各翺翔。別來感往事，終夜起傍徨。相思梅花發，山川阻且長。隴頭無驛使，懷君何處將？

贈承恩寺若文上人

開士眞瀟洒，尊前意氣多。望雲思白髮，飛錫滯烏坡。永夜跏趺坐，他鄉汗漫歌。棲遲梁苑客，豪達較如何？

朱仙鎮弔古

戰捷朱仙鎮，九重詔已宣。班師非治命，矯制敢誣天。神武風雷震，精忠日月懸。復仇惟大義，泣血愧當年。

左氏傳經義，春秋大復仇。先生鍾夙好，爲國荷斯憂。大勇無雙士，成仁第一流。銘心深涅背，皎日暴人頭。

銘心未仕日，忠孝是先資。報國尊慈命，捐軀荅主知。綱常留萬古，名節植當時。斯義莫能廢，風流百世師。

三字壞長城，天王猶聖明。相臣欲罷戰，廟算諱言兵。迎復何年事？行成此日情。兩宮終不返，和議喪神京。

恢復思長策，蒙塵父與兄。王朝無討伐，宰相有行成。縲絏元戎死，和親洛社傾。徘徊汴水曲，遺恨尚吞聲。

春雨舟中即事

雨侵寒水千峯隱，雲帶扁舟一葉閒。白眼每憐青鳥至，緑楊時候翠煙還。願從海國行春興，肯使風塵老客顔？莫惜典衣沽濁酒，棹歌聲裏雜緜蠻。

舟次句溪

一抹寒雲古句溪，撑空塔影障虚隄。孤煙青處人家午，時有鵶聲下菜畦。

玉　山

白頭波上碧螺山，樹裏村家雪閉關。峯影忽開松翠落，漁人獨背一罾還。

沈廷璐

邑志孝友傳　字元佩，號惠舫，徵君壽民孫也。負至性，謹飭不苟。家貧，嘗從桔槔桁上朗誦微吟，吳肅公過而憐之，挈之去，讀書城南草堂。廷璐父公厚往來粤東西，公厚覓歸不得，流離奔竄，音問闃寂者十年，或曰死矣，或曰尚存。廷璐白其母曰：『不迎父歸，兒不歸矣！』時甫弱冠，孑身徒步，日爨溪薪，夜棲古廟，出入兵燹，行乞哀號者萬餘里。踰年乃從貴州得見父，與俱歸。肅公作萬里尋親序，諸同學詩以贈之。歸後，入庠，詩文俱有名，當事聘爲經師。潔己自愛，毫無請謁。年八十一歿。先是，肅公將卒，舉著書四十卷授廷璐。廷璐藏之，不敢褻。以遠館，霉蝕殘缺，撫其書泣而自訟者再。比己負病，足浮腫不能行，力疾撿草藁補訂。每臨筆，即祝鬼録展兩月，庶可見吾師地下。功成，裝潢完好，付吴後人，遂瞑。

吴肅公送沈生萬里尋親序略

沈子公厚，遊學兩粤，因喪亂失所在者十年矣。其子廷璐，少稟至性，從予遊，篤志攻苦，日拊心而泣，矢志徒步徧訪，以家貧道阻，不知所出，□□□□以行〔五〕，夫誠所以盡性也。壹志廑懷，外愿內恪，悵悵可憐，惟吾親之是慕，吾知逆旅行道之人、行陣不遑之徒，未有不咨嗟惻怛爲汝動者矣。天之所助者順也，人之所助者信也，亦安有所求不得而親之不吾遘耶？

二樓紀略

避迹録者，沈耕巖徵君流寓婺州軼事。其孫廷璐，搜討于既殁四十年後，而浦江傅晉初裒集梓行者也。余考徵君起賢良方正，劾楊嗣昌歸。明亡，隱居著述，其變姓名，居金華，蓋跳而免阮大鋮鉤黨之禍。滄桑既變，雪晛隨消，而山高水深之處，隱隱有故徵君在焉。宜廷璐哀慕如新，而婺人亦爲之欷歔欲絶也。

〔增〕

聽山文集 居嘗求少雋之士可爲吾黨後繼者，于里中得二人，曰沈生廷璐、程生元愈。璐也賢，抑姑山實啓之。

梅文鼎紀行草序略 沈子元佩，行萬里以迎其父於黔中，其所經歷，凡江、漢之永廣，洞庭、沅、湘之浩淼阻修，苗洞、猺獞深箐絶谷之險怪，偶觴懷抱，則以韻語紀之。於是，裒集之爲紀行草。今取其詩讀之，其志愴然以悲，其音節瀏然以清，其爲言也，直而能曲，婉切而微至，其氣雍以和，其思致悠然以長。在元珮自書所感，初若無意於爲詩者。嗚呼！此眞詩也已。

孫喆耕餘文序略 先生文夷猶往復，無艱難勞苦之態、淒惻激楚之音。境窮文適，與聖俞先生之簡古純粹、陶暢酣適等。顧歐陽子則惜梅之窮而將老；而余於先生，則又喜其老而不失乎窮，窮而益可以老者之爲恪守其堂構，善繼述也！吁！此又一伯牙之琴絃乎？

萬斯同耕餘小稿序略 元珮以余爲世交，因出稿相示。余讀之終篇，如瞻敬亭之山，而松杉栝柏皆帶蒼然之色也；如覩宛溪之水，而芰荷荇藻皆挾翛然之致也；如讀其先侍御殿撰徵君諸遺書，而仁義忠孝之言藹然楮墨閒也。蓋得山川之淑氣，益以家學之淵源，宜其如此。

水星寨

亂水流潺湲，峭壁忽千丈。倒影浸澄潭，潭光自揺蕩。誰復搆精廬，更踞危巔上。煙隨雲氣飄，磬雜松濤響。愧我逐征途，勞勞困塵坱。風便失躋攀，行矣心怏怏。

自瀘溪縣抵浦溪臨江峻崖萬仞土人多置屋避兵舟中望之若鳥巢然詩以紀之

一棹溯瀘溪，山峯何紆複。後峯去未遥，前峯儼在矚。嶙峋畫不如，繡鐵間寒玉。其下俯大江，江影蕩崖緑。凌空多居人，緣壁結茅屋。經營訝鬼功，玉斧刳石腹。危檻懸飄揺，側身忘局促。煙火石罅生，鷄犬雲中宿。人捷猿狖行，逕絶蒼藤續。我來一矯首，驚駭亂心目。何地可安居，穩眠慰幽獨？

中秋錢塘舟中看月

飢軀困道途，僕僕不得罷。買棹渡錢塘，正值中秋夜。江光海鏡涵，玉宇金波瀉。棲鳥鑑羽毛，遠樹辨桑柘。水閣捲珠簾，居人倚臺榭。風前聞玉簫，空際度蘭麝。有客坐蓬窗，顧影憐清暇。澄徹肝肺餘，凜慄毫髮罅。是午觀大潮，雪浪排空下。喧豗坤軸催，震撼乾樞卸。柁折樓船驚，石裂魚龍怕。不有婆留弩，誰向潮頭射？移時萬籟清，過眼飛鳥乍。喜愕判須臾，險夷非假借。山川幾戰爭，吳越遞雄霸。南渡此偷安，故宮久僧舍。江月無古今，人事有代謝。蒼茫野客情，瑣屑魚郎話。一吟招隱篇，喟然起悲詫。何當棲故山，團圞事耕稼？

菜羹篇

白菜煮清水，眞味有餘香。但須火候久，稍加油鹽薑。絕勝五侯鯖，世人未肯嘗。吾老愁哽噎，藉此潤枯腸。朝送粥一盂，暮飲酒數觴。陶然忘百憂，高枕夢羲皇。守分與安命，庶或免餘殃。嗟彼饕餮子，往往不自量。充庖半山海，列几盈芬芳。猶苦無下箸，叱咤鬚戟張。豈知造物怒，徒令識者傷？作詩示兒孫，菜羹愼毋忘。

榆皮詩

維歲在亥子，東南屢告饑。老羸轉溝壑，少壯紛流離。或鬻室中婦，或棄懷中兒。井屋少炊煙，所啖惟糠麜。糠麜莫可得，口腹仰榆皮。遠邇荷筐筥，霜刃白差差。揮刃奮割取，腹枵愁力疲。十百動爲羣，萬樹無完枝。曝日細研杵，煮水成粥糜。亦或作粔籹，彷彿同蕨萁。厥味不親嘗，甘苦誰當知？凶荒謀苟存，詎敢長嗟咨？我本空倉雀，叩門何所知？環顧同苦辛，藉爾續朝炊。散步偶林藪，攀條淚暗垂。是物誠何辜，刀痕創若斯。於人苟有濟，剥膚亦奚辭？以兹草木惠，益念皇天慈。不然此黎民，寧復有孑遺？榆皮有盡日，風雨無休時。瘡痍森滿目，終恐命如絲。誰繪監門圖？願陳榆皮詩。

後榆皮詩

蕃蕪之心拔不死，榆樹之皮亦爾爾。去年割盡今又生，今年重割去年痕。榆兮榆兮皮幾許，歲歲年年競割取。競割取，籲蒼穹，雨暘時若願歲豐。不獨道殣重活懽鼓腹，亦使長養敷榮到草木。

上灘歌

武陵西上一千里，長河曲納五溪水。苗洞蠻鄉未解愁，灘高船駛險無比。座中有客莫驚呵，停杯聽我上灘歌。灘名寧止數百多，舟人云，有一賈客，自武陵抵鎮遠，每遇一灘，擲豆一顆于瓶中，總計之，得豆二百六十有零。誰其最者大小螺。更有紅石汲青浪，九磯百潮不相讓。碗盞滚洞星滿天，大王公子勢尤壯。以上俱灘名。上有硆砑突兀之峻峯，下有盤渦澎湃之急水。崖如軍伍列戈矛，石如龍象奮爪齒。勢如適野萬馬奔，聲如拔地轟雷起。左右向背爭一綫，浪撲舡頭濕人面。舵師灘子各相呼，土人以縴夫爲灘子。拍掌頓足聽不見。一日能上一重灘，急向灘神酬酒饌。吁嗟！輕舟欹側幾邅迴，幸無羽檄飛相催。君不見，紛紛糧艘人夫哭，冰結鬚眉血滿足。

油榨關

黔中路自險，據險更爲關。兵氣霾深壑，人煙斷遠山。穿雲憑一綫，捫石劇千盤。何處梅華發，香風散客顔。

黔省得侍家嚴旅次恭紀

見面腸翻斷，含情意未舒。可憐邊徼外，還是亂離餘。苦語十年淚，鄉音萬里疏。夜闌渾不寐，相對夢何如？

富春舟中遣興

信美湖山興不違，今來又换客中衣。幾年蘭水嗟行役，萬古桐江羨釣磯。澗户松筠閒永書，篷窗書卷送斜暉。遥峯四面青如許，一帶風帆雪片飛。

江行雜興

樹杪挂殘月，渡頭横曉煙。中流簫鼓發，知是何人船？
引水激雲碓，叠石作漁磯。布帆林際出，片片白雲飛。

書懷二首

履困逾堅寢亦安，敢傾末路被人彈。唤回六十年前夢，野菜挑來當飯飡。
百年會見行須盡，萬事何時得暫閒？合付兒孫身當客，且扶藜杖看秋山。

夏日即事

老對殘編疑霧隔，閑愁夏晝抵年長。北窗小憩頻推枕，萬樹蟬聲送夕陽。

懷孫二吉用人字

白髮蕭蕭又一春，孤懷老去向誰陳？平生知己孫明復，魂夢時愁負此人。

仲謙吉

字六皆，號北村。文學。

九日偕諸同好讌集梅瞿山先生茶峽草堂觀蕊珍校書串劇得二斷句

茶峽西風北雁來，重陽白社好銜杯。青娥皓齒紅裙麗，妬殺黄花不肯開。

銀燈妙舞豔飄香，醉裏聽歌夜未央。誰道司空能見慣，也教魂逐杜韋孃。

梅琢成

邑志孝友傳 字武修，號默齋。康熙丙子舉人。父庚，遊學四方。琢成善事大母，以慰父心。躬操舂汲，不憚勤劬。庚辰，隨父公車，舟泊山東夾馬營。盜劫鄰艘，兼入庚舟，持刀相向，琢成以身翼父，幾受刃，致落水死。盜驚其孝，乃散去。琢成兼工詩畫，著有默軒集、秋蛩吟。

雙塔寺

雙塔留何代？峥嶸劫火餘。松深藏寺暗，岫遠入窗虚。靈迹窺仙井，閑情對佛書。傳燈憶裴相，憑眺意何如？

劉期懋

邑志選舉表 字時維。康熙己丑歲貢。

郡伯二樓佟公北還仍僑姑孰小詩奉懷

牛渚垂楊綰畫舟，一琴一鶴自悠悠。青山舊有玄暉宅，千載芳蹤又二樓。

鍾銘文

邑志宦業傳 字有錫，號端亭。少孤，孝奉孀母。性醇慤，從吴肅公講明誠之學。康熙庚辰進士。謁選，授湖廣綏寧知縣。縣僻楚南，苗猺雜處，銘文至，勸耕種，寬傜役，作新士類，勉以經學。先是，苗與縣民屢訟不決，將成大獄。銘文平理恕情，反覆開道，兩造悉平。後以辛卯外簾詿誤，移疾歸。待親舊多所撫惜，于肅公後人尤厚。

登北樓奉懷佟青士次姜萬選韻時庚子正月

懷人見月幾回圓，樓際遥情萬里懸。嶺度孤雲閒復遠，江分春水斷還連。玄暉舊是詩中伯，黄霸曾傳海上賢。最是高齋看手植，枇杷猶帶昔時煙。郡齋公種枇杷一株，結實甚夥，有唱和詩。

梅磁

梅氏詩略

字石郎，號鉄崖。孤山人季子。豪爽多俠氣，談吐風生，著有就將集四卷。

韓侯釣臺

釣時亦韓侯，拜時亦韓侯，烹時亦韓侯。劉項爭雄日，功名誰爲儔？噫吁嘻！悲乎哉！于今嬴得一釣臺，西風瑟瑟淮水哀。徒令千載憑弔者，欷歔泣下空徘徊。

湯偉

邑志文苑傳

字駿公，一字鵬乎。幼奇敏，喜讀古書，不沾沾帖括。家貧授徒，日録墳典盈尺許。每坐溪中石上，隨口哦吟，曰：『文何必法，詩何必律，吾達吾意焉耳！』康熙庚午獲雋，及試禮部，不第。遂往來燕、齊，出居庸，歷雲中，至口外雜部落，騎射爲樂。又從廣武進雁門，由太原、平陽訪藐姑射，登雷首，瞰龍門，覽解池産鹽處。凡十八載始歸。當是時，年已七十，授江寧教諭，笑曰：『老教書是吾本事。』進諸生，多所開發，暇則鋤草、灌園蔬自給。任滿，陞國子監典籍，以老告歸。偉性誠慤，其奇傑跌宕之氣，上下古今，胸無凡近，天趣盎然，至老猶如孩稚，見者無不敬慕。作性解、仁説、注易準、離騷經貫行世。卒年九十三。

〔增〕

梅文鼎離騷經貫序略　湯子俊公既以經義起家，爲名孝廉，迺篤好楚騷，又因紫陽而益暢厥旨，且爲之考訂輿圖，以推見三閭被放江皋澤畔往來之迹，又雜摭史傳凡諸國之有關楚事者，參互之以揆當時事勢，厚責頃襄以復仇之義，則作騷之本末具見。

柳下舊聞　湯先生垂老選江寧教諭，平居浩浩落落若無所不可者，然廉介持法，不毫髮爲勢利屈，故士皆愛而畏之。江寧某寺僧諂富商某，僧與生員程某有隙，商人銜之，蜚語構程生，達於學政。於時督學政者，兵部侍郎法海也，方以威嚴爲政，下其事江寧學，命即報程生劣狀。湯先生置不答。學政按行至江寧，見先生，怒且詈。先生徐曰：『教官卑卑耳。然官各有職分，阿上官意誣正士，非職也。』學政怒愈甚〔六〕。蔡鉉升者，與學政有舊，見而責之，爲詳言先生之爲人。法曰：『有是乎？』召先生入，謝過，由是敬信加禮。程生以是得全。諸生感其德，祀之周公祠。

袁枚江寧兩校官傳略　江寧學舍穿漏，每大雨，先生持繖坐承霤下，白髮淋漓。客駭問，則顰蹙曰：『大成殿未修，先聖露居，而某敢即安乎？』上官及諸紳士聞之，爭來營度構造，終先生之世，學宫焕然。俸滿，遷國子監典籍，以篤老辭。

木棉詩

圃事原農事，棉畬即稻畬。誰當謀食後，不念授衣初？布穀鳴時種，桔橰響處鋤。敷榮今就實，環顧樂何如？

禾稼登場畢，平疇屬望賒。綴枝都是果，辭蒂尚名花。囊括珠千顆，符分玉一家。羨渠眞富貴，衣被總無涯。

手摘寧辭瘁？肩擔肯憚勞？鴉聲投遠樹，人影散平皋。村舍煙初斂，柴門月漸高。團圞一室好，新酒醉酕醄。

婦女誰能暇？朝昏寢食捐。看來家轉轂，聽去户鳴絃。片片雲生牖，霏霏雪裹氈。淄塵毫未染，粉地若爲先？

吉貝來何似？於今遍九州。因之勞織女，那復問牽牛？善賈輸冰繭，奇温敵綺裘。不須愁卒歲，鼓腹任優游。

管松齡

邑志選舉表　字大徵。康熙己卯拔貢。適情山水，嫻於詩賦。手訂左傳彙編。

和梅淑伊詩集中韻

同作江城客，江城北一灣。涼風搜遁景，細雨戀秋山。吟罷還裁翰，愁來亦破顏。開門纔數武，日日好追攀。

詠鬼菱角和韻

只合金刀碎，難登赤玉盤。參差尋水部，規矩失天官。棘手愁人切，冰心耐爾寒。誰言鬼可憎？不惜齒牙寬。

湯廷鐘

邑志文苑傳　字大宗。康熙己卯拔貢。每試冠軍，文名藉甚。弟偉數稱之，所作多取正焉。

花落燕泥香

烏衣啄泥泥水濁，馬糞巷中香漠漠。花片飛飛撲路塵，併作團泥近階落。橫塘風斷淚紅滋，銜春歸去香夢遲。牡丹枝老花難在，唯有張家燕子知。

施琮

字倚赤，號意園。文學。侍讀閏章之孫。

〔增〕

梅庚序略　今愚山先生冢孫倚赤又髫年工詩，顧鬱鬱諸生間，意不自得。思挾其所作以徧謁諸鉅公，而請予言以引其端。予聞之，悄然以悲，躍然以喜，蓋予之交于施氏祖若孫凡三世矣，一旦聞倚赤將挾詩以游，竊歎廉吏之難爲而無力以振其孤。及閱其詩，翩翩雋上，雖未即成家，而一削凡體，又深幸夫代興者不絶，而大賢之有後也。

寫懷用杜陵韻

讀書罕聞道，那能獲免俗？壯志鬱不舒，斂翮受羈束。人生誰百年？勞勞竟何足。崎嶇走東西，嘯歌雜啼哭。深感古人言，歡娛須秉燭。徇利復誰榮？守拙聊辭辱。稅罄舉室穤，年荒八口粟。時事漫深悲，高岸自爲谷。緬彼松柏姿，矯矯歲寒緑。知心有數人，晨夕慰幽獨。風仰北樓高，宅傍宛溪曲。此中澹無爲，行歌愛樵牧。

誰謂泰山高？登之自我膝。誰謂滄海遥？航之亦有日。茫茫有所思，渺渺罕儔匹。舉世尚虚聲，吾獨敦吾實。一事苟因循，流光飛鳥疾。勤力思運甓，論世笑捫蝨。誦讀頗有年，願豈温飽畢？孤館燈熒熒，古硯墨如漆。抽紙抒微詞，慨深頻閣筆。杜陵去已遠，情事何緜密。寒柝擊淒清，征鴻唳蕭瑟。欲彌百愁無，抗懷在經術。

徐南沙周少逸自京江寄見懷詩二首即用寫懷前韻仍依韻奉荅

少年氣虚憍，侈然期越俗。學道苦未堅，塵氛忽縛束。流離走四方，所餘但雙足。抱愁誰與言？吞聲不成哭。有時碎唾壺，有時游把燭。幾欲忘是非，寧復論榮辱？無賴飢驅人，脱巾計缶粟。誤作嚶嚶鳴，翩翩出幽谷。夾岸花飛紅，沿流樹交緑。短棹汎中央，踽踽行愧獨。不有河上歌，奚由達心曲？三復涕縱橫，哀厲動樵牧。

舉世無揚眉，山中無屈膝。時衰隱臥難，浮雲翳白日。誰爲我心知？孤客憐影匹。何意邂逅間，君子獨崇實。傾蓋方恨晚，吏驅聲勢疾。分飛每縈懷，忉忉若蟣蝨。忽枉瑶華篇，傾倒讀未畢。唐音晉帖間，紙潔墨凝漆。浪游良可嗤，頽放似秃筆。鐘響禪悦深，月皎旅情密。竽瑟好隨人，吾自工吾瑟。矯首懿我思，咄哉縮地術。

春日宛溪汎舟

山靄漏清溪，溪光相與緑。黄鳥復間關，羣卉馥晴旭。伊人浩且歌，一葉飛波曲。把杯問謫仙，爾我旦暮續。釣龍惜長竿，蘋風滿汀渌。

楊　組

邑志隱逸傳　楊組，字又綦。初爲諸生，有名。已而謝去，隱於鄉塾，以泉石爲娱。嘗自負鋤詣深山，取老樹根雕琢作鳥獸狀，摩挲拂拭，終日不去手。詩詞並工，書法亦蒼勁有古致。著有蛩吟録、紀年詩。

送秋歌

君不見，寒風陣陣送秋歸，秋草秋花事事非。四埜秋聲聞恍惚，一庭秋色認依稀。人言秋在梧桐樹，梧桐老去秋何處？眼前秋景似離人，我欲留秋秋不住。喜無秋霜上鬢絲，莫怨秋窗蕭瑟時。客中不作悲秋賦，秋往秋來只詠詩。吁嗟兮！唯有秋閨少婦獨生愁，含顰總是秋。丰標半爲經秋減，還恐秋深淚亂流。

秋　詠

借問秋何如？秋在梧桐樹。一葉飛東來，一葉飄西去。借問秋何如？秋在蛩聲裏。低聲入人心，高聲入人耳。

孫咸章

字漢倬，號樸齋。邑庠生。工時藝。著有壯悔堂稿。

〔增〕

府志宦業傳　世際致仕歸，紳士刻寶安紀言，立碑祠祀。家居杜門，枕藉詩書，著有俟齋集律、集古紀言各二卷。族貧不能婚葬者，力爲倡助。

肇青行述略　曾大父更爲大父納余太孺人。歲除，爲疏禱於竈神。是夕，夢神予一箑，書曰：『世際詞，兄數之骨，十有二曾。』大父喜曰：『神予我孫矣！世際者，錫之名也。詞者，必以讀書顯也。稱兄，則有弟矣。其骨十二，或子孫衆也。』越歲而府君生。府君於書靡所不讀，尤潛心宋儒諸書，洞晰易解。爲文不事險怪而英氣濯濯，自超軼尋常之外。鄉薦後，已刻有專稿。其他鐫入松筠閣會藝、新安課藝者不下數十首。詩有俟齋集律、俟齋集古二卷，詞賦散體、古文論序若干帙，俟齋紀言共二卷。

曉登金山

高臺月未落，海底日生紅。突兀自天外，蒼茫一水中。潮來山氣濕，樹斷地形空。竟欲凌風去，蓬壺何處東。

校記

〔一〕親　原漫漶，據光緒本補。

〔二〕霄　原漫漶，據光緒本補。

〔三〕云　當據光緒本，作『去』。

〔四〕爇　當據光緒本，作『爇』。

〔五〕□□□□　原稿四字板刻剜去。據康熙二十八年刻本街南文集，該句作『璐具裝辭母而乞子笠以行』。

〔六〕恕　當作『怒』。

宛雅三編卷十八

國朝

耿世際

國朝詩品 字蒔岀。宣城人。〔一〕

邑志宦業傳 字虞賡，晚號俟齋。康熙丁巳，領鄉薦。初仕廣文，擢知廣東東莞縣。東莞濱海多盜，世際撫輯有方，盜盡歸農，民獲安堵。歲徵額賦，故有羡餘約六百金，令循例歸橐，世際曰：『此皆民膏，吾何忍自肥？』乃盡以抵民間積逋。每擬重刑，輒流涕，以不能化導深自刻責，民間相戒：『毋犯法，累慈父母。』莅任四載，致政歸，杜門卻軌，不與人事，惟枕藉詩書以自娱悦。生子十。林下優游二十餘年，年八十四卒，目睹曾玄五代凡百十餘人。

遊金山寺

閒亭深鎖夕陽殘，曲折琳宫鳥道盤。絶壁倒懸千尺險，滄波低湧一峯寒。地分吴楚帆檣接，目盡東南宇宙寬。山水即今邀寶翰，舉頭日下憶長安。

程元愈

江南通志 字偕柳。少自歙徙居宣城。性孝友，爲文悉本六經。秀水朱彝尊、新城王士禛亟稱之。所著有儷體文鈔、昭明詩選輯注。

邑志流寓傳 偕柳從馬文開遊，博涉羣籍，能詩賦，尤工駢體。孝廉梅庚重其才，以女妻之。子隆家，丁巳成進士。

〔增〕

聽山文集 愈翹翹自異于儕俗。既工制舉業，試輒高等。比以俗學之窳也，益穿穴經史，所詣日上。

二樓紀略 朱竹垞太史送程偕柳還宣城詩云：『花飛春水都官句，山抹微雲女壻詩。送子羊頭車一兩，滿林柿葉正紅時。』味詩意，蓋偕柳年少時也。余官於此，延接士人待高軒中，座客常滿。初得偕柳，已訝其蒼然。與之談，亹亹長辨。發爲詩歌，麗藻驚絶而有風骨。其婦翁雪坪深器之。好遊覽，常客廣陵，東南名士皆樂與之交。一日謁余，出遊黄山詩百首，極可觀。會余以事至新安，試傳語：『能同入黄山否？』偕柳蹶然從之，余無以止也。登躡危險，類能濟勝，所作詩又出前百首外。既歸，病劇。余促張子吾未、方子引除、沈子元珮往視，皆言其能作報部署，禮賓客具甚，悉惙惙然，猶談詩文及遊佳山水也。未幾，遂不起。惜哉！偕柳生平負氣誼，故雪坪嘆其輕生急友，尤有質行。父母病劇，兩割股和糜。使此事聞知於人，是傷偕柳心也！顧其親舊皆極言之，余奚能默？乃書以俟立言君子。

首春將赴廣陵之約别家四首

春盤羅生菜，春酒陳屠蘇。煸爛嬰北堂，兄弟將妻孥。雖無鐘鼎榮，菽水成歡娱。團圞方及時，黯然謀載塗。恐觸老母心，不敢言飢驅。亦云志四方，含笑終支吾。中腸夜怦怦，明發還踟躕。回思十年間，差幸晨昏俱。從來一日養，三公非所須。詎不聞古人，顧重錙與銖。有懷弗自申，忝此七尺軀。依依庭樹前，不如反哺烏。

常棣詠在原，小宛叶載鳴。每誦宵雅什，懷哉予弟兄。愈也性迂闊，憲也性翾輕。志廣才則疏，蹉跎兩無成。遺書手澤餘，空蠶晏子楹。截髮曾幾時，白雪顛已盈。勿更嗟噬臍，蒙彼不肖聲。縱失年少場，筋力猶可營。日月不再來，我邁爾則征。豈曰安且寧？而竟仗友生。展也聖賢言，爲之歌載賡。汝當書諸紳，吾將有遠行。

結髮弱冠年，被服薄紈綺。頗知徐淑賢，不忍王郎鄙。爾時重離別，百里勝千里。老大殊不然，此情良有以。婚嫁速二毛，饔餐踰百指。有母未能養，安能守妻子？羈旅勿念予，井臼還須爾。豈獨持門户，要代給甘旨。黽勉何有無，汝姑今老矣。耿耿愛日心，一懼兼一喜。丁寧肯憚煩，外此烏足齒？毋令游子身，瞻望歌陟屺。

隱德荷先人，於道則宜昌。祚薄門尚衰，子姓晚成行。阿昍差蚤生，居然如我長。天嗾其讀書，亦非渠不臧。阿珏垂六齡，復恐徒昂昂。猶子曰阿甡，肩齊較清揚。蒙養其始基，教先數與方。故學在得師，竊恃我友良。謂沈子公原。獨憐阿兟慧，珍比球琳瑯。衣葆驕若兄，含飴樂高堂。伊誰非人情？乃使遠膝傍。何日歸計得，舊業傳青箱。

徐烈女詩

烈女歸於江，未合巹。其夫先是出賈邗江三年，以病歿。烈女聞訃，不食死。

亭亭女貞樹，其節本夙成。願抱後凋節，不豔桃李榮。皦皦徐氏姝，其烈自所生。誓全金石心，寧關嬿婉情？三年夫壻家，但聞夫壻名。既聞夫壻名，終身安可更？百拜告尊長，有人奉湯羹。顧貽堂上憂，視息稱煢煢。死也樂如歸，餓也甘如飴。聲怪黄鵠哀，恨覺精衛平。黄山峻以高，練水激以清。用是厲頹風，永宜百世旌。

同東巖大兄删補昭明詩選輯注紀事一首即用原韻

吾鄉紫陽公，學詩著大旨。章句以爲綱，訓詁以爲紀。因之及楚辭，傳注總一揆。嘗欲摘韻語，上下徧經史。八代三唐餘，兼收用表裏。此書惜未就，缺陷待後起。還誰翼風雅，一編纂劉履。選本仍蕭梁，裒益半由己。箋補唐六臣，義竊取朱子。别裁固云佳，亦多句下死。不以辭害志，吾聞子輿氏。穿鑿成紛挐，烏在精選理？予來文選巷，弔古尋樓址。無復曹秘書，教授於斯矣。差幸德不孤，延州來伊邇。觀風本上才，趨庭況濟美。清言妙王謝，如屑霏麈尾。玉樹殊亭亭，乃許蒹葭倚。柴桑疑與析，琴張笑相視。斷簡出坦之，商榷爲經始。起例重發凡，新幟焕舊壘。昭明如可作，何論吕與李？敢矜季緒辨，利病好摭掎。實慕韓昌黎，師古惟其是。要之以蠡測，滄溟一羸耳。庶竭謀亦獲，潤色仗東里。須懸吕覽金，倘貴雒陽紙。綺麗雖餘波，祭川則先委。佇揚雅頌聲，直繼風騷軌。練江泝星源，流風尚枌梓。君當補詩亡，予更執筆俟。鼓吹休明朝，以兹爲嚆矢。上虞劉履，字坦之，元時人，有選詩補注，又名風雅翼，大意本之朱子傳詩注騷，云隋秘書監曹憲以文選教授生徒，所居名文選巷，樓以曹名，不因昭明也。

奉和聽山先生錢荒詩并用原韻

九賦領周官，圜法固所先。義取如流泉，遐邇互輸轉。製沿漢五銖，開通并稱善。下及唐宋季，盛説錢荒患。凡百恆短陌，當千罕足貫。暮四與朝三，名實久相眩。弊竇洵日滋，其端緣折變。責之以所無，幣貴穀帛賤。開採漸紛紜，奸猾遮因緣。模自仿官局，鑪那免私煽？亦云像周郭，肉好兼背面。究嘆榆莢類，再覺綖環見。塞彌用不足，通復民不便。上下遂交困，胥讒爭睊睊。孰則握利權，貽毒到海甸。今幸際熙朝，豐亨千載擅。地既不愛寶，藏每有餘羨。乃猶苦銷漏，司農合遣譴。蠹雖除賈豎，稅忽增農佃。八省同急公，豈徒一郡縣？吾宛本彈丸，磽瘠非沃衍。歲供正額外，大小徵求洊。雜舉其約略，錫蠟暨鐵片。銅觔良區區，杼柚敢辭倦？祇惜青蚨稀，入手不盈串。何神力可通，有鬼勢難遣。空聞赤仄名，浪把朱提衒。我翁慨賦詩，諷諭借謠諺。遠寄揚州來，百讀舒且卷。自笑古錦囊，好句乏黃絹。縱滿趙壹腹，十萬愧腰纏。安得分市門，飢色甚歡忭。世解劉衡陽，此諸仗誰踐？但願天雨錢，直破天荒徧。

遊問政山寳相寺同家蝕菴限孤字

初地偏依郭，纖塵到總無。雨餘沙徑輭，林静鳥聲孤。燒筍難勝箸，烹泉不計壺。攢眉笑元亮，風味此中殊。

太平寺

白社人初踐，青城睡亦難。轉憎花雨汙，漸聽木魚殘。坐久失長晝，峯高留薄寒。茶煙風颺處，禪榻倘容安。

静涵弟攜具石池寺同叔李士豊玉兄洛友夜集

白社攜尊好，歌呼夜欲深。殘鐘殷殿角，微月重花陰。盟尚留泉石，『拂袖來尋泉石盟』，先太師公句也。風還競竹林。不須愁去住，聊慰故園心。

寄懷吳晴巖先生

別恨驚心處，蟬聲漸噪秋。蚤年邀末契，晚節看長留。當世推玄晏，人間識伯休。賣文兼賣藥，此外復何求？

寄懷濮陽無著先生

好作加餐字，溪頭倩鯉魚。雨連春入後，水稱雪消初。夙志空投筆，新愁托著書。轉憐豪氣在，老去未應除。

讀沈耕巖先生集

頗惜予生晚，姑山未執經。何年還雀化，當日本鴻冥。清白留孫子，文章見典型。曾聞求疏草，汗簡永垂青。

南　湖

北碕周遭處，茫茫萬頃多。勢疑分震澤，清欲俟黄河。雲氣浮蛟蜃，濤聲雜鸛鵝。擬將忠信意，聊此試風波。

外舅聽山翁招同魯亮儕汪爾承登南樓小集有作即次原韻

欲盡江城勝，樓高最上層。高齋凌謝朓，百尺俯陳登。酒態風前減，秋容霜後增。振衣還有約，搔首佇晨興。

與亮儕得莘漢林秦淮汎舟二首即用二字爲韻

莫笑涼篷矮，還堪受數人。秋空高可鏡，風細偶生鱗。鎖鐵終爲晉，埋金枉作秦。水嬉聊共適，懷古浪含辛。

形勝三分並，繁華六代皆。空留山似黛，合付酒如淮。垂柳禁煙重，疏桐藉雨揩。曲闌幽絶處，吾欲架荆柴。

贈杭簡夫即題其小照

武陵四壁總蕭然，數卷縱横一榻穿。世上事堪留白眼，圖中人漸入華顛。行逢李涉題詩處，坐把蒙莊胠篋篇。最恨偷兒無賴甚，不教舊物賸青氈。

荷花詞

行樂須及時，豔此荷花嫵。秋風結子多，中心亦已苦。

深溝道中

三月晴暄雨乍懸，雨餘沙路輭於緜。薄寒猶向春衫戀，淡日輕風養麥天。

後天祐

邑志宦業傳 字于萬，號介亭。康熙乙酉舉人。舉動矜慎，恥干謁，鄉里重之。任温江令，甫下車，即裁汰舊弊，凡供帳器皿取諸民間者，悉擯不用。初，温江自張獻忠之亂，民散田蕪。及昇平日久，所召墾盡成沃土，售者涎其腴，執舊業爭贖，交訐於庭。天祐曰：『曩賤鬻以逃賊，今欲坐享成利，不可訓。』爭者帖然，獄訟衰息。上官獎其能，將請擢用，旋以病卒，士民悼之。

一峯道中

一片割蒼煙，千盤上碧天。澗聲當石起，松勢就峯圓。遠水帆疑定，孤城畫欲全。逌然發長嘯，分與萬山傳。

湯士蛟

邑志宦業傳　字騰九，號學圃。康熙丙子舉人。任婺川知縣，苗蠻雜處，地瘠民貧。值歲饑，士蛟至即發倉穀，減耗羡，民困得蘇。復創書院，振新文教。卒于任。士民請入名宦，以志其政。

劉佩珩遺愛録後序略　湯婺川學圃先生，家故貧，捧賢書三十年，始博一令。乙巳夏，遣一介招余。余惟夙好，不忍以遠故辭。比余抵婺，則先生已捐館踰月矣。余初入婺境，見其人皆蒙素布，余曰：『此黔俗耳。』既至其邑，無少長皆然，訊其故，爲湯邑侯服也。邑之士夫爲詩爲誄，哭弔無虚日。婺有三八場期，至期，遠近咸集，泣拜於先生之靈，必盡哀以去。相與謀曰：『我邑侯清官也，無以爲歸櫬計，請備夫馬以送之。』又相與謀曰：『我邑侯尚德緩刑，重農勸學，惠商恤旅，未易更僕數，請祀名宦祠以報之。』

余聞而未敢信也。既余下榻思唐，婺之士民籲於太守者，果相率以其事請。太守婁公曰：『湯婺川居官兩年耳，而能致於民若是，是亦何數召、杜哉！』

舊冬種竹爲雨雪摧折今夏甫甦兼出一筍喜而有作

南國手植兩三竿，雪壓風欺歷歲寒。掃地枯枝添个字，衝泥新筍着皮冠。何當簫管因風奏，好向濃陰帶月看。瀟灑豈爲毉俗計，對君日日報平安。

沈建貞

字立中。

過都閫劉潤伯先生故居

小閣滄洲近十年，經過門巷尚依然。莅官不治家人産，在日能揮結客錢。壞道陰房淒蟋蟀，駝腥馬渤集鷹鸇。平生未受任安遇，彷彿西州意可憐。

劉志學

邑志選舉表 字士希。康熙丙子舉人。四川籍，榜姓金。著有勉齋詩集。

〔增〕

張瑗序略 士希少年英發，俊爽不羣。作爲文章，能自出心裁，不苟依傍。而尤刻苦爲詩，予取而品騭之：己卯以前，詞多清婉；己卯以後，意益深摯。蓋士希嘗從其尊人官於蜀中，故遂占蜀籍。庚辰之役，横遭口語，坐致顛蹶，鬱鬱不得志，狼狽以歸。適值其尊人謝世，士希感憤沈痛之思無所發洩，因一寄諸詩，故年來之詩漸多而漸工。

熊心錦歧路吟跋略 丙戌夏，余與孝廉劉士希先生同寓都門。朝夕晤對，每接其音旨，風流儒雅，殆所稱有道士也。既而以歧路吟見示。予讀古詩、近體，縱横豪宕，淋漓盡致，直上窺漢、魏，下瞰盛唐矣。

登凌歊臺

凌歊臺，矗千尺，俯視丹陽如片席。宋祖耽遊此締成，錯刀剖盡荆崑璧。三千歌舞隨君宿，高捲朱旗雲簇簇。望中江色映樓臺，不數離宫三十六。我出城闉訪古遊，西風蕭瑟黄山秋。行殿之基不可見，僧寮佛院何其稠。上有松雲披髮之孤塔，下有波濤汩没之平疇。彌望蒼涼大江色，遠自荒山落日之中流。大江東流八千里，直藉凌歊一柱砥。雲浄湘潭吐暮岑，雪消巴峽來春水。前水後水相續來，茫茫禹績何年開？幾度風生腥白浪，魚龍出没互喧豗。君不見，繁華自古終銷歇，昨日桑田今溟渤。金椎夜築起姑蘇，只有烏棲臺上月。

中　巖

豈是桃源路？花開兩岸迷。修篁叢接塢，老樹暗封蹊。水去通江遠，雲來赴壑低。靈巖應可扣，木鑰更誰攜？

晚　坐

漸有鄰砧動，清襟向晚飅。廊空多占月，樹老易驚秋。吟蛩如絲絡，飛螢似火流。一聲離塞雁，歸興滿江樓。

白帝城

孤城峽口鬱嵯峨，下俯瞿塘萬頃波。廢壘昔憑山作塞，故宫今見草連坡。笳淒成閣歸雲暗，月冷江關宿雨多。建國那須矜設險，公孫躍馬竟如何？

新秋赴都中途感懷

水紅花發雨晴初，又上長安策蹇驢。没踝泥深三尺外，平橋漲起半篙餘。高林向晚蟬聲急，古渡多迷客路疏。世味年來都歷盡，鄉心不止憶鱸魚。

遊玉華洞天

松明照影步巖空，漸入幽源景不同。盡把奇峯藏洞裏，忽將明月納龕中。玉沙碧水千盤曲，雲幄天梯百轉通。可是赤松尋藥地？芙蓉爲闕玉爲宫。

梅瑑成

邑志文苑傳 字文常，號瓊川。邑庠生。泰順令庚次子。篤孝友，詩文有名。嘗纂脩雲南通志，人服其精核。子予搏，以賢良令易門；予援，壬戌進士。

〔增〕

府志封廕表 以子予援，贈文林郎、徐州府學教授。

夏慎樞跋略

宛陵梅君璠川，余世交也。雍正丁未初冬，有事會城，偕其友方君履齋、詹君玉亭，暨長君健飛，月夜飲太白樓。適姑孰張子嵋亭讀書其中，相與憑弔青蓮遺迹，長吟短詠，更唱疊和。其詞皆清新俊逸，飄飄塵壒之外。

話舊述懷次答沈惠舫

千峯雨過飛白瀑，泠泠終日響巖谷。花枝鳥語四時新，置我於中頗不俗。興來時或寫溪山，短箑長箋亦未閒。落筆那能追顧陸？吮毫妄欲學荆關。作畫吟詩感今昔，我歌汝和樂非一。爲陳祖德詔來兹，翻悔從前未努力。今來肯使硯田荒，一榻松窗月照牆。太息吾曹多落拓，輸他年少早騰驤。風光如駛催人老，山雲坐對舒幽抱。與君且覆掌中杯，搔首何須問蒼昊？

三谿

徑仄愁泥滑，谿迴路漸通。碓喧連夜雨，松響一山風。古寺斜陽外，危橋斷壑中。青帘遥挂處，買醉任西東。

春雪簡施遜巖

比鄰來往熟，春雪閉門深。以我不得意，憐君共此心。探囊無長物，挂壁有瑶琴。物候兼人事，蕭條匪自今。

北樓即事

一樓收衆妙，萬象入森羅。春色歸桃李，嵐光上薜蘿。江明芳樹繞，庭敞夕陽多。倚檻情何極，臨風發浩歌。

花谿同施隨邨過訪留飲三叠前韻

羣鵲檐前噪，知因客到門。春盤一夕話，風味百年存。樹漸縈煙緑，山多過雨昏。悠然情共適，肯惜酒盈尊？

雨中同沈惠舫溪樓夜坐

半榻松窗怯晚風，一聲幽磬響花宫。鄉心時繞青山外，詩思偏宜細雨中。葉動墜禽棲未穩，溪喧驚犬吠多同。清宵不用愁相對，曙色旋看小閣東。

移寓大德寺無静三昧佛堂

兀坐名藍鮮俗情，蒼松翠柏鬱峥嶸。一林寒鳥晚穿屋，幾曲江流遠抱城。回首鄉關人萬里，驚心時序月三更。年來悟得無生訣，三昧門中自在行。

少保鄂公東園内夏五月開紅優曇花一枝業已賡和殆遍秋初又放兩花眞瑞事也爲再賦二絶

異香秀色昔盈叢，開向雕欄暈淺紅。花信又傳天上至，昆明池上占秋風。

前生應是風流樹，四季能開百種花。滿徑緑雲雙鶴頂，籠霞不用染丹砂。

葛鶴

字雲衢。處士。

〔增〕

遂趙客江行草跋略 戊子夏五，朱溥函讀禮山中，予千里拏舟，齎絮酒而弔其門，下榻含輿閣。辭人畢集，不數日雲臞亦至，袖出江行詩，質之于予。細讀用意、用字，深得杜家衣鉢，江山澎湃之勢，灑出筆端。

劉其琳跋略　此亡友葛雲臞遺稿也。生前落拓潦倒，放情詩酒數十餘年。有『鞭轡過橋驢』之句膾炙人口，咸以不得伊全稿爲惜。丙寅秋，予於虎邱荒市中得其一帙，皆親筆手録改竄遺本，不勝欣喜，什襲以歸，將公諸同好，參訂刊傳，以彰雲臞之放佚云爾。

步超人踏秋詩韻

臺盤虚壑翠爲屏，醉裏登臺眼欲瞑。遠水上浮千樹碧，亂雲中插一峯青。僧歸暝色橋通寺，鹿臥秋聲葉滿亭。幽鳥唤人過山去，隔沙漁火帶疏星。

孫子程萬攜酒脩桐山房晚話

他鄉斗酒話飄蓬，庭鎖蒼煙四壁空。薄暝蟲聲瓜架月，新秋天氣藕塘風。帆懸本末孤亭外，寺閉長干古道中。扶醉板橋聽流水，柴門燈火隔清楓。

白門中秋慕蘇同聖泉起田程萬過飲即席限秋字

潮落灘聲湧急流，百壺清酒大江頭。無端玉笛吹南浦，何處雲山是北樓？鴻雁青天今夜月，梧桐白露異鄉秋。風塵去住嗟萍梗，浪把新詩答舊遊。

施瑮

邑志文苑傳　字質存，號隨村。雍正丁未歲貢。侍讀閏章孫。謹慤，擅文譽，詩能承家學。著有剩圃集行世。以子念曾，贈文林郎、廣東興寧縣知縣。

吴樵川芮剩圃集序　先生族起江南，自高、曾以來，以詩學世其家。而乃祖愚山先生才名屼峷，爲一代文章之冠，蓋源遠故流長也。

佟青士二樓紀略　本朝施愚山，温柔敦厚，古風儼然。公集，曹楝亭從公孫質存請，校訂刻行世。

途次感懷

子眞本宦途，曠懷反高寄。吴門作尉情，不敵求仙志。餘韻感東牀，桐江亦清翠。當身且不榮，何有於人事？

勞馬疲不馳，征鴻倦亦息。嗷嗷復中林，慈烏待哺食。人生事依人，猶如飢方穡。況乃動經年，蔬水缺子職。

江郎山

仙人既得道，此身且不有。何復幻成形，登峯若攜手？固知九轉成，舉世非我偶。相與立空青，風雨千年壽。

冒雨同翼屏過慕園與兩水話再疊前韻

言念三徑幽，衝泥走積雨。奈何蘭蕙區，庶草滋繁廡？林枝濕無力，低依復難數。浮生嘆陸沈，冥冥眞何睹。之子鬱深懷，歌聲出吟圃。倚與望日心，四海咸在宇。

澄江泛棹用舊韻同劉澹園梅瓊川張仿芝姜慕村梅問則黄攻玉賦

萬事輸有力，要驚負山走。寧爲枯桐焦，恥競春堤柳。賦性合江潭，躭游亦天牖。吾宣山水佳，自昔矜寡耦。探奇有吾徒，肯辜目與手？前者開元觴，已恣鯨吞口。餘興賈蓬蓬，兹晨樂彌久。風日捲秋妍，林霜猶未厚。澄江更如拭，鬟眉鑑不苟。蘭橈爰共求，肴榼謀諸婦。出浦岸痕曲，溯源地勢右。遥城儼送迎，近汀若護守。蓼花燦晴霞，漁莊顯杵臼。倒影敬亭娟，横巒硤石醜。一一波光收，孤帆良勿負。繄此清且漣，閲人知幾否？豈乏濟川才？姓字旋覆瓿。未窮萬里源，焉能立不朽？鏡湖酒巵狂，赤壁麋鹿友。曠懷隘乾坤，曾猶溺升斗。罾師可結鄰，草船堪載糗。泛泛夕陽多，適適湖山偶。扣舷數良游，劃水紀功首。慕村首建泛舟之約。時清得利涉，云何不終畝？高歌擬蘆中，合中聖賢酒。

和聚星堂詩訖復閲集中得江上值雪作歎其工妙并爲步韻

寒夜無夢吞金龜，牛衣獨擁人不知。霏霏盡看凌晨雪，颯颯雜趁朔風吹。颺空着物氣凜慄，欲爲彷彿枯吟髭。蒼巖一朝失積翠，碧沼幾曲流冰澌。延袤平原混阡陌，冥濛星漢隱虛危。横斜直騖飄片片，聚散莫定紛絲絲。饞禽飢獸任猛鷙，悄戢爪齒淒無爲。我思皇天溥和煦，嚴威豈遂爾主持？要以塵寰滌濁穢，瀰漫那惜裂膚肌？蒼黄頗怪吠粤犬，蹴弄還笑塑獅兒。豪情忽憶陰山獵，鐵鎧衝突應斯時。晶瑩光映佐雒誦，勝事雅愛傳書幃。剡溪夜棹久寂寞，土窖朝吟孰好姿？玉局仙翁眞奇絶，千載逸氣横淋漓。祇今遺詩誦往復，使我魂魄飛天墀。纖塵不染聰明净，清冽合對冰雪披。惠連賦心巧雕鏤，方此竊恐落後馳。

嘆息自忘肌起粟，酒闌尚爾銜空巵。公已乘雲遊八極，謂予何處能追隨？瘦語學歌不自量，聊呵凍筆一書之。

荀五雲嶼爲兩水隸書古詩十九首兩水謝以七言長歌諸同學皆和予亦漫題

秦斯既往中郎死，紛紛蛇蚓徒爲耳。間有臨池號擅長，終屬無鹽貌西子。興朝良才數家有，曾見曹思恆齋。與朱叟。竹垞。猶憶秋風廣陵城，爲我揮毫大如斗。十載棲遲敬亭北，苔箋誰更濡新墨？咄哉碧泉山人筆，古吟從此增顏色。

陽明堡旅舍和壁間女子韻

出塞原饒恨，紅顏爾又過。眞憐生命薄，翻悔賦才多。憔悴桃花句，淒其明鏡歌。夜闌一相和，蕭寂念嫦娥。

同飲延賞堂仍用前韻

比鄰頻就話，高會更難還。花氣一簾静，吟情鎮日閒。雨添春澗溜，酒益午窗顏。莫漫興離思，長懷咫尺間。

新竹限韻

釋籜此纔是，篩風已灑如。青排春老候，梢放燕巢初。砭俗春添具，鐫吟嫩受書。祖孫忻共見，會卜六千餘。

望張二愬圯不至

小別驚年過，情深攬夢思。每當花發候，便數爾行期。澗水流香細，林鳩喚雨遲。柴荆誰午扣？吟苦不成詩。

寄懷内兄劉賡起東流

之子之官後，相看月幾更。一氈江上縣，永夜故人情。征雁横天過，秋蛩坐草鳴。何當重剪燭，促坐話生平？

重九後一日鴻起内兄招陪諸同志泛舟濟川橋

碧波畫舫映玲瓏，醉續茱萸興許同。霜淺樹林留老葉，晴多秋晚有和風。潮迴別浦灘聲壯，路轉幽潭竹影重。更傍漁磯閒理釣，歸途愛趁夕陽紅。

破　書

書城容易説摧堅，展案閒披復惘然。三篋補亡寧儉腹？千堆飄碧自神錢。零星略似談天寶，散亂還如拾翠鈿。脱必殘編徵譎異，好從脉望叩仙緣。

美人燈

最是冰蟾尚未東，單綃扶出謝朦朧。情羞玉女玻璃幄，人在春潮醉醒叢。清電難名思劍史，曉風無力願天公。一生不作雙蓮祟，點點狂且睇視中。不共梅花紙帳飛，腰身端要鬬晴暉〔二〕。簾前星墮春歸否？林下月明人是非？耿耿湘妃心事徹，飄飄紅女步塵微。夕陽送盡多顔色，夜夜清光在錦幃。

送别張翯圯青溪渡

蕭瑟西風淡落暉，相持憶舊淚沾衣。深悲白髮人俱老，細數青年事大非。華屋秋歸傾甕釀，村廚春到煮山薇。只今渺渺都流水，相送前溪忍獨歸。

欲歸不歸天雨霜，行人相惜大道傍。脉脉一山寒水緑，蕭蕭兩岸柳枝黄。山寺日斜晚鐘發，荒城月黑棲烏涼。銷魂舊句今休憶，臨風空自望沅湘。

芳　草

澹淹風柔野露泠，緜芊春意短長亭。昵人情處難消受，一幅斜陽匝地青。

劉崧年

國朝詩品　字申及，號澹園。宣城人。

邑志懿行傳　申及，康熙辛卯舉人。早失父母，及登賢書，賀者至，輒以不逮存嗚咽流涕。撫幼弟，及長受室，祖遺屋宇悉與之，自居卑陋，勿計也。試内閣中書，不就。著宛居詩草、閩遊草、燕遊草，藏于家。

登敬亭山

連山青不斷，十里入雲封。古木圍香刹，危樓徹曉鐘。雨餘苔磴滑，春後緑陰濃。極目江城北，人煙隔幾重。

梅允開

邑志文苑傳 字中伯，號石坪。邑諸生。家貧，并日而食。甫壯，悼亡，不更娶。兀坐小樓，于經史百家之書靡不淹貫。制舉業，駘蕩自喜，尤工詩賦，清麗越俗。衣冠古樸，飲興甚豪。知者延至其家，進酒索詩，允開左執杯，右拈筆，頃刻數千言。人袖之去，允開亦了不記憶也。晚年負米元章之癖，纍恠石數百，摩挲拂拭，把玩不置。其寄意高遠類如此。著作甚夥，存者僅若干卷，藏于家。

醉唫

不把長鑱斸茯苓，也無清興試茶經。世間公道頭須白，醉裹生涯眼忽青。對客稱詩訛沈約，因妻求飲劇劉伶。他年穿墓知何在，爲近陶家乞酒瓶。

梅玠

邑志選舉表 字允達，號懷園。康熙辛卯舉人。

〔增〕**裕長傳略** 先是勿庵徵君重其文行，延爲西席，光禄卿循齋叔即門下士，嗣以族務紛繁，特舉協理，多所贊襄。徵君歿後，諸父老羣相推屬攝行宗子事。公矢公矢慎，一時條理井然可觀。

柏梘山莊同子筠姪

素業寄農圃，秋山隔草莊。路間松葉響，門對稻花香。薜荔收殘雨，蜻蜓戰夕陽。茆堂倍瀟灑，與爾共支牀。

王 佐

邑志文苑傳 字儆亭。郡庠生。幼穎異，涉目成誦。爲文不拘尺幅，落紙如飛。甫弱冠，學使海寧許公試古學，首沈泌，佐次之，名藉甚。復苦學，爲韓城張公首拔。張每按部，輒稱佐爲『江左無雙』。著石汀集十卷。

北樓懷古

賸有飛樓挂斗紅，高齋深處敞簾櫳。山懸屋脊通城見，草長裙腰六代空。野鶴忽來窗印月，瑶琴初罷樹含風。會須攜出驚人句，置我吟身入畫中。

吴參公

北樓志 字位三。宣城人。國學生。

〔增〕

府志懿行傳 監生，考授州同。孝友廉介，不欺幽獨。嘗館編修孫卓家，卓母以三百金畀參公，俾交卓。其夕，館被竊，卓母疑金已亡，參公曰：『吾適攜歸，未亡也。』故人子爲畿令，餽兼金，卻弗受。鄉前輩皆重其品，折節下之，多所匡正。著有學存草。

題澄江叠嶂圖

懷人渺無極，把卷思悠然。風月如今日，溪山剩宿緣。江明千尺練，峯染一城煙。去鳥分投樹，歸帆遠貼天。放衙多逸興，爲政得名賢。俗返耕桑舊，風敦禮讓先。愛猶徵父老，夢或繞山川。應似吳興柳，聲名後世傳。

孫錫彤

北樓志 字歌載。宣城人。明經。翰林檢討卓子。

春日同友人登敬亭

望裏昭亭路，春風著屐忙。梯窮爭鳥力，雲瘦老山光。竹葉侵衣緑，松花糝地黄。興來知不淺，呼酒酹斜陽。

梅文矩

字正則。文學。

〔增〕

以助傳略 公號經園。家素貧，苦心孤詣，無異陰、何。經傳子史，嚌其胾而咀其華，南華尤所素嗜。古文淵懿潔净，自成一家言。制舉業析理講法，不阿時好。弱冠即以七藝見賞於郡侯佟公而舉茂才，試輒高等。友教四方，尸盟文壇，聲稱藉甚，尤耽吟詠，與族先達之善於詩者如石坪、雪坪諸公更唱遞和。淡雅古樸，直頡頏漢、魏諸大家。著九華草、柏梘草，藏諸家。

臨流

逐溪紅紫叢，開落無人見。魚藻濠梁情，銜花戲水面。

詹天挺

邑志懿行傳 天挺，乙丑進士宇子，字左超。文學。

江樓寫望

江樓容膝不容塵，秋色初濃眼界新。遠樹欲無煙襯好，夕陽如夢雁聲頻。潮回沙有垂釵篆，石露山爲劈斧皴。此景自來誰拾得？謝公吟後更無人。

倪志淵

邑志方技傳 字渟可。畫山水有雲林筆意。洎老，右手折，乃更以左手，尤工。

題畫

陶景棲松下，王猷住竹間。川長帆壓水，路轉樹藏山。郝笥秋堪曬，劉鉏夜不還。那容看煆客，塵迹點苔斑？

詹自俊

南樓志 字齡脩。宣城人。文學。

晚春有懷

寂寞春風獨掩門，滿庭吹盡柳緜温。流鶯將子下衣桁，行蟻銜花上水盆。午榻印塵眠把卷，夜窗敲雨憶開尊。從教苔染階前緑，不埽盈盈屐齒痕。

施琛

北樓志 字獻可。宣城人。文學。侍讀閏章孫。著有寄樵學吟。

雪中飲左白齋中用禁體得八韻

冬温疑釀雪，入曉亂層空。脩失窗前竹，肥驚彫後楓。細泉行石底，高鳥眩雲中。原隰平車軌，江湖隱釣翁。檐欹天乍小，門擁路斜通。古調郢中曲，閒情洛水風。著衣飛欲住，入酒醉能融。户啓千山静，縱横望不窮。

高望

國朝詩品 字南宫，一字代山。宣城人。文學。

雪歸候潭東梅二十六

世態日紛紛，人情已非昨。念彼貧時交，此道今人薄。惟我都官裔，式好比棣蕚。過從無定期，有酒便斟酌。開口談古今，倡酬時有作。好客兼好奇，寓居到城郭。值我城中來，得句頻相索。更約細討論，中情各有託。旅宿未經旬，朔風吼虚閣。雪片大于掌，裘敝不可著。范叔難久留，山程愁更惡。取道宛江東，行行迷邱壑。飛鳥絶長空，回顧增驚愕。薄暮抵衡門，藐躬如屈蠖。上堂問母衣，呼兒謀一杓。飲罷漸忘疲，自笑憑雙脚。回憶故人言，行迫虛然諾。負暄入城頭，衝寒返村落。常堅松柏心，奚必憂盤錯？書之寄我友，濡毫代温噱。

寄懷梅淑伊

溪上梅花路，迎門水一灣。臨流呼小艇，倚檻看晴山。酒熟頻邀醉，詩成共解顔。過從常不厭，幾日復追攀？

劉佩珩

邑志孝友傳 字有瑲。邑庠生。父文友，常客遊，佩珩侍母家居，怡怡色養。父歿家貧，托業軒、岐以供甘旨。有女兄弟五，母愛之甚，既嫁，不忍離。佩珩時先後逆至家，羅諸甥于前，以爲笑樂，歲無虛日，蓋惟恐其母之不懽也。雍正初，以賢良方正薦，知浙江寧海縣，不善事上官，未數月報罷。客京師卒。

君馬黄

君馬黄，遠駕鹽車上太行。我馬驪，腰纏繡韉黄金羈。渥洼之水昔同産，今日相懸虎與犬。

天生以後天無功，貴賤全憑世人眼。伏棧長鳴淚雙下，淚痕不向凡人灑。九方莫遇壯心歇，知音尚有千金骨。

沈善貞

北樓志 字力行。宣城人。文學。

青弋道中

野渡接平沙，籃輿一徑斜。村墟縈竹塢，渚寺罥藤花。半菽嗟農事，虛舟翫物華。故人今把臂，清夢穩蒼葭。

潘籲言招同毗陵莫羲人惲禹甸集飲茆亭兼屬題荷鉏圖小照

小橋流水映疏櫺，又見乾坤一草亭。紀勝自矜西蜀詠，移文誰勒北山銘？人間浪説金爲穴，天上從知酒有星。多少乘除堪洗耳，荷鉏遮莫授遺經。

李寶樹

字夢錫，號謝庭。文學。爲人恭謹，能文善教，一時俊彦多出其門。

剩圃雨過偶作

燕子隄高柳數行，柳深堂静雨餘涼。添絲蠨婦行檐瓦，作隊魚兒上石梁。兩鏡溪邊猶宿霧，雙虹橋上忽斜陽。他年欲賃三弓地，跨水書樓似野航。

王際時

太學生。

晚　步

漸老秋光天久晴，出門無伴獨閒行。未霜豆莢沿塍出，似雪蕎花隔水横。曲岸頹垣風乍冷，荒村人少月空明。故鄉景物看殊絶，不定昏鴉棲復驚。

杜詩

字李齊。文學。本明尚書陳靖獻迪之後，靖難時改今姓。

暮秋出郭尋僧不值

西風躧步出江城，路逐清溪水竹明。樹裏詩樓指齊己，簾前卜肆捲君平。僧善卜易。銜霜鷹健盤秋影，抱葉蟬枯兀病聲。流水一灣峯一曲，白雲相向話無生。

校記

〔一〕本則光緒本删除。

〔二〕闕 原漫漶，據光緒本補。

宛雅三編卷十九

國朝

蔣典

邑志選舉表 字于學，一字季虎。康熙辛丑歲貢。工書，名擅一時。

讌集南樓看紅葉兼送魯亮儕程偕柳即席分賦得四紙

小春故明媚，層樓恣徙倚。使君敞高讌，羣才邁倫儗。江樹插珊瑚，官廚盛尊簋。搜句各無聲，灑墨忽盈紙。晴霞散筆端，山山失紅紫。中有青城客，歸心逐流水。復有廣陵遊，孤舟亦已艤。對酒不狂歌，聚散空復爾。驛路葉如花，遥天暮成綺。酒罷重憑闌，悠然殘照裏。

沈廷玠

北樓志 字介錫。宣城人。文學。著有夢草亭詩行世。

〔增〕

廷忠傳略 公號雪舫，邑庠生。伯父稼亭公三子也。稼亭公歸惠舫，從吴子遊，公亦得事名師，遂奮志攻苦，或膏火不繼，則隨月轉移，甚至梯屋以讀。由是，文章、詩、古無不精深鏗麗，見賞名流。

懊儂曲

儂心歡不知，歡語儂不信。不怨歡薄情，但怨儂薄命。

過稽亭嶺弔麻祖洲先生

寒風逝水波，落日空山道。從來壯士骨，容易埋荒草。不知嶺頭花，年年爲誰好。

春日同伯兄元珮從兄兆符夢草亭分韻二首

坐惜流光迅，邀歡及此晨。江梅斜照席，檐鳥下窺人。一室可相友，百年何所親？明朝各有事，得醉莫辭頻。

碧草湖山闊，憑高自一亭。林煙横處白，雪嶂暖邊青。作賦憐潘鬢，論詩想謝庭。池塘存舊業，珍重對殘經。

剩塘詩賦示弘松姪

灑盡滄桑淚，湖山剩此塘。波涵忠孝澤，風帶蕨薇香。古篆猶存額，叢篁自覆牆。汝今棲是好，珍重繼前芳。

雨後同鍾端亭林西晚步

乍喜收殘雨，相將踏晚陽。閒情寄雲木，幽賞得林塘。水滿魚苗細，花飛燕子忙。臨泉聊共適，隨意詠滄浪。

得家書

歲晚歸航幾日開，竹窗烏几罷銜杯。山空雪逼寒鴉起，夜靜風催旅雁迴。母病喜聞前日減，客愁初見一書來。短衣寄我何時著？挑盡殘燈想自裁。

春暮述懷

剩水殘山舊有廬，蓬門竹樹也蕭疏。夢回芳草春歸後，酒醒空庭月到初。壓架書殘蝌蚪字，背人歌放薜蘿居。昨來偶爲林陰薄，插得垂楊覆碧渠。

次友石金華雨窗見懷元韻時余抱病

一枕空山獨臥時，愁人不斷雨絲絲。病軀秋到寒先覺，良友書來夢早知。弄影賓鴻常帶月，牽情流水細添池。臨風懶作蘇門嘯，且復高唫寄我詩。

吳士麐

字素文，號松谷。文學。績學工文，尤深於詩。數奇不偶，垂老，諸子相繼卒，哀感悉託於詩。所著松谷紀年詩，身後惜燬于火，今存者煨燼之餘耳。

〔增〕**劉鼎臣荷鋤山房遺稿序略** 曩者，尊甫確庵先生暨仲父澹庵先生，皆以詩推重鉅公。素文既胚胎家學，又稟其舅氏施愚山先生法程，苦心孤詣數十年，故能成其爲素文之詩。

長夏偶成

移几就北窗，清風動簾箔。晝静白雲歸，片片窗前落。時鳥流好音，新篁解疏籜。景象自幽清，吾意屬邱壑。

可亭先生招集溪園看洋繡毬

在昔念朋簪，不辭千里駕。相距况匪遥，山市鄰谿舍。谿風摺輕漪，谿煙交短柘。溪岸俯高樓，檐際松雲亞。嘯侶梅子眞，開逕時相迓。千章陰道周，谷鳥聲高下。相見賦停雲，知交半榮謝。所欣宴會諧，復感歸人暇。朱絃拂清颸，一尊臨水榭。彌令塵俗刪，頓覺襟懷瀉。清供得奇花，亭亭照杯斝。秀色洵可餐，滿座競膾炙。枝葉掩晶簾，蹁躚緬姑射。珍此西國姿，應減南金價。嗅來淡若無，隱隱吹蘭麝。一本五色嬌，錘鑪隨造化。唫賞戀斜暉，歸來當白夜。作歌紀勝遊，詎惜鄰春罷？

孟秋田家觀穫

雨餘暑氣微，商飈起高原。薄言向田野，刈穫紛南村。大田既多黍，小田秫穗繁。歲功聊可慰，意適鬋屢掀。行行澗壑幽，偃仰白雲藩。枕流藉芳草，松風清夢魂。四山寂無語，一鳥歸來喧。荷蕢有稚子，鷄黍供晨餐。解顔勸農人，勿憚胼胝煩。努力服先疇，舊德傾思存。屢歉今始登，有道慶曾孫。而我越草莽，井税足田園。里門相追呼，遠慰重陽樽。農人解余意，相視兩無言。即此亦高寄，何必問桃源？

丁酉首春谿上訪梅兩水留飲滿聽樓尋别卻寄

微雨曉來歇，林風散輕陰。偶爲溪上遊，谷鳥懷好音。春流繞芳甸，瑟瑟鳴玉琴。循岸好樓居，檐亞梅花林。俄聞香氣幽，静睇遥秀森。好我有梅蟠，束髪事招尋。衡宇了不辨，晨夕惟素心。頻年各天涯，結想在遥岑。客歸當歲除，風雪雙羊深。兹焉理輕策，興發恣登臨。執手坐溪閣，春酒歡相斟。行行在中園，三徑拾來禽。讀我瑶華篇，珍比雙南金。松風入齒牙，山水遞清吟。醉別斜陽亂，憂思共飛沈。閒居四十載，伏櫪悲滯淫。努力三春暉，莫待華髮侵。去去不復道，流淚染芳襟。

癸未春日施獻可讀書谿上余以風雨兼旬不獲相訪賦此代柬

君不見，孟春仲春雨如麻，山頭四望雲紛拏。又不見，鬬草亭邊花信疾，閒煞春城油壁車。輕寒料峭蔽簾幕，使我踸踔不出愁盤蝸。杜翁雨罷快新霽，有客剥啄來山家。君來我適姑山去，交臂之間相見賒。謝靈運感時賦：『惘交臂之匪賒。』人生會面安可必？紛紛世事風摶沙。聞君敬業來東渚，風泉滿耳青谿涯。況復機雲共唫眺，溯洄我欲詠蒼葭。攜詩白社尋幽討，胡爲著屐重咨嗟。生憎鳩婦高枝喚，還愁村逕緑煙遮。竟日懷人飛鳥盡，傍晚覺立聽鳴蛙。萋萋芳草春將暮，悵望溪頭一樹花。

夏夜偶成

炎景倏已斂，庭柯覺露滋。漱流乘薄醉，搖箑趁微颸。垣淺桐陰密，亭低月上遲。就來蕉葉坐，隨意好題詩。

林際暮煙收，雲峯處處浮。閒居疏世務，雅志屬清幽。星影搖書幌，溪聲到竹樓。據梧一長嘯，衣袂爽如秋。

何處好風至，悠然開我襟。荷衣初泫露，螢火近依林。散髪臨湘簟，搴帷理素琴。坐遲看月上，猶自足微唫。

正月三日同人集文杏庵

開歲倏三日，春風扇午暄。遠煙交野色，餘雪界山痕。崖俯寒潭静，樓含古木尊。廿年留壁字，披蘚半猶存。

雪夜懷解人溪上

莽莽年光暮，時時嘆索居。閉門閒鶴氅，僵卧殢魚書。最可知心久，難忘把臂初。梅花溪上路，風雪近何如？

寒霰晚參差，思君夜半時。廿年林下誼，五字雪中詩。獨卧芳齋寂，誰憐清漏移？頻將鬱陶意，報與素心知。

己丑冬杪留别汪公含昆仲暨張魯宗二首

暮雪驅寒盡，年華逐水流。客懷餘落葉，離夢滯高樓。夜迥歸鴉噪，風凄旅鴈愁。誰憐分手處，雲樹共悠悠。

剪燭霜天共酒壚，儵然客興未全孤。半樓殘雪供詩思，一帶寒松上畫圖。笑我無能歌郢曲，逢君有意探驪珠。離筵更卜新知樂，回首風煙涕欲枯。

蟬琴次韻

南薰池館緑陰天，嘒嘒蟬聲咽晚泉。鷺意鷗情聊復爾，瀟雲湘水共悠然。迎風沈響清如嘯，抱葉微唫細似絃。除是離人聽不得，夕陽嘶斷渭城邊。

中秋夜雨病中感懷

頻年佳節愁虛擲，此度偏教百感興。竟夕雨霾端正月，透窗風旋未殘燈。病中詩思清于水，老去閒情冷似冰。翻怪廿年成底事，枉勞樊雀逐高鵬。

春夜同劉乃承有瑲沈德如集劉明序齋中分賦

列坐溪堂夜色淹，紅燈緑酒映湘簾。聞鷄共許看長劍，得句還欣捋短髯。暗水流聲喧客枕，空山飛影掠虛檐。卻嫌啼鴂催將曉，喜看薔薇花露霑。

臨高臺

侵曉臨高臺，輕煙冪平楚。遮斷故園春，低頭淚如雨。
薄暮臨高臺，春風送餘冷。復聞棲鳥驚，山月弄孤影。

病中雜韻四首

愁臥不成適，屋頭禽語清。風泉空外落，都作曉寒聲。
煙林雨脚矗，毿幕蝸涎滿。何言鳩婦譁，驚人春夢短。
留香簾未捲，樓角亂雲生。忽聽村童語，心知報晚晴。
雀乳含鷇音，竹萌抱新粉。風味盡蕭然，安得伊人近？

張士鉉

北樓志 字鼎若。宣城人。文學。

初秋夜雨後讌三鑑堂復移尊北樓紀興

過雨暑全收，張燈客尚留。金尊開北海，香寢冪蘇州。山近秋歸樹，衣涼月浸樓。不知千載後，誰問庾公遊。

梅瑒成

北樓志 字孔虔。宣城人。文學。泰順知縣庚子。

〔增〕

佟賦偉序略 雪坪先生以詩名海内，孔虔稟承庭訓，遂能紹家學之淵源，建文壇之旗鼓。讀其近作，清麗韶雅，奕奕動人。

吳别駕招遊敬亭

才侍公餘宴，招邀復此間。雲深能護閣，翠遠不分山。白日壺觴永，青天劍履閒。晚煙横谷口，相趁暮鴉還。

五平五仄體

密樹墮碎月，幽苔生微香。獨酌復獨卧，時聞溪聲長。

王風翔

字聲宙。文學。

秋日同友人登春歸臺

郭帶西山峻，臺荒結地尻。秋聲兼樹起，遠勢借城高。久坐看調馬，微酣對劈螯。何須問絲竹？杜默本歌豪。

朱宗聖

字曾如，號省園。少孤貧，力學，有聲藝苑。著有俶堂詩草，藏於家。

賦得澄江静如練

十里澄江路，空明一派賒。潮平欺皓月，波浄失蘆花。曉色兼天遠，晴光逐岸斜。只疑河漢是，直欲泛仙槎。

過太白酒坊

桃花流水夕陽西，留得芳蹤萬古題。醉態愈形狂態出，才名直與酒名齊。村中緑蟻春催釀，簾外青帘風壓低。誰是謫仙身後者，攜柑同飲聽鶯啼。

李若蘇

字繼眉，號峨崖。文學。

竹塘晚步

暮色已蒼黄，林塘送遠涼。曲渠通舴艋，夕店掩笭箵。竹暗禽聲聚，園空樹影長。誰能招北苑，摹寫到斜陽？

高廷瑞

字翰符。文學。檢討詠孫。著有就正編、樓月軒詩、四分類書，藏于家。

春初同梅汝伯登嶧山

春山堪理屐，仙迹一招尋。問路紆樵徑，捫蘿極翠岑。月觀池影半，枰裂蘚痕深。小立寒侵骨，虚危怯久臨。

宿能仁寺

勞勞將息影，來叩此禪關。磬語翻風下，煙蘿觸鳥還。僧廚供晚飯，笋蕨足春山。因與生公話，心隨鶴夢閒。

徐珏

字玉行。文學。

題宛在亭

當門蘭蕙不須鋤，静理山園興有餘。過客喜貽盤谷序，幽人好著易林書。閒來竹户牽雲幔，獨坐桐簾漏月梳。莫爲丹黄羞筆札，平分秋色即匡廬。

隔簾秋露滴檐楹，人静茶香面一屏。幽徑竹多刊字緑，名山燈爲讀書青。每逢扁額新濡墨，欲易軒窗倒列星。蕃榻夜寒沈醉後，可容徐穉記蘭亭？

亭繞蒹葭水繞門，經營不異小桃源。閒搜怪石穿魚沼，遍種名花待雀軒。自有樵青供素饌，無勞曳白會文園。主人舊是憐才者，午夜銜杯笑語温。

買斷雲泉幾往還，碧梧深柳映書關。香焚寶篆凝秋水，簾捲飛霞到遠山。可愛文壇多雋士，全憑詩卷駐衰顔。輞川咫尺風流在，只少蘭舟繫釣灣。

秋山雲物更參差，疊石雕梁寄所思。金谷水還花閣路，杜陵天與草堂時。柳衰去燕懷宣武，菊老依人想義熙。最是高陽詩酒地，一編長對習家池。

胡覲邕

字中郎。處士。

登滿聽樓賦此志懷

秋色人煙裏，林巒出没形。霜含千樹老，雲盡一峯青。邃學窮章亥，陰行感赤丁。茫茫吾道在，天護少微星。

仲甲南

字鼉子。貢生。

雲堆樓晚眺

愛此樓居好，支頤向夕天。一繩歸宿鳥，萬葉亂鳴蟬。山斷孤村遠，煙寒獨樹圓。深慙劉子政，入夜感藜然。

沈逢

字公原，號魯軒。處士。

丙戌春暮梅甥淑伊招同滿聽樓小飲

春殘夏氣交，麥浪千層漲。聯臂入溪干，花枝亞相向。櫻笋堆素盤，琥珀傾家釀。風來爽滿襟，人擬羲皇上。

湯銓尹

邑志選舉表 字公卓。雍正丁未歲貢。選東流訓導。

城南觀荷

南樓孤聳倚雲開，花外傳呼五馬來。自是香風催好句，拂箋爭試謝公才。

馮祉

字武若。福建按察司檢校。著有前後就正草。

喜晤同里張緯一步家叔若木原韻時春分日也

劇飲寧知曙色寒？新詩妙墨各爭看。荒齋清嘯同張緒，别墅圍棋擬謝安。放眼萬千寬世界，迴腸九十半春闌。他鄉聚首渾忘倦，倚醉狂呼短鋏彈。

袁保魯

字錫公，號西疇。文學。

〔增〕

唐祚融傳略 西疇工詩、古文辭，自經史大部以及荀、楊、莊、列、管、吕之書，與漢、魏以來至唐、宋、元、明詩文各集，靡不目覽手披，分别研究。爲文鎔鑄古人，自成一家。讀書金陵虹橋書院，制府于公稱爲『今代震川』。同時名士如儲欣、吴襄、徐念祖、劉巖皆推服無異辭。顧鬱鬱爲諸生以老，二子相繼而徂，既阨其身，又黜其嗣。雖然，其所著述諸集尚未盡失焉。知袁氏之賢子弟，不有搜而輯之，壽諸棃棗以傳者？『李杜文章在，光焰萬丈長。』西疇之日月正長矣，復何悲與？復何悲與？

袁穀芳家西疇先生偶然草序略

昔歐陽子序蘇子美集，謂：『詩，金玉也。棄擲埋没，糞土銷蝕，必有收而寶之于後世者。』家西疇先生所著詩文甚富，今稿本流傳于家者，惟偶然草一帙，計得詩四百五十五首，雜文二十二首。其自序云：『是草也，偶然而榮，偶然而萎，安知不爲野燐、爲螢火，同付之無何有之天，而又何從追究偶然之所以然哉！』然則先生之心，亦不復望有收而寶之于後世者矣。而予小子猶得于散佚之餘，手是編而序之，以申歐陽子之説，則自今以往，將或可與子美氏並存天壤間，而後有勤一世以盡心于文字中者，庶可以無懼矣！

早春遊望

最憐清曉嫩寒天，細膩風光媚眼前。山翠未勻猶帶雪，柳絲纔長便宜煙。尋芳郭外停歌館，買醉壚邊繫畫船。從此陌頭車馬動，誰能閒坐負華年？

湯倬

邑志選舉表 字漢章。康熙癸酉舉人。饒陽知縣。

廣陵

帆落春溝水滿時，垂楊垂柳雨如絲。千家簾幕銜泥燕，十里樓臺颭酒旗。歌舞易銷忘國恨〔一〕，歲時空付落花知。重城向夕紅燈暗，腸斷東風小杜詩。

丁焯

南樓志 字堯仙。宣城人。文學。

書閣幽興

山閣招涼布袷輕，日紅猶曬半窗明。秋霄雲薄支頤久，晚樹煙籠似掌平。字擬蠅頭攤墨帖，湯煎蟹眼候茶鐺。蕭然仲蔚蓬蒿宅，時有羊求曳屐聲。

吴寶國

邑志選舉表 字巨珩，號陟樵。雍正甲辰恩貢。任安東訓導。

高氏別業

山水園林愛仲長，深居鋭減讀書牀。藤花落沼見魚上，槲葉滿山聞雁翔。搓手香橙郵寄遠，冰牙紅柿鳥銜將。留髡欲醉仍三雅，容我清狂是此鄉。

荀士佺

字台平，一字叔衡。文學。篤行能文，尤工隸法，與湯陟齊名。

次尤雪浦步月過慕園韻送梅花谿旋里

園亭初月上，樹影拂階眠。窗白度螢火，橋平斷水煙。幽情叨共愜，好句劇堪憐。明夜屋梁滿，悠然何處邊？

尤書

邑志方技傳 字二西，號雪浦。工寫山水花鳥，筆墨蕭散有雋致。孝廉梅清畫最有名，書從之遊，深得師法。

題畫

梅花幾樹餘殘雪，冷韻偏宜高士親。抱得瑤琴孤坐久，香浮虛幌月華新。

沈廷瑞

北樓志 字兆符，宣城人。一字樗崖。徵君壽民孫。工唫善畫，遊公卿間，所至聲稱藉甚。以布衣終老。桐川刺史周在建贈詩有云：『溪山名勝歸圖畫，師友情懷見寓書。』可想見其風致。

〔增〕

西阪草堂集 樗翁畫十二幀，又綴以句，其三無之，爲練溪江先生作者。翁平生畫得石田三昧，此册頗出入宋、元諸家。首爲玉屏飛瀑，林風壓屋，二人相對坐，飛珠濺玉之聲飄灑盈耳。次則春煙晚生，山水俱緑，人行沙上，欸乃數聲，所謂柳村歸漁者也。他如層巒古寺，峽江泛艇，陡壑密林，溪山亭子，秋林萬籟，皆歷歷入勝，兼子久之渾厚、雲林之疏簡焉。若其雲山雨過，筆意在大、小米間。瓜皮兩艇子檝岸，又二人蓑笠將一艇。前者將綴棹，後者篙而進之，意恐不速泊者。樹容衣色，溼溼然欲滴。昔人謂繪事如佛説法，縱口拈往劫因果，奇詭出没，而總不越實際理地，翁之謂歟？翁祖眉生徵君，當勝國時稱『江上二沈』，名隸鉤黨。翁隱于畫，草衣席帽，終其身喜畫松。册中既爲萬壑松濤，復爲巨松六，磥砢千尺，與九桐皆少陵所云『請君放君爲直榦』者〔二〕。終之以竹窗風雪，歲寒淒景，依依在目。若有人茅茨矮屋中，爐火通紅，瓻瓶缺唇，斜插梅花一兩枝，閉門覓句，迹其緬想倪高士沈桐〔三〕，蓋自寓也。余重翁之人，因觀此册，更爲畫禪進一解，質之練溪，當爲首肯耳。

國朝畫徵續録 宣城布衣沈廷瑞，字樗崖，號頑仙。眉生先生孫。山水筆意疏落，其大致似取法於石田者，畫松尤工。詩亦豪放。年八十餘，猶能遊。

白帝城

峽東江成字，秋高客泛槎。荒屯經百戰，殘郭未千家。臺古巫雲暮，宮荒漢樹斜。空餘遺恨石，踏磧到平沙。

小孤山

遠勢截江湖，蒼然片石孤。陡崖疑境絶，懸刹有僧呼。地軸遥連楚，江聲半入吳。長空帆影亂，爭向海門趨。

題　畫

丹崖翠嶂俯空流，葭菼蒼蒼帶遠洲。疑有漁郎横鐵笛，一聲吹破楚天秋。

李希稷

國朝詩品　字貽牟，號岑淼。嗜古，工詩賦。乾隆丙辰，以博學宏詞徵。卒于京邸，士論惜之。

春日宛溪泛舟

宛水出嶧陽，漣漪清百尺。紅雨落桃花，幾點漾深碧。好風從東來，一棹任所適。溪館已成煙，溪流還抱石。千載照心明，長歌懷太白。

響山春遊

古道入煙際，行爲淑景催。聽松凭石磴，袖火試春雷。野渡横孤艇，寒山點落梅。話餘清籟發，響入亂雲堆。

登皖江更上樓

危梯淩木末，曠望極天根。山勢層樓控，江光一鑑吞。秋深紅葉暗，雲老白衣昏。觸目鄉思切，殘陽帶雨痕。

齊山寺

杉坪松塢開初地，六尺平裁白板扉。略彴七星支竹過，陂塘孤月采菱歸。寺前有月塘并七星橋。横峯側嶺匡廬有，立馬眠熊鈷鉧稀。悵望風流三刺史，謂齊映、杜牧、李方元。懶殘巖上幾摳衣。

華殿師故里

蒼茫煙靄抱烏桲，指顧鉤簾話子西。藤絡垝垣蹲栗鼠，草封眢井泣莎鷄。戇章不分空䩄縷，黠吏都能肆勃谿。青史姓名霄漢日，千秋風雨式荒隄。

劉氏日新園

四注雲根養碧流，闌干萬字玉雕鎪。方塘一鑑秋摩浄，爲數朱魚屈指頭。

羊腸分布澗之隈，分到橋邊束起來。筍樣石峯人樣立，題詩兩面拭蒼苔。

井梧巖桂兩清幽，老幹分披屋上頭。亞字牆邊之字水，北來三折向西流。

孟學孔

字律宣。處士。

新秋懷謝昆陵先生

悵望輕雲欲釀愁，琴歌酒賦憶同遊。近來世事惟看劍，别後行藏獨倚樓。孤夢有時踰宛水，雙魚前月到浮邱。黯然記得銷魂日，高樹蟬聲蚤帶秋。

湯廷鈞

字奏平。文學。

秋夜

一夜蟲聲合，空階雁影過。疏燈人不寐，涼露夜如何？逸思秋來減，歸心病裏多。故山今夕月，應照舊煙蘿。

梅曰文

字子蔚。

嶧峯道上

野色有如此，經秋更自嘉。稻黄千畝合，山翠一林斜。繞澗響蓮葉，穿籬雜豆花。從來輞川景，多半屬田家。

劉方春

字書初。文學。耽唫善病，著有桂花百詠行世。其蓉坪草稿甚富，惜身後未知存否耳。

杜濱桂花百詠序略 劉子書初，工於詩者也，攜其桂花百詠來質于余。余初謂葩經、離騷引物比意，再見、三見、四見而意遂止，今劉子詠桂百篇，且一夕而成，毋乃意之複而詞之率，恐亦未必其盡工也。乃其援據典核，如數家珍，兀傲宕逸，較之窮年累月鍊都研京者，其敏鈍何若矣！

〔增〕

府志文苑傳 方春，錫麟族人，邑廩生。爲人儒雅，家貧苦吟，著桂花百韻，縣令杜濱爲梓行於世。未刻有負疴吟、蓉坪詩草。

贈湖南漁者

湖口朝南如丙穴，鱗游出口波紋纈。小艇摇摇撒網來，錦鯉腮穿楊柳血。鬻青錢，沽美酒，婦唱吴歈兒拍手。一杯一杯還一杯，醉枕蓑衣臥船首。笑煞窮經窗下叟，賣文未足供升斗。此樂於我復何有，胡不抛書學罶笱？

偶　成

微醺生臥想，懶步下階遲。樹密窗先暝，山深月暗移。宵臨孤客迴，秋到一蟲悲。不覺歸心切，明朝看鬢絲。

憶濟美

平居同里巷，竟日屢相過。自爾爲官去，知予閉户多。一年秋又盡，萬里意如何？只恐郵函裹，歸期字轉譌。

河橋感舊

記醉江樓酒色猩，畫橋西去柳旗青。更無堂在留春燕，縱有人居亦曉星。苦雨淒風花斷送，殘山剩水客飄零。經過此地無窮恨，況有啼鵑慘暮聽。

五月六日阻風采石登太白樓和韻

鼉鳴磯口浪平肩，小艤西風半日船。有粽尚堪酬楚客，無詩何以對唐仙？三山二水銜樓後，衆鳥孤雲落眼前。俯仰翠螺天地别，浮家吾欲近青蓮。

贈澮園主人

屋角安橋緑水隈，茆茨穩稱四窗開。汀花吸露垂垂放，陂鴨呼風陣陣來。客過不知人在竹，影來常與月同杯。驚回一覺羲皇夢，又報園林早熟梅。

宫詞

隋煬帝

繁華西苑事如何？感慨迷樓思轉多。最喜有情司合蒂，卻愁無力畫長蛾。箋題水果腸應斷，花落堤楊鬢已皤。可惜風流偏嫉妬，燕泥庭草不堪歌。

唐高宗

才人嫵媚壓諸鬟，兩目能空一世間。鷄舌未含之問口，蓮花應愧六郎顔。寵妃入甕天何忍，聖后垂簾帝最閒。召立廬陵加顯號，傷心仍似雉奴孱。

唐玄宗

琵琶歌板换龍香，此曲新調自汝陽。鸞去幾時懷月府，鹿來何處出宫牆。逢逢花鼓雙聲巧，纍纍金錢一串長。忘卻大唐天子貴，夢中驚起唤三郎。

送别

一鞭相送夕陽愁，楓冷吴江欲暮秋。明月自來人自去，斷腸今夜在西樓。

袁珍

字子晉，文學。

井彎館舍

門垂數株柳，宛似泉明舍。微雨過濃陰，苔痕緑相亞。陶然傲羲皇，何如獨醒者？

桃花潭懷古

李白乘舟去，汪倫不再來。桃花臨斷岸，含笑向誰開？潭影松千尺，山光酒一杯。只今雲霧裏，空有隺徘徊。

孫朝甲

邑志選舉表 字廷獻。雍正甲辰舉人。

二吉弟宅旁搆一草亭余久未過一日啓南窗而眺之山光逼人几席皆清樂而得句

窄巷斜通水半渠，老梅脩竹共蕭疏。爲栽花圃開新埒，候縛茆亭傍故廬。風掃壁間絃弄響，雪穿簾際絮攤書。一規甕牖舒青眼，天影垂空山補苴。

劉　穀

邑志選舉表　字書田，號水村。乾隆丙辰舉人。績學工詩，著有窺園集、惜陰草行世。

經下邳懷赤松子

高祖善用人，實爲良所馭。始爲報韓來，終以報韓去。事成則已矣，富貴我何與？良非爲漢用，漢爲良借箸。知其爲赤松，黄石乃與語。

白草凹

十里灣灣白草凹，丁家樓畔尚蕭蕭。自從沙漠飛來後，不肯隨風過小橋。

茆鏡古

字予型。文學。

江月舟行

空明萬頃漾金波，擊汰還應拍斗歌。山色乍來渾似水，靈槎此去欲浮河。忽驚樹出知村近，漸聽鷄號覺曙多。不見五湖歸范蠡，扁舟空自照漁蓑。

梅兆穎

字嘉禾。枝鳳孫。年少能文，著有實堂詩稿。

中秋前三日趙子樂山招同人飲北園桂下和韻

林端秋霽色澄鮮，夕照斜分畫檻前。座近玉峯青不斷，香疑金粟蕊初圓。風如欲度人爭嗅，月喜能邀席屢遷。最昵酒波方瀲灧，夜闌猶自聳唫肩。

梅予搏

邑志選舉表 字健飛。雍正五年舉賢良方正，授雲南易門知縣。一字雲谷，泰順令庚孫。予搏負至性，工文辭，甫綰一綬，未展其才遽卒，士論惜之。

〔增〕

府志宦業傳 郡增生。雍正五年，由孝友端方授雲南恩樂令，調易門。苗民雜處，稱難治，搏寬猛得宜，俗用丕變。適鄰邑有武舉施文恭謀逆，聚苗萬餘，窺伺城郭，闔邑震動。搏親率兵民往擊，隨命次子夜行四百里赴省請援。大兵未至，逆首就擒，民賴以安。復繕城浚隍，爲善後計。尋以詿誤歸。起復，仍補易門，未任，卒于京。

柏梘飛橋

橋亭架壑儼雄關，一線丹梯未易攀。千尺清泉萬仞壁，飛雲巖似此溪山。

柏梘寺

日未沉西鳥語稀，深林遥見一僧歸。擔頭芝朮無多子，欲乞靈根度翠微。

沈正曜

南樓志 字文樞。宣城人。文學。

〔增〕

朱良裘傳略 宣城沈公星巖，郡庠生。春秋四十有五卒。公性穎異，苦學忘寢食，年十一即工文辭。弱冠遊庠，試輒高等。太守佟侯嘗鐫其文式多士。詩復編入二樓志中。及先君爲司鐸，適詔舉孝廉方正，將藉重公，公固謝弗應。生平篤於倫理，事父母色養備至。臨卒，以未能終養涕泗交橫，語不及他。

賦得宣州紫毫筆

獨有宣州筆，千回鄭重看。名從白傅著，製揀紫毫難。管直心尤正，鋒藏體自端。貢曾珍御案，價早重詞壇。往事閒能述，高吟興未闌。何如諸葛好，留結右軍驩。

王一槐

邑志選舉表 字樹滋。乾隆丙辰進士。

蟬

爾亦懷清者，朝朝飲露清。林深棲易穩，院静聽偏明。聲自憐同調，鳴非爲不平。何謀喙可息，螳鵲任喧爭。

廟埠舟中

雙溪淼淼漾春流，檢點歸裝趁小舟。芳草遠侵天際路，垂楊低映水邊樓。村姑結隊爭挑薺，野老忘機自狎鷗。只尺敬亭山色好，畫圖雲鳥望中收。

劉方菁

字中陵。禮科給事方藹同祖弟也。少失怙恃，倜儻有志，能文工詩，書法亦秀挺。卒年二十四。

〔增〕**方藹傳** 方菁四歲孤，無兄弟。十二歲失母，鞠於藹母。多病，非痁即下泄，歲無虚，十八九始霍然。長身魁顔，倜儻有才辯，善擘畫，識者器之。每得酒，豪氣出眉間，拊膺笑曰：『奈何庸奴此七尺！』流輩多下之。爲文穎思秀出，如百卉競春，姸媸雜發。作字未嘗臨仿，筆意近王大令。偶作小畫，亦可喜。讀史見閻立本畫者等廝役之語，則憬然戒弗爲。喜作詩，曰：『詩言志，剿説則無志，何作爲？』是以語必己出，不慊則揉稿擲去；得意，楷録之。有愛其字與詩者，往往攫以去。得峪血病殁。時予撿其篋衍，僅草稿數紙。年二十有四耳。無子。菁字中陵，爲予同祖弟，生與予同年月，後予十二日。自號盧夢，或詰之，曰：『生世不過盧生一夢。』人以爲夭讖云。

黄永年跋　意必生新，語必己出。其氣韻蒼勁，如秋鷹之睨平蕪。此誠曠代才，而早赴玉樓，大業不就，僅止于是，豈非其命也？撫卷爲太息者久之。然中陵之詩，庶幾附賢兄以有傳矣！

官壕道中

空林冒雲白，曲港護田青。渺渺獨行意，春風吹酒醒。橋痕低界水，草色近封亭。静愛秧歌起，沿堤駐馬聽。

楊廷楷

邑志選舉表 字書平。雍正壬子舉人。編脩廷棟弟。篤學能文，齎志早卒。

望北樓

臥閣重檐裏，層樓咫步間。雪消形更逼，簾捲目空閑。高壓雲中樹，平臨郭外山。從來懷古處，吾此欲追攀。

梅自魁

南樓志 字梧岸。宣城人。枝鳳曾孫。少穎敏，能詩。早卒。

寓柏山寺

繞郭雙羊路，禪堂客再過。山遥秋色晚，林瘦月華多。清梵聽如此，孤尊興若何。豊碑瞻祖德，千載獨嵯峨。

春行

貪閒日日作春行，北陌南阡暖趁晴。農課漸興人滿野，麥苗初秀雉爭鳴。微風蹙水靴紋細，薄日烘雲卵色輕。嘹喨谿童吹樺管，驚心節物近清明。

汪昌國

字瑞徵。乾隆壬戌進士。選授新鄭令，以母憂歸。年甫彊而卒。

送友人歸山

丈夫邱壑意，豈在不逢時？豹采三年隱，羊裘六月披。君今大笑掉頭去，閉户無庸把書著。種得蹲鴟煨糞爐，澗中已老石菖蒲。君應自誚野人也〔四〕，吾知不是愚公愚。

陳銷文

字爾清。文學。

〔增〕

張汝霖傳略

陳兼山公者，霖姑父也。行六，諱鋗文，字爾清。幼穎悟，于書靡所不讀。甫十齡，擬晉、魏樂府數十篇，一時傳播藝林。霖爲選其尤者，登宛雅。弱冠以舉子業受知邑侯馬公，擢冠軍，羅致幕中。嘗會客，指筵上一小物求賦，陰令童續紙丈餘以進。公揮毫立就，輒滿幅。氣韻遒上，筆法挺勁，物無遁情，墨無點竄，一座盡驚，學使者胡奇其才。爲邑諸生，試屢雋。甲午省試，既薦而遺。庚子闈中，已擬作元，尋以表判誤字弗售。既連不得志于有司，鬱鬱家居。恣情山水，興之所至，發爲詩歌，如嗔如笑，如海潮驟至，一瀉千里，如風起雲湧，蒸澤撼岳。一時名宿若詹公彬、葛公其祥、胡公文烈、姚公祖舜、程公元愈、梅公兆頤多從之遊。霖時侍先贈公讀書其家，每見晏客無虛日，倒屣投轄，門多長者車轍，未嘗不嘆爲今之孔北海也。

擬樂府

雨淋鈴，雨淋鈴，馬嵬山畔泣太眞。湘江頭，湘江尾，郎心不念湘妃竹，妾心不逐湘江水。

梅予擢

字選青。泰順令庚之孫。年少攻苦，文有大家風格。齎志早卒。

送同學牛雙石北上

河橋珍重遠離初，首路衝寒跨短驢。雪霽空山聞放雀，霜清蕭浦見叉魚。淮渠繞郭敲冰渡，燕市登臺拂壁書。名士自無阿世策，彈冠藉可慰窮居。

王世瑛

字渭符。文學。

江　村

江村斜日影侵扉，疏柳依依拂釣磯。遠浦白鷗翻浪出，隔溪紅葉照僧歸。横吹風裏尋牛笛，乍捲花間賣酒旗。徙倚孤唫誰是侶？滿林寒翠欲沾衣。

吴朝冠

字元章，號𠕇亭〔五〕。

次家岷山暮秋感懷元韻

西風瞥眼逼秋殘，如此流光異地看。菊是後開偏出色，人因初晤托心難。出樊鳥始知天大，入險舟應覺海寬。同是楚鄉千里客，愁城撤卻築騷壇。

仲 駱

字毓白。庠生，號豸麓。醇謹工文。

玉粒塘兼弔進六公墓和韻

巨浸收諸壑，分流仰下田。嘉名由帝錫，奏墾自先賢。附社功能報，徵碑事未湮。百年歌詠在，喬木藹風煙。

吴朝宗

字夏尊，號會川。處士。

荻港乘風

鳴金釃酒酹封姨，風力初强挂席宜。貪數遠峯舟不待，已衝沙雁岸頻移。年來擬著潛夫論，此去將歌漁父詞。見説馬當今有助，就中誰富子安辭？

陳鈾文

字爾寧。處士。

〔增〕

劉方藹傳略 陳君爾寧者，諱鈾文。前輩岑齋公次子，兼山先生弟也。初，公五歲時甫就塾，一日讀完論語十篇，傅大驚。九齡即工舉子業，日可得數十藝。時同研副榜胡而盛讀漢書，月餘未竟，公駭曰：『何須乃爾？』胡檢架上癖書，試之輒成誦，歷試皆然，歎曰：『虞世南之流也！』弱冠以文受知邑侯扶風馬公，招致署中，詩文相贈答。

公賦詩有『漏催珠斗夜，鶯促玉樓春』之句，馬侯曰：『少年英發，不宜作如此語。』嘻！劉希夷花落之吟，孰意即成詩讖哉？

送友人歸五山

開歲風日佳，溪巒出新沐。忽此故山情，梅花繞巖屋。石林瞿硎樹，泉田鄭公谷。到家春雨肥，深巷驅黃犢。

校記

〔一〕忘　當作『亡』。
〔二〕放君　當作『放筆』。
〔三〕沈　疑當作『洗』。
〔四〕也　疑當作『野』。
〔五〕月　光緒本作『殷』。

宛雅三編卷二十

閨閣

明

沈七襄

明詩綜傳　七襄，宣城人。修撰懋學女，嫁屠隆子。〔一〕

甬上耆舊詩傳　沈天孫，字七襄。宛陵人。沈君典太史第三女也。太史與長卿先生交甚驩，遂通昏姻，以七襄爲西昇婦。七襄既歸屠氏，日與長卿女湘靈論詩。每徵事軸書，分題授簡，紙墨横陳，朱藍狼藉。長卿夫人亦知文，值有諷詠，輒就商訂焉。長卿詩曰：『封胡與遏末，婦摠愛篇章。但有圖書篋，都無針綫箱。』又曰：『姑婦歡相得，西園結伴行。分題花共笑，奪錦句先成。』信一時之盛事也。不數年相繼夭没，長卿爲合刻其詩行世。

自君之出矣

自君之出矣，孤月鑑虚牖。思君如飛花，隨風不回首。

子夜歌

亂雲飛朔雪，涷雨催春暝。不念郎身寒，所畏郎心冷。

宫人入道

曾住花前七寶臺，守宫玉臂映蒼苔。香消粉幀晨匳廢，涼入鐙幢夜雨哀。鵲鏡化爲春月白，鳳裙留作野花開。辟寒金在啼痕盡，卻伴東華採藥來。

游仙曲

青溪白石出胡麻，香暖瑶池九影花。見説玄都無甲子，春光常住阿環家。

國朝

徐珠淵

施氏家風述略續編

庶母徐氏，名珠淵，字善懷。廣陵人。十三歸先君。前一月，有北宦過邦，車服甚都，欲納徐。其母將許之，遂泣曰：『彼富貴累葉，殆紈絝習也，兒何歸乎？兒願得侍文人，爲東坡之朝雲足矣！』先君聞而憐之，遂聘焉。四年舉一女弟，殤，後即不孕。歲己未，先君改官殿講，庶母寄詩有『老天若解妾心苦，北地風霜盡入南』之句。繼母李宜人命淳兄奉之入都，曰：『燕薊苦寒，得以暖老。』又三年，先君疾，不知人，兄適咯血歸，予亦南還就試，庶母則焚香籲天，刲股和藥以進，且誓于神曰：『主翁生平積德於躬，名滿天下，縱必不起，亦延待其子一訣乎？否則以儒林偉人，死妾婦之手，非惟主目不瞑，賤妾亦永爲泉下厲鬼矣！』因長號達旦，如是者三晝夜。丙夕，白光如匹練，自屋上落，俄奇香起榻前，先君忽甦，相持大哭，自是始能粥食。癸亥三月二十七日事也。予聞報奔侍，五月初始至。又七十日，先君没。庶母朝夕哭奠如生，五年猶一日，卒悒鬱以死，遂與先君合葬於螺螄沖。庶母粗能詩，每自焚其稿，死後檢得數首，附見學餘集。

施璞學餘詩集附記

庶祖母徐孺人生而端莊淑慎，事先大父始終一循乎禮，其侍疾刲股一事，尤堪感泣。先大父纂脩明史，積勞四載，遂致成疾，于癸亥三月疾大作。孺人時從侍邸舍，飲食藥餌親爲調奉，每夜必潛自焚香籲天，願以身代，如是者匝月，疾愈殆。孺人自念曰：『豈天故不鑑予？抑予誠未至也？』廳中故有關帝神像，靈赫素著，孺人於夜分時戒小婢持燭至神前，默祝哀禱者久之，出利刀割左股寸許。小婢在旁驚睨，惟見神廚内諸像森森欲動，檐楹及牆角四週亦若有人林立俯視，家人外舍巡宿者遥睇，悉如是。孺人昏仆于地，恍聞神語曰：『汝之誠虔已至，但數不可易，吾當爲汝假百日期可耳，毋過自苦。』孺人乃嗚咽驚寤，退舍，以所割和羹進，而人固弗知也。是爲四月初三夜。自是，先大父病漸瘳，且强飯如平日，人皆爲之稱慶。孺人顧隱憂不釋，恐神語或驗也。閏六月之十三日，先大父忽以微疾棄世，逆計其期，適百日耳。嗚呼，痛哉！異哉！始家人弗覺，嗣小婢亦稍稍語人，或詢之孺人，孺人惟漫以應之，嫌自張也。璞幼孤，蒙孺人恩育，凡朝夕起居，悉隨孺人。一日，從外塾聞客頌兹事，歸遂詳叩所以，且固請之。孺人悲不語，久乃摩璞頂，泫然流涕曰：『汝孺子，奈何必欲知此？顧吾不忍汝諱也。』爰屏左右，詳詔如前，且出示左股，創痕宛然，復持璞大慟。

迄今追憶之，其情事猶歷歷在目，眞爲淒絶一時也。孺人故精文墨，吟詠甚多，原稿瑧皆謹藏篋衍，編次成帙，行乞當代弘筆序以授梓。今集中附載者，不過吉光片羽耳。

寄北

風緊牽離別，燈殘人未眠。此身無羽翼，安得到君邊？

北寄小鏡

六月扁舟別故山，勞勞旅況幾時閒？傷心不似匣中鏡，千里依依伴客顔。

懷北卻寄

雨滴梧桐秋不堪，憶君誰共接清談？老天如識妾心苦，北地風霜盡入南。

春日望北信

九十春歸感嘆生，黄梅時節乍陰晴。香閨有淚無人見，且倚闌干聽鳥聲。

劉運福

運福，光禄寺卿楷女，文學瑑成之妻，雲南易門知縣予摶、壬戌進士予援之母也。端淑秀慧，克嫻婦道。雅好墳典，以能詩稱。早卒。遺焚餘稿，藏于家。

沈廷璐峽猿吟序略

峽猿吟者，余表弟梅子文常哭其内子劉孺人作也。孺人諳大義，遇事隨力自盡。初歸文常，數日即親中饋，執婦道唯謹，出奩中資佐不足，無吝容。每戒從婢曰：『慎毋少縱恣，吾亦敢不循循禮法中耶！』聞者嘖嘖稱善。歲辛未，父光禄公致政而還。故愛孺人，孺人歸寧未踰月，欲言旋，公止之曰：『吾欲而壻讀書於此，可與俱，勿急歸也。』因遣人告舅姑，舅姑許之。嗣後孺人時從文常歸省，往來于舅姑、父母之間。體羸善病，姑太孺人恐其不起，常語人曰：『吾仲婦孝敬儉勤，黽勉有無，以持門户；脱不宿，將奈何？』病劇，急欲返故廬，文常難之，正色曰：『及今不返，將復何待？苟不聽，而令吾奄逝于此，其瞑諸？』瀕行，喜形于色，曰：『其或者得假餘年，俾長操井臼乎！』平日愛買禽魚放生，人以急告，每脱簪珥周之，而猶加意於親黨失意之人。喜讀小學、内則諸書，見古賢媛輒效慕恐後。間工唫詠，有林下風致。歲癸未，文常同余及淛起讀書靈山，孺人貽札文常，謂『日月易邁，肄習宜勤』，其居恆儆戒相成之意類如此。

天逸閣望敬亭

名山屬望處，霽色正當樓。野樹連天碧，孤雲繞塔浮。泉聲雙鏡落，巒氣一窗收。素抱丹邱志，無緣作勝遊。

牡丹盛放喜大姑娘歸寧

魏紫姚黄舊有名，高臺綽約爛盈盈。東風微動香俱透，曉日初臨色更新。幾載離情神易合，一朝談笑樂無倫。花前良會緣非淺，緑酒清尊酌一巡。又作『著意傾』。

繡球花

玲瓏白玉綴枝頭，香滿春風處處悠。疑是蕊珠仙子戲，故將積雪作圓球。

林文貞

蠖齋詩話 龔宗伯讀韞林集，有悼顧夫人四絶句，感而遥和。林氏爲吾宣王友姬人，能詩，能作蘭竹，有林下風致。著有韞林集。按王名期齡，字安又。順治十五年副榜貢生，延安府知府義問子也。韞林集已不傳，今于零縑斷素中拾掇數詩，以存其槩。

自題秋蘭便面寄映然子 即山陰王玉映

川陸鬱以紆，山陰有名媛。門閥舊金張，流風存筆硯。鐵網下珊瑚，蘭心落釵細。詩畫咄驚人，衣香惹紈扇。時見扇頭詩畫。揮毫金石堅，染素煙嵐絢。彼哉冠蓋雄，三舍避時彦。閨閣能幾人？四海不相見。蹇儂生下里，雙鯉乘風便。遥夢戛琅玕，澄江一净練。

題畫

寂寂人家曲曲汀，芙蓉小岸置笭箵。忽飛一片孤帆影，極目長江萬里形。遠鴈正從淮浦度，亂山斜入楚天青。誰於嶺斷雲生處，一把香茆結笠亭？

羽士

元

汪天驥

宣城右集 號樂全。玄妙觀羽士。萬歷府志：玄妙觀道士。能詩，有偶成諸篇。胡晉有和汪樂全詩：『矯矯餐霞子，凝神志不分。丹書研曉露，仙服剪春雲。山水鳴琴悟，松風煮茗聞。時能吐佳句，豔雪舞繽紛。』

次友人題麻姑沖妙觀詩韻

簾外煙光接紫霞，此身無補惜年華。春深自種雲間玉，雨後來看洞裏花。期我登山同食笋，笑人開口説宣麻。浮生在夢元非夢，白首甘貧莫怨嗟。

暮春

爲愛雲根緑錦苔，柴門花落晝慵開。竹牀讀罷南華卷，蝶夢蘧蘧枕上來。

釋子

唐

靈徹

續文獻通考 徹生於會稽，居東林寺。本湯氏，字源澄。與吳興詩僧皎然遊，皎然薦之包佶、李紓，以是名顯。貞元終，遊京師，爲嫉者造飛語，以罪徙汀州。元和十一年，終于宣州開元寺，建塔天柱峯。有詩二十卷。

聽鶯歌

新鶯傍檐曉更悲，孤音清冷囀素枝。口邊血出語未盡，豈是怨恨人不知？不食枯桑葚，不銜苦李花。偶然弄樞機，婉轉凌煙霞。衆雛飛鳴何局促，自覘游蜂啄枯木。玄猿何事朝夜啼？白鷺長在汀州宿。黑鵰黄鶴豈不高？金籠玉鉤傷羽毛。三江七澤去不得，風煙日暮生波濤。飛去來，莫上高城頭，莫下空園裏。城頭鴟鳥拾羶腥，空園燕雀爭泥滓。願當結舌含白雲，五月六月一聲不可聞。

東林寺酬韋丹刺史

年老心閑無外事，麻衣草座亦容身。相逢盡道休官好，林下何曾見一人？

元　孚

全唐詩傳　元孚，宣城開元寺僧，與許渾同時。詩二首。

許渾贈宣州開元寺僧元孚詩　一鉢事南宗，僧儀稱病容。曹溪巷裏別，蕭寺竹間逢。梵影深寒殿，經聲徹曉鐘。欲齋檐集鴿，初定壁吟蛩。詩繼休遺韻，書傳永逸蹤。藝多人譽洽，機絶道情濃。洗澗瓶沈藻，眠階錫挂松。雲鳴新放隺，池臥舊降龍。露茗山厨焙，霜粳野碓舂。梵文交薜荔，畫井倒芙蓉。翠户垂旗網，朱窗列劍鋒。寒風金磬遠，晴雪玉樓重。玅理三乘達，清材萬象供。山高横睥睨，灘淺聚艨艟。微霧蒼平楚，殘暉澹遠峯。林疏霜槭槭，波静月溶溶。劍出因雷焕，琴全遇蔡邕。西方知有社，支許合相從。

月夜懷劉秀才

獨夜相思但自勞，阮生唫罷夢雲濤。此時小定未禪寂，古塔月中松磬高。

送李四校書

朱絲寫别隺泠泠，詩滿紅箋月滿庭。莫學楚狂隳姓字，知音還有子期聽。

正　元

傳燈録　福州長溪龜山正元禪師，宣州人，蔡氏。幼厭俗出家，於本州籍山落髮。唐元和十二年丁酉，建州乾元寺受具。尋造五洩山默師之室，決擇玄微。

宣城事函　元姓蔡氏，本宣人，卓錫于福州之龜山。

述偈二首

滄溟幾度變桑田，惟有空虛獨湛然。已到岸人休戀筏，未曾渡者要須船。

尋師認得本心源，兩岸俱元一不全。是佛不須更覓佛，祇因如此便忘緣。

希運

傳燈録 唐洪州黄蘗希運禪師，南嶽下三世百丈海禪師法嗣。初於本州黄蘗山出家。額間隆起如珠，音辭朗潤，志意沖澹。後居洪州大安寺，海衆奔湊。裴相國休鎮宛陵，建大禪院，請歸説法，以師酷愛舊山還，以黄蘗名之。裴公又請至郡，以所解一篇示師，師接置于座，略不披閱，良久云：『會麽？』公云：『未測。』師云：『苔便怎麽會得？猶較些子苦也。形於紙墨，何有吾宗？』裴乃贈詩一篇，師亦無喜色。自爾黄蘗門風盛於江表矣。

黄蘗心要 師初住高安黄蘗山，曹溪六祖嫡孫。太中三年，裴休知宣州，迎居開元寺受法，爲創廣教寺于敬亭南麓。裴休贈詩曰：『自從大士傳心印，額有圓珠七尺身。挂錫十年棲蜀水，浮杯今日渡漳濱。一千龍象隨高步，萬里花香結勝因。擬欲事師爲弟子，不知將法付何人？』

宣城事函　裴公復於城北五里許敬亭南麓創建廣教寺，其材皆安南松蘿，云師希運所募也。大中年終于山，敕謚斷際禪師，塔曰廣業。存有宛陵語録一卷。

梅鼎祚黃蘖心要序略　黃蘖持第一義，直証本體，不落聲聞。于時，裴河東執弟子之儀，密傳心印。逮夫觀察宛陵，拓立精廬，朝夕參觀，疏其所得，積有是書。嘉靖季年，盱江羅公來守是郡，服膺元訓。羅公解郡去，以是書貽家大夫，會檇李陸冏卿以沈氏原教諭來，輒並梓之。

答裴休

心如大海無邊際，口吐紅蓮養病身。雖有一雙無事手，不曾祇益等閒人。

可動

續文獻通考　青原下九世清凉益禪師法嗣，宣州興福院可勳禪師，建州朱氏子。

傳燈録　宣州興福院可勳禪師，建州建陽人也。姓朱氏，自净慧心印，遂開法住持。

五燈會元　宣州興福院可勳禪師，開法住持。僧問：『如何是興福正主？』師曰：『闍黎不識。』曰：『莫祇這便是麽？』師曰：『縱未歇狂，頭亦何失？』問：『如何是道？』師曰：『勤而行之。』問：『何云法空？』師曰：『不空。』

示衆

秋江煙島晴，鷗鷺行行立。不念觀世音，爭知普門入？

宋

繼眞

宣城事函 宋宣州廣教文鑑繼眞禪師，字希道，錢塘人。初參達觀，遂問曰：『某甲自講説外究尋諸佛，所説廣大，如何得見邊際去？』觀云：『尋常憑何講説？』師曰：『依教解義。』觀云：『依教解義，三世佛冤。』師曰：『離教一字，如同魔説。』觀云：『不問子教義，解説者何人？』師曰：『但見動静語言，不可覩其形相。』觀云：『祇此無形相，便是廣大。若悟此心，便見邊際。』師自此有省。

廣教上堂

夫欲爲宗師，須了明暗句。半夜裏貼眼，渾成空路布。多事釋迦文，生時强四顧。點胸獨稱尊，又周行七步。明復阿誰知？暗使何人悟？自後百千年，屈指河沙數。一盲引衆盲，盲盲相扶舉。他日見閻老，努目空相覷。是時休叫道，鑊湯無冷處。休空腹高心，但高盤轉筯。寄語後世人，莫被徐六誤。

宗杲

續文獻通考 南嶽下十五世昭覺勤禪師法嗣，臨安府徑山宗杲大慧普覺禪師，宣城奚氏子。張商英一見喜之，字以妙喜。張九成嘗從之遊。紹興辛酉，屏居衡陽，裒先德機語凡三帙，目爲正法眼藏。吴好問奏，賜號曰佛日。孝宗潛邸時，嘗請師祝聖壽，親書『妙喜菴』三字，并製贊寵寄之。隆興改元，一夕星隕寺西，師親書遺奏，又遺書辭紫巖居士而逝。平明有蛇尺許，腰首白色，伏於龍王殿欄，乃龍一示現也。齋聞嘆息，製眞師贊塔全身明月堂側。壽七十五。詔以明月堂爲妙喜菴，謚曰普覺，塔名寶光。淳熙初，賜其全録八十卷隨大藏流行。

宣城事函　宣州有明教紹珵禪師者，與教埕之嗣，琅琊覺之孫也。師聞其飽參倒心事之後，往住徑山，名重一時。凡名士大夫問道，隨機開悟，無所回互。師十七歲，具足戒于郡之景德寺，遊方尋知識者三歲，至寶峯挂塔，受宣州化主，後住寶峯，歷主徑山者共二十七年。紹興二十六年，自梅陽竄所歸，十月至宣城，館于敬亭。

獻　上

大根大器大力量，荷擔大事不尋常。一毛頭上通消息，徧界明明不覆藏。

廣教長老

宣城事函　宣城廣教長老至上堂云。

浮雲散盡天凝碧，春色消融山更青。我愛禪翁淡如水，時來相伴度殘齡。

明

徐鴻起

邑志宦業傳　號岐陽，撫州同知楠之子也，原名雲鳳。舉萬歷庚子鄉薦，就霍山教諭。課士有方，陞國子學正。改授惠王府審理，導王循禮謹制度，王師禮之，特疏薦擢刑部主事。部有閩弁被妻謀殺一案，疑滯累年，鴻起讞決如神，學士黄景昉作鏡冤録傳其事。歷陞郎中，恤刑山西，凡重辟矜疑得釋者以百計。陞臨鞏道僉事，左遷衡州知府。適寇氛猖獗，湖南震撼，鴻起多方保障，藉以無虞。先是，父楠令耒陽，祀名宦。不六十年，鴻起復來守衡，百姓重蒙其澤，乃於祠前建坊，曰『父子濟美』。未幾休致歸，年八十有四卒。著有西曹奏議。

宣城事函　清隱菴在城東六十里，元至正中建，明正統、景泰間重修。萬曆時姚毅齋開義學其中，湯賓尹有記。崇禎末里人知府徐鴻起落髮於此。

示菴衆

講筵參罷首重稽，老似秋蕪不可犂。末路秪應祈死速，前因都向劫灰迷。華顛禿盡欣無髮，廡下相從悔有妻。計向佛天賖再世，逢人休把舊名題。

入清隱菴

偷生八十老閑翁，静坐蒲團古刹中。窗外蕭蕭知夜雨，數聲清磬佛燈紅。

大瓠

全祖望續甬上耆舊詩傳 宣城�在大師，釋名大瓠，字用無。沈景山先生猶子也。本名麟生，字丹紱。景山死節，大師棄諸生，結龍聽菴于姚江黄竹浦。鷓鴣山人黄晦本最與相契。所著有蟄茶經。大師嘗匿江右鄒職方之遺孤，撫之菴中，時以爲王成、魏澤之流。其後住鄞之南明，入九老社中。又住慈之寶峯。而卒返龍聽。

邑志選舉表 字公紱，崇禎間貢生。

玉山寺

舊有東林約，遲來負勝遊。亂流當寺午，疏竹閉泉秋。蕉葉書常滿，松花飯可留。相看憑慰藉，詩伴有湯休。

江東二首

滄海橫流事已灰，百年家國首空回。局殘江左爭監國，部列甘陵録黨魁。取義竟爲狼瞫死，偷生徒抱偉元哀。東來爲有招魂處，擊石重登謝羽臺。

承恩内院外軍牙，世有絲綸與鏌鋣。精衛何知偏恨海，杜鵑欲去已無家。唫聯汐社悲宫黍，笛裂山陽感鬢華。潛向江東依宋寢，萬年枝上挂袈裟。

哀姑山

一片姑山土，荒燐夜無主。蕭蕭松樹林，猶作靈旗舞。
君子有貞心，化爲山中樹。小人以義從，化爲山中土。
有顱我如斗，有膽爾如升。金戈風雨夕，往往説山僧。
淚灑邱中柏，枝枯淚亦枯。淚痕應得所，先我入黄壚。

題桃花源圖

洞口桃花别有春，桑麻都付等閑人。英雄止在人間住，去問仙圯不問津。

徐惇

邑志隱逸傳 字秩五，尚書元太姪孫也。才敏達，曾以建議授四川幕職，尋棄去，隱于浮屠。更名在柯，號半山，浪迹山水間。善畫，得雲林、石田筆意，氣韻天成。殁後，名益重。桐城方以智贈以詩曰：『一著袈裟絶萬緣，只餘破硯習難捐。江山本是無情物，寫到一作『出』。荒殘亦可憐。』

漁洋集 題徐半山山居圖二首：『先生竟學道，自製水田衣。獨臥寒林静，故人相見稀。晚凉松鼠落，曉日竹鷄飛。亂葉千峯裏，行歌何處歸？濃淡寫山木，依稀聞亂流。雲中敬亭月，煙際宛溪舟。身預名僧會，裝成五岳遊。邈然巖壑裏，長嘯憶丹邱。』又半山愛予寒江落潮之句爲作圖愚山題詩其上和荅一首：『我昨訪奇登燕磯，潑墨深更徧巖壁。捫蘿附葛不知險，夜踏空江欲崩石。掀髯作畫鹿裘翁，長嘯題詩宛陵客。何當結屋圖中居，卧看江天落潮白。』

張安隱莊居

製居成小隱，竹樹水之涯。幽意託茆屋，元心向草池。檢書黄石授，説劍白猿知。誰識張公子？淋漓砍地時。

瞿硎石室

石室巖中好，披裘誰復來？煙嵐迴列嶂，石磴鬱高臺。晚嘯猿長入，幽棲鳥不猜。白雲從閉户，應爲老僧開。

和杜于皇過宿愚山寺韻

明燈寒夜雨，尊酒敘遊蹤。地静親江月，天空送曉鐘。秋尋過小雪，歸計逼殘冬。水岸梅將發，扁舟任所從。

此　身

剩水殘山有此身，不堪榮達不沈淪。過江徒灑新亭淚，對曲曾憐舊内人。汗漫紀詩仍甲子，悲涼作賦自庚寅。而今都已刊除盡，了卻前緣與後因。

林中僧臘記年華，劫火餘生信有涯。預覓福田營窣堵，好留初服製袈裟。地爐入定冬煨芋，山寺逢人夜戲叉。投老未應甘佞佛，止除空處更無家。

霎塔寺

此黃蘗道場也，荼毗殆盡，霎塔巍然。

嵯峨雙塔敬亭西，卓錫從來並虎溪。雲護天花猶作雨，泉通地胏不聞鷄。迴峯暮擁千蓮出，荒殿晴含赤日低。莫問前朝灰幾劫，居然靈異到今棲。

春日寺遊

二月香風薦暖，諸林好鳥爭喧。白雲不掃臥石，翠柏欲墮當尊。支遁半籤講席，謝公雙屐遊墩。是華非華佛地，在世出世王孫。

詠史

瓊枝璧月亂離中，狎客江陳曲盡工。太息無心陳叔寶，浮江泥馬不成龍。
氣節清談禍總深，紛紛鉤黨亦何心？諸君不是王夷甫，坐使神州自陸沈。

題畫

一尺冰綃一寸山，自然乾浄異塵寰。與君移向圖中住，不放桃花出世間。

國朝

釋濟

邑志仙釋傳 粤西僧濟，號石濤，住敬亭廣教寺。能詩，尤工畫。雲煙變滅，夭矯離奇，見者驚猶神鬼。嘗自題曰『孤峯奥處補奇松』，又曰『峯來無理始能奇』。吳肅公、梅清、梅庚與之遊，每稱之。

觚賸續編 石濤和尚以前朝宗室遁迹桑門，道行超峻，妙繪絶倫。太倉王麓臺謂海内丹青家不能盡識，而大江以南當推石濤爲第一。余與石谷皆所未逮。

寄呈愚山太史

班史超漢代，馬遷纘周人。千載曠繼迹，我公今炳麟。天禄倏以開，秘書紛自陳。豈不盛聚訟？名山類沈淪。丹書倚公啓，方見史筆眞。請謝囂塵言，白日開絲綸。

客中贈友人

長年作客辦行裝，榴花開遍火雲翔。憶得昨冬擁爐坐，北風吹雪何揚揚。徐生向雲不停手，大醉千篇傾一斗。口中亂罵高陽徒，自歡自得稱顔柳。此時相對竹千竿，又聞君子抱琴彈。恍如飛瀑落沈潭，冰生十指不知寒。吕子壺中客，徐生醉裏禪。兩人樂樂顛非顛，相期傾倒情依然。别有天地非人間，新詩唫罷絶追攀。而狂而韻情難割，但聽山僧一聲喝。

題雙溪道古松

不惜探奇興，支笻入萬峯。數竿君子竹，相伴大夫松。勢古蒼虬死，枝攤捉雨風。幾回看不厭，留待白雲封。

登白雲樓

昔年黄瀨臥丹邱，此日西津勝舊遊。峯繞白雲横島樹，水函碧岫劃滄洲。長虹倒影藏蛟窟，短竹欺空學鳳浮。共道風流蕭太守，山僧索句爲誰留？

買歸舟

西津橋下水茫茫，游子思歸問棹航。兩岸人家峯影亂，一村樓閣樹生香。聽魚上瀨穿繒底，看鳥投林過院牆。正是探奇情未盡，波翻石子滑魚郎。

丙辰春仲喜聖瑞兄雨中見訪索寫蕉葉正擬搦筆值家兄涇溪遠歸戲寫芭蕉漫題請正

空山一月杜鵑雨，繞屋寒花笑竹關。最喜杖藜佳客至，又傳驢背弟兄還。相逢各吐離情話，列坐同看得意顔。獨我壯心消不盡，一齊都向緑蕉斕。

題畫

畫蘭寫竹隨風致，自有清香入座來。若是定然歸舊譜，當前生面不須開。

釋亮

字喝濤，一號鹿翁。粵西人，駐錫姑山。能詩善畫，與弟濟俱有時名。

友人游黃山歸詩以訊之

遥登黄嶽頂，詩草自盈囊。寓目煙霞外，行唫水石長。何峯眞險絶，幾岫好潛藏。更説天都上，身同飛鳥翔。

酬元素彦懷兩叔姪雨中見過

庭陰連日雨，岑寂廢吟哦。山犬煙中吠，輿夫竹裏歌。蒼苔迎白璧，清籟接懸河。深謝籍咸輩，濕衣到薜蘿。

城中晚歸雙塔途中偶作

孤城煙際出江濱，返照行看藜杖春。歸鳥數聲音上下，高樓一曲動星辰。平翻麥浪雲千頃，短插秧針緑倍新。更望敬亭山上月，風流今日付何人？

庚辰春留别廣陵諸同門并石濤弟

山花豔豔壯行蹤，眼底春光處處同。回首雷塘宵市路，枝頭莫叫杜鵑風。檢點奚囊無剩錢，理裝斷簡與殘編。春江夜雨添新漲，不若長風送我舡。

普智

宛津菴僧，與徵君梅文鼎遊好。

敬亭作

李謝曾題壁，苔深幾字留。庭空依古木，山半倚層樓。花落聽鶯囀，鐘鳴散客愁。虎溪閒步月，偕我遠公遊。

宛津橋觀月

明月漾新漲，金波滿釣舟。鐘聲兩岸接，塔影一溪流。滌石雲根動，連橋墅色收。誰同跨鯨客，掬取玉京遊。

釋　旨

字葦先。卓錫姑山天如禪院。著有雜詠行世。

沈泌僧葦先詩序略　往大歇芳禪師棄官祝髮，于順治戊戌從廣陵來宣，遂卓錫于姑山之天如禪院。迨師西歸後，門人葦先旨禪師繼嗣法席，弘闡宗風。葦師參證之餘，復研究詩律，藉以流連光景，陶寫性情，深入淺出，曠然天眞，華而不縟，淡而彌旨。寫心則神與境合，狀景則趣共機流。至其清詞警句，試于唐僧弘秀集中舉以絜量，曾何多讓？繇是精進靡已，即以儷于晉、宋以來彌天釋，又奚難焉？

春潭偶成

風捲黃埃盡，寒光到處明。松青留澗影，秋老淡人情。閑步峯頭月，遙聞谷口鶯。歸雲攜滿袖，落葉雜蛩聲。

訪獨山且拙禪師

一林山色迴高峯，碧嶂無鄰細逕通。幾片白雲橫嶺上，兩灣緑水繞溪東。竹深影動猿攀筍，路狹聲聞鳥啄松。幸是吾人來卓錫，滿堂珠玉灑幽叢。

和鐵翁踏殘雪原韻

峯高日霽雪融消，一望山村竹樹遥。澗竇有聲泉眼活，洞門無迹石頭潮。飢鳥不見香臺啄，舞雀虚疑月樹教。何處野梅清引興，會尋水店與溪橋。

山居

鳥啄巖花啼緑嶂，猿偷樹果上青林。住山道者渾無事，閒數松針記古今。灌木叢中澗水環，茆齋琴奕鎮相關。風吹樹葉頻來掃，莫使閒雲占半間。

通成

字覺先，宛津菴普智弟子。恪守戒律，精通梵典。兼擅書畫，蕭蕭拔俗，以縑箋求者絡繹，皆應之。

菴居即事

十笏剛容膝，經幢得穩棲。鴿馴知飯半，花落逐風西。唄静雲生座，唫酣客到溪。松濤方隱隱，月上子規啼。

伎女

唐

史鳳

全唐詩傳 鳳，宣城妓也。詩七首。

知新録 史鳳，宣城妓也。待客以等：若異者，以迷香洞、神鷄枕、鎖蓮燈；次則交紅被、傳香枕、八分羊；下則不相見，以閉户羹待之，使人致語曰：『請公夢中來。』馮垂客于鳳，罄錢三十萬，至迷香洞題九迷詩于青屏而歸。

迷香洞

洞口飛瓊佩羽霓，香風飄拂使人迷。自從邂逅芙蓉帳，不數桃花流水溪。

神鷄枕

枕繪鴛鴦久與棲，新裁霧縠鬬神鷄。與郎酣夢渾忘曉，鷄亦流連不肯啼。

鎖蓮燈

燈鎖蓮花花照罍，翠鈿同醉楚臺巍。殘灰剔罷攜纖手，也勝金蓮送轍回。

鮫紅被

肱被當年僅禦寒，青樓慣染血猩紈。牙牀舒卷鴛鸞共，正值窗櫺月一團。

傳香枕

韓壽香從何處傳？枕邊芳馥戀嬋娟。休疑粉黛加鋋刃，玉女旃檀侍佛前。

八分羊

黨家風味足肥羊，綺閣留人漫較量。萬羊亦是男兒事，莫學狂夫取次嘗。

閉户羹

一豆聊供遊冶郎，去時忙喚鎖倉琅。入門獨慕相如侶，欲撥瑶琴彈鳳凰。

校　記

〔一〕本則光緒本删除。

宛雅三編卷二十一

聯句

齊

何從事

往敬亭路中

山中芳杜緑，江南蓮葉紫。芳年不共遊，淹留空若是。謝朓。渌水豈漣漪，青山多繡綺。新條日向抽，落花紛已委。何從事。弱蔓既青翠，輕莎方靃靡。鷺鷗没而遊，麇䴠騰復倚。齊舉郎。春岸望沈沈，清流見瀰瀰。幸藉人外遊，盤桓未能徙。何從事。鶩世把瓊芳，隨山訪靈詭。榮楯每嶙峋，林堂多碕礒。謝朓。

祀敬亭山春雨

水府衆靈出，石室寶圖開。白雲帝鄉下，行雨巫山來。謝朓。歌風讚靈德，舞蹈起輕埃。高軒乍留吹，元羽或徘徊。何從事。福降羣仙下，識逸百神該。青鳥飛層隙，赤鯉泳瀾隈。齊舉郎。

紀功曹中園

蘭亭仰遠風，芳林接雲崿。傾葉順清飆，修莖佇高雀。何從事。連綿夕雲歸，晻曖日將落。寸陰不可留，蘭墀豈停酌？吳郎。丹櫻猶照樹，綠筠方解籜。永志能兩忘，即賞謝邱壑。謝朓。

宋

梅堯臣

聯句

古木含清吹，池上增曉涼。余懷本達曠，謝少卿。聯此傲羲皇。孤鷗可與狎，絳。幽岸足以觴。幸有彭澤酒，堯臣。便同永嘉堂。潘生起爲壽，維。王子齊陳章。林端見新月，衍。草際聞寒螿。照水螢影亂，良臣。拂筵蓼花香。徘徊戀嘉境，坐使歸興忘。少卿。

希深洛中冬夕道話有懷善慧大士因探得江字韻聯句

彼有上人者，妙談心所降。希深。達空知不二，觀行本無雙。聖俞。久阻飄花席，因思響雪窗。希深。社中雖得遠，方外自非龐。聖俞。夢幻慚他劫，風塵厭此邦。希深。終期親道樹，何必憶重江？聖俞。

希深本約遊西溪信馬不覺行過據鞍聯句

有意訪西溪，順途唫思迷。及茲詢野老，已恨過芳谿。希深。醉客但多興，幽禽空自啼。無由駐金勒，林表日光低。堯臣。

同希深馬上口占送九舅入京成親聯句

之子洛中來，芳罇喜暫開。人誇阿連少，吾愧士衡才。希深。丹闕鳳凰去，清川鴻鴈迴。都門春色美，相送思悠哉。堯臣。

玉麈尾寄傅尉越石聯句

齋中獨何物？持之想見君。惟兹玉麈尾，信美而有文。夫子善談道，亹亹詞如雲。在握昔同色，傾座今離羣。絳。況託懷袖好，曾親蕙蘭薰。常許助閑放，於焉探典墳。既乃阻清燕，復屈驅蝱蚊。自殊白團扇，未畏秋葉紛。堯臣。

風瑟聯句

竅竹漏天風，張絃擬嶧桐。佳名從此得，妙響未曾窮。希深。夜静危臺上，人閑皎月中。依依聽不足，秋露滿蘭藂。聖俞。

冬夕會飲聯句

與君數夜飲，唯恐酒盞空。今我苦欲淺，堯臣。語意難此同。陳編侑歡適，謝景初。閒謔何魁雄。婢子寒且倦，堯臣。主人哦不窮。燈青屢結花，景初。煎響時鳴蟲。穴鼠暗出没，堯臣。風鴈高雍容。冰霜覆瓦屋，景初。貂狐輸貴翁。孤牀乏暖質，堯臣。苦語有淡工。咀嚼患炙小，景初。煨炮驚殼紅。落蟾斜入竅，堯臣。遠漏微遞風。醉心欺睡魄，景初。細書刺昏瞳。

吽呀聞爭犬，哮吼厭啼䝉。撥火亂䴚豆，附炙雙灣弓。乾果硬迸齒，堯臣。寒齏酸滿胸。枯蛤擘無肉，淡脯燒可饔。語必造聖賢，樂已過鼓鐘。紙窗幸未曙，景初。絮被令旋縫。凍痺兩股鐵，跑抓雙鬢蓬。脬尿既懶溺，裩虱唯欲烘。器皿足缺齾，捧執無兲穠。兒女寒不侵，堯臣。僮僕困欲瞢。豈無富貴徒，笑此飢寒蹤。丈夫固有負，道義久已充。墨子不黔突，齒輩且得封。勉哉梅夫子，蹇者終自通。景初。

元

張師愚

大德八年六月既望余與汪叔志梅叔威及叔輿弟柏山寺納涼聯句

雲林近南郭，瀟灑共追涼。青稻花凝雪，仲愚。新篁節傅霜。幽尋過紺宇，叔志。高坐得虛堂。僧供來山茗，叔威。賓筵列翠觴。桃如尼父雪，叔輿。瓜爲邵平嘗。覓句題蕉葉，仲愚。圍棋到仲房。割鷄勝異味，叔志。貳蔵列氈𦼮。風入纖絺爽，叔威。陰移白砌長。塵龕金像暗，叔輿。柏壟石麟亡。鈴語朱樓迥，仲愚。輪摧白塔荒。題名漫素壁，叔志。殘碣臥修廊。

緑愛垂垣草，叔威。黄炊欲夢粱。嘯歌游物外，叔輿。山水樂吾鄉。學道期顔閔，仲愚。論交有范張。總無簪芾累，叔志。未覺歲時忙。盤谷思同隱，叔威。濠梁意兩忘。荷衣元解製，叔輿。星劍但深藏。入室芝蘭秀，仲愚。聯輝棣萼芳。短才慙附驥，叔志。高詠笑啼螿。俛仰懷吾祖，叔威。空山自夕陽。叔輿。

國朝

施閏章

聖安寺聯句 仝高念東、王阮亭、謝方山、錢介維、袁士旦、宋牧仲。

暮雲如斷山，返照林下寺。阮亭。蕭散乃良覿，斷續幽人至。入門盼寒柯，揖讓爭行次。念東。牆剥古時紅，柏剩經冬翠。士旦。肅肅僧寮清，穆穆禪宮閟。方山。草創緬金元，烝嘗借初地。寺内舊有金世宗、章宗像。元初奉太祖以下神主于寺之瑞像殿。牧仲。金貂會三族，絳節來羣帝。爰遡大定年，下洎至元世。阮亭。刹那人代變，彈指河山異。念東。法像窮雕鎪，鄭重先皇界。寺有佛像，出大内。牧仲。鷲嶺舊飛錫，龍馭屢迴蹕。旃檀佛嘗飛至寺中，元學士程鉅夫有記。百靈走蒼茫，三軍赫鼓吹。愚山。妙相初無言，宛若拈花示。維摩不二門，灼然第一義。念東。畫壁商喜留，吳裝何詭麗。牧仲。絶筆追顧陸，纓絡雜珮璲。方山。天女静窈窕，雲旗儼容裔。牧仲。勢伏龍虎馴，氣攝魑魅悸。方山。旃檀邈古迹，金粟爛名繪。介維。竹房穿碧煙，苔碣捫緑字。昨聞捷奏宣，黔陽走吳濞。從此罷鼓鼙，花龕得高會。牧仲。殿閣明佛鐙，齋廚出香豉。方山。生菜薦春盤，巨匕削羊胾。介維。難窮祖帳情，時念東將還山。略遣文字戲。愚山。擁鼻發長唫，談天奮高視。酒氣徹鬚眉，墨痕涴指臂。士旦。雅調紛鳳鸞，險語掣鷹鷙。笑驅山可移，怒號星欲墜。韓杜競倔强，皮陸間流易。錯雜成宫商，一滴大海味。愚山。既足張楚軍，亦已拔趙幟。念東。舒嘯和哀猿，振藻慙上駟。牧仲。共擬寒山詩，聊述净名意。阮亭。鼠鬚爭葳蕤，鴝眼交睥睨。揮毫詫脱兔，敵人不及避。介維。河嶽曠遥情，海岱羅奇思。欣感共顛倒，主客謝拘忌。愚山。綦舄錯羣賢，旗鼓當大帥。士旦。鬭揚號禪窟，東安妙談議。未能離塵垢，稍欲藉鉗錘。阮亭。精藍梅吐苞，老樹烏垂翅。蒲牢時一鳴，牟尼静如睡。士旦。飛甍落罘罳，空垣凋薜荔。牧仲。篆煙縈狻猊，香臺蹲贔屭。方山。野馬静諸天，蒼隼側雙眥。士旦。醉鄉戰已疲，重圍或可潰。天寒僕御愁，促別喧車騎。念東。迴聽金琅璫，星河宿檐際。阮亭。

讀高念東瓊花觀詩因懷廣陵舊遊即席聯句 仝高念東、王阮亭、宋牧仲、謝方山。

瓊花何意也愁人，念東。且喜當杯酒入唇。萬事揚州成舊梦，愚山。三生杜牧失前身。念東。雷塘螢火猶侵夜，牧仲。官閣寒梅又放春。愚山。唫罷新詩轉惆悵，阮亭。二分明月竹西塵。方山。

即席奉送念東先生還山聯句二首 仝前人

莫教嚴漏促行觴，阮亭。好月遲來縱我狂。念東。九老幾人歸洛社，牧仲。五言今日賦河梁。阮亭。還山白首身猶健，愛客清尊夜未央。愚山。他日登臨重相憶，方山。平泉風物輞川莊。阮亭。

瀟灑由來屬樂天，曠懷今復見菑川。方山。香山舊隱人歸去，長慶新詩世久傳。阮亭。纔罷朝參翻獨笑，愚山。頻眈野飲縱高眠。牧仲。勞君三疊殷勤唱，我已風塵四十年。念東。

袁啓旭

宋牧仲先生筵上詠鐵脚聯句 仝周紫海、王阮亭、謝方山、錢介維、程山尊、宋牧仲。

經年疲塵鞅，埋首困束縛。休沐乘春閒，客過欣同酌。方山。春盤風味佳，薦此野田雀。牧仲。羽族誠瑣細，高舉塹肉攫。阮亭。逐隊從鳩燕，潛身避鵰鶚。方山。曾向大官廒，鼓翅恣饞啄。紫海。有聲但勞利，無心慕寥廓。阮亭。稻粱性能諳，林園意彌樂。士旦。穿屋軀體微，啅檐毛羽惡。牧仲。祥知近集庭，孝感遥投幕。引羣賀廈來，應瑞銜珠躍。六翮奮何時，一枝且深託。胡爲鎩羽翰，横取媚脾臄？山尊。啁啾鴛瓦翻，歷亂雲羅著。介維。彈射空城尋，縷切初筵數。牧仲。量同十步飲，智愧三嗅作。長竿類黏蟬，明珠異彈鵲。阮亭。率塲田父愁，繞砌兒童捉。介維。佛首野夫獻，斮脛庖丁斫。阮亭。稍聞鼎俎香，太息虞羅虐。士旦。品雖遜熊魚，味終壓藜藿。方山。匕箸任縱横，口吻鑑精鑿。充腸失肥甘，膩手信披剥。微如出醢鷄，飛似槍榆鷽。士旦。鮮肥有本來，香脆妙煎熯。腸胃少腥羶，骨絡耐咀嚼。夥聚無一臠，連啗豈滿壑？介維。瞪目冀豊餘，朵頤恣酬酢。山尊。染指類黿羹，鬬箸並鷄臛。牧仲。狂寧乞鵝笑，渴欲思羊酪。妙手葅薑橙，眞意謝糟粕。噬聞宫徵調，老畏牙齒落。阮亭。鬅掀競横肱，纓絶肆浪謔。紫海。披緜映短燭，截肪侑康爵。報恩懷玉環，錫名徵鐵脚。牧仲。詎能咸其腓？誰解鑄此錯？阮亭。人生耽口腹，是物勞薰灼。牧仲。適口念生成，感心增索莫。山尊。小鳥生有營，老饕意無作。士旦。羣飛失翾翾，臠取爭霍霍。牧仲。殺機滿天地，繒繳到山澤。阮亭。慨彼弱羽加，何異遊魚涸？山尊。静觀大化理，坐嘆生機薄。士旦。侶燕危處堂，伴鼠憎無角。介維。探鷇飢惘趙，銜穀貴占郭。牧仲。蚌蛤化已遲，螳螂伺猶昨。勿笑掩目捕，寧思撫髀躍？阮亭。我欲返其淳，解網出湯鑊。塵清威鳳游，政澤仁麟格。皇然象帝先，鳥獸稱咸若。紫海。

梅　清

八月十二夜天延閣聯句

高秋聚良朋，氣與煙雲發。閣敞延清虛，陳世祥。天空亘嵲屼。女牆絳螮蝀，王露。官樓紫嶒崒。鉤斜交遠畦，梅清。蔽虧帶蒙樾。曠觀聳五尋，鍾允諧。新搆盈十笏。文壁銜金釭，沈泌。雕梁縷玉鷹。孤空納沆瀣，梅庚。百里見毫髮。柏梘香正浮，梅素。鼇峯光未没。身輕接縹緲，露。目縱領超忽。乍瞑羣動收，諧。驟寒衆芳歇。暑徂火屆流，素。露净風初揭。遠剎撞昏鐘，清。嚴城閉高閥。分明烏鵲橋，泌。窈窕蟾蜍窟。輪非三五盈，祥。弦疑二八闕。絜幞會須修，庚。操斧未堪伐。月魄正當樓，清。樓心恰邀月。於時四宇澄，露。頗覺羣興浡。雷轟劇喧豗，素。羅列詫倉卒。蚶蠣漬柈杅，庚。狸麅紛殽核。旋斸玉腮鱸，泌。更剪紫拳蕨。筍脯薦春羹，諧。蒟醬開冬醇。清齊酒有醴，祥。餺飥麪無麧。筵從華燭燒，素。觴遵金谷罰。博齒課梟盧，清。拇陣嚴劓刖。輪攻訇神鉦，庚。墨守值文戢。猛者力搏象，祥。孱焉形仆靨。玉斗舉肯辭，泌。銅鐺呷難竭。其勁颶鏗鍧，庚。崩厓樹無杌。其莽海澎湃，諧。攬川流溢漏。有時吞長鯨，清。有時吸短蝎。憍氣震鄰圉，露。餘勇埽羸卒。清鑑展軸函，素。旁搜列碑碣。細研荆關皴，諧。勁辨顔柳骨。縑囊官錦殷，泌。素盎哥窑滑。古煙蘇合溲，庚。珍玉昆吾劂。駿圖嘶騏騮，祥。獵障走獫猲。戲犬晉清泰，番馬唐回紇。宫壺笵盃甗，泌。姜鈿錯軛軏。越冶相甌劍，鞞圭剡漢鉞。對此重摩挲，素。聞音最超越。擲傭付練染，遭燹委榾柮。班班各爛然，祥。一一見貽厥。撫景惜堂堂，憂生怪咄咄。木陂荷長鑱，庚。瓜畦疏唶堨。移藥洗花牀，莳蘭護銀岱。可憐蓬梗飄，祥。同此霜蹄蹶。檄信陳琳工，口還鄧艾訥。沈郎移革帶，清。梅尉寂鳴钀。華胄遡鍾繇，露。健筆數王勃。瘠自謂山臞，諧。肥寧等瓠腯？阿士盡峥嶸，清。誰傖敢齮齕？險韻擘字闢，祥。勍敵吹疵艴。或如葉咀蠶，素。或如草起鶻。或如雲蜿蜒，庚。或如風勃窣。怪語叱軒轅，泌。逸氣制溟渤。折肱孰能之？祥。聱牙我當曰。十重圍火攻，庚。五字訟面訐。才穎發新硎，清。塗窮悪枯槩。且與樂沈冥，焉能事干謁？黄河瓠子歌，祥。白晝蚩尤孛。支祁蕩汴淮，黔隧燎閩粤。叩閽閶闔遥，庚。垂戒象緯悖。餔糟彼汶汶，濡首咸汩汩。觴政夜闌弛，諧。醉餘談鋒突。脂轄索井投，戴鍤就陶掘。粲間鴝鵒舞，泌。礎傍花奴羯。叫囂髻脱幘，爬搔脚不襪。山桂香葳蕤，庚。海棠睡恍惚。狸嘷動客嗔，鼠墮遭童捽。涼響飢蛩號，囈語雛鷄詩。

沈月漸微茫，曙星倏突兀。極樂初忘疲，素。就眠深覺矻。良會在中秋，重期泛寶筏。清。

施彥恪

南樓步月聯句 奉同佟青士太守暨羅介山、顧愚亭二師尊，周龍客、周連城、劉申及、劉定深諸同學。

斜月徐徐下，佟二樓。寒威漸漸生。周龍客。壺觴隨緩步，周連城。燈火散嚴城。劉申及。薄醉神逾王，施孝虔。聯唫韻轉清。羅介山。誰家擊柝子，顧愚亭。驚起夜烏鳴。劉定深。

程元愈

三鑒堂觴梅 奉同佟青士太守，魯亮儕、沈元珮、張吾未、張秋谷諸同學。

春陰銜小苑，佟二樓。索笑古梅邊。冷豔侵華燭，程偕柳。寒香撲綺筵。一枝清泛蟻，魯亮儕。數朵淡籠煙。官閣溶溶月，沈元珮。珠宮冉冉僊。影分孤雀瘦，張吾未。態倚薄雲妍。雅稱唫簪對，張秋谷。羞隨舞袖偏。興狂催擊鉢，二樓。漏永競題箋。齒頰冰霜冽，偕柳。心腸鐵石堅。倚闌教弄笛，亮儕。點額任粧鈿。關隴詩堪寄，元珮。羅浮夢早傳。渾疑人似玉，吾未。應判酒如泉。驢背殊勞覓，秋谷。翻嘲孟浩然。二樓。

沈廷璐

北樓春眺聯句

奉同佟青士太守暨魯亮儕、程偕柳、張秋谷、張吾未諸同學。

新柳緑如許，高樓乃一登。海天煙欲接，二樓。郊甸日初昇。畫裏人家簇，偕柳。雲邊塔影層。彩虹環雉堞，亮儕。浄練徹魚罾。竇子丹邱近，元珮。麻姑翠黛凝。遠眸隨鳥没，秋谷。幽思觸花增。紅綻欹牆杏，吾未。青垂絡樹藤。鬅松長蜿蜒，二樓。髡檜短髯鬙。挹檻青嵐逗，偕柳。涵空野水澄。溪迴帆片片，亮儕。嶂叠石稜稜。謝李名猶在，元珮。江山感不勝。客心兼草蔓，秋谷。春色逼霞蒸。砌競銜香蝶，吾未。屏俄點墨蠅。畫鋪千尺錦，二樓。光麗五雲堋。鈴閣開羊祜，偕柳。龍門託李膺。放衙聊共適，亮儕。公讌故相仍。契結金蘭好，元珮。才推揚馬朋。操觚龍雨注，秋谷。説劍虎風騰。橘奕仙流興，吾未。桐徽吏隱能。苦唫頻拄頰，二樓。狂嘯屢横肱。曠挾沖霄隺，偕柳。豪凌脱臂鷹。口懸河漭泱，亮儕。胸峙嶽崚嶒。作賦卑王粲，元珮。驚人學杜陵。咄嗟肴蔌辦，秋谷。斟酌斗升弘。俯視空諸有，吾未。微言得未曾。冰壺心互寫，二樓。石鼎句休矜。韻險誇强押，偕柳。懷奇信代興。及時留令節，亮儕。卜夜剪華燈。漏矢催金鑰，元珮。簷牙轉玉繩。定知他日夢，秋谷。還向曲闌憑。吾未。

三鑒堂月夜　奉同佟青士太守、雷養默、張吾未、胡上歷、沈元珮、汪師退、胡忠衡。

明月正當頭，佟二樓。輕寒夜苦秋。雷養默。星光疏可數，張吾未。河影淡無流。胡上歷。高詠驚棲鳥，沈元珮。殘更下戍樓。汪師退。何當倚傑閣，胡忠衡。長嘯俯滄洲。二樓。

逸句

宋

李宏　一派銀河懸落水，數峯石壁鎖非煙。題天休觀

李蟠　夜深燈火明沙路，秋冷笙歌擁畫輪。辰光門

元

王圭　字敬仲。福兼鴻範五，瑞集鳳雛三。挽貢南漪　興寄冥鴻外，詩成立馬間。戴帥初過訪

王　璋　字敬叔。舉世非新法，中朝放直臣。題劉御史熙寧諫疏　寬覺腰圍減，明嫌鬢影秋。謝惠帶鏡　行當塞雁初來日，歸約河魚欲上時。送梅叔章

汪　鑫　杜鵑花裏千年寺，朱雀橋邊六代宮。過四明

汪　銖　坐久然松火，眠遲話葛藤。雪夜　秉驄秋入青山暮，執簡朝凝白苧霜。上御史

王鼇叟　常關羅雀户，焉用割鷄刀？送翟録事

荀原道　僧歸黄葉寺，鳥盡敬亭山。城晚即事　但供五柳先生醉，不爲孤山處士開。題梅菊

劉得之　登樓須待月，税地亦栽花。杭州　風帘桑落酒，春網藥楂魚。琴高峯

李震午　月隨雲影没，風挾雁聲來。閒述

胡　寬　海風吹月上，嶽翠入杯浮。登濟州太白樓　春歸天北飛鴻雁，地近湖南叫鷓鴣。送貢廣文

吴復興　雁帶秋雲落，人分社酒來。與族人飲

高德壽　山深雲守屋，林缺月當樓。憶山中友

胡　晉　茶竈霑晴露，書牀趁午陰。嘉秀亭

汪鼎亨　連娟初上疏桐月，蕭瑟時聞落葉風。舟過大通

高文彪　十里煙横楊柳岸，千家門對荻花洲。何家堡

朱得先　戴星問俗千山曙，耕雨關心百里春。上楊明府

熊不易 太瘦尚能憐杜甫，不言幾已失叟明。與友人别

施震仲 青山招隱思佳士，白髮催人惜壯圖。寄朱理甫

趙由皦 葛藤已許參獅窟，竹簡何妨挾兔園？錢常軒木塔寺

侯天祐 宮裏思傳燭，天涯尚轉蓬。客中寒食 聽雨隔窗消夜雪，分泉入硯帶春冰。雪後訪陳華仲

何致中 字雀林，號華陽山人。苦唫生白髮，歸夢繞青山。雨久琴絲潤，風清扇影閒。秋日

施　坦 字季平，盧山季子。香結幽蘭珮，詩裁明月珠。和梅叔章 亂聲秋樹葉，寒色晚花枝。劉氏園

汪士深 字起潛。雨香林下屐，花影席間尊。題嘉秀亭

胡元舉 字子仁，蘭亭山長。江雨催行棹，秋風吹客衣。送歐陽生

施　琪 字永叔，初菴山長。芝泥恩重春風暖，柏府雲開曉日晴。次丁憲使迎詔

何儒行 字仲景。梅花夜冷山中榻，芸草春香几上編。齋居 肅霜原隰懸蒼隼，麗日旌旗擁使騶。送金監憲

吳　鉷 字子彥，潛曾孫。塞翁休問馬，海客自盟鷗。和鄭仁卿 泉聲晴亦雨，山氣夏先秋。象山書院

劉德生 字景初。徂夏將束裝，莎鷄振涼羽。物生各隨時，變化緣氣母。

梅德明 石漏窗中月，巖通洞底泉。和汪叔志晚望山門 彩鷁隨風飛宛水，黑貂犯雪上燕臺。送叔章姪

張師愚 字仲愚。 蛾眉上碧落，牛渚送春濤。送陳公輔之采石 桑落山中酒，芙蓉江上秋。和師炳仲

張師魯 字叔輿。 雨林黄耳菌，春澗白頭魚。懷師氏山林 地偏須卯酒，心瘖食辰砂。送吳子彦宰辰溪

施聲遠 旋磨同行蟻，埋書似蠹魚。和弟聲蜚

師　敏 飲河期偃鼠，黏壁笑蝸牛。自述

師晦文 吠雪從驚犬，耕雲欲買牛。言懷

陳巨源 籬邊心事三秋暮，鏡裏年華兩鬢霜。晚節

李至善 玉兔杵摇金粟碎，素娥環濕露枝稠。月中桂

潘復之 寒宵濁酒南陵别，白髮青衫博士官。送高教授

張浚明 玉鑑冰壺懸夜月，碧幢畫戟動秋風。上張侯

潘登雲 魚水交情千載過，風煙老樹幾回秋。讀蜀志

董天吉 陶潛舊菊荒三徑，范蠡孤篷尚五湖。次胡則夫〔一〕

王經國 夾道燕鶯迎玉節，成行雁鷟凛金科。上馬按察

孫焕文 于越自緣頻入夢，敬亭豈是厭相看？送人 玉笋聯班新學士，金蓮賜炬舊詞臣〔二〕。送那學士

王時中 字伯庸。 紅樹城西晚，黄柑海上秋。送吳學正

胡　祺　字壽卿。碧樹渚宮秋色老，甘棠南紀晝陰連。送李憲使

潘　鉉　字仲金。黄壤蒙新棘，青編冷舊芸。挽劉竹所

劉　錫　字禹疇。賜衣新被乾坤寵，衛駕親承日月光。上劉左丞

趙次鈺　字仲相。故宫春草千年恨，近海潮聲八月秋。送人歸錢塘

陳　觀　字可大。龍飛急雨天機巧，鯨吼滄溟地軸摧。水碓

汪用敬　字彦恭。黄堂雅望推三語，烏府先聲重四知。送楊掾

明

僧法通　字石凡。斷霞迷遠郭，殘月冷空山。　樹影千年月，江聲九派潮。

愚按〔三〕：李宏之題天休觀、汪銖之雪夜上御史、王鼈叟之送翟録事、荀原道之城晚即事、劉得之之琴高峯、李震午之閒述、胡晉之嘉秀亭、施震仲之寄朱理甫、趙由皦之餞常軒木塔寺、何致中之秋日、施坦之和梅叔章劉氏園、汪士深之題嘉秀亭、胡元舉之送歐陽生、施琪之次丁憲使迎詔、吴鉠之象山書院、張師愚之送陳公輔之采石、張師魯之送吴子彦宰辰溪、師敏之自述、潘復之之送高教授、潘登雲之讀蜀志、孫焕文之送那學士、王時中之送吴學正、胡祺之送李憲使、潘鉉之挽劉竹

所、劉錫之上劉左丞，全首俱載宛陵羣英集。吴鍈之和鄭仁卿，全首載吴氏原泉集。兹俱補録，仍於各題下注別之。

校記

〔一〕夫　光緒本作『大』。

〔二〕烜　光緒本作『炬』。

〔三〕『愚案』云云　係光緒本所補。

宛雅三編卷二十二

詩話 上

雅言系述 高元矩，宣城人。贈宣城宰云：『硯貯寒泉碧，庭堆敗葉紅。』贈徐學士云：『鸞掠琴絃穿靜院，吏收詩草下閒庭。』

詩史 汪遵詠史云：『秦築長城比鐵牢，蕃戎不敢過臨洮。雖然萬里連雲際，不及堯階三尺高。』何光遠稱此詩卓絶千古，集中無以加。

全唐詩話 汪遵幼爲吏，許棠應二十餘舉，遵猶在胥徒，善爲絶句詩，而深晦縝密。一旦辭役就貢，會棠送客至灞、滻間，遇于途，訊曰：『何事至京？』遵曰：『就貢。』棠怒曰：『小吏無禮！』後遵成名五年，棠始登第，得名于時。遵宣城人，登咸通七年進士第，許棠其鄉人也。『平泉花木好高樹，嵩少縱橫滿目前。惆悵人間不平事，今朝身在海南邊。』遵題李太尉平泉莊詩也。

全唐詩録 推官公詩如『見後卻無語，别來長獨愁』；如『危城三面水，古樹一邊春』；如

『春雨有五色，灑來花旋成』； 如『未醉已知醒後憶，欲開先爲落時愁』： 讀之使人發融洽之歡于荒寒無聊之中，動慘戚之感于笑談方懌之後。 國風遺音，孰謂其果絃絶？ 推官，謂李公咸用也。

柳亭詩話 李咸用謝友人遺端溪硯瓦詩：『連澌光比鏡，因墨膩于磬，因墨勝于殺。』『墨』或作『因』字，則人人能道者。『硯瓦』二字創見于此，或云唐以前皆用瓦，受墨處微凹。然昌谷有『踏天磨刀割紫雲』之句，是詠端石也。

江南野録 邵拙字拙之，宣城人。好學，博通經史。水部郎趙慶有詩贈之曰：『邁種文章金鸑鷟，出羣行止玉麒麟。』仕宦不達而卒。有詩傳于時，間有云：『萬國未得雨，孤雲猶在山。』此其應與？ 宣城事函、全唐詩同。

侯鯖録 梅詢侍讀嘗從真宗東封，因卜命於岳神，夢三牛鬬於庭，有稱相公通謁者，雖異之，而不曉其兆。既而得濠梁守，州廨有三石牛。後呂許公夷簡以殿中丞來倅，詢見之，疑若所夢者，于是委遇至厚。不數年，許公大拜，梅爲發運使，按部至濠上，作詩寄許公云：『十五年前忝一麾，公餘嘗得預言詩。玉階武步爲霖早，雲路風波得志遲。浴鳳池深春蕩蕩，觀魚臺上草離離。重來故老休相問，請揭紗籠有舊碑。』

詩話總龜 梅詢詠陰陵警句云：『千重漢圍合，一夜楚歌聲。』

宣城事函 惠照教寺在城東十里土山，隋膠禪師道場。宋治平甲辰建，名會勝院，有沃洲亭。胡文恭宿判郡時有詩。梅尚書詢嘗讀書其中，兄子堯臣會勝院沃洲亭詩云：『前溪夾洲後溪闊，風吹細浪龍鱗活。孤亭一入野氣深，松上藤蘿籬上葛。葛花葛蔓無斷時，女蘿莫剪連古枝。當年吾叔讀書處，夜夜濕螢來復去。』元邑人張浚明詩：『春風跨馬銀鞍穩，夜月騎牛鐵笛聞。』自注云：『梅詢侍讀遊此，乘銀鞍馬；李舍章隱此，騎牛吹鐵笛。』按志，舍章家土山，少讀書僧舍，每風月良夕，輒吹鐵笛，唫嘯自若，識者異之。舉太平興國庚辰進士，終江陰軍，有聲績。寺歷洪武、宣德、景泰、嘉靖間遞修。

東坡題跋 『驛使前時走馬回，北人粗識越人梅。清香莫把酴醿比，祇欠溪頭月下杯。』梅二丈長身秀眉，大耳紅頰，飲酒過百盞，輒正坐高拱，此其醉也。吾雖後輩，猶及與之周旋，覽其親書詩，如見其抵掌談笑也。元祐七年七月二十二日。

東坡題跋 『客心如萌芽，忽與春風動。又隨落花飛，去作江南夢。我家無梧桐，安可久留鳳？鳳棲在桂林，烏哺不得共。無忘桂枝榮，舉酒一以送。』右宛陵先生梅聖俞詩。先君與聖俞遊時，余與子由年甚少，世未有知者，聖俞極稱之。家有老人泉，聖俞作詩曰：『泉上有老人，隱見不可常。蘇子居其間，飲水樂未央。泉中若有魚，與子同倘佯。泉中苟無魚，子持玩滄浪。歲月不知老，家有雛鳳凰。百鳥戢羽翼，不敢呈文章。去爲仲尼歎，出爲盛時翔。方今天子聖，無滯彼泉傍。』聖俞没，今四十年矣。南遷過合浦，見其門人歐陽晦夫出所爲送行詩。晦夫年六十六，予尚少一歲，鬚鬢皆皓然，困窮亦略相似。于是，執手大笑曰：『聖俞之所謂鳳者，例皆如是哉？天下皆言聖俞以詩窮，吾二人又窮于聖俞，可不大笑乎？』元符三年月日書。

中山詩話　梅聖俞幼戲謝師直詩曰：『古錦裁詩句，斑衣戲坐隅。木奴今正熟，肯效陸郎無？』師直小名錦衣奴，至十歲，讀此方悟之。

聞見後録　嘉祐中，侍從官列薦國子博士梅堯臣宜在館閣，仁皇帝曰：『能賦「一見天顔萬人喜，卻回宫路樂聲長」者也。』蓋帝幸景靈宫，堯臣有詩，或傳入禁中，帝愛此二語，召試賜等，竟不登館閣以死。

聞見後録　古今詩人多以記境，熟語或相類。唐人云：『人心勝潮水，相送過潯陽。』梅聖俞云：『寒潮如特送，不肯過溢城。』元之云：『燒殘灰燼方分玉，撥盡寒沙始見金。』聖俞云：『力搥頑石方逢玉，盡撥寒沙始見金。』杜子美云：『座飲賢人酒，門聽長者車。』荆公云：『室有賢人酒，門多長者車。』唐人云：『萬井閭閻皆禁火，九原松柏自生煙。』聖俞云：『千門皆禁火，九野自生煙。』名下之士，豈相剽竊者耶？

彦周詩話　梅聖俞詩句句精鍊，如『焚香露蓮泣，聞磬清鷗邁』之類，宜乎爲歐陽文忠公所稱。其他古體如朱絃疏越，一唱三歎，讀者當以意求之。

苕溪漁隱藂話 聖俞詩工於平淡，自成一家。如東溪詩云：『野鳧眠岸有閒意，老樹著花無醜枝』；山行詩云：『人家在何處？雲外一聲鷄』；春陰詩云：『鳩鳴桑葉吐，村暗杏花殘』；杜鵑詩云：『月樹啼方急，山房人未眠』。似此等句，須細味之，方見其用意也。

西清詩話 晏元獻守汝陰，梅聖俞往見之。將行，公置酒潁水河上〔一〕，因言古人章句中全用平聲，製字穩貼，如『枯桑知天風』是也，恨未見側字詩耳。聖俞既引舟，遂作五側體寄公：『月出斷岸口，影照別舸背。且獨與婦飲，頗勝俗客對。月漸上我席，暝色亦稍退。豈必在秉燭？此景亦可愛。』

隱居詩話 馬遵謫守宣州，及其去也，郡僚軍民爭欲駐留，至于鐵鎖絶江。遵于餞筵倚醉，令官妓剥榧實而食，眷眷若留連狀。又以所乘驄马寄圣俞家，郡人皆不疑其去也。遵夜使人绝锁解舟，以水沃櫓牙，使之不鸣。迨晓，舟去远矣。圣俞遂以诗寄之，可谓善于敘事者也：『三更醉下陵陽峯，仙舟江上去無蹤。杖牙鐵鎖漫橫絶，櫓濕不驚潭底龍。斷腸吳姬指如笋，欲剥玉榧將何從？短翎水鴨飛不遠，那經細雨山重重？卻顧舊埒病驄馬，塵沙歷盡空龍鐘。』

隱居詩話 呂士隆知宣州，好以事笞官妓，官妓皆欲逃去而未得也。會杭州有一妓到宣，其色藝可取，士隆愛之，留之使不去。一日，羣妓復犯小過，士隆又欲笞之，妓泣訴曰：『某不敢辭罪，但恐杭妓不能安也。』士隆憫而捨之。聖俞因作莫打鴨一篇，蓋謂此也：『莫打鴨，打鴨驚鴛鴦。鴛鴦新向池北落，不比孤洲老秃鶬。秃鶬尚欲遠飛去，何況鴛鴦羽翼長？』

竹坡詩話　自古詩人文士，大抵皆祖述前人作語。梅聖俞詩云：『南隴鳥過北隴叫，高田水入低田流。』歐陽文忠公誦之不去口。魯直詩有『野水自添田水滿，晴鳩卻唤雨鳩來』之句，恐其用此格律而語意高妙如此，可謂善學前人者矣。

歸田録　梅聖俞詩名三十年，終不得一館職。初授敕修唐書，語妻曰：『吾之修書，可謂猢猻入布袋。』妻曰：『君之仕宦，何異鮎魚上竹竿？』

隱居詩話　梅聖俞贈鄰居詩有云：『壁隙透燈光，籬根分井口。』徐鉉亦有喜李少保卜鄰云：『井泉分地脉，砧杵共秋聲。』此句尤閒遠也。

東軒筆録　張堯佐以進士擢第，累官至屯田員外郎，知開州。會其姪女有寵于仁宗，册爲修媛，堯佐遂驟遷擢，一日中除宣徽、節度、景靈、郡牧四使。是時，御史唐介上疏，引天寶楊國忠爲戒，不報。又與諫官包拯、吴奎等七人論列殿上。既而御史中丞留百官班，欲以廷諍。卒奪堯佐宣徽、景靈兩使，特加介五品服，以旌敢言。未幾，堯佐復除宣徽使，知河陽。唐謂同列曰：『是欲與宣徽，而假河陽爲名耳，我曹豈可中已耶？』同列依違不前，唐獨爭之，不能奪。仁宗諭曰：『差除自是中書。』介遂極言宰相文彦博以燈籠錦媚貴妃而致位宰相，今又以宣徽使結堯佐，請逐彦博而相富弼；又言諫官觀望挾姦，而言涉宫掖，語甚切直。仁宗怒，趣召兩府，以疏示之。介諍不已，樞密副使梁適叱介，使下殿，介諍愈切。仁宗大怒，玉音甚厲，衆恐禍出不測。是時，蔡襄修起居注，立殿陛，即進曰：『介誠狂直，然納諫容言，人主之美德，必望全貸。』遂貶春州別駕。翊日，御史中丞王舉正救解之，改爲英州別駕。始，上怒未已，兩府竊議曰：『必重貶介，則彦博不安；彦博去，則吾屬遞遷矣。』既而果如其料。當是時，梅堯臣作書竄詩曰：『皇祐辛卯冬，十月十九日。御史唐子方，危言初造膝。曰朝有巨姦，臣介所憤嫉。願條一二事，臣職敢妄率？宰相文彦博，邪行世莫匹。曩時守成都，委曲媚貴暱。銀鐺插左貂，窮臘使馳驛。邦媛將夸侈，中金賚十鎰。爲我寄使君，奇紋織纖密。遂傾西蜀巧，日夜急鞭抶。紅經緯金縷，排科鬬八七。比比雙蓮華，篝燈戴心出。幾日成一端，持行如鬼疾。明年觀上元，被服稳稱質。璨然驚上目，遽爾有薄詰。既聞所從來，佞對似未失。且云奉至尊，於妾豈能必？遂回天子顔，百事容丏乞。臣令得粗陳，狡猾彼非一。偷威與賣利，次第推甲乙。是惟陰猾雄，仁斷宜勇黜。必欲致太平，在列無如弼。弼亦昧平生，況臣不阿屈？臣言天下公，奚以身自恤？君傍有側目，喑啞横詆叱。指言爲罔上，廢汝還蓬蓽。是時白此心，尚不避斧鑕。雖令禦魑魅，甘且同飴蜜。既知弗可懼，復以强詞窒。帝聲亦大厲，論奏不容畢。介也容甚閑，猛士膽爲慄。立貶嶺外春，速欲爲異物。内外官恟恟，陛下何未悉？即敢救者誰？襄執左右筆。謂此倘不容，盛美有所咈。平明中執法，懷疏又堅述。介言或似狂，百豈無一實？恐傷四海和，幸勿苦倉卒。亟許遷英山，衢路猶嗟咄。翊日宣白麻，稱快口盈溢。阿附連諫官，去若懷絮虱。其間因獲利，竊笑等蛇鷸。英州五千里，瘦馬行駃駃。毒蛇噴曉霧，晝與嵐氣没。妻孥不同途，風浪過蛟窟。存亡未可知，雨館愁傷骨。飢僕時後先，隨猿拾橡栗。粤林多蔽天，黄柑雜丹橘。萬室通釀酤，撫遠無禁律。醉去不須錢，醒來弄鳴瑟。山水仍奇怪，已可消憂鬱。莫作楚大夫，懷沙自沈汨。西漢梅子眞，出爲吴市卒。市卒且不慙，况兹别乘秩？』始堯臣作此詩，不敢示人，及歐陽修爲編其集，時有嫌避，又削去此詩，是以少人知者，故今全録焉。

隱居詩話 楚州有官奴王英英，善筆札，學顔魯公體，蔡襄頃教以筆法。晚年作大字甚佳，梅堯臣贈之詩曰：『山陽女子大字書，不學常流事梳洗。親傳筆法中郎孫，妙畫蠶頭魯公體。』英英貌甚陋，故有『不事梳洗』之句。中郎孫，君謨也。

苕溪漁隱叢話 王直方詩話云：『山谷嘗稱聖俞「聲喧釜且裂，點疾盎薾立」之句，謂追古作者。陳無己喜聖俞詩，獨誦其兩句云：『「胡地馬牛歸隴底，漢人煙火起湟中。」』余閲臨川集荆公次韻元厚之平戎慶捷詩，即此兩句。王直方稱陳無己喜聖俞詩，獨誦此兩句。偏閲宛陵集，無此兩句，乃直方之誤。

苕溪漁隱叢話 王直方詩話云：『聖俞在禮部考校時，和歐公春雪詩云：「有夢皆蝴蝶，逢袍只紵麻。」諸人不復措手，蓋韻惡而能用事如此，可貴也。』余閲宛陵集，聖俞此詩非和歐公韻，乃是唱首。其自注云：『聞永叔謂子華曰：「明日聖俞若無詩，修輸一杯酒。」』歐公集中亦有和聖俞春雪詩，皆在禮部時唱和，以此可見矣。王直方不切審細，遂妄有韻惡而能用事之語，蓋其詩話中似此者甚衆，余故辨證之。

六一詩話 晏元獻公文章擅天下，尤善爲詩，而多稱引後進，一時名士往往出其門。聖俞平生所作多矣，然公獨愛其兩聯，云：『寒魚猶著底，白鷺已飛前』；又『絮暖鮆魚繁，露添蓴菜紫』。余嘗于聖俞家，見公自書手簡，再三稱賞此二聯。余疑而問之，聖俞曰：『此非我之極致。』豈公偶自得意于其間乎？乃知自古文士不獨知己難得，而知人亦難也。

韻語陽秋 梅聖俞五字律詩于對聯中十字作一意處甚多，如碧瀾亭詩云『危樓喧晚鼓，驚鷺起寒汀』；初見淮山云『朝來汴口望，喜見淮上山』；送俞駕部云『何時鷁舟上，遠見爐峯迎』；送張子野云『不知從此去，當見復何如』；和王尉云『度鳥不曾下，新詩誰寄評』；晝寢詩云『及爾寂無慮，始知幾晝空』。如此者不可勝舉。詩家謂之『十字格』，今人用此格者殊少也。老杜亦時有此格，放船詩云『直愁騎馬滑，故作泛舟回』；對雨云『不愁巴道路，恐濕漢旌旗』；江月云『天邊常作客，老去一霑巾』。

韻語陽秋 梅聖俞早有詩名，故士能詩者往往寫卷投擲，以質其是非。梅各有報章，未嘗輕許之也。讀黃萃詩卷則云：『鳳凰養雛飛未高，鷄鶩成羣翅終短。』讀蕭淵詩卷則云：『野雉五色且非鳳，知時善鳴鷄若何。』讀孫且言詩卷則云：『汲井欲到深，磨鏡欲盡塵。』讀張令詩卷則云：『讀之不敢倦，十未能一曉。』讀邵不疑詩卷則云：『既觀坐長嘆，復想李杜韓。』皆因其短而教誨之也。東坡喜獎與後進，有一言之善，則極口褒賞，使其有聞于世而後已，故受其獎者亦踴躍自勉，樂于修進而終爲令器。若東坡者，其有功于斯文哉！其有功于斯人哉！

韻語陽秋 歐公一世文宗，其集中美聖俞詩者十幾四五，稱之甚者如：『詩成希深擁鼻謳，師魯卷舌藏戈矛。』又云：『作詩三十年，視我猶後輩。』又云：『少低筆力容我和，無使難追韻高絶。』又云：『嗟哉我豈能知子？論詩賴子能指迷。』聖俞詩佳處固多，然非歐公標榜之重，詩名亦安得如此之重哉？歐公後有詩云：『梅窮獨我知，古貨今難賣。』而聖俞贈滁州謝判官詩亦云：『吾詩固少愛，獨爾太守知。』皆言識之者鮮也。張芸叟評其詩云：『如深山道人，草衣葛屨，王公大人見之屈膝。』

韻語陽秋 黄魯直詩云：『世有捧心學，取笑如東施。』梅聖俞云：『曲眉不想西家樣，餒腹還如二子清。』太平寰宇記載西施事云：『施其姓也。是時有東施家、西施家。』故李太白效古云：『自古有秀色，西施與東鄰。』而東坡代人留别詩乃云：『絳蜡烧残玉斝飞，离歌唱徹万行啼。他年一舸鸱夷去，应记侬家旧姓施。』似与寰宇记所言不同，岂为韻所牵耶？

韻语阳秋 东汉李固，忠直鲠亮，志在许国，不为身谋。争立清河，遂忤梁冀，以致身首異处。当时有提鈇上章，乞收固尸如汝南郭亮者；有星行至洛，守卫尸丧如陈留杨羌者：亦可见固以忠获罪矣！唐李华尝观党锢传，抚卷而悲之，且作诗云：『古墳襄城野，斜徑横秋陂。况不禁樵采，茅莎無孑遺。』嗚呼！生不能保其身，死又不能保其藏身之地，天之不相善人，何至是耶！梅聖俞詩云：『後漢誅黨人，誰與李杜死？死者有范滂，其母爲之喜。喜死名愈彰，生榮同犬豕。』故史臣以胡廣、趙戒爲糞土，而馬融眞犬豕哉！

韻語陽秋 謝師厚生女，梅聖俞與之詩曰：『生男衆所喜，生女衆所醜。生男走四鄰，生女各張口。男大守詩書，女大逐鷄狗。』又云：『何時某氏郎，堂上拜媪叟。』蓋戲師厚也。

陳琳、杜甫詩及楊妃外傳其説異焉。琳痛長城之役，則曰：『生男戒勿舉，生女哺用脯。』杜甫傷關西之戍，則曰：『生女猶得嫁比鄰，生男埋没隨百草。』楊妃專寵帝室，金印盭綬，寵遍于銛、釗；象服魚軒，榮均于秦、虢。當時遂有『生女勿悲酸，生男勿喜歡。男不封侯女作妃，君看女卻爲門楣』之詠。而樂天長恨歌亦云：『遂令天下父母心，不重生男重生女。』今師厚之女毓質儒門，不過求賢士以爲之配爾，縱不至負薪如翟婦，餉舂如孟光，亦豈能預知其必大富貴、光宗榮族如蒲津之婦人乎？宜其聖俞以爲戲也。

韻語陽秋　梅聖俞送方干下第詩云：『竭澤古所戒，但保腹中書。風雷變有時，且復歸孟瀦。』送蔡驛下第詩云：『汝持金錯刀，不入鵝眼貫。懷之歸河朔，慎勿輒鎔鍛。』蓋人士切于得失，一不得意，則必變其所學以求媚于有司，此學者之大病也，故聖俞以是戒之。

韻語陽秋　建安七子，唯劉公幹獨爲諸王子所親。曹操威豔蓋世，甄夫人出拜，諸人皆伏，而公幹獨平視，雖論作而不悔，亦可嘉矣。故梅聖俞詩云：『公幹才俊或欺事，平視美人曾不起。自兹不得爲故人，論作左校頻于死。』公幹嘗有贈從弟詩云：『亭亭山上松，瑟瑟谷中風。風聲一何盛，松枝一何勁！』其寄意如是，肯少屈于操哉？末篇又託與鳳凰，有『何時當來儀，將須聖明君』之句，則不以聖明待操矣。

韻語陽秋　汝人多苦癭，故歐陽公汝癭詩云：『傴婦垂瓮盎，嬌嬰包卵鷇。無由辨有頸，有類龜縮殼。』梅聖俞詩云：『或如鷄睛滿，或若蝯蝶並。女歭高掩襟，男衣闊裁領。』東坡量移汝州，詩云『闊領先裁蓋癭衣』，又云『汝陽瓮盎吾何恥』。魯直汝州葉縣詩亦云：『癭民見我亦悠悠。』余嘗侍先人知汝州，見州治諸井皆以夾錫錢鎮之，每井率數十千。問共故，一老兵曰：『此邦饒風沙，沙入井中，人飲之則成癭，夾錫錢所以制沙土也。』因思無錫惠山泉清甘，甲于二浙者，以有錫也，則老兵之言不妄矣。

韻語陽秋 梅聖俞寄題歐公醉翁亭詩云：『日暮使君歸，野老紛紛至。但留山鳥啼，與伴松間吹。借問結廬何？使君遊息地。借問醉者何？使君閑適意。借問鐫者何？使君自爲記。』全體歐公醉翁亭記而作。余謂滁之山水，得歐文而益光；歐公之文，得梅詩而愈重。

韻語陽秋 賈誼曰：『古之聖人，不居朝廷，必有醫卜。』則從事于醫卜者，未可輕也。京兆杜嬰能讀書，其言近莊子而自託於此，豈足以病嬰之高乎？故荆公有詩傷之云：『叔度醫家子，君平卜肆翁。蕭條昨日事，髣髴古人風。』梅聖俞贈何山人詩亦云：『日聞古賢哲，必與醫卜鄰。』宋景文云：『醫卜之事，士君子能之，則不迂不泥、不矜不神。小人能之，則迂而入諸拘礙，泥而弗通大方，矜以誇己，神以誣人。』眞名言哉！

侯鯖録 東坡先生嘗愛梅聖俞和宋次道紫宸早朝詩，云：『陸生聲譽在雲間，來預簪裾謁帝顔。冠劍有容夔與契，文章全盛馬兼班。耽耽玉宇龍纏棟，靄靄金鋪獸嚙環。卻出當朝殿前過，戟衣風動自相攀。』

侯鯖録 梅聖俞詩，世稱『五字之妙』。其歌詞語勝理清，大似元微之作。花娘歌曰：『花娘十二能歌舞，藉甚聲名居樂府。荏苒其間十四年，朝爲行雲莫爲雨。格高氣俊能動人，人能動之無幾許。前歲適從江國來，時因讌席相微語。雖有幽情未得傳，暗結慇懃度寒暑。去春從客出東城，舟中接膝心已傾。自從稍稍有期約，五月蓮航並釣行。曲隄别浦無人處，始笑鴛鴦浪得名。爾後頻逢殊嫵婉，各恨從來相見晚。月下星前不暫離，暫離已抵銀河遠。青鳥傳音日幾回，鷄鳴歸去暮還來。經秋度臘無纖失，愛極情專易得猜。前年南圃尋芳卉，小忿不勝投袂起。官司乘釁作威稜，督促倉皇出閭里。瀟瀟風雨滿長溪，一舸飄然逐流水。忽逢小吏向城東，泣淚寄言心欲死。願郎早日致青雲，妾已長甘在泥滓。更悲恩意不得終，世事難憑何若此？郎聞此語痛莫禁，天地無窮恨不已。我今爲汝偶成章，便欲緘之托雙鯉。』又作翡琴詞云：『秦女乘鸞遺翠羽，落在人間與風舞。風休不歸誰作主？此郎拾取粧金縷。郎家夫婦愛且憐，繫向裙間同出處。朝來鄰里偶經過，方朔鄰枚爭欲覩。上人重客苦流連，急走鈿車令去取。酒巡未匝掩閤扉，忽已聞歸報鸚鵡。重匀朱粉臨鏡臺，促息不停催出户。正抱琵琶穩繫膝，輥作輕雷槌作雨。自解彈成啄木聲，豈惟能寫胡人語？醉眼流波入鬢時，絃慢邀郎繫絲柱。身柔狂滑郎力微，欲倩旁人頻顧主。主何磊落風味多〔二〕，就請上賓無不許。相疏情遠誰稱渠，畫撥當胸客當去。』

苕溪漁隱叢話 余閲宛陵集，見一日曲，味其辭意，乃爲南陽一娼語離而作，然則謹厚者亦復爲之耶？其曲云：『妾家鄧侯國，昔愧邯鄲姝。世本富繒綺，嬌愛比明珠。十五學組紃，未嘗開户樞。十六失所適，姓名傾里閭。十七善歌舞，使君邀宴娱。自茲著樂府，不得同羅敷。涼温忽荏苒，屢接朝大夫。相歡不及情，何異逢路衢？昨日一見郎，目色曾不渝。結愛從此篤，暫隔猶恐疏。如何遂從宦，去涉千里途？郎跨青驄馬，妾乘白雪駒。送郎郎未遠，别妾妾仍孤。不如水中鱗，雙雙依緑蒲。不如雲間鵠，兩兩下平湖。魚鳥尚有託，妾今誰與俱？去去約春華，終朝怨日晡。一心思杏子，便擬見梅花。梅花幾時吐，頻掐闌干數。東風若見郎，重爲歌金縷。』

高似孫硯箋 梅聖俞答王幾道遺磁泥古硯詩：『澄泥叢臺泥，斷瓦鄴宮瓦。初從故人來，來自邯鄲下。』

後村詩話 歐陽詩如昌黎，不當以詩論。本朝詩惟宛陵爲開山祖師，宛陵出然後桑濮之哇淫始息，風雅之氣脉復續，其功不在歐、尹下。世之學梅詩者，率以爲淡，集中如『葑上春田闊，蘆中走吏參』；『海貨通閶市，漁歌入縣樓』；『白水照茆屋，清風生稻花』；『霜落熊升樹，林空鹿飲溪』；『河漢微分練，星辰淡布螢』；『每令夫結友，不爲子求郎』；『山形無地接，寺界與波分』；『山風來虎嘯，江雨過龍腥』之類，殊不草草。蓋逐句逐字銖銖而較者，決不足爲大家數，而前輩號大家數者，亦未嘗不留意於句律也。

江鄰幾雜誌　梅聖俞至寧陵，寄余詩云：『獨護慈母喪，淚與河水流。河水冬有竭，淚泉常在眸。』彦猷持國譏其作詩太早，余應之以蓼莪及傅威贈王何二侍郎詩。

碧溪詩話　張籍移書責退之與人商論不能下氣，愈亦云：『我昔實愚蠢，不能降色辭。』余謂此乃書生常態。昔嘗見太中爐亭議題，紛喧閧然，其後有二生坐是鳴鼓，豈直議禮家爲聚訟哉！聖俞謝永叔惠酒云：『貽詩語且横，既醉論益堅。曾不究世務，閑氣爭古先。』誠有之也。

詩話總龜　郭功父少時喜誦文忠公詩。一日遇聖俞，聖俞曰：『近得永叔書，云作廬山高詩送劉同年，自以爲得意，恨未見此詩。』功父誦之，聖俞擊節歎賞，曰：『使吾更學作詩三十年，不能道其中一句。』功父再誦，不覺心醉。遂置酒，又再誦數行，凡誦十數通，不交一言而罷。明日，聖俞贈功父詩曰：『一誦廬山高，萬景不可藏。設如古畫詩，極意未能忘。』

詩史　景祐末，元昊叛，夏鄭公守長安，梅聖俞送詩云：『亞夫金鼓從天落，韓信旌旗背水陳。』鄭公獨刻此詩於石。按：此二句乃聖俞叔昌言學士句也，屬之聖俞，疑誤。

詩史 蘇子美監造奏院，因賽神召館中同舍。是時，江南人李中舍因梅聖俞謁子美，且願預此會。聖俞以爲言，子美曰：『食中不設蒸饅餅夾，座上安有國舍御臺？』李銜之，遂暴其事於言語，爲劉元瑜所彈，子美坐謫。故聖俞有客至詩云：『有客十人至，共食一鼎珍。一客不得食，覆鼎傷衆賓。』蓋指李也。

剡溪詩話 皮日休詩云：『松膏背日凝雲磴，丹粉經年染石牀。』梅聖俞詩云：『神岳蓄粹和，寒松化膏液。』皆用『膏』字也。

明一統志 嚴公臺在府城西南四里，相傳嚴子陵垂釣于此。梅聖俞詩云：『上過桓彝宅，下經嚴子臺。』

吴孟舉宋詩鈔 聖俞在河南時，王晦叔見而嘆曰：『二百年無此作矣！』賢士大夫如温公、東坡、介甫諸人咸敬重之，尤與歐陽文忠公善，世比之韓、孟，兩公亦頗以自況。故貢奎詩云：『詩還二百年來作，身死三千里外官。知己若論歐永叔，退之猶自愧郊寒。』蓋言詩力也。又龔嘯云：『去浮靡之習于崑體極弊之際，存古淡之道于諸大家未起之先，此所以爲梅都官詩也。』果信。

二樓紀略 蘇州有梅都官園，在府治之西。祝標野録云：『聖俞晚年謝事，卜築滄浪之旁，與子美相鄰。蘇舜欽居滄浪亭。二公一時名勝，日夕往還，賦詩相得甚懽，今猶稱其地爲梅家園。』按都官作滄浪亭詩：『曩子初去國，我勉勿迷津。四方不可之，中土百事淳。』史稱天聖中，學者爲文多病偶對，獨舜欽與河南穆修好爲古文歌詩，一時豪傑多從之遊。今考其時爲古文歌詩者，如尹師魯、梅聖俞，亦與子美，皆歐陽文忠所爲針芥水乳，宜其死生相厚善也。都官之詩，以深遠古澹爲宗，故王文康公曙見之嘆曰『二百年無此作』，殆横制頽波于西崑詩敝之日故也。

東齋録　梅聖俞於范希文席上賦河豚魚詩云：『春洲生荻芽，春岸飛楊花。河豚于此時，貴不數魚蝦。』河豚出春暮，遊水上，食柳絮而肥，南人多與荻芽爲羹而食之，故知者謂破題二句已道盡河豚好處。聖俞平生苦于唫詠，以閒爲意，故其詩思極艱。此詩于尊俎笑談間頃刻而成，遂爲絶唱。

六一題跋　前一篇梅聖俞詠泥滑滑，次一篇蘇子美詠黄鶯，後一篇余詠畫眉鳥。三人之作也，出於偶然。初未始相知，及其至也，意輒一作『趣』。同歸，豈非其精神會通，遂暗合邪？自二子死，余殆絶筆于斯矣。翰林東閣書：『泥滑滑，苦竹岡。雨蕭蕭，馬上郎。馬蹄凌競雨又急，此鳥爲君應斷腸。』此聖俞詩也。

水心題跋　余嘗戲語鄉人：『河豚雖毒，而人能啖之，毒又甚矣！』梅聖俞勤勤憂人以豢河豚至死，乃謂龍蛇蝦蟆爲無苦，其爲人計固厚，然二物獨何罪乎？因仲止寄此刻，謾題以當一笑，久别安隱。

捫虱新話　梅聖俞河豚詩云：『但言美無厭，誰知死如麻？』歐公食車螯詩亦云：『但知美無厭，誰謂來甚遐？』便覺牽强，不似梅詩爲切題。

賓退録　琴溪琴魚，舊亦入朝貢，乾、道間始罷。前輩多形之賦詠，聖俞、王禹玉、歐陽文忠公皆有和梅公儀琴高魚詩。聖俞詩云：『大魚人騎上天去，留得小鱗來按觴。吾物吾鄉不須念，大官嘗膳有肥羊。』禹玉詩云：『三月江南花亂開，青溪曲曲水如苔。琴高一去無蹤迹，枉是漁人尚見猜。』文忠詩云：『琴高一去不復見，神仙雖有亦何爲？溪鱗佳味自可愛，何必虚名務好奇？』聖俞又有宣州雜詩二十首，其一云：『古有琴高者，騎魚上碧天。小鱗隨水至，三月滿江邊。少婦自撈漉，遠人無棄捐。憑書不通薄，賣取青銅錢。』聖俞，宣人也。汪彦章嘗賦長篇，故山谷送舅氏野夫之宣城詩有云：『藉甚宣城郡，風流數貢毛。霜林收鴨脚，春網薦琴高。』蜀人任淵註此，不知宣城土地所宜，但引列仙傳事，直云琴高鯉魚也，誤矣。

古今詩話　梅聖俞河豚詩『春洲生荻芽』云云，劉原甫戲曰：『鄭都官有鷓鴣詩，謂之鄭鷓鴣；聖俞有河豚詩，當呼梅河豚也。』

古今詩話　范文正公勁節，知無不言，仁廟朝數出外補。梅聖俞作啄木詩以見意曰：『啄盡林中蠹，未肯出林飛。不識黄金彈，雙翎墮落暉。』

王直方詩話　歐陽公知貢舉日，有詩云：『無譁戰士銜枚勇，下筆春蠶食葉聲。』絶爲奇妙，故聖俞作詩云：『食葉蠶聲句偏美，當時曾記賦詩成。』

古今詩話　僧居寧，毗陵人，妙工畫草蟲。嘗見水墨草蟲，長四五寸者，題云：『居寧醉筆，須大失眞，然筆力遒勁可愛。』梅聖俞詩云：『草蟲有纖意，醉筆得正熟。』

黄常明詩話　退之詠蚊蠅云：『涼風九月到，掃不見蹤迹。』夢得聚蚊云：『清商一來秋日曉，羞爾微禽飼丹鳥。』聖俞云：『薨薨勿久恃，會有東方白。』小人稔惡，豈漏恢網？但可僥倖目前耳！左氏曰：『天之假助不善，非右之也，將厚其惡而降之罰也。』其是之謂乎！

居易録　梅聖俞宣州雜詩有云：『一過響山畔，常思路中丞。』中丞之中，亦作竹仲切，僅見於此。

蓉槎蠡説　杜從韋明府覓錦竹，梅都官詩：『雖作湘竹紋，還非楚筠質。化龍徒有期，待鳳曾無實。本與凡草俱，偶親君子室。』草而冒竹名，黄鶴註誤。

宣城事函　宋諸葛高世工製筆，最稱重薦紳間。每獲一束，輒什襲藏之。聖俞有次韻永叔試諸葛高筆詩云：『筆工諸葛高，海内稱第一。』蘇子瞻謂：『諸葛氏筆，譬如内法酒、北苑茶，他處縱有佳者，尚難得其彷彿。』林和靖言：『余頃得宛陵葛生筆，如麾百勝之師，横行紙墨，所向如意，久且敝。』因作詩録其功云：『神工雖缺力終存，架琢珊瑚欠策勳。日暮閒窗何所似，潭陵憔悴故將軍。』

韻語陽秋 楸花色香俱佳，又風韻絶俗，而名不編于花譜，何哉？老杜云『要把楸花媚遠天』，言其色也；又曰『楸樹馨香倚釣磯』，言其香也。梅聖俞楸花詩云：『圖出帝宫樹，聳向白玉墀。高豔不近俗，直許天人窺。』言其韻也。是二子但知楸花色香韻勝，而不知其療病之功也。汝州楸樹極多，富鄭公知州時，手植數百本于後圃，後人思其政，建鄭公堂于楸林之下。宣和間，先人知州日，聽政燕客俱在焉。一日，廉訪使周詢來訪，因云：『立秋日，太陽未升，採其葉熬爲膏，傅瘡瘍，立愈，謂之「楸葉膏」。』抵晚，客使王偉來訪，因道詢語。偉曰：『有人患發背，腸胃可窺，百方不差者。一醫者教用楸葉膏傅其外，又用雲母膏作小丸服，盡四兩止。不累日，雲母透出膚外，與楸葉膏相着，瘡遂差，功亦奇矣。』余欲廣傳此方，以拯病苦者，故因言楸花之美，而併及之。

韻語陽秋 竹固多種，所謂桃枝者，蔟生而節疏，亦謂之慈竹，言生不離本也。王勃所謂『宗生族茂，天長地久。萬枝爭盤，千株競糺』者。梁簡文答獻簟書云『五離九折，出桃枝之翠筍』，皆言桃枝竹也。若桃竹則異是矣。老杜桃竹杖引云：『江心磻石生桃竹，斬根削皮如紫玉。』則其色正紫，今桃枝竹不然。東坡援柳子厚詩云：『盛時一失貴反賤，桃笙葵扇安可常？』初不知桃笙爲何物，偶閱方言，宋、魏之間謂簟爲笙，方悟桃笙以桃竹爲簟也。坡又云：『桃竹葉如椶，身如竹，密節而實中，犀理瘦骨，豈非以此竹爲簟耶？』梅聖俞云：『誰知廣文直，桃簟冷如冰。』恐亦是用此竹。

韻語陽秋 左傳云『周成王蒐於岐陽』，而韓退之石鼓歌則曰宣王，所謂『宣王憤起揮天戈，蒐于岐陽騁雄俊』是也。韋應物石鼓歌則曰文王，所謂『周文大獵岐之陽，刻石表功何煒煌』是也。唐蘇氏載記云：『石鼓文謂周宣王獵碣，共十鼓。』東坡詩亦云：『憶昔周王歌鴻鳳』，『方召聯翩賜圭卣』〔三〕。不知韋詩用『周文』安據乎？歐陽永叔云：『前世所傳古遠奇怪之事，類多虛誕而難信，況傳記不載？』不知韋、韓二君何據而有此說也？梅聖俞亦有詩云：『傳至我宋一鼓亡，九鼓缺剥文失行。』兵人偶見安碓牀，云鼓作臼刳中央。心喜遺篆猶在旁，以臼易臼庸何傷？神物會合居一方。』此與延平寶劍何異哉？

韻語陽秋 老杜白小詩云：『白小羣分命，天然二寸魚。細微霑水族，風俗當園蔬。』言白小與菜無異，豈復有厚味哉？故白樂天亦有『下飯腥鹹白小魚』之句。余謂魚始二寸已就烹，魚之窮也；寒士又從而食之，其窮抑甚。梅聖俞有琴高魚詩云：『大魚人騎上天去，留得小鱗來按觴。』又有針口魚賦云：『有魚針喙形甚小，常乘春波來不少。取之一掬，不重銖杪。』則白小之魚尚爲丈人行也。

二樓紀略　宛、句合謂之雙溪，謝公有尋句溪詩云：『方尋桂水原，謁帝蒼山陲。辰哉且未會，乘景弄清漪。瑟汩瀉長淀，潺湲赴兩岐。輕蘋上靡靡，雜石下離離。』李太白宛溪館詩云：『吾憐宛句好，百尺照心明。可謝新安水，千尋見底清。』響山則李詩：『連山似驚波，合沓出溟海。』梅聖俞遊此云：『寒篙進溪曲，古木暗城頭。鳥過空潭響，船隨白瀨流。』元葉道卿詩：『泛舟南碕湖，先從北湖去。水外浄浮天，雲中藹無樹。』劉道夫詩：『暑到重湖少，涼從薄暮多。』又云：『坐久香浮席，露華初泫荷。』宛見水國風味矣。

二樓紀略　沈存中有山門詩并序，詩狀山門甚奇。又梅都官和張簿遊山門詩，形容宛然：『青山中穴爲大門，下通軌轍高莫論。飛雲出納不計限，雙峙平削無刀痕。入門復見田園美，田外峯巒迴抱尊。棲靈畜怪不可詰，夔魈往往來守閽。』

二樓紀略　梅都官有『風雪雙羊路，梅花溪上村』之句。故城南有梅溪，在雙羊山下，都官墓即城南，今梅氏會慶堂在焉。其側有柏山寺，明郡守范公吉爲作景梅亭。余考文信國之來爲郡也，越月召還，然振新修廢，務汲汲焉表式先賢。嘗修都官墓，爲詩弔之，有云：『大雅獨不墜，修名照乾坤。再拜墳上土，躧履揖諸孫。握手慨以慷，而有典型存。渥洼生騏驥，荆山産璵璠。悠悠清涓流，眷言葆其源。』

宣城事函　永慶禪寺在城東里許，東直街之左，郡邑迎春于此，故里人呼『春牛寺』。本名保壽寺，唐天復間，宣州刺史臺濛舍宅建，宋太平興國賜金額。有松風亭，都官詩：『庭下已無柏，澗邊惟有松。』然今絶無松，而庭有古柏，大可數圍。稱爲濛植者未必，濛刺史亦未必宅在郭外也。

宣城事函　松林院在東溪上。梅都官題又寄松林長老詩云：『大松五丈百歲餘，小松五尺前時種。俱有堅完不朽心，莫以今輕古爲重。東溪一片寒玉光，夜挂高枝何所用？』

宣城事函　神僧渡，不知其姓名，嘗挈一木杯渡水，因號焉。國初，名釋大訢笑隱爲宣城行廊山法雲寺記云：『晉、宋間有異行僧杯渡居此，初建寺曰興雲，而南陵隱静寺則其所鼎建云。』梅都官遊隱静山詩：『昔聞有釋子，渡江用杯浮。棲心内兹地，埋骨在林陬。』則又有冢矣。

校記

〔一〕頴　當爲『潁』。

〔二〕『風味多』三字　乾隆本原注：『闕三字。』兹據知不足齋本侯鯖録補。翡琴詞又名翠羽辭。

〔三〕『召』原作『郡』，『卣』原作『卤』，據宋刻本韻語陽秋改。

宛雅三編卷二十三

詩話 中

宛陵羣英集 宋李宏，字彦恢，宣和初以左丞直郎署旌德縣事。時州郡調發傍午，宏剸撥煩劇，不遺餘力。召集鄉兵，署立部伍，訓練有方。建炎中，盜張遇進逼宣境，州守呂好問檄令防禦，遇知有備，不敢犯，好問薦其才可大用。紹興初，李光復檄署旌。凡四載，興滯補弊，誅鋤豪猾，規制皆可爲則，邑人思之。宏博學好修，文詞贍藻，題天休觀云：『一派銀河懸落水，數峯石壁鎖非煙。』後有李蟠亦能詩，辰光門云：『夜深燈火明沙路，秋冷笙歌擁畫輪。』宏至轉運使。

宣城山川志 金牛洞在湖北即雲山，洞有巨人迹仰印石上。四壁石乳下懸，擊之有鐘鼓聲。幻石肖形，天造之巧，極遊觀之勝。魏良臣有洞記，盧維屏于洞口題『雲窗』二字。洞中石刻云：『翠谷陰中神變化，碧天深處吼風雷。』

蠖齋詩話 周紫芝，字少隱。讀書陵陽山，姿骨殊異。父覺，目之曰：『是子骨相當貴，然肩聳而好唫，其終窮乎？』後官果不顯。有竹坡詩話行世。秦檜嘗愛其詩，云：『秋聲歸草木，寒色上衣裳。』今郡志作『到衣裳』，止更一字，風韻迥別。

明萬歷府志　初，秦檜愛周紫芝詩，留京，每一篇出，輒擊賞不已，頗厚遇焉。後和御製詩：『已通灌玉親祠事，更有何人敢告猷？』檜怒其諷己，出之。紫芝唯言：『士遇合有時，吾豈以彼易此？』

竹坡詩話　余嘗戲作小詩，用少陵事云：『百尺寒松老幹枯，常郎筆妙古今無。何如莫掃鵝溪絹，留取天吳紫鳳圖。』使少陵尚無恙，當爲我一捧腹也。

二樓紀略　城西一峯山之巔有怪石如枯蕨，李太白題『雲根』二字，郡志云今猶可識。余數爲一峯之遊，求之不可得也。志又載敬亭廣教寺雙塔中，有蘇文忠書鐫石。後寺燬，塔級皆廢，余遣吏累梯而上，拭古甎，僅有蘇刻二石可摹。然則非歐公之集古録，決當剥蝕殆盡，是紙墨流傳愈於金石也。涇之水西東峯亭，有唐中丞袁傪招討江淮，與劉太眞等賦詩勒石。後裴丹至水西，于荆棘中得斷碑。色黧狀方，中有『袁傪』二字耳。周紫芝詩：『如何一百八十載，只有袁傪字宛然？』況于歷年又多不可復識者耶？

宣城事函　法雲禪寺在城西六十里行廊山，晉、宋間杯渡禪師建，寺名興雲。相傳梁武帝偕寶誌公幸此。宋治平中改今額。紹興中，邑人員外郎周紫芝遊此山，見山中有梁武帝杯渡禪師像詩，云：『瀛海從來是一漚，何妨飛錫到中州。解將瓶鉢横雲海，懶向秦淮障逆流。』元至元庚寅燬，蜀僧震壽繼恢復。至泰定中，僧元啓工成，大訢笑隱爲之記，併爲鐘銘。正德戊辰、嘉靖癸亥重修，山有杯渡砦。

宣城事函　明寂寺，唐大中時黄蘗運禪師遊此卓錫。石上有泉涌出，冬夏不竭，世稱爲黄蘗井。宋紹興中，邑人周紫芝酌寂泉詩云：『修涂繚重岡，病足倦游歷。據詩語修涂，重岡亦不似。』近城耳，建寺無考。

宣城事函　華塔臺，宋丞相潛公寶佑年間所築〔一〕。幾易主矣，起而復之，作臺其上，以扁舊名歌，末云：『華塔幾爲他家有，千年仍以屬其後。呼園以名澆以酒，瞪眼且看風前柳。』哀告也，亦志幸也。

萬曆府志　吴潛預卜死日，撰遺表有云：『百骸將散，傾葵之念愈堅；一性長存，結草之衷敢二？』作詩頌云：『夫子曳杖逍遥，曾子易簀兢戰。聖賢樂天畏天，吴子中通一綫。』端坐而逝，循人哀之。

牧津録　吴履齋在寧波，有『數莖半黑半白髮，一片憂晴憂雨心』之句，自古牧民未有兩者。

宣城事函　大聖寺在城東十里。邑人元學士貢奎同朱克齋蔣教授遊大聖寺詩云：『數畝林塘迴，危城下百層。客遊偏得地，寺静不逢僧。隔岸連商舶，重門鎖佛燈。愁來詩與短，回首暮雲凝。』

元百家詩傳 汪澤民字叔志，平江路總管府推官。垂代，自題春帖云：『及瓜當此日，行李似來時。』其清操可想也。尋以禮部尚書致仕，居宣城，自號堪老眞逸，與門生故人相往返嬉遊，若忘世者十五年。長槍賊起，攻寧國，城陷被執，大罵不屈，爲詩云：『江城欲破竟何爲，獨有孤臣謹自持。罵賊肯教雙膝屈？忠臣不顧一身危。』遂遇害，年七十。事聞，贈江浙行中書省左丞，追封譙國郡公，謚文節。所著有春秋纂疏行世。文節詩有巢深、燕山、宛陵三稿，今已散亡，存者僅見于宛陵羣英集、宛雅二書。佳句如送谷仲皋云『天開墨障孤雲白，海涌春潮夜雪明』；次顧仁甫云『花雨翻晴催社燕，柳煙籠曉待春鶯』；挽師炳仲云『初說銜觴蛇作祟，忽聞占讖鵩爲妖』；王敬叔云『摩詰平生詩可畫，無功晚節醉爲鄉』：造語俱極工穩，惜全篇不傳。

宣城事函 汪澤民致仕歸，與門生故舊遊，超然若忘世者十五年。蘄黃賊犯宣州，廉訪使道童雅重澤民，爲畫策守禦，得無虞。明年，長槍軍鎖南班等大至，或勸之去，澤民曰：『我雖無官守，受國厚恩，臨危不能愛死。』城陷被執，不屈，死。所著詩多散逸，其存者如答汪南山末云：『何時同此采眞遊，塵緣誓將脱羈囚。世間萬事一杯酒，鼠肝蟲臂徒包羞』；送陳公輔采石山長：『磯伏金牛異，峯攢翠黛雙。春鰲宜供酒，靈犀莫照江』；湯泉道中：『半壁暗泉吹冷雨，懸崖飛瀑吼晴雷』；和楊侍御輦下：『曉色宫槐連御柳，春聲疊鼓帶凝笳。』挽楊桂喦：『秋賓鴻雁傳書後，歲在龍蛇入夢初。』一時見賞，寔爲倫魁。子用敬，字彦恭。送楊掾：『黄堂雅望推三語，烏府先聲重四知。』

宣城事函　張師愚送陳公輔之采石云『峨眉上碧落，牛渚送春濤』；和師炳仲云『桑落山中酒，芙容江上秋』；送趙伯淵云『秦淮倚棹秋聽雨，易水驅車曉度霜』。師魯挽劉待制云『視草催春直，藏舟惜夜移』；懷師氏山林云『雨林黄耳菌，春澗白頭魚』；送吴子彦宰辰溪云『地偏須卯酒，心澹食辰砂』：頗稱工麗。子知言，字公允。上御史『春風已驟看花馬，翰彩還唫借樹烏』；和吴間云『六龍朝罷香盈袖，獨隺歸來月滿天』。

楊維楨序略　宛陵貢公，以余爲通家弟兄，每令評其所著，如『東南有佳人，嶰谷有美竹』，深得比興；『日入柳風息，芙容生緑水』，遠詣選體。厚倫理如風樹、春暉，樹風操如葛烈女、段節婦、李貞母、陳堯妻，感古如蒼梧、滕閣，紀變如河決、蘇臺，論人物如耕莘、踏海，游方之外如子虚道人。楊白花、吴中曲有古樂府遺音，國字、黄河可補本朝缺製。其他所作，固未可一一數。此豈效世之畸人窮士，專攻精治而後得哉！

柳亭詩話　貢師泰發通州作：『日日思歸未有期，及歸翻恨數年遲。開船聽得吴歌起，絶似閶門送别時。』文徵仲出都詩：『立馬雙橋日欲斜，沙塵吹霧暗征車。從今絶迹江南去，只見青山不見沙。』一則思其既往，一則誠其復來，兩首參看，曲折盡情。余七上長安，每于軟紅塵中回憶故鄉風景，未嘗不嘆二公之勇決也。

宣城事函 梅德明積學工詩，見推於世。和汪叔志曉望山門云『石漏窗中月，嵒通洞底泉』；送傅經歷云『柳枝歌斷山梧盡，梅雨晴來江路長』；送叔章姪云『彩鷁隨風飛宛水，黑貂犯雪上燕臺』；柳枝詞云『江上春陰半畫橋，扁舟西下夕陽潮。離魂何似垂楊柳，飛雪漫空暖不消』。全稿佚。

隱逸志 貢性之，字友初，師泰從子。由胄子除簿尉，以剛直稱，後補閩省理官。高皇帝徵録師泰後，大臣有以性之薦者。性之改名悦，避居會稽，耕漁自給，雖羈困，晏如也。邑人芮麟嘗遇之，邀與俱歸，性之辭以詩云：『游絲落絮都成恨，社燕秋鴻各自飛。杜宇叫殘孤館夢，西風吹落故山薇。』每感則泫然泣下，慷慨悲歌，勸之仕，即默不應。卒無嗣。門人私謚曰『貞晦』。著有理官詩集行於世。性之詩，惟送戴伯貞檢校還廣西云：『桂江煙水接瀟湘，逐客南歸道路長。卷裏漫多新制作，篋中猶是舊衣裳。逢人就説官如水，我老相看鬢已霜。此去莫教音問斷，雁飛今日過衡陽。』敘事委曲而感慨係之，出諸作上。

元百家詩傳 田參議汝成謂友初詩才清麗，但纖濃乏骨。其湖上春歸、吳山遊女、送戴伯貞返廣西諸詩，敘事委曲而感慨係之，出諸作之上。今其集中如『遊魚出没不多个，白鳥往來時一雙』；『洞簫吹徹聲如縷，釣艇歸來小似梭』；『叱撥穩馱夷女醉，猩紅新染毳袍深』；『雲將雨意驚秋早，雁帶邊聲入座遥』；『蒼梧山暝雲連樹，青草湖春水拍天』；『烏藤拄杖扶來瘦，絳色輕袍製得方』；『晴雲接地深遮屋，春水穿船直到門』：亦多傑出之句也。

静志居詩話 貢貞晦詩，若越王臺作：『風作鳴潮吹雨散，山如走馬渡江來。』則警策也。

湖亭集 會稽王元章，善畫梅，得其畫者謂無貢南湖詩，則不貴重，故集中多詠梅詩。南湖嘗題絶句云：『王郎胸次亦精奇，寫盡孤山雪後枝。老我江南無俗事，爲渠日日賦新詩。』又云：『王郎日日寫梅花，寫盡杭州百萬家。向我題詩如索債，詩成羸得世人誇。』其風流可想見也。

萬歷府志 書堂寺。邑人何儒行，有從峽石歸訪書堂寺詩云：『爲尋丞相迹，因到野僧家。』宣城事函：『元何儒行三月二日往峽石歸訪書堂寺詩云：「匹馬昭亭路，東風日未斜。要尋丞相迹，來訪野僧家。古逕多芳草，幽嵒半落花。甘泉一甌罷，和醉漱煙霞。」』内云『尋丞相迹』者，峽石爲敬亭東嶺，相距十里。丞相，裴公休也。儒行領至元乙亥江浙鄉薦，寺在廟埠龍頭山之北。

宣城事函　浄相教寺在城東六十里，舊名寶山院。唐末建，洪武初重建，正德、隆慶修。國初，邑人吴儀夏日登南湖浄相寺毗盧閣詩云：『毗盧高閣倚晴霄，此際登臨望眼遥。』

萬歷府志忠烈傳　靖難師入應天，尚書陳迪不屈死。人于衣帶中得遺詩，又有五噫詞，曰：『仰瞻天皇兮，噫！天語如聞兮，噫！北軍突然其來兮奈之何，噫！吾甘白刃如飴兮，噫！吾得上告天皇于泉臺兮，噫！』

宣城事函　國朝，邑有寨嶺趙御史者，正統初袁太守請出修寔録，獻詩云：『眼昏不識蠅頭字，才淺虚叨豸角名。』高人也，舊誌并不載其姓字，何也？又有孫子方者，有詩名，由楷書任燕山衛經歷。遊春詩云：『數聲布谷催耕鳥，一樹棠棃半著花。』薦辟内有孫茂，事迹與孫子方同，或孫茂之字也。

宣城事函　宋王蘭，淳熙二年官道州判，生城東四望鄉。奇偉尚義，博物有時譽。八年，建撫仙亭于本鄉之仙人巖，題曰『武陵深處』。參知政事吴淵有誌銘狀。本朝王遵詩所云『閒雲擁樹暗山村，碧蘚殘春鎖墓門』也。墓在金仙橋管家墩。

蠖齋詩話　吾鄉前輩詩人稱楊老癡，以布衣不甚顯，詩亦散亡。余嘗爲作傳，遺一事未載，今補録之。莊定山嘗訪老癡，癡荷鋤在野，莊問：『老癡何在？』癡口唫曰：『門外數竿竹，庭前一樹花。亂茅堆屋脊，便是老癡家。』莊謂曰：『先生即老癡耶？』遂大笑下車，徑造其家。

學餘文集 御史賀某按部，作憶母詩，限『呵』字，不成。召問老癡，輒續之云：『回思拜別寒窗下，凍手縫衣帶線呵。』賀叫絶，厚爲之禮。其爲詩任眞捷給多類此。

宣城事函 國朝劉珊，字鳴之，性嚴毅。由貢任霸州，著廉聲。致仕歸，卒。賦詩有『此心端可格皇天』之句。祀鄉賢。其弟璞，字琢之，由貢生任州倅。當析産，讓其兄以良者，不許；又讓，又不許。令入謀於婦曰：『彼何人乎，足以謀斯也！』兄笑而成其志。病亟，室人掖之就寢，曰：『丈夫當不死女子手。』歿時，但諸子在側云。

分省人物考 殷公登瀛爲金華守，乞歸，杜門掃軌。爲人坦衷夷度，自處甚約。嘗有『有崔尚嫌添口累，無魚翻羡浣腸清』之句，直指蔡公説將薦于朝，力謝之曰：『豈可復令北山移文耶！』因題于水亭之壁曰：『相追皓月常攜杖，不負青山早挂冠。』自是，詩酒自愉，寤歌不輟，怡情風壑雲泉間者十有五年。卒之日，其橐如洗，棺殮之具相顧莫措，瞥貸，翌日而始成服。

宣城縣志 法輪禪寺，在城北六十里沙石灣。明正統中，寺僧重修。徐元太宿法輪寺詩：『巢眠鳥似參禪定，廟掩龍疑聽講歸。』

宣城事函 梅守箕，字季豹。豪宕善飲，喜結客。爲文千百言，援筆立就，旁若無人。司成湯賓尹雅傲岸，獨推服之，曰：『與季豹遊，使人神王。』又贈詩云：『座上若無梅季豹，也容時輩得猖狂。』其見重如此。名著公卿間，然負氣任俠，恥干謁。家貧，能緩急人，以故人爭異之，殆古之狂士也。時從子蕃祚字子馬、嘉祚字錫余、台祚字泰符、咸祚字以虛，皆通脱儁俠，善詩文，昕夕酬唱，所著稿俱裒然成集，暨國祚、鼎祚輩，有林中七子之稱。王元美贈子馬云：『從詩荆地人人玉，不及梅家樹樹花。』蓋謂諸梅競秀也。

柳亭詩話　沈太史懋學與方侍御書曰：『聞兄疏上，署中夜坐，不能成寐。至四鼓，夢有持白布一幅求題隱居詩者，即書曰：「煙霞萬壑護茅廬，絶頂新開一徑餘。誰爲蒹葭分白露，祇因秋水到漁磯。」醒來，報兄有歸旨矣。僕何預聞佳兆如此，亦大奇哉！』詳見藝苑彙雋，但『磯』字疑訛。

柳亭詩話　趙定宇諫奪情事，予杖歸。沈君典以詩送之，有曰：『愧殺虚名成畫虎，愁來吾道繼書麟。』江陵于神廟功過自不相揜，于穀山上邱月林書，故是平情之論。

列朝詩傳　禹金詩雖游獵漢、魏、三唐，終不出近代風調。『秋減葉聲中』，五字擅長，雖千篇萬句，亦何以加？〔二〕

宣城縣志　天柱閣在鰲峯東麓、郡學左側。明萬歷間，推官張嘉言建。里人銓部胡國鑑詩：『遥驚天際跨東南，文脊霏微送遠嵐。桃李溪溪春色滿，無從去後憶張堪。』今廢。

湯宣城集序 『欲殺衆何意，千秋某在斯。』此非霍林前時過江之句乎？去予數千里，不見其人而壯其心，時有所不怡，亦復吟此自壯。

睡菴文集 吾歸南，過南旺，胡伯玉顧我舟中，握手道故，戀戀不能别。吾爲詩云：『相逢頃刻難爲思，卻話三年不覺頻。』既去，不能已。已取伯玉舊語讀之，鑱刻縱横，極淵博之致，無不足動人者，信伯玉之才情兼至而獨詣也。

睡菴文集 『江山風月，閒者便是主人。』此蘇子瞻趣極語也。養生久視之術，無過安閒。頃予作絶句曰：『閒山閒水待人閒。』雖然，天下安得有閒人哉？

睡菴文集 世路之交，功名禄利之途，相傾以軋，相擠以排，所不能忘者忌心耳，而莫今爲甚。予嘗有古詩一章云：『自古以至今，容賢抑何難？智非自愚割，貴非由賤捐。彼我各頭足，服食本不奸。何爲今古人，嫉媢遞傾煎？共爭在天地，天地亦云寬。而況于女子，所爭牀笫間。寵辱眼光中，相憎固其然。』

睡菴文集 郡丞永嘉王玉洞先生乞歸，予遇之杭，贈詩云：『羸臣寃不開，良臣徙何疾。官徙陞似謫，萬古不能詰。』公亦和余云：『蹇余稟微尚，簡亢徒自嗤。彼懽不能投，棄置亦何辭？夫君天下士，孤標秉貞一。胡爲來爍金，名高蒙忌嫉。』蓋欷歔相憐也。

睡菴文集 甲午，賓尹舉於鄉，時漢陽先生學憲中州，謁之衙齋，爲三日歡，盈盈不能别。

吾渡河而北，題旅壁云：『頃刻離人血，千秋國士恩。黄河流不盡，此去到夷門。』明年，第南宫，先生遺書云：『服官之始，正養德養望之時，恨不與同處長安，一一商確。』

蠖齋詩話　楊世忠，字蓋臺，吾邑之雙溪人。萬歷中爲諸生，家貧苦唫，人罕知者。家叔父嘗記一首云：『君下榆林關，妾上望夫山。化鳥不化石，飛去復飛還。』又絶句：『來人盡道風波險，去客如何又放船？』又：『但使洞庭渾是酒，與君吸盡楚天秋。』二語有太白、龍標之遺，惜不見全首。今子孫零落，求其稿，亡矣。一作楊思忠。

宣城縣志　春歸臺在西門城内高阜，爲郡人春遊之所。里人明經劉仲光詩：『秋盡行春逸興同，春歸臺上醉秋風。怪來滿座桃花色，霜葉千林入酒紅。』臺下有方丈，名曰『小指菴』，寧鎮參將張鵬程同僧崇樂建。

柳亭詩話　明季，宣城方虎鄰召以兵部司務視篆江山，揭牌二，曰『不愛錢』『不惜死』。署有井亭，顔以『冷香』二字。聞兵至七里橋，書一詩于便面，有『獨守孤城誰是伴，只留烈骨可招魂』之句，遂赴井死。今其墓在景星山，或曰『骨冷泉香』四字，乃先生夢授於過客者。

明詩綜詩話　麻三衡孟璿，注名復社，遽賦無衣，陳安未克生返，狼嘷已得死所〔三〕。詩如『落日照荒野，亡猿懷故林』；『魂銷分劍日，心折覆巢時』；『草閣新寒入，江村落雁多』；『一身去鄉土，雙淚滿滄洲』；『吳兒望歲唯呼雨，楚客憂生盡憶家』；『夢回塞上雙流淚，家在淮南獨倚樓』；『萬山茆屋白雲滿，十里句溪紅葉飛』：殊自超超朗朗。

漁洋詩話 宣城唐祖命允甲，故明中書舍人也。亂定後有詩云：『殘花野蕨圍荒砦，破帽罷驢避長官。』頗似徐文長『疲驢狹路愁官長，破帽殘衫拜孝陵』。

校記

〔一〕佑 當作『祐』。

〔二〕本則光緒本置于本卷之末。

〔三〕曋 當作『瞫』。

宛雅三編卷二十四

詩話 下

蠖齋詩話 唐人用桃花、燕子作對，往往入妙。近見吾友邢昉孟貞『平蕪燕子風初下，野寺桃花日共尋』；葛還非馬『桃花欲放湖邊寺，燕子初歸江上村』；梅磊杓司『楊柳風低棲海燕，桃花水漲上河豚』。

愚山文集 張五權，字中生，一字巽仲。以恩成貢士，棄舉子業弗事，從汪有源崑一問學，反復于克復歸仁之旨間。與浮屠往來質問，欣然有得，乃斷葷酒，著復初論，集古婦人得道者二卷授妻沈氏。異室而處，人訾爲自儒而禪，不恤也。辛卯疾革，卻醫藥，端坐曰：『死生旦莫耳。』深衣幅巾，作詩而逝。有『悟後修持二十年，儒功梵行兩能堅』之語，學者私謚爲懿靖先生。其學以陸子知性爲宗。

二樓紀略 施侍讀愚山先生，己丑進士，歷任分守江西參議，後以博學鴻詞中制科。宋人亦曰大科。將改官，家園老梅四月忽花，又適四枝，人皆賦瑞梅詩，亦不解當是何祥也。時己未科五月殿試，賜進士一甲及第者，第二人孫編修如齋，第三人茆編修一峯。是秋召試，辟薦五十人，侍讀與高遺山檢討同入史館，高公蓋起明經也。於是，咸以梅放爲四翰林之兆焉。施侍讀集有瑞梅詩，余從公子孝虔得其墨迹，云：『己未夏，家園老梅作四花，余適同孫予立、茆楚畹、高阮懷同官翰林。里中梅淵公諸故人作瑞梅圖歌索和，漫題其後：「金門客子苦棲遲，故園梅花發幾枝。花開不是梅花時，青梅結子久垂垂。園林此事亦罕見，俄傳盛事爭稱羨。花枝人數適相符，四子同時登翰苑。主人愛閒不愛官，可憐親舊滿堂歡。繪圖作詩侈花瑞，封題卷軸來長安。老梅憔悴非奇樹，餘花再發人何與？偶然作異轉傷心，當年吾叔高唫處。時艱才盡徒咨嗟，不待秋風便憶家。三人年少余獨老，剩有星星兩鬢華。」』

二樓紀略 宣城何子華，邀客于剖金堂。酒半，出嘉陽嚴峻畫陸鴻漸像。子華因言：『前世惑神駿者爲馬癖，泥貫索者爲錢癖，耽于子弟者爲譽兒癖，耽于褒貶者爲左傳癖。若此叟者溺於茗事，將何以名其癖？』楊粹仲曰：『茶至珍，蓋未離乎草也。草中之甘，無出茶上者，宜追目陸氏曰甘草癖。』坐客曰：『允矣哉！此清異録中語也。』余謂陸善品泉，故能適茶之性。如武夷茶，得通仙井水，乃復有異味。且眞茶無色，故有謂面目清冷，了無和美之態，安得以爲草之甘者邪？汪蛟門懋麟遊敬亭，有試茶詩，云：『秋入禪房静，烹茶得翠雲。煙從雲外繞，泉向石邊分。』施愚山詠翠雲茶詩：『酌向素瓷渾不辨，乍疑花氣撲山泉。』得緑雪茶，汲此中泉煮之，起陸氏于兹，又不知作何品目也？

分甘餘話　『久客見華髮，孤棹桐廬歸。新月無朗照，落日有餘輝。魚浦風水急，龍山煙火微。微聞沙上雁，一一皆南飛。』宋初潘閬詩也，高妙不減岑嘉州。又，『夜凉疑有雨，院静若無僧』，亦佳句。故友施侍讀愚山宿越州天衣寺云：『月照竹林早，露從衣袖生。』亦不減閬語。

漁洋詩話　施愚山遊嵩山詩云：『翠屏横少室，明月正中峯。』十字令人攬結不盡。

池北偶談　昔人論古詩十九首，以爲『驚心動魄，一字千金』。施愚山五言云：『秋風一夕起，庭樹葉皆飛。孤宦百憂集，故人千里歸。嶽雲閒不散，江雁去還稀。遲暮兼離别，愁君雪滿衣。』此雖近體，豈愧十九首耶！

池北偶談　余讀施愚山侍讀五言詩，愛其温柔敦厚、一唱三嘆，有風人之旨。其章法之妙，如天衣無縫，如園客獨繭。約略舉之，若『别緒不可理，酒盡暮江頭』『人日日初晴，朔風一夜至』『月明無遠近，倚枕不能寐』數篇是也。至于清詞麗句，叠見層出。予嘗欲仿主客圖之例，摘其尤者，列爲一圖，與康樂『池塘生春草』、玄暉『澄江浄如練』、仲言『露滋寒塘草，月映清淮流』，并資藝苑談助。或詰予曰：『論詩固可摘裂如此耶？』予曰：『謝公與子弟論毛詩何句最佳，或舉「楊柳依依」「雨雪霏霏」，公謂「不如『訏謨定命，遠猶辰告』爲有雅人深致。」夫三百篇尚然，况騷選以下乎！』

蓉槎蠡説　家非二先生，風流瀟灑，標格頗似晉人，詩亦自闢一家，不落科臼。宛陵愚山施公遊歙，有短歌贈之曰：『張拳欲搤南山虎，袖手低眉臥桐塢。海水怒翻桐摧殘，鳳唫猿嘯聲辛酸。』桐塢，先生所居地名也。

國雅集詩評　老杜天河詩：『牛女年年度，何曾風浪生？』玅有凝處。愚山詩無不秀逸停妥，不肯越尺度。尋歷下亭舊址詩，獨多别趣，山中風景，説得極透，遂覺其人甚高。愚山姑山行通體俱靈，高、岑、王、李不是過矣。杜别嚴公起句『遠送從此别，青山空復情』，愚山送沈治先詩首句云『此去定回首，應知余斷腸』，正無意中相合入玅。

宣城縣志　閒雲菴在城南雙羊山麓，明萬歷間僧思修遊京師，與修佛事，賜紫歸建。湯賓尹請藏經全部貯焉。施閏章過庵，贈孤山、澄心二上人詩，有『地近雙羊好，身隨獨鳥閒』之句，梅清同里中諸子署香燈會于此，俱有詩。

蠖齋詩話　余遊盱江，以麻姑酒遺伯衡，戲柬絶句云：『水漲桃花江路紆，遊山雖好興愁孤。人間何處尋仙洞，分取麻姑酒一壺。』伯衡得詩，謂衝口直出，正爾唐人三昧，遂答云：『愚山東去訪麻姑，分寄麻姑酒一壺。一葉扁舟盪兩槳，眞堪畫作剡溪圖。』亦自瀟灑。

蠖齋詩話 丁酉三月十九日，余初至東萊校士，唱名畢，雷雨大作，平地水尺餘，雷聲洶洶如崩屋。諸生雲集堂上，不復得試。是時，苦旱久矣，書口號以壯多士：『滿目明珠絳帳開，久晴一日走風雷。敢言化雨隨車至？應有蛟龍出海來。只尺蓬萊山可移，雨師風伯颺靈旂。從教滄海添春漲，會取珊瑚百丈枝。』諸生和者十餘人，高密王颺昌最見賞異，後官至大宗伯。

蠖齋詩話 學政故事，諸生非先期告老，臨場槩不得請。及試，其文常八九黜。余校士青州，既鎖院，復有三叟乞衣頂，憐而破格許之。日中未得出，與以酒食，偶作詩云：『一領青衫兩鬢斑，春風特放此身閒。掉頭歸去休惆悵，無恙相看是舊山。』

學餘文集 癸巳冬，余遊郡城南，得一庵曰『閒雲』。結構精好，竹木森茂，距雙羊古道數百步，而窈然若巖穴。僧永湛、紹得具茗，語終日，知爲故思修長老開山處。余題其壁曰：『尚想高僧去，孤雲不可攀。』蓋低徊久之。

學餘文集 香山者，明世宗所謂『西山諸峯，獨有翠色』者也。其泉曰甘露，石曰蟾蜍、曰香爐，最勝者爲東軒。神宗駐驆，手書『來青軒』三字，墨迹巋然尚存。閏章諦視良久，留詩而去。可三里爲碧雲寺，泉出寺中，流繞僧舍，汩汩焉。泉穴作亭，覆以古木，舉酒盤礡，水氣襲衣。余詩曰：『老樹數圍陰古寺，流泉百折抱空亭。』蓋寔録也。

愚山文集　翠巖寺西，則洪崖煉丹井。赤峽峭東，泉爭道怒流，砉然雷驚石坼，或散溢被石，面如巾拂。其崖下渟泓以深者，井也。坐久作歌，曰：『水瑟瑟兮石齒齒，中有人兮洪崖子。石髮緑兮巖扉開，雲車朅兮來不來？』

天延閣詩略　余友王子翥雀，妙墨直掃一切。間以澹墨作花卉，生趣縱横，創從前所未有。毗陵莊澹菴先生一見輒異之，謂『青藤道士今日再見』。余重爲故友心感，遂分一卷贈焉。王子名露，字湛斯。『王郎落筆掃塵迹，俗眼紛紛那能識？青藤道士前後身，畫就青藤鬼神泣。兩卷懷抱二十年，開時常見煙光濕。春花秋花縱復横，四時之氣一時集。案頭偶爾過輕風，生香浮動人人襲。一從疑野翥雀，堂名。閉空堂，世上何人覓古狂。漆園先生獨訪舊，相思悲絶同山陽。古人生死要知己，翥雀翥雀何能忘？余感此義重灑淚，分將一卷歸珍藏。君不見，兩卷雙函如合璧，又如延津之劍雌雄匹。神物離合亦有時，托贈叮嚀各努力，高呼翥雀隨卷側。』

街南文集　甲寅秋，訪梅子溪上，乃得盤桓所謂東渚草堂者。堂三楹，深廣可尋丈，圃倍之。繚以短垣，垣内蒔菊數十本，外古樹杈牙，鳥喧晴曙，益想見春夏景物。梅子時擁書苦唫詠，其自題曰：『道存邱壑老將至，身寄園林夢不驚。』蓋自適其適如不及者。

二樓紀略　宣城梅霜崖喆善詩，所刻詠物一百首，皆盛傳于時，以篇目多，不載。古人體物精切，尤在自然。袁海叟白燕詩出，一時名作俱廢，正以此也。客有舉高遺山太史，少時同里人，賦水中雁字云：『自可羽毛依日月，誰知文字動江湖。』咸推逸品，非雕繪家所及。

街南文集 先府君扁所居曰『二耕夢』。或詒之句曰：『世更漢唐舊，人習鄒魯遺。』謂肅公等孔孟之道，不以陵谷變遷。嗚呼，肅公等追維庭訓，有餘愧矣！

街南文集 考槃之詩曰：『獨寐寤歌，永矢勿過。』又曰：『獨寐寤宿，永矢勿告。』蓋古之山居者，遁世肆志以自樂云爾，不求衆著，尤非衆人所得而喻也。余亦山居，人嘗有詩云：『得句蟲吟和，臨書鳥迹窺。』

蓉槎蠡説 宛陵馬雲鬟文開先生，好古篤學，君子也。博極羣書，所著詩文集凡若干卷。其小品最工。嘗記其書福齋銘一則，尤足以發矇警聵，特録于左。銘曰：『無福之人，書不肯讀。兩目昏矇，寸心迷忽。是謂陳人，没齒碌碌。馬牛襟裾，可笑可哭。維彼哲良，挾册丹黄。囊螢映雪，刺股懸梁。坐雨漂麥，鑿壁偷光。其尤工者，進德修業。周讀百篇，孔編三絶。有若掌焦，子淵髮白。思昔先民，實獲我心。開卷有益，揖讓古人。如彼聰睿，尚爾研尋。矧余庸衆，敢不時勤？余無他福，讀書爲福。飢可無餐，寒可無服。耽耽一卷，性命攸屬。少壯咿唔，老而益篤。六十餘年，有榮無辱。朝斯夕斯，惟日不足。死而後已，來生再讀。』

漁洋詩話　宣城諸梅號多才，瞿山清輯梅氏詩略，余序之。今惟耦長庚在。耦長工詩畫，琴溪云：『田家桑落酒，風物藥渣魚。』落梅云：『背城花隖得春遲，凍雀銜殘尚未知。聞説緑珠堪絶世，我來偏見墜樓時。』

蓉槎蠡説　余嘗記耦長廣陵詠古數絶句。螢苑云：『幾點零星螢火光，夜深仍照舊宫牆。輕羅小扇休相撲，當日官家用斛量。』雷塘云：『隋宫燈燼蕭娘在，猶把繁華説與人。玉匣珠襦穿復土，不如渴葬玉鈎塵。』芍藥廳云：『玉蕊唐昌事已非，新城紅藥世間稀。自憐不是沙堤客，懶問韓家金帶圍。』梅花嶺云：『誓提一旅障江淮，馬革甘心不用埋。士女猶尋丞相墓，梅花嶺下踏青鞋。』

街南文集　梅聖占生而食貧，課蒙呫嗶，捧腹而嬉，採蓤而飽，有高隱之風，向余詩曰『白雲高枕共，黄犢荷鋤艱』是也。一飽常并日，對人啞啞大笑若狂，余詩曰『腸枯肥自勝，泣盡笑成魔』，人咸謂寫生手云。昔鄭所南當厓山而後，寓吴門佛刹，煢然獨處；梁伯鸞寄伯通廡下，賃舂自給。聖占旅食于吴，有所南之獨，無伯鸞之妻，余詩曰『世亂身猶贅，年荒室可删』是也。僧顛道服，翩翩軒翥，望之者有彼都人士之想，余則有『秃頂芰蒲柳，褒衣製芰荷』之句。兄之不改其容，猶然故我，則余所云『兩間吾輩在，珍重老嵒阿』，尤的然矣。

學餘文集　劉生日陽詩，如『疏鐘江岸寺，細雨板橋村』；『葉黄山下路，霜白渡頭舡』；『荒村羣鳥亂，破屋一燈昏』；『市近魚鰕春入饌，時危鼓角暮關心』；『古杉抱閣日光碧，芳藥垂階露氣涼』；『鷄聲一徑竹風内，煙火數家梅雨時』：皆警句，爲人所傳。然所積詩頗多，歲嘗成帙，或數易稿，死而零散，不見其全，爲可惜也。日陽奉母謹，既死，母日夜哭，已，夢來告曰『兒宿世戒僧也，以心動墮此，法不當婚；若不婚，猶可數年活』云。

蓉槎蠡説　『憐君辛苦愛君才，落筆無休萬卷開。肉譜源流名士傳，甘陵弟子黨人魁。多年臥閣危難下，一夕重泉唤不回。如此凶荒行亦得，驚聞詩卷散堪哀。』『少同諧笑老還疏，時憶城南共學初。斥産錢空收卷軸，掃門人雜撇衣裾。養砂煉汞迂難療，挽海移山願總虚。今日憑誰談往事，黄壚一過一欷歔。』此梅泰順雪坪明府哭其妻兄沈髯方鄴詩也。沈名家子，少負才落拓，偕柳每爲余言，輒撫膺太息不能已。今讀雪坪二作，足抵一篇小傳，鬚眉謦咳，猶將髣髴遇之。

蠖齋詩話　龔宗伯讀韞林集，有悼顧夫人善持君四絶句，感而遥和，亦自風流可人。『九年騎省斷腸人，一曲清商倍損神。珍重紅閨兩行淚，西風吹上舊羅巾。』『塵生錦瑟倚空牀，玉笛當風別恨長。憑仗敬亭雲一片，返魂香欲駐斜陽。』『青溪曾擬結芳鄰，春水臨粧拜洛神。回憶幽蘭風絮散，慧難兼福是前因。』『感舊憐才似此無，玉琴紈扇女相如。何緣更倩簪花筆，重點零香斷粉書。』愚欲改第二首煞句：『憑仗敬亭同調在，銷魂詩作返魂香。』林氏爲吾宣王友姬人也，能詩，能作蘭竹，有林下風致，所著有韞林集。

學餘文集 姬人徐氏珠淵，小字善懷，江都人也。初，略識字，不欲令作詩。間竊誦余作，亦能爲五七言句。余善病，嘗累月宿別館，相值如客，都無怨色。生一女，殤，不復乳。余憐而遣之，輒以死誓。藥餌飲饌，必手治以進，事余廿餘年矣。余應召改官，南人臥不習炕，衰體不温。既而老妻遣送來侍，固止之不得，曰：『聊以暖老。』于是，暑則異榻，寒則同衾。牀笫之間，邈若千里，而柔謹有加。曰：『君好自愛，妾得爲侍書女史足矣！』性厭葷血，强半清齋，家居或薄飲數杯。既來京邸，食貧，間三五夕不沽酒，茗飲懽然。余不爲太常之齋禁，難遣白傅之楊枝，未盡忘情，笑示二詩：『敢言天女伴維摩，忍背春風奈若何？倘似朝雲隨玉局〔一〕，頻年活計藥爐多。』『偷鈔詩句上羅巾，甘擲紅顔逐老身。猶勝經年一相見，隔河牛女可憐人。』

宣城事函 姚友文，字子純，宣城人，麻姑沖妙觀羽士。能詩，雅受知貢學士奎。嘗建天遊亭觀左，奎爲記。施琪有和姚子純詩：『野岸相逢處，臨風共聽泉。長江無盡日，喬木不知年。秘術闚丹籙，閒情寄素絃。煙霞發天趣，酬唱每留連。』何儒行有送姚道士往金陵訪玉林鍊師詩：『麻姑翠岧嶤，青松蔭泉石。道人懷遠遊，清嘯閒終夕。身被紫霞衣，山川訪仙迹。金陵古形勝，樓觀絢丹碧。皎皎玉林子，觴詠日閒適。得兹倏然侣，清風生几席。華月滿中天，虚空月生白。』

宣城事函 汪天驥，郡玄妙觀羽士。能詩。其偶成云：『青山招客隱，黄葉送秋歸。』沖妙觀云：『春深自種雲間玉，雨後來看洞裏花。』

全唐詩話 僧靈徹生於會稽，本湯氏，字澄源。與吴興詩僧皎然遊，然薦之包佶、李紓，以是上人之名由二公而颺。正元中遊京師，緇流嫉之，造飛語激動中貴人，侵誣得罪，徙汀州，後歸會稽。元和十一年，終于宣州。如芙容園新寺詩云：『經來白馬寺，僧到赤烏年。』謫汀州云：『青蠅爲弔客，黄犬寄家書。』可謂入作者閫域，豈獨雄於詩僧閒邪？

傳燈録 宣州安國寺天挺禪師，有或問南北宗何以立，師曰：『心宗，非南北。』

傳燈録 宣州椑樹慧省禪師，有僧問：『如何是佛？』師云：『猫兒上露柱。』云：『學人不會。』師云：『問取露柱去。』

宣城事函 可勳開寶中作菴曰『臥雲』，舊嘉福院也。與國己卯召對，問之曰：『臥雲深處不朝天，因何至此？』勳曰：『天曉不干鐘鼓事，月明豈爲夜行人？』因賜還山。

宣城事函 廣教寺僧可真能詩，梅都官聖俞和眞上人萬松亭虎窺泉詩云：『南江新路平，東嶺新亭成。嶺上松萬株，林下泉一泓。松未龍鱗老，泉曾虎迹行。虎去豈不渴？松今豈不生？泉無百尺繩，安見甘與清？松無百歲人，安見千丈榮？道人能喻道，莫使世人驚。我來開醉眼，不似阮步兵。』

宣城事函　潤州金山雲穎達觀禪師，住南陵之隱静寺。其時達觀及僧可眞者俱好吟詠，聖俞有别達觀文鑒二大士，云：『雲衲山中來，畫橈江上發。何日到山中，山花應未歇。』又有松山法聰上人者，聖俞訪而贈以詩：『我從溪口來，正直山前雨。濕水逢梵宫，有僧善吴語。天寒蜜已空，軒前竹可數。歸楫久難留，河隺自飛舞。』

宣城事函　北寺僧志來，以詩交梅都官。梅送來上人歸宣城兼簡太守孫學士錫云：『李白不厭敬亭山，看盡飛鳥雲獨閑。我今相送一懷想，想在謝公窗户間。』

宣城事函　宗杲寶峯挂塔，受宣州化主，洞山廣和尚送師頌曰：『杲公化主化宣陽，彼處檀那盡吉祥。回復祖師堂上獻，生生世世永馨香。』因持鉢宣州，四月八日遇奉聖初和尚。上堂閒話畢，初顧視笑曰：『寶峯化主，何不出來？』師即出問：『承和尚言：「金蓮從地涌，寶蓋自天垂。」爲復是神通妙用？爲復是法爾如然？』答曰：『金蓮從地涌，寶蓋自天垂。』進云：『鸞鳳不棲荆棘樹，燕雛猶戀舊時窠。』答曰：『三年不相見，便有許多般。』

宣城事函　孅山通公，號從石，往宛陵講經廣教寺，再振黄蘗遺風。余偕談老説莊，固知能證本體，不落聲聞。而麈尾欲奮，兔穎間操，所爲詩曰談品。余籤者，如『斷霞迷遠郭，殘月冷空山』；『樹影千年月，江聲九派潮』：若偈若頌，直是久播緇林，共稱法寶。惜無拓立精廬，執河東弟子之儀，心參承旨。

宣城縣志　東溪菴，在城東五里東溪橋側。明萬歷初，郡守王嘉賓建東溪橋，郡人立祠祀之。金陵僧性恆建菴于祠内，故名栖霞講師。法通避暑恆公東溪菴詩有『竹嶼薰長夏，蘿軒避午陰』之句，即杯渡菴。

宣城事函　西樂菴，在城西里許，官道之左。萬歷乙丑，僧性果建。果跣足丐化，歷十餘年，齋僧萬衆。因延栖霞通公敷講楞嚴，大啓法會。然菴草創，不備也。辛丑夏，郡太守樂清張公斥俸落成之。宣城令尹公三聘建井菴前，以濟行者，復翼以亭。通公西樂講席懷禹金詩云：『朝來無都講，疑義誰能析？空庭柏子樹，無言相對立。』

才鬼記　先大夫以户曹督儲徐州，遇秦中藺方士扶箕，稱貞元道人者，畫麻姑仙爲劉太恭人壽，題詩上方曰：『石壇清晝煮靈茶，王蔡高談啜紫霞。話到人間年已永，隺書南極下仙槎。』復畫韓湘子贈先大夫，亦題詩曰：『火裏金蓮兩句詩，雌黄議論正繁時。梅花嶺上深深雪，爲了元關入紫微。』又别書曰：『公即當爲言官，然終當以言左，或似昌黎之潮州乎？』問太恭人壽數，書曰：『九九乾坤。』是時年六十矣。未幾，先大夫改吏科，歷右給事中，分宜相之乾兒有謀擢少司空者，疏劾之，因忤分宜，出爲紹興守。劉太恭人之捐養，果八十一歲。畫筆飛動，殊有塵外之致。鼎祚今記于此。

才鬼記

沈太史君典，以壬午夏即世。越八年，己丑，里中有布灰請箕者，降而書一詩曰：『飄泊風塵憶舊遊，寒蟬莫雨不勝愁。生前姓字標金榜，死後文章紀玉樓。鳳去荒臺纔八載，雀歸華表已千秋。白雲去住誰爲主？惟有陵溪空自流。』且綴云：『生前一聯，乃余易簀之句。今成七言近體，兼懷禹金，可索則兒明月樓圖書書之。白玉樓主人沈懋學。』其日中秋也，書一詩貽請者曰：『烏鵲驚飛霧乍收，玉蟾光影碧空浮。月明雲漢三千界，人醉蓬壺十二洲。』云曇陽子在，可召之。及曇陽眞人臨壇，曰：『玉樓仙集，歡讌未已，召我何爲？』亦書一詩：『曇陽仙子泛仙槎，手持玉麈舞泥虵。忽聽洞簫聲隱隱，疑是瓊樓樂未賒。』是日偶聞簫聲，故云。主人問五陵共仙之地，曇陽答云：『當索之沈子。』隨落筆曰：『晉代眞老君，拔宅盡飛昇。仍晉八百子，散居在五陵。八百非凡品，五陵眞地靈。非隋亦非唐，非宋亦非金。風雲須有時，遺偈在盛明。明朝煉士爭承詔，佇看丹成拜至尊。』復注云：『五陵乃金陵、毗陵、宛陵、武陵、温陵也。』君典二詩，頗似其風調，君典子有則以授余。然名標金榜，安得此大俗語，初不聞君典易簀有此也。豈黠鬼托爲之，終露本相邪？

校記

〔一〕雲　施集作『霞』。

後跋

宛雅之刻，始前明萬歷間，禹金梅先生所手定也。迄本朝，施愚山、蔡大美兩先生有續刊焉。兹越七八十年，愚山先生曾孫得仍及張君雲澍，廣爲搜輯，重加考訂。蓋授梓者，于是而三矣。所以然者，詎惟誇多鬬靡？爲一邑風雅盛事哉！

人性感物而動，感有邪正，言有是非，採風以貢天子，陳而觀之，用行黜陟。尼山討論其籍，善者師而惡者改，故曰『思無邪』可蔽三百。由是觀之，詩之所關于性情、得失、賢否、理亂之故正非淺小。三百篇以後，大約侈風雲月露之情，轉相放效；至於莊和寬密、忠厚悱惻之思，去而萬里。先儒所由云『自從删後更無詩』也。

漢書地理志謂『吴、粤之君好勇，民樂用劍輕身』；又云『屈原被讒，作離騷諸賦，宋玉、唐勒之徒慕而述之，吴、楚之詩以是作』。始楚滅粤，吴入於楚，故以楚而統吴。漢世傳『楚之爲詞，失之巧而少信』。按班氏所論亦其大概，其寔郡縣既分，各有風氣土俗。如吾宣州，未嘗好劍，而爲詩自宋以後寖盛，去楚甚遠，非緣屈、宋之風而興起也。季札觀樂于諸國，皆有品評，惟雅頌則述其德之有度，無復疑詞。

吾宣一邑，與諸國何如？其篇什之當於雅頌與否，亦未敢決。班氏曰：『移風易俗，莫善於樂。』當壹之乎中和以成其教。然則不囿於風土，而出乎風土之上，以力追雅頌，與夫『失之巧而少信』焉者，舉楚爲戒，其不在乎鄉先生之善持風會乎？

得仍、雲澍兩君所謂參稽進退，務要乎莊和寬密、忠厚而悱惻，以正人之性情者也。兩君名選拔，入對大廷，出宰粤東，諄諄以闡揚前輩、鼓舞後賢爲事，家學之流風歟？義理浸灌而不營心於華膴者歟？

宣自嘉、隆以後，體究六經，躬行不倦，如貢受軒、沈古林耕巖、吴石岡街南、梅勿菴諸先生及得仍之高曾祖，濂洛宗風，一燈未墜，講學之處，遺迹猶存。余小子欲彙其精義微言，都爲一集，與宛雅並行，兩君其有以成余之志也夫！選意見凡例，不著；著其所關繫者於後。

同里龍溪孫喆拜撰。

附　四庫全書總目提要

宛雅十卷、續宛雅八卷、宛雅三編二十四卷　浙江巡撫採進本

宛雅十卷，明梅鼎祚編。所載皆自唐至明宣城之詩，凡九十二家。續宛雅八卷，國朝蔡蓁春、施閏章同編。採明嘉靖以後至崇禎末年諸作，以續鼎祚所集，凡六十五家。後施念曾、張汝霖又蒐採唐、宋諸詩爲二集所遺者，益以國朝之作，爲宛雅三編二十四卷。所補凡唐三人、五代一人、宋三人、元五人、明三十人、國朝二百十五人，閨閣明一人、國朝三人，方外唐五人、宋三人、元一人、明三人、國朝五人，妓女唐一人，附聯句、逸句一卷，詩話三卷。視前二集爲完備，惟近詩所録稍繁，蓋選録一地之詩者大勢類然，不但斯集也。

蓁春始末未詳，閏章有矩齋雜記，汝霖有澳門志略，皆已著録。念曾號竹窗，閏章孫也〔一〕。

校　記

〔一〕孫　當作「曾孫」。

宛雅全編著者索引

N

W

X

Y

Z

宛雅全編篇目索引

C

E

F

J

K

L

N

O

X

Y

附　安徽古籍叢書已版書目

舊聞隨筆
定本莊子故
張籍集注
文學研究法
桐城文學淵源考·撰述考
包拯集編年校補
康輶紀行·東槎紀略
北山樓集
桐城耆舊傳
疑庵詩
三餘札記
方望溪遺集
爾雅翼

識小録·寸陰叢録
東萊詩詞集
明太祖集
王侍郎奏議
程氏家塾讀書分年日程
朱楓林集
敬孚類稿
施愚山集（四册）
吳敬梓吳烺詩文合集
張孝祥詞箋校
竇山公家議校注
翠微南征録·北征録合集
阮大鋮戲曲四種

老子注三種
杜詩説
朱書集
論語解注合編
郭祥正集
皖人詩話八種
唐詩評三種
左傳微
績學堂詩文鈔
鈍齋詩選
老子注譯
莊子詮詁
説文假借義證

劉銘傳文集
包世臣全集（三册）
戴震全書（七册）
田間易學
莊屈合詁
田間詩集
田間文集
古事比（二册）
安徽出土金文訂補
秋崖詩詞校注
道聽途説
蘭茗館外史
青泥蓮花記
舌華録
明語林

夜雨秋燈録·續録（二册）
包拯集校注
毛詩後箋（二册）
劉文典全集（四册，列入特輯）
壹齋集（二册）
孟子講義
楊仁山全集
弢翁藏書年譜（列入附輯）
不得已附二種
歙事閑譚（二册）
惜抱軒詩集訓纂
張孝祥詩文集
吳汝綸全集（四册）
朱子全書（二十七册）
明實録安徽經濟史料類編（列入附輯）

姚瑩年譜（列入附輯）
青溪集
藏山閣集
田間詩學
俞正燮全集（三册）
皖人戲曲選刊·鄭之珍卷
詠懷堂詩集
所知録附四種
文選箋證（二册）
歙紀
方孝標文集
七頌堂集
劉文典全集補編（列入特輯）
程瑶田全集（四册）
皖人戲曲選刊·方成培卷

皖人戲曲選刊·龍燮卷
凌廷堪全集（四册）
黄生全集（四册）
東輶紀程
蕭雲從詩文輯注
程文炳文集
程恩培集
方盦山詩集（二册）
趙紹祖金石學三種
小爾雅義證

勉行堂詩文集
貴池唐人集
龍眠風雅全編（十册）
無爲集
杜詩提要
分篇水經注（二册）
李宗棠文集·東游紀念
李宗棠文集·奏議輯覽初編
松泉集（二册）

梅鼎祚戲曲集
通鑒注商·新舊唐書互證
杜徵三友朋手札
李宗棠文集·學詩堂經解
吳應箕文集
舒鴻貽著述二種
皖雅初集（三册）
桓譚新論校注
宛雅全編（二册）